ザ・ボーダー
上

ドン・ウィンズロウ
田口俊樹 訳

THE BORDER
BY DON WINSLOW
TRANSLATION BY TOSHIKI TAGUCHI

ハーパー
BOOKS

THE BORDER

BY DON WINSLOW

Published by K.K. HarperCollins Japan, 2019

次の方々の思い出に捧《ささ》ぐ。

アベル・ガルシア・エルナンデス、アベラルド・バスケス・ペニテン、アダン・アブラハン・デ・ラ・クルス、アレクサンデル・モーラ・ベナンシオ、アントニオ・サンタナ・マエストロ、ベンハミン・アセンシオ・バウティスタ、ベルナルド・フローレス・アルカラス、カルロス・イバン・ラミレス・ビジャレアル、カルロス・ロレンソ・エルナンデス・ムーニョス、セサル・マヌエル・ゴンサレス・エルナンデス、クリスティアン・アルフォンソ・ロドリゲス・テルンブレ、クリスティアン・トーマス・コロン・ガルニカ、クトゥベルト・オルティス・ラモス、ドリアン・ゴンザレス・パラール、エミリアノ・アレン・ガスパール・デ・ラ・クルス、エベラルド・ロドリゲス・ベージョ、フェリーペ・アルヌルフォ・ロサ、ジョバンニ・ガリンデス・ゲレロ、イズラエル・カバジェロ・サンチェス、イズラエル・ハシント・ルガルド、ヘスース・ホバニー・ロドリゲス・トラテンパ、ホシバニ・ゲレロ・デ・ラ・クルス、ホナス・トルヒージョ・ゴンザレス、ホルヘ・アルバレス・ナバ、ホルヘ・アニバル・クルス・メンドーサ、ホルヘ・アントニオ・ティサパ・レヒデーニョ、ホルヘ・ルイス・ゴンザレス・パラール、ホセ・アンヘル・カンポス・カントール、ホセ・アンヘル・ナバレテ・ゴンザレス、ホセ・エドゥアルド・バルトロ・トラテンパ、ホセ・ルイス・ルナ・トーレス、フリオ・セサル・ロペス・パトルシン、レオネル・カストロ・アバルカ、ルイス・アンヘル・アバルカ・カリージョ、ルイス・アンヘル・フランシスコ・アルゾーラ、マグダレノ・ルーベン・ラウロ・ビジェガス、マルシアル・パブロ・バランダ、マルコ・アントニオ・ゴメス・モリーナ、マルティン・ヘトセマニ・サンチェス・ガルシア、マウリシオ・オルテガ・バレリオ、ミゲル・アンヘル・ヘルナンデス・マルティネス、ミゲル・アンヘル・メンドーサ・サカリアス、サウル・ブルーノ・ガルシア、ダニエル・ソリス・ガジャルド、フリオ・セサル・ラミレス・ナバ、フリオ・セサル・モンドラゴン・フォンテス、アルド・グティエレス・ソラーノ（二〇一四年、メキシコ・イグアラ市学生集団失踪事件のバスで拉致された四十三名を含む被害者の学生たち）。

本書をハビエル・バルデス・カルデナス（二〇一七年五月に殺害されたメキシコ人ジャーナリスト）と世界じゅうのジャーナリストに捧げる。

ザ・ボーダー 上

アメリカ合衆国
ヌエボラレド
ヌエボレオン
メキシコ湾
タマウリパス
サンルイスポトシ
3
4
カンペチェ湾
ユカタン
5
メキシコシティ
キンタナロー
8
6
カンペチェ
ベラクルス
7
プエブラ
タバスコ
ベリーズ
ゲレロ
オアハカ
チアパス
グアテマラ
ホンジュラス
トリステーサ
テワンテペック湾
グアテマラシティ
エルサルバドル

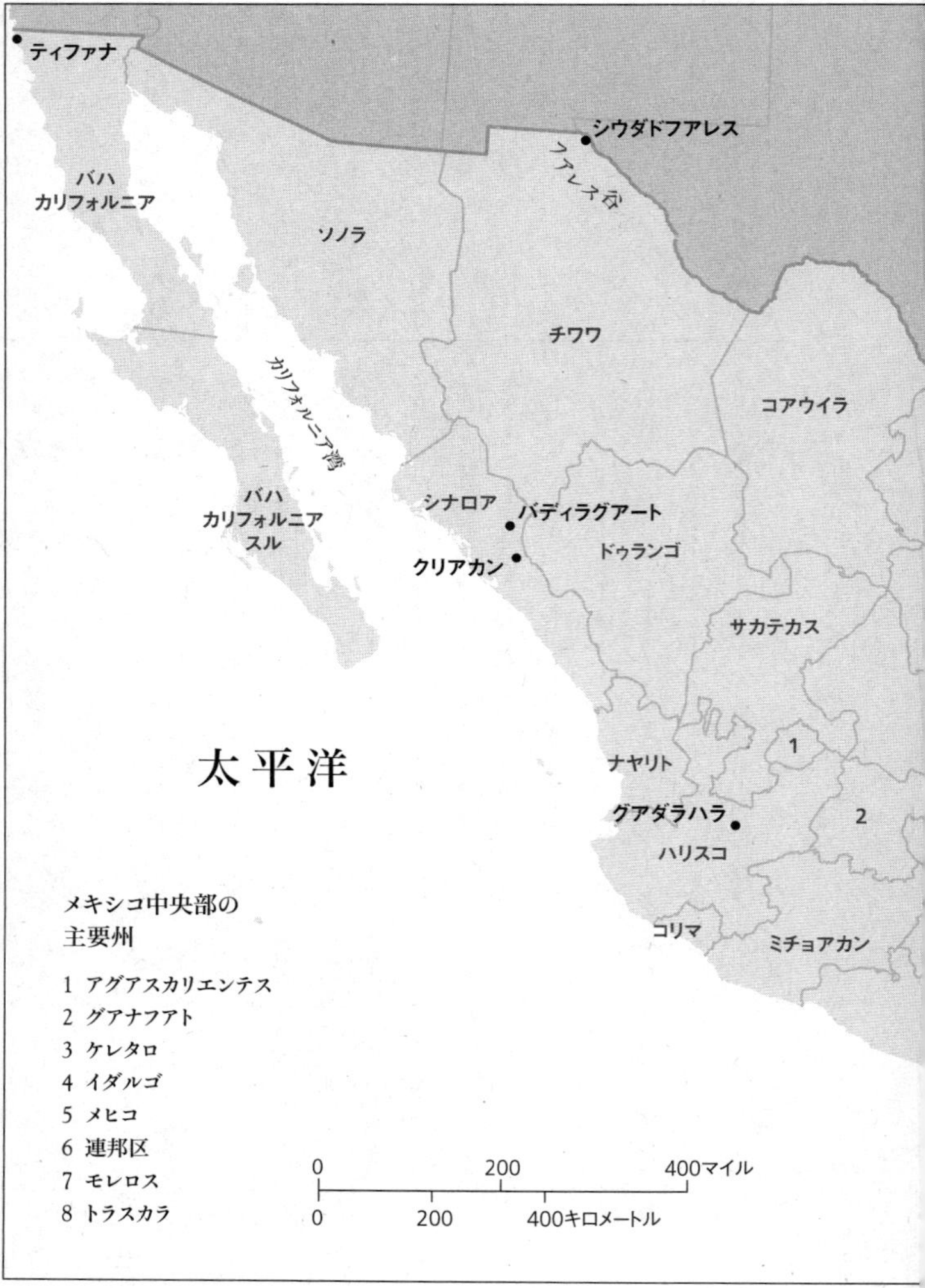

ティファナ
シウダドフアレス
フアレス谷
バハ
カリフォルニア
ソノラ
チワワ
コアウイラ
カリフォルニア湾
シナロア
バディラグアート
バハ
カリフォルニア
スル
クリアカン
ドゥランゴ
サカテカス
1
太平洋
ナヤリト
グアダラハラ
2
ハリスコ
コリマ
ミチョアカン
メキシコ中央部の
主要州
1 アグアスカリエンテス
2 グアナフアト
3 ケレタロ
4 イダルゴ
5 メヒコ
6 連邦区
7 モレロス
8 トラスカラ
0
200
400マイル
0
200
400キロメートル

おもな登場人物

アート（アルトゥーロ）・ケラー――麻薬取締局（DEA）局長
アダン・バレーラ――シナロア・カルテルの首領。故人
マリソル（マリ）・シスネロス――医師。ケラーの妻
リカルド・ヌニェス――アダン・バレーラの右腕。通称〝弁護士《エル・アボガド》〟
リック・ヌニェス――リカルドの息子。アダンの名づけ子。通称〝ミニ・リック〟
ベリンダ・バトス――ヌニェス一派の武装警護部隊の女隊長。通称〝燐寸《ラ・フオスフオラ》〟
イバン・エスパルサ――元シナロア・カルテルの三巨頭〝ナチョ〟・エスパルサの息子
ティト・アセンシオン――エスパルサ一派の元・警護部隊長。通称〝マスティフ犬《エル・マスティン》〟
ルーベン・アセンシオン――ティトの息子
エレナ・サンチェス・バレーラ――アダンの妹
ルドルフォ／ルイス――エレナの息子たち
エバ・バレーラ――アダンの妻。イバンの妹
ダミアン・タピア――元シナロア・カルテルの三巨頭ディエゴ・タピアの息子
エディ・ルイス――服役中のアメリカ人麻薬商。通称〝狂気のエディ〟
ダリウス・ダーネル――麻薬売買で服役中の囚人
ベニー・スニガ――犯罪組織ラ・エメのヴィクターヴィル刑務所内の長

ラファエル・カーロ――――服役中の元カルテルのボス
ヘスース・〝チュイ〟・バラホス――――セータ隊の元隊員
デントン・ハワード――――麻薬取締局（DEA）副局長
ウーゴ・ヒダルゴ――――麻薬取締局（DEA）局員。ケラーの相棒エルニーの息子
ブライアン・マレン――――ニューヨーク市警麻薬捜査課のトップ
ボビー・シレロ――――ニューヨーク市警麻薬捜査課の刑事
チャンドラー・クレイボーン――――〈バークリー・グループ〉のシンジケーション・ブローカー
ロベルト・オルドゥーニャ――――メキシコ海兵隊FESの提督
ベン・オブライエン――――テキサス州上院議員
ジョン・デニソン――――不動産王でTVタレントの大統領候補
アンジェロ（アンジー）・ブッチ――――金貸し。シレロの知人
マイク・アンドレア――――ニューヨークのマフィア、チミーノ一家の支部長
アルシーア／マイケル／キャシー――――ケラーの前妻と子供たち
アナ・ビジャヌエバ――――新聞記者。マリソルの友人
ジャッキー・デイヴィス――――スタテン島で暮らす麻薬常用者
ニコ・ラミレス――――グアテマラで暮らす貧困層の少年

壁を築くとき、私の民は漆喰で上塗りをする。
漆喰で上塗りする者たちに言いなさい。
『それは必ず剝げ落ちる』と。
——『エゼキエル書』十三章十〜十一節

プロローグ

二〇一七年四月
ワシントンDC

ケラーは子供と照準器の反射を同時に見る。

その男の子は母親と手をつないで、黒い石に彫られた名前をじっと見ている。誰かを探しているのだろうか――祖父か、もしかしたら伯父か――それとも、母親がナショナル・モールの散歩道の終点にヴェトナム戦争戦没者慰霊碑を選んで、ただ息子を連れてきただけのことか。

公園の中、慰霊碑はひっそりと建っている。疚《やま》しい秘密のように。私的な恥辱のように。訪れた人たちがそこここに花を手向《たむ》けている。あるいは煙草を。小さな酒瓶もある。ヴェトナム戦争は遠い昔、今とは異なる時代の話だが、ケラーはそのとき以来自分の戦争を戦ってきた。

ヴェトナム戦争のこの碑にはどんな戦いも刻されていない。ケサンの戦いもクワンチの戦いもハンバーガー・ヒルの戦いも。それはたぶんあらゆる戦いには勝っても戦争には負けたからだろう。ケラーはそう思う。ここに刻まれている死はすべて不毛の戦争のためのものだ。以前ここを訪れたとき、彼は男たちが慰霊碑に身を預けて子供のように泣いているのを見かけたことがある。

見ているだけで胸が張り裂けそうになる、途方もない喪失感を思わせる光景だった。

今日来ているのは四十人ばかり。退役軍人らしい者もいれば、家族連れもいるが、大半は観光客だろう。海外戦争復員兵協会の制服と制帽を身につけた年配の男がふたり、訪れた人たちにどこに愛する人たちの名前が刻まれているか教えている。

ケラーは今も戦争のさなかにいる――戦っている相手は彼自身が属していた麻薬取締局《DEA》、アメリカ上院、メキシコの麻薬カルテル、それに合衆国大統領だ。

彼らは同じものだ。ケラーにとって同じ存在だ。

彼がかつて存在すると思っていた彼らの境界《ボーダー》は、すべて過去のものとなった。彼らの中には彼を黙らせたがっている者がいる。彼を刑務所送りにして破滅させたがっている者がいる。殺したがっている者もいるのではないか。ケラーはそう思っている。

自分が二極化を招いた張本人であることはケラーにもよくわかっている。彼こそがこの国をふたつに分ける裂け目を明らかにし、さらに広げたのだ。彼こそがスキャンダルを露見させ、メキシコの芥子《けし》畑からウォール街、さらにはホワイトハウスにまで及ぶ大捜査を始めたのだ。

春の暖かい日、そよ風が吹き、桜の花びらが風に舞っている。彼の思いを察して、マリソルが彼の手を取る。

そこでケラーは少年を見て、さらに――その右手に、その向こうに、ワシントン記念塔のほうに――奇妙なでたらめな光の反射を見る。彼は母と子に向かって猛然とダッシュすると、ふたりを地面に押し倒す。

続いてマリソルの盾になろうと振り返る。

銃弾が彼を独楽《こま》のように回転させる。

彼の頭をかすり、首をかすめる。

血が眼にはいり、文字どおり真っ赤な世界を見ながら、ケラーはマリソルも地面に倒そうと手を伸ばす。

彼女の杖《つえ》が倒れ、歩道の上で乾いた音をたてる。

ケラーは自分の体で彼女を守る。

さらなる銃弾が慰霊碑を抉《えぐ》る。

悲鳴と怒声が聞こえる。誰かが叫んでいる。「無差別殺人だ！」

地面に伏せたまま、ケラーは弾丸《たま》が飛んできた方向を探す。南東から、ケラーから見て十時の方角から、彼が公衆トイレと記憶する小さな建物の向こうから撃ってきたことがわかる。反射的に腰のシグ・ザウエルに手を伸ばし、今は武装していないことに気づく。

狙撃者はオートマティックに銃を切り替える。

ケラーの頭上の慰霊碑に弾丸《たま》がばら撒かれ、名前を削る。人々は慰霊碑に体を押しつけるようにして地面に伏せているか、しゃがみ込んでいる。慰霊碑の高さが低い端の近くにいる人たちは慰霊碑を越えて、コンスティチューション・アヴェニューのほうに走って逃げている。ただうろたえるばかりで、突っ立ったままの人たちもいる。

ケラーは叫ぶ。「伏せろ！　銃で狙われてる！　伏せるんだ！」

そんなことを言ってもあまり意味のないことをケラーは悟る。今や慰霊碑が大きな障害となっている。慰霊碑は広角のV字形をしており、それに沿って狭い小径があるだけだ。中年のカップルが東に向かって、狙撃者のほうに向かって走ったとたん、撃たれ、おぞましいコンピューター・ゲームのキャラクターのように倒れる。

「マリ」とケラーは声をかける。「ここから動かないと。わかるか？」

「ええ」

「すぐ行くぞ」

彼は銃撃がいったん収まるのを――狙撃者がクリップを替えるのを――待って立ち上がると、マリを引っぱり上げて肩に担ぐ。そして、西のほうで慰霊碑の高さが腰ぐらいになっているところまで運ぶと、慰霊碑をまたぎ、その向こうに、木の下に、彼女を置いて怒鳴る。

「ここにいろ！　身を低くしてここにいろ！」

「あなたはどこへ行くの⁉」

射撃がまた始まる。

慰霊碑を飛び越え、ケラーは人々を南西に誘導する。ひとりの女性のうなじに手を置いて、頭を低くさせ、移動させる。「こっちだ！　こっちだ！」と叫びながら。しかし、弾丸《たま》が空《くう》を切る甲高い音が聞こえると同時に、その弾丸《たま》が女性に命中する。どすっという低い音とともに、女性はよろめき、片腕をもう一方の手でつかんで地面に膝をつく。指の隙間から血が流れ出る。

ケラーは彼女を担ごうとする。

弾丸《たま》が彼の顔をかすめる。

若い男が走ってきて、彼に手を差し出す。「救急隊員です！」ケラーは女性を若い男に任せると、振り向き、自分のまえにいる人たちの背中を押して狙撃者から少しでも早く離れさせようとする。さきほどの少年がいる。今もまだ母親と手をつないでいる。その眼は恐怖に大きく見開かれている。母親は少年を自分のまえに押し出し、自分の体を少年の盾にしようとしている。

ケラーはそんな母親の肩に腕をまわし、彼女を歩かせながら、さらに体を低くさせて言う。「大丈夫だ、大丈夫だ。立ち止まらず歩くんだ」彼は慰霊碑の安全な遠い端まで彼女を連れていくと、来た小径をまた戻る。

狙撃者がクリップを替えるいっとき、射撃がやむ。

くそ、とケラーは胸に毒づく。いったい何個持ってやがるんだ？

少なくとももうひとつ持っている。射撃がまた始まる。

人々がよろめき、倒れている。

サイレンが叫び、吠《ほ》えている。ヘリコプターのローターの音がする。脈打つような低い振動音が響いている。

ケラーは男をつかみ、まえに引っぱり、姿勢を低くさせようとする。が、弾丸《たま》が男の背中の上の部分をとらえ、男はケラーの足元に倒れる。

たいていの人たちは西の出口からすでに避難している。が、小径に倒れている人もいる。まちがった方角に逃げようとして、芝生に倒れている人もいる。

小径に転がったミネラルウォーターのボトルから水がごぼごぼとこぼれている。

画面のひび割れた携帯電話が地面の上で鳴っている。土産物《みやげ》の横で。リンカーンの小さな安物の半身像の横で。リンカーンの顔に血が飛んでいる。


ケラーは東のほうを見る。国立公園警察の警官がひとり銃を抜いて、公衆トイレの建物めがけて走りだす。が、胸に何発も銃弾を浴びて倒れる。

ケラーはその警官のところまでヘビのように地面を這《は》って進むと、警官の頸動脈《けいどうみゃく》に指をあてる。もう死んでいる。ケラーは死体の陰にまわり、体を地面にぴたりとつける。さらに何発か飛んできて死体に穴をあける。ケラーは顔を起こして思う。狙撃者の居場所はもうまちがいない、と。公衆トイレの建物の陰で今、クリップを替えているはずだ。

アート・ケラーは国境の向こうでの戦争に人生の大半を捧《ささ》げてきた。今は祖国にいる。

戦争は彼についてきた。

ケラーは警官の携行銃器——九ミリ口径のグロック——をつかみ取ると、狙撃者を捜して木立の中にはいっていく。

第一部
祭壇

MEMORIAL

死者だけが
戦争の終焉《しゅうえん》を見てきた。

——プラトン

1　怪物と幽霊

怪物は存在する。幽霊も存在する。彼らは私たちの中に住み、ときとして勝利する。

——スティーヴン・キング

二〇一二年十一月一日

アート・ケラーはグアテマラの密林を出て、難民のように歩いている。

密林には殺戮《さつりく》の爪痕《つめあと》が残されている。ドスエレスの小さな村に積み上げられた死体の山。篝火《かがりび》にくべられ、くすぶる燠火《おきび》の中で半分だけ焼け残った死体もあれば、村の空き地で銃弾に倒れ、そのまま放置されている死体もある。

死者のほとんどが麻薬商《ナルコ》だ。名目上は和平会談のために集まった敵対するカルテル——シナロアとセータ隊——のいずれかの手勢の者たち。両者は交渉の末、合意に至ったものの、和解を祝す享楽三昧のパーティでセータ隊が銃やナイフや、鉈《マチエーテ》を取り出し、シナロア人を惨殺しはじめた。

ケラーは文字どおりその現場に落下した。彼が乗っていたヘリコプターがロケットランチャーの攻撃を受け、銃撃戦のさなかに急旋回しながら硬着陸したのだ。ケラーの目的はあろうことか、シナロア・カルテルの首領アダン・バレーラと共謀し、民間軍事会社の傭兵部隊を率いてセータ隊を抹殺することだった。

バレーラは敵に罠《わな》を仕掛けた。

が、問題は敵のほうがさきにバレーラに罠を仕掛けたことだった。

それでも、ケラーの暗殺作戦の標的、セータ隊の幹部二名は死亡した。ひとりは頭部を切断され、もうひとりは燃え上がる松明《たいまつ》となって。その後、邪悪で不安定な休戦合意に従い、ケラーはバレーラを保護するために密林にはいった。

彼は成人してからの人生のすべてを費やしてアダン・バレーラを追ってきたといっても過言ではない。

二十年間追いつづけた末、ついにバレーラをアメリカの刑務所にぶち込んだ。が、結局、バレーラはメキシコの重警備刑務所に移送され、そこから手ぎわよく〝脱獄〟したあと、かつてないほど強力なシナロア・カルテルのゴッドファーザーとして返り咲いた。

ケラーはメキシコに戻り、またバレーラを追いはじめたが、その八年後、バレーラと手を組むことになった。セータ隊を殲滅《せんめつ》するために。

ふたつの邪悪のうち、より凶悪な邪悪を殲滅するために。

バレーラと手を携えて叩《たた》きつぶした。

が、そのバレーラも消えた。

だから今、ケラーはひとりで歩いている。

国境警備隊にいくばくかのペソを渡して、メキシコに越境する。それから十マイル歩いて、セータ隊奇襲作戦の拠点となったカンペチェの村にたどり着く。

歩くというよりよろめきながら。

夜明けまえに始まった銃撃戦で分泌されたアドレナリンはすでに底をつきかけている。太陽の光と熱帯雨林の蒸し暑さばかりが感じられる。脚が痛み、眼が痛み、炎と煙と死のにおいが鼻を突く。

生きながら焼かれる肉のにおいは決して消えることはない。

熱帯雨林を切り拓《ひら》いて造られた小さな滑走路で、ロベルト・オルドゥーニャがケラーを待っている。メキシコ海兵隊FESの指揮官である彼は、ブラックホーク・ヘリコプターのコックピットに坐っている。ケラーとオルドゥーニャ提督は、セータ隊との戦争では“必要なものをなんでもいつでも提供し合う”関係を築いていた。ケラーはアメリカの最高レヴェルの機密情報をオルドゥーニャに提供した。オルドゥーニャのほうは、メキシコ国内の作戦でしばしばケラーのために海兵隊のエリート特殊部隊を出動させた。

しかし、今回の作戦ではそれができなかった。セータ隊の幹部を抹殺するチャンスが訪れた場所がグアテマラ――メキシコ海兵隊には手出しできない地域――だったからだ。それでも、オルドゥーニャはケラーの民間傭兵部隊に中継基地と兵站《へいたん》支援を提供し、カンペチェまで航空輸送したあと、こうして友人であるアート・ケラーの生存を確認するために待っている。

　熱帯雨林からケラーが姿を現わすと、オルドゥーニャは笑みを浮かべる。それからクーラーボックスから冷えたモデロ・ビールを取り出して、ケラーに渡す。

「ほかのメンバーは？」とケラーは尋ねる。

「もう出発させた」とオルドゥーニャは答える。「そろそろエルパソに到着している頃だ」

「味方の被害は？」

「戦死者一名、負傷者四名。きみの安否を心配してたところだ。日暮れまでに戻ってこなかったら、あとでなんと言われようと《ア・ラ・ミエルダ・トード》、国境を越えて捜しにいくつもりだった」

「バレーラを捜してたんです」とケラーはビールを咽喉《のど》に流し込みながら言う。

「それで？」

「見つかりませんでした」

「オチョアは？」

　オルドゥーニャはセータ隊の隊長オチョアを憎んでいる。ケラーのアダン・バレーラに対する憎しみに匹敵するほどの激しさで。〝麻薬との戦争〟は私的な戦いになりがちだ。オルドゥーニャは、セータ隊の同盟相手であるディエゴ・タピアの隠れ家に急襲を仕掛けたとき、部下であるＦＥＳ隊員の中尉を殺された。さらに葬儀の夜、セータ隊はその死亡した若い中尉の母親とおばと妹と弟を殺害した。中尉一家惨殺の翌朝、オルドゥーニャはＦＥＳの内部に〝マタセータ〟――セータ隊の抹殺――という名の新しい部隊を創設した。

そして機会があるたび、セータ隊員を殺害した。情報入手の必要があれば捕虜にすることもあったが、用済みになれば処刑した。

ケラーはそれとは異なる理由でセータ隊を憎んでいた。

異なっても憎むには充分な理由で。

「オチョアは死にました」とケラーは言う。

「確かか？」

「この眼で見ました」ケラーはエディ・ルイスが負傷したセータ隊の隊長の体に灯油缶の中身をぶちまけ、火のついたマッチを投げるところを見た。オチョアは悲鳴をあげながら死んだ。「40《クアレンタ》も死にました」

40《クアレンタ》というのはオチョアの右腕で、セータ隊のナンバーツーだった男だ。隊長同様、サディストだった。

「やつの死体を見たのか？」とオルドゥーニャは尋ねる。

「やつの頭を見ました」とケラーは答える。「ちなみに胴体はついてませんでした。それなら合格点をもらえますか？」

「いいだろう」そう言って、オルドゥーニャは笑みを浮かべる。

正確に言えば、ケラーは40《クアレンタ》の頭は見ていない。彼が見たのは40《クアレンタ》の顔――頭部から剥《は》がされ、サッカーボールに縫いつけられた顔だ。

「ルイスは来ましたか？」とケラーは尋ねる。

「いや、まだだ」とオルドゥーニャは答える。

「最後に見たときには生きてたんですが」

ルイスがオチョアを発煙筒に変えたときには。そのあと古いマヤ時代の石造りの中庭に立ち、少年が不気味なサッカーボールを蹴《け》るのを見ていたときには。

「たぶんとんずらしたんだろう」

「そうかもしれません」

「きみの上司に連絡したほうがいい。十五分おきに電話してきてたからな」オルドゥーニャは使い捨て携帯電話に番号を打ち込んで言う。「テイラーか？　ここに誰がいると思う？」

ケラーは携帯電話を受け取る。ティム・テイラー――麻薬取締局《DEA》南西地区長――の声が聞こえる。「本物か？　てっきりきみはもう死んだものと思っていた」

「がっかりさせてすみません」

麻薬取締局の面々はテキサス州クリント――エルパソから数マイル東にある田舎町――のハイウェー沿いにある〈アドビ・イン〉でケラーを待っている。

その部屋は、標準的なモーテルの〝効率《エフィシエンシー》〟ルームで、キッチンスペース――電子レンジとコーヒーメーカーと小型冷蔵庫がある――が備えられた広い居間に、ソファとコーヒーテーブル、椅子が二脚、それにテレビが置かれ、サボテンの背後に夕陽を描いたへたくそな絵が飾られている。左手にあるドアは開け放たれ、その奥に寝室とバスルームがある。任務遂行後の事情聴取にこそふさわしい、なんの特徴もない部屋だ。

テレビがつけられていて、小さな音でCNNが流れている。

ティム・テイラーはソファに腰かけ、コーヒーテーブルの上のノートパソコンを見ている。パソコンの横には衛星電話が立てて置かれている。

急襲作戦を担当した傭兵チームのリーダー、ジョン・ダウニーは電子レンジのそばに立ち、何かが温まるのを待っている。迷彩服を脱ぎ、シャワーを浴びてひげを剃《そ》ったようで、濃紫色のポロシャツにジーンズにテニスシューズというなりだ。

もうひとり、確かロリンズという名のCIAの男が椅子のひとつに坐って、テレビを見ている。

ケラーがはいっていくと、ダウニーが顔を上げる。「いったいどこにいやがった、アート？　衛星画像でも調べたし、ヘリコプターまで飛ばして捜したんだぞ……」

ケラーはバレーラを無事に帰還させる任務を負っていた。それが合意事項だった。ケラーは尋ねる。「チームのメンバーはどうしてる？」

「びゅうん」と言って、ダウニーは両手でウズラの群れが飛び立つような恰好をしてみせる。特殊作戦部隊は十二時間以内に、世界じゅうとは言わないまでも、国内のあちこちに散らばることができる。それまでどこに行っていたのか、もっともなつくり話を携えて。

「行方不明者はルイスだけだ。あんたと一緒に帰ってくるんじゃないかと思ってたんだが」

「銃撃戦のあと、ルイスを見た」とケラーはダウニーに言う。「どこかに行くところだった」

「ルイスは姿をくらましたのか?」とロリンズが横から口をはさむ。

「あいつの心配は要りませんよ」とケラーは答える。

「きみには彼を連れ帰る責任があるはずだが」とロリンズは言う。

「ルイスのくそったれ」とテイラーが言う。「バレーラはどうなった?」

ケラーは言う。「私のほうこそ知りたいです」

「こっちにはどんな情報も届いていない」

「それなら、どこかでくたばったんじゃないですか」

「きみは撤収のヘリに乗るのを拒否した」とロリンズが指摘する。

「ヘリを待たせるわけにはいきませんでしたからね」とケラーは答える。「私にはまだバレーラを捜す任務があったし」

「しかし、見つけられなかった」

「特殊作戦部隊はルームサーヴィスじゃありません。そういつもいつも注文の品を届けられるとはかぎらない。予想外のことが起こるものです」

最初の降下からそうだった。

ケラーたちがヘリコプターで現地上空に到着したときにはもう銃撃戦が始まっていた。セータ隊がシナロア人を虐殺していた。さらに、ケラーが乗っていた先導ヘリは地対空ロケット弾を被弾し、メンバーのひとりが死亡、もうひとりが負傷した。ファストロープでの降下もできず、ヘリは激しい交戦地帯に硬着陸した。その後、撃墜を免れた二機目のヘリでメンバーをシャトル輸送し、後方に撤収せざるをえなかった。

撤収できたのはただ運がよかったからだ。ケラーはそう思う。撤収できたばかりか、セータ隊の幹部の処刑という主要な目的まで達成できたのは。まあ、バレーラを連れて帰ることはできなかったが……

「この作戦の第一の任務はセータ隊の指揮統制の解体だったはずです」とケラーは言う。「不運にもバレーラがその巻き添えになったのだとしたら……」

「そのほうがずっといいか？」とロリンズは尋ねる。

ケラーがバレーラを憎んでいることはこの場の全員が知っている。

あの麻薬王がケラーのパートナーを拷問して殺害したことも。

ケラーがそのことを赦《ゆる》さないだけでなく、一秒たりとも忘れるはずがないことも。

「アダン・バレーラのために嘘の涙を流すつもりはありません」とケラーは言う。が、ケラーはこの部屋にいる誰よりメキシコの状況を熟知している。好むと好まざるとにかかわらず、シナロア・カルテルはメキシコの安定の鍵を握る存在だ。もしバレーラが死んだことでシナロア・カルテルが崩壊すれば、かろうじて保たれていたメキシコの平和も崩壊しかねない。バレーラもそのことを知っていた。〝我が亡きあとに洪水よ来たれ《アプレ・モア・ル・デリュージュ》〟のカードをちらつかせて、ケラーを動かした。ケラーはメキシコ政府とアメリカ政府の双方を相手取ってタフな交渉をおこない、麻薬取締局を離れた。そして、バレーラの敵であるセータ隊を倒す暗殺チームに加わることになったのだった。

　電子レンジがチンと鳴り、ダウニーがトレーを取り出す。「〈ストウファー〉のラザニア。もはやこれは古典だな」

「ただ、バレーラが死んだかどうかもまだわからない」とケラーは続ける。「死体は見つかったんですか？」

「いや」とテイラーが答える。

「現在D2が現場で捜索にあたってるところだ」とロリンズが言う。D2とはグアテマラ軍情報局のことだ。「バレーラはまだ発見されていない。ついでに言えば、主要な標的二名もまだどちらも見つかっていない」

「標的二名が死んだことは私が断言できます」とケラーは言う。「オチョアはだいたいのところ木炭化しました。それから40《クアレンタ》については……まあ、知らないほうがいいでしょう。ともかくふたりとも過去形になったのは確かです」

「バレーラはまだ過去形になっていないことを願おう」とロリンズが言う。「シナロア・カルテルがぐらつけば、メキシコもぐらつく」

「意図せざる結果の法則、ですね」

「メキシコ政府とわれわれはアダン・バレーラを守るという具体的な合意に至った。彼の身の安全を保障した。これはヴェトナムとはちがうんだ、ケラー。フェニックス作戦でもない。もしきみがその合意に違反したことがわかれば、私たちとしても……」

　ケラーは立ち上がる。「あなたたちにしても何もできやしない。なぜならこれは正式な許可を得ていない、存在しなかったことになっている非合法な作戦だからです。実際、どうするつもりです？　私を裁判にかけるんですか？　証人台に立たせるんですか？　アメリカは世界最大の麻薬商《ナルコ》と取引きしたと宣誓証言させるんですか？　バレーラの敵を殺すために合衆国が支援した奇襲作戦に参加したと？　われわれのような汚れ仕事をやる人間の鉄則を教えてあげましょう――引き金に指をかけるまえに銃を取り出すな、です。あなたたちはもう引き金に指をかけてるんですか？」

　返事はない。

「まあ、そうでしょう」とケラーは続ける。「私はバレーラを殺したいと思ったし、殺しておけばよかったと思ってる。しかし、実際には殺してない。記録にはそう書いておいてください」

　ケラーはドアに向かう。

　テイラーがあとを追う。「どこに行くんだ？」

「あなたには関係ありません」

「メキシコに行くつもりか？」とテイラーは尋ねる。

「私はもう麻薬取締局の人間じゃありません。もうあなたの部下じゃない。どこに行けとか行くなとか指図されるいわれはありません」

「殺されるぞ、アート。セータ隊がやらなければ、シナロア・カルテルがやる」

たぶん。ケラーもそう思う。

しかし、メキシコに行こうと行くまいと、どのみちやつらはおれを殺そうとするだろう。

ケラーは車でエルパソに行く。エルパソ情報センター《EPIC》の近くに借りているアパートメントで、汚れた汗まみれの服を脱ぎ、熱いシャワーを長々と浴びる。それからベッドに横になる。そのとたん、丸二日ほど寝ていないことに気づく。体はぐったりと疲れ、消耗しきっている。

それなのに、疲れすぎて眠ることができない。

ケラーはベッドから起き上がり、ジーンズを穿《は》き、白いボタンダウンのシャツを羽織る。それから寝室のクロゼットの中にある銃器保管庫からコンパクトな九ミリ口径のシグ・ザウエルを取り出し、ホルスターをベルトにつけると、紺のウィンドブレーカーを着て外に出る。

そして、メキシコのシナロア州に向かう。


一九七〇年代、ケラーが麻薬取締局《DEA》の新人職員として初めてクリアカン（シナロア州の州都）に赴任した頃、この市《まち》はメキシコのヘロイン売買の中心地だった。

そして今、また中心地となっている。ケラーはターミナルからタクシー乗り場に向かいながら思う——すべてが一周してもとに戻った。

当時、アダン・バレーラはまだまだ青い若造で、ボクサーのマネージャーとして身を立てようとしていた。

が、彼にはシナロア州警察の警官で、シナロアで二番目に大きな芥子栽培の農園主でもある叔父がおり、その叔父は一番になろうと目論んでいた。その頃のことだ――ケラーは思う――おれたちが芥子畑を焼き払い、枯れ葉剤を散布して、農民たちを家から追い立てたのは。その手入れの際にアダンがメキシコの連邦保安局に捕まったのも。連邦保安局はアダンをヘリから突き落とそうとした。ケラーはそれをやめさせて、アダンの命を救った。

ケラーがこれまでに犯した数多くの過ちの中の最初の過ちだった。

改めてケラーは思う――もしおれが連邦保安局を止めたりせず、〝空飛ぶロッキーくん〟さながら、アダンを滑空させておけば、今よりずっとましな世界になっていただろう。アダンが生きながらえて、世界一の麻薬王になるよりずっとましな世界に。

が、あの頃、ケラーとアダン・バレーラは友人だった。

友人であり、義兄弟だった。

今となっては信じられないことに。

それ以上に、受け容れがたいことに。

ケラーはタクシーに乗り込み、運転手に繁華街《セントロ》へ行ってくれと告げる。

「セントロのどこへ?」運転手がバックミラー越しにケラーの顔を見ながら尋ねる。

「どこでもいい」とケラーは答える。「適当に流しながらあんたのボスに電話して、妙な北米人《ヤンキー》が市《まち》にいると伝えればいい」

メキシコのタクシー運転手はみな、強大な麻薬商《ナルコ》の拠点となる市《まち》ではどこでも、隼《アルコン》と呼ばれるカルテルの監視要員の役目を担っている。空港や駅や通りを見張り、どんな人間が市《まち》に出入りしたかを上層部に報告する。それが彼らの仕事だ。

「手間を省いてやろう」とケラーは言う。「誰に電話するつもりか知らないが、そいつに言ってやれ。おれの車にはアート・ケラーが乗ってるって。そうすれば、そいつからおれをどこに連れていけばいいか、指示が出るだろう」

運転手は電話をかける。

何回か電話をかけ、電話をかけるたびに声に緊張が増す。ケラーは彼らの手順を知っている。まずは地元の下部組織のリーダーに電話をかける。そいつがまた直属のリーダーにかけるというように、指揮系統の梯子《はしご》を順にのぼっていく。そうしてアート・ケラーの名がその最上段まで届けられる。

タクシーは二八〇号線を走り、市街地に向かう。車の窓から、道路沿いに並ぶ麻薬戦争で戦死した麻薬商《ナルコ》——その多くは若い男——を弔う祭壇が見える。粗末な木の十字架のままに花束とビール瓶が供えられているだけのものもあれば、二本のポールのあいだに故人の拡大写真入りのフルカラーの横断幕を張ってあるものや、意匠を凝らした大理石の土台の上につくられたものもある。

墓はすぐにまた建てられることになるだろう。〝ドスエレスの殺戮〟の知らせがこの市《まち》にも届いたら。バレーラがグアテマラ行きに同伴させた百名のシナロア人の兵隊のうち、たとえ数人でも戻ってきたら。

墓はセータ隊の本拠地であるメキシコ北西部のチワワ州や北東部のタマウリパス州にも建つようになるだろう。セータ隊の隊員が戻ってこないとわかったら。セータ隊にもはや余力はない。かつてはメキシコという国を乗っ取りかけたほど大きな脅威だったが、特殊部隊出身者で構成されたこの私設軍カルテルは、幹部を失って骨抜きになった。優秀な人材はみなオルドゥーニャ提督に殺害され、グアテマラの地に眠っている。

今のところシナロア・カルテルに刃向かう者はいない。

「ロタリスモに連れていくように言われました」とタクシーの運転手がおずおずと言う。

ロタリスモはクリアカン市の最北端にある、人気《ひとけ》のない山や農地ばかりの殺風景な地域だ。

つまるところ、死体を捨てるにはもってこいの場所。そういうことだ。

「そこの自動車修理工場に」と運転手はつけ加える。

ますますもってこい。

道具がすべてそろっている。

車体――または死体――を切断するための道具だ。

麻薬商《ナルコ》の大物たちの秘密会議の場所は、表に停めてあるSUVの数で見分けがつく。これは重要な会議にちがいない――タクシーが自動車工場に乗り入れるなり、ケラーはそう思う。ヤマアラシの棘《とげ》のように銃を突き出した十数台のサバーバンとエクスペディションがガレージのまえにずらりと並んでいる。

銃口はすべてタクシーに向けられている。運転手はもうちびっているかもしれないと思って、ケラーは言う。

「落ち着け《トランキーロ》」

制服を着た兵隊が数人、建物のまわりをパトロールしている。特徴のある制服を着た武装警護部隊を持つことがすべてのカルテルのあらゆる派閥でブームになっている。

この警護部隊はアルマーニの帽子をかぶり、エルメスのヴェストを着込んでいる。ファッションショーか何かと勘ちがいしてるんじゃないのか。ケラーはそんなことを思う。

ひとりの男がガレージから急いで出てきてタクシーに近づくと、後部座席のドアを開けて、降りやがれ、とケラーに言う。

ケラーはその男を知っている。シナロア州警察の幹部、テリー・ブランコだ。新米警官の頃からカルテルの賄賂《わいろ》を受け取っていた男だが、今では黒い髪に白いものがまじっている。

ブランコが言う。「あんた、今ここいらで何が起こってるのか知らないな」

「それがおれが来た理由だ」とケラーは言う。

「知ってるのか？」

「中には誰がいる？」

「ヌニェスだ」

「なるほど」

「ケラー、中にはいったら、もう出てはこられないかもしれないぞ」

「おれにとってはいつものことだ、テリー」

ブランコはケラーを連れてガレージの中にはいり、作業場やリフトの脇を抜け、コンクリートの床の何も置かれていないだだっ広いスペースに出る。部屋というより倉庫のような場所だ。

テキサスのモーテルの再現。

顔ぶれはちがうが。

やっていることは同じだ。電話をかけ、ノートパソコンのキーを叩き、アダン・バレーラの居場所に関する情報を得ようと躍起になっている。ここは薄暗く、分厚い壁には窓もない。太陽が焦げつくような暑さをもたらし、北風が凍えるような寒さを運んでくる気候では、それが望ましい環境なのだ。光も風も詮索する視線もこの場所には届かない。もし誰かがここで死んでも、絶叫し、悲鳴をあげ、懇願しても、分厚い壁がそれを外に洩らさない。

ケラーはブランコに続いて奥のドアに向かう。ドアを開けると、小さな部屋がある。

ブランコはケラーを先に中に入れてからドアを閉める。

ケラーは机の向こうに坐って電話をかけている男に見覚えがある。ごま塩頭に手入れの行き届いた山羊ひげ、千鳥格子のジャケットにニットタイという品のあるいでたちで、ガレージの奥の部屋の油にまみれた空気の中で、いかにも居心地が悪そうにしている。

リカルド・ヌニェス。

弁護士《エル・アボガド》。

プエンテグランデ刑務所の元所長で、二〇〇四年にバレーラが脱獄する数週間まえに所長職を辞した元州検察官だ。当時ヌニェスを尋問したのがケラーだった。ヌニェスは身の潔白を主張したが、結局、弁護士資格を剥奪《はくだつ》され、その後、バレーラの右腕となった。今ではコカイン売買で何億ドルと稼いでいるのだろう。

ヌニェスは電話を切って、ブランコを見る。「ちょっとはずしてもらえるか、テリー？」

ブランコは部屋を出ていく。

「なぜこんなところまで来た？」とヌニェスが尋ねる。

「あんたたちがおれを捜す手間を省いてやろうと思ったまでだ」とケラーは言う。「どうやらグアテマラの件を知ってるようだから」

「アダンからあんたの計画は聞いていた」とヌニェスは言う。「向こうで何があった？」

ケラーはテキサスのモーテルで話した内容を繰り返す。

「あんたはエル・セニョール——バレーラ——を無事に連れ出すことになっていた」とヌニェスは言う。「それが取り決めだったはずだ」

「セータ隊にさきに襲われたんだ。アダンは油断してた」

「アダンの居場所については何も知らないのか？」

「おれが知ってるのはさっき話したことだけだ」

「彼の家族は心配のあまり正気を失いそうにさえなっている。なんの連絡もない。遺体も……見つかっていない」

部屋の外が騒がしくなる。ブランコが誰かに「部屋にははいれない」と言っている声が聞こえ、そのあと荒々しく開けられたドアが壁にぶつかって大きな音をたてる。

三人の男がはいってくる。

最初にはいってきたのは二十代後半か三十代前半くらいの若い男だ。少なくとも三千ドルはするにちがいないサン・ローランの黒いレザージャケットを着て、ロッカーのジーンズを穿き、エア・ジョーダンを履いている。巻き毛の黒髪は五百ドルのカットで整えられ、顎には流行の無精ひげを生やしている。

そいつは殺気だっている。

怒りと緊張。

「おれの親父はどこだ？」と男がヌニェスに詰め寄る。「親父に何があった？」

「まだわからない」ヌニェスは答える。

「わからないってのはどういう意味だ⁉」

「落ち着け、イバン」三人の男のうちのもうひとりの若い男が言う。金はかかっているものの、だらしない服装をした男で、ひげも剃《そ》らず、むさくるしい黒髪を野球帽の下に押し込んでいる。酒に酔っているか、麻薬でハイになっているか、あるいはその両方のように見える。ケラーはこの若者のことは知らないが、最初の若者はイバン・エスパルサにちがいない。

シナロア・カルテルにはかつて三つの派閥があった。バレーラの一派とディエゴ・タピアの一派とイグナシオ・エスパルサの一派だ。バレーラは対等な共同事業者の筆頭格という立ち位置だったが、〝ナチョ〟・エスパルサは彼のパートナーとして一目置かれていた。そのことは彼がバレーラの義理の父親であることと無関係ではない。エスパルサは同盟関係をより強固なものにするために、自分のうら若き娘エバを麻薬王に嫁がせたのだ。

つまり、この若者はエスパルサの息子で、アダンの義理の兄ということか。ケラーは思う。情報機関の資料によれば、イバン・エスパルサは現在、シナロア・カルテルの心臓部であるバハ本部《プラーサ》――ティファナとテカテというきわめて重要な国境検問所のある土地――を任されている。

「死んだのか？」とイバンが怒鳴る。「おれの親父は死んだのか？」

「親父さんはグアテマラでアダンと一緒だったそうだ」とヌニェスが言う。

「くそ！」イバンはヌニェスの机に片手を叩きつけると、怒りの矛先を向ける相手を求めてあたりを見まわし、ケラーに気づく。「おまえ、いったいどこのどいつだ？」

ケラーは答えない。

「おれはおまえに訊《き》いてるんだ！」イバンが言う。

「聞こえたよ」

「このヤンキー野郎《ピンチェ・グリンゴ》が――」

イバンはケラーに食ってかかろうとする。が、三番目の男がふたりのあいだに割ってはいる。

ケラーは情報機関の資料でその男の写真を見たことがあった。ティト・アセンシオン。ナチョ・エスパルサの元警護部隊長で、セータ隊にさえ恐れられた男だ。大勢のセータ隊員を虐殺した実績があり、褒美としてハリスコ州で独自の組織を持つ権限を与えられた。その巨大な体躯《たいく》、眉骨が突き出た広い額、番犬気質とその加虐嗜好《しこう》から、マスティフ犬《エル・マスティン》という渾名《あだな》で呼ばれている。

ティト・アセンシオンはイバンの二の腕をつかみ、その場に引き止める。

ヌニェスがもうひとりの若者を見て尋ねる。「いったいどこにいたんだ、リック？　ずっとあちこちに電話してたんだぞ」

リックは肩をすくめる。

おれの居場所なんてどうでもいいだろう？――とでも言わんばかりに。

ヌニェスは眉をひそめる。

父と息子か。ケラーは見当をつける。

「おれは、こいつは誰だと訊いてるんだ」イバンはアセンシオンの手を振り払う。が、ケラーにつかみかかろうとはもうしない。

「アダンが、ある……取り決めをして」とヌニェスが説明する。「この人もグアテマラにいた」

「あんた、おれの親父を見たか？」とイバンが尋ねる。

おれはあんたの親父さんのなれの果てを見た。ケラーは内心そう思う。くすぶる篝火の灰の中に横たわる下半身の残骸を。「おそらく親父さんは帰ってこないと覚悟しておいたほうがいい」

そのときティト・アセンシオンの顔に浮かんだのは、まさしく最愛の飼い主を失ったことを悟った飼い犬のような表情だった。

混乱。

悲嘆。

憤怒。

「なんであんたにわかる？」とイバンがケラーに尋ねる。

リック《や》がイバンを抱きしめる。「残念だ、兄弟《マーノ》」

「親父を殺ったやつはただじゃすまさねえ」とイバンは言う。

「今、エレナと電話がつながってる」とヌニェスが言い、電話をスピーカーモードに切り替える。「エレナ、何か新しい情報は？」

電話の相手はアダン・バレーラの妹のエレナ・サンチェスにちがいない。彼女はババ本部をエスパルサ家に引き渡して以来、ファミリー・ビジネスから手を引いている。

「何もないわ、リカルド。あなたのほうは？」

「どうやらイグナシオは逝ってしまったようだ」

「そのこと、もうエバには話したの？　誰か彼女に会いにいった？」

「まだだ」とヌニェスは言う。「決定的な情報がはいるまで待ってる」

「誰かがそばについていてあげないと」とエレナは言う。「父親を亡くして、夫まで亡くしたかもしれないんだから。坊やたちも可哀そうに……」

エバとアダンとのあいだには双子の息子がいる。

「おれが行く」とイバンが言う。「エバはおれがおふくろのところに連れていく」

「おふくろさんも気の毒にな」とヌニェスが言う。

「そろそろ着陸するわ」とエレナが言う。

「空港に迎えをやろうか？」とヌニェスは尋ねる。

「わたしたちにもまだ部下はいるのよ、リカルド」

彼らはおれがここにいることすら忘れてしまったかのようだ、とケラーは思う。

妙なことに、ハイになった若者——リックだったか？——が最初にケラーのことを思い出す。「それよりこいつのことはどうする？」

部屋の外からさらに騒がしい音がする。

怒号。

拳と平手で殴る音。

苦痛のうめき声。悲鳴。

あぶり出しが始まったのだ、とケラーは思う。カルテルは誰彼かまわず締め上げるだろう。セータ隊のスパイかもしれない者を、裏切り者かもしれない者を、グアテマラ人の協力者を、誰であろうと情報を吐かせようとするだろう。

必要とあらば、どんな手段を使ってでも。

コンクリートの床の上で鎖が引きずられる音がする。

アセチレン・バーナーをつけるシューッという音も。

ヌニェスがケラーを見て、眉を吊《つ》り上げる。

「おれはもう手を引くと言いにきた」とケラーは言う。「もう終わりにする。おれはこれからメキシコで暮らすが、これからは一切関わらない。あんたたちがおれから連絡を受けることはないし、おれもあんたたちから連絡を受けたくない」

「おまえだけ無傷で帰ろうってのか？　おれの親父は帰ってこないのに？」とイバンがジャケットから九ミリ口径のグロックを取り出し、ケラーの顔に向ける。「そりゃ聞けねえよ」

若者にありがちなミス。

殺したい男に銃を近づけすぎるというミスだ。

ケラーは銃口から身をそらし、同時にすばやく銃身をつかんでねじり上げ、イバンの手から銃をもぎ取ると、その銃でイバンの顔を三度殴る。頬骨が砕ける音がしたあと、イバンはケラーの足元にロープのようにふわりとくずおれる。

アセンシオンがまえに出ようとするが、ケラーはすかさず腕をリック・ヌニェスの首に巻きつけ、頭の横に銃口を押しつけて言う。「動くな」

エル・マスティンはぴたりと動きを止める。

「おれは何もしてないだろ！」とリックは怒鳴る。

「今後のことを話しておく」とケラーは言う。「おれはここから無事に出て、おれの人生を生きる。あんたたちはあんたたちの人生を生きる。もし誰かがおれを狙いにきたら、おれはあんたたち全員を殺す。わかったか《エンテイエンデン》？」

「わかった」とリックの父親ヌニェスが答える。

リックを盾にしてあとずさり、ケラーは部屋を出る。

部屋の外では男たちが壁に鎖でつながれている。血だまりができ、汗と尿のにおいがする。誰も動かない。ケラーが外に出ていくのを全員がただ見つめている。

男たちのためにケラーがしてやれることは何もない。

何ひとつ。

二十挺《ちょう》のライフルがケラーに向けられるが、ボスの息子を撃ってしまうかもしれないリスクを冒そうとする者はいない。

ケラーはうしろに手を伸ばし、タクシーの後部座席のドアを開ける。それからリックを地面に押しつける。

同時に銃を運転席に突きつけて言う。「車を出せ《アンダレ》」

タクシーで空港に戻る途中、ケラーは高速道路の脇にアダンに捧げられた祭壇を初めて見つける。

横断幕にはスプレーでこう書かれている。

アダン・ビーベ。

アダンは生きている。

ファレスは幽霊の市《まち》だ。

街中を車で走りながら、アート・ケラーはそう思う。

アダン・バレーラがこの市《まち》を老舗《しにせ》のファレス・カルテルから略奪して征服したとき、一万人以上のファレス人が殺害された。その結果、アダンはアメリカ合衆国に通じる新たな国境ゲートを手に入れた。メキシコのファレスとアメリカのエルパソをつなぐ四つの橋。スタントン通り橋、イズレタ国際橋、パソ・デル・ノルテ橋、そしてアメリカ橋――通称、夢の橋。

アダンがこの四つの橋を手に入れるために一万人の命が犠牲になったということだ。シナロア・カルテルとファアレス・カルテルの戦争が続いた五年間に、三十万人のファアレス市民が市《まち》から避難し、約百五十万人が残された。

その三分の一が今でも心的外傷後ストレス障害《PTSD》に苦しんでいるという。が、ケラーはむしろその程度の人数ですんでいることに驚く。麻薬戦争が最もひどかった頃には、ファアレス市民は歩道に転がる死体をまたいで歩くことが日常になっていた。カルテルは救急車の運転手にどの負傷者を助け、どの負傷者をそのまま死なせなければならないか、無線で指示した。病院は襲撃され、さらにホームレス・シェルターや薬物治療施設まで襲われた。

市《まち》の中心部は事実上廃墟と化した。かつては活気にあふれた夜の歓楽街だった市《まち》で、レストランの半数とバーの三分の一が店を閉じた。商店も閉業した。市長と市議会議員と市警官の多くが橋を渡ってエルパソに移り住んだ。

それがここ数年で市《まち》は活気を取り戻しはじめた。店舗は営業を再開し、避難した市民は家に戻り、殺人事件発生率も減少した。

ケラーは暴力行為が減少した理由のひとつを知っている。

シナロア・カルテルが戦争に勝利したからだ。

〝シナロアの平和《パクス・シナロア》〟を樹立したからだ。

アダンのくそったれ。ケラーは新聞売りの少年像のある新聞記者広場《プラーサ・デル・ペリオディスタ》のあたりを車で走りながら思う。

おまえの橋などくそくらえだ。

おまえの平和などくそくらえだ。

この広場の横を車で走るたび、ケラーの眼にはばらばらにされた友人パブロの死体が見える。

パブロ・モーラはセータ隊に抗《あらが》い、麻薬商《ナルコ》の犯罪を暴くブログを書きつづけたジャーナリストだった。セータ隊はそんなパブロを拉致《らち》し、なぶり殺しにし、死体をばらばらに切断したあと、新聞少年の像のまわりに並べたのだ。

実に多くのジャーナリストが殺害された。カルテルが行動だけでなく言論も支配すべきだと気づいたために。

その結果、ほとんどのメディアが麻薬商《ナルコ》のニュースを取り上げるのをやめた。

そのためだった、パブロが自殺行為とも言えるブログを始めたのは。

そんなパブロの同志にはヒメナ・アバルカがいた。ファアレス谷の小さな町でパン屋を営むヒメナは、麻薬商《ナルコ》、連邦捜査局、メキシコ陸軍、メキシコ政府のすべてに立ち向かった。ハンガーストライキを続け、無実の罪で収監された息子を釈放させた。その後、バレーラ配下の殺し屋がファアレスのヒメナのお気に入りのレストランの駐車場で、彼女の胸と顔に九発の銃弾をぶち込んだ。

報道カメラマンのジョルジョは、死んだ麻薬商《ナルコ》の写真を撮った〝罪〟で斬首された。

エリカ・バイエスは虐殺され、鶏肉のように刻まれた。エリカは前任の警官四人がナルコに殺害された小さな町で、唯一の警官になった勇敢な十九歳の少女だった。

それにマリソル。もちろん。

マリソル・シスネロス医師は、フアレス谷のパン屋ヒメナ・アバルカが住んでいた町、バルベルデの町長だった。

彼女は前任町長が立て続けに三人殺害されたあと、町長に就任し、セータ隊に殺すと脅されても町長を辞めなかった。実際に車で走行中に銃撃され、腹と胸と脚に銃弾を受け、大腿骨《だいたいこつ》一本と肋骨《ろっこつ》二本が折れ、背骨にひびがはいったあとも彼女の意志は変わらなかった。数週間の入院生活と療養生活を経たあと、マリソルは復帰し、記者会見を開いた。美しいドレスを着て、髪をきれいにセットし、完璧なメイクを施したマリソルは、メディアのまえで体の傷――それに人工肛門《こうもん》用のパウチ――を見せた。それからまっすぐにカメラを見据えて、麻薬商《ナルコ》に向かって言った――わたしは町長の執務を再開します、あなたたちにわたしを止めることはできません。

彼らになぜそんな勇気があるのか。ケラーには説明できない。

だから、アメリカの政治家がメキシコ人を十把《じっぱ》ひとからげにして、腐敗していると評すると、ケラーは怒りを覚える。そういうときには、パブロ・モーラやヒメナ・アバルカやエリカ・バイエスやマリソル・シスネロスのような人々のことを思わずにはいられない。

幽霊のすべてが死んでいるわけではない――過去の自分の亡霊として、ただ無為に生きている者もいる。

おまえも幽霊だ。ケラーは自分に向かって言う。

自らの亡霊となり、半分だけ生きている。

おまえがメキシコに戻ってきたのは、生者といるより死者といるほうが落ち着くからだ。

国道二号線は、ファレスの東側にある国境と平行に走っている。運転席側の窓の向こうほんの数マイル先にテキサスが見える。

距離は近くても、世界の果てほどの隔たりがある。

メキシコ連邦政府はファレスに平和を取り戻すために陸軍を派遣した。が、陸軍はカルテルに負けず劣らず残虐な行為に及んだ。実際、陸軍が駐屯していた期間には殺人件数が上昇した。国道には数マイルごとに陸軍の検問所があった。地元の人たちは検問所での恐喝や不当逮捕を恐れていた。逮捕されるとたいていの場合、殴られ、拷問され、この道路のずっと先にあった急ごしらえの囚人キャンプに収容された。

カルテルの銃撃戦で殺されなくても、陸軍兵士に殺されかねなかった。

あるいは、人がただ忽然《こつぜん》と消えることもあった。

セータ隊がマリソルを銃撃したのもこの国道だった。セータ隊は大量に出血した瀕死《ひんし》のマリソルを道路の側溝に残して立ち去った。ケラーがバレーラと一時同盟を組むことにした理由のひとつは、〝天空の主《エル・セニョール・デ・シエロ》〟バレーラがマリソルの身の安全を保障すると約束したからだった。

ケラーは念のためにバックミラーをちらりと見る。が、彼らには彼を追う必要がない。そのことはケラーにもわかっている。彼らはケラーの行き先をすでに知っており、到着すれば連絡が行くだろう。カルテルの隼《アルコン》はどこにでもいる。警官、タクシー運転手、街角の子供たち、窓から外をのぞく老婆、カウンターの奥にいる事務員。最近では誰もが携帯電話を持っており、誰もがシナロア・カルテルの機嫌を取ろうとする。

おれを殺したいと思えば、やつらは殺す。

少なくとも、殺そうとするだろう。

ケラーは小さな町バルベルデにはいる。砂漠の平地に二十ほどのブロックが長方形に並んでいる。家々は――破壊されずに残っているものは――二、三の日干し煉瓦《れんが》造りのものを除けば、軽量コンクリートブロック造りがほとんどで、中には鮮やかな青や赤や黄に塗装された家もある。

しかし、戦争の傷はまだ癒えてはいない。町の中心の通りを車で走りながら、ケラーはそのことに気づく。かつては町の中心的存在だったアバルカ家が営むパン屋は焼け焦げた廃屋のままだし、家々の壁には銃弾のあばたが残っている。板でふさがれ、放置されたままの建物もある。麻薬戦争中に数千もの人々がファアレス谷を去った。怯《おび》えて自分から去る者もいれば、バレーラに脅されてやむなく去る者もいた。朝起きると、通りの電信柱と電信柱のあいだに横断幕が張り出されるのだ。そこに町民の名前が記され、その町民はその日のうちに立ち退《の》かなければ殺される。そういう警告だった。

バレーラは谷にあるいくつかの町から住民を追い出し、かわりに自分に忠実なシナロア人を住まわせた。

文字どおりファレス谷を植民地化したのだ。

同時に、陸軍の検問所は消えた。

大通りにあった土嚢《どのう》を積んだ掩蔽壕《えんぺいごう》も消えた。町の広場の西洋風東屋《ガゼボ》では、老人たちが何人か集まって午後の日向ぼっこを愉しんでいる。ほんの数年まえまではそんな大それたことをしようなどと考える者はいなかった。

小さな商店《ティエンダ》が営業を再開していることにケラーは気づく。町で生活必需品が入手できるようになったのだ。

ほんの一部ではあったが、バルベルデに戻ってきた町民もいる。町はゆっくりと息を吹き返しつつあるように見える。ケラーは小さな診療所のまえを通り過ぎ、町役場のまえの駐車場に車を入れる。コンクリートブロック造りの二階建ての長方形の建物に役場の機能がかろうじて残されている。

ケラーは車を停め、町長室に通じる外階段をのぼる。

町長室ではマリソルが机に向かっている。椅子の肘掛けには杖が掛けられている。書類を熱心に読んでいて、彼女はケラーに気づかない。

マリソルの美しさにケラーの心臓が止まる。

彼女はシンプルなブルーのワンピースを着ている。とび色の髪をうしろでまとめたひかえめなシニヨンが高い頬骨と黒い眼を惹き立てている。

おれはこれからも彼女を愛しつづけずにはいられないだろう。ケラーはそう思う。

マリソルは眼を上げて、ケラーを見ると、笑みを浮かべて言う。「アルトゥーロ」

そして、杖をつかんで立ち上がろうとする。椅子に坐ったり椅子から立ち上がったりするだけでも、彼女にはたやすいことではない。それは今も変わらない。体を持ち上げたとき、一瞬彼女が顔をしかめたのにケラーは気づく。ワンピースのデザインで隠れているが、彼女の体には小腸を切断した弾丸からの一生の贈りものである人工肛門用のパウチがつけられている。

　彼女をそんな目にあわせたのはセータ隊だ。

　ケラーはマリソルの襲撃を命じた男たち――オチョアと40《クアレンタ》――を殺すためにグアテマラに乗り込んだ。復讐はやめてくれと懇願する彼女の願いを踏みにじって。マリソルはケラーに腕を伸ばし、ぎゅっと抱きしめる。「もう帰ってこないんじゃないかと思ってた」

「帰ってきてほしいと思えるかどうかわからない、そう言ってたじゃないか」

「あんなひどいことを言うなんて、どうかしてた」そう言って、マリソルはケラーの胸に頭を預ける。「ほんとにごめんなさい」

「謝ることはない」

　彼女はいっとき口をつぐんで、それから尋ねる。「もう終わったの？」

「おれにとっては終わった」

ケラーはマリソルがほっと息を吐くのを感じる。「これからどうするつもり？」

「わからない」

それは本音だ。実のところ、ケラーはドスエレスから生きて帰ってこられるとは思っていなかった。だからいざ戻ってみると、これから自分の人生をどう生きればいいのかよくわからない。グアテマラの手入れを指揮した民間軍事会社〈タイドウォーター〉に戻るつもりはない。麻薬取締局に戻ることもありえない。とはいえ、それでは何をするのかとなると、まったくわからない。

ここバルベルデにいるということ以外は。

自分が彼女に引き寄せられているということ以外は。

かつてのふたりに戻ることはできない。それはわかっている。ふたりはあまりに多くの悲しみを共有しすぎている。あまりに多くの愛する人たちを殺されすぎた。そのひとつひとつの死が石となり、ふたりのあいだに壁をつくっている。あまりに高すぎて、崩すことのできない壁だ。

「午後は診療があるの」とマリソルが言う。

彼女は町長であり、町で唯一の医者でもある。ファレス谷には三万人の住民がいるが、常勤の医師は彼女だけだ。

それで彼女は町で無料診療所を始めたのだった。

「診療所まで送ろう」とケラーは言う。

マリソルは杖を手首にかけ、手すりを握って外階段を降りる。ケラーは彼女が落ちるのではないかと半分ほんとうに怖くなる。だから、いつでも片手を伸ばして彼女の体を支えられるように身構えながら、彼女のうしろから階段を降りる。

「一日に何度ものぼりおりしてるのよ、アルトゥーロ」と彼女は言う。

「わかってる」

可哀そうなアルトゥーロ、とマリソルは思う。彼は手強い悲しみを身にまとっている。マリソルはこの長い戦争でケラーが払ってきた犠牲を知っている。パートナーを殺され、家族とも疎遠になった。彼が見てきたことやしてきたことは今でも夜中に彼を目覚めさせ、ひどいときには悪夢で彼を金縛りにする。

彼女自身もまた犠牲を払った。

外傷のひどさは一目瞭然で、それにともなう慢性の痛みはいくらか和らいだとはいえ、今もまだ厳然としてある。若さを失い、美貌を失った。アルトゥーロはわたしがまだ美しいと思いたがるが、現実から眼をそむけるわけにはいかない。わたしは片手に杖を持ち、背中にくそ袋を取りつけている女なのだ。

心にはもっとひどい傷が残っている。医学を心得る者としてマリソルは、自分が重度の〝生存者の罪悪感《サヴァイヴァーズ・ギルト》〟――ほかの多くの人たちが死んでしまったのに、なぜ自分は生きているのか？――を抱いていることを知っている。アルトゥーロが同じ病気を患っていることも。

「アナはどうしてる?」とケラーは尋ねる。

「それがあんまりよくないのよ。心配なことに」とマリソルは答える。「落ち込んでいて、お酒を飲みすぎてる。診療所にいるからあとで会えるわ」

「おれたちはぼろぼろだな。おれたちはみんな」

「ほんとに」

誰もが語られることのない戦争から復員した兵士のようだ。マリソルはそう思う。その戦争には——流行《はや》りのことばで言うなら——〝出口《クロージャー》〟がない。

勝利もなければ、敗北もない。

調停もなければ、戦犯法廷もない。凱旋《がいせん》パレードもなければ、勲章もなく、スピーチもない。兵士を称える国家からの感謝のことばもない。

ただ、暴力はゆっくりと緩慢に減じられている。

魂が打ち砕かれたような喪失感と、町長室と診療所でどれだけ忙しく過ごしていても、埋めることのできないむなしさを残して。

ふたりは町の広場を通り過ぎる。

西洋風東屋《ガゼボ》にいる老人たちがふたりをじっと見ている。

「これから噂《うわさ》製造機が作動しはじめるわね」とマリソルが言う。「その製造機を信じれば、五時にはもうわたしはあなたの子供を身ごもってるわね。七時にはわたしたちは結婚してる。九時にはあなたがわたしを捨てて若い女——たぶん金髪《グエラ》の女性のもとに走ったことになってるわ」

バルベルデの人々はケラーのことをよく知っている。マリソルが銃撃されたあと、この町に住み、彼女が元気になるまで看病していたからだ。彼は町の教会へ行き、町の祝祭や葬儀にも参加した。彼らにとってケラーは同胞とまでは見なされていなくても、よそ者ではない。単なるヤンキーでもない。

彼らはマリソルを愛しているから、ケラーのことも受け容れている。

ケラーは背後から近づく車を気配だけで察知すると、ウィンドブレーカーの下の銃にそっと伸ばした手をグリップに添えたままにする。その車——古いリンカーン——はふたりの横をゆっくりと通り過ぎる。運転者も後部座席に乗っている者もケラーに対する興味を隠そうともしない。

ケラーは彼らに向かってうなずく。

隼《アルコン》もうなずき返し、車はふたりを追い越していく。

シナロア人はケラーを監視しつづけている。

マリソルは今のやりとりに気づかないまま尋ねる。「あなたが彼を殺したの、アルトゥーロ?」

「誰のことだ?」

「バレーラ」

「新婚初夜の新婦にまつわるおなじみの――」とケラーは言う。「――くだらないジョークがある。新郎が新婦に処女かどうか問い質《ただ》すと、新婦はこう答えるんだ。〝どうしてみんなわたしに同じ質問ばかりするの？〟」

「だったらどうしてみんなあなたに同じ質問ばかりするわけ？」マリソルにはケラーが答をはぐらかそうとしていることがわかる。ふたりは互いに決して嘘をつかないと約束していた。アルトゥーロは約束をたがえない男だ。そんな彼が直接質問に答えないことで、マリソルは真相を疑いはじめる。「ほんとうのことだけを言って。あなたは彼を殺したの？」

「いや」とケラーは答える。「マリ、おれはやってない」


ケラーはヴェテラン記者アナのファアレスの家で暮らしはじめる。ケラーに家を貸してほしいと持ちかけられると、アナはふたつ返事で承諾した――その家は彼女には思い出が多すぎたからだ。ケラーが引っ越すと、そのわずか二日後、エディ・ルイスがふらりとそこに現われる。

〝狂気のエディ〟もグアテマラの作戦に参加していた。ケラーはこの若い麻薬商《ナルコ》のポチョ――エルパソ出身のメキシコ系アメリカ人――が負傷したセータ隊の隊長エリベルト・オチョアに灯油缶の中身をぶちまけ、火をつけるのを目のあたりにしている。

ファアレスのケラーの家にはいってきたエディには連れがいる。

ヘスース・〝チュイ〟・バラホス。十七歳の統合失調症患者だ。チュイは耐えてきた恐怖、目撃した恐怖、他人に与えた恐怖が原因で精神を病んでいる。十一歳で麻薬商《ナルコ》の殺し屋になった少年が完全に治癒する見込みはない。ケラーがグアテマラの密林でチュイを見つけたとき、彼は平然とサッカーボールを蹴っており、そのサッカーボールには彼が首を切り落とした男の顔が縫いつけられていた。

「なんでこんなやつを連れてきた？」ケラーはチュイの無表情な眼を見ながら尋ねる。チュイはケラーがグアテマラで撃ち殺そうとした少年だった。エリカ・バイエス殺害の報復として。

ケラーは思う。それがわかっていながら普通連れてくるか？　おれのところに？

「ほかに頼めそうな人がいなかったんだ」

「警察に突き出せ」

「殺されるだけだ」とエディは言う。チュイはふたりの横を通ってカウチに寝そべると、丸くなって眠りにつく。痩せこけた小柄な少年は、栄養不良の野生のコヨーテみたいな表情をしている。「それに、おれがこれから行くところに連れていくわけにもいかないからな」

「どこに行くつもりだ？」

「アメリカに戻って出頭する」とエディは答える。「で、四年で出てくる」

それはケラーがエディのために用意した取引きだった。

「あんたはどうするんだ？」エディは尋ねる。

「なんの計画もない」とケラーは答える。「ただ生きていくんだろう」

どんなふうに生きるのかはわからないが。

ケラーの戦争は終わった。が、これからどうやって生きていくのかはまったくわからない。

チュイ・バラホスをどうすればいいのかも。

マリソルはチュイをメキシコの警察に突き出すというケラーの考えに反対する。「あの子は生きていけないわ」

「マリ、あいつが殺したんだぞ――」

「あの子がやったことは知ってる」とマリソルは言う。「だけど、あの子は病気なのよ、アルトゥーロ。助けが必要なの。今の法制度でどんな助けが得られるというの？」

何も得られない。ケラーは知っている。そもそもそんなものは大して気にかけてもいない。ただ、自分の戦争を終わらせたいだけだ。身につけた鉄の玉と鎖みたいに戦争を引きずりたくはない。チュイはケラーの愛する者を虐殺した異常者だ。ケラーに彼の戦争を思い出させるだけの存在だ。「おれはきみとはちがう。きみのように赦すことはできない」

「赦すことができないと、あなたの戦争は終わらない」

「じゃあ、永遠に終わらないんだろう」

結局、ケラーはチュイを警察に突き出さない。

マリソルは無償でチュイの診察をしてくれる精神科医を見つけると、自分の診療所で薬を手配する。診断は〝予断を許さない〟と出る。チュイに望めるのは最低限の生存、つまり最悪の記憶を消すことはできないまでも、少なくともそれを弱めて、ただ亡霊のように生きていくことだけだ。

なぜチュイの世話を引き受けたのか、ケラーは自分でも説明できない。

もしかしたらこれも贖罪《しょくざい》か。

チュイはケラーの人生に漂うもうひとりの幽霊のように家にいて、予備の部屋で眠り、ケラーがエルパソの〈ウォルマート〉で買ったXｂｏｘでゲームをし、ケラーが用意した食事をどんなものでも――たいていは調理済みの肉の缶詰を皿に盛っただけのものを――貪《むさぼ》るように食べる。ケラーはチュイの複数の薬をチェックし、きちんと処方どおりに服用させるようにしている。

診察の日になると、チュイを精神科に連れていき、待合室で〈ナショナル・ジオグラフィック〉や〈ニューズウィーク〉のスペイン語版をめくりながら診察が終わるのを待つ。それからふたりでバスに乗って家に帰る。ケラーが夕食の準備をするあいだ、チュイはテレビのまえに坐り込む。ふたりはほとんど会話をしない。時折、チュイの部屋から悲鳴が聞こえると、彼の部屋に行き、悪夢から目覚めさせる。そのまま苦しませておきたい誘惑に駆られることもあるが、実際にそうしたことは一度もない。

夜になると、アナの家の小さな裏庭に出る階段に坐ってビールを飲むこともある。そんな夜にはその庭で開かれたパーティを思い出す。音楽、詩、熱心な政治論、笑い。ケラーが初めて彼ら――アナとパブロ、ジョルジョ、それにアナとパブロが勤める新聞社の編集主幹であるメキシコ報道界の長老、梟《エル・ブオ》――と出会ったのもその庭でのことだった。

また、マリソルがファアレス病院に入院している患者の見舞いに市《まち》を訪れるときには、ふたりで一緒に夕食を食べに出かけたり、エルパソに映画を見にいったりする夜もある。ときにはケラーが車でバルベルデまで出かけ、診療が終わったあとマリソルと待ち合わせ、夕暮れの町を静かに散歩することも。

しかし、それ以上さきに進むことはなく、毎回ケラーは車でファアレスに帰る。

彼の人生は現実味のない、夢のようなリズムで過ぎていく。

バレーラが死んだとか、生きているとかいう噂が市《まち》を駆けめぐっても、ケラーはほとんど注意を払わない。時折、車が家のまえをゆっくり通り過ぎるのを見かけることがある。一度か二度、テリー・ブランコが立ち寄り、何か聞いていないか、何か知らないかと訊かれたこともある。

しかし、ケラーは何も聞いていないし、何も知らない。

それを除けば、約束どおり、彼らはケラーを放っておいてくれている。

それがいつまで続くのかはわからないとしても。

エディ・ルイスは、コンクリートの壁にボルトで取りつけられた鋼鉄製便器の水を流す。

そして、使用済みのトイレットペーパーの芯をトイレの排水口に突っ込んで、そこに息を吹き込み、トラップに溜まった水たまりの水位を下げる。次に、コンクリートの寝台からウレタン・マットレスを取りはずし、折り畳んで便器にかぶせて上から強く押す。心臓マッサージをする要領で。それからマットレスをはずし、排水口の中にトイレットペーパーを三つ重ねて置く。そして最後に、一番上のトイレットペーパーの芯に口をつけて、大声で叫ぶ。「親方《エル・セニョール》！」

数秒待つと、声が聞こえてくる。「エディか！　調子はどうだ《ケ・パサ》、わが息子《ミ・イホ》よ？」

エディはラファエル・カーロの息子ではないが、老いた麻薬王からそう呼ばれることを——もしかしたら本気で息子同然と思われているのかもしれない——嬉しく思っている。一九九四年に最重警備刑務所《スーパーマックス》がコロラド州フローレンスに開設されて以来、カーロはその最初の賓客のひとりとして、実質的にずっと監房で過ごしている。一九九四年以来、縦十二フィート、横七フィートのコンクリートの箱の中で——コンクリートのベッド、コンクリートのテーブル、コンクリートの丸椅子、コンクリートの机——たったひとりで過ごし、それでもなお正気を保っているカーロにエディは心底感心している。

ニルヴァーナのリードヴォーカル、カート・コバーンがこの世とおさらばしたときにも、カーロは監房にいた。ビル・クリントンが〝愛用の葉巻〟に火をつけたときにも、カーロは監房にいた。布を頭にかぶったくそったれどもが飛行機でビルに突っ込んだときにも、アメリカが侵攻すべきでない国に侵攻したときにも、黒人の男が大統領に選ばれたときにも、カーロはずっと同じ縦十二フィート、横七フィートの監房の中に坐っていた。

一日二十三時間、週七日間。

くそったれ。エディは思う。看守のやつらがカーロの監房の扉を閉めたとき、おれは十四歳で、〈ペントハウス・レターズ〉でマスをかく高校一年生だった。それなのにカーロはいまだにこの監房にいて、正気を保ってる。ルドルフォ・サンチェスはたった十八ヵ月ここにいただけで、すっかりタマなしになった。おれはここへ来てまだ二年目だが、すでに気が変になりかけてる。〝便器電話〟でカーロと話すことができなかったら、もうとっくにいかれていただろう。

カーロは今も刃のような鋭さを保っている。さすがかつて麻薬ゲームでメイン・プレイヤーを演じていただけのことはある。エディはそう思う。カーロが犯した唯一の――しかし致命的な――過ちは〝黄色毛《グウエーロ》〟・メンデス対アダン・バレーラというポニーの二頭立てレースで、負け馬に賭けたことだ。

カーロはいつも負けるほうに賭ける。

その結果、アダンの敵の多くが食らわされた仕打ちをカーロも食らった。アメリカへの身柄引き渡しだ。アメリカ当局はカーロがエルニー・ヒダルゴという名の麻薬取締局捜査官の拷問殺人に一枚噛んでいると睨《にら》み、カーロの身柄拘束にそもそもご執心だったのだ。アメリカの当局にはそれを証明することはできなかったが、カーロに麻薬密輸の罪状で最大の刑期――二十五年から終身――の判決をくだすことができた。

カーロは仮釈放なし《LWOP》の終身刑だけは免れた。

それでも、FBIの怒りはカーロをフローレンス送りにする程度には根深かった。カーロの入所まえ、フローレンス刑務所には、ユナボマー、ティモシー・マクベイといった爆弾犯や、大勢のテロリストがぶち込まれている。湾岸カルテルの元ボス、オシエル・コントレラスも、数人の大物麻薬商とともにここで服役している。

そしておれも、とエディは思う。

ついでに言うと、〝狂気《ナルコ》のエディ〟・ルイスは、メキシコ人のカルテルのトップに登りつめた最初で唯一のアメリカ人だ。

エディはそのついでの持つ価値を正確に理解し、それを利用した。

四年の刑期。

それはある意味、厄介な数字だ。なぜなら、この施設にいる受刑者たちの少なからぬ者たちが、なぜたった四年なのかと首を傾《かし》げているからだ。

エディほど名を馳せた男がたったの四年？

あの狂気のエディがたったの四年？

かつて、ポロシャツ好きにこじつけて、〝ナルコ・ポーロ〟と呼ばれた男。ヌエボラレドでセータ隊と戦ってセータ隊を追いつめ、ディエゴ・タピアの兵隊を率いてまずセータ隊と戦い、次にアダン・バレーラとも戦った男。ディエゴが処刑された海兵隊の急襲を生き延び、ディエゴ一派から離れて独自の組織を起《た》ち上げた男がたったの四年？

受刑者の中には彼の行動自体を訝《いぶか》っている者もいる——そんなエディがどうしてすで

に麻薬密輸の罪で指名手配されていたアメリカに戻ったのか？　なぜ自ら出頭したのか？　そして、なぜ連邦刑務所で四年の刑を食らうだけですんだのか？

当然ながら、エディはネズミ――密告者――ではないかと疑われた。仲間を裏切って刑期を軽くしてもらったのではないか、と。そんな疑いの眼を向けるほかの受刑者たちに対して、エディはきっぱりと否定した。「おれが逮捕されてから、ムショにぶち込まれたやつが誰かひとりでもいるか？　いるなら名前を言ってみろ」

エディは相手が答えられないことを初めから知っている。なぜならそんなやつはひとりもいないからだ。

「それに、もしおれが取引きしたんだとしたら」とエディは逆に食ってかかる。「フローレンスにぶち込まれるような取引きをすると思うか？　アメリカで最悪の最重警備刑務所《スーパーマックス》に？」

この問いにも誰も答えられない。

「その上七百万ドルの罰金だぞ？」とエディはたたみかける。「そんな間抜けな取引きをするなんてどこのクソネズミだ？」

疑いを晴らす決定打となったのがカーロとの友情だった。なぜなら誰もが知っていたからだ。ラファエル・カーロが――二十五年の刑期を宣告されながら、警察に協力を申し出ることはおろか、ひとことも不満を洩らさずにその刑を受けている男だ――タレ込み屋《ソプロン》と友達になるなどありえないことを。カーロがタレ込み屋と近しくなるなどありえない。

つまり、ラファエル・カーロとうまくやれるなら、誰とでもうまくやれるということだ。今、エディは排水口に向かって叫び返す。「問題ないですよ、セニョール。あなたはどうです?」

「おかげさんで元気にやってるよ。何か新しいことはあったか?」

新しいこと? エディは考える。

何もない。

この場所では新しいことは何も起こらない。日々、前日と同じ一日が繰り返される。朝六時に起こされ、鉄格子の扉に設けられた差し入れ口から、看守たちが〝食べもの〟と呼ぶものを差し入れる。それを口の中に押し込んで、〝朝食〟とやらを終えると、エディは監房内を掃除する。丹念に細心の注意を払って。独房監禁の目的は、収監者を動物に変えることだ。そんな目的に協力する気などエディにはさらさらない。汚物の中で日々暮らそうなどとは思わない。だから自分も監房も衣服もどれも清潔に保っている。監房の内部を隅々まで拭き、衣服を金属製シンクで洗って絞り、干して乾かしている。

手持ちの衣服の数は容易に把握できる。

規定のオレンジ色のプルオーヴァーシャツが二枚。カーキのズボンが二本。白いソックスが二足。白い下着が二枚。ビニール製のサンダルが一足。

洗濯が終わると、運動をする。

腕立て伏せを百回。

腹筋を百回。

エディはまだ三十二歳の若い男だ。刑務所暮らしのせいで老け込むつもりはない。三十五歳になったら、健康で、見栄えもよく、鋭い精神を保ったまま娑婆《しゃば》に出る。この刑務所にいる人間の大半はもう二度と外の世界を拝むことはできないだろうが。

彼らの大半がこの肥溜《こえだ》めで死んでいく。

運動が終わったあとはたいてい監房の隅に設けられた狭いブースでシャワーを浴びる。それから少しテレビを見る。小型の白黒テレビで、〝模範囚〟となった報酬として手に入れたものだ。といっても、このブロックの模範囚とは、四六時中叫ばないとか、自分の大便を指につけて壁に落書きしないとか、看守に向かって差し入れ口から小便をひっかけようとしないとか、その程度の囚人のことだが。

テレビはケーブルテレビで、厳重に管理されている——教育番組と宗教番組しか見られない——それでもまずまずセクシーな女も出ているし、少なくとも人間の声を聞くことができる。

昼になると、差し入れ口から配られる、看守たちが〝昼食〟と呼ぶものを口の中に押し込む。そして午後のどこか、あるいは夜に、あるいはいつだろうとやつらがその気になったときに、鉄格子の外に連れ出され、貴重な一時間を過ごす。時間がまちまちなのは、決まった日課にして、エディがその時間に空爆やら何やらを外の人間に頼むようなことがあってはならないからだろう、たぶん。

実際には、看守がやってくると、エディは鉄格子の扉に背を向けて立ち、差し入れ口から両手をうしろ手にドアの外に突き出す。看守たちはエディの両手に手錠をかけてから、扉を開ける。そして、エディが初聖体拝領式のようにひざまずいているあいだに、彼に足《あし》枷《かせ》をはめ、その鎖を手錠に通す。

それからエディを運動場に連れていく。

これは特別な待遇だ。

入所して最初の二ヵ月、エディには外に出ることが許されず、まるで水を張っていないプールのような、窓のない屋内の運動室に連れていかれた。今は外の新鮮な空気を吸うことができる。堅牢なコンクリートの壁に囲まれた屋外運動場で——上部には赤茶色の梁《はり》が渡され、そこに細かい金網が張られている——縦二十フィート、横十二フィートの檻の中で。そこには懸垂バーやバスケットボールのゴールリングがある。もしなんのしくじりもせず、看守たちの機嫌がよければ、ほかの二、三人の収監者と一緒にその檻に入れられ、会話が許されることもある。

カーロはその屋外運動場には出られない。

態度が悪いからではない。それは彼が警官殺しだからだ。

とはいえ、だいたいのところエディはひとりで檻の中にいる。懸垂をしたり、バスケットリングにシュートしたり、アメフトのボールを自分で自分にトスしたりしている。テキサスの高校生だった頃、エディはラインバッカーのスター選手だった。そのおかげでクソでかい取引きができ、極上のチアリーダーのプッシーをたらふく味わうことができた。今のエディはひとりでボールを投げ、ボールを追いかけて走り、自分でボールをキャッチする。声援を送る者はいない。

その昔、彼は相手チームの選手からボールを奪い取るのがたまらなく好きだった。的確な場所を強く押さえつけると、相手の肺から空気が抜け、両手からボールが転がり落ちた。何人もの選手を徹底的につぶした。

高校アメフト。

金曜日の夜。

遠い昔。

一ヵ月に五日は、運動場へは行かずに、廊下で一時間だけ電話をかけることができる。通常、エディは妻に電話をかける。

最初の妻に。次にもうひとりの妻に。

これは実に厄介だ。というのも、エディはアメリカで結婚した最初の妻テリーサとは正式には離婚していないため、メキシコで結婚した妻プリシラとは厳密には婚姻関係にあるとは言えないからだ。彼にはプリシラとのあいだに娘と息子――四歳と二歳だったか――がいて、テリーサとのあいだには十三歳の娘と十歳の息子がいる。

ふたつの家族は、なんというか〝互いを認識〟していないため、電話をかけているあいだ、常にどちらと話しているのか忘れないよう注意しなければならない。そんなわけで、エディは手に子供たちの名前を書いてから電話することで知られている。うっかりまちがえて、もう一方の家族の子供たちについて尋ねてしまわないように。そんなことをしたら、かなり気まずいことになるだろう。

月に一回の面会日も同じだ。

ふたつの家族を交互に呼んで会うので、毎月テリーサまたはプリシラのどちらかになぜその月は会えないのか言いわけしなければならない。どちらの妻の場合も簡単にはいかない――

「ベイビー、今月は弁護士と面会しなきゃならないんだ」

「あなたは妻や子供より弁護士を愛してるわけ？」

「おれが弁護士と面会するのは、妻と子供のいる家に帰るためだろうが」

どちらの家、どちらの家族のもとに帰るのかというのも、まあ、厄介な問題だが、あと三年は決断を先送りできる。今のところ、エディはドラマ『ビッグ・ラブ』の主人公のように、一夫多妻制のモルモン教徒になろうかと考えている。そうすれば、テリーサとプリシラは〝姉妹妻《シスター・ワイヴズ》〟になれる。

そうするにはユタ州に住まなければならないが。

実際に、月に一回の面会日を弁護士との相談に使うこともある。かつての大物クライアントが行方不明になった今、〝ミニマム・ベン〟・トンプキンズが直々《じきじき》にサンディエゴからやってくる。

バレーラ親方《エル・セニョール》がくたばったとき、エディもグアテマラにいた。が、そのことは誰にもひとことも話していない。本来なら、エディはグアテマラに行くことすら許される身ではなかったからだ。作戦に同行し、オチョアを自分の手で倒すことができたのはあのくそったれケラーのおかげだ。だから彼には借りがある。

長い時間をやり過ごすため、エディは時折、あの日のことを反芻《はんすう》する——セータ隊のボスに灯油缶の中身をぶちまけ、火をつけたときのことを。復讐は冷えたときに食べると一番うまい料理だと言われている。が、この復讐は——オチョアが西の悪い魔女のようにバケツの水ならぬ灯油をかけられ、悲鳴をあげて溶けていくのを眺めるのは——たまらなく熱くておいしい体験だった。

友達をオチョアに焼き殺されたことへの報復。

ケラーには借りがある。だから、エディは口を閉ざしている。

それはそれとして、だ。エディは思う。くそ馬鹿ども、あいつらはおれをＡＤＸフローレンスにぶち込むんじゃなくて、おれにはオチョア殺害に対するメダルを贈呈すべきだったのだ。

ケラーにも。

おれたちは——おれとケラーは——くそったれヒーローだ。

テキサス特殊部隊《レンジャーズ》。

バレーラが蟻《あり》の餌になり、トンプキンズには新しい小切手が必要になった。だからエディが世界じゅうのオフショア口座に貯めた金の管理を頼みたいと伝えると、いそいそと引き受けたのだ。

七百万ドルの罰金だと？ くそったれアメリカ政府《アンクル・サム》。エディは思う。おれにとっちゃそれぐらいの金ははした金だ。ポケットからこぼれ落ちてもソファのクッションに置きっぱなしにしておく程度の金だ。

エディはアカプルコにナイトクラブを四軒、レストランを二軒、車の販売店を一軒、本人は忘れているが、ほかにも何軒か店を所有している。さらに、あちこちの島では現ナマが銀行に寝そべって日光浴をしている。つまり、刑期を終えて出所さえすれば、一生安泰に暮らせるということだ。

とはいえ、今の彼はまだフローレンスにいて、カーロとの〝便器電話〟の真っ最中だ。カーロは何か〝新しいこと〟を知りたがっている。

それはもちろん、フローレンスでの新しい出来事ではなく、外の世界での新しい出来事のことだろう。つまり、エディが〝運動檻〟の中で耳にした話や、ベッドの上に立ち、天井の通気孔《つうきこう》を通して隣接する監房の受刑者たちと話した中に、何か新しいことはなかったかと訊いているのだ。

そんなカーロが尋ねる。「シナロアの話は何か聞いてないか？」

カーロがなぜそんなクソみたいなことを気にかけるのか、エディにはわからない。カーロにとってはとうの昔に過ぎ去った世界なのに、なぜ今そんなことを訊きたがるのか？

しかし、とそこでエディは思い直す。彼にほかに考えなければならないことが何かあるだろうか？　つまり、いまだにゲームに参加しているかのようなたわごとを言うのも、カーロにとっては悪いことではないのだろう。

アメフトの競技場の観客席に坐り込み、自分たちがプレーしていた頃の試合の話をひとしきりしたあと、この新しいコーチはクォーターバックからやり直せだの、Iフォーメーションはやめてスプレッド・フォーメーションに切り替えるべきだの、そういった無駄口を叩くエルパソ時代の昔の知り合いのように。

しかし、エディはカーロを尊敬している。だから、彼につき合ってつぶす時間は少しも惜しくない。エディは言う。「ヘロイン《チバ》の生産量を増やしてるらしいです」

カーロは賛同しないだろう。エディはそう思う。

芥子農園主《ゴメーロ》だったカーロ老は、一九七〇年代にアメリカ人がナパーム弾でシナロアの芥子畑を攻撃して毒を撒き、ゴメーロたちを風に散らしたとき、その場にいた。また、ミゲル・アンヘル・バレーラ――伝説のM1その人――がゴメーロたちを説得し、ヘロインをやめてコカインに移行する決定をした、かの有名なグアダラハラの会合にも出ていた。M1が盟約団《フエデラシオン》を結成した瞬間に立ち会っているのだ。

エディとカーロはさらに一分ほどよもやま話を続ける。排水管を介して話をするのは実に面倒だ。だからこそ、麻薬商《ナルコ》たちはアメリカのスーパーマックスに収監されることを死ぬほど恐れているのだ。メキシコの刑務所なら内部からビジネスの指揮を執ることも可能だが、スーパーマックスでは事実上不可能だからだ。ここでは面会も——もし許可されたとしても——制限されており、しかもその様子は監視され、記録される。電話も同じだ。だから、強大な力を持つ親方でも幾許《いくばく》かの情報を得ることしかできず、そのためとんちんかんな指示を出すことしかできない。結果、しばらくすると、組織は立ち行かなくなる。カーロはそんな場所にもうずいぶん長くいるのだ。

NFLのドラフトだったら——とエディは思う——今のカーロはさしずめ最下位指名《ミスター・イレレ》の選手《ヴァント》といったところだ。

エディは今、テーブルをはさんで弁護士ミニマム・ベンと向かい合って坐っている。しきりとベンの見てくれに感心している——カーキ色のリネンのスポーツジャケット、ブルーのシャツ、そこに格子縞のボウタイを合わせて彩りを添えている。髪は真っ白でふさふさとして、カイゼルひげと山羊ひげを生やしている。

麻薬ではなくチキンを扱っていれば、ベン・トンプキンズはカーネル・サンダースになっていたはずだ。

「連邦刑務局《BOP》があなたを移送するようです」とトンプキンズは言う。「通常の業務手続きに則った扱いです。あなたの服役態度が良好なので、ステップダウン・プログラム（素行の良い囚人を警備レヴェルの低い刑務所に移すプログラム）への参加が認められたわけです」

アメリカの連邦刑務所のシステムには警備レヴェルに応じたランクがある。最も警備レヴェルが高いのは、フローレンスのようなスーパーマックス。次に連邦刑務所。そこも塀に囲まれてはいるが、独房棟に収監され、外部との接触は遮断されていない。三番目が矯正施設で、金網に囲まれた相部屋の建物に収監される。一番警備レヴェルが低いのは軽警備収容施設だ。

「移送先は連邦刑務所になります」とトンプキンズは言う。「あなたの罪状を考えると、それより警備レヴェルの低い刑務所に行くことはないでしょう。ですが、出所日が近づけば、更生訓練施設に移送される可能性もありそうです。どうしたんです、エディ？　てっきり喜ぶとばかり思ったけど」

「ああ、もちろん喜んでる。だけど……」

「だけど、なんです？」とトンプキンズは尋ねる。「あなたは独居拘禁されてるんですよ、エディ。一日二十三時間独房に閉じ込められて、誰にも会うことができなくて――」

「そこがポイントだろうが。あんた、説明しなきゃわからないのか？」そう、確かにおれは独居拘禁されている、とエディは思う。独居拘禁は最悪だが、それでもおれはうまく対処して、その生活に慣れてきたところだ。しかも、独房にいれば安全だ。誰にもおれを襲うことはできない。もしどこかの独房棟に移されたら、密告者がおれに銃弾の雨を降らすかもしれない。どの看守が誰に買収されているかわからない以上、口には出したくなかったが、あきらめてエディは言う。「おれは保護を約束されてる」

トンプキンズは声をひそめて言う。「そのとおりになります。刑期を終えたら、証人保護プログラムにはいります」

ここで刑期を務め上げなきゃならないんだ。もしよそへ移されたら、おれの書類も移送される。ここならおれの判決前調査報告書《PSI》が洩れることはないが、連邦刑務所ではどうだろう？　あそこの看守たちは、砂糖シロップがけのチョコレート・ドーナツひとつのためでさえ自分の母親を売りかねないやつらだ。「おれはどこに移送されることになってる？」

「ヴィクターヴィルになるだろうという話です」

エディは訊いたことを即座に後悔する。「あんた、ヴィクターヴィルを管理してるのが誰だか知ってるのか？　〝ラ・エメ〟（アメリカ内のメキシコ系アメリカ人を中心とする犯罪組織）――メキシカン・マフィアだ。それじゃクリアカン市に移送されるようなもんだ」

ラ・エメはセータ隊を除くすべてのカルテルと取引きをしている。が、特に懇意にしているのがシナロア・カルテルだ。あいつらがおれの判決前調査報告書を見たら――エディは思う――まずまちがいなくおれの両眼を突き刺すだろう。

「だったら保護拘置施設に収容されるように手配します」とトンプキンズは言う。

エディはテーブルに身を乗り出して囁《ささや》く。「いいか、よく聞け。もし管理分離棟なんかに入れられてみろ、おれがネズミだって館内放送するようなもんだ。分離棟にいればあいつらには手出しできないとでも思ってるのか？　どれだけ簡単なことかわかってないのか？　看守のひとりがドアの鍵を閉め忘れれば、それでもう終わりだ。おれは保護拘置されるくらいなら、ここで手首を切るよ」

「あなたの望みはなんです、エディ？」

「このままここにいさせろ」

「それはできません」とトンプキンズは言う。

「なぜだ？　独房の数が足りないのか？」

「基本的にはそういう問題と同じですね」とトンプキンズは言う。「連邦刑務局というのはいったん事務手続きを始めると……」

「やつらはおれが死んだところで気にしやしない」そんなことは口にするのも愚かなことだ。もちろん、誰が死んだところでやつらは気にしたりしない。刑務所では年じゅう人が死んでいるが、当局はたいてい厄介者が減ってむしろ環境はよくなったということですませてしまう。それは世間も同じだ。そもそも受刑者はくそったれのゴミ野郎であり、誰かがそいつらをこの世からつまみ出したなら、そのぶん世界はよくなる。誰もがそう思っている。

「できるかぎり手は尽くします」とトンプキンズは言う。

トンプキンズにできることは何もない。エディにはそのことがよくわかっている。もし判決前調査報告書と一緒にヴィクターヴィルに移送されたら、おれは一巻の終わりだ。

「電話をかけてくれ」とエディは弁護士に頼む。

ケラーは電話に出る。ベン・トンプキンズからの電話だ。

「何か用か?」とケラーは不機嫌な声で尋ねる。

「この電話はエディ・ルイスの代理人としてかけている」

「そう聞いてもちっとも驚かないのはなぜだろうな?」

「エディがきみと話したがっている」とトンプキンズは言う。「貴重な情報があると言っている」

「おれはもうゲームから降りた。どんな情報だろうともう興味はないよ」

「彼が持っているのはきみにとっての貴重な情報ではない」とトンプキンズは言う。「きみについての貴重な情報だ」

ケラーは飛行機でデンヴァーまで飛び、それから車でフローレンスに向かう。

エディは受話器を取ると、ガラス越しに言う。「あんたの助けが要る」

彼は差し迫ったヴィクターヴィルへの移送の件をケラーに説明する。

「それがおれになんの関係がある?」とケラーは尋ねる。

「あんたが言いたいのはあれだろ? YOYOだってんだろ?」自分の道は自分で拓け《ユーアー・オン・ユア・オウン》。

「おれたちはみんなそうやって生きてる。ちがうか?」とケラーは言う。「といっても、もうおれには手持ちは何もないが」

「ごまかすなよ」

「ごまかしてなんかいない」

「あんたはおれをコーナーに追いつめてる。あんたに追いつめられて、おれは行きたくもない場所に行かざるをえなくなってる。それはあんたも望んでないはずだ」

「おれを脅してるのか、エディ？」

「おれはあんたに助けてくれと頼んでるんだ。でも、あんたに助けてもらえないなら、おれは自分でなんとかするしかない。おれが言ってる意味はわかるだろ？」

グアテマラ。

存在しなかったことになっている作戦。

エディがエリベルト・オチョアを発炎筒に変えたとき、ケラーはその場にいたが、何もしなかった。

そのあとバレーラを捜しに密林にはいった。

そして、ケラーだけが出てきた。

「なるほどその話か」とケラーは言う。「もしかしたらおれにも少しは手持ちがあるかもしれない。おまえをZ棟に移すくらいの手持ちはな、エディ」

Z棟。

要するに、ADXフローレンスの中でも最悪の棟だ。

看守たちを怒らせたときにぶち込まれる監房だ。裸にされ、手枷足枷をはめられたまま入れられて放置される。

別名、ブラック・ホール。

「だけど、Z棟で三年もやっていけると思うか？」とケラーは言う。「出てくるときにはまぬけ面《づら》してバブバブ言うだけの生きものになっちまう。そんなやつがありもしなかったクソみたいな話をキャンキャン吠えたところで、誰ひとり信じちゃくれないよ」

「だったら今の場所に置いておいてくれ」

「ちょっと考えが足りないんじゃないのか」とケラーは言う。「このままフローレンスに残ったら、おまえが心配してるやつらはきっとこう思いはじめる、どうしておまえは移らないのかって」

「なら、もっといい案を考えてくれよ」とエディは言う。「おれがくたばるときはおれひとりじゃない。それだけは頭に入れといてくれ——おれが次にかける電話はあんた宛てじゃなくて、あんたについてになる」

「どんな手が打てるか、考えてみよう」

「もうひとつ頼みがある」

「なんだ？」

「ビッグマックが欲しい。それからラージサイズのポテトとコーラも」

「それでいいのか？」とケラーは訊き返す。「女が欲しいとでも言われるのかと思ったよ」

エディはいっとき考えてから言う。「いや、バーガーにしとくよ」

トイレの排水管を叩く音がして、カーロが話したがっていることがわかる。エディはトイレから水を抜く面倒くさい一連の作業をこなしたあと、トイレットペーパーの穴に耳を押しつける。

「ここから移されるそうじゃないか」とカーロが言う。

もう広まってるのか、とエディは思う。おれが考えていたよりカーロの情報網は確かなようだ。

「そうです」

「ヴィクターヴィルに」

「はい」

エディはヴィクターヴィルに移ることを今はそれほど恐れていない。ケラーから電話があり、彼の書類はまったくきれいなものだと言われたのだ。誰かがその書類を見ても、検察より彼の弁護士のほうがずっと上手《うわて》だったから四年の判決になったのだろう、行間を読んでそう判断するだろうと。

「心配するな」とカーロは言う。「あそこにはおれの友達《ダチ》がいる。そいつらがおまえの面倒を見てくれるだろう」

「ありがとうございます」

「〝ラ・マリポーサ〟がいる」とカーロは言う。

〝ラ・エメ〟――メキシカン・マフィア――の別名だ。

カーロはさらに言う。「おまえと話せなくなるのは淋《さび》しいが」

「おれもです」

「若いが、おまえはいいやつだ、エディ。年寄りに敬意を払うということを知っている」

カーロは数秒黙ってから続ける。「わが息子《ミイホ》よ、ヴィクターヴィルに行ったら、おれのためにひとつ頼まれてくれないか」

「なんでも言ってください、セニョール」

それがなんであれ、エディは何もやりたくない。

彼の望みは刑期を終えて出ることだけだ。

刑務所から。麻薬の密売から。

エディは今でも自分の人生を題材にした映画――いわゆる〝伝記映画《バイオピック》〟――の制作をしたいと考えている。その映画は、エディの役をたとえばディカプリオのような役者が演じて大ヒット作になるような出来でなければならない。

しかし、彼にはラファエル・カーロにノーと言うことはできない。もしそんなことをすれば、ラ・エメからヴィクターヴィルで別の種類の歓迎を受けることになる。おそらくすぐさま手製のナイフで刺されるか、村八分にされるか。いずれにしても、マフィアと徒党を組まないかぎり、ヴィクターヴィルで生き残ることはできない。

「おまえなら、そう言ってくれると思ってた」とカーロが言う。そして、エディの耳にどうにか届く程度の低い声で言う。

「マジャーテを見つけてくれ」

マジャーテ——黒人の男。

「ニューヨーク出身で、もうすぐ出所する予定の男だ。そいつに貸しをつくれ」とカーロは言う。「わかったか?」

おいおいおい。カーロはまだゲームから降りてないのだ。

エディは計算する——カーロは二十五年の実刑のうち、二十年を終えた。連邦判決による刑期はぎりぎりまで服役させることもできれば、八十五パーセントまで——あるいはそれより少なく——減じることもできる。

つまり、今のカーロは刑務所の門を見つめる短期滞在者と変わらない。

だから、またゲームに戻りたいと思っているのだ。

「わかりました、セニョール」とエディは言う。「もうすぐ出所する黒人の男に何かをさせたいんですね。でも、どうして?」

「なぜなら、アダン・バレーラは正しかったからだ」とカーロは言う。

ヘロインはわれわれの過去だ。

そして、われわれの過去は未来にもなる。

何についてアダンは正しかったのか——エディにしてみれば、説明されるまでもない。

ケラーはベン・オブライエンに電話をかけて言う。「安全な電話でかけ直してください」

ケラーが初めてオブライエン上院議員に会ったのは、グアテマラ作戦の数週間まえ、ジヨージタウンのホテルの部屋でのことだった。彼らは互いに名前を名乗らず、政治的動物ではないケラーには、相手がテキサス州選出の上院議員であることもわからなかった。ケラーにわかったのは、その人物が石油業界の代弁者であり、セータ隊幹部を抹殺する作戦に資金を提供する意思があるということだけだった。なぜ資金を？ それはアメリカの石油業界にとってきわめて重要な北メキシコの油田とガス田の利権に、〝セータ商事〟が手を出そうとしていたからだ。

ホワイトハウスは公式には作戦を却下したが、オブライエン上院議員を介して非公式に許可を与えた。オブライエンは石油業界のコネを利用して資金を調達し、ヴァージニア州の民間軍事会社による精鋭私兵部隊結成に尽力した。その際、ケラーは麻薬取締局を辞職し、その民間軍事会社〈タイドウォーター・セキュリティ〉の顧問となった。

オブライエン議員が折り返しケラーに電話をかけてくる。「何かあったのか？」

ケラーはエディの脅迫のことを伝える。「あなたは連邦刑務局《BOP》に顔が利きますか？ ルイスの判決前調査報告書《PSI》をクリーニングすることはできませんかね？」

「わかるように言ってくれ」

「刑務局の誰かに手をまわして、ルイスの記録から取引きの痕跡を消してほしいんです」

「麻薬ディーラーの脅迫におめおめと従うということか？」とオブライエンは尋ねる。

「そのとおりです」とケラーは答える。「あなたがグアテマラで起きたことに関する山ほどの質問に答えたいというなら、話は別ですが」

「やっておこう」
「私だってこんなことは頼みたくはないんです」
くそったれバレーラ。ケラーは電話を切りながら思う。
アダンはまだ生きている《アダン・ビーベ》。

エレナ・サンチェス・バレーラとしても不承不承認めざるをえなくなる。兄のアダンは死んだのだと。

兄からなんの音沙汰もない日々が何日も、何週間も、そして何ヵ月も続いても、彼の家族はこれまで一縷《いちる》の望みを抱いて、ドスエレスで起こったことの情報を掻《か》き集めていた。しかし、今ではもう新たな情報がはいってくることもない。当局も明らかにもう手持ちの情報を警察全体に広めていない。まるで警察官の半数が本気で信じているかのようだ、アダンが死んだという噂が流れているのは彼が逮捕を免れようとして張った煙幕だ、とでも。

そんなことがあるわけがないのに、とエレナは思う。連邦警察は実質的にシナロア・カルテルの完全子会社だ。政府がシナロアを優遇するのは、シナロアが気前よく賄賂を払い、秩序を保ち、残虐な行為に走らないからだ。なのに、アダンが逮捕を逃れるために死を演出するなどという噂がこんなに広まっているのは、滑稽としかほかに言いようがない。

噂を広めたのが警察でないなら、メディアということになる。

〝過熱報道《メディア・サーカス》〟ということばを聞いたことはあったが、エレナがその意味をほんとうに理解したのは、アダンの死の噂が広がりはじめてからだった。メディアに取り囲まれるようになり、記者たちは厚かましくもティファナの彼女の自宅のまえに陣取った。そのため、エレナは外出するたび、アダンに関する質問を容赦なく浴びせられることになった。

「〝わからない〟ことはわからないとしか言いようがないでしょ？」とエレナは記者たちに言った。「わたしに言えるのは、わたしは愛する兄の無事を祈ってるということだけよ」

「では、アダン・バレーラが行方不明だということは認めるんですね？」

「わたしは愛する兄の無事を祈っています」

「あなたのお兄さんが世界最大の麻薬密輸業者だというのはほんとうですか？」

「兄はビジネスマンです。わたしは愛する兄の無事を祈っています」

新たな噂が流れるたびに、記者の突撃取材の対象になった。「アダンがコスタリカにいたという情報がありますが」「アダンがアメリカ合衆国に身を隠しているというのはほんとうですか？」「アダンを見かけたという情報があります、ブラジルで、いや、コロンビアで、パラグアイで、パリで……」

「わたしに言えるのは、わたしは愛する兄の無事を祈っているということだけです」

ハイエナの群れはまだ若いバレーラ夫人――エバ――も生きたまま、ずたずたになるまで食い尽くしていただろう――もしエバの居場所を見つけ出せさえしていたら。もちろん、彼らもただ指をくわえて見ていたわけではない。メディアはクリアカンに、バディラグアートにと押し寄せた。カリフォルニアの野心家の記者は、ラホーヤのエバのコンドミニアムを発見しさえした。それでもエバを見つけ出すことはできなかったので、エレナにさらにまとわりつきはじめたのだ。

「エバはどこにいるんです？　彼女の息子たちはどこに？　誘拐されたという噂がありますが、彼らは生きているんですか？」

「バレーラ夫人は世間から遠ざかって暮らしています」とエレナは言った。「辛い時期ですから、どうか彼女をそっとしておいてあげてください」

「でも、あなたたちは公人だ」

「いいえ、ちがいます」とエレナは言った。「わたしたちは民間企業に関わっているだけなんですから」

それは事実だった。エレナは八年まえに裏稼業《ビスタ・セクレタ》から足を洗っていた。バハ本部《プラーサ》をエスパルサ一家に引き継がせたいというアダンの意向を汲み、本部を手放すことに同意したのだ。彼女は本部業務に付随する殺人や死にほとほとうんざりしていたので、むしろ喜んでアダンに同意し、それ以来、多くの投資先からの収入で生計を立てて幸せに暮らしていたのだ。なのに……

エバのほうは、素粒子物理学について何も知らないのと同じくらい、麻薬売買についても何も知らない。気だてのいい美しく愚かな女で、子供のできやすい女でもあり、実際、彼女は見事に目的を果たした。アダンに跡継ぎの息子たちを授けた。双子の息子たち――

ミゲルとラウルだ。エレナは思う。あの子たちはこれからどうなるのだろう？

エバは若いメキシコの女で、若いシナロアの女だ。父親と夫を亡くしたとなれば、おそらく今は兄の言いつけに従うべきだと感じているだろう。兄のイバンはエバになんと言っているのだろう？

エレナは思う。わたしならエバにこう言うだろう——おまえもおまえの息子たちもアメリカ国籍を持ってる。残りの人生を女王のように暮らせるだけの金もある。息子たちを連れて、カリフォルニアに戻りなさい。子供たちをこの事業から遠い場所で育てなさい。おまえもおまえの息子たちもこの事業にからめ取られるまえに。次の世代のギャングに利用されるまえに。しばらく時間はかかるだろうけれど、やがてメディアのサーカス団は荷物をまとめて、次の町に移動するだろうから。

うまくいけば。

この低俗な時代のおぞましい社会のマジックは、アダンを最も貴重な庶民向け商品——セレブリティに変えた。アダンの画像——古い顔写真から社交イヴェントで撮影されたスナップ写真まで——は今でもテレビ画面やパソコンのモニターにでかでかと映され、新聞の一面に大きく掲げられている。二〇〇四年の脱獄の詳細が今でも面白可笑《おか》しく嬉々として語られている。語り手の中には〝専門家〟とやらも交じり、アダンの権力と富と影響力についてわけ知り顔で語っている。メキシコ人の〝目撃者〟たちが、インタヴューでアダンの慈善活動について——彼が建ててくれた診療所や学校や遊び場について語っている

（「アダンはあなたたちにとっては麻薬密輸業者でも、私たちにとってはヒーローなんです」）。

セレブ文化。エレナはそう思う。

撞着語法《どうちゃくごほう》。セレブというのは文化の反対語のようなものだ。

たとえ従来のメディアをコントロールできたとしても、ソーシャルメディアまで統制しようとするのは、水銀を手でつかもうとするようなものだ。手からすり抜けて、何千という粒になって砕け散るだけのことだ。インターネット、ツイッター、フェイスブックでは、アダン・バレーラに関するニュースが実にカラフルに語られ、あらゆる噂、囁き、仄《ほの》めかし、誤報がウィルスのように拡散されている。デジタルの匿名《とくめい》性を備えた画面の向こう側で、口を閉ざすべきだと知っている組織内部の人間が、ほんの少しの事実をデマと一緒に煮込んで、手持ちの情報を洩らしている。

その中でも、なにより有害な噂は――

アダンは生きている、というものだ。

グアテマラにいたのはアダンではなく、影武者だ。〝天空の主《ぬし》〟はまたしても敵を出し抜いた。

アダンは昏睡《こんすい》状態で、こっそりドバイの病院に入院している。

ドゥランゴ州でアダンを見たぞ。

ロスモチスで見た。いや、コスタリカで。おれはマサトランで見た。

わたしは夢でアダンを見たの。アダンの精霊がわたしのところにやってきて、すべてうまくいくって言ったの。

まるでキリストだ。遺体が見つからないかぎり、復活はいつでも可能なのだ。そして、キリスト同様、アダンにも弟子たちがいる。

エレナは居間を出て巨大なキッチンに行く。息子たちは成長してもう家を出ているのだから、この家は売って、もう少し小さな家に移り住もうかと思う。朝食の準備に忙しいメイドたちはエレナのほうを見ない。エレナの視線を避けるために忙しそうなふりをしている。使用人というのはいつの世にあっても情報収集の先駆者だ。彼らはどういうわけか、誰が死に、誰が生まれ、誰が急いで婚約し、誰が秘密の情事に及んだか、実際に事が起こるまえから事実を嗅ぎつけている。

エレナは自分のためにハーブティーをいれてデッキに出る。彼女の自宅は丘の上の見晴らしのいい場所にある。汚染された煙の溜まった深皿のようなティファナを見下ろしながら、この地を支配するために家族が流してきた血——流させた血も流した血も含めて——について考える。

長兄のアダンと次兄のラウル——ラウルはずいぶん昔に亡くなった——が支配してきた市《まち》。バハ本部《プラーサ》を手中に収めると、その地を国じゅうを治める帝国の本拠地にした。バレーラ帝国は繁栄し、衰退し、ふたたび繁栄し、そして今……

今はイバン・エスパルサの手に転がり込もうとしている。

アダンの王冠とともに。

アダンの息子たちがまだ幼児である以上、順当にいって次の王はイバンだ。しかし、グアテマラの情報はほとんど届いておらず、イバンが父親ナチョとアダンの死を宣言し、跡目を継ぐことを公表する準備はまだ整っていない。

エレナとヌニェスが急ごうとするイバンを説得して思いとどまらせたのだ。

「時期尚早《しょうそう》だ」とヌニェスは諭した。「われわれはまだアダンとナチョが死んだという確証を得たわけじゃない。それにきみだってほんとうのところ、すぐにトップの座に就きたいわけでもないだろ？」

「なんでだよ？」イバンは引かなかった。

「危険すぎるからだ」とヌニェスは言った。「それにこのままでは無防備すぎる。きみの親父さんとアダンがいなくても忠義を尽くすのは誰なのか、判断がつかない」

「要するに、兄たちの死の曖昧《あいまい》さには利用価値があるということよ」とエレナも言った。「彼らが生きているかもしれないという疑念が、しばらくのあいだ狼《おおかみ》たちを食い止めておいてくれる。でも、もしあなたが王は死んだと宣言したら、公爵から男爵、勲爵士《ナイト》、農民まであらゆる階級の麻薬商《ナルコ》が今こそ王座を奪うチャンスとばかりに、シナロア・カルテルの脆《もろ》さを突いてくるに決まってる」

イバンは不承不承待つことに同意した。

イバンは典型的な、ステレオタイプとも言えるほど甘ったれた麻薬商《ナルコ》の三代目だ。エレナは思う。怒りっぽくて、すぐに暴力に走るきらいがある。アダンはイバンを気に入ってもおらず、信頼してもいなかった。ナチョの死か引退のあと、いずれイバンが跡目を継ぐことをむしろ心配していた。

わたしも同感よ、とエレナは思う。

でも、それ以外の選択肢となると、エレナ自身の息子たちしかいない。

息子たちはアダンの実の甥《おい》であり、彼らの体にはバレーラ家の血が流れている。長男のルドルフォは比喩的にも実質的にも刑に服した。若くしてファミリー・ビジネスに加わり、ティファナからカリフォルニアにコカインを密輸して、何年もうまくやっていた。ナイトクラブを購入し、人気バンドを所有し、ボクシングのチャンピオンのマネージメントもこなした。そして、美しい妻と三人の美しい子供たちを得た。

ルドルフォほど人生を愛していた者はいなかった。

ただ、サンディエゴのモーテルで二百五十グラムのコカインを売ってしまった。麻薬取締局の覆面捜査官に。

二百五十グラム。エレナは思う。あまりにもばかばかしく、あまりにも少ない量だ。彼らはアメリカで何トンという量のコカインを動かしていたのに、哀れなルドルフォは半ポンドにも満たない量で逮捕されたのだ。アメリカ人判事は彼に連邦刑務所での六年の刑を言い渡した。

〝最重警備刑務所《スーパーマックス》〟での刑だ。

コロラド州フローレンスでの。

なぜなら、彼には〝バレーラ〟という名があったから。

バレーラ一族は持てるものすべてを使って――金、権力、影響力、弁護士、脅迫と恐喝――彼を救い出した。いや、アダンが彼を救い出した。わずか十八ヵ月で。

わずか十八ヵ月。エレナは思い返す。

縦十二フィート、横七フィートの独房で一日二十三時間、ひとりきりで過ごす。一日一時間だけシャワーを浴びたり、空が垣間見える囲いの中で運動したりする。そんな生活を一年半も続けたのだ。

パソ・デル・ノルテ橋を渡ってファレスに戻ってきたとき、ルドルフォはほとんど息子だとわからないほど変わり果てていた。青白く痩せこけ、何かに取り憑《つ》かれたような――まさに幽霊のような人間になっていた。エレナが生涯愛する息子は三十五歳にして六十歳に見えた。

それが一年まえのことだ。

現在、ルドルフォは事業を合法ビジネスに特化させている。クリアカン市やカボ・サン・ルーカスのナイトクラブ経営や、さまざまなバンドのプロデュースやプロモーションをおこなう音楽ビジネスに変えている。時折、裏稼業《ビスタ・セクレタ》への復帰を仄めかすこともないではないが、エレナは息子が刑務所に戻ることをなにより恐れているのを知っている。口ではテーブルの上席につきたいと言うかもしれない。が、それは自分に嘘をついているだけのことだ。

エレナは次男のルイスについては心配していない。ありがたいことに、ルイスはエンジニアになるために大学に行き、ファミリー・ビジネスには関わりたがっていない。いいことだ、とエレナは今思う。

そもそも、わたしたちはそういうことを望んでいたのではなかったのか？　わたしたちはいつもこう考えていたのではなかったのか――わたしたちの世代は麻薬密輸業で家族の財産をつくる。そのおかげで子供たちが事業に関わる必要がないように。なぜならこの事業は想像を超えるほどの富を家族にもたらしはしたが、同時に多くの墓ももたらしたからだ。

エレナの夫、叔父――一族の家長だった〝叔父貴《ティオ》〟バレーラ、次兄のラウル、そして長兄のアダンも死んだ。甥のサルバドール、ほかにも大勢の従兄弟《いとこ》たち、義理の親族たち、友人たちも死んだ。

それに敵も。

〝黄色毛《グウエーロ》〟・メンデス、タピア兄弟、ほかにも大勢の敵をアダンが倒した。彼らは縄張りを争って戦ったが、結局のところ、彼らが受け継ぎ、共有した唯一の縄張りは墓地だった。

あるいは刑務所か。

ここメキシコか、国境の北《エル・ノルテ》の。

監房の中での何十年かを、あるいは残りの人生すべてを――

——生ける屍《しかばね》として過ごす。

だから、ルドルフォがナイトクラブ経営や音楽制作をしたいと望み、ルイスが橋を造りたいと望むのなら、そのほうがずっといい。

世界が息子たちの好きにさせてくれさえするのなら。

「どうせみんな若いうちに死んじまうんだ！」とリック・ヌニェスが気炎を吐く。「だから生きてるうちに伝説をつくるんだ！」

巷《ちまた》で〝息子たち《ロス・イホス》〟と呼ばれているグループ——リック、エスパルサ兄弟、ルーベン・アセンシオン——が高級シャンパンとコカインまみれのその夜、最後に訪れたのはルドルフォ・サンチェスの新しいクラブ〈ブルーマーリン〉だ。彼らは大勢の女を引き連れてカボの流行りのナイトクラブを片っ端から梯子して——たいていは無料のサーヴィスを受けるが、たっぷりチップを置くのも忘れない——ＶＩＰルームからＶＩＰルームへと渡り歩いた。そして今、〈マーリン〉の個室に流れついて、リックがナイキのキャッチフレーズみたいに〝ネクストレヴェルへ行ける〟アイディアを思いついたというわけだ。

リックは三八口径のコルトを取り出すと、テーブルの上に置く。

想像してみろ、バンドはこれをどんな歌にする？　リックは考える。ドラッグ・カルテルの歌《ナルコ・コリード》。アルマーニやヒューゴボスやグッチで洒落《しゃれ》込み、ロールスロイスやフェラーリを転がし、百ドル札を丸めて最高級のコカインを吸い、そんな暮らしのすべてをたかがゲームで一瞬にふいにするおれたちは、いったいどんな歌になる？

〝息子たち〟はずっと一緒に育ってきた。一緒にクリアカン市の学校にかよい、互いの親が開くパーティで一緒に遊び、カボやプエルトバリャルタで一緒に休暇を過ごし、こっそり抜け出して一緒にビールを飲み、大麻を吸い、女を引っかけた仲だ。何人かは大学に二、三学期かよったものの、たいていすぐにファミリー・ビジネスに飛び込んだ。

自分たちが何者なのか――彼らはわかっていた。

シナロア・カルテルの次世代。

息子たち。

ロス・イホス。

女は？　常に最高の女たちが手にはいる。中学からずっと。今ではよりどりみどりだ。彼らはルックスもよく、服も金もドラッグも銃も持っている。そして、なにより気概がある。ＶＩＰルームがたまり場で、最高のレストランでは最高のテーブルにつく。人気バンドのライヴでは最前列に陣取り、楽屋に出入りする。バンドは彼らのために歌を歌い、彼らのことを歌にする。彼らのためにホテルの支配人はドアを開き、女は股を開く。

ロス・イホス。

イバンの女のひとりがスマートフォンを取り出して歓声をあげる。「ユーチューブにアップしたら百万回は再生されるね！」

マジクソ最高じゃねえか。リックは思う。度胸試しで、誰かが自分の脳味噌をぶっ飛ばす動画だ。そうやって世界に見せつけてやるんだ。おれたちゃこんなことなど屁とも思ってないってことを。おれたちにはなんでも、どんなことでも、できるってことを。「オーケー。じゃあ、これからおれが銃をまわすから、銃身が向いたやつは頭に銃口をあてて、引き金を引くんだ。そいつが無事だったら、もう一度まわす」

そう言って、リックはテーブルの上でコルトをまわす。

強く。

みんなが固唾《かたず》を呑む。

銃身はリックを指して止まる。

イバン・エスパルサがどっと笑いだす。「おまえだぜ、リック！」

エスパルサ兄弟の長男は幼い頃からリックにあれこれ指図してきた。崖からジャンプして石切り場の池に飛び込ませたり。やれよ、リック——イバンはいつもそう言った。学校に忍び込め、おまえのパパのウィスキーを盗んでこい、あの女のブラウスのボタンをはずしてこい。ウォッカの一気飲みをしたり、スピードボートで互いに向かって疾走したり、車で崖っぷちめざして疾走したり——リックとイバンはこれまでいろんなことをやってきた。しかし、さすがにこればかりは……

「やれ！　やれ！　やれ！」というコールが飛び交う中、リックは銃を取り、銃口を右のこめかみにあてる。

あのときアメリカ人《ヤンキー》のお巡《まわ》りにされたように。

イバンの顔を銃で殴った男にされたように。

あれからもう一年近くになるのか。あのときにできた傷はイバンの頬にまだ赤い痕を残している。金で買える最高の整形外科医が手術をしたあとでさえ。もちろん、イバンは気にしていない。傷痕のおかげでいっそうマッチョに見えるだろ？　と言っている。

そして、あのケラーというアメリカ人《グリンゴ》をいつか殺すとも。

リックの手が震える。

酒とヤクにどれだけ酔っていても恐怖はごまかせない。その瞬間、引き金を引かないですむことだけがこの世で一番叶えたいリックの望みになる。数分まえの正気の沙汰とは思えない愚かな提案をした瞬間に戻って、そのことばを取り消したい。

しかし、リックは自分で仕掛けた罠に囚《とら》われている。

尻尾《しっぽ》を巻いて逃げるわけにはいかない。イバンとアルフレードとオビエドのまえでは。ルーベンのまえでは。とりわけベリンダのまえでは。彼の隣りに坐る女。スパンコールのついたビスチェにペイントジーンズ、黒い革のジャケットを羽織っている。ベリンダは美しくてクレイジーな女だ。どんなことでもやってのける。そんなベリンダがリックに笑みを向ける。その笑みは彼にこう伝えている。やりなよ、ダーリン。やってのけたら、あたしがあんたをあとでハッピーにしてあげる。

もしあんたが生きてたら。

「おい、その辺でやめとけ」とルーベンが言う。「ただのジョークだろ？」

ルーベンらしい発言だ。用心深く、慎重な男。イバンはルーベンのことを〝緊急ブレーキ〟と評したことがある。ああ、そうかもしれない。リックは思う。それでも、ルーベンはあの〝エル・マスティン〟の息子――〝仔犬《エル・カチョロ》〟――なわけで、父親譲りの超危険な部分を絶対にどこかに秘めているはずだ。

でも、今のルーベンは危険そうには見えない。むしろ怯えているように見える。

「いや、おれはやる」とリックは言う。みんなが本気で止めようとしていることは彼にもわかっている。でも、ここで逃げたら、今後見くびられることもわかっている。怖気《おじけ》づいたのは彼らではなく、おれだからだ。でも、引き金を引いて、弾丸《たま》が出なければ、おれは男になれる。

それに、ビビってるイバンを見るのは気分がいい。

「ジョークだって、リック！　ほんとにやれなんて誰も思ってないよ！」イバンが大声で言う。テーブル越しに飛びかかってきそうな勢いでそう言う。銃が発砲されるのを本気で恐れている。テーブルにいる全員が凍りつき、リックをじっと見つめている。視界の端に個室担当のウェイターがそっとドアから抜け出すのが見える。

「銃をおろすんだ」とルーベンが言う。

「さあ、行くぜ」と言い、リックが指に力を込めようとしたとき、ベリンダが彼の手から拳銃を奪い、銃口をくわえて引き金を引く。

撃鉄がカチリと落ち、空《から》の弾倉にあたる。

「やべえ、何してるんだ、このクソ女《あま》！」とイバンが怒鳴る。

その場にいる全員が肝を冷やす。クレイジーな女《チャバ》は平然とやってのけたあと、そっと銃をテーブルに戻して言う。「次は誰？」

ルーベンが銃をつかみ、ポケットに突っ込んで言う。「この遊びはもう終わりだ」

「このふにゃちん」とベリンダは言う。

もしそう言ったのが男なら、それがきっかけになる。おっぱじめる理由になる。ルーベンは自分に向けて、あるいは、そう言った野郎の口に向けて引き金を引くだろう。しかし、それが女の子《チカ》となると話は別だ。だからそれで丸く収まる。

「めっちゃゾクゾクした」とベリンダは言う。「イっちゃったよ」

個室のドアが開き、ルドルフォ・サンチェスがはいってくる。「いったいここで何をやってる？」

「ただ愉しんでるだけさ」とイバンがリーダーシップを取って答える。

「話は聞いた」とルドルフォは言う。「自殺したいなら、頼むからよそでやってくれ、いいな？」

あくまで丁寧な口調だったが、もしこれがほかのクラブのオーナーだったら、問題になっただろう。イバンとしては黙って引き下がるわけにはいかず、オーナーに平手打ちでも食らわせるか、少なくとも、ものを壊すなりして店に損害を与え、その弁償代として札を何枚か投げ捨ててから、店を出たことだろう。

しかし、ここはそこらのクラブとはわけがちがう。ルドルフォは、アダン・バレーラの甥、アダンの妹エレナの息子だ。歳はだいぶ上だが、彼らと同じ息子《イホ》なのだ。

ルドルフォは彼らを——なんでおれのクラブで騒ぎを起こす？　なんでわざわざこの店でやるんだと言いたげに——見まわしてから言う。「もしおれのクラブで、おまえらが脳味噌を吹き飛ばしでもしたら、おれはおまえらの親父さんたちになんて言えばいい？」

ルドルフォはそこではっとして気まずそうに口をつぐむ。イバンの父親が死んだことを、グアテマラでセータ隊に殺されたことを、言ったあとから思い出したのだ。

リックはルドルフォに申しわけなく思う。「すまん、ルドルフォ。おれたち、どうかしてた」

「そろそろ会計をすませたほうがいいんじゃないか？」とルーベンが言う。

「サーヴィスしとくよ」とルドルフォが言う。

ルドルフォが彼らを引き止めようとはしないことにリックは気づく。いや、まだいてくれにしろ、もっとゆっくりしていけにしろ、そういうことを言わないことに。彼らは席を立ち、ルドルフォにおやすみと言い、礼を言って——敬意を示すために、とリックは思う——クラブから通りに出る。

そこでイバンがキレる。「くそっ、あのいけすかねえぼんくら下僕《マランドロ・ペンデホ・ピンチエ》のくそったれケツ舐《ランビ》め野郎《オソ》が！　受けでも狙ったつもりか？　おまえらの親父たちがどう思うか、だと？」

「深い意味があったわけじゃないさ」とルーベンが言う。「たぶんうっかり忘れてたんだよ」

「そういうことをうっかり忘れたりするかよ！」とイバンは怒鳴る。「あいつはおれのちんぽを踏みつけやがった！　おれがトップになったら……」

リックは言う。「ルドルフォはまるで別人になって帰ってきたよな」

彼らとはちがい、ルドルフォは刑務所にはいったことがある。アメリカの最重警備刑務所《スーパーマックス》に服役した。その体験がルドルフォを破壊し、帰国したときにはぼろぼろになっていたという噂だ。

「あいつは弱いんだよ」とイバンは言う。「だから耐えられなかったのさ」

「おれたちだってどうなるかわからない」とルーベンは言う。「うちの親父は人生で刑務所ほど最悪なところもないって言ってる」

「でも、問題なく出てきたじゃないか」とリックが言う。「おまえの親父はタフなんだよ」

「おれたちだってどうなるかわからない」ルーベンは繰り返す。

「刑務所なんてくそくらえだ」とイバンが言う。「これがおれたちの人生だ。刑務所に行くときは行く。腹をくくるしかない、男らしくな」

「ルドルフォはそうしたよ」とリックは言う。「泣きごとも言わなかったし、誰も裏切らなかった」

「結局、叔父貴に出してもらっただろうが」とイバンは言う。

「よかったじゃないか」とリックは言う。「アダンのおかげだ。アダンはおまえにだって同じことをしてくれたさ」

彼らはみんなアダンが過去にも同じことをしたことを知っている。甥のサルバドールがクラブの外で人をふたり殺して逮捕されたときに。アダンは取引きして起訴を取り下げさせた。誰もが耳にした噂によると、アダンはそのためにタピア兄弟を裏切った。それをきっかけにカルテル同士の抗争が勃発し、シナロア・カルテルは壊滅しかねないほどの打撃を受けた。

その挙句、サルバドールは殺された。

〝狂気のエディ〟・ルイスの手で粉々に吹き飛ばされた。

もしサルバドールが生きていたら、今夜はここでおれたちと一緒に酒を飲んでいたはずだ。リックはそう思う。

兄弟《マーノ》よ、安らかに。

イバンは女たちが彼を見ていることに気づく。「何見てんだよ？　とっととクソ車に乗りやがれ！」

それから激怒したのと同じくらい唐突にいきなり機嫌を直す。リックとルーベンの肩に腕をまわして大声で叫ぶ。「おれたちは兄弟だ！　兄弟よ、永遠なれ！」

彼らは全員で叫ぶ。「ロス・イホス！」

コカインと酒に酔い、オーガズムに達して、その女は眠りにつく。

ベリンダが首を振って言う。「スタミナがないんだよ。ガビがいてくれたらね」

そう言って、彼女は寝返りを打ち、リックを見る。

くそっ。リックは思う。こいつはまだやりたがってるのか。「もう無理だ」

「二、三分休ませてあげるから」とベリンダは言い、ナイトテーブルにマリファナ煙草を見つけ、火をつけて一服してからリックに差し出す。

リックはそれを受け取って言う。「なあ、あれはいくらなんでもクレイジーすぎるぞ。クラブでおまえがやったことだ」

「あんたを助けるためにやっただけだよ」と彼女は言う。「自分で言い出して自分でドツボにはまってるんだから」

「死んだかもしれないんだぞ」

「そうだね」彼女はそう言って、マリファナを返してくれと仕種で示す。「でも、死ななかった。それにどっちみちあんたを守るのがあたしの仕事だしね」

ベリンダ・バトス――〝燐寸《ラ・フォスフォラ》〟――はシナロア・カルテルのヌニェス派の武装警護部隊〝ヌニェス特殊部隊《FEN》〟の女隊長《ヘファ》だ。女がその地位に就くことはめったにないが、彼女が実力で勝ち取ったことはまちがいない。リックはそう思っている。

運び屋から始めて、売人になり、それからベラクルス州の仲間を虐殺したセータ隊の隊員を殺す任務に志願して、一躍出世を果たした。セータ隊のその隊員は、まさかウェーヴのかかった黒髪で巨乳の若い美女が歩いてくるなり、自分の顔に弾丸《たま》を二発浴びせてくるとは思いもよらなかったのだろう。ベリンダはそういう芸当をやすやすとやってのけた。ベリンダと〝ガビ〟こと彼女の同性の恋人ガブリエラには、暗殺の常套《じょうとう》テクニックがあった。〝ラ・ガビ〟がバーに行き、しばらくそこで過ごしてから、酔っぱらったふりをして店を出る。標的が歩道で倒れ込んだラ・ガビを助けようとして身を屈めると、ラ・フォスフォラが路地から出てきて標的を狙って銃をぶっ放す。

さらにラ・フォスフォラには独特の嗜好があった——リックはそれをすぐに知ることになる。彼女とガビと彼女の配下の男たちは標的を拉致すると、その標的を薄切り肉のように切り刻んだ。そして、その断片を被害者の家族の家の戸口にメッセージとしてばら撒くのだ。

そういうメッセージの効能は言うまでもない。

ラ・フォスフォラはそうしてナルコ界のロックスターになった。セクシーな服装でキメた写真や動画がフェイスブックやユーチューブにアップされ、彼女を歌った歌まで書かれた。リックの父親は前任の警護部隊長が刑務所行きになると、彼女をすぐに警備のトップの座に就けた。

リックが最初にラ・フォスフォラとファックしたのは、イバンにある意味でけしかけられたからだ。

「あんな女と寝るなんて、死神のあそこにちんぽを突っ込むようなもんだ」とイバンは言った。

「まあな。でも、あれだけクレイジーな女《チャバ》なんだからな。ベッドでもすごいはずだ」とリックは言った。

「生きていられりゃな」とイバンは言った。「あの女、なんか蜘蛛《くも》っぽい気がするな。いるだろ、交尾のあとでオスを食っちまうような蜘蛛だ。どっちにしてもあいつはレズだって話だぜ」

「バイだよ」とリックは言った。「本人から聞いた」

「なら、やってみろよ」とイバンは言った。「3Pで愉しめるんじゃねえか」

「ああ、三人でやりたいらしい」とリックは言った。「あいつとあのガビって女と。おれは両方とやれる」

「人生は一度きりだ。せいぜい愉しむこった」

そうしてリックはベリンダとガビと寝たのだ。ベリンダとのセックスはすごくよかったが、ガビとはそうでもなかった。彼はほかにも大勢の女と——ときには妻とも——寝ていたが、ベリンダとのファックは特別だった。

「それはあたしたちが心の友だからだよ」とベリンダはリックに説明した。「どっちも心を持ってないっていう意味で」

「おまえ、心がないのか？」リックは彼女に尋ねた。

「あたしはハイになるのも好きだし、男とファックするのも好きだし、女とファックするのも好きだし、人を殺すのも好き」とベリンダは言った。「だから、もし心があったとしても、それは大した心じゃないね」

今、ベッドでマリファナを吸いながら、ベリンダはリックを見て言う。「ま、皇太子殿下に脳味噌を吹き飛ばさせるわけにはいかなかったってとこかな」

「なんの話だ？」

「考えてみなよ」ベリンダはそう言って、マリファナをリックに返す。「バレーラはたぶん死んだ。ナチョが死んだのは確実だよ。ルドルフォは可能性ゼロ。あんたの親父さんは？　あたしはあんたの親父さんを愛してる。あの人のためなら人を殺すし、あの人のためなら死ねる。でも、あの人は参謀が向いてる。それに引き換え、あんたはアダンの名づけ子《サン》じゃないの」

リックは言う。「馬鹿なこと言うな。次はイバンで決まりだ」

「訊かれたから答えただけだよ」ベリンダはリックの手からマリファナを取り上げて下に置くと、彼にキスをして言う。「仰向けになって、ベイビー。あんたがファックできないなら、あたしがファックしてあげるから。あたしにファックさせてよ、ベイビー」

ベリンダは指を舐め、彼の尻の穴にねじ込む。「これ、好きだよね？」

「くそったれ《ファック》」

「はは、それはこれからするから、ベイビー」と彼女は言う。「ファックしてあげるから。すごくよくしてあげるから」

彼女はそのことばどおりにする。

口と指を使って。リックがイキそうになると、口を離して、指を深く突っ込んで言う。

「あんたのものになるかもしれないんだよ、全部。カルテル全部。この国全部。もしあんたが望めばね」

なぜならあんたはアダン・バレーラの名づけ子《ゴッドサン》なんだから。彼女の声が聞こえる。

アダンの正統な後継者。

聖油で清められた後継者。

ザ・ゴッドサン――エル・アイハド。

数週間が過ぎ、数ヵ月が過ぎ、やがて一年が過ぎる。

巷で噂のグアテマラの戦いから一年を迎えたのは、奇《く》しくもメキシコの祝祭日〝死者の日〟と同じ十一月一日で、国じゅうに――ファレスにさえ――アダン・バレーラの仮設の祭壇がつくられる。祭壇には彼の写真やろうそく、コイン、小型の酒壜、切り絵細工《パペルピカド》などが飾られる。破壊を免れた祭壇もあれば、〝アダンは生きている《アダンビーベ》〟のだから、こんなものは不要だと主張する、怒《いか》れる信奉者たちに叩き壊された祭壇もある。

ケラーのクリスマス休暇はひっそりと始まり、ひっそりと過ぎていく。マリソルとアナと三人で慎ましい夕食をとり、ちょっとした贈りものを交換する。それからファレスに戻って、チュイに彼が好みそうな新作のビデオゲームを贈る。翌朝の新聞にはこんな記事が掲載される――シナロア州やドゥランゴ州の農村や都市部に暮らす貧しい子供たちのもとに、〝叔父貴《ティオ》アダン〟からおもちゃのプレゼントが魔法のように届けられ、町の広場には〝エル・セニョール〟から籠入りの食べものが贈られた、と。

大晦日《おおみそか》は、ほとんど平日と同じように過ごす。ケラーとマリソルは早めの夕食を一緒に食べ、シャンパンをグラスに一杯飲み、慎み深いキスをする。ケラーはタイムズスクウェアのボールが落ちるまえにベッドにはいって眠りに就く。

新年になって二週間が過ぎたところで、チュイが消える。

ケラーが食料品の買い出しから戻ってきたときのことだ。テレビの電源は消され、Xboxのケーブルが取りはずされている。

チュイの使っていた部屋に行くと、ケラーが買ってやったバックパックと、チュイの手持ちの数着の服がなくなっている。バスルームの磁器の容器からは彼の歯ブラシが消えている。チュイの頭の中で吹き荒れていた嵐がどんなものであれ、それが彼に家出を決意させたのだろう。ケラーはそう思う。部屋の中を調べると、少なくとも薬は持っていったことがわかる。

ケラーは車で近所を捜し、地元の店やインターネットカフェを尋ねてまわるが、チュイを見かけた人はいない。十代の若者がうろつく繁華街も捜してまわるが、チュイの姿はない。ひょっとしたらバルベルデに行ったのではないかと思い、マリソルに連絡しても、バルベルデでも誰もチュイを見ていないことがわかる。

橋を渡って、昔暮らしていたエルパソに帰ったのかもしれない。ケラーはそう思い、車でエルパソまで行き、メキシコ系居住地《バリオ》を捜しまわる。非友好的としか言いようのない地元のチンピラ――ケラーを見るなり、警察官のにおいを嗅ぎ取ったのだろう――に尋ねても、誰もチュイ・バラホスを見ていない。

古い伝手《つて》を頼りに、エルパソ市警の麻薬取締班に問い合わせると、チュイは二〇〇七年と二〇〇八年にエルパソで起きた数件の殺人事件の重要参考人になっており、警察のほうでもチュイに話を聞きたがっていることがわかる。いずれにしろ、市警は今後も警戒を続け、もしチュイが見つかったらケラーに連絡すると言ってくれる。

ケラーはファアレスに戻ると、今度はシナロア州警察のテリー・ブランコを探す。ブランコはエスコバル通りの〈サンマルティン〉のカウンターについてカグアマ・ビールを飲んでいる。

「そのガキは誰だ？」ケラーが依頼内容を説明すると、ブランコは尋ねる。

「あんたも知ってるはずだ」とケラーは言う。「おれの家を監視してるときに見かけたはずだ」

「おれはあんたが無事かどうか確認してただけだ」とブランコは言う。ビール一杯分以上に酔っているようだ。「こっちは大変なんだよ、ケラー。誰に報告すりゃいいのか、今は誰が実権を握っているのか、さっぱりわからないんだから。あんたは彼が生きてると思うか？」

「誰のことだ？」

「バレーラだよ」

「さあな」とケラーは言う。「で、あんたはこの少年を見かけたのか？」

「なあ、メキシコにはいったい何人のいかれたガキが走りまわってると思う？」とブランコは言う。「くそっ、ファレスだけでも、何百人か？　何千人か？　そこにひとり増えたところで何が変わる？　そのガキはあんたにとってなんなんだ？」

　ケラーはその質問に対する答を持ち合わせていない。「もしその少年を見つけたら捕まえてくれ。おれのところに連れてきてくれ」

「ああ、もちろん」

　ケラーはブランコの次の一杯分のビールの代金をカウンターに置いて店を出る。車に戻ると、オルドゥーニャ提督に電話をして事情を説明する。

「そのバラホスという少年はグアテマラにいたのか？」とオルドゥーニャは尋ねる。

「そうです」

「目撃者か？」

「なんのです、ロベルト？」

「まあいい」

「あなたはこの少年に借りがある」とケラーは言う。「40《クアレンタ》を殺したのがこの少年です」

　長い沈黙があり、それからオルドゥーニャは言う。「その少年はわれわれが面倒をみよう。だけど、アルトゥーロ、その子を見つけられる確率は……」

「わかってます」

天文学的に低い。

長い麻薬戦争は何千もの孤児を生み、何千もの家庭の崩壊を招き、何千もの十代の若者を失踪させた。その数字には、グアテマラやエルサルバドル、ホンジュラスの犯罪組織の暴力から逃れてきた何千もの人々は含まれていない。彼らは安息の地を見つけようとメキシコを通ってアメリカをめざす。が、たどり着ける者は少ない。

こうしてチュイは怪物と幽霊になる。


上院議員のベン・オブライエンからケラーに電話がはいる。

エルパソから電話をかけてきて、ケラーに面会を求める。実際の誘い文句は「ケラー、一杯ビールをおごらせてくれ」だ。

「どこに泊まってるんですか？」

「ホテル・インディゴだ。カンザス通りの。知ってるか？」

知っている。ケラーは車でエルパソまで行って、ホテルのバーでオブライエンと会う。

上院議員は自分のルーツに戻り、デニムシャツと〈ルケーシー〉のウェスタンブーツを履いている。膝の上には〈ステットソン〉のカウボーイハット。誘い文句どおり、上院議員はビールのピッチャーを持ってくると、ケラーに一杯注いでから言う。「今日、エルパソのドライヴスルーで面白いものを見た。〝アダンは生きている《アダン・ビーベ》〟と書かれた手づくりの看板だ」

ケラーは特に驚かない。似たような看板はファレスでも見かけていたし、シナロア州でもドゥランゴ州でもそこらじゅうに掲げられているという噂も聞いている。「それがどうかしましたか？　あの男には信奉者がいるんでしょう」

「彼はメキシコのチェ・ゲバラになりつつある」とオブライエンは言う。

「会えないとよけいに思いが募るんでしょう」

「ほかに何か聞いてないか？」とオブライエンは尋ねる。「彼の死について？」

「もうそっちの情報は追ってないんです」

「いい加減なことを言うな」

ケラーは肩をすくめる。今言ったのはほんとうのことだ。

「アメリカの新聞は読んでるか？」

「スポーツ欄なら」とケラーは答える。

「ということは、この国で今何が起こりつつあるか知らないということか？　ヘロインがらみのことだが」

「ええ、知りません」

「こっちの司法関係者の多くが未確認ではあってもバレーラ死亡の情報を歓迎した」とオブライエンは続ける。「しかし、結局のところ、ドラッグの流入は少しも減少しなかった。

現実にはさらに増えただけだ。特にヘロインの流入がひどい」

二〇〇〇年から二〇〇六年までは、とオブライエンはケラーに説明する。ヘロインの過剰摂取による死亡者数は横ばいで、一年に約二千人だった。二〇〇七年から二〇一〇年までは、約三千人に増加した。それから急激に増えはじめ、二〇一一年には四千人、二〇一二年には六千人、二〇一三年には八千人になった。

「客観的に比較すると」とオブライエンは続ける。「二〇〇四年から現在までに、イラクとアフガニスタンで失ったわが国の兵士の総数は七千二百二十二人だ」

「客観的に比較すると」とケラーは言う。「同じ期間に、十万人以上のメキシコ人が麻薬戦争で殺され、二万二千人が行方不明になっています。因《ちな》みにこれはひかえめな数字です」

「私が言いたいことも同じだ」とオブライエンは言う。「メキシコでは、きみが述べた人数が命を落とし、ここアメリカではヘロインの疫病が流行し、刑務所には何百万人という売人がいる。われわれがやっていることがなんであれ、それはまるで機能していないということだ」

「そういうことを伝えるために私をここに呼んだのなら、どちらにとっても時間の無駄です。ビールはありがたくいただきますが。あなたの望みはなんです？」

「私は上院議員と下院議員で構成されたある団体の代表を務めている。その団体は現在の麻薬取締局《DEA》の局長を罷免して、新しい局長を任命する力と影響力を持っている」とオブライエンは言う。「われわれはきみを新しい局長に任命したいと考えている」

ケラーはめったなことでは動じない人間だ。が、さすがに驚きを隠せない。「失礼ですが、気でもちがったんじゃないですか」

「わが国にはヘロインがあふれている。その使用量は近年八十パーセント以上も増加し、そのほとんどがメキシコから流入したものだ」とオブライエンは言う。「私の選挙区にも子供の墓参りをする人たちがいる」

「私はメキシコの子供たちがブルドーザーで埋められるのを見てきました」とケラーは言う。「この国の人たちは気にもかけませんでしたが。〝ヘロインの疫病〟に注目が集まったのも白人の子供が死にはじめてからです」

「だから、きみにも気にかけてくれと頼んでるんだ」

「私は自分の戦争を戦いました」

「メキシコで子供たちが死んでいる。私はきみがただ年金を受け取って、何もせずにそれを見ていられるとは思えない」

「まあ、見ていてください」

「考えてみてくれ」と言って、オブライエンはバーのストゥールから降りると、ケラーに名刺を渡す。「ここに電話してくれ」

「電話はしませんよ」

「それはどうかな」

オブライエンはケラーをバーに残したまま立ち去る。

ケラーは頭の中で計算する——オブライエンの話では、ヘロインによる死者の数は二〇一〇年までの上昇はゆるやかだったが、二〇一一年以降、急激に上昇しはじめた。そして二〇一二年には、前年比百五十パーセントにもなった。

アダンが生きているあいだに。

くそったれ、とケラーは胸に毒づく。アダンが道すじをつけたのだ。アダンからの世界への最後の有害な贈りものというわけだ。ケラーはシェイクスピアの『ジュリアス・シーザー』の中の台詞《せりふ》を思い出す。「人の為した悪は死後も残る」。まさに。

幽霊と怪物。

ケラーとマリソルは、トマス・フェルナンデス大通りにあるアルゼンチン料理店〈ガルファ〉で食事をする。超高級店だが、ケラーは彼女をいい店に連れていきたいと思った。ケラーはステーキ、マリソルはサーモンを注文し、彼女はそれを健全な食欲で平らげる。彼女のそんなところをケラーは昔から好ましく思っている。

「わたしに話してないことは何？」とマリソルがフォークを置いて尋ねる。

「どうしておれには話してないことがあると思うんだ？」

「あなたのことだからわかるのよ」とマリソルは答える。「で、なんなの？　さあ、白状しなさい」

　ケラーがオブライエンと会ったことを話すと、マリソルは椅子に深く坐り直して言う。

「アルトゥーロ、信じられない。驚きすぎて顎がはずれそう」

「だろ？」

「わたしはてっきりあなたは〝好ましからざる人物《ペルソナ・ノン・グラータ》〟なんだとばかり思ってた」

「おれもそう思ってたよ」ケラーはオブライエンから打診された内容だけでなく、自分の返答も伝える。

　マリソルは黙っている。

「おいおい、まさか引き受けるべきだなんて思ってるわけじゃないだろうな？」とケラーは尋ねる。

　マリソルはそれでも黙っている。

「どうなんだ？」

「アート、どんな権限を持てるのか考えてみて」とマリソルは言う。「どんな善をおこなえるのか。あなたは実際に変化を起こせるかもしれない」

　ケラーはたまに失念する。が、マリソルは実に政治的行動力のある人物だ。ケラーは改めて思い出す。彼女がメキシコシティの中央広場《ソカロ》で、不正投票に抗議するために野宿したことを。警察の蛮行に抗議するためにレフォルマ通りでデモ行進したことを。ケラーは彼女のそんなところもすべて含めて彼女を愛するようになったのだ。

「きみは麻薬取締局のやることなすことすべてに真っ向から反対してると言ってもいいく

らいだ。ちがうか？」とケラーは言う。

「でも、あなたならその方針を変えることができる」

「それはどうかな」とケラーは言う。

「それじゃあ」と彼女は言う。「逆から考えてみましょう。どうして引き受けたくないの？」

ケラーはその理由を彼女に示す。ひとつ、おれの麻薬戦争はもう終わった。

「でも、麻薬戦争のほうにはまだあなたを解放するつもりがないのかもしれない」

四十年は充分すぎる時間だ、とケラーは彼女に言う。おれは官僚的動物でもないし、政治的動物でもない。そもそもアメリカで暮らしていける自信すらない。

マリソルはケラーの母親がメキシコ人だったことを知っている。父親が白系アメリカ人で、母子をサンディエゴに呼び寄せておきながら、ふたりを捨てたということも。ケラーはアメリカ人として育った。ＵＣＬＡを卒業し、海兵隊に入隊した。が、その後入局した麻薬取締局で、もうひとつの祖国メキシコに配属され、大人になってからの人生のほとんどをアメリカではなくメキシコで過ごした。ケラーは常にふたつの文化に引き裂かれてきた。彼がふたつの祖国に対して愛憎相半ばする感情を抱いていることもマリソルは知っている。

彼がフアレスに移住したのは罪悪感からだ。マリソルはそのことも知っている。彼はアメリカの麻薬問題によって引き起こされた戦争のために大きな被害を受けたこの市《まち》に対して、返すべき借りがあると思っている。たとえ税金を払い、食料品を買い、来客を歓待するという小さな貢献であっても、この市《まち》の回復を手助けする道義的責任があると思っている。

チュイの世話をするのも彼が個人的に背負った十字架だ。

しかし、チュイはいなくなった。

マリソルはケラーに尋ねる。「どうしてファレスに住みたいと思ったの？　正直に話して」

「リアルだから」

「そうでしょうね」とマリソルは言う。「一ブロック歩くだけでも、戦争を思い出さずにはいられないわけだし」

「何が言いたい？」

「あなたにとってここにはもう何もない。あるのは悪い思い出と……」

マリソルはそこで口をつぐむ。

「思い出と、なんだ？」とケラーは尋ねる。

「はっきり言うわ——わたしよ」とマリソルは言う。「わたしの近くにいられること。あなたがまだわたしを愛してることは知ってるわ、アルトゥーロ」

「人の思いというのは止めようとして止められるものじゃない」

「あなたにそう頼んでるわけじゃない」とマリソルは言う。「でも、もしわたしのそばにいるためにこの件を断わるつもりなら、それはやめて」

ディナーを食べおえると、ふたりは散歩をする。数年まえにはこの市《まち》ではとてもできなかったことだ。

「何か聞こえる?」とマリソルは尋ねる。

「何も」

「そのとおり。パトカーのサイレンも、救急車のサイレンも鳴り響いてない。銃声も聞こえない」

「〝シナロアの平和《パクス・シナロア》〟」

「これは長く続く?」

続かない。ケラーはそう思う。

これは平和ではない。ただの小休止だ。

「車で家まで送るよ」とケラーは言う。

「ここからだと時間がかかるわ」とマリソルは言う。「あなたの家に泊めてくれない?」

「チュイの部屋が空いてる」

「わたし、チュイの部屋に泊まりたいって言った?」

フアレスの冷たい風が壁に吹きつけ、窓を揺らす音で、ケラーはずいぶん早く、夜明けまえに眼を覚ます。

妙なものだ。人生における重大な決断とは、重大な瞬間や重大な変化のあとになされるのではなく、あくまで避けられないものとしてあるらしい。常に自分自身で決断したものではなく、自分のために決断されたものとして。

あるいは、決断したのはあの標語なのかもしれない。

〝アダンは生きている《アダン・ビーベ》〟

なぜなら、実際にケラーはその朝、こう思ったからだ。王は消えたかもしれないが、彼が創った王国は残っている。まるでバレーラが今でもその玉座についているかのように確実に、苦しみと死は今もまだ蔓延《まんえん》しつづけている。

もうひとつの真実も認めざるをえない。もしこの世界に、経歴と経験と動機と知識と技術の力で、この王国を破壊できる人間がいるとしたら——彼は自分に言い聞かせる——それはおまえしかいない。

マリソルにもそれがわかっている。その朝、ケラーがベッドに戻ると、マリソルは眼を覚まして尋ねる。「どうしたの？」

「なんでもない。また寝ようと思って」

「悪夢でも見た？」

「そうかもしれない」そう言って、ケラーは笑う。

「なんなの？」

「どうやら、おれは幽霊になるにはまだ早いらしい」とケラーは言う。「幽霊たちと一緒に生きるのも。きみの言ったことは正しい——おれの戦争はまだ終わっていない」

「オブライエン上院議員の申し出を受ける。そういうこと?」

「そうだ」と言って、ケラーは彼女の頭のうしろに手をやって引き寄せる。「ただし、きみが一緒に来てくれることが条件だ」

「アルトゥーロ……」

「おれたちはある意味、勲章のように悲しみを身につけている。あるいは、鎖のように引きずっている。すごく重いものだ。マリ、おれはその鎖に打ち負かされたり、本来のおれたちの力を削《そ》がれたりしたくない。おれたちはあまりに多くを失った。だからこそお互いだけは失わないようにしよう。失うにはあまりに大きすぎる」

「でも、診療所が——」

「おれがなんとかする。約束するよ」


ふたりはケラーが養蜂をしていたニューメキシコ州の修道院、モナステリー・オヴ・クライスト・イン・ザ・デザートで式を挙げ、タオスで短いハネムーンを過ごし、それから車でワシントンDCに向かう。そこでオブライエンが手配した不動産業者と会い、用意された物件を見てまわる。

ふたりともヒルヤープレイスの一軒家が気に入り、申し込みをして購入する。

ケラーはその翌朝にはもう仕事を始めている。

なぜなら、幽霊が戻ってきたことが彼にはわかるからだ。
幽霊と一緒に怪物が戻ってきたことも。

2　王たちの死

さあ、みんなこの大地にすわってくれ、そして王たちの死の悲しい物語をしようではないか。

――シェイクスピア『リチャード二世』（小田島雄志訳）

二〇一四年五月
ワシントンDC

ケラーは白骨死体の写真を見つめる。

肋骨から草の葉先が突き出し、脚の骨には蔓《つる》がまとわりついている。まるで死体を大地に縛りつけようとするかのように。

「これはバレーラか？」とケラーは尋ねる。

バレーラの情報が途絶えてから一年半になる。この写真は麻薬取締局《DEA》グアテマラシティ支局から届いたばかりのものだ。バレーラが最後に目撃されたドスエレスの村から一キロほど離れたペテン県の熱帯雨林で、グアテマラ軍の特殊部隊が発見したのだ。

麻薬取締局情報部長のトム・ブレアは、ケラーの机に別の写真も置く。ストレッチャーの上に白骨死体がのっている写真だ。「身長は一致しました」

バレーラは背が低く、五フィート七インチに満たない。しかし、グアテマラのとりわけ栄養不良のマヤ先住民の多い地域では、その条件にあてはまる者はいくらでもいるだろう。

ブレアは机の上にさらに写真を並べる。頭骸骨のクローズアップ写真の横に、アダン・バレーラの顔写真を置く。ケラーはその顔写真に見覚えがある。十五年まえにバレーラが逮捕されたときに撮影されたものだ。その後、彼はサンディエゴのメトロポリタン矯正センターに収容された。

アダンをそこにぶち込んだのがケラーだった。

写真の中のバレーラがケラーを見つめ返してくる。

見慣れた、親しげでさえある視線で。

「眼窩《がんか》の位置も一致しています」とブレアが言う。「頭蓋骨の大きさも同一です。歯型とDNAの分析を待たないと百パーセント確実とはいえませんが、おそらく……」

バレーラの歯型の記録とDNAサンプルは連邦刑務所から入手できるだろう。一年以上も密林に放置され、腐乱した白骨死体から有効なDNAを採取できるのかどうかきわめて疑わしいが、写真を見るかぎり、顎の骨はまだ損傷していないようだ。

それに歯型の記録は一致するだろう。そのこともケラーはわかっている。もちろん。

「頭蓋骨の後頭部の損傷状態から」とブレアは続ける。「顔に銃弾が二発、至近距離から

——上方から下方に向けて——撃ち込まれたものと思われます。バレーラは殺意を持った人物に処刑されたのです。この状況は〝ドスエレス説〟と符号します」

〝ドスエレス説〟とは、麻薬取締局のシナロア研究チームがとりわけ気に入っている仮説のことだ。彼らは次のように仮定している——二〇一二年十月、アダン・バレーラと彼のパートナーであり、義父でもあるイグナシオ・エスパルサは、敵対するきわめて凶暴な麻薬カルテル、セータ隊との和平会談をおこなうため、大規模な武装部隊を引き連れてグアテマラに赴《おもむ》いた。これには前例があり、二〇〇六年にも、バレーラはセータ隊幹部と同様の会談を開き、メキシコをいくつかの領地に分けることに合意して、つかのまの平和をもたらした。結局、その平和は瓦解し、よりいっそう残虐かつ費用のかかる戦争へと突入するのだが。いずれにしろ、その説によれば、バレーラとセータ隊隊長のエリベルト・オチョアはグアテマラのペテン県ドスエレスの辺境の村で会談し、再度メキシコの国土を感謝祭のターキーのように切り分けることに合意した。ところが、その平和を祝う宴《うたげ》で、セータ隊がシナロア人に奇襲を仕掛けて虐殺した。

バレーラもエスパルサもその会談があったとされる日以降、姿が見えず音信も途絶えている。同様に、オチョアと彼の右腕で〝40《クアレンタ》〟の名で知られるミゲル・モラレスの消息も不明だ。さらに、グアテマラ軍の情報部D2から、ドスエレスで大規模な銃撃戦があったという機密情報がもたらされ、この説の信憑性《しんぴょう》を高めた。現場を捜索したD2は多くの死体と大きな篝火《かがりび》の跡を発見した。これは死体を燃やすセータ隊の慣習と一致する。

かつてメキシコで最も恐れられたカルテルだったセータ隊は、その真偽不明のドスエレス会談以降、急激に勢力が衰えた。このことは幹部が殺害され、隊員に大量の死傷者が出たことを示唆している。

一方、シナロア・カルテルはそうした衰退の道はたどらなかった。セータ隊とは逆に圧倒的に優勢なカルテルとして、他の追随を許さぬ勢力となり、この十年間の麻薬抗争で十万人が殺害されたメキシコに一定の平和をもたらした。

そのシナロアが今、かつてない規模の大量の麻薬をアメリカに流入させている。これまでカルテルに莫大な富をもたらしてきたマリファナ、メタンフェタミン《メス》、コカインだけでなく、多量のヘロインを。

こうした現況は、ドスエレス説には不利に、対抗馬の〝空の棺《ひつぎ》説〟には有利に働く。〝空の棺説〟とは、バレーラがドスエレスでセータ隊を壊滅させ、その後、自らの死をでっち上げて、遠隔地からカルテルを切りまわしているという説だ。

こちらも前例がいくらもある。これまでの長い歴史の中で、何人ものカルテルのボスが自らの死を偽装し、麻薬取締局の容赦ない圧力を和らげようと企てた。逆に、カルテルの兵隊が検死官事務所を襲い、ボスの死体を盗み出して身元の特定を阻み、ボスはまだ草葉の陰には行っていないというデマを積極的に流したこともあった。

いずれにしろ、ケラーが部下たちにしばしば指摘するように、ドスエレスで殺害されたとされる両カルテルの幹部の死体はひとつも発見されていない。ただ、オチョアと40《クアレンタ》

については、あの世に逝ったものとして広く受け容れられているが。一方、シナロア側に関するかぎり、機械のように休みなく麻薬を送り出している事実が〝空の棺説〟の信憑性を高めている。

とはいえ、一年半以上に及ぶバレーラの不在は〝空の棺説〟とは逆の事実を示唆してもいる。確かに、彼には昔から隠遁《いんとん》生活を好む傾向があったが、祝祭日には例年、若妻のエバをともなって故郷のシナロア州ラトゥナに姿を現わした。大晦日にはプエルトバリャルタやマサトランのようなリゾート地を訪れた。そうした目撃情報は報告されていない。さらにデジタル監視では、電子メールの送受信やツイッターなどのSNSでの投稿も見られず、通話監視でも電話を使った形跡がない。

バレーラはシナロア州とドゥランゴ州に膨大な数の広大な農園《エスタンシア》、さらに海岸沿いのロスモチスには複数の邸宅を所有している。麻薬取締局はそうした不動産情報をつかんでいる。不動産はまちがいなくほかにもあるだろう。が、いずれにしろ、それらの不動産の衛星写真を調べると、出入りする交通量が明らかに減少しているのがわかる。通常なら、バレーラがある場所から別の場所に移動するときには、ボディガードやサポート要員の移動交通量が増加する。また警備態勢を整えるための部下たちのインターネットや携帯電話の通信量が急増する。さらに通信量の増加はシナロア・カルテルに買収されている州警察や地元警察にも及ぶ。

通信量に変化が見られないことは、バレーラが死亡したとするドスエレス説を裏づける根拠となる。

　その場合、新たな疑問——もしバレーラでないなら、誰がカルテルの実権を握っているのか——が生じ、その疑問を解く必要が出てくる。一方、メキシコの噂製造所はフル稼働でバレーラの〝目撃情報〟を製造しつづけている。シナロアで、ドゥランゴで、グアテマラで、バルセロナで。さらには彼の妻（未亡人？）のエバがふたりの幼い息子たちと暮らすサンディエゴでも。〝バレーラ〟の名前でメールが送信され、ツイートが投稿されることもある。そうした投稿はカルト宗教〝アダンは生きている《アダン・ビーベ》〟教の信者たちを喜ばせ、道路脇の手描きの〝アダン・ビーベ〟の看板を増やすことになる。

　バレーラの肉親たち、とりわけ彼の妹のエレナは兄の死を正式に認めることを避けている。バレーラの生死を曖昧にしておけば、カルテルは秩序ある王位継承のための根まわしの時間稼ぎができるからだ。

　ドスエレス説の支持者たちの主張によれば、シナロア・カルテルは、バレーラを〝生かして〟おいたほうが既得権を維持できるため、偽の情報をバレーラのメッセージとして発信しつづけている、ということになる。バレーラは生きており、今もなお恐れられるべき存在だとアピールしておけば、その恐怖がシナロアに盾突く恐れのある造反予備軍を思いとどまらせることができるからだ。ドスエレス説の強力な信奉者の中には、メキシコ政府自らが国内の安定を維持するために、〝アダン・ビーベ〟運動を扇動していると断言する者もいる。

もし見つかった死体がバレーラのもので、バレーラの死を公表することになれば、ナルコ界に激震が走るだろう。

「死体はどこが保管している?」とケラーは尋ねる。

「グアテマラ軍の情報部D2です」とブレアは答える。

「となると、もうシナロアに伝わっているということか」カルテルはグアテマラ政府のあらゆる階層に情報源を持っている。CIAもすでに知っていることだろう。D2の情報はあらゆる組織に筒抜けになる。「麻薬取締局内でほかにこの件を知っている者は?」

「グアテマラシティの担当駐在職員とあなたと私だけです」とブレアは言う。「この件は内密にされたいのではないかと思いまして」

ブレアは賢明かつ忠実な部下だ。この情報が最初に、しかもできるかぎり独占的にケラーの耳にはいるよう取り計らった。アート・ケラーは上司にするにはいい男だ。同時に、敵にするには危険な男だ。

ケラーとアダン・バレーラに遺恨があるのは麻薬取締局の誰もが知っていることだ。ことの発端は一九八〇年代にまでさかのぼる。バレーラがケラーのパートナー、エルニー・ヒダルゴの拷問殺人に加わったことからだ。

ケラーはバレーラを再逮捕するためにメキシコに派遣された。が、結局、シナロア・カルテルではなくセータ隊を解体した。これもまた麻薬取締局の誰もが知っていることだ。

そう、ケラーは文字どおりセータ隊を解体した。

麻薬取締局のオフィスの冷水器のそばで交わされる――というより囁かれる――噂によれば、セータ隊とバレーラ率いるシナロア人との戦いが起こったとされるドスエレスの村には、大破したブラックホーク・ヘリコプターの残骸があったという。事実、グアテマラ陸軍はアメリカ製のヘリを所有している。が、ついでに言えば、シナロア・カルテルも所有している。しかし、と噂はつづく。ほんとうは、アメリカ人の特殊傭兵部隊が極秘任務でグアテマラ入りし、ビンラディン方式でセータ隊幹部を排除したのだ、と。その噂を信じるなら――麻薬取締局上層部は馬鹿げた陰謀説だと一笑に付しているが――その任務にはアート・ケラーも加わっていた。

そして今、アダン・バレーラとセータ隊を壊滅させたそのアート・ケラーが、世界で最も強力な〝麻薬戦士〟である麻薬取締局局長として、一万を超える職員と五千人の特別捜査官、八百人の情報分析官を擁する政府機関の指揮を執っている。

「もうしばらくこの件は内密に」とケラーは言う。

ブレアはケラーの言外の意味を正確に理解する。そのことがケラーにはわかる。ケラーが言わんとしたのは、この件を麻薬取締局副局長デントン・ハワードに嗅ぎつけられることなきように、ということだ。政治任用官のハワードは、ケラーの皮を生きたまま剥いで、その皮を自分のオフィスの壁に飾りたくてうずうずしている。

だからケラーに関するあらゆる噂を率先して囁いている――曰《いわ》く、ケラーには疑わしい過去がある、メキシコ人の母とメキシコ人の妻を持つケラーの忠誠心は二股だ（彼のほんとうのファーストネームはアーサーではなく、〝アルトゥーロ〟だということを知ってたか?)、ケラーは無法者だ、危険人物だ、血にまみれた手の持ち主だ、あのドスエレスにもいたという噂がある等々。ハワードはいわば麻薬取締局の癌《がん》だ。情報機関に出入りして独自の情報源を持ち、メキシコ、中央アメリカ、コロンビア、ヨーロッパ、アジアの外交官とプライヴェートな関係にあり、連邦議会《ザ・ヒル》とパイプを持ち、メディアと懇意にしている。そんな男だ。

ハワードをこの件から遠ざけておくことはできない。しかし、たった数時間でも先んじることができれば動きやすくなる。まずひとつ、先んじることができればこのおれからこの情報をメキシコ政府に伝えることができる、とケラーは思う――ハワードはもちろん、FOXニュースのハワードの仲間からメキシコ政府に伝えられることだけはなんとしても避けたい。

「歯型の記録をD2に送って」とケラーは指示を出す。「先方には全面的な協力を要請するように」

この情報は数日後ではなく、数時間後には表沙汰になるだろう。D2の責任者はこの写真を麻薬取締局に送ってきたが、誰かがシナロア・カルテルに電話をしたのはまちがいなく、さらに別の誰かがこの情報をメディアに売り込むことだろう。

なぜならアダン・バレーラは死を境に、存命中には考えられなかったものに変化したからだ。

ロックスターに。

ほかでもない〈ローリング・ストーン〉誌のひとつの記事をきっかけにして。クレイ・ボーウェンという名の調査報道ジャーナリストの記事だ。彼はグアテマラでのセータ隊とシナロア・カルテルの銃撃戦の噂を追いかけはじめ、すぐにアダン・バレーラが――その記事に書かれたボーウェンの気取ったことばをそのまま引くと――〝雲隠れした〟事実に行きあたった。そこで現代の〝スタンリー記者〟は、十九世紀のジャーナリストのように〝リヴィングストン博士〟ならぬ麻薬商《ナルコ》の捜索に向かったのだが、結局、なんの成果も得られなかった。

ボーウェンはその体験を記事にした。

アダン・バレーラは幽霊であり、鬼火であり、世界最大の麻薬組織の背後で、謎めいた見えざる力を振るい、警察が逮捕はおろか発見すらできない逃亡の天才である、とボーウェンは書いた。さらに二〇〇四年のメキシコの刑務所からのバレーラの〝大胆不敵な脱獄〟を取り上げ（その記事を読んだケラーは、その〝大胆不敵な脱獄〟を思い出すだけで腸《はらわた》が煮えくり返った。バレーラは職員を買収して、刑務所の屋上からヘリコプターで脱獄したのだ）今、バレーラは自らの死を捏造《ねつぞう》することで〝究極の脱獄〟を成し遂げたと結んだ。

取材すべき対象が不在のため、ボーウェンはどうやらバレーラの同業者や家族に話を聞いたらしい（〝匿名の情報筋によれば……バレーラに近しい人々によれば……〟）。彼らはバレーラを手放しで褒めそやした——アダンは教会や学校に寄付をした、診療所や遊び場をつくった、母親や子供たちを大切にした。

彼はメキシコに平和をもたらした。

（ケラーは最後の一文を読んで大笑いした。そもそも十万人を犠牲にした戦争を始めたのがバレーラだ。そいつがその戦争に勝つことで〝平和をもたらした〟？）

アダン・バレーラは——その正体は麻薬密輸業者であり、大量殺人者だ——〝脱出王〟の異名を持つ奇術師フーディーニと、貧しい者を助ける盗賊、怪傑ゾロと、謎めいた最期を遂げた飛行士アメリア・エアハートと、インド独立の父マハトマ・ガンジーを混ぜ合わせたような人物に仕立て上げられてしまった。周囲から理解されなかった貧しい田舎の子供が恵まれない境遇から身を立て、ある商品——結局のところ、人々が欲しがった商品ではある——の販売を通して富と権力を手に入れた。そして現在は、人々の恩人であり、慈善家であるバレーラはふたつの政府からしつこく追われながらも、見事にその裏をかき、逃げおおせている。

この記事はこれといった話題のない時期にほかのメディアにも取り上げられ、〝バレーラ失踪〟の物語はCNNやFOXなどすべてのネットワークで語られた。その結果、彼は一躍ソーシャルメディアの寵児《ちょうじ》となり、何千もの人々がインターネット版〝ウォーリーを探せ〟ゲームに参加し、はらはらしながら偉大な人物の居場所に思いをめぐらせた（ケラーが最高に気に入ったのは、バレーラがBBCの『ダンシング・ウィズ・ザ・スターズ』の出演依頼を断ったという話で、次点はＮＢＣのホームコメディの主役になりすまして潜伏しているという話だ）。もちろん、世の常として、そんな熱狂も長くは続かなかった。アダンを捜しつづけたのは、数人の筋金入りのブロガーと麻薬取締局《DEA》とメキシコの組織犯罪捜査担当次長検事局《SEIDO》――バレーラの生死をゲームの主題ではなく、きわめて重大な問題と考えている者たち――だけだった。

しかし今、その狂騒が再燃することになる。

棺に中身ができたのだから。

今、空いているのは玉座のほうだ。

ケラーは思う。われわれはジレンマに陥っている。シナロア・カルテルはヘロイン密輸の原動力だ。われわれがカルテルの解体に手を貸せば、シナロアの平和《パクス・シナロア》は崩壊する。カルテルを放置すれば、アメリカのヘロイン・クライシスが続くのを黙って見過ごすことになる。

シナロアにはシナロアの、麻薬取締局には麻薬取締局の思惑がある。バレーラの死はメキシコの安定促進とアメリカのヘロイン汚染阻止というふたつの大義を両立不能のものにしかねない。

前者が求めるところはシナロア・カルテルの温存で、後者の求めるところはその破壊だ。

国務省とＣＩＡはメキシコ政府とカルテルの協力関係の維持を支持するだろう、消極的な支持ではあっても。一方、司法省と麻薬取締局は断固としてカルテルのヘロイン密輸を阻止したい。

派閥はほかにもある。司法長官は麻薬政策改革を望んでおり、それはホワイトハウスの国家薬物取締対策室長《ドラッグ・ツァー》も同様だが、近々退任予定の司法長官とは異なり、ホワイトハウスの対応は慎重だ。任期満了前の大統領《レームダック》は、自由かつ大胆に裁量できる立場にあるとはいえ、そんな大統領にしても、二〇一六年の大統領選に出馬する次期後継者に対する攻撃材料をそうやすやすと保守派に与えるわけにはいかないからだ。

でもって、おまえの副局長がそうした保守派のひとりというわけだ、とケラーは思う。ハワードはおまえと麻薬政策改革を二〇一六年には——望ましくはそれ以前に——お払い箱にしたいと考えている。共和党はすでに下院と上院を押さえている。もし共和党がホワイトハウスまで手中に収めれば、ホワイトハウスの新たな入居者が新たな司法長官を任命し、その司法長官はわれわれを麻薬戦争の高みに——または、言うなれば深みに——連れ戻すことになる。そして、真っ先に馘《くび》になる職員のひとりがおまえだ。

畢竟《ひっきょう》、時間はかぎられているということだ。

この国へのヘロインの流入を止めるのがおまえの仕事だ。ケラーは自分に言い聞かせる。シナロア・カルテル——アダンの遺産、アダンが建設し、その建設におまえが手を貸した殿堂——は何千もの人々を虐殺している。よって息の根を止めなければならない。

忘れるな——カルテルは自然死したりはしない。

おまえが殺すしかない。

ブレアが出ていくと、ケラーは電話をかけはじめる。

まずは、メキシコ海兵隊ＦＥＳのオルドゥーニャ提督に電話する。

「死体が見つかりました」ケラーは前置きを省いて言う。

「どこで？」

「どこだと思います？」とケラーは言う。「これからＳＥＩＤＯに連絡しますが、そのまえにあなたに知らせておきたくて」

なぜならオルドゥーニャは潔白――完璧なまでに清廉潔白で、誰からも金もクソも受け取らないからだ。彼ら海兵隊員はケラーの助力とアメリカの情報を得て、セータ隊を壊滅させた。今、提督はシナロアをも含めた残りのカルテルすべての解体に取り組もうとしている。

沈黙が流れたあと、オルドゥーニャが言う。「では、シャンパンを注文するとしよう」

次に、ケラーはメキシコ版ＦＢＩと麻薬取締局の合体組織、ＳＥＩＤＯに連絡し、検事総長と話す。その電話にはかなり神経を使う。グアテマラがメキシコの検事総長よりさきにアメリカの麻薬取締局に連絡したというのは、当然のことながら、検事総長にしてみればあまり愉快なことではない。アメリカの麻薬取締局とＳＥＩＤＯの関係は実に微妙だ。それがここへ来て、ハワードのたえまない口出しのせいでさらに微妙なものになっている。もっとも、関係が微妙であることの一番の原因は、ＳＥＩＤＯがこれまで何度もシナロアに買収されてきたからだが。

「すぐにお耳に入れておきたかったもので」とケラーは言う。「われわれはこれからプレス・リリースを出しますが、そちらが出すのを待ってからにしましょうか」

「それはありがたい」

そのあとアメリカの司法長官に電話する。

「声明を出しましょう」と女性司法長官は言う。

「もちろんです」とケラーは言う。「しかし、メキシコの発表を待ってからにしましょう」

「なぜ？」

「彼らの顔を立てるためです」とケラーは言う。「われわれにさきを越されたら、彼らは面目を保てなくなります」

「実際、われわれにさきを越されているわけでしょ？」

「彼らとは今後も連携しなければなりません。貸しをつくっておくのも悪くありません。そもそも、われわれがあの男を捕らえたわけじゃないのだし。ほかの麻薬商《ナルコ》に殺されただけで」

「それが事実なの？」

「おそらくそのようです」ケラーはさらに五分をかけて、発表のタイミングを遅らせるよう司法長官を説得してから、CNNの伝手に電話する。「情報源は伏せてくれ。じきにメキシコ政府がアダン・バレーラの死体がグアテマラで発見されたと発表する」

「マジですか、放送に間に合いますかね？」

「それはそっちの仕事だ」とケラーは言う。「私はただこれから起こることを伝えているにすぎない。メキシコ政府はバレーラがセータ隊との和平会談後に殺害されたことを認めるだろう」

「じゃあ、これまで誰がカルテルを動かしてたんです？」

「そんなことは知らないよ」

「けちくさいこと言わないでくださいよ、アート」

「きみはＦＯＸを出し抜きたいのか」とケラーは言う。「それとも、このまま電話で私には答えられない質問を延々と続けたいのか？」

その答が前者であることが判明するのに時間は一秒とかからない。


〈マーティンズ・タヴァーン〉は禁酒法が廃止された一九三三年に営業を開始し、それ以来民主党の政治家たちの憩《いこ》いの場となってきた。店の入口のすぐ横のブースの銘板には、ジョン・Ｆ・ケネディがジャッキーにプロポーズした場所と刻まれている。

魅惑の時代《キャメロット》、とケラーは思う。

ただの神話にすぎないが、その神話を子供の頃の彼は崇拝していた。ＪＦＫとボビー・ケネディとマーティン・ルーサー・キングとイエス・キリストと神を彼は信じていた。最初の四人は殺され、残っているのは神だけだ。しかし、その神はケラーが子供時代に不在の父親のかわりに心の拠《よ》りどころにしていた神――あらゆる場所に在り、厳格で公平な正義でこの世を統《す》べる全知全能の神――ではない。

その神はメキシコで死んだ。

多くの神々同様。ケラーは居心地のいい店の暖かく澱《よど》んだ空気を感じながら思う。メキシコは古い神の墓地の上に新しい神々の神殿を建てる国だ。

狭い木の階段をのぼって、サム・レイバーンが人々の注目を集め、ハリー・トルーマンやリンドン・ジョンソンが法案を通すために誰かの腕をねじり上げた二階の部屋に行く。

オブライエン上院議員がブースにひとりで坐っている。顔は真っ赤で、豊かな髪は七十代にふさわしく雪のように白い。肉厚の手でロックグラスを包んでいる。テーブルにはもうひとつグラスが置かれている。

オブライエンは共和党員だが、〈マーティンズ〉を気に入っている。

「きみの分も頼んでおいたよ」ケラーが坐ると、オブライエンが言う。

「ありがとうございます」とケラーは応じる。「例の死体はバレーラのものです。先方で確認が取れました」

「司法長官にはなんと言ったんだ?」

「現在判明していることを伝えました」とケラーは答える。「セータ隊とシナロアの抗争についての未確認情報は事実だったと判明したことと、バレーラは銃撃戦で殺害されたらしいということを」

　オブライエンは言う。「ドスエレスの件が憶測ではなく事実だと明らかになると、われわれと〈タイドウォーター・セキュリティ〉とのつながりを誰かが嗅ぎつけないともかぎらない」

「そうですね」とケラーは言う。「ですが、〈タイドウォーター〉とあの作戦を結びつけるものは何もありません」

〈タイドウォーター・セキュリティ〉社は作戦後に解散され、アリゾナ州で別の社名に変えられた。グアテマラ作戦に参加した隊員は二十名。戦死者一名。その戦死者の遺体は現地から搬送された。訓練中の事故で死亡したと伝えられ、遺族は示談に応じた。負傷者は四名。彼らも無事現地から搬送され、コスタリカの施設で治療を受けた。医療記録は破棄され、隊員は契約条項に従って補償を受けた。それ以外の十五名のうち、一名は交通事故で死亡、もう一名は別の業者と契約した作戦に参加中に死亡した。残りの十三名に機密条項に違反する意志はない。

　墜落したブラックホークには所有者を記す印がなく、脱出直前に隊員が爆破した。さらに翌日にはグアテマラ軍の情報部D２が現場に赴き、残骸を処理した。

「それよりホワイトハウスが動揺することのほうが心配です」とケラーは言う。

「そちらは私が抑える」とオブライエンは言う。「われわれは互いの頭に銃口を突きつけ合っている。昔風に言えば、〝相互確証破壊〟の関係だ。それに、くそ、考えてもみろ。大統領が大胆にも世界最大の麻薬密輸業者を三人も片づけたと国民が知ったらどうなると思う？　ヘロイン汚染が蔓延する現在の状況じゃ支持率が急騰しかねない」

「むしろ、あなたの共和党のお仲間がこれを逆手に取って大統領を弾劾しようとするんじゃないですか？」とケラーは言う。「そうなれば、あなたもそれに賛成票を投じるんでしょ？」

二〇一六年の大統領選挙にはオブライエンが出馬すると言われている。もっとも、その噂の主な出所は上院議員本人だが。

オブライエンは笑って言う。「裏切り、謀略、暗殺、接近戦に関しちゃ――その純粋な殺傷能力において――メキシコのカルテルもここワシントンＤＣには太刀《たち》打《う》ちできない。覚えておくんだな」

「肝に銘じておきます」

「では、きみとしては、この件でわれわれに火の粉《こ》が降りかかることはないと確信している。そういうことだね？」

「そういうことです」

オブライエンはグラスを掲げて言う。「それでは、最近発見された死者を祝して乾杯といこう」

ケラーは酒を飲み干す。

二時間後、ケラーはブリーフィングルームの巨大スクリーンに映し出されたイバン・エスパルサの画像を見ている。エスパルサはストライプのカウボーイシャツにジーンズ姿で、サングラスをかけ、プライヴェートジェットのまえに立っている。

「イバン・アルチバルド・エスパルサ」とブレアが解説する。「年齢は三十歳。シナロア州クリアカン市出身。シナロア・カルテルの三大パートナーのうちのひとり、故イグナシオ・〝ナチョ〟・エスパルサの長男です。弟がふたりいて、次男はオビエド、三男はアルフレード。全員がファミリー・ビジネスに関わっています」

画像が変わり、クルーザーの上に立つ上半身裸のイバンが映し出される。その背後には同様の船が何艇か映っている。

「イバンは、〝ロス・イホス〟――〝息子たち〟――という名で知られるようになったグループの典型的な人物です」とブレアは続ける。「メキシコ北部のカウボーイ風の服装、特大のジュエリー、金のチェーン、つばをうしろにしてかぶった野球帽、ウェスタンブーツ、何台も所有する車――マセラッティ、フェラーリ、ランボルギーニ。彼はダイヤモンドをちりばめた拳銃まで持っていて、それらはすべてソーシャルメディアに投稿されています」

ブレアはイバンのブログの写真を何枚か見せる。

マセラティ・コンヴァーティブルのコンソールに置かれた、金メッキを施したＡＫ‐47。

山と積まれた二十ドル紙幣の札束。

ビキニ姿の若い女ふたりとポーズを取るイバン。

車のフロントシートに坐る若い女《チカ》。長い左脚には〝エスパルサ〟の文字のタトゥーが彫られている。

スポーツカー、船、ジェットスキー。なにより多いのが銃だ。

ケラーが気に入ったのは、フードつきのブルゾンを着たイバンが、フェラーリのまえに寝そべる成獣のライオンのほうに身を寄せている写真と、フェラーリのフロントシートで二頭の仔ライオンと一緒に写っている写真だ。イバンの顔の傷はほとんどわからないが、頬骨はまだ少しつぶれているようだ。

「バレーラの死亡が確定したので」とブレアが言う。「イバンがカルテルを継ぐことになります。彼はナチョの息子というだけでなく、アダンの義理の兄でもあります。シナロア・カルテルのエスパルサ一派は、数十億ドルの資金と数百人の兵隊と重大な政治的影響力を所持しています。しかし、アダンの後継者にはほかにも候補がいます」

優雅な女性の写真がスクリーンに映し出される。

「エレナ・サンチェス・バレーラです。アダンの妹で、かつてバハ本部《ブラーサ》を仕切っていましたが、何年もまえにイバンに担当地域を明け渡して引退しました。彼女にはふたりの息子がいます。長男のルドルフォと次男のルイスです。ルドルフォにはコカインの密売でわが国で服役した前科があります。エレナも、ふたりの息子たちも、現在は麻薬ビジネスから手を引いたと見なされています。家族の資産もほとんど合法ビジネスに投資されています。ただ、ルドルフォとルイスは、今もロス・イホスと行動をともにすることがあるので、アダンと血のつながったこの甥たちも王座を継ぐ後継者候補と見なすべきでしょう」

次にリカルド・ヌニェスの写真が現われる。

「リカルド・ヌニェスにはカルテルを継ぐだけの富と権力があります。ですが、彼は生まれながらの参謀で、王座に坐るのではなく、その背後にひかえるタイプです。根っからの弁護士で、用心深く重箱の隅をつつく法律家であり、トップにのぼりつめるために必要な流血への嗜好や免疫を持ち合わせていません」

次に若い男の写真がスクリーンに映し出される。

リック・ヌニェスだ。ケラーは胸につぶやく。

「ヌニェスには息子がいます」とブレアは説明を続ける。「父親と同じリカルドという名で、二十五歳。〝ミニ・リック〟という馬鹿げた渾名で呼ばれています。彼が候補に上がる理由はただひとつ、バレーラの名づけ子——ゴッドサン——だからにすぎません」

〝ミニ・リック〟の写真がさらに続く。

ビールを飲んでいる写真。

ポルシェを運転する写真。

銃床《じゅうしょう》にイニシャルが彫られた銃を構える写真。

首輪をつけたチーターのリードを引く写真。

「リックには父親の真面目さが欠けています。典型的なロス・イホスのひとりで、自分の血や汗を流して稼いだわけでもない金を湯水のように使うプレーボーイです。薬でハイになっていないときには、酒に酔っています。カルテルは言うまでもなく、自分自身すらコントロールできそうにない男です」

ケラーはリックとイバンが一緒に飲んでいる写真を見る。ふたりはカメラに向かってグラスを掲げながら、空いている手で互いの肩に腕をまわしている。

「イバン・エスパルサとリック・ヌニェスは親友です」とブレアは続ける。「おそらくイバンは血を分けた弟たちよりリックと親しいでしょう。リックはイバンが率いる群れの二番手の狼ではありますが、イバンが野心家なのに対し、リックには野心のかけらもありません」

ケラーはこうした情報をすべて知っている。が、バレーラの死体発見の報を受け、麻薬取締局と司法省の職員に概略を説明することをブレアに指示した。最前列にはデントン・ハワードが坐っている――ようやく学ぶ気になったか。

「ほかにも何人かの息子たち《イホス》がいます」とブレアが続ける。「ルーベン・アセンシオン。父親のティトはナチョ・エスパルサの警護部隊長を務めていましたが、現在は独自の組織、ハリスコ・カルテルを率いています。ハリスコ・カルテルはおもにメタンフェタミン《メス》を資金源にしています。

この若者は――」

ブレアは別の若者の写真を映し出す――短い黒髪に黒いシャツを着た男が苛立《いらだ》たしげにカメラを見ている。

「――ダミアン・タピアです。またの名を〝若き狼〟。二十二歳。ナチョと同様、アダンのパートナーだった故ディエゴ・タピアの息子です。二〇〇七年に父親がアダンと対立するまではロス・イホスのメンバーでした。その対立はカルテル内部の大きな抗争に発展し、アダンが勝利しました。ダミアンはリックやイバンときわめて親しかったのですが、現在はもう交流していません。むしろ自分の父親は彼らの父親のせいで殺されたと恨んでいます」

ロス・イホスはメキシコ麻薬界のいわば若手スター軍団《ブラット・パック》だ、とケラーは思う。麻薬密輸業者の第三世代。第一世代はミゲル・アンヘル・バレーラ――M1――とラファエル・カーロとその盟友たち。第二世代はアダン・バレーラ、ナチョ・エスパルサ、ディエゴ・タピア、それにさまざまな競合相手や敵たち――エリベルト・オチョア、ウーゴ・ガルサなど。

そして今はロス・イホスの世代というわけだ。

しかし、とケラーは思う。昔の世代とはちがい、ロス・イホスは芥子畑で働いて自分の手を土まみれにしたこともなければ、父や叔父たちのように戦争で血まみれにしたこともない。口では偉そうなことを言い、金メッキした拳銃やらAKを振りまわしてはいるが、何も成し遂げたことがない。甘やかされ、肩書きを与えられているだけで、中身はからっぽだ。彼らは金と権力を手にして当然だと考えている。それにともなうものがあることを理解していない。

イバン・エスパルサが権力を引き継ぐのは少なくとも十年は時期尚早だ。彼にはカルテルを仕切るために必要な成熟度も経験値もない。もしイバンが賢明であれば、リカルド・ヌニェスを相談役として使うだろうが、噂によると、イバンというのは賢明とは真逆の男のようだ。傲慢で、短気で、めだちたがり屋。昔気質の父親ナチョなら軽蔑するような性格。

子は父ではない——そういうことだ。

「新しい日が始まる」とケラーはブリーフィングルームの面々に向かって言う。「バレーラが死んでも、麻薬の流入は一週間もしないうちにもとのペースに戻った。むしろ増加したくらいだ。つまり、カルテルは継続性と安定性を保っている。今のシナロア・カルテルは最高経営責任者《CEO》を失った企業だが、取締役会は依然として機能している。いずれ新たな最高責任者が指名されるだろう。注意してなりゆきを見守ってくれ」

父親に生き写しだ。

ウーゴ・ヒダルゴがドアからはいってくるなり、ケラーは三十年まえに引き戻される。

三十年まえ、自分自身とエルニー・ヒダルゴがいたグアダラハラに。

同じ真っ黒な髪。

同じハンサムな顔。

同じ笑顔。

「ウーゴ、何年ぶりだ？」ケラーは席を立って、ウーゴを抱きしめる。「さあ、こっちへ来い。坐ってくれ」

ケラーはウーゴを窓ぎわの小さなアルコーヴに置かれた椅子に案内すると、その向かい側の席に坐る。局長室の受付係や大勢の秘書たちは、若手の捜査官がどうやって局長との面会を取りつけたのか訝っていた。しかも局長がすべての用事をキャンセルして、ほぼオフィスに閉じこもっていた日に。

ケラーは一日じゅうオフィスで、アダン・バレーラの死を発表するメキシコのニュース番組と衛星放送を見ていた。アメリカのスペイン語放送〈ユニビジョン〉では、車が延々と連なる葬列が、山間《やまあい》を蛇行しながらクリアカン市に向かって進む映像が流された。途中の村や町に差しかかるたび、人々が道端に並び、花を投げ、むせび泣きながら霊柩車に駆け寄って車窓に手を押しつけた。またあちこちに仮設祭壇が設けられ、バレーラの写真やろうそく、〝アダンは生きている《アダン・ビーベ》！〟の横断幕が飾られていた。

それもこれも眼のまえに坐る若者の父親を殺したちびクソ野郎のために。ケラーはそう思う。ウーゴは幼い頃、おれのことを〝叔父貴《ティオ》アルトゥーロ〟と呼んでいた。その彼がいくつだ？　今はもう三十になっただろうか？　もっと上か？

「元気にしてるか？」とケラーは尋ねる。「家族はどうしてる？」

「母は元気です」とウーゴは答える。「今はヒューストンに住んでいます。エルネストはオースティン市警で、自転車に乗ってヒッピー警官をやってます。結婚して三人の子供がいます」

ケラーは長いあいだ連絡を取らずにいたことに罪悪感を覚える。

それから、エルニー・ヒダルゴにまつわる多くのことについても。ウーゴがまだ幼い頃に、父親のエルニーが殺されたのはケラーのせいだった。ケラーはその償いをするために仕事を続け、エルニーの死に関わった全員を追いつめ、刑務所にぶち込んだ。

そして、アダン・バレーラを倒すことに人生を捧げた。

それをようやく成し遂げた。

「きみはどうしてる？」とケラーは尋ねる。「奥さんは？　子供は？」

「どちらもいません」とウーゴは言う。「今はまだ。あの、局長がお忙しいことは知っています。お時間を取っていただき、感謝しています――」

「当然のことだ」

「以前、おっしゃってくださいましたね、もしできることがあれば、気がねせずになんでも言ってくれ、と」

「本気で言ったことだ」

「ありがとうございます」とウーゴは言う。「自分とあなたとの関係にそのことばを利用するようなことはしたくないと思ってました。何かしていただいて当然と思っているわけでもありません。ですが……」

ケラーはウーゴがどんな人生を送ってきたのかすでに調べていた。

彼は正しい道を選んでいた。

まず軍にはいった。海兵隊に入隊し、イラクで国に貢献した。

帰還すると、テキサス大学で刑事司法の学位を取った。それからマリコパ郡の保安官事務所に採用されると、そこで実績を挙げ、麻薬取締局に応募しつづけ、ようやく採用されたのだった。

ウーゴにはまったく別の道もあったことはケラーにも容易に想像できる。麻薬取締局のドアを叩き、自分が殉職した麻薬取締局の英雄の息子だと言えば、即座に仕事を与えられただろう。

しかし、彼はそうはしなかった。

実力で入局した。ケラーはそのことに敬意を覚える。

ウーゴの父親もきっと同じ道を選んだだろう。

「きみのために何をしたらいい、ウーゴ？」

「私がこの仕事に就いて三年になりますが」とウーゴは言う。「今もシアトル郊外でマリファナ売買の捜査をしています」

「シアトルは好きじゃないのか？」

「メキシコからできるかぎり遠い場所だというのが自分にとっては問題なんです」とウーゴは言う。「ですが、まさにそれが狙いなんじゃないかと」

「どういう意味だ？」

ウーゴは言いにくそうな顔をしばらくしたあと、顎を引き、まっすぐにケラーを見つめる。

エルニーもきっと同じ表情をしただろう。ケラーは内心そう思う。

「局長は私を危険から遠ざけようとしていませんか？」とウーゴは尋ねる。「もしそうなら——」

「私はしていない」

「それならほかの誰かでしょう」とウーゴは言う。「自分はもう五回もＦＡＳＴに申し込んだのに一度も申請が通らないんです。すじが通りません。私は流暢《りゅうちょう》なスペイン語を話します。見た目もメキシコ人で通ります。武器の取扱い資格もすべて持っています」

「なぜＦＡＳＴに行きたいんだ？」

ＦＡＳＴというのは、外国派遣顧問及び支援チーム《フォーリン・デイプロイド・アドヴァイザリー＆サポート・チーム》の頭字語だが、顧問と支援以上のことも数多く手がけている。実態は麻薬取締局の特殊部隊だ。

「そこから始まっているからです」とウーゴは言う。「子供たちは過剰摂取で死んでいきます。自分も戦いに参加したい。前線に出たいんです」

「理由はそれだけか？」とケラーは尋ねる。

「それだけでは足りませんか？」

「正直に言ってもいいか、ウーゴ？」

「誰かに正直に話してもらいたいと思ってました」

「親父さんの仇《かたき》を討つために人生を生きることはできない」とケラーは言う。

「おことばですが、局長、そう言われるあなたこそそうなさっています」

「私が今きみにできないと言ったのは、私の知るかぎり」ケラーは椅子に坐ったまま身を乗り出す。「きみの親父さんを殺した人間はもう全員死んだからだ。ふたりは刑務所で死に、ひとりはサンディエゴの橋の上の銃撃戦で殺された。私もその場にいた。最後のひとりは……これから通夜がおこなわれるところだ。復讐は終わったんだ、ウーゴ。きみが取り組む必要はない」

「父に私のことを誇りに思ってほしいんです」

「きっと思っている」

「父親が誰かということで贔屓《ひいき》されたくはありません。手加減もされたくありません」

「それは実にまっとうな考えだよ」とケラーは言う。「もし誰かがきみのFASTへの転属を差し止めていたら、私が解除させよう。きみがテストをパスして、訓練をやり遂げたら――合格するのは半数だけだが――アフガニスタンの任務に就けるようにあと押ししよう。希望どおり前線に行けるように」

「私が話すのはスペイン語で、ウルドゥー語じゃありません」

「現実を見るんだ、ウーゴ。どうあがいても無理だ。われわれがきみをメキシコに派遣することはありえない。グアテマラにも、エルサルバドルにも、コスタリカにも、コロンビアにも。それはつまり、もしもきみの身に何かがあったときに新聞に大見出しが躍るリスクを冒すつもりは、麻薬取締局にはさらさらないということだ。実際、何かが起こる可能性は高い。当然きみは眼をつけられるからだ」

「それでも一か八かやりたいんです」

「私が行かせない」ケラーは思い出す――おれはテレサ・ヒダルゴに夫が死んだと伝えなければならなかった。その上、息子が殺されたと伝える役目を負うのはごめんだ。あとでウーゴを危険から遠ざけていた人物を見つけ出し、礼を言うことにしよう。実に良識ある判断だ。「カブールに行くのはどうだ？　行きたい場所を挙げてくれ。ヨーロッパは――スペインやフランスやイタリアはどうだ？」

「私の眼のまえに見栄えのいい餌をぶら下げないでください、局長。前線に行けないのなら、麻薬取締局を辞めるだけです。そのうち私が国境沿いの州警察で採用されたという知らせがお耳に届くでしょう。それから私が覆面捜査官《UC》として国境の向こう側に派遣されたという知らせも。クリスマスカードのリストから私の名前を消す頃には、私はもうシナロアからドラッグを買いつけていることでしょう」

　やはりこいつはエルニーの息子だ。ケラーは心の中でそう思う。きっと今口にしたとおりのことを実際にやってのけ、いずれ死んでしまうだろう。そんなことになったら、おれはきみの父さんに顔向けできない。

「きみはシナロア・カルテルを倒したいのか？」とケラーは尋ねる。

「はい、局長」

「きみのために局に仕事を用意する」とケラーは言う。「私の補佐として」

「事務処理をするために」とウーゴは言う。

「エルパソで数キロのコカインを買ったり、エルサルバドルで数人の兵隊を射殺したりすればカルテルを倒せると考えているのなら、ここで働くには愚かすぎると言わざるをえない」とケラーは言う。「そうではなくて、本物の戦争に関わる気があるのなら、今すぐ飛行機でシアトルに戻って荷物をまとめて、月曜の朝一番からここで働けるようにしなさい。今私が言った以上の仕事が今後きみに与えられることはない。私がきみなら受けるな」

「やらせていただきます」

「いいだろう。月曜に会おう」

彼はウーゴをドアまで送りながら考える。くそ、おれはエルニー・ヒダルゴの息子に一本取られたのか。

ケラーはテレビのまえに戻る。

アダンの遺体がすでにクリアカンに到着している。

あと五分以上ここに坐っていなきゃならないなら――リックは思う――おれは自分の脳味噌を吹き飛ばしてやる。

今度こそ。

木製の折りたたみ椅子に坐って、アダン・バレーラの遺骨が納められた棺をじっと見つめながら、悲嘆に暮れるふりをして、おまけにありもしないゴッドファーザーとの懐かしい思い出に浸っているふりをしているくらいなら、死んだほうがましだ。

何もかもに反吐《へど》が出そうだ。

とはいえ、面白いこともあるにはあった——ギレルモ・デル・トロの撮った映画のような意味では。通夜《ベロリオ》というのは、そもそも人々が遺体を見るために催されるものだ。が、まずその遺体がないのだ。実際には、おそらく多くの人々の家の値段より高価な棺の中にただ骨が入れてあるだけだ。つまり、映像がなくて音だけ聞こえる映画を見ているようなものなのだ。

スーツをどうするかについても大真面目に議論が交わされた。死後の世界でもみすぼらしい恰好で歩きまわらずにすむように、故人には上等なスーツを着せるのが通例だが、骨にスーツを着せるわけにはいかない。そこで彼らはアダンのクロゼットのひとつにあったアルマーニのスーツをたたんで、棺の中に入れることにしたのだった。

さらに面白かったのが棺の中にほかに何を入れるかという難問だ。伝統的に棺の中には故人が生前好んだ品を入れるものだが、誰ひとりとしてアダンの趣味や好きだったものを思いつかなかったのだ。

「金《かね》を入れときゃいいんだよ」一同が話し合いをしている場の隅で、イバンはリックにそう囁いた。「金が好きだったのはまちがいないんだから」

「それか女《スケ》だな」とリックは答えた。

彼のゴッドファーザーはずいぶんお盛んだったらしいという噂だ。

「だよな。まあ、エロい女《スケ》を殺して、アダンの棺の中に入れようなんて言っても却下されるだろうけどな」とイバンは言った。

「どうかな」とリックは言った。「棺には余裕でスペースがあるぜ」

「提案してみろよ、そしたら千ドルやるよ」とイバンは言った。

「するわけねえだろ」そう言って、リックは彼の父親とエレナ・サンチェス・バレーラが棺の中に入れるものについて真剣に議論しているのを見た。もちろん、そんな提案をして父親が面白がるわけがない。エレナにはすでに嫌われている。それにエバのまえで、そんなことを言うつもりもなかった。エロい女《スケ》と言えば……黒いドレスを着たエバは……そう、まさにエロの化身だ。

　絶対にエバとファックしてやる。リックはそう思った。エバとは歳も近いんだし。もちろん、そんなことを口にして言うつもりはなかったが。エバの実兄のイバンのまえでは。

「あたし、エバとファックするから」以前、ベリンダ——燐寸《ラ・フォスフォラ》——がリックにそんなことを言ったことがある。「絶対に」

「彼女、どっちもいけると思うのか?」

「ベイビー」とベリンダは言った。「あたしが相手をすれば、みんなどっちもいけるようになるのよ。あたしは欲しい相手は誰だろうと手に入れるの」

　リックは少し考えてから言った。「エレナは無理だろう。あの女のあそこは凍ってるからよ」

「あたしなら溶かしてみせる」そう言って、ベリンダはちろりと舌を出した。「氷を溶かして悦びの涙に変えてあげる」

常に自信たっぷりの女――それがベリンダだ。

ともかく、ようやく棺の中に入れるものが決定した。ひとつは野球のボールで、アダンがそこそこ野球好きだったからだ。といっても、彼が一試合でも観戦したかどうかは誰にも思い出せなかったが。もうひとつは、アダンが十代の頃、ボクシングのプロモーターをめざしていたときに使っていた古いボクシングのグローブ。それから、若くして亡くなったアダンの娘の写真。それを知って、リックもさすがに死んだ女を棺に入れればいいなどと考えたことをいささか申しわけなく思った。

そんなふうにひとつひとつ話し合いで決められたが、どこで通夜《ベロリオ》をするかを決めるときにはもっと真剣な議論になった。一同はまずアダンの故郷の村、ラトゥナの母親の家でおこなうことを考えたが、老婦人には負担が重すぎる上に、リックの父親が指摘したように〝辺鄙《へんぴ》な場所で開催すると兵站上の問題が大きくなる〟ため、考え直すことになった。

よかろう。

そこで一同は墓地のあるクリアカンの誰かの屋敷でベロリオを営むことに決めた。問題は誰もがクリアカン市内やその周辺に屋敷を――それも複数の屋敷を――持っていることだった。その結果、誰のどの家でベロリオを営むべきかが議論になった。そういうことには何かしら重要な意味があるとみな思ったのだろう。

エレナは自邸でやりたいと言った。なにしろアダンは彼女の実の兄だ。一方、イバンはエスパルサ家の屋敷でやりたがった。アダンはエスパルサ家の義理の息子だ。リックの父親はエルドラド郊外にある自邸を推した。「詮索の眼を遠ざけることができる」と言って。

なんのちがいがある？　リックは白熱する議論を眺めながら思った。どこでやろうとアダンは気にしやしない。もう死んでるんだから。しかし、彼らにとっては重要なことなんだろう、熱心に議論を続けているところを見ると。そのとき、エバが静かに言った。「アダンとわたしにも家がある。そこでやります」

イバンは妹が率直に意見を述べたことに感激したようには見えなかった。「こんな大変なことをおまえに仕切らせるわけにはいかない」

なんで反対する？　リックは思った。アダンの屋敷でやったら、アダンが豆のディップやらを並べるのに忙しくて、自分のベロリオを愉しめなくなるというわけでもないだろうに。

「ほんとうに大変よ、エバ」とエレナも言った。

リックの父親もうなずいた。「それに市《まち》から離れすぎている」

やっとひとつだけは意見が一致したようだ、とリックは思った。

しかし、エバは引き下がらなかった。「わたしたちの家でやります」

そんなわけで、リックもほかの参列者たちも、辺鄙な田舎の曲がりくねった未舗装路をのぼり、警備のために道路を封鎖する州警察の脇を通り抜けて、アダンの広大な私有地《エスタンシア》までドライヴする破目になったのだった。麻薬商《ナルコ》たちはみなくそキャラヴァンを組んで弔問に訪れた。愛情から訪れた者もいれば、義務で訪れた者も、参列しなかったらどうなるか恐れて訪れた者もいた。アダン・バレーラの通夜《ベロリオ》の招待を受けておきながら参列しなかったら、次のベロリオの主役になりかねない。

ベロリオの準備のほとんどはリックの父親とエレナがおこなった。つまり、完璧におこなわれたということだ。頭上ではヘリコプターが旋回し、地上では武装した警護人が巡回し、駐車係の腰には九ミリ口径の拳銃がさげられていた。

参列者は傾斜のある前庭の芝生に集《つど》い、芝生には白い布を掛けたテーブルが並べられ、その上に大皿に盛られた食べものやワインの壜、ビールやレモネードや水を入れたピッチャーが置かれた。オードブルをのせたトレーを持って、そんなテーブルのあいだを歩きまわるウエイター。

西洋風東屋《ガゼボ》では、ルドルフォ・サンチェスのメキシコの民族音楽《ノルテーニョ》バンドが演奏していた。邸宅に続く歩道には、ベロリオの伝統に則り、マリーゴールドの花びらが散らされていた。

「すごい力の入れようね」とリックの妻、カリンが言った。

「そうならないとでも思ったのか？」

リックはシナロア自治大学に二学期間かよい、ビジネスを専攻した。が、そこで彼が経済学について学んだのは、安いコンドームは良質なものを使うよりずっと高くつくことがあるということだけだった。リックが父親にカリンが妊娠《エンバラサダ》したことを告げると、父親は正しいことをしろと言った。

リックはすぐに理解した。腹の中のモノを取り除いて、カリンと別れることだと。

「ちがう」リックがそう言うと、彼の父親は言下に言った。「結婚して子供を育てるんだ」

リック・シニアは、家族を養う責任を持てば息子が〝一人前の男〟になるのではないかと思ったのだろう。ある意味ではそうなったとも言える。めったに家に帰らず、妻がしたがらないことならなんでもしてくれる愛人を持つ夫になったという意味では。もっとも、実際にリックが妻にあれこれやってくれと頼んだわけではないのだが。カリンは充分美しいが、日曜の夕食のように退屈な女だ。ベリンダがしていることのほんの一部でも仄めかしたりしたら、わっと泣きだしてバスルームに閉じこもってしまうような女だ。

リックの父親には息子のしていることが理解できなかった。「おまえは家にも帰らず、エスパルサ兄弟と遊びまわってばかりいる」

「ときにはボーイズ・ナイトも必要なんだよ」

「おまえはもうボーイじゃない。一人前の男だ」と父親は言った。「一人前の男は家族と過ごすものだ」

「カリンから何か聞いたのか？」

「おまえは彼女とセックスすることを選んだ」とリックの父親は言った。「適切な予防措置も取らずに」

「一度だけだ」とリックは反論した。「今じゃ、もうあいつとのセックスの心配なんかする必要はほとんどないけど」

「愛人を持て」とリックの父親は言った。「男はそうするものだ。だけど、同時に家族の面倒もみろ」

もし父親が息子の愛人が誰なのか知ったら——自分の警護部隊の隊長であり、正真正銘のいかれ女だと知ったら——血の気が引いたことだろう。いや、リック・シニアが燐寸《ラ・フオスフオラ》などとの関係を認めるわけがない。だからふたりは隠れて関係を続けている。

リックの父親はさらに小言を続けた。「結婚生活を軽視するということは、ゴッドファーザーを軽視するということだ。それは許さないぞ」

その晩、リックはひとまず家に帰るとカリンに言った。

「おれの親父にずっと愚痴《ぐち》ってたのか？」

「だってちっとも家に帰ってこないじゃない！」とカリンは言った。「毎晩友達と遊んでばかり！　売春婦《サム・ホア》たちとファックしてばかり！」

複数形なら、サム・ホアズだ。リックはそう思ったが、口には出さずに、かわりにこう言った。「おまえはこの大きな新しい家が好きか？　カボのマンションはどうだ、気に入ってるか？　ロサリト・ビーチの別荘はどうだ？　それもこれも全部、いったい誰のおかげで持ててると思う？　服も、宝石も。おまえの眼がいつも釘づけになってる特大の薄型テレビも。娘の子守がいて、おまえが邪魔されずにメロドラマ《テレノベラ》を見ていられるのも。全部誰のおかげだと思ってるんだ？　おれじゃないのか？」

カリンは鼻で笑って言った。「なんの仕事もしてないくせに」

「おれの仕事は」とリックは言った。「あの男の息子であることだ」

カリンはまた鼻で笑った。「〝ミニ・リック〟だもんね」

「そのとおりだ」と彼は言った。「だから、馬鹿女じゃないかぎり、女なら誰でもこう考えるだろう。〝そうか、旦那の悪口を舅《しゆうと》に吹き込んで、せっかくの財産を奪われるようなことだけは絶対にしないようにしよう〟ってな。もちろん、これは馬鹿女みたいな真似をしないやつの話だけどな」

「出てって」

「おいおい、どっちかにしてくれ」とリックは言った。「おまえはおれに家にいてほしいのか、それとも出てってほしいのか、どっちだ？　こっちはたった一晩おまえとファックしただけで終身刑を食らっちまった不運な男なんだぞ」

「あんたはわたしがどんな気分でいると思ってるの？」とカリンは言った。

これでもカリンにはこれが精一杯の台詞なのだ。リックにはそれがわかる。もしこれがベリンダなら――ベリンダのことを馬鹿女呼ばわりしようものなら、ベリンダはおれのちんぽを銃で撃って、その弾丸《たま》をおれのちんぽから口で吸い出しかねない。

「おれが言いたいのは」とリックは言った。「おれのことを誰かに愚痴りたいときには、ランチのときに女友達にでも愚痴れってことだ。不満は家政婦に言えってことだ。おれがメシ代を払ってやってる役立たずのあのちびクソ犬に愚痴れ。だけど、もう二度と、絶対に、おれの親父には愚痴るんじゃない」

「言うことを聞かなかったら？」とカリンは食ってかかった。

「おれは女を殴ったりしない」とリックは言った。「そういう男じゃないことは知ってるよな？　そのかわりおまえと離婚する。家のどれかをやるから、そこでひとりで暮らせ。そのあと、こぶつきでももらってくれる新しい男をたらし込むんだな」

その夜遅く、リックは酔っぱらってベッドにもぐり込むと、少しだけ態度を和らげた。

「カリン？」

「何？」

「おれがろくでなしだってことはわかってる。おれは息子《イホ》で、ほかの生き方を知らないんだよ」

「それじゃまるで……」

「なんだよ？」

「まるで人生に遊びしかないみたいじゃない」

リックは笑って言った。「ベイビー、人生ですることなんて、ほかに何かあるか？」

リックはイホとして友達や従兄弟や叔父たちが殺されるのを見てきた。そのほとんどが若くして死んでいる。中には今の彼より若い歳で死んだ者もいる。人生が遊ぶ時間を与えてくれるうちに遊んでおかなければならない。なぜなら遅かれ早かれ――おそらくは早かれ――自分の棺の中にお気に入りのおもちゃを入れられるときが来るからだ。

　高速の車、高速の船、超高速で股を開く女たち。いけてる料理、もっといけてる酒、最高にいけてるドラッグ。いかした家、もっといかした服、最高にいかした銃。人の人生にはそれ以上のものもあるのかもしれないが、あったとしても、リックはまだそういうものを見たことがない。

「おれと一緒に遊んでくれよ」とリックは言った。

「できない」とカリンは言った。「だって子供がいるのよ」

　カリンが若い母親になり、ふたりの小さな娘の子育てを始めると、ふたりの結婚生活はあからさまな敵意の場から、うんざりする忍耐の場へと進化した。とはいえ、もちろんリックはアダンのベロリオにカリンを同伴しなければならなかった。そうでなければ、父親の眼に〝不作法〟と映るからだ。

　同時に、ベリンダがベロリオに来るのも避けられないことだった。

　彼女の場合は仕事で。

　ベロリオではカリンがベリンダに眼をとめて言った。「あの娘《こ》って警護人なの？」

「警護部隊の隊長だ」

「すごく印象的な子ね」とカリンは言った。「彼女、レズビアン《トルティレーラ》なんじゃない？　どう思う？」

リックは笑った。「そんなことば、どこで覚えたんだ？」

「わたしだっていろいろ知ってるのよ。繭《まゆ》の中で暮らしてるわけじゃないんだから」

いや、それと変わらない、とリックは思った。「彼女がレズビアンかどうかは知らないけどな。もしかしたらそうかもな」

今、カリンはリックの隣りに坐り、彼とまったく同じように情けない顔をしながらも、ゴッドサンの妻としてふさわしい礼儀正しさで棺を見つめている。義務をこなすカリンはロザリオをつまぐる修道女に似ている。

そんな彼女を見て、リックは結婚というめでたい機会に、アダンのゴッドサンとなったときのことを思い出す。メキシコには、人生の大切な儀式を迎えた者を祝して、ゴッドサンとして〝養子〟に迎えるという古い慣習がある。といっても、アダンの場合、リックに格別の親密さを覚えていたからというより、リックの父親の栄誉を称えるためにそうしたのだ。

リックは、父親がアダン・バレーラと関わることになった経緯を少なくとも千回は聞かされてきた。

リカルド・ヌニェスはまだ若かった。護送されたアダンが刑務所の門に到着したとき、ヌニェス所長はまだ三十八歳だった。アダンは残りの二十二年間の刑期に服すために——アメリカの〝温情的措置〟により——メキシコに引き渡されたのだ。

寒い朝だった——その話を語るとき、リックの父親はいつもそう言った。アダンは手錠をかけられ、足枷をはめられていた。アメリカで支給された青いダウンジャケットを脱ぎ、前後に〝八一七〟の数字が縫い取られた茶色い囚人服に着替えたアダンは、ぶるぶる震えていた。

「そのときおれは善人ぶった訓示を垂れた」と父親はリックに言った（それがあんたの十《お》八番《はこ》だものな）。「アダン・バレーラ、これでおまえは第二連邦社会復帰センターの在監者となった。自分の過去の地位がここでも通用するなどとはゆめゆめ考えるな。おまえも一介の囚人にすぎん」

それはカメラを意識してのことばだった。そのことはアダンも完璧に理解していた。そのあと刑務所の中でバレーラはヌニェスの謝罪を寛大に受け容れた。ヌニェスは可能なかぎりアダンが快適に過ごせるよう取り計らうと請け合った。

そして、実際そのとおりにした。

バレーラのパートナーだったディエゴ・タピアは、アダンが収監されるまえから完璧な警護態勢を整えていた。信頼のおける大勢の彼の部下たちが率先して逮捕され、有罪判決を受け、〝親方の中の親方――エル・パトロン〟――を護衛するために刑務所に収監されていた。ヌニェスはそんなディエゴの協力を得て、バレーラに特別な〝監房〟を用意した。その六百平方フィート以上のスペースには、設備の整ったキッチン、酒をふんだんにそろえたホームバー、薄型ＬＥＤテレビ、パソコン、新鮮な食材の詰まった業務用冷蔵庫まで備わっていた。

夜になると、刑務所の食堂がアダンのために映画館に造り替えられることもあった。アダン・バレーラはそこで〝映画の夕べ〟を催し、友人たちを招いた。このくだりになると、リックの父親は必ず、麻薬王が性と暴力の描写のない家族向けの作品を好んだということを言い添えた。

別の夜には、看守たちがグアダラハラへ行き、ワゴン車いっぱいに女たちを乗せて戻ってきて、バレーラの支援者や部下のための夕べを開くこともあった。そうした夕べにはバレーラは参加しなかったが、ほどなく美しい囚人、元ミス・シナロアのマグダ・ベルトラン――のちにアダン・バレーラの有名な愛人となる――との情事が始まった。

「いかにもアダンらしい」と父親はリックに言った。「彼はどんなときにも品格があり、威厳があり、ものだけでなく人に対しても品質を見抜く審美眼があった」

アダン・バレーラは自分が世話になった人間を見捨てることはなかった。

だから、クリスマスの数週間まえ、刑務所の所長室にやってきて、所長のヌニェスに辞職するよう静かに勧めたのはいかにもバレーラらしいことだった。バレーラはそのとき、番号で管理される匿名銀行口座をヌニェスのためにケイマン諸島に開いたと言った。その書類はクリアカンのヌニェスの新しい家に届けてあるとも。

ヌニェスはそのことばに従い、所長職を辞してシナロアに戻った。

そして、クリスマスの夜には、ヘリコプターが刑務所の屋上からアダン・バレーラとマグダ・ベルトランを連れ出したのだった。メキシコシティの関係者への四百万ドル以上の贈賄《ぞうわい》。それがその〝脱獄〟の値段というのが当時もっぱらの噂だった。

実際、その一部がケイマン諸島のリカルド・ヌニェスの番号口座に振り込まれた。

連邦捜査官がやってきて、ヌニェスは尋問されたが、脱獄についてはほんとうに何も知らなかった。捜査官はヌニェスが刑務所でアダンに与えた好待遇に対して、道徳的な怒りをあらわにし、起訴すると脅しもしたが、結局のところ、それは脅しだけに終わった。ヌニェスは州検察官としての仕事は失ったものの、生活に困ることはなかった。バレーラが約束をたがえることはなく、ヌニェスに救いの手を差し伸べたからだ。

ヌニェスをコカインビジネスに引き入れることで。

その結果、ヌニェスは尊敬を得た。

信頼も。

そんなヌニェスは用心深い男だ。めだたず、スポットライトを避け、ソーシャルメディアも使わない。慎重に人目を避けて行動するため、メキシコのＳＥＩＤＯやアメリカの麻薬取締局でさえ――実際、カルテルの内部ですらほとんどの人間が――彼がそこまで重用されていたことを知らなかった。

弁護士《エル・アボガド》。

ヌニェスは、事実上、アダンの右腕だった。

しかし、息子のリックはアダン・バレーラとほとんど一緒に過ごしたことがない。だから、ここに坐って嘆き悲しむふりをしているのも考えればおかしなことだ。

アダンの棺は今、通夜《ベロリオ》のために居間の奥に設《しつら》えられた祭壇の上に置かれている。祭壇の上には聖像や十字架のほかに、切り花の花束がうずたかく積まれている。棺の上部につくられた木の枝の天蓋からは皮つきのトウモロコシの穂やカボチャ、切り絵細工《パペルピカド》がぶら下げられている。蓋のない容器に入れた生のコーヒー豆も置かれている。これもベロリオの風習のひとつだが、それより腐敗臭を抑えるために置かれているのではないかとリックは思う。

名づけ子として彼は最前列にいる。同じ列には、エバ——当然だ——とエスパルサ家の面々、エレナと彼女の息子たち親族がいる。大地のように年老いたアダンの母親は揺り椅子に坐っている。黒い服を着て、頭に黒いショールをかぶり、しわだらけの顔にメキシコの農婦《カンペシーナ》らしく、悲しみをじっとこらえた表情を浮かべている。彼女はどれだけ辛い思いをしてきたことだろう? とリックは思う。息子がふたりとも殺され、孫息子が殺され、孫娘を若くして亡くし、それ以外にも多くの人々を見送ってきたのだ。

〝ナイフで切れそうなくらいに張りつめた雰囲気〟という表現があるが、むしろこの部屋の雰囲気はガスバーナーでも切れそうにないくらいガチガチに固まっている。なにしろ故人を偲《しの》んで思い出話をすべき場面だというのに、誰ひとりとして、たったひとつの話題さえ思いつかないのだ。

リックの頭に浮かぶことはと言えば——

ほら、〝叔父貴《ティオ》〟アダンが、密告者を確実に殺《や》るために村人を全員虐殺したときのことだけどさ。

にしろ——

〝叔父貴《ティオ》〟アダンがドライアイスを入れた箱に敵の奥さんの頭を詰めて送りつけたことがあったじゃん？

にしろ——

なあなあ、〝叔父貴《ティオ》〟アダンが橋の上から小さな子供ふたりを投げ捨てたの、覚えてる？　マジ笑えるよな。ほんと、面白い人だったよ、あの人は。だろ？

アダン・バレーラは何十億ドルもの財産を貯え、馬鹿でかい帝国を築いて支配した。そんなアダンが死んだあとに残ったものは……なんだ？

死んだ娘。通夜には来ていない別れた妻。未亡人となった若いトロフィーワイフ。父親を知らずに育つことになる双子の息子たち。野球のボール。汗臭い古いボクシンググローブ。一度も着たことのないスーツ。そして誰も、ここにいる数百人の参列者の誰ひとり、彼にまつわるいい話を思いつけないという事実。

それが勝利した男の姿だ。

エル・セニョール。エル・パトロン。ゴッドファーザー。

リックはイバンが人差し指で鼻を触りながら、こちらを見ていることに気づく。イバンは席を立つ。

「小便に行ってくる」とリックはカリンに言う。

バスルームにはいってドアを閉める。

イバンは大理石の洗面台の上に白い粉の線を引いている。「くそ、これよりうんざりするベロリオなんかありえねえ。ちがうか?」

「最悪だ」

イバンは百ドル札(定番だ、とリックは思う)を丸めてコカインの白い線を鼻から吸うと、札をリックに渡して言う。「おれのときはこんなクソ儀式にしないでくれな、相棒《クアテ》。おれが死んだら、ど派手なパーティを開いてくれ。そんでもって、おれを高速船《シガレットボート》に乗せて海に出て、ドボン。ヴァイキング式の葬式だ」

リックは身をかがめて、鼻にコカインを吸い込む。「くそ、そっちのほうがいいじゃん。だけど、おれのほうがさきに死んだら?」

「おまえの死体を路地に捨ててやるよ」

「そりゃどうも」

静かなノックの音がする。

「ちょっと待て《モメント》!」イバンが大きな声で言う。

「あたしだよ」

「ベリンダだ」とリックが言う。

リックはドアを開ける。ベリンダがさっとすべり込み、ドアを閉める。「あんたたちがここで何してたのかなんて考えるまでもないよね。あたしにも分けて」

イバンはポケットからガラスの小壜を取り出して彼女に渡す。「イっちまいな」

ベリンダはコカインを線状に出すと、鼻から吸い込む。

イバンが壁にもたれて言う。「そういや、こないだ誰を見たと思う？　ダミアン・タピアだ」

「マジかよ」とリックは訊き返す。「どこで？」

「スターバックス」

「おいおい、なんて声かけたんだ？」

「そりゃ、よおって言ったよ。なんて言うと思ったんだ？」

リックは自分がどんな答を期待していたのかよくわからない。ダミアンもかつては息子《イホ》だった。彼らは子供の頃からずっと一緒で、いつもつるんで遊び、パーティをして、馬鹿なことをいっぱいやらかしてきた仲だった。リックはイバンと同じくらいダミアンとも仲がよかった。それがやがてアダン・バレーラとディエゴ・タピアが抗争を始め、それが戦争になり、ダミアンの父親が殺された。

当時、ふたりはまだティーンエイジャーで、子供だった。

アダンが戦争に勝利し、当然のことながら、タピア一家はカルテルから追放された。それ以来、リックたちはダミアン・タピアと接触することを禁じられていた。どっちにしろ、ダミアンのほうも彼らとつき合いたがってはいなかった。ただ、ダミアンは今でも市《まち》に住んでいる。だからばったり出くわすというのはなんとも気まずいことだ。

「おれがあとを継いだら」とイバンが言う。「ダミアンを呼び戻すつもりだ」

「マジで？」

「マジで」とイバンは言う。「あれはアダンとダミアンの親父の抗争だった。今日おまえも気づいただろうけど、アダンは死んだ。おれはダミアンと話をつける。また昔みたいにやれるさ」

「だといいな」とリックは言う。

実のところ、リックはダミアンがいなくなり、そのことを淋しく思っていた。

「彼らの世代の」と言い、イバンは顎を突き出してドアを示す。「戦争をおれたちが受け継ぐことはない。おれたちはまえに進まないとな。エスパルサ兄弟、おまえ、ルーベンとダミアン。昔みたいに。ロス・イホス。兄弟みたいに。な？」

「兄弟みたいに」とリックも繰り返す。

ふたりは拳を突き合わせる。

「ゲイごっこがすんだんだったら」とベリンダが言う。「そろそろ戻ったほうがいいよ。ここで何やってたかばれるまえに。エル・パトロンのベロリオでコカイン吸ってた？　チッチッチッ」

「この家を建てたのもコカインだぜ」とイバンが言う。

「コカインを売って建てたんだよ。吸って建てたわけじゃない。そういうこと」ベリンダはそう言ってから、リックを見やる。「鼻、拭きな、ダーリン。そうだ、あんたの奥さん、可愛いじゃん」

「まえにも見たことあるだろ？」

「うん、でも、今日は一段と可愛い」とベリンダは言う。「あんたが三人でやりたければ、あたしが彼女にいろいろ教えてあげられるんだけどね。ほら、もう行かなくちゃ」

　彼女はドアを開けて外に出る。

　イバンがリックの肘をつかんで言う。「なあ、おれは弟たちの世話をしなきゃならない。けど、何日かしたら落ち着くから、そしたら話そう。いいか？　おまえをどこの担当にするかについてだ」

「わかった」

「心配するな、兄弟《マーノ》」とイバンは言う。「おまえの親父も公平に扱うし、おまえのこともおれがなんとかする」

　イバンに続いて、リックもドアの外に出る。


　エレナ・サンチェス・バレーラはふたりの息子のあいだに坐っている。

　大自然を扱ったテレビのドキュメンタリー番組で彼女は知った。新しいボスとなって群れを引き継いだ雄ライオンが最初にすることは、元ボスライオンの子供を殺すことだと。

エレナの子供たちはまだバレーラの名を名乗っている。たとえ息子たちにそんなつもりはなくても、野心があるはずだと見なされてもおかしくない。ルドルフォには小規模な護衛団と数人の取り巻きがいるだけだ。ルイスはもっと少ない。好むと好まざるとにかかわらず――エレナは思う――わたし自身が息子たちを守れるだけの力を持たなければならない。

それはつまり、トップの座を狙うべきということなのか？

女がカルテルのボスとなった例は過去にない。エレナとしても最初の女ボスになる気はない。

それでも、なんらかの手は打たなければならない。

権力の基盤を持たなければ、ほかのライオンたちは彼女の子ライオンを追いつめるだろう。

兄の棺を見つめながら、もっと悲しみを感じられたらいいのに、とエレナは思う――アダンはいつもわたしにとてもよくしてくれた。わたしの息子たちにも。泣きたいと思うのに涙が出てこない。それは心が疲れているからだ。彼女は自分にそう言い聞かせる。長い年月のあいだにあまりにも多くの命を失い、精も根も使い果たしてしまったのだ。

エレナの母親はカラスのように真っ黒な装いで椅子に坐ったまま、固まったようにぴくりとも動かない。これで母親はふたりの息子とふたりの孫に先立たれたことになる。エレナとしては母親に市《まち》に移り住んでほしいのだが、母親はアダンがラトゥナに建ててくれた家から頑として動こうとしない。召使いと護衛を数に入れなければ、ひとりきりで暮らしている。

母親はあの家にとどまり、あの家で最期を迎えるつもりなのだろう。

母がカラスなら——とエレナは思う——残りはハゲタカだ。空中で旋回しながら、わたしの兄の骨を掠《かす》め取る機会を虎視眈々《こしたんたん》と狙っている。

イバン・エスパルサとイバン同様、愚かな弟たち、アダンの不愉快な弁護士ヌニェス。出世を目論む小悪党の群れ——本部《プラーサ》のボスたち、下部組織のリーダーたち、殺し屋たち。

エレナは疲れを覚える。ヌニェスが自分に向かって歩いてくるのを見るとなおさら疲れる。

「エレナ」とヌニェスは言う。「ちょっと内々に話をしたいんだが」

エレナはヌニェスのあとに続いて、広大な芝生の斜面に出る。何度もアダンと一緒に歩いた場所だ。

ヌニェスは彼女に一枚の紙を渡して言う。「気まずい内容なんだが」

彼は彼女が読みおえるのを待つ。

「これは私が愉しめる地位ではない」とヌニェスは言う。「もちろん私が望む地位でもない。実のところ、私はこの日が決して来ないことを祈っていた。それでも、私はきみの兄さんの遺志は尊重されるべきだと思う——強く思う」

これは疑いようもなくアダンの筆跡だ。エレナは思う。そこには、アダンが不慮の死を迎えた場合、アダンの息子たちが責任を持てる年齢になるまで、リカルド・ヌニェスが跡を継ぐと明確に宣言されている。双子はまだ二歳になったばかりだというのに。ヌニェスが摂政として統治する期間はどうしても長くなる。それだけの時間があれば、組織が彼自身の子孫に引き継がれるように変更することも可能だろう。

「この書面がみんなに驚きを与えることはわかっている」とヌニェスは言う。「同時に失望を与えることも。ただ、私としてはそこに憤慨が加わらないことを願うしかない」

「どうして憤慨する必要があるの？」

「きみにしても組織はきみの一族の手に委ねられるべきだと考えているはずだ。それは理解できる」

「わたしの息子たちはどちらも興味がないの。それにエバも――」

「美人コンテストの女王だ」とヌニェスは口をはさむ。

「マグダ・ベルトランもそうだった」エレナはなぜヌニェスに反論する必要があるのか自分でもよくわからないまま言う。しかし、それは事実だ。アダンはあの優秀な情婦と結婚すべきだった。美しいマグダは刑務所でアダンと出会って愛人になると、その立場と持ちまえの卓越したビジネス感覚を駆使して、数百万ドル規模の彼女自身の組織をつくり上げた。

「そんな彼女がどうなったか考えてくれ」とヌニェスは言う。

そのとおりだ、とエレナは思う。セータ隊はマグダの胸に自分たちの頭文字の〝Z〟の文字を刻み、ビニール袋で窒息死させた。そのとき彼女はアダンの子供を身ごもっていた。エレナはマグダから妊娠を打ち明けられていた。が、アダンも知っていたのだろうか。今となっては知らなかったことを願いたい。もし知っていたら、彼の心は粉々に打ち砕かれていただろう。

「もちろんエバは後継者にはならない」とエレナは言う。

「どうかわかってほしい」とヌニェスは言う。「私はあくまでアダンの息子たちの代理としてこの地位に就くだけだと思っている。しかし、もしきみが継ぐほうがよりよい選択だと思うなら、喜んでアダンの遺志は無視して、私は身を引くよ」

「いいえ」とエレナは言う。

ヌニェスを王座に就かせることは彼女の息子たちを押しのけることになる。しかし、息子たちは押しのけられることを心の底で喜ぶだろうことをエレナは知っている。それに率直に言って、ヌニェスが進んで矢面に立ちたいというなら、それはそれでこちらとしても好都合なのではないか。

とはいえ、イバンは……これがイバンの気に入ることとはとても思えない。

「わたしはあなたを支持する」とエレナは言う。そして、同意を勝ち取ったヌニェスが弁護士らしい慇懃《いんぎん》さでうなずくのを見届けてから、次の手を繰り出す。「ただ、ひとつだけちょっとしたお願いがあるんだけれど」

ヌニェスはもう笑みを浮かべている。「言ってくれ」

「バハを取り戻したいの。ルドルフォのために」

「バハはイバン・エスパルサのものだ」

「そのまえはわたしのものだった」

「公正を期して言うなら、エレナ、きみは自ら進んで手放した」とヌニェスは言う。「引退を望んで」

いいえ、わたしの叔父のM1がわたしの兄たちに命じて、バハ本部《ブラーサ》を〝黄色毛《グウェーロ》〟・メンデスとラファエル・カーロの手から奪わせたのよ。エレナは胸につぶやく。それは一九九〇年のことだった。アダンとラウルは見事にやり遂げた。ティファナの上流階級の子弟をそそのかして麻薬密売に手を染めさせ、彼らの親の権力を盾にしたネットワークをつくり上げた。アダンとラウルはサンディエゴのギャングを殺し屋として雇い、メンデスやカーロといった敵を残らず倒すと、バハ本部《ブラーサ》を掌握し、そこを拠点として国全体を制圧した。

シナロア・カルテルという存在をつくったのは、わたしたちバレーラ一族なのよ。エレナはさらに胸につぶやく。だからわたしがバハを取り戻したいと言えば、あなたはわたしに渡せばいいの。わたしの息子たちにも自分を守る権力基盤が必要なのよ。

「バハはナチョ・エスパルサに与えられた」とリカルド・ヌニェスは続ける。「だから、ナチョが死んだ以上、それはイバンのものだ」

「イバンは役立たずよ」とエレナは言う。あの子たちはみんなそう。ロス・イホスは。あなたの息子も含めてよ、リカルド。

「それでも、バハはイバンのものだ。それを維持する軍隊もイバンは持ってる」ヌニェスは言う。

「あなたには今、アダンの軍隊がいる」エレナは言い、その明白な条件――もしわたしがあなたを支持すれば――はあえて口にしないでおく。

「大きな椅子に坐れないとわかれば、イバンはそれだけで失望するだろう」とヌニェスは言う。「エレナ、彼にも何か残さなければならない」

「だったら、ルドルフォは――アダンの甥は――何ももらえないわけ？」とエレナは言う。「エスパルサ兄弟はもう充分持ってる。三人分の寿命を合わせても浪費できないくらいの資産がある。わたしが頼んでるのは、本部《プラーサ》たったひとつだけよ。それに国内の売買はあなたが続けてかまわない」

ヌニェスは驚いたような顔をする。

「まあ、当然でしょ？」とエレナは言う。「あなたの息子のリックがバハ・スル全体であなたのドラッグを売ってることは知ってるのよ。それは別にかまわない。わたしが欲しいのは北側と国境の市場だけ」

「なるほど、たったそれだけか」とヌニェスは皮肉っぽく言う。エレナが望んでいるのは麻薬密売で最も利益のあがる本部《プラーサ》のひとつだ。バハではナルコメヌデオ――メキシコ国内の路上販売――の売上げが伸びているものの、トラシエゴ――ティファナやテカテからサンディエゴやロスアンジェルスに持ち込まれ、そこからアメリカじゅうに分配される商品――に比べると、規模は小さい。

「そんなに大層なお願いかしら？」とエレナはたたみかける。「アダンの妹が兄の遺言に賛意を示す見返りとしても、これはそんなに大層なお願いになる？　あなたには必要なはずよ、リカルド、わたしの同意が。わたしの同意がなければ……」

「きみは私のものではないものを私からきみに与えろと言っている」とヌニェスは指摘する。「本部《プラーサ》をエスパルサに与えたのはアダンだ。それに、失礼ながら、エレナ、カボの私の国内ビジネスもきみのものではない」

「弁護士みたいな話し方ね」とエレナは言う。「親方《パトロン》はそんな話し方はしないものよ。もしあなたが親方の中の親方《エル・パトロン》になるつもりなら、エル・パトロンらしくなさい。決断をくだして、命令しなさい。わたしの支持が欲しいなら、その対価としてバハをわたしの息子にちょうだい」

王は死んだ、とエレナは思う。

それでも、王の世は永遠に続く。王さま、万歳。


リックは庭のプールサイドでイバンの隣りの椅子に坐る。

「こっちのほうがいい」とリックは言う。「あそこにいるのはもうクソ一分たりとも耐えられなかった」

「カリンはどこにいる?」

「子守と電話してる」とリックは言う。「うんちの色についてでも話し合ってるんだろ。しばらくかかる」

「カリンはおまえとベリンダのこと、気づいてるのか?」とイバンは尋ねる。

「どっちでもいい」

「おっと」

「なんだよ?」

「見ろよ」とイバンは言う。

リックは振り返る。ティト・アセンシオンがふたりのほうに向かって歩いてくる。冷蔵庫と同じくらい背が高く、冷蔵庫より厚みのある胴体をしたティトがやってくる。

マスティフ犬。

「親父の昔の攻撃犬が来た」とイバンは言う。

「失礼だろ」とリックは言う。「ルーベンの親父さんだぞ。それにしてもあの人、いったい全部で何人殺してるのかな?」

大勢、が答だ。

少なくとも、三桁は行くだろう。

ティト・アセンシオンはかつてナチョ・エスパルサの武装組織のトップだった。セータ隊と戦い、それからタピア兄弟と戦い、さらにまたセータ隊と戦った。ティトは一度の戦闘でセータ隊員を三十五人殺し、その死体を高架下にぶら下げたことがあるのだが、それがヤバいことになった。実のところ、殺されたのはセータ隊員ではなく、一般市民だったことがあとからわかったのだ。ティトは目出し帽《バラクラバ》をかぶって記者会見を開き、過ちを謝罪した。さらに、セータ隊との戦争はまだ継続中であり、今後もセータ隊とまちがえられないようにすることが賢明であるなどと警告さえした。

それでも、シナロアが勝利した戦争にティトが多大な貢献をしたことはまちがいない。ナチョはその報酬としてティトがハリスコ州で新たな事業——シナロア・カルテルの傘下ながら独立した組織——を始めることを許可した。

ティトはナチョを愛していた。だから、セータ隊がグアテマラでナチョを殺したと聞いたときには、セータ隊員を五人捕まえて、何週間も拷問した末に殺し、そいつらのペニスを切り取って口に突っ込んだ。

そう、マスティフ犬《エル・マスティン》の異名を持つティトを軽んじるなどありえない。

今、その男がふたりの上に文字どおり影を落とす。

「イバン」とティトは言う。「話があるんだがな」

「じゃ、おれはまたあとで」とリックは笑いだしそうになるのをこらえながら言う。この男はまさに『ゴッドファーザー』の結婚式の場面のルカ・ブラージだ。『ゴッドファーザー』はイバンと一緒に五万七千回くらいは見た。イバンも『ゴッドファーザー』に夢中なのだ。もっとも、彼の場合は『スカーフェイス』がその少し上を行くのだそうだが。

「いや、ここにいろ」とイバンは言う。ティトが不審な顔をすると、さらに続ける。「リックはおれの右腕になる男だ。おれに言えることなら、こいつのまえでも言ってくれ」

イバンは少しゆっくりした口調で話す。まるでティトの理解力を疑うように。

ティトは言う。「うちの組織でもヘロインを手がけたい」

「それは賢い考えかな？」とイバンは尋ねる。

「ヘロインは儲かる」とティトは言う。

それは賢い考えだ、とリックはそばで思う。シナロアがヘロインで数百万ドルを稼いでいる一方、ハリスコ・カルテルは今でもコカインとメタンフェタミン《メス》しか扱っていない。

「ヘロインを手がければすぐに儲かるってわけじゃない」とイバンは父親の口調を真似して言う。「おれたちと競合することになるからな」

「競合するほど小さな市場じゃないよ」とティトは言う。

イバンは顔をしかめる。「ティト、なぜ壊れてもいないものを直さなきゃならない？ハリスコはメスでたっぷり稼げてるんだろ？　それに、おれたちは〝税金《ピソ》〟もかけずに本部《プラーサ》を使用させてやってるだろ？」

「それがあんたの親父さんとの取り決めだった」

「あんたはそれにふさわしい働きをしたよ」とイバンは言う。「まちがいなく。いい兵隊だったよ。だからその褒美として、自前の組織を手に入れた。褒美はそのままにしておいたほうがよくはないか？」

おいおい、とリックは思う。これじゃまるで頭を撫でてやってるようなものじゃないか。

いい子だ、いい子だ。

お坐り。

待て。

それでもティトは言う。「坊ちゃんがそれが一番だと思うんなら」

「おれはそれが一番だと思うな」とイバンは言う。

ティトはリックに向かってうなずき、そこから立ち去る。

「ルーベンは母親の頭脳を受け継いだな」とイバンは言う。「それにあの顔も。神に感謝だ」

「ルーベンはいいやつだ」

「ああ、あいつはすごいやつだ」とイバンも言う。

リックはよく知っている。ルーベンはティトの片腕となる実力を持ち、ハリスコ・カルテルで警護部隊を統括し、商品の輸送にも深く関わっている。リックは自分の父親から何度聞かされたかわからない――「おまえがルーベン・アセンシオンのように、真面目で、しっかりとした大人なら」

リックの父親ははっきりと断言したのだ。選択できるなら、おまえよりルーベンを息子にしたいと。

おれにとっても父親にとっても不運な組み合わせだったというわけだ。

「どうした？」とイバンが尋ねる。

「何がどうした？」

「おまえ、可愛い仔犬がケツの穴にファックされちまったみたいな顔をしてるぞ」

「おれは仔犬なんて飼ってないよ」とリックは言う。

「たぶんそれだな」とイバンは言う。「おれが一匹贈ってやろうか？　どんな種類の犬がいい、リック？　今すぐ誰かを使いにやって、手に入れてやるよ。おまえにはそんなしけた面《ツラ》してほしくないんだ、兄弟《マーノ》」

イバンらしい。リックは思う。

ガキの頃からずっとそうだった。腹がへったとイバンに言えば、食べものを買ってきた。チャリが盗まれたと言えば、新品が現われた。ムラムラすると言えば、家に女がやってきた。

「愛してるよ、イバン」

「おれもな」そう言ってから、イバンは続ける。「やっとおれたちの番が来たな、兄弟《マーノ》。おれたちの時代だ。見てろ――きっといい時代になる」

「ああ」

リックは父親のヌニェスが近づいてくるのに気づく。

が、父親が会いにきた相手はリックではない。

父親は言う。「イバン、話がある」

「そうだな」とイバンは応じる。

リックはイバンの顔に浮かぶ表情――いかにも嬉しそうな笑み――を見て、イバンがずっと待ち望んでいた瞬間がやってきたことを知る。

彼の戴冠式のときが来たことを。

リックの父親はちらりと息子を見て言う。「ふたりだけで」

「わかった」と言って、イバンはリックに片眼をつぶってみせる。「じゃ、またあとでな」

リックは黙ってうなずく。

そして、プールサイドチェアに寝そべり、遠ざかる親友と父親のうしろ姿を見送る。

そのとき、不意にアダン・バレーラとの思い出が甦《よみがえ》る。

ドゥランゴ州の田舎で、舗装されていない道の端に立っていたときのことだ。アダンと親父の三人で。

「見まわしてみろ」とそのときアダンは言った。「何が見える？」

「畑」とリックは答えた。

「空っぽの畑だ」とアダンは言った。

そのとおりだとリックは思った。道の両側には、見渡すかぎり何も植えられていない大麻の畑が広がっていた。

「アメリカは、事実上、マリファナを合法化するつもりだ」とアダンは言った。「私のアメリカの情報源が正しければ、二、三の州がじきに公式発表するだろう。アメリカ産の品質と輸送コストを考えれば、われわれに勝ち目はない。去年は大麻一キロあたり百ドルで売れたが、今年は二十五ドルにまで値下がりした。もはや大麻を育ててもほとんど採算が取れなくなってる。一年につき、実に数千万ドルの損失だ。その上、たとえばもしカリフォルニア州が大麻を合法化したら、その損失は数億ドルにふくらむだろう――ここは暑いな。ビールでも飲みにいこう」

彼らはさらに十マイル先にある小さな町まで車で移動した。先導車がさきに村にはいり、危険がないことを確認してから町の居酒屋に行き、客を全員追い出した。緊張した面持ちの店主と娘らしい少女が冷えたビールのピッチャーとグラスを運んできた。

アダンは話を続けた。「われわれの大麻市場はかつては主要なプロフィットセンターだった。今はそれが崩壊しつつある。メタンフェタミン《メス》の売上げも落ちてて、コカインの売上げは横ばいだ。ここ十年で初めて本会計年度はマイナス成長を見込んでる」

別に赤字を出してるわけじゃない。リックは内心そう思った。ここにいる誰もが毎年数百万ドルも稼いでいる。ただ、その金額が一年まえより全体で何百万ドルか減っている。すでに充分金持ちなのに、儲けが減ったら貧乏になったような気分になるのが人間というものだ。

「現状は維持できない」とアダンは言った。「前回の危機はクリスタル・メスの発明で救われた。クリスタル・メスの市場が主要なプロフィットセンターとなり、現在もその地位を保っている。しかし、マリファナの損失を相殺《そうさい》するほど大きな成長は見込めない。同様に、コカイン市場も飽和点に達しているように思われる」

「われわれに必要なのは」とリックの父親が横から言った。「新しい製品ですね」

「いや」とアダンは言った。「われわれに必要なのは古い製品だ」

アダンは演劇的な効果を狙って、そこで一拍置いてから続けた。「ヘロインだ」

リックはショックを受けた。もちろん、彼らは今もヘロインを売っている。しかし、大麻やメタンフェタミン《メス》やコカインと比べれば、補助的な製品にすぎない。彼らのビジネスはすべてヘロイン——阿片《あへん》——から始まった。第二次世界大戦中、アメリカ人はモルヒネ精製のために阿片を必要としていた。当時の芥子農園主《ゴメーロ》は芥子を育て、それをアメリカ人に売ることで財を成した。戦後はアメリカ人マフィアがヘロイン市場を開拓し、ゴメーロが栽培した阿片をすべて買い占めた。

しかし一九七〇年代になると、アメリカの麻薬取締局がメキシコ軍と合同で、シナロア州とドゥランゴ州の芥子畑を毒と炎で叩きつぶした。彼らは小型航空機から芥子畑に枯れ葉剤を散布し、村を焼き、農民《カンペシーノ》を家から追い立て、ゴメーロも蹴散らし、あとは風に吹き飛ばさせた。

そんなゴメーロたちを招集し、会合を開いたのがアダンの叔父、偉大なるミゲル・アンヘル・バレーラ——M1——だった。M1はゴメーロたちに新たな指針を示した。今後、彼らは農民になるのではなく——畑には焼かれたり、毒を撒かれたりするリスクがある——密輸業者に転身するように、と。ゴメーロたちはコロンビアのコカイン市場の業者を紹介され、カリやメデジンのコカインをアメリカに運ぶことで、中間業者として富を得た。また、市場にクラックコカインを新たに流通させ、ゴメーロたち——現在は麻薬商《ナルコ》と呼ばれる者たち——に未曽有《みぞう》の莫大な利益をもたらしたのもM1だった。

百万長者たちは億万長者になった。

麻薬商《ナルコ》のゆるやかな共同体は盟約団《フェデラシオン》になった。

そして今、アダンはまた阿片に戻ろうとしているのか？――リックは思った――ヘロインが問題を解決する答になると思っているのか？

正気とは思えない。

「これはチャンスだ」とアダンは言った。「クラックよりも大きなチャンスになる。既存の市場がわれわれを利するために口を開けて待ってるんだから。おまけにその市場はアメリカ人が自分で築き上げたものだ」

アメリカの巨大製薬会社は――とアダンは言った――何千もの人々を合法の鎮痛剤依存症にした。

錠剤《ピル》依存患者に。

オキシコドン、ヴァイコディンなど、阿片から合成された薬はすべて芥子が産み出す果実だ。

しかし、ピルは高価な上、入手するのがむずかしい――アダンは続けた――そこで医師から処方箋を出してもらえなくなった依存症患者は、路上に向かう。路上では、密造薬が一回分三十ドルもの値段で売られている。依存症患者の中には一日で十回分服用する者もいる。

「私の提案は」とアダンは言った。「ヘロインの生産量を七十パーセント増加させることだ」

その提案にリックは懐疑的だった。メキシコ産のブラックタール・ヘロインは、南アジアや黄金の三角地帯《ゴールデン・トライアングル》産の純度の高い製品に太刀打ちできたためしがない。生産量を二倍近く増やすことは巨大な損失を招く結果にしかならない。

「われわれのブラックタールの純度は現在、約四十パーセントだ」とアダンは言った。「私はコロンビアで最高のヘロイン製造業者と会った。彼らはわれわれの製品を使って〝シナモン・ヘロイン〟と呼ばれるものを精製できると請け合った」

彼はジャケットのポケットからグラシン紙の小さな封筒を取り出してふたりに見せた。

「シナモン・ヘロインの純度は七十〜八十パーセントだ。この美しいヘロインをわれわれは一回分十ドルで売る」

「なぜそんなに安く？」とリックの父親が尋ねた。

「そのぶん量をさばくんだ」とアダンは言った。「われわれは麻薬界の〈ウォルマート〉になる。アメリカの製薬会社の市場価格より安く売るんだ。彼らには競合できないだろう。この製品はマリファナの損失を埋めてなおあまりある売上げになる。新たに何十億ドルもの収益を得られるかもしれない。ヘロインはわれわれの過去であり、同時に未来にもなるということだ」

いつものことながら、アダンには先見の明があった。

大麻を合法化したアメリカの州は今のところたった三州なのに、シナロア・カルテルのマリファナの売上げは四十パーセント近くも落ち込んだ。まだ撤退を余儀なくされるほどではないものの、リックの父親はすぐに大麻畑を芥子畑に変えはじめた。カルテルはたった一年でヘロインの生産量を三十パーセント増量した。それがそのうち五十パーセントになり、今年の暮れには七十パーセント増産という目標が達成されるだろう。

アメリカ人たちは喜んで買っている。買わないわけがない。今、リックは思う。新製品は安く、量も多く、効き目も強い。ウィン・ウィン・ウィンだ。ヘロインは北に流れ、米ドルとなって戻ってくる。おそらくアダン教信者《アダニスタ》たちは正しい。そうとも、バレーラはまだ生きている。

ヘロインが彼の遺産《レガシー》となる。

それがやがて伝説となる。

3　邪悪な道化師

私には道化師の友人がいた。その友人が死ぬと、彼の友人はみな一台の車に乗ってやってきた。

――スティーヴン・ライト

ヒルヤープレイスにあるブラウンストーンの家がケラーとマリソルの新居だ。デュポン・サークルに近い二十一丁目通りの東側で、ここに決めたのはこの界隈ならマリソルも〝歩く気になれる〟ということが大きかった。この辺にはコーヒーショップやレストラン、それに書店もある。ケラーもこの市《まち》が持つ歴史的背景が気に入っている。近所にはセオドア・ローズヴェルトが住んでいた。それからフランクリンとエレノアのローズヴェルト夫妻も。

マリソルは三階の部屋の窓に届くほど伸びたサルスベリの木がお気に入りだ。咲き誇るラヴェンダー色の花を見ると、故郷メキシコの色鮮やかな情景を思い出すのだろう。

ケラーが帰宅すると、マリソルは寝ずに彼の帰りを待っていて、居間の窓ぎわに置かれた大きな肘掛け椅子に坐って雑誌を読んでいる。

「わたしたち、〝影響力のあるカップル〟なんだって」ケラーがドアを開けて中にはいると、彼女は言う。

「おれたちが?」ケラーは屈んでマリソルの額にキスをする。

「ここにそう書いてある」マリソルは膝に置いた雑誌〈ワシントンライフ〉を指差して言う。「ワシントン在住の〝影響力あるカップル〟ミスター・アート・ケラーとその夫人——彼女は医師でもある——がケネディセンターの資金集めパーティに現われた。この麻薬取締局《DEA》局長とスタイリッシュなラテン系の妻——わたし、あなたの〝スタイリッシュなラテン系の妻〟だって……」

ケラーは記事を見ながら、マリソルが写真を撮られたのはまずかったと思う。彼女の写真が出まわるのは避けたい。が、それは無理な話だ——実際、メディアやワシントンの社交界が、スタイリッシュで魅力的なマリソル——麻薬取締局のヒーローの妻——が麻薬商《ナルコ》の銃撃を受けたメキシコ人だというストーリーを放っておくわけがない。ふたりは数々の上流階級のパーティやイヴェントにもよく招かれる。ケラーとしてはできるだけ断わりたいところだが、好むと好まざるとにかかわらず、社交界の人脈はケラーの仕事にとって役に立つとマリソルは言う。

そのとおりだ、とケラーは思う。彼女の魅力のおかげでケラーの〝不愛想〟も中和され、ケラーひとりなら閉ざされていたはずの扉も次々と開いた(今も開いている)。

下院議員や上院議員、閣僚、ロビイスト、記者、外国の大使、キーマン――ときにはホワイトハウスの関係者――と話をする必要がある際、そういった有力者の妻がつい最近マリソルとランチや朝食をともにしたり、一緒に委員会に参加したりといったことがよくある。

マリソルがあれこれ話をつけることも少なくない。彼女自身よくわかっているのだ、ケラーにはノーという人でも、チャーミングで粋なその妻の頼みとなると、断わりづらくなることが。予算割り当ての票が必要なとき、重大な情報をメディアに流したいとき、プロジェクトの資金が必要なとき、マリソルは電話をかけるのを厭《いと》わない。

だからマリソルは多忙だ――すでに国立小児医療センターやアメリカ美術館の役員を務め、加えて〈チルドレンズ・イン（国立衛生研究所の研究に参加する子供たちのための宿泊施設）〉や〈ドアウェイズ・フォー・ウィメン・アンド・ファミリーズ（女性や子供に対するDVやホームレスなどを扱う団体）〉や〈エイズ・ユナイテッド〉などの資金集めにも奔走している。

少々やりすぎだ、とケラーは内心彼女の健康を心配している。

「こういう活動が大好きなの」心配していることを伝えると彼女は彼にそう言った。「それにどんなものも政治的なコネになる。そういうものを開拓するのは必要なことよ」

「それはきみの仕事じゃない」

「わたしの仕事よ」とマリソルは言った。「まさしく、わたしの仕事よ。あなたも約束を守ってくれたじゃない」

確かにそうだった。局長就任のオファーを受けることをオブライエン上院議員に電話で伝えたとき、ケラーはひとつ条件をつけた。マリソルのかわりに彼女の診療所を引き継ぐ人材と資金の確保だ。

オブライエンはその日の朝のうちに電話をかけてよこした。テキサスの石油会社が名乗りを上げ、優秀な医師の確保と多額の援助を約束してくれたことを伝え、こんなことさえ言った——ほかに何かご用命は？

そうした経緯も手伝って、マリソルはケラーのサポートになりそうな外交活動を始めたのだ。役員会や委員会にせっせと出席し、ランチや資金集めのパーティに顔を出した。その結果、ケラーの望むことではなかったが、マリソルは〈ポスト〉や〈ワシントニアン〉によく取り上げられるようになったのだった。

「カルテルの連中はすでにわたしの顔を知ってる」とマリソルはケラーに言った。「それにこれはわたしがやらなきゃならないことよ、アルトゥーロ。ティーパーティ運動の陰謀家たちはあなたの寝首を掻こうとすでに暗躍してるんだから。おまけにあなたはリベラルにも嫌われてるんだから」

それが正しいことはケラーにもわかっていた。まえに彼女が使った表現を借りれば、マリソルは〝政治的な洞察〟に長けていた。彼女の観察や分析は常に的を射ており、アメリカが二極化へ突き進むかすかな兆候をとらえるのも早かった。政治的なことからは一切逃げ出して〝おのれの仕事にだけ専念したい〟という自分の願望が子供じみていることは、ケラーとしても認めないわけにはいかなかった。

「どんな仕事も政治的なものなのよ」とマリソルは言った。「あなたの仕事なんてその最たるものじゃないの」

確かに、とケラーは思った。ときの政権が麻薬戦争とは何を意味し、どうあるべきなのか――もっと重要なのは、どうあるべきでないのか――を真剣に問う中、彼は〝麻薬戦士〟のトップになったのだから。

もっとも、司法長官は麻薬取締局に〝麻薬戦争〟ということばを使わないようにという通達を出しているが。アメリカ国民に戦争をさせてはいけない（これにはケラーも賛同する）からだ。司法省とホワイトハウスは厳しすぎる麻薬関連法の改正も検討していた。これらの関連法は八〇年代から九〇年代にかけて、コカインが大流行した頃に法制化されたもので、暴力をともなわない違反者にも最低三十年の刑から終身刑を科すというものだ。

この法律のために、二百万人以上の人間――大半はアフリカ系アメリカ人とヒスパニック系アメリカ人――が刑務所暮らしを送っており、当局は現在これらの判決の見直し、一部受刑者の減刑、また量刑の最低ラインの廃止を検討していた。

ケラーはこういった取り組みに賛成だった。それでも、このことの是非を論じる論争からは一歩引いたところで、本分であるヘロインの撲滅《ぼくめつ》に集中したかった。麻薬取締局のトップ。それがケラー自身の自己定義だった。たとえばマリファナ法など、無駄に厳しい取り締まりの緩和には喜んで同調するつもりだったが、政策の公報のような仕事は国家薬物取締対策室長《ドラッグ・ツァー》に任せたかった。

ホワイトハウスの国家薬物対策室のトップである通称〝ドラッグ・ツァー〟は、薬物対策について大統領に助言し、ホワイトハウスの意向が実施されているかどうか監視する役割を担う。

まあ、建前上は。

現ドラッグ・ツァーは大統領が支持する司法長官の改革にも抵抗を示すような強硬派で――そのため彼はアメリカ税関・国境警備局長に更迭が決まり（ケラーとしてはもうしばらく彼と仕事をしなければならない）後任者――改革にもう少し理解がある人材――が来る予定になっていた。

こういったことすべてがケラーにしてみれば充分にややこしい官僚主義だった。厳密に言えば、ケラーの直属の上司は司法長官だが、司法長官はホワイトハウスの指示で動いているので、ケラーも司法長官もドラッグ・ツァーの顔色をうかがわなければならないからだ。

それに加えて連邦議会がある。麻薬取締局はさまざまな局面で上院司法委員会、歳出委員会、予算委員会、国土安全保障・政府問題委員会の意見を聞き、報告することを義務づけられている。

下院は特に面倒だ。下院は下院で上院と別個の歳出、予算、国家安全保障・政府問題委員会があり、司法委員会はさらに小委員会――犯罪、テロ、国家安全保障、調査機関、移民政策、国境警備——に分かれている。

だから、ケラーは司法省、ホワイトハウス、上院および下院の各委員会と協議し、協力し合わなければならない。それ以外にも彼の仕事と関係する連邦機関がある。ＣＩＡ、ＦＢＩ、アルコール・煙草・火器及び爆発物取締局《ATF》、移民税関捜査局《ICE》、連邦刑務局、沿岸警備隊と海軍、運輸省、国務省……リストは果てしなく続く。

しかもこれは連邦機関だけの話だ。

ケラーはさらに五十ある州政府、州警察、三千以上の郡保安官事務所、一万二千を超える都市部の警察署と連携しなければならない。州や郡の検察、判事は言うに及ばず。

ここまではアメリカ国内の話だ。ケラーはさらに海外の政府や警察とも連絡、相談、交渉をしなければならない。メキシコはもちろん、コロンビア、ボリビア、ペルー、カンボジア、ラオス、タイ、ミャンマー、パキスタン、アフガニスタン、ウズベキスタン、トルコ、レバノン、シリア、それにＥＵ諸国。つまりヘロインが売買されていたり、密輸の中継地になっている国々すべてということだ。加えてこれらの交渉はすべて国務省、ときにはホワイトハウスを通さなければならない。

もちろん、ケラーはこういった仕事のほとんどを部下に任せていた——麻薬取締局は放っておいても機能する永久運動機関のようなところだ——それでも重要な案件はケラー自身が処理しなければならない。ヘロイン問題に対しては、彼は真っ向から立ち向かうつもりで、その刃を研《と》ぎすましている。

麻薬取締局のトップを引き継いだときには、彼が元囮《おとり》捜査官という現場の捜査官だったこと、容赦のなさで評判のタフガイであることから、局内では彼を強く警戒する向きがあった。

〝本物のカウボーイが来た〟というのが大方の見方で、中堅クラスの官僚の中には身のまわりの整理を始める者もいた。新しいボスは自分の子飼いの部下を連れてくるだろうと予測したのだ。

しかし、そんな彼らはみな肩透かしを食らった。

ケラーは招集した会議で言明した。「私は誰も馘にするつもりはない。私に関しては、ケラーというのは管理する側の人間じゃない、大きな組織の動かし方など何もわかっていないという批判がある。そのとおりだ。私は何もわかっていない。しかし、私にはきみたちがいる。私は極力、明快で簡潔な指示を出す。その指示に従って組織を動かすのはきみたちに任せる。きみたちには忠実で正直、勤勉であることを望む。私も忠実で正直、勤勉であることと、きみたちへのサポートを約束する。きみたちを背後から刺すようなことは誓ってないが、裏で工作をするやつを見つけたら正面から刺す。まちがいを恐れないでほしい。まちがいを犯さないのは怠け者か臆病者だけだ。何か問題があったとき、それを一番最後に知るのが私だということは絶対にあってほしくない。きみたちのアイディアや批判は大いに歓迎する。私は各人が互いの考えを闘わせることには意義があると信じる者だ――必要なのは唯一絶対的な考えではない。議論の末に得られる結論だ」

そうしてケラーは仕事の優先順位をつけた。

副局長のデントン・ハワードと情報部の幹部らを招集すると、彼らに伝えた、最優先事項はヘロインだと。

二番目もヘロインだと。

三番目もヘロインだと。

「スケジュールI類ドラッグ全般に対する取り組みはもちろん続ける」と彼は言った。「しかし、取り締まりで最優先するのはヘロインの蔓延を食い止めることだ。マリファナに関しては、それがヘロインの密売人につながる手がかりになっていなければどうでもいい」

それはつまり、シナロア・カルテルをターゲットにすることを意味していた。

そして、ケラーのそのアプローチは方針転換と言えた――歴史的に見て、シナロアは一九七〇年代以降、ヘロインの生産にはあまり関わっていない。麻薬取締局とメキシコ軍が芥子畑を焼き払って毒を撒いたので（ケラーもその場にいた）それ以後、農園主たちはほかのものの生産に鞍替《くら》えしていた。

カルテルにおけるバレーラ派の主な収入源はコカインとマリファナで、エスパルサ派はメタンフェタミン《メス》、タピア派はこれら三つとも扱っていた。

「われわれはメキシコでの戦いに注力してきたが、これがまちがいだった」とケラーは部下たちに言った。「わかっている。私が犯したまちがいだ。それも何度も繰り返してまちがえた。これからはやつらに打撃を与えることを最優先事項とし、それが可能な場所に戦場を移す――ここアメリカ合衆国に」

ハワードが言った。「となると、大都市各地の多くの警察署との連携が必要になります。どうしても段階的なアプローチにしかならないと思いますが」

「とにかく始める」とケラーは言った。「来月中にニューヨーク、シカゴ、ロスアンジェルスの麻薬取締部幹部と会って話をしたい。向こうがワシントンDCには来られない、そもそも来る気がないというなら私のほうから出向こう。そのあとはボストン、デトロイト、サンディエゴと続ける。小便器のまえに立ってお互いの靴に小便をかけ合うような真似はもうやめだ」

そう言いながらも、ケラーはハワード副局長のことを内心こう思った、このクソ野郎と。こいつはおれの邪魔をしようとしてる。こいつは兵糧攻めにしなくてはいけない。官僚を干上がらせる一番の方法。それはアクセスと情報の遮断だ。

ケラーは会議のあとブレアを引き止めて尋ねた。「ハワードは私に恨みでもあるのか？」

ブレアは笑みを浮かべて言った。「あなたの椅子を狙っていましたからね」

ほかのポジションはすべて組織の中でその地位まで登りつめた公務員だが、麻薬取締局の局長と副局長は政治任用だ。だから、たぶんハワードはオブライエンとその一派の陰謀にしてやられたと思っているのだろう。

指揮命令系統上では、すべての部の部長がハワードへの報告を義務づけられており、ハワードはケラーにその報告を上げることになっている。

「重要なことはなんでも」とケラーはブレアに言った。「ハワードを飛び越して直接私に言ってくれ」

「二重帳簿をつけろ、ということですか？」

「何か問題があるか？」

「いえ」とブレアは言った。「私もあのクソ野郎は信用してないんで」

「しくじったら守ってやる」

「あなたのことは誰が守ってくれるんです？」とブレアは尋ねた。

今までおれを守ってきた人間は、とケラーは思う。

おれ自身だ。

「もう一度、通夜《ベロリオ》の様子を見てみよう」とケラーが言う。ブレアはバレーラの通夜の様子を撮った写真を取り出す。メキシコのＳＥＩＤＯの優秀で勇敢な潜入捜査官が、通夜を請け負ったケータリング会社のウェイターを装って潜入して撮ったものだ。ケラーは何十枚もの写真に眼を凝らす――棺のそばに坐っているエレナ・サンチェス、エスパルサ兄弟、リカルド・ヌニェスとその息子のミニ・リック、そのほかにも重要人物が何人も写っている。ケラーは屋内、庭の芝生、プールサイドで撮られた写真を丹念に見て言う。

「写真を時系列順に並べ替えてくれないか？」

どんな写真にもストーリーがあるというのはよく言われることだ。しかし、時間を追って並べられた写真は一本の映画のようになり、新たなストーリーを語りはじめることがある。ケラーは出来事が起きた順序と因果関係を重視する人間だ。今もその観点から写真を精査する。

賢明なブレアは何も言わず、言われたとおり写真を並べ替える。

二十分後、ケラーは数枚の写真を選んで一列に並べる。「これを見ろ――ヌニェスがエレナに近づいている。ふたりで外に出ていった。これは密談と言えるんじゃないか？」ケラーはエレナとヌニェスが肩を並べて歩いている写真を数枚取り上げる。激しいことばのやりとりが交わされているように見える。

「くそっ」とケラーは言う。「なんだ、これは？」

ケラーはヌニェスの手元をズームアップする。一枚の紙が握られており、それをエレナに手渡している。

「なんでしょう？」とブレアは訊き返す。

「わからない。しかし、エレナが紙を読んでいるのは確かだ」ケラーはエレナの顔をズームアップする。エレナは読みながら顔をしかめている。「ベロリオの請求書かもしれない。何かはわからないが。少なくとも愉快そうにはしていない」

ケラーたちはエレナとヌニェスが会話をしている一連の写真を見て、時間の経過を詳しく調べる。会話の長さは五分と二十二秒。エレナはヌニェスに紙を返すと、家の中に戻っていく。

「音声が拾えればよかったんだが」とケラーは言う。

「電波妨害されていましたから」とブレアは言う。

ケラーは時系列順の写真の精査に戻り、イバンとミニ・リックがプールサイドで雑談をしているのに気づく。そこへヌニェスがやってきて、坐ったままのリックを残し、イバンとともに立ち去る。時間の記録からすると三十分後、イバンが戻ってきてリックに話しかけている。

今度は雑談のようには見えない。

「思い過ごしかもしれないが」とケラーは言う。「ふたりは口論してるんだろうか?」

「イバンは怒っていますね」

「何か不快なことがあったとすれば、それはヌニェスと話したときのはずだ。いや、どうかな。考えすぎかもしれないが」

いや、そうでもないか、とケラーは思い直す。

噂ではイバンがカルテルの次期頭領で、バレーラ派とエスパルサ派をまとめる存在と目《もく》されている。しかし、写真ではリカルド・ヌニェスがエレナ・サンチェスとイバン・エスパルサをそれぞれ密談に呼び出し、そのあとイバンは怒っているように見える。

くそ。何かを見逃していないか?

ケラーはリカルド・ヌニェスのことをずっと中堅の事務方か、せいぜいバレーラの相談役といったポジションだと見なしていた。が、通夜や葬式の場でも大役をこなし、今やエレナとイバンのあいだを仲介する存在になっているように見える。

しかし、何を話しているのか？

エレナはもう何年もビジネスから遠ざかっているはずだ。

ケラーはまた異なる方向から考えてみる――ヌニェスは組織内で〝調停役〟をこなすだけではなく、彼自身がひとつの勢力になりはじめているのではないか。

要チェックだ。ケラーはそう胸につぶやく。

〝アダンは生きている《アダン・ビーベ》！〟

エレナ・サンチェス・バレーラは、ハルディネス・デル・バリェ墓地の石壁にスプレーで描かれた落書きを見る。

車で市内を走ったときにも、壁やビルの側面、看板に同じ落書きを見た。バディラグアートでも同じことが起きているらしく、〝聖《サント》アダン〟を祀《まつ》る小さな祭壇がシナロア州とドゥランゴ州全域に広がる小さな町や村の道端に出現しているという。人々は、アダン・バレーラ――男の中の男《エル・セニョール》、親方の中の親方《エル・パトロン》、〝ゴッドファーザー〟、〝天空の主《エル・セニョール・デ・シエロ》〟、診療所や学校や教会を建て、貧しきに施し、飢える者に食べものを与えた愛すべき人物――が不死であり、彼のその肉体も精神も生きつづけているという希望を深く熱く持ちつづけている。

聖アダン？　まさか、とエレナは思う。

アダンはさまざまな顔を持っていただろうが、少なくとも聖人ではなかった。

エレナは車の窓の外を見る。シナロア・カルテルの幹部が一堂に会している。それはすなわちメキシコの麻薬ビジネス界そのものがそこに集結しているということだ。政府が本気で麻薬取引きを撲滅する気があるなら、ここで大鉈《おおなた》を振るえばいい。たった一振りで一網打尽《いちもうだじん》にできるだろう。

しかし、そういうことは起こらない――墓地の周辺や敷地にカルテルの兵隊が配置されているからというだけではない。シナロアの州警察やクリアカンの市警察が非常線を張り、一帯が封鎖されているからだ。上空には州警察のヘリコプターも飛び交っている。いずれにしろ、連邦政府は麻薬取引きを本気で撲滅しようとは思っていない。彼らの目的は麻薬取引きを管理することだ。だから、この礼拝に邪魔がはいることはない。

リカルド・ヌニェスはぱりっと仕立てた黒いスーツに身を包んで立っている。両手をすり合わせるさまは、まるでラテン版ユーライア・ヒープ（『デイヴィッド・コパフィールド』に登場する弁護士）だとエレナは思う。この男は葬式の段取りについて――棺の選択から席順、警備にいたるまですべてにわたって口出ししてきた。その結果、門や塀の警備にも、アルマーニの帽子とエルメスのヴェストがトレードマークのヌニェスの兵隊があたっている。

エレナは悪名高きベリンダ――〝燐寸《ラ・フォスフォラ》〟――を見つける。黒のスーツジャケットに黒のパンツ姿の彼女はいくらか地味に見えるが、警護人を指揮するこの小娘がかなり人目を惹く美人であることはエレナとしても認めざるをえない。リカルドの息子〝ミニ・リック〟は父親の隣りに内気な妻と立っているが、エレナにはその妻の名前が思い出せない。

エスパルサ兄弟は電線にとまったカラスのように一列に並んでいる。今回は珍しく安っぽいメロドラマのエキストラのような服ではなく、そろって黒いスーツを着込み、ひものあるちゃんとした靴を履いている。イバンに向かってエレナがうなずくと、彼もそっけなくうなずき返し、自分が庇護しているとでもいうかのように自分の妹に少し近寄る。

可哀そうなエバ、とエレナは思う。彼女が連れているのは、何もわからないままゲームの駒にさせられたふたりの幼い双子の息子だ。駒という点ではもちろんエバも同じだ――イバンはヌニェスに対抗するための道具として、エバを支配するだろう。今にもその声が聞こえてきそうだ――いいか、おれたちはアダン・バレーラのほんとうの家族、真の後継者だ。成り上がりの片腕や事務屋とはちがうんだ……もしエバがカリフォルニアに戻れないほど弱ければ、イバンはエバと双子の息子たちを舞台の小道具のようにお払い箱にするだろう。

小道具と言えば、イバンは番犬をすぐ手元に置いている。その番犬――マスティフ犬《エル・マスティン》は襟元を汗でぐっしょり濡らしている。ジャケットとネクタイという恰好がなんとも窮屈そうだ。エレナにはもちろん彼がここに連れてこられた理由がわかる。ハリスコ・カルテルはエスパルサ兄弟と同盟関係にあり、抗争にでもなればこの獰猛《どうもう》な大量殺人鬼とその手下の兵隊がイバンにつくということをまわりに知らしめるためだ。

しかし、ことがうまく運べばそんな必要はなくなる。

エレナにはヌニェスからすでに電話がはいっていた。その電話でヌニェスは言っていた、イバンはヌニェスがカルテルのリーダーとなることを不承不承、不満たらたらながら承諾したと。さらにバハをルドルフォに渡すことも。

ちょっとした騒ぎだっただろう、とエレナは思う。少なくともヌニェスが語ったところによれば、イバンは大声をあげ、呪い、エレナに対して思いつくかぎりの罵詈雑言《ばりぞうごん》、これまで誰も聞いたことがないような悪態を吐き、戦争を起こすと脅し、死ぬまで戦うと誓ったらしい。しかし、ヌニェスが冷静に、淡々と、中国の水責め拷問のように論理と根拠を示して懇々《こんこん》と説きつづけると、最後には折れたということだった。

「税《ピツ》は二パーセントで合意した」とヌニェスはエレナに言った。

「標準は五だけど」

「エレナ……」

「上等よ、それでいいわ」もしほかに手がなければ、エレナはゼロでも合意していただろう。

ヌニェスは最後に一刺しするのを忘れなかった。「今の話はルドルフォとすべきだったかな？」

「わたしに電話しといて今さら何よ」

「そうだが」とヌニェスは言った。「いや、実は短縮ダイヤルを押しまちがえてね」

「ルドルフォにはわたしから伝えておくわ」とエレナは言った。「あの子も同意するはずよ」

「ああ。そうだろうとも」とヌニェスは言った。

ルドルフォは今、リムジンの後部座席にエレナと並んで坐っている。バハの新しいボスになるのだとエレナに言われ、ルドルフォは口では意気込みを熱く語ってみせたが、エレナには彼が緊張しているのがわかる。

無理もない。

さきの読めない困難な仕事が待っているのだ。かつては〝バレーラ一家〟だった密売人や殺し屋はいったんはエスパルサ家の預かりになって、それが今また戻ってくることになるわけだ。彼女が知るかぎり、ほとんどは望んで帰ってくる。しかし、中には渋々戻る者、謀反《むほん》を起こしそうな者だっていないとはかぎらない。

多少の見せしめも必要になるかもしれない。最初に反抗の声をあげた者を殺すのだが、ルドルフォにそんな命令をくだす度胸があるかどうか。エレナははなはだ心もとない。彼に何か才能があるとすれば——彼女の可愛い息子は人に好かれたがる男だ。そういうタイプは音楽業界やクラブ経営には向いているかもしれない。しかし、そんな性格は裏稼業《ビスタ・セクレタ》にはまるで向かない。

そういう命令をくだせる者、それもルドルフォの名でできる者もエレナの部下にいないではない。しかし近い将来、ルドルフォも自分の兵隊を持たなければならなくなる。エレナの部下を引き継ぐことはできても、指揮はルドルフォ自身がしなければならない。

エレナはルドルフォの手に自分の手を重ねる。

「どうしたの?」とルドルフォは尋ねる。

「何も」とエレーナは答える。「悲しいことね」

ヌニェスの兵隊が駐車する場所を指示する。車はスピードをゆるめる。


この霊廟《れいびょう》は――エレナは自分の母親の隣りに坐って思う――ごてごてと飾りすぎだ。なんとも趣味が悪い。慰霊碑は伝統的なチュリゲラ様式(スペインのバロック様式)の三階建てで、モザイクのタイルがあしらわれたドーム状の屋根に大理石の柱、その柱に鳥や不死鳥や竜の彫刻が施されている。

空調設備も整っている。

アダンが暑さを気にするとも思えないが。

柱にはドルビーサウンドのスピーカーが埋め込まれ、アダンを讃《たた》えるコリードがエンドレスで流れている。地下聖堂ではフラットスクリーンのモニターに偉大なる男とその偉業を讃えるビデオが映し出されている。

よくもまあここまで悪趣味になれるものだ、とエレナは思う。しかし、人々はこういうものを求めている。

そういう人々をがっかりさせるわけにはいかない。

実のところ、神父は〝悪名高き麻薬王〟のためにミサをおこなうのをためらった。

「自分のまわりを見てごらんよ、この聖人づらした小心野郎」ためらう神父のオフィスでエレナはそう言った。

「あんたのまえにあるその机は？　わたしたちが買ったのよ。あんたのぶよぶよの尻がのっかってるその椅子は？　わたしたちが買ったのよ。聖壇は？　祭壇は？　信徒席は？　ステンドグラスの窓は？　全部アダンのポケットマネーのおかげじゃないの。だから、神《パ》父さん《ードレ》、わたしはあんたに頼んでるんじゃないの。いい、とっととミサをやれって言ってるの。さもなきゃ――聖母マリアに誓って言うけど――兵隊を送り込んで、この教会のものを全部取っ払うよ。まず最初にあんたから」

今、リベラ神父は祈りを唱え、祝福を与え、アダンの善行に関する短い法話を垂れている。故人はとても家族思いの人物であり、教会や地域社会への施しを惜しまず、シナロアとシナロア人への深い愛とイエス・キリスト、聖霊、父なる神への信仰を持ちつづけた人でしたと言っている。

神父が話を締めくくるのを聞きながら、アダンが信じていたのは金と権力と自分だけだったとエレナは改めて思う。それがアダンの信じた三位一体であり、彼は神を信じてはいなかった。

「でも、おれは悪魔は信じるな」とアダンは一度エレナに言ったことがある。

「神を信じてないのに、悪魔を信じるなんてできないわよ」とエレナは言った。

「できるさ。おれの理解じゃ、神と悪魔は世界の支配をめぐって熾烈《しれつ》な戦いを繰り広げたってことだが、それで合ってるか？」

「だと思うけど」

「それなら」とアダンは言った。「まわりを見てみろ。その戦いに悪魔が勝利したのさ」

何もかもがジョークだ、とリックは思う。

おまけに小便がしたくてたまらず、この無限に続くミサのまえにすませておけばよかったと悔やんでいる。が、今となってはただひたすら耐えるしかない。

イバンのうっとうしい視線にも。

ミサが始まってからずっとイバンはリックを睨みつけている。通夜《ベロリオ》でイバンはリックの父親との話を終えると、プールにいたリックのところへまっすぐにやってきて、リックを上から睨みつけた。あのときと同じ眼つきだ。あのとき彼はこんなことを言った。「おまえ、知ってたな」

「何を？」

「アダンがおまえの親父を次のボスに選んでたってことだよ！」

「知らないよ、そんなこと」

「このクソ野郎」

「嘘じゃない」

「おまえの親父はおれを道化呼ばわりしたんだぞ」

「親父がそんなことを言うはずないだろうが、イバン」

「ああ。そう言ったのはエレナのくそ婆《ばばあ》だ。だけど、おまえの親父も同じようなことを言った。それより、リック、おまえは知ってたはずだ。知っていながらおれが将来の計画を語るのをいつも黙って聞いていやがったんだ」

「やめろよ、イバン、おれは――」

「黙れ。おまえもいっちょうまえの男ってわけだ。そうなんだろ？」とイバンは言った。「おまえの親父がボス《ヘフエ》なんだから、おまえもそれなりの人間なんだろ、ミニ・リック。そうなんだろ？」

「おれたちは友達だ」

「いや、ちがう。おれたちは友達じゃない。こうなった以上はな」

そう言って、彼は歩き去ったのだった。

そのあとリックが電話やメールをしても返事はなかった。何もなかった。そして今、イバンはあそこに坐り、憎々しげにリックを睨みつけている。

たぶんほんとうに恨んでるんだろう、とリックは思う。

しかし、だからといって、彼を責めることはできないとも思う。

イバンと話したあと、リックの父親は彼を呼びつけた。

リックはガラステーブルの上に置かれたアダンの書き置きを読んだ。「こりゃたまげた」

「言うことはそれだけか？」

「おれになんて言わせたいんだ？」

「たとえば〝おれに何かできることがあれば言ってくれ、父さん〟とかだ。おれはそういう台詞を期待してた。あるいは〝おれが必要なときはいつでも駆けつけるから〟とか〝アダンは賢明な選択をしたね、父さん。父さんこそボスにふさわしい〟とかだ」

「そんなのは言うまでもないことだよ」

「おれは自分から言わなきゃならなかった」ヌニェスは椅子にもたれ、両手の指先を合わせた。リックが子供のときから大嫌いなポーズだ。父親がこのポーズを取るときはいつも説教が始まる。「おまえにも成長してもらわないとな、リック。もっとまともな仕事をしろ。これからはおれの力になれ」

「イバンはずっと自分がボスになるものと思ってた」実際、イバンは口を開けば、自分が実権を握ったら何をするかということばかり話していた。それがイバンの夢だった。それをアダンが墓の中から手を伸ばして奪い取ったのだ。

「イバンが満足してるかどうかなどおれには関係ないことだ」とヌニェスは言った。「ついでに言っておくと、おまえにもな」

「でも、イバンはおれの友達だ」

「それなら頭を冷やすよう言って聞かせることだ。あいつにはまず組織内のエスパルサ派をまとめるという仕事がある」

「イバンはもっと大きな夢を思い描いてたみたいだけど」

「失望と折り合いをつけるのが人生というものだ」とヌニェスは言った。

親父は親父自身のことを言っているのだ。リックはふとそんな気がした。

「イバンはエスパルサ派のシマ全体を監督することになる。だからバハにまで手を伸ばしているような余裕はないはずだ」

「彼はバハをオビエドに譲るつもりだった」

「オビエドというのはフェイスブックでバイクを足で転がしてたあの男か？」とヌニェスは尋ねた。

「父さんがフェイスブックをやっているとは知らなかったな」

「兵隊が教えてくれる」とヌニェスは言った。「いずれにしろ、エレナはおまえがバハで商売することを許可してくれた」

「エレナの許可？　それともルドルフォ？」

「それはジョークのつもりか？」

「おれは協定を結んでるんだけど」とリックは言った。「イバンと」

「協定ならルドルフォと結べ」とヌニェスは言った。「自分にも麻薬取引き《ナルコメヌデオ》がちゃんとやれるところをおれに見せろ。アメリカ相手の商売《トラシエゴ》を任せてやってもいい。そこからさきはおまえ次第だ」

「うまくやるよ」

「ああ、ヘマをするなよ、リック」とヌニェスは言った。「何かおまえにもできるところを見せてくれ。おまえはアダン・バレーラの名づけ子だ。それには特権もあるが、責任もある。おれにはアダンの遺志が遂行されるのを見届ける義務がある。その責任の一端はおまえも担ってるということだ」

「わかった」

「ほかにも考えておかなきゃならないことがある」とヌニェスは言った。「われわれはこの地位をアダンの息子たちが成人するまで守る。が、それまではまだ何年もある。その間、おれの身に何かあったら、そのあとはおまえが継ぐんだ」

「嫌だよ、そんなの」とリックは言った。

ああ、まただ。その顔にかすかな失望の色、嫌悪の念さえ浮かべながら、彼の父親は言った。「おまえは一生〝ミニ・リック〟のままでいたいのか?」

リックの父親には息子をいとも簡単に傷つける能力が今でもまだあった。そのことに気づいて、リックは驚いた。父親のことなどもう気にしないでいられるようになったと思っていたのだ。にもかかわらず、父のことばは胸に突き刺さった。

彼は父のその質問に答えなかった。

ヌニェスが息子のリックに期待したもののひとつに葬式でのスピーチ、追悼のことばがあった。

リックは逆らった。「なんでおれなんだよ？」

「おまえが名づけ子だからだ」とヌニェスは言った。「名づけ子は追悼のことばを送るものだ」

そういうものだとしても――リックは思った――何を言えばいいのかまるで見当がつかなかった。

すると、ベリンダがアイディアを出してくれた。「わたしのゴッドファーザーであるアダンは無慈悲なクソ野郎でした。肛門ガンより多くの人々を殺し――」

「それ、うける」

「――そして、自分の歳の半分もいかない、マジおれら全員がやりてえと思う若いセクシーな女《チカ》と結婚しました。そんな男の中の男、ナルコの中のナルコ、ゴッドファーザーの中のゴッドファーザーであるアダン・バレーラを愛さずにおられましょうか。安らかにお眠りください」

イバンとのいざこざについてもベリンダは大して役に立たなかった。

「イバンのことはあんただってわかってるでしょ？」と彼女は言った。「すぐかっとなるけど、すぐに収まる。あんたたちはもう今夜にも一緒に飲んでるよ」

「それはさすがにないよ」

「だったら、しょうがない」とベリンダは言った。「事実と向き合うんだね。事実その一。バレーラはあんたのお父さんをボスに指名した。事実その二。名づけ子はあんたで、イバンじゃない。あんたはできるだけ名づけ子らしい言動を心がけることだね」

「おまえ、親父みたいなことを言ってるな」

「あんたのお父さんだってそういつもいつもまちがってるわけじゃないってことだよ」

そろそろほんとうに小便が洩れそうだ。くそ忌々《いまいま》しい神父がやっと退場すると、次は歌手が登場する。ルドルフォお抱えの年季の入った三文楽師で、彼が〝親方《エル・セニョール》のために特別に書いた〟という歌から歌いはじめる。暗い歌詞で、イギリスのポップス歌手アデルより暗い。

それが終わると、今度は詩人が登場する。

詩人《ポエット》？

次は何が出てくるんだ？　操り人形《パペット》か？

実のところ、次はリックの出番だ。

彼の父親が彼に〝意味深長に〟うなずいてみせ、リックは祭壇に向かって歩いていく。リックも馬鹿ではない――自分ではそう理解している。今、自分がイバンを飛び越して先頭に立つと宣言するのだということぐらい彼にもわかる。今がその瞬間であるということぐらい。

リックはマイクに顔を近づける。「私のゴッドファーザーであるアダン・バレーラは偉大な人でした」

同感を示す囁きが広がり、会衆は次のことばを待つ。

「彼は私を実の息子のように愛してくれました」とリックは続ける。「私も彼を第二の父のように慕っていました。事実、アダンはわれわれ全員にとって父のような存在だったのではないでしょうか。彼は――」

リックの視界に道化師が現われ、彼はまばたきをする。白塗りに赤いちぢれ毛のかつら、ゴムの鼻、だぶだぶのズボン、ぶかぶかの靴という本格的な道化《パヤソ》の装いで、笛を吹き鳴らし、片手には白い風船の束を持って、中央の通路を飛び跳ねながらやってくる。

こんなやつ、誰が頼んだんだ？　リックは幻覚でも見ているのではないかと思う。エレナや彼の父が手配した余興であるはずはない。ふたりともこの種のお遊びとは無縁のタイプだ。リックはふたりの表情をうかがう。どちらも笑っていない。

エレナはむしろ苛立っている。

もっとも、彼女はいつも苛立っているが。

リックはスピーチを続けようとする。「彼は貧しい者に施し、村には……」

しかし、もう誰も彼のスピーチなど聞いていない。道化は祭壇のほうに進み、驚く参列者に向かって紙でできた花や動物の切り絵細工《パペル・ピカド》を撒き散らす。それから向きを変え、つぎはぎだらけのマドラスジャケットの懐《ふところ》に手を入れ、九ミリ口径のグロックを取り出す。

おれはこんな道化野郎に殺されるのか。リックは呆然《ぼうぜん》として考える。こんなのはフェアじゃない、まちがってる。

しかし道化《パヤソ》は向きを変え、ルドルフォの額の真ん中を撃ち抜く。

血しぶきでエレナの顔がまだら模様になる。

彼女の息子は母の膝の上にくずおれ、母は坐ったまま彼を支える。その顔は苦悶《くもん》に歪《ゆが》み、彼女は悲鳴をあげつづける。

殺人者は中央の通路を走って戻り——しかし、ぶかぶかの靴を履いた道化がどれほど速く走れる？——ベリンダがジャケットの下からマック-10を抜き、道化をハチの巣にする。

風船が空高く舞い上がる。

アダン・バレーラ統治下のシナロアの平和は、あの男が墓穴の床に落ち着くのも待たずに崩れ去った。〈ユニビジョン〉のニュースを見ながらケラーはそう思う。

墓地の塀の外ではレポーターたちが現場の〝混沌とした状況〟を伝えている。パニックになって逃げ惑う参列者たち、〝一気に増殖したかのような〟武器を取り出す者たち、現場に猛スピードで駆けつける救急車。メキシコ麻薬界ではおなじみのシュールな状況が伝えられる。ルドルフォ・サンチェスの殺人者は道化の恰好をしていた。それがこの事件の第一報だ。

「道化？」とケラーはブレアに尋ねる。

ブレアはただ肩をすくめる。

「撃ったやつの身元はわかったのか？」とケラーは〝道化〟ということばを避けてさらに尋ねる。

「SEIDOはこいつが犯人と見ています」そう言って、ブレアはパソコンのモニターの上にファイルを映し出す。「ホルヘ・ガリナ・アギーレ――通称〝馬《エル・カバジョ》〟――九〇年代、アダンとラウルが初めて天下を取った頃のティファナ・カルテルの兵隊です。中堅の大麻の売人で、特にバレーラと敵対したり恨みを持っていたりといった情報はありません」

「ルドルフォに個人的な恨みを持っていたとか？」

「ルドルフォがガリナの娘が女房に手をつけたという噂はあります」とブレアは言う。

「ルドルフォは女たらしだったということか」

「自業自得ということなんでしょうか」とブレアは言う。

それはそうだとしても、ケラーとしては疑わざるをえない。

昔ながらの〝名誉のための殺し〟は急速に過去のものとなりつつある。だから、今回の事件のような侮辱的な行為――バレーラの葬儀の最中に、バレーラの遺族のまえで彼の甥を殺すとは、信じがたいほど挑発的な行為だ――には何かもっと深い意味がありそうに思われる。

これは宣言だ。

しかし、なんの？　誰の？

ルドルフォ・サンチェスはもはや過去の人だった。どの情報もそのことを示している。フローレンスに収監されていたあいだにすっかりガッツをなくしてしまったのだ。で、今はナイトクラブやレストラン、音楽業界のほかに資金洗浄に使うキャッシュビジネスに関わっていた。ということは、取引きで誰かを騙《だま》したのか？　誰かに大損をさせたのか？　その可能性もなくはない。しかし、そんなことで、バレーラ家の一員を――とりわけ親方《エル・パトロン》の葬儀中に――殺したりはしないだろう。普通は話し合いで解決するか、損害を呑むかするものだ。そうしたほうがビジネスとしては得であり、生き残れる確率も高くなるからだ。情報部によれば、ルドルフォだけでなく、サンチェス家の者は誰ひとり今はもう麻薬売買に関わっていなかった。ということは、つまり縄張り争いの線もなくなる。

そもそも情報がまちがっていたのか、状況が急変したのなら話は別だが。

状況はもちろん変わる。バレーラは死んだ。おそらく今回の事件によって、そう、彼の後釜の座をめぐる戦いの火蓋が切られたのだ。

ルドルフォは墓地に埋葬されることを望んでいなかった。火葬して海に散骨してほしいと言っていた。墓石も地下墓所も墓参り用のけばけばしい霊廟も要らないと。波の音と無限に広がる水平線だけでいいと。

ルドルフォの未亡人――わたしの一族は未亡人だらけだから、わたしたち未亡人でカルテルが組める、とエレナは思う――は十歳の息子、七歳の娘と一緒に立っている。子供たちは眼のまえで父親が殺されるのを目撃した。

やつらはわたしの息子をその妻と子供のまえで撃ち殺した。

そして、母の眼のまえで。

まわりで囁かれているジョークはエレナの耳にもはいっている——それで彼らはその道化を捕まえたのかい？

もちろん、捕まえた。

道化は霊廟から逃げられなかった。ヌニェスの手の者が通路で撃ち殺した。問題は道化がどうやって侵入したかだ、とエレナは思う。厳重な警備が、これ以上ないほどの警備が敷かれていたのに。バレーラの警備、エスパルサの警備、ヌニェスの警備、市警察、州警察——道化はこれらすべての警備をすり抜けてはいってきたのだ。

襲撃者はホルヘ・ガリナ・アギーレという大麻の売人で、敵対勢力とのつながりも見られない。バレーラ家に恨みを持っていた節もない。

少なくとも、ルドルフォが恨みを買っていた様子はない。

その夜、ルドルフォが遺体安置所に運ばれるのを見届けたあと、エレナは市《まち》はずれの一軒家に向かった。その家の地下室には、この日警護にあたっていた者全員が集められ、うしろ手に縛られ、コンクリートの床に坐らされていた。

エレナは男たちの列のあいだを歩きながら、ひとりひとりの眼をのぞき込んだ。

罪の意識を持つ眼を探して。

恐れを抱く眼を探して。

後者は大勢いたが、前者はいなかった。

彼らの話はみな同じだった。黒いＳＵＶが停まるのを見た。乗っていたのは運転手がひとりと後部座席の道化だけ。道化が車から降り、警護の者たちは彼を中に入れたが、それは道化が一風変わった出しものとして式に呼ばれたのだろうと思ったからだ。SUVは走り去った。ということは、道化にしてみれば初めから死ぬ覚悟のミッションだったのか。あるいは、本人にはそう知らされていなかったのか。運転手は道化が会場にはいるのを見届けると、道化を残して車を出した。

道化は自分の仕事をやり遂げて死んだ。

階上《うえ》に上がると、リカルド・ヌニェスが言った。「あいつら全員を始末したいなら、そうしてもいいが」

武装した彼の兵隊がすでに外に配備されていた。ドアはロックされ、弾丸《たま》も装填《そうてん》され、大量殺戮の用意はすでに整えられていた。

「あんたの手下はあんたの好きにすれば？」とエレナは言った。「うちの連中は放してやって」

「ほんとうに？」

エレナはただうなずいた。

エレナはティファナから飛んでやってきた彼女自身の兵隊に両脇をはさまれ、家の外に停めた車の後部座席に坐り、地元のバレーラ配下の者たちが家から出てくるのを眺めた。

彼らはみな殺されなかったことに驚き、むしろ呆然としているように見えた。

エレナは兵隊のひとりに言った。「彼らのところへ行って、全員馘だと伝えて。もう二度とうちで仕事をすることはないって」

そのあとエレナはリカルドの手下たちが家にはいるのを見守った。

一時間後、彼らは家から出てくると、自分たちの車のほうに歩いていった。

今、エレナは義理の娘がくるぶしまで海に浸かり、骨壷にはいったルドルフォの遺灰を撒くのを眺めている。

まるでインスタントコーヒーの粉だ。エレナはそう思う。

わが息子。

胸に抱き、腕に抱きしめたわが息子。

お尻を拭き、鼻を拭き、涙を拭いてあげた――

わたしの坊や。

エレナはその日の朝、彼女のもうひとりの息子、ルイスと話をしていた。

「エスパルサの者の仕業よ」とエレナはそのとき言った。「イバンの差し金よ」

「それはちがうんじゃないかな」とルイスは言った。「ガリナは精神が錯乱していた。警察もそう言ってる。それは妄想性のやつで、ルドルフォが自分の娘か誰かと寝たとか思い込んでたらしい」

「おまえはそんなことを信じるの？」

「だったら、どうしてイバンがルドルフォを殺そうと思うんだよ」とルイスは尋ねた。

わたしがババを取り上げたから、あるいは、イバンがそう思ったから。エレナはそう思う。「あいつらはおまえの兄さんを殺したのよ。今度はおまえを殺そうとするでしょう。わたしたちを生かしてはおかないつもりなのよ。わたしたちも抵抗しなくちゃ。抵抗するにはやつらに勝たないと。残念だけど、これが厳しい現実よ」

ルイスは顔色をなくして言った。「おれはビジネスには関わってない。関わりたいと思ったこともないんだよ」

「わかってる」とエレナは言った。「わたしだっておまえを巻き込みたくなんかなかった。でも、それはもうできない相談になってしまった」

「母さん、そんなのは嫌だよ」

「嫌なのはわたしも同じよ」とエレナは言った。「でも、手伝ってもらうよ。兄さんの仇を取らなきゃ」

エレナは、ルドルフォの遺灰が水面を漂い、おだやかな波の泡の中に消えていくのをルイスが眺めているのを見つめる。

こんなものなのか。

ルイスはまだ子供なのに、とエレナは思う。

いや、もう子供ではない。二十七歳の立派な男だ。この家に生まれた以上、そう、逃れることなどできないのだ。逃れられると考えた自分が浅はかだった。

その浅はかさのせいでわたしはもうひとりの息子を亡くしたのだ。

エレナは波が息子をさらっていくのを眺めながら、毎年誕生日に息子に歌ってやった歌を思い出す。

おまえが生まれた日に
すべての花が生まれた
洗礼を施す泉では
ナイチンゲールが歌ってた
お日さまの光がわたしたちを照らし出す
朝だよ、起きてごらん
夜が明けたのを見てごらん

エレナは重く鋭利な刃を突き立てられたような痛みを胸に覚える。

そして思う、この痛みが消えることは決してないだろう。


ケラーはマリソルと向かい合ってソファに坐っている。

「疲れてるみたいね」とマリソルが言う。

「大変な一日だった」

「バレーラの件ね。どの番組もあの事件のことばっかり。ひどい現場だったんでしょ?」

「やつは死んでもなお人を殺しつづけてる」

しばらく会話したあと、マリソルは寝室にはいる。ケラーは書斎に行き、テレビをつける。CNNがバレーラ一家の事件を特集し、バレーラの生涯を振り返っている。アダン・バレーラは十代で海賊版ジーンズの販売を始め、その後、叔父の麻薬ビジネスに加わり、バハ本部《プラーサ》の支配権をめぐって、〝黄色毛《グウエーロ》〟・メンデスと死闘を繰り広げ、叔父の跡を継いでメキシコの盟約団《フエデラシオン》のトップに立った。わずかに残されたバレーラの写真が画面に映され、レポーターは〝確証のない噂〟と断わった上で話を続ける。バレーラは麻薬取締局捜査官エルニー・ヒダルゴの拷問死に関わっていた。仇敵メンデスの幼い子供ふたりを橋から突き落とした。バハの小村でなんの罪もない男女と子供十九人を虐殺した。

ケラーは弱めの寝酒を飲みながら、レポーターが〝バランス〟を取るためにバレーラの功績も伝えているのを見る。故郷シナロアに学校や診療所、遊技場などをつくったこと、配下の者たちには誘拐や恐喝を禁じていたこと、シエラ・マドレの山間部に住む村人たちに〝慕われていた〟ことなどなど。

画面は〝アダンは生きている《アダン・ビーベ》〟と書かれた看板と、道端に設えられた手づくりの小さな祭壇を映し出す。祭壇にはバレーラの写真、ろうそく、ビール数本、煙草が供えられている。

バレーラは煙草を吸わなかったが、とケラーは思う。

レポートはさらに続き、一九九九年には〝現麻薬取締局局長のアート・ケラー〟によって逮捕され、メキシコの刑務所に移送されたこと、二〇〇四年、〝大胆不敵な脱獄〟を遂げ、その後、麻薬界のトップに返り咲いたこと、〝極度に暴力的な〟セータ隊と闘争を繰り広げ、グアテマラでの和平会談では裏切り行為を働いたことなどなど。

テレビの画面が葬儀の現場に切り替わる。

奇怪な殺人。

棺が淋しく墓穴におろされる。参列しているのはバレーラの未亡人、双子の息子、それにリカルド・ヌニェスだけだ。

ケラーはテレビを消す。

ケラーとしては、顔面に二発の銃弾を撃ち込んで、あの男を永遠に葬ったつもりだった。

が、実のところ、まだ葬れてはいなかった。

第二部

ヘロイン

HEROIN

この者たちは直ぐに出掛けてゆき、ロートパゴイ人と接触した。
先方にはわれらの仲間を殺そうなどという気は全くなく、
ロートスを与えて食わせてくれた。
ところが実に美味なロートスの実を食べた者は誰も彼も、
復命することも帰還することも念頭から消えて、
ロートスの実をかじりながら、ロートパゴイ人の許に住みつきたい、
帰国などはどうでもよいという気持になってしまった。

——ホメロス『オデュッセイア』第九歌(松平千秋訳)

1 〈アセラ・エクスプレス〉

この列車に嘘つきは乗っていない、この列車には……

——アメリカの伝統的な民謡

二〇一四年七月
ニューヨーク市

ケラーは列車の窓から廃墟と化したボルティモアの工場群を眺め、ここも今はヤク中の溜まり場になっているのだろうかと思う。窓という窓は割られ、赤い煉瓦の壁にはスプレーででたらめな落書きが描かれている。フェンスの支柱は酔っぱらった水兵のように傾《かし》ぎ、金網は断ち切られている。

この〈アムトラック〉の路線沿い——フィラデルフィアの郊外からウィルミントン、ニューアークにかけて——はどこも同じようなものだ。工場はもぬけの殻、仕事はなくなり、職を失った大量の労働者がヘロインを打っている。

ウィルミントン郊外の老朽化した建物に巨大な看板があり、そこに書かれた文字がすべてを言い表わしている。もともと〝お買い得品《グッド・バイ・ワークス》〟だったところが、誰かにスプレーで〝さらば仕事よ《グッバイ・ワーク》〟と上書きされているのだ。

飛行機ではなく列車を使ってよかった、とケラーは思う。空からではこういう景色を見逃していただろう。ケラーとしてはヘロイン蔓延の大元の原因をメキシコに置きたいところだ。なんといっても、ずっとケラーはメキシコからの麻薬の流入を食い止める努力を続けてきたのだから。しかし、真の原因はまさしくこの地に、こうした小さな都市や町の中にこそある。

麻薬は痛みへの反応だからだ。

肉体的な痛み、感情的な痛み、金銭的な痛みへの。

ケラーの眼には今、その三つの痛みすべてが映っている。

ヘロインはこの三つの痛みに対する奇蹟の療法なのだ。

ケラーは〈アセラ・エクスプレス〉に乗っている。ワシントンDCからニューヨークまで三時間の旅。政治の中心地から経済の中心地への移動。しかし、どちらがどちらを支配しているのか、ときとしてわからなくなる。

メキシコに対してワシントンから打てる手とはなんなのか。麻薬問題の真の原因はウォール街にこそあるのかもしれないのに。リオ・グランデで箒《ほうき》を手に持ち、押し寄せるヘロインの大波を押し戻そうとあがいているようなものだ。その間も資本家たちは仕事を国外に移し、工場や町は廃墟になり、人々は夢や希望をなくし、痛みが生まれる。

ケラーは思う、そういうことをしておきながら資本家どもはおれにヘロインの蔓延を食い止めろと言う。ヘッジファンドのマネージャーとカルテルのボスとのちがいはなんだ？〈ウォートン・ビジネススクール〉を出ているかどうかのちがいだ。

ケラーが眼を上げると、コーヒーとサンドウィッチを調達してきたウーゴ・ヒダルゴがボール紙のトレーを手に、通路をよろけながらやってくるのが見える。彼はケラーの隣りの通路側の席にどっかと腰をおろす。「ハムとチーズのパニーニを買ってきました。お嫌いでなければいいのだけれど」

「上等だ。きみは何にした？」

「ハンバーガーです」

「勇敢なやつだ」

勇敢で、いいやつだ。

ウーゴはこの数ヵ月のうちにいつ寝ているのかわからないような男になっていた。朝は誰よりさきに出勤し、夜は一番最後までいる。もっとも、何かをモニターで監視中のときなどにオフィスの簡易ベッドで寝ていることぐらいはあるはずだ、とケラーは思っているが。

ウーゴは携帯電話の履歴分析、eメールの追跡、衛星画像のチェック、現地報告など、たえず変化しつづけるシナロア・カルテルの全貌を把握するため、あらゆる情報の収集に日々尽くしている。

ケラー専属の情報屋。それが今のウーゴの〝肩書き〟で、ケラーは今朝も列車に乗るまえに彼から最新の報告を受けていた。ティファナでディーラーが三人、橋から首吊り状態でぶら下げられているのが見つかったらしい。

「やられたのはエスパルサ派の人間です」とウーゴは言った。「息子を殺されたエレナの報復でしょう」

「イバンはまだルドルフォ殺しを否定しているのか？」

「ええ。しかし、イバンはバハをエレナに明け渡さない口実にエレナの敵意を利用しているというのが大方の見方です。で、エレナのほうはイバン側の売人を襲わせているということですね」

メキシコの路上での売買は、国境をまたぐ商売に比べれば利益こそ大きくはないが、国境のシマを維持するためには不可欠なものだ。カルテル本部《プラーサ》を維持するためには地元の兵隊が必要となり、兵隊は兵隊で稼ぎの大半を地元での商売のあがりに頼っている。

路上での売買がなくなれば、軍隊もなくなる。

軍隊がなくなれば、本部《プラーサ》もなくなる。

つまるところ、路上売買がなければ、国境間の売買もなくなるということだ。

和平を推し進めることがヌニェスにできなかった場合、エレナとイバンは国境取引きの支配権をめぐってバハで局地的な抗争を始めるだろう。

「エレナも軍隊を持ってるのか？」今朝、ウーゴから報告を受け、ケラーは尋ねた。

ウーゴは肩をすくめた。「はっきりとしたことはわかりませんが、古くからバレーラに忠誠を誓う者たちは、エレナが戦旗を掲げたとなれば、戻ってくるんじゃないでしょうか。その多くがルドルフォの友人で、彼の仇を討ちたがっています。一方、ティト・アセンシオンやティトの地元のハリスコ州の人間を味方につけているイバンを恐れて、エスパルサ側につく者もいるでしょう」

当然の恐れだ、とケラーは思った。マスティフ犬《エル・マスティン》の異名を持ち、ナチョの番犬だったティトは最凶最悪の男だ。「ヌニェスの立ち位置は？」

「今のところ中立です」とウーゴは言った。「平和を維持しようとしています」

ヌニェスについてのケラーの読みはあたっていた。バレーラはこの法律家を自分の後継者に指名した。カルテル運営においてヌニェスを〝対等な者たちの代表者〟に選んだ。が、ヌニェスは今、むずかしい立場にいる。イバンがバハを手放さないのをそのまま放置したら、ヌニェスは腰抜けということになる。腰抜けというレッテルは麻薬商《ナルコ》の世界では命取りになりかねない。しかし、バハを手放させるにはイバンと戦争するしかない。どちらの道をたどっても組織は分裂する。古くからのバレーラ一派はヌニェスに忠誠を誓ってはいるが、ケラーの手元に上がってきた報告を見るかぎり、エレナとイバンのどちらにつくか、様子見をしている者もいるようだ。

ヌニェスは無理やりにでもイバンとエレナを和平交渉の席に着かせるか、あるいは自分はどちらかの側につくか、いずれ選択を迫られるだろう。アダン・バレーラの死によって、シナロアの平和は早くも瓦解しつつある。

たぶんすべてがタイタニック号上のデッキチェアのようなものなのだ、とケラーは思う。誰がヘロインを売っているのか、それはもうわれわれにとってはどうでもいい問題なのかもしれない。どのみちヘロインは流入してくるのだから。麻薬商《ナルコ》たちは好きなだけ椅子取りゲームを続ける。いわゆる親玉排除戦略でカルテルのトップを逮捕するか殺したところで、すぐに代わりがトップの座に就き、麻薬の流入がとだえることはない。くそ忌々しいことに。

ケラーはこの親玉排除戦略を遂行してきた中心人物のひとりだった。古い盟約団《フエデラシオン》のボス《ヘフエ》を手始めに、湾岸カルテル、セータ隊、そしてシナロア・カルテルのボスたちを捕まえてきた。しかし、その結果は？

アメリカ人は過剰摂取で今なお死につづけている。これまで以上に。

一般市民にアメリカが参戦した戦争で一番長いものは？　と尋ねたら、だいたいがまずヴェトナムと言い、すぐにアフガニスタンと訂正するだろう。しかし、この問いの正解は麻薬戦争だ。

五十年にわたり、今なお続いている。

この戦争に注ぎ込まれた金《かね》は一兆ドルを超えるが、これは諸経費のほんの一部——設備や警察、裁判所、刑務所など、合法的で〝クリーンな〟使われ方をしたものだけだ。ほんとうのコストをまともに計算しようとしたら、汚れた金も計上しなければならなくなる。ケラーはそのことを知り尽くしている。

ドラッグマネー――それもキャッシュ――がアメリカから毎年メキシコだけでも何百億ドルも流出している。あまりにも大量の現ナマなので、彼らは枚数ではなく目方で金額を計る。そんな大金を枕の下に突っ込んだり、裏庭に穴を掘って埋めておくわけにもいかないので、多くはメキシコ国内の投資に流れる。メキシコ経済の七パーセントから十二パーセントがドラッグマネーで成り立っているとさえ言われている。

同時に、ここアメリカにまた戻ってきて、不動産や投資に注ぎ込まれる金も少なくない。いったん銀行に預けられ、その後、合法的なビジネスに使われるのだ。

これは麻薬戦争の裏に隠された薄汚い真実だ――ヤク中が腕に注射を一回打つたびに全員が儲かる仕組みになっている。

われわれ全員が投資家だ。

われわれ全員がカルテルなのだ。

そんな戦争の司令官がおれだ、とケラーは改めて思うものの、どうすればこの戦いに勝てるのか見当もつかない。数千人からなる勇敢で忠実な軍隊は持っていても、彼らにできるのは辛うじて戦線を維持するくらいのことだ。これまでどおりのやり方なら知っている。それには効果がなかったことも。しかし、ほかにどんな選択肢があるのか。

あきらめる？

降参する？

それはできない。なぜなら人々が今もなお死につづけているからだ。

それでもやり方は変えなければならない。

列車がマンハッタンへと続くトンネルにはいる。

出迎えがいないのは予定どおりだ。麻薬取締局《DEA》の者も司法長官のオフィスの者もいない。ペンシルヴェニア駅の八番街側の出口から出て、タクシーを拾う。ウーゴが運転手に「十番街西九十九番地（麻薬取締局ニューヨーク支局の所在地）」と告げる。

「そこには行かない」とケラーは言い、ウーゴがなぜかと訊くまえに続ける。「そのわけは、ニューヨークの麻薬取締局で小便をしたら、おれが手を洗う頃にはもう、デントン・ハワードがおれの小便の量も色も把握しているからだ」

情報のリークは麻薬取締局内部からもある。ケラーの知るところでは、洩れた情報は保守派メディアや大統領候補の指名争いをしている共和党の政治家たちに流れる。そして、その中にはベン・オブライエン上院議員がいる。

有力候補のひとりはここニューヨークに住んでいる。が、ケラーはその人物がそもそも実在するという事実が今でもなかなか信じられないでいる。

不動産王にして、リアリティTVのスターであるジョン・デニソンは大統領選出馬で今、大いに世間を騒がせている。メキシコとの国境に関係する件でもかなりの物議を醸している。ハワードからデニソンに伝わるのはあくまで中途半端な情報にとどめておきたい。ケラーはニューヨーク市警麻薬捜査課のトップと秘密裏に会いました、といった程度の。

「どこに行くんです?」とウーゴは尋ねる。

ケラー自身が運転手に告げる。「スタテン島のリッチモンド・テラス二八〇番地へ行ってくれ」

「そこは……?」

「質問が多いぞ」


ブライアン・マレンが古い家のまえの歩道で彼らの到着を待っている。

ケラーはタクシーを降り、マレンのところまで歩いて言う。「時間を割いてくれてありがとう」

「これが私のボスの耳にはいったら」とマレンは言う。「私はただじゃすまないでしょうけど」

マレンはクラックコカインが世に出まわっていた頃、ブルックリンで囮捜査官をやっていた男で、汚職が横行していた管区で清廉潔白でありつづけた苦労人だ。そんな彼が今、上司に知らせずケラーに会うことで幾多の規則違反を犯している。

麻薬取締局局長の訪問は一大事だ。普通ならメディアが押しかけ、局長と正装したニューヨーク市警の幹部クラスの写真が大々的に撮られてもおかしくない。そうなれば、アシスタントやら給仕やら広報担当者やらでごった返し、さまざまな会話が飛び交う場ができるだろう。が、何ひとつ進展しない。

マレンはジーンズにヤンキースのスタジャンという恰好だ。

「そういう服だと囮捜査官時代を思い出す？」とケラーは尋ねる。

「そうですね」

「ここはなんというところだ？」

「〝アメジストハウス〟」とマレンは答える。「女のヤク中のための更生施設です。一二〇分署のお巡りに見られても、ここなら情報筋と会っていたと言いわけができます」

「彼はウーゴ・ヒダルゴだ」ほかのもうひとりの存在にマレンが落ち着かない様子なのを見て、ケラーが言う。「ウーゴの親父と私は昔、コンビを組んでいた。エルニー・ヒダルゴという男だ」

マレンはウーゴの手を握る。「ようこそ。車を待たせてあります。近くにデリがあるんですが、コーヒーでもどうです？」

「いや、結構だ」

ケラーとウーゴはマレンについていく。通りに黒いリンカーン・ナヴィゲーターの覆面パトカーが停まっている。運転席の男は彼らが後部座席に乗り込んでも振り向きもしない。若くて、黒髪をオールバックにした男で、黒革のジャケットを着ている。

「彼はボビー・シレロ」とマレンが紹介する。「わたしの部下です。心配には及びません。シレロ刑事は何も聞かず、黙っているプロなので。ドライヴに連れていってくれ、ボビー。

頼む」

シレロは車を発進させる。

「このあたりはセントジョージというところで」とマレンは続ける。「かつてヘロインはここからニューヨークに送られていました。市《まち》から一番近いエリアだったからですが、ヘロインは今ではこの島じゅう、ブライトン、フォックスヒルズ、トッテンヴィルにいたるまで広まっていて、スタテン島ならぬ〝ヘロイン島〟などと呼ばれる始末です」

セントジョージはまさにジャンキーのシマだ、とケラーは思う。もしそんなものがあるなら。車中からいかにもヤク中っぽい連中が街角や駐車場、空地に屯《たむろ》しているのが見える。

そのあと、車はアメリカじゅうのどこの町にもありそうな郊外の風景の中にまぎれ込む。一戸建ての家が並ぶ住宅街、並木道、よく手入れされた庭にブランコ、私道にはバスケットボールのゴール。

「今やヘロインはここの子供たちの命も奪ってます」とマレンが言う。「まるでパンデミックです。黒人やプエルトリコ人が犠牲者だったうちは、ヘロインは社会の病ではなかった。ただの犯罪だった。でしょ？」

「今も昔も変わらず犯罪だよ、ブライアン」

「私の言いたいことはおわかりですよね？」とマレンは言う。「この新種の〝シナモン〟と呼ばれるやつですが、メキシコ人がかつて売っていたブラックタールより三十パーセントも強力なんで、ブラックタールに慣れてたやつがやると、どうしても過剰摂取してしまって、いつもと同じ量を打ってころりと逝っちまう。あるいはこれまで錠剤をやってたやつらが、ヘロインは値段が安いってことで、やっぱり過剰に打ちすぎてしまう」

　車は南に向かっており、さらに郊外にはいる。マレンは通り過ぎる家々を指差して言う
――この家の息子やあの家の娘はラッキーだった、こっちの家の子は過剰摂取したが、死なずにすんだ、今はリハビリ施設にいるが、どうなることやら。まあ、いずれわかるでしょうが。

「ここじゃ優先順位づけ《トリアージ》をやってます」とマレンは続ける。「最初のステップはまず負傷者を手当てすることですよね。戦場で負傷者がいたら、まず助けられるか考えてみなければならない。ニューヨーク州は二万人の警官にナロキソンを装備する許可を与えました」

〝ナルカン〟という商品名のその薬はケラーも知っている。エピペンに似ており、ヤク中が過剰摂取しても、その薬を一定の時間内に打てば、ほとんどが生還することができる。ナルカン一式にかかるコストはわずか六十ドルだ。

「でも、麻薬取締局は〝慎重な態度〟を示したんですよね？」とマレンはさらに続ける。「ヤク中がヤクを打ちやすくなるだけではないのかと懸念した。あるいは、子供たちがナルカンでハイになるのではと。いわゆる〝ナルカン・パーティ〟を心配した」

　それはデントトン・ハワードがメディアに向かって偉そうに話したことだ、とケラーは内心思う。が、口には出さない。〝おれじゃない〟という口実で、責任逃れをするつもりは

ない。

「私はナルカンのキットを非常用の消火器みたいに市《まち》じゅうに配置したいですね」とマレンは言う。「そうすれば、ヤク中たち自身の手で仲間を助けられるかもしれない。警官や救急隊が駆けつけたときにはたいてい手遅れですから」

なるほど、とケラーは思う。しかし、これは政治的には自殺行為でもある。ケラーがナルカン配付を公に支持しようものなら『フォックス・アンド・フレンズ』(アメリカの保守派TV番組)から集中砲火を浴びるだろう。「優先順位に関してはわかった。続けてくれ」とケラーはマレンを促す。

「過剰摂取による死者を減らすことがまず最初のステップです」とマレンは続ける。「しかし、ヤク中がヤク中のままであることは一ミリも変わっていない。今回は救えたとしても、ヤク中であるかぎりまた同じことを繰り返し、そのうちいつかは救えない日が来る。必要なのはヤク中を更生施設に入れることです」

「更生施設が最終的な答ということか?」

「刑務所や監獄が答でないことはわかっています」とマレンは言う。「彼らはムショの中でもヤクを続け、結局、コストが増えるだけに終わっています。おそらく有効なのは薬物裁判所でしょうかね? 逮捕後、判事が強制的にリハビリ施設送りにするんです。いや、正直、答があるのかどうかもわからない。ただ、今とは何かちがうことをやらなきゃならない。考え方をこれまでと変える必要がある。それだけははっきり言えます」

「今の話はきみ自身の考えか?」とケラーは尋ねる。「つまり、麻薬捜査課の考えが変わったのか、それともきみは課の異分子なのか」

「まあ、どっちとも少しずつといったところですかね」とマレンは言う。「分署の署長とか年長者とかからは、私はヤク中に肩入れしすぎるおかしなやつだと思われてます。同時に、市警本部にも今までとは異なる答を模索している者はいる。今何が起きているのかわかってる者たちです。そうそう、二年まえにヤクを過剰摂取した刑事がいました。ご存知ですか? 仕事で負傷して痛み止めを飲みはじめて、次にヘロインに手を出し、挙句、過剰摂取。それもニューヨーク市警の一級刑事です。冗談じゃない。この一件でわれわれも考えるようになった。何か新しい解決策が必要だと。〈SIF〉について聞いたことはありますか?」

監視下注射施設《スーパーヴァイズド・インジェクティング・ファシリティーズ》のことだ。ヤク中がそこへ行き、ヤクを打てる場所。医療スタッフが麻薬の種類と服用を見守る。「合法化されたヘロイン投与施設のことだろ?」

「好きなように呼んでください」とマレンは言う。「でも、そこは実際に人の命を救っています。逮捕即収監を繰り返すだけの刑務所ではそうはいきません。逮捕したところでヤク中はムショでもヤクを打ちます。売人をしょっぴいても、新しい売人がまたぞろ出てきます。ヘロインを押収してももっと大量に流入してきます。ボビー、インウッドに向かってくれ。この人に見せたいものがある」

「ジャージー経由? それともブルックリン経由で?」とシレロが訊き返す。

「ヴェラザノ橋を渡ってくれ」と言って、マレンはケラーを見やる。「自分の管区外に出るのはあまり好きじゃないんで」

車は二七八号線を通ってブルックリンのベイ・リッジ地区にはいり、そのあとサンセット・パークを通り、キャロル・ガーデンズにはいると、マレンが言う。「ここは昔、レッド・フックと呼ばれていました。でも、キャロル・ガーデンズのほうが不動産としては響きがいい。あなたはニューヨーク出身じゃありませんよね?」

「サンディエゴだ」

「いいところですよね」とマレンは言う。「気候もいいんでしょ?」

「ここ数年はほとんど行ってない」とケラーは答える。「もっぱらエルパソとメキシコにいた。で、今はワシントンだ」

ブルックリン橋を渡ってロウアー・マンハッタンにはいると、ウェストサイド・ハイウエーに乗ってマンハッタン島をほぼ縦断し、ダイクマン・ストリートでハイウェーを降りて左折し、ブロードウェイを北上する。

「ここはどこだ?」とケラーは尋ねる。

「フォート・トライオンパークです、インウッド地区の」とマレンは答える。「ここはマンハッタンの最北端で、ヘロインの中心地です」

ケラーは手入れの行き届いた赤煉瓦造りの共同住宅群を見まわす。公園や野球場があり、乳母たちが乳母車を押している。「そういうふうには見えないが」

「そのとおりです」とマレンは言う。「この辺にはヤクをやる人間はそう多くはいません。しかし、ここインウッドともう少しダウンタウン寄りのワシントンハイツには、ヘロイン工場があります。あなたが相手にしているメキシコ人たちはここにヤクを持ち込んで仲買人に卸し、仲買人はブツを小分けにして、いわゆる〝ダイム袋《バッグ》〟に入れて出荷します。〈アマゾン〉の配送センターみたいに」

「なぜここなんだ?」

一にも二にもロケーションのよさだとマレンは説明する。九号線にすぐ出られて、ハドソン川沿いの小さな町とは眼と鼻の先だ。そうした小さな町にも今やヤクがどんどんはいり込んでいる。さらに九五号線にも近く、ブロンクス、ロング・アイランドやニューイングランド方面にも交通の便がいい。ハーレムはブロードウェイを少しくだった先で、ほかの区に行くのにもウェストサイド・ハイウェーのほか、FDR高速道も近くを通っている。

「もしあなたがUPSかフェデックスの人間で」とマレンは言う。「北東部に荷物を運びたいなら、ここを拠点にするでしょう。車を走らせれば数分でジャージー・ターンパイクかガーデン・ステートに出られる。そこからはニューアーク、カムデン、ウィルミントン、フィラデルフィア、ボルティモア、ワシントンまで一本道みたいなものです。荷物が軽ければ、バックパックに詰めて、一系統か二系統の地下鉄に乗ってペンシルヴェニア駅まで行き、そこから〈アセラ・エクスプレス〉に乗ればいい。今言ったような南の町へ行ってもいいし、北のプロヴィデンスやボストンに向かうのもいい。引き止める者もいなければ、バッグの中を調べる者もいないでしょう。列車にはＷｉ‐Ｆｉも備わっているから、移動中に麻薬商《ナルコ》と連絡を取り合うことも可能です。

すでに伝わっていると思いますが、われわれはここで麻薬工場を摘発しました……で、十五、二十、三十五ポンドのブツと数百万ドルのキャッシュを押収しました……しかし、麻薬商《ナルコ》どもはその程度の摘発など必要経費くらいにしか思っていない。ヤクの流入は止まりません」

「波打ちぎわで箒を使って波を押し戻そうとしてる。そんな感じか？」とケラーは言う。

「そんな感じです」

「うちの局はきみたちが必要としているものを提供できているだろうか？」とケラーは尋ねる。

「短期的な意味でですか？」とマレンは訊き返す。「まあ、だいたいのところは。連邦捜査局と地元警察のあいだにはそもそも軋轢《あつれき》がありますからね。正直に言います。連邦側にはわれわれと情報を共有するのを恐れている人たちがいる。自分たちの手で逮捕したいからなのか、あるいは地元警察の警官はすべて腐敗してると考えているせいなのか。この隠し玉プレーはもちろんうちの人間もやるでしょう。そりゃやはり逮捕は自分たちでやりたいですから。連邦警察に庭を荒らされた挙句、獲物をかっさらわれるなんてことは誰も望まない」

たとえ互いに善意しかなくても――そういうケースはあまりないが――警察同士の協力

関係が一筋縄ではいかないことぐらい、ケラーにもよくわかっている。ほかの司法当局が抱える情報提供者や保護プログラム下にある証人と偶然出会ってしまい、その結果、局同士が干渉し合ったり邪魔し合ったりすることになり、解決間近の事件の捜査が台無しになるというのもよくあることだ。最悪の場合、情報提供者が殺されるケースもある。また、麻薬取締局が地元警察に対し、高圧的な態度で捜査から手を引くよう命じることもある。地元警察側も貴重な情報を連邦捜査局に提供しないことがままある。

仕事上の妬《ねた》みは現実的な問題だ。逮捕は出世につながるから、みな自分の手で逮捕したいと思っている。さらに名誉欲もある。誰もが押収した麻薬、銃、現金を並べたテーブルのまえに立って写真を撮られたいと思っている。こういう写真は今や定番になっているが、ケラーはこれをただ無邪気で人畜無害なものとは見ていない。こういう写真は、勝ってもいない戦争に勝っているという印象を一般市民に与えかねない。

テーブルに並べられた麻薬はいわばヴェトコンの死体写真みたいなものだ。

「それでも大枠で言えば」とマレンは続ける。「われわれはかなりうまく協力し合っていると思います。改善の余地はいつだってあるでしょうが。もちろん」

ようやく水を向けてきたな、とケラーは思う。マレンはこう尋ねているのだ――あなたはいったいここで何をしようとしているのか？

「このあとは若い者抜きで話そう」とケラーは言う。

「〈クロイスターズ〉に行かれたことは？」

ケラーとマレンは、インウッドからそう離れていない公園内にあるキュクサ・クロイスターズ美術館のアーチ状の柱廊を歩いている。この回廊は一九〇七年、フランスのピレネー山脈にあるサン＝ミシェル・ベネディクト会修道院にあった建築物をニューヨークに移設したもので、今は庭園のまわりを取り囲んでいる。

マレンはここに来ることで何かを伝えようとしている。ケラーはそう思う。案の定、こう切り出してくる。「あなたは修道院がお好きだそうですね」

「少しのあいだ住んでいたことがある」

「ええ、そう聞きました。ニューメキシコでしたっけ？　どんなところだったんです？」

「静かなところだった」

「養蜂を任されていたとか」

「修道院で蜂蜜を売っていた」とケラーは言う。「ほかには何が知りたい、ブライアン？」

マレンがおれに何か疑いを持っているなら、今知っておいたほうがいいだろう。ケラーはそう思う。

「どうして修道院を出たんです？」とマレンは尋ねる。

「アダン・バレーラが脱獄したからだ」

「あなたは彼をまた刑務所に戻したいと思った」

「そんなところだ」

「私はここが好きでしてね」とマレンはだしぬけに言う。「ここに来て、歩きまわってもの思いにふけるのが。そのあいだはクソみたいな世界を忘れていられる。私は今のこの時代がどうにも好きになれない」

「私もだ」とケラーは言う。「しかし、これがわれわれの住む世界だ」

「ほら、チャペルがあります。はいってみませんか？」とマレンは誘う。「反省会《カム・トゥ・ジーザス・トーク》をするなら、イエス《ジーザス》のまえがいいかもしれない」

ふたりは重いオークの木の扉のある入口から中にはいる。扉の両脇には飛び跳ねる動物たちの彫刻が施されている。広い堂内にはいると奥に祭壇があり、吊り下げられた十字架像が堂全体を見下ろしている。側壁には聖母マリアを讃えるフレスコ画が描かれている。

「これはスペインから移設されたものです」とマレンは言う。「きれいでしょ？」

「ああ」

「ほんとうのところ、どうしてこちらへ来られたんです？　私にニューヨーク・ツアーの案内をさせて、すでにご存知のことを聞かされるために来られたはずがない」

「さっき優先順位について話していたね」とケラーは言う。「短期向きと長期向きの解決策があるということだったが、私の長期向き解決策をまず知ってほしい。私は新しい方向に――さっききみが話していたような方向に――麻薬取締局の舵取りをするつもりだ。つまり、逮捕と投獄の繰り返しをやめて、リハビリを重視する方向だ。連邦当局が持つ権限で地元警察の主導捜査を支援する。連邦当局そのものがその障害となる場合にはそれを排除する」

「そんなことがあなたにできるんですか?」とマレンは質す。「そんなことをしたら、連邦当局の人間は黙ってはいないでしょう」

口にこそしなくてもマレンが考えていることはケラーにもよくわかる。麻薬取締局は麻薬戦争を続けることで既得権益を得ており、そこに局の存亡もかかっている。そういうことだ。

「それはわからない」とケラーは正直に答える。「しかしやるつもりだ。それを成功させるにはニューヨーク市警のような警察の力が要る」

「短期のほうの解決策は?」

「大きな流れを変えられるまでは」とケラーは答える。「ヘロインの流入を少しでも減らすためにできることはすべてやる」

「異存はないです」

「メキシコでは大したことはできないというのが私がこれまでに得た結論だ。やつらの守りは鉄壁だ。しかし、この問題に立ち向かうなら、場所はここニューヨークでなければならない。ここここそヘロインの中心地だからだ」

マレンは笑みを浮かべて言う。「ほかにも何か啓示はありましたか、局長?」

「ああ」とケラーは言う。「人がなぜヤクに手を出すのかという疑問に答えることはおれにはできない。しかし、人がなぜヤクを売るのかならわかる。単純明快だ——答は金だ」

「で?」

「本気で何かするなら、金の流れを追うことだ。が、その舞台はメキシコじゃない」

「それはどういうことなのか、もちろんわかって話されてるんですよね?」

「もちろん」とケラーは答える。「肚《はら》はもう決まっている。問題はきみはどう思うかということだ」

眼のまえのこの男に自分が今何を頼んでいるのか、ケラーには充分すぎるくらいわかっている。

マレンにとっては自らのキャリアを終わらせかねない行動だ。

ジャンキーや市《まち》の売人を追うのはさほどむずかしいことではない。彼らには反撃する手立てがないのだから。しかし、組織の中枢と戦うとなると話は別だ。彼らはただ反撃する以上の手段を持っている。

彼らにはわれわれを葬り去ることすらできるのだ。ケラーはそう思う。

が、マレンに動じた様子はない。

「あなたがとことんやるつもりなら」と彼は言う。「こっちから何人かどうでもいい連中を適当に見つくろって何年か〝連邦警察クラブ〟に派遣するようなことをしようとは思いません。しかし、これがどう転ぶのであれ、あなたがほんとうに本気でやるつもりだというとなら……何が要ります?」

銀行屋だ、とケラーは彼に告げる。

ウォール街の銀行屋だ。

帰りの列車でウーゴ・ヒダルゴはまたハンバーガーを食べ、それほど悪くないとケラーに言う。

「そいつはよかった」とケラーは応じる。

きみはこれから〈アセラ・エクスプレス〉の車中で多くの時間を過ごすことになるだろうから。

こうしてアジテイター作戦が始まる。

ゲレロ州、メキシコ

ヘロインはリックにイースターを思い出させる。

芥子は陽の光の中、きらめくような鮮やかな紫に見えるが、芥子の花の色は紫ではなく、ピンク、赤、黄色だ。エメラルドグリーンの茎を背景に花々はまるで緑のバスケットに詰めたキャンディのようだ。

飛行機は南マドレ山脈を正面に見て、急角度で旋回する。そのあとトリステーサ郊外にある私有滑走路に向けて、着陸態勢にはいる。リックの父親は一種の個人指導としてリックをここに連れてきた。〝足元からビジネスを学ぶため〟に。これは彼の父親がよくやる〝おまえらの世代は〟説教シリーズの一環で、〝おまえらの世代は自分たちを金持ちにしてくれた土から切り離されている〟という〝題目〟に沿ったものだ。

親父は弁護士のくせにまるで畑でずっと働いてきたような物言いをする、とリックは思う。直近の農民《カンペシーノ》ごっこは、裏庭でトマトを栽培するというものだった。ありがたいことにこの企画は短命に終わり、結局のところ、トマトは店で買うほうがずっと〝経済的に効率的〟という宣言とともに終了した。そのレクチャーの題目は〝おまえらの世代は食べものがどこから来るのか知らない〟だったのだが。

いや、知ってるさ、とリックは思う。

スーパーの〈カリマックス〉からだ。

飛行機は激しくバウンドしながら着陸する。

滑走路脇に武装した男が何人も乗り込んだジープが数台停まっているのが見える。これからリックたちを乗せて、山岳地帯へと続く曲がりくねった泥道を行くために待機しているのだ。ゲレロもこのあたりまで来ると〝無法地帯〟と言っていい。シナロア・カルテルにとっても比較的馴染みが薄い土地であり、護衛の車列が不可欠となる。

シナロア州とドゥランゴ州にあるカルテル所有の畑だけでは、ふくれ上がるヘロインの需要に追いつかず、カルテルはゲレロ州とミチョアカン州にまで進出していた。

リックはこのふたつの州で芥子栽培がますます盛んになっていることを知っている。問題は、インフラがヤクの製造にまだ追いついておらず、栽培者とカルテルをつなぐ仲介者として小さな組織がまだまだ必要なことだ。

それ自体はことさら大した問題ではない。その仲買業者同士が戦争さえしていなければ。オコテマツの背の高い木立を抜けるジープに揺られながらリックは思う。そのためこの美しい国には互いに狩り合うガンマンがうようよしているのだと。

まずミチョアカンを拠点とするテンプラー騎士団。湾岸組織の下部組織、ラ・ファミリアの残党で、〝悪行を為す者〟はひとり残らず殺すという狂信的な情熱にいまだに取り憑かれている――そう、とリックは思う。〝取り憑かれている〟ということばがぴったりだ。シナロア・カルテルもセータ隊との戦いに使えるうちは彼らを大目に見ていた。しかし、彼らの利用価値はもはやゼロだ。役立つどころか、今やただの障害物に成り下がっている。この〝善行の実践者〟はメタンフェタミン《メス》と恐喝、殺し屋稼業に深く関わっている。

そんな騎士団はロス・ゲレロス・ウニドスを倒すと宣言している。このロス・ゲレロス・ウニドスというのは、かつてタピア一派の殺し屋だったエディ・ルイスが起ち上げた分派で、その〝狂気のエディ〟は今アメリカの最重警備刑務所に収監されている。

エディはメキシコ・カルテルの幹部になった最初のアメリカ人で、リックは子供の頃に一度か二度会っているが、ユーチューブの有名な動画を通してのほうがよく知っている。これは〝狂気のエディ〟がセータ隊の四人を処刑するまえに四人にインタヴューする姿を自撮りしたもので、エディはこの動画を全テレビ局に送りつけ、インターネットにもアップした。

その後、これがひとつのトレンドとなる。

で、今では〝エディの息子たち〟とも呼ばれるゲレロス・ウニドスはゲレロ州、モレロス州、メヒコ州で暴れまわっている。敵グループを殺したり、身代金めあての誘拐をしたり……忌憚《きたん》のないところ、眼ざわりこの上ない。

リックは以前父親に言われたことがある――やつらを踏みつぶすわけにはいかない、なぜならわれわれにはやつらが必要だからだ、と。とりわけここトリステーサでは。なぜならトリステーサを支配しているのがやつらだからだ。人口約十万ながら、トリステーサの町は規模以上に重要な町だ。というのも、高速道路がここで何本か交差しており、アカプルコにつながる州間高速道路《インターステイト》も通っている。加えてトリステーサの女市長はゲレロス・ウニドスの古参メンバーだ。少なくとも、当面はこの町の不興を買わないようおとなしくしている必要がある。

そのゲレロス・ウニドスは、これまたタピア派の分派であるロス・ロホスと血で血を洗う抗争を繰り広げている。ただ、本《もと》を正せば、ロス・ロホスもシナロア・カルテルの一分派なのだが。

「密輸ルートをめぐっての争いだが」とヌニェスはリックに説明した。「よく調べてみると、この争いの元凶はおれたちにあることがわかる。おれたちが築いたシステムそのものがはらんでいた欠陥みたいなものだ。しかし、アダンはセータ隊との戦争に忙しくてこれを正す暇がなかった。その結果、この歪みは彼が死んで以降悪化の一途をたどってる」

リックが教わったかぎり、ゲレロ州のヘロイン農場の実際の所有者はシナロア・カルテルではない。農場の多くが山の奥深くに隠された数エーカー程度の規模のもので、その所有者は小農場主だ。彼らは芥子を栽培し、ゴム状にした阿片をゲレロス・ウニドスやロス・ロホスのような仲買業者に売る。彼ら仲買業者はそれを北に移送し、そこからはたいていトリステーサ発アカプルコ行きの民間バスを利用して、ひそかにシナロアの製造所やアメリカの国境近くまで運ぶ。

それでやつらは互いに殺し合ってるわけだ――標高一万フィート地点を越えて息が苦しくなってきたのを感じながらリックは思う――おれたちに阿片を売る権利を独占するために。

ここでリックの旧友、ダミアン・タピアの登場と相成る。

自らを若き狼と名乗るダミアンは、シナロア・カルテルにとってもうひとつの眼ざわりな存在だ。ダミアンは殺された父親に昔から忠実だった者たちを集め、コカインとメタンフェタミン《メス》を売りはじめた。活動場所はクリアカン、バディラグアート、マサトラン。情報によれば、アカプルコが拠点で、かつてエディ・ルイス一派にいた者たちに守られながら、バーやナイトクラブからみかじめ料を集めることも〝しのぎ〟にしているという。ドゥランゴ州やここゲレロ州で目撃されたという噂もあり、それがほんとうなら、今後ヘロイン市場にも手を出すつもりなのだろう。

「あいつはいいやつだ」ダミアンについてヌニェスはそう言った。「やつの親父がトチ狂って狂犬みたいに始末されたのは、返す返すも残念なことだよ」

車列は急なカーヴに差しかかる。リックは前方に鮮やかな色が閃《ひらめ》くのを眼にする。険しい山の斜面に立つ高いマツの木々の向こうに、華やかに咲き誇る芥子の花が見えてくる。芥子畑を開墾《かいこん》するために木々は焼き払われており、黒焦げの切り株がいくつも見える。焦げたにおいさえする。

畑はおそらくほんの二エーカーほどの広さしかない。が、リックは父親から見かけに騙されるなと言われる。「灌漑《かんがい》をうまくやって、腕のあるやつが育てれば、ここゲレロの畑からはワンシーズンで一エーカーあたり八キロもの阿片液がとれる。生のヘロイン一キロがつくれる量だ。

つい去年まで」とヌニェスは続ける。「阿片液はキロ七百ドルだった。需要が増えて今は倍の千五百ドルになってるが、その値段に抑えられているのはおれたちが買い占めているからだ。〈ウォルマート〉だな、言うなれば、おれたちは。

ここの農場主は山腹のあちこちに畑を八から十ほど持っている。このあたりを巡邏《じゅんら》して農薬を撒いてまわる軍のヘリコプターからは隠れて見えない。畑ひとつにつき三千ドルの儲けだ。なかなかの大金になる」

三千ドルなんて親父には昼飯代だろ、とリックは内心思う。しかし、ゲレロの田舎の貧しい農家にしてみればそれが大金であることはまちがいない。

リックはジープを降り、畑で作業する〝採集者《ラヤドーレ》〟である少女たちを観察する。

彼女たちの稼ぎも悪くないという。腕のいい者は日に三十から四十ドル稼ぐ。彼女たちの親がトウモロコシやアボカドの農園で働いて得られる額の七倍だ。ラヤドーレはほとんどが十代の少女だが、細かな作業には少女の小さな手が向いている。みな親指に小さい剃《かみ》刀《そり》の刃がついたリングをつけ、芥子の実に小さな切れ込みを慎重に入れる。するとその切れ込みから涙のように滲出液がにじみ出てくる。

繊細さが要求される作業だ。切れ込みが浅すぎると液は採れない。逆に深すぎると実を駄目にしてしまい、収益率がガタ落ちする。実はあとからもまた使える——ひとつの実に最大七つか八つの切れ込みを入れることができる。

切れ込みからにじみ出た液は次第に固くなって茶色いゴム状になる。ラヤドーレたちは剃刀の刃でこのゴムをそっと削り取って小鍋に落とす。それを小屋や納屋に運ぶと、ほかの作業員が丸めてボール状にしたり、ケーキ状にしたりする。こうしておくだけで、必要とあらば、何年も保存が利く。

充分な量の阿片ペーストが採れたら、農場主は仲買業者に連絡を取る。仲買業者はそれを回収し、金を払い、ペーストを製造所に運んでヘロインに精製する。そのあとトリステーサのような中継地点に運ばれ、そこからはいわゆる〝ショットガン輸送〟で、バスを使って北に運ばれる。

仲買人は四十パーセントの上乗せをする。それでキロ単価は二千百ドルになる。そのあとカルテルに売られるわけだが、カルテルは実質上唯一の買い手なので、価格は彼らがコントロールしている。

純粋なヘロインは北米ではキロあたり六万ドルから八万ドルのあいだで売られている。「濡れ手に粟《あわ》だ」とヌニェスは言う。「輸送や密輸、護衛、もちろん賄賂も含めて、すべての必要コストを差し引いても、それでもアメリカ製に比べりゃ格安だ。かなりの儲けになる」

リックは都会っ子だが、それでも眼のまえに広がる景色の美しさは認めないわけにはいかない。のどかで、空気は清々《すがすが》しく澄みわたり、花々は美しい。そして、白い作業着をまとった長い黒髪の乙女たちが黙々と手ぎわよく作業する姿は、喩《たと》えようもなくのどかで平和な光景に見える。どこまでも素朴で美しい。

「これは知っておくといい」とヌニェスは言う。「このビジネスはほかじゃ絶対にありえないような給料をもらえる仕事をつくり出してる。そういうことだ」

こんな農場が何百もゲレロ州じゅうに点在している。

誰でもできる仕事がたくさんある。

そう、とリックは思う。おれたちは慈善事業家なのだ。

ジープに戻ると、車はまた列をなして蛇のように山をくだっていく。盗賊の襲撃に備えて警護人は警戒を怠《おこた》らない。

若き狼ことダミアン・タピアは狙撃用ライフルの照準器越しに車列を見ている。

道路に面した斜面に生えている木々の中から、シナロア・カルテルのトップであるリカルド・ヌニェス——ダミアンの父親を殺した者たちのひとり——に照準を合わせている。

ダミアンが子供の頃、彼の父親はアダン・バレーラ、ナチョ・エスパルサとともにシナロア・カルテルの三巨頭のひとりだった。ダミアンはそんなアダンとナチョを叔父貴《ティオ》のように慕っていた。当時、タピア三兄弟の勢力は絶大で、マルティンは策略家、アルベルトは殺し屋、そして彼の父親のディエゴは誰もが認めるリーダーだった。

叔父貴《ティオ》のアダンがアメリカで捕まったとき、代わってビジネスを引き継いだのもダミアンの父親だった。アダンがメキシコに送還されてプエンテグランデ刑務所に移送されたとき、彼の警護の手配をしたのもダミアンの父親だった。アダンが脱獄したあと、アメリカ・メキシコ間の物流の拠点ヌエボラレドを奪還するべくアダンの右腕となって、湾岸カルテルやセータ隊と戦ったのもダミアンの父親だった。

その頃はタピア家、バレーラ家、エスパルサ家は友人同士だった。当時、少年だったダミアンは自分より年上のイバン、サルバドール、ルーベン・アセンシオン、リック・ヌニエス——リックはほかの者より歳が近かった——を尊敬していた。彼らは仲間であり、相棒《クアテ》だった。彼らはロス・イホス——最強のシナロア・カルテルを引き継ぐ〝息子たち〟——であり、ともにずっとカルテルを支配しつづける兄弟分のはずだった。

その後、アダンはエバ・エスパルサと結婚した。

可愛いエバはおれと似た歳だ、とダミアンはリカルド・ヌニェスの白髪がめだってきたこめかみのあたりに、照準の中心を合わせながら思う。子供の頃はよく一緒に遊んだものだ。

ナチョはババ州を息子のイバンに与えたいと思い、それと引き換えに自分の娘をアダンに差し出した。その結果、アダンとエバの結婚後、カルテル内のタピア派は継子《ままこ》のような扱いを受けるようになる——軽んじられ、無視され、脇へと押しやられるようになる。アダンが可愛いエバの処女を奪ったまさにその夜、アダンの息がかかった連邦捜査局がダミアンの叔父アルベルトの逮捕に向かい、彼を撃ち殺した。これはあとになってわかったことだが、アダンは殺人罪で捕まりそうになっていた甥っ子のサルバドールを救うためタピア一家を売ったのだ。

この一件以来、親父はすっかり変わってしまった、とダミアンは思う。親父は従兄弟《プリモ》と呼び合った男たち、アダンとナチョが親父を裏切り、親父の身内を殺したことがまったく信じられなかったのだ。その結果、死の聖女《サンタ・ムエルテ》（メキシコを中心に中南米で信じられている民間信仰の聖女）にますます傾倒し、コカインに溺れていった。怒りと悲しみに生きたまま体を食われて。カルテルはそんな彼が復讐のために始めた戦争によってずたずたに引き裂かれた。

くそっ、とダミアンは思う。シナロア・カルテルのかつてのパートナーだったバレーラ、エスパルサ両家と戦うために、おれの親父は自分の組織のタピア一党とセータ隊とのあいだに同盟を結んだ。こうしてカルテルだけではなく、国全体が引き裂かれることになった。

その結果、数千人が死んだ。

クリスマスが過ぎたばかりのその日、ダミアンはまだ十六歳だった。クエルナバカにあるタワーマンションに彼の父親がいるのを突き止めたメキシコ海兵隊が装甲車、ヘリコプター、マシンガンで急襲し、父を殺した。

　ダミアンはそのときの写真を携帯電話の待ち受け画面にしている。顔と胸に銃弾の穴があき、シャツは引き裂かれ、ズボンはずりおろされ、ドル札が体の上にばら撒かれているディエゴ・タピアの写真だ。

　それが海兵隊が父にした仕打ちだ。

　海兵隊は彼の父親を殺し、その遺体を愚弄し、眼をそむけたくなるような写真をインターネットに流した。

　それでも、ダミアンが恨んだのはアダンだ。

　それにナチョ。

　それにリカルド・ヌニェス。リックの親父。

　彼の〝叔父貴たち〟だ。

　彼らがディエゴ・タピアにしたことは赦しがたい、とダミアンは思う。親父は偉大な男だった。

　おれはその偉大な親父の息子だ。

　彼はその思いをドラッグ・カルテルの歌《ナルココリード》の歌詞にして、インスタグラムに載せた。

　おれは親父の息子、これからもずっと

おれは家族の男
家業の男
だから自分の血に背を向けはしない
これがおれの生き方、それは死ぬまで変わらない
おれは若き狼

ダミアンの母親は彼にこの稼業から足を洗い、どんな仕事でもいいから何かほかの仕事に就いてほしいと懇願した。この稼業のせいで彼女はすでに愛する者をあまりに多く亡くしていた。おまえはハンサムだから――と母は彼に言う――映画スターやロックスターになれるほど、〈テレムンド〉（アメリカのスペイン語放送テレビ局）に出られるほど男前だよ。役者でも歌手でもなれる。テレビの司会者になるのは？　ダミアンは受けつけない。そんなことをしたら父を軽んじることになる。彼は父の墓前で誓ったのだ。必ずタピア一家に以前の地位を取り戻すことを。


シナロア・カルテルのトップの座を取り戻すことを。

「やつらはその地位をおれらから盗み取ったんだよ、母さん《マミ》」とダミアンは母親に言う。

「盗まれたものは取り返さないと」

言うは易く。

行うは難《かた》し。

タピア一家の組織はまだ存在する。が、かつて振るっていた権勢は見る影もない。タピア三兄弟による統率が失われた今――ディエゴとアルベルトは死に、マルティンは服役中だ――組織はタピアに名目だけの忠誠を示すフランチャイズ・グループのような活動をしており、それぞれのグループが独自にコカイン、メタンフェタミン《メス》、マリファナを売っている。現在は、そう、ヘロインも。そうしたグループが分派という形で南シナロア、ドゥランゴ、ゲレロ、ベラクルス、クエルナバカ、バハ、メキシコシティ、キンタナローなどに点在している。

　ダミアンはアカプルコを拠点とする自分の分派を持っており、ほかの分派も彼の父親が誰だったかという理由で、一定レヴェルの敬意を示してくれてはいる。が、彼をボスとは認めていない。そして、シナロア・カルテルは――おそらくはかつてタピア一家にしたことに対する罪の意識も手伝ってか――ダミアンがおとなしくしており、復讐を企てたりしないかぎり、ダミアンの好きにさせてくれている。

　それはつまるところ、ダミアンが大した脅威ではないということだ。ダミアンにもそのことはわかっている。ダミアンの兵力などカルテルのバレーラ派とエスパルサ派の兵力に比べたら無に等しい。

　今までのところは。ダミアンはそう思う。

　叔父貴《ティオ》アダンと叔父貴《ティオ》ナチョは死んだ。

　イバンとエレナ・サンチェスは戦争状態だ。

状況は大きく変わろうとしている。

そして今、彼はリカルド・ヌニェスに照準を合わせた引き金を引くことができる。

「撃て」とファウストが言う。

ファウスト――ちびでずんぐりした口ひげの男――は彼の父親に忠誠を誓った者のひとりで、ディエゴの死後はエディ・ルイスとともに組織を離れていたが、エディが刑務所にはいって以降、ダミアンのもとに戻ってきた男だ。

マサトラン市を根城にしている非情の殺し屋。

ダミアンには必要な人間だ。

「撃て」とファウストは繰り返す。

引き金にかかったダミアンの指に力がはいる。

が、思いとどまる。

理由はいくつかある。

ひとつ、まだ風向きが定かでないこと。ふたつ、彼は今までに人を殺したことがないこと。しかし、三つ目は――

ダミアンはスコープの照準をリックに合わせる。

リックは彼の父の右側に坐っている。ダミアンは友人を失うことと殺すことを同時に味わいたいとは思わない。

「駄目だ」ライフルをおろして彼は言う。「どこまでもどこまでも追われる破目になる」

「全員の息の根を止めちまえばいいんだよ」ファウストは肩をすくめて言う。「くそ、おれがやってやる」

「駄目だ。今はそのときじゃない」とダミアンは言う。「おれたちの力はまだまだだ」

ファウストに、そして自分に向けてそう言う。

車列は次の折り返し地点を曲がり、ダミアンの視界から消え、狙撃の射程からはずれる。


飛行機は予想とは異なる方向に旋回する。

リックはクリアカン市まで直行で飛ぶのかと思っていたが、飛行機は西にある海側に向かい、マサトラン市へ向かう。

「おまえに見せたいものがある」とヌニェスが言う。

リックはマサトランについてはすでによく知っていると思っている。〝息子たち《ロス・イホス》〟は昔からここを遊び場にしていた。ここのカーニヴァルには子供の頃から来ていた。成長してからは海岸沿いのバーやクラブに入りびたって、アメリカやヨーロッパから日光とビーチを求めて大挙してやってくる観光客《トゥリスタ》の女たちをナンパしていた。イバンが女への声のかけ方をリックに指南してくれたのもここマサトランだ。「今夜おれとヤらないか?」という台詞をフランス語、ドイツ語、イタリア語で教わったのがここだ。ルーマニア語もあった。さすがにこれはもうリックもぼんやりとしか覚えていないが。

あれは確か――記憶は曖昧だが――エスパルサの息子たち、それとルーベン・アセンシオンとおれが繁華街のマレコンで、今となっては思い出せない何かの罪で逮捕された夜のことだ。市の留置場にぶち込まれたものの、自分たちの苗字を言ったとたん、陳謝のことばとともにすぐさま釈放されたことがあった。

マサトラン市はシナロアの多くの町がそうであるように、ドイツの植民地だったので、リックがどことなく感じるところでは、流れる音楽やビールを好むところなどに一種のバイエルン的な雰囲気があり、彼自身そのドイツ的伝統に少々染まりすぎたきらいがあった。滑走路脇に一台の車が待機しており、彼らを乗せた車は海沿いの遊歩道やビーチのほうではなく、港へ向かう。

リックは港のこともよく知っている。クルーズ船が到着するのがこの港で、クルーズ船のあるところには口説ける女がいる。彼とエスパルサ家の兄弟たちはよく桟橋の上の遊歩道に坐り込んで、下船してくる女たちをランクづけしていた。そのあと地元のツアーガイドのふりをして、トップクラスにランクづけした女たちに、近くの最高級のバーへのエスコートを申し出るのだ。

こんなこともあった。イバンが長身の超美形のノルウェー女に眼をつけ、その女の青い眼をじっと見つめながらこう言ったのだ。「実はおれはガイドじゃない。カルテルのボスの息子だ。金《かね》ならいくらでもある。スピードボートや高級車も持ってる。でも、おれがほんとにしたいのは、あんたみたいなきれいな女とファックすることだ」

驚いたことに女はそれに応じた。彼らはその女やその女の友人たちと一緒にホテルのスイートにしけ込み、ドンペリニョンを山ほど飲み、大量のコカインをやり、彼女たちの帰りのクルーズ船の時間まで猿のようにファックした。

そう、マサトランについてはリックにも多少は父親に教えてやれることがあるということだ。

しかし、車はクルーズ船の着く埠頭には行かない。そこを素通りし、貨物船が到着する商業用の埠頭に向かう。

「ビジネスでは」倉庫の横に停めた車を降りながら、ヌニェスが言う。「同じ場所にとどまりつづけることはできない。立ち止まるときは死ぬときだ。おまえのゴッドファーザーのアダンにはそれがわかっていた。ヘロインへの移行を彼が指示したのもそれが理由だ」

倉庫のドア脇に立つ見張りが彼らを中に通す。

「ヘロインはいい商品だ」中にはいるとヌニェスは言う。「儲かるからな。しかし、儲かるものには競合相手も寄ってくる。で、こっちが儲けてるのを見たほかのやつらが真似をする。やつらがまずやろうとするのはこっちより安く売ることだ。価格が下がれば、結局のところ、みんなの儲けが減る」

カルテルが真のカルテル――つまり昔ながらの意味でのカルテル――なら、とヌニェスは説明する。商品を統括し、価格がみんなの同意のもとで決まるビジネスの集合体なら、こうした問題は起こらない。

「だが、今のわれわれが〝カルテル〟ということばを使うのはまちがっている。そもそも

〝カルテルたち〟なんぞと複数形を使うこと自体、矛盾したことばの使い方だ」とヌニェスは言い、カルテルの競合相手を挙げる――セータ隊の残党、湾岸〝カルテル〟の生き残り、テンプラー騎士団。ヌニェスがことさら懸念しているのがマスティフ犬《エル・マスティン》ことティト・アセンシオンだ。

ティトはイバンにヘロインを扱う許可を求め、イバンはその要求を厳しく退けたが、ティトが無理をしてでもヘロインを扱ったらどうなるか？　ハリスコ・カルテルはあっというまにシナロア・カルテル最大の競合相手になるだろう。ティトはシナロアより安く売ろうとするだろう。が、ヌニェスにはマージンを下げざるをえないような状況を許すつもりはまったくない。となると……

彼らは倉庫の奥にある部屋にはいる。

全員がはいると、ヌニェスはドアを閉める。

アジア人の若者がひとり、テーブルの向こうに坐っている。テーブルの上には煉瓦くらいの大きさのものがしっかりと包装されて積まれている。

リックにはそれがなんなのかわからない。

「安売りに対する唯一の対抗策は」とヌニェスは言う。「品質を高めることだ。客は品質がいいものには金を出す」

「つまりこれは高品質のヘロインってこと？」とリックは尋ねる。

「いいや」とヌニェスは言う。「これはフェンタニルだ。ヘロインの五十倍は強力なやつだ」

合成麻薬であるフェンタニルは、もともとは末期癌患者の痛みを抑えるパッチ薬として使われていた、とヌニェスは説明する。非常に強力で、ほんの少量で死に至る。しかし、正しい量を使えば、ヤク中をよりすばやくよりハイにする。

ヌニェスは事務所を出ると、倉庫の奥へリックを連れていく。数人の男たちが集まっており、その中にはリックの見知った顔もある。彼らはカルテルでも上位の者で、ソノラ州からビジネスを手配しているカルロス・マルティネス、ファアレス本部《プラーサ》のボスであるエクトル・グレコ、バディラグアートのペドロ・エステバンもいる。そのほかにもリックの知らない人間が何人か。

その向こう、壁側に並ぶように、三人の男が椅子に縛りつけられている。三人がジャンキーであることは一目見ただけでわかる。痩せこけ、ぶるぶると震え、ラリっている。

実験助手のような男が椅子に坐り、脇の小テーブルには三本の注射器が置かれている。

「みなさん方」とヌニェスが言う。「新製品についてはもう説明してあるが、百聞は一見にしかずだ。これからちょっとした実演をお見せしよう」

ヌニェスがうなずくと、実験助手が注射器のひとつをとり、ひとりのジャンキーの横にしゃがみ込む。「まずはいつものシナモン・ヘロインだ」

研究助手はジャンキーの腕を縛って浮かせた静脈に注射する。数秒後、ジャンキーは弾《はじ》かれたようにのけぞり、それからぐったりとなる。

ハイになっている。

「次の注射器は少量のフェンタニルを混ぜたヘロインだ」とヌニェスが言う。

助手は二番目のジャンキーに注射する。

そのジャンキーも頭をのけぞらせる。そのあと眼を大きく見開き、唇をめくり上げ、至福というほかはない笑みを浮かべる。「なんてこった。なんてこった」

「どうだ？」とヌニェスは尋ねる。

「すげえよ」とジャンキーは答える。「めちゃくちゃすげえ」

リックはテレビショッピング・チャンネルを見ているような気分になる。

ある意味、この実演はそれに近い。カルテルのボスはただ命令さえしていれば、それで何事もすむ、などというのは神話だ。それぐらいリックも知っている。警護人や殺し屋、下っ端の者たちに対してはそれでいいかもしれない。が、カルテルというのはビジネスマンの組織だ。ビジネスマンはビジネスにプラスになることしかしない。だからボスといえども売り込みは必須なのだ。

「次は」とヌニェスが言う。「きっかり三ミリグラムのフェンタニルだ」

最後のジャンキーが縛られたままもがいて叫ぶ。「やめろ！」

助手は彼の腕を縛って静脈を浮かせ、注射器の中身を一気に男の腕に注入する。まえの男たち同様、その男も頭をのけぞらせ、眼を大きく見開く。そのあと眼を閉じ、頭を垂れる。上体がまえに倒れる。助手は二本の指をジャンキーの首すじにあててから首を振る。

「死にました」

リックは吐きそうになるのをこらえている。

なんてこった。親父は今、ほんとうにこんなことをしたのか？　今のはほんとうに親父がやったことなのか？　実験用のネズミとか、猿とか何か動物を使うわけにはいかなかったのか？　親父は販売デモのために人を殺したのか？

「ヤク中が一度でもこの新製品に手を出せば」とヌニェスは続ける。「二度とあと戻りする気にはなれない。いや、あと戻りできない。高いだけで効き目の弱い錠剤はもちろん、シナモン・ヘロインすらやろうとは思わない。特急に乗れるのに鈍行に乗るやつはいない」

「卸し値はいくらだ？」とマルティネスが尋ねる。

「キロあたり四千米ドルだ」とヌニェスは答える。「まとめ買いだとたぶん三千まで下げられる。一キロのフェンタニルから強力な製品が二十キロはつくれる。つまり末端で百万は超える。マージンがいくらかなど問題じゃなくなる」

「だったら問題はなんだ？」とマルティネスは尋ねる。

「調達だ」とヌニェスは答える。「フェンタニルの生産は取り締まりが厳しい。アメリカとヨーロッパではな。だから中国で買って、われわれが支配できる港、たとえばマサトラン、ラパス、カボに運ぶんだ。ここで肝心なのは港の支配だ。

みなさん方、四十年まえ、われわれの組織の創立者である偉大なるミゲル・アンヘル・バレーラ、通称Ｍ１は、今回のような集まりでコカインの派生製品を披露した。クラックだ。われわれの組織はこのクラックで富と権力を手に入れた。そして今、ヘロインの新しい派生製品をみなさんに見てもらったというわけだ。この製品がわれわれをさらなる高みに引き上げてくれるはずだ。今後はフェンタニルでやっていきたいと思う。みなさんにはぜひとも賛同してほしい。さてと。地元のレストランに夕食の席を設けてある。そっちにもぜひ参加してくれ」

彼らは夕食をとりに海岸近くの店に繰り出す。

いつもどおりだ、とリックは思う。奥の個室、貸切りの店、店の周囲を固めた護衛の者の輪。親分衆はセビチェ（ペルー料理。マリネの一種）、ロブスター、シュリンプ、マカジキの燻製《くんせい》、タマル（トウモロコシとラードを使ったメキシコ料理）を大量のパシフィコ・ビールで流し込む。彼らの中に倉庫の奥で死んだヤク中のことを少しでも考えている者がいるかどうか。いたとしてもリックにはわからない。

宴のあと、リックと父親を乗せた飛行機はクリアカンへと帰路に就く。

「どう思う？」とヌニェスは機内で尋ねる。

「どうって何が？」

「フェンタニルのことだ」

「売り込みはうまくいったと思うけど」とリックは答える。「でも、フェンタニルがそんなにいいなら、どうしたって競争相手も参入してくるよね」

「もちろん。それがビジネスというものだ。フォードがいい軽トラックを設計すれば、シヴォレーがそれをコピーして改良する。フォードはさらにいいものをつくる。大切なのは最初に市場に出すことだ。販売網を独占して有力な販売ルートと忠実な顧客層を確立して、顧客へのサーヴィスを持続させる。おまえにはラパス港がほかの組織に押さえられないよう手伝ってもらいたい」

「わかった」とリックは言う。「でも、父さんがまだ考えてない問題がひとつある。フェンタニルは化学的な合成品だよね？」

「そうだ」

「それなら誰でもつくれるわけだから」とリックは言う。「ヘロインにはなくてはならない農場も要らない。ラボさえあればいい。どこでもつくれる。メタンフェタミン《メス》と同じだ。多少の金と器材さえあれば、アホがこぞって自宅のバスルームでつくりはじめる」

「確かに安い類似品は出まわるだろう。それはまちがいない」とヌニェスは言う。「しかし、そういう類似品はせいぜいマーケットの端っこの眼ざわりな存在くらいにしかならない。海賊版が深刻な問題になるほど売れることはないだろう」

　父さんがそう言うのなら、とリックは思う。

　しかし、小売りレヴェルまでコントロールすることは誰にもできない。小売り人は用量の限度に関する知識もないから、その顧客は次から次へと死んでいくだろう。倉庫のあの哀れな男みたいに人々が死にはじめたら——アメリカ国内で死者が増えはじめたら——おれたちにも火の粉が降りかかってくるのは避けられない。

でも、もうパンドラの匣《はこ》は開けられてしまった。

悪魔はすでに飛び出してしまった。

もしかしたらフェンタニルは——とリックは思う——おれたち全員を滅ぼすかもしれない。

スタテン島、ニューヨーク

目覚めると気持ちが悪い。

ジャッキーには毎朝のことながら。

だから起き抜けのあれを〝目覚めの一発〟と呼ぶのよ。そんなことを思いながら、彼女はベッドから這い出る。正確に言えば、ベッドではない。ヴァンの車内に敷いたエアマットレスだ。でも、と彼女は思う。そこで寝たら……その上で寝たら……それはもうベッドじゃないの。

名詞というのは、結局、動詞に基づいている。残念ながら。彼女はそう思う。わたしのニックネームは〝ジャンキーのジャッキー〟、頭韻を踏んでるけど、結局、これはわたしがやってること、ジャ《ャ》ンク《ク》を打つという動詞からつけられた。残念ながら。

　彼女は込み上げる吐き気をなんとか抑えつける。吐くのは嫌だ。目覚めの一発が欲しい。

　彼女はトラヴィスを肘でつついて言う。「ねえ」

「ああ」彼はまだ半分寝ている。

「ヤクを買いにいってくる」

「わかった」

　ぐうたら男、とジャッキーは思う。あんたの分も買いにいくのに。彼女は古びたコネティカット大学のスウェットシャツを着て、ジーンズに脚を通すと、ガレージセールで見つけたナイキの紫のスニーカーを履く。スライドドアを開けて外に出る。スタテン島の日曜日の朝。

　もっと正確にはトッテンヴィル。スタテン島の南端にあり、川をはさんでパース・アンボイの対岸。ふたりがヴァンを停めているのはショッピングモールの〈トッテンヴィル・コモンズ〉の駐車場で、アンボイ・ロード沿いのドラッグストア〈ウォルグリーンズ〉の裏手になる。警備員につまみ出されるまえに朝のうちにそこから出なければならない。

　彼女は〈ウォルグリーンズ〉にはいる。レジの店員の不快そうな顔を無視して店の奥のトイレに向かう。ほんとうにおしっこが洩れそうなのだ。用を足し、手を洗い、水をはねかすようにして顔にかけたところで、自分に腹を立てる。歯ブラシを持ってくるのを忘れたのだ。口の中が一日経《た》ったクソみたいな味がする。

口の中だけじゃなく見かけもそう、とジャッキーは思う。すっぴんで、茶色の長い髪は汚れてくしゃくしゃ。今日これから仕事に行くまえにどこかでなんとかしなければならない。今も彼女の耳には母親のこんな声が聞こえる。ジャクリーン、おまえは身だしなみをちゃんとしたら、とっても可愛い女の子になるのに。

ちゃんとしようとしてるのよ、ママ、と母親に答えながら、ジャッキーは店を出る。店を出るとき、レジにいる女店員に〝ファック・ユー・スマイル〟を向ける。

死ね、このクソ女。車暮らしを経験してみろってんだ。

ジャッキーとトラヴィスのヴァン暮らしは、彼女の母親の家を追い出されて以来続いている。だから、もうどれくらいになる？　もう三ヵ月になる。彼女の母親が酒場から早く家に帰ってきて——それ自体、奇跡的な出来事だったが——ふたりはヤクを打っているところを見られてしまったのだ。

それでふたりはトラヴィスのヴァンに移り住み、今ではジプシーのように暮らしている。ホームレスとはちがう、とジャッキーは主張する。ヴァンという家があるわけなんだから。でも、わたしたちは……あの単語、なんて言ったっけ……そう、〝旅まわり《ペリパテティック》〟人間なのだ。彼女は昔から〝旅まわり〟ということばが好きだ。このことばと韻を踏む単語を使って、歌をつくりたいところだ。が、うまいことばが見つからない。哀れな《パセティック》、ということばがまあまあ語呂がよさそうだが、そんなことばは使いたくない。真実味がありすぎる。

でも、と彼女は思う――わたしたちはやっぱり哀れよ。

ふたりでアパートメントを借りたいと思い、計画はしているのだが、今までのところ、入居時に必要な損害保証金が第一にして最大の難関になっている。

ジャッキーは駐車場に戻ると、携帯電話を取り出し、売人のマルコに電話する。すぐに留守電に切り替わる。彼女は簡単なメッセージを残す――ジャッキーだけど、用があるの。折り返し電話して。

彼女としてはマルコに電話にすぐに出てほしかった。気分がかなり悪くなってきている。ヴァンに戻って、路上ディーラーがいるプリンシズ・ベイやリッチモンドまでわざわざ車を走らせたくはない。

そもそも遠すぎるし、リスクも大きい。警察が取り締まりを強化していて、売人を捕まえては刑務所にぶち込んでいる。下手をすると、囮捜査官から買ってしまってパクられる可能性もある。ジャッキーが心底恐れているのは、逮捕された挙句、ライカーズ刑務所でヤク抜き生活を送らされることだ。

ヴァンに戻り、いつもヤクが手にはいる〈ウォルドバウム〉の駐車場まで車で行くしかないと思ったところで、携帯電話が鳴る。マルコからで、機嫌が悪い。「日曜の朝だぞ」

「わかってる。目覚めの一発が要るの」

「ゆうべの分をちゃんと残しておけよな」

「わかったから、ママ」

「いくついる?」とマルコは尋ねる。

「二袋」

「おまえはたった二十ドルぽっちのためにおれに出てこいって言ってるのかよ?」

ちょっとちょっと、なんでこの男はこんなに意地悪なの? 鼻水も流れ出てきて、今にも吐きそうだというのに。「マジで気分が悪いのよ、マルコ」

「わかった。今、どこだ?」

「アンボイ・ロードの〈ウォルグリーンズ〉」

「おれはマクドナルドにいる」とマルコは言う。「コインランドリーの裏で会おう。どこだがわかるよな?」

うん、いつもそこで洗濯してるから。いや、いつもってわけでもないか。汚れがやばいレヴェルになってきたときだけだ。「うん、もちろん」

「三十分後だ」とマルコは言う。

「駐車場を歩いて横切るだけなのに?」

「今、食いものにありついたところなんだよ」

「わかった。じゃあ、そこに行くから」

「十分後でいいや」とマルコは言う。「コインランドリーの裏だ」

「コーヒー、お願い」とジャッキーは言う。「ミルクとお砂糖四つ入れて」

「仰せのとおりに、メアリー女王さま」とマルコは言う。「マックマフィンか何かつけましょうか?」

「コーヒーだけでいいわ」コーヒーならなんとか咽喉を通りそうだけれど、脂っこい食べものなど考えたくもない。

ジャッキーは駐車場を横切り、いったんページ・アヴェニューに出ると、次の商店街まで歩く。そこにはコンヴィニエンス・ストア、マクドナルド、食料品店、酒屋、イタリア料理店、そしてコインランドリーがある。

彼女はコンヴィニエンス・ストアの裏にまわり、さらにコインランドリーの裏で待つ。

五分後、マルコの運転するフォード・トーラスが停まり、マルコが車の窓を開けて、ジャッキーにコーヒーを手渡す。

「駐車場を横切るのに車を使うの?」とジャッキーは尋ねる。「地球温暖化って、マルコ、聞いたことない?」

「金は持ってるのか?」とマルコは言う。「持ってないとか言うなよ。これ以上つけは利かないからな」

「持ってるよ」彼女は周囲を見まわしてから二十ドル札を渡す。

彼はコンソールボックスに手を入れ、グラシン紙の包みをふたつ、彼女の手にすべり込ませる。「プラス、コーヒー代が一ドル」

「マジ?」マルコはヤクの売人を始めてからいけ好かないやつになった。彼自身ヤク中だということを時々忘れている。ヤクをやるための金欲しさにヤクを売っているくせに。最近はそういう人間が多い。実際、ジャッキーの知る売人は全員が麻薬常習者だ。彼女はジーンズのポケットをまさぐって一ドル札を見つけると、マルコに手渡す。「あんたは紳士だと思ってたけど」

「いいや。おれはフェミニストだ」

「このあとはどこにいる？」

マルコは小指を口元に、親指を耳に押しあて——電話しろ——走り去る。

ジャッキーは包みをポケットにしまうと、ヴァンまで歩いて戻る。

トラヴィスは眼を覚ましている。

「買ってきたよ」ジャッキーは包みを取り出す。

「どこで？」

「マルコから」

「あいつはクソ野郎だ」とトラヴィスは言う。

「そのとおりよ。次はあんたが買いにいって」とジャッキーは言う。

怠け者のろくでなしのくせして、と彼女は思う。彼のことを愛してはいる。でも、神さま、彼には時々とことんムカつくんです。神さまと言えば、トラヴィスはイエスさまにちょっと似ている——肩までかかる髪と顎ひげ、すべての毛がほんのり赤みを帯びてるところなんか。痩せて細いところもイエスさまっぽい。少なくとも絵に描かれてるイエスさまには似てる。

ジャッキーはヘロインを熱するのに使っている空き缶の底――スプーンのかわり――を見つけ、そこにヘロインを入れる。ペットボトルの水を注射器で吸い上げ、その水をヘロインに注ぐ。それからライターの火で缶の底をあぶり、ヘロインの溶液が泡立つまで熱する。煙草からフィルターをちぎり取り、溶液にひたし、そっと横にする。それから注射針の先をフィルターに突き刺し、溶液を注射器に吸い上げる。

このために取ってある細いベルトを左腕に巻きつけ、静脈が浮き出るまできつく締める。それから注射針を静脈に突き刺す。プランジャーを戻すと、シリンダーの中に少しだけ気泡がはいる。針先に血が少し見えるまで針を少し回転させる。

そうして一気にプランジャーを押す。

ベルトをゆるめ、注射針を抜き、そして――

ズドーン。

キマッた。

とても美しく、とても安らかに。

ジャッキーはヴァンの壁に寄りかかり、トラヴィスを見る。彼もちょうど一発やったところだった。ふたりは微笑み合い、ジャッキーはゆっくりとヘロインワールドに浸り込む。そこは現実の世界よりはるかにすばらしい。

しかもその世界への敷居はさほど高くない。

ジャッキーがまだ小さかった頃、小さくて、まだ幼い少女だった頃、彼女は歩道を行くすべての男たち、バスの中や、母親が働くレストランに来るすべての男たちの中に自分の父親を捜したものだった。

あの人がパパ？　あの人がパパ？　あの人がパパ？　彼女は母親に訊きつづけ、訊かれることに疲れた母親は、パパは天国でイエスさまと一緒にいるのよと言った。ジャッキーは思った。どうしてイエスさまはパパといられるのに、わたしはパパといられないのだろう？　そんなふうに思うと、イエスさまのことがあまり好きになれなかった。

まだ小さかった頃、彼女は自分の部屋で絵本を読んだり、話をつくったり、話を自分に語って聞かせたりするのが好きだった。とりわけジャッキーはもう寝たものと思い、母親がレストランの客を家に連れてきたときにはそういうことをした。ベッドに横になり、自分がまだ小さかった頃、小さくてまだ幼い少女だった頃のことを話にしたり、歌にして歌ったりするのが好きだった。

彼女がそれほど幼くはなくなった九歳のときに、彼女の母親はレストランの客のひとり、バリーと結婚した。バリーはジャッキーに自分は彼女の父親ではなくて継父だと言った。知ってる、とジャッキーは答えた。だってパパはイエスさまと一緒にいるんだからと。すると男は笑って、そうだな、たぶん、と言った。もしイエスさまがベイ・リッジのバーのストゥールにずっと坐っていてくれるのなら、と。

バリーが初めてジャッキーにこう尋ねたのは彼女が十一歳のときだった。おまえも大人になったら母親みたいな淫売《ホアー》になるのか？　ジャッキーはそのときバリーが淫売を〝フーアー〟と発音したのを覚えている。まるでアニメの『ホートン／ふしぎな世界のダレダーレ《フーアー》』みたいに。そのときジャッキーは家の中を歩きまわりながらつぶやきつづけた。わたしは思ったことしか言わない、だから言ったことはわたしが思ったことだ。バリーはくそ野郎だ。百パーセントくそ野郎だ。あるときバリーはそのつぶやきを聞きつけ、ジャッキーの顔を殴ると言った。おれを愛してるとかは要らねえ、だけどな、尊敬を忘れるんじゃねえと。母はそのときキッチンテーブルについて坐っていたが、何もしなかった。それ以外のときも彼女の母親は何もしなかった。自分がバリーに殴られ、この淫売《フーアー》、このくそ飲んだくれと罵《ののし》られても。ジャッキーは自分の部屋に逃げ込み、彼を止めなかったことを恥じた。バリーが怒った勢いでバーに行ってしまうと、ジャッキーは部屋から出てきて、どうしてあんなひどい男と一緒にいるのか母に尋ねた。母はいつかおまえにもわかると言った。女には必要なものがあり、淋しくなることがあるのよ、と。

　ジャッキーは淋しくはなかった。本があったから。ジャッキーはよく部屋に閉じこもって本を読んだ。ハリー・ポッターを全巻読み、その作者が女性だと知ると、今度は図書館に行き、ジェーン・オースティン、ブロンテ姉妹、メアリー・シェリー、ジョージ・エリオット、それにヴァージニア・ウルフとアイリス・マードックを読み、シルヴィア・プラスの詩を見つけた。そして、いつかトッテンヴィルを出てイギリスに渡り、作家になって自分だけの部屋を手に入れようと思った。ドアの外から聞こえてくる怒鳴り声や泣き声、殴る音に耳をふさぐ必要がない自分だけの部屋を。

ジャッキーは音楽も聞きはじめた。友達たちが聞いているようなくずポップスではなく、ザ・デッド・ウェザー、ブロークン・ベルズ、モンスターズ・オヴ・フォーク、デッド・バイ・サンライズ、スカンク・アナンシーといった〝イケてる〟音楽を聞いた。質屋で古いギターを買い、独学でコードを覚え（文学も音楽もジャッキーは独学だった）そのうち歌を書きはじめた。ジャッキーがまだ小さかった頃（C）、彼女が小さかった頃（F）、ジャッキーが小さな女の子だった頃（C）……

母親が仕事に出かけたある日の午後、ジャッキーがギターを弾いていると、バリーがジャッキーの部屋にはいってきて、ギターを彼女の手から取り上げて言う。これはおれたちだけの秘密、おれたちだけのちょっとした秘密だ。うんと気持ちよくしてやるからよ。そうしてジャッキーをベッドに仰向けに寝かせると、彼女の上に乗っかってきた。彼女はこのことを母親に言わない。誰にも言わない。これはおれたちだけの秘密（D）、おれたちだけのちょっとした秘密だ（G）、うんと気持ちよくしてやるからよ（Em）。母親がジャッキーに言う──おまえ、セックスしてるね、小娘の淫売だよ、おまえは。相手はどこの馬の骨か知らないけれど、刑務所にぶち込んでやる。バリーはジャッキーの部屋にかよいつづけ、ある日の早朝、母親の叫び声にジャッキーが駆けつけると、バリーが便器の上に倒れ込んでいる。母親は九一一に電話してと叫び、ジャッキーはゆっくりと部屋に戻って携帯電話を手に取る。そして、これはおれたちだけの秘密（D）、おれたちだけのちょっとした秘密だ（G）、うんと気持ちよくしてやるからよ（Em）と歌ってから番号を押す。

救命士たちが駆けつけたときにはバリーはもう死んでいる。

中学にはいる頃には、友達と一緒に大麻を少々、ビールやワインも飲んでいたが、たいていは家にいて本を読み、ギターを弾き、音楽はパティ・スミスやデボラ・ハリー、ジャニス・ジョプリンにまで手を伸ばし、皮肉の利いた歌詞の曲を書いていた。これはわたしだけの秘密／わたしだけのちょっとした秘密／継父を殺した／何もしないことで復讐してやった／気分がいいわ／とてもいい。そのうち母親に働いて家計を助けてくれないと困ると言われ、ジャッキーはスターバックスのバリスタになる。

高校ではいい成績を修めるものの、それはほとんど腹いせのようなものだ。彼女は自習室を除く高校生活のすべてを憎んでいた。ジャッキーの成績は奨学金がもらえるほど優秀だった。それでも、コロンビア大学やニューヨーク大学やボストン大学へ行けるほどではなく、彼女の行きたいところがどこであれ、そもそもそのための金はなかった。だから決してイギリスには行けないし、作家にもなれないし、自分だけの部屋も持てそうになかった。母親はジャッキーが美容師の学校に行って生活費を稼げるようになることを望んだ。しかし、ジャッキーは夢の切れ端を手放すことができず、ニューヨーク市立大学のスタテン島カレッジに入学する。

最初は錠剤の麻薬だった。

実家からかようニューヨーク市立大学の一年生のとき、クリスマス休暇中に誰かからオキシコドンを勧められたのだ。そのとき彼女は少し酔っており、同時にかなり退屈もしており、かまうものかと勧められるままに飲んだ。それが気に入り、次の日も出かけていってさらに何錠か手に入れた。トッテンヴィルでクスリが見つからなければ、盲導犬に案内してもらえばいい。この町では学校や街角やバーだけでなく、移動販売のアイスクリーム屋でも買える。

クスリはいたるところにある。オキシコドン、ヴァイコディン、パーコセットは誰もが売るか買うか、もしくは売りも買いもしている。ジャッキーにとってそれは痛みを和らげてくれるものだった。これからの人生、どう生きていけばいいのかわからないことの痛み、トッテンヴィルで生まれ、トッテンヴィルで暮らし、トッテンヴィルで死ぬことがわかっていることの痛み、ニューヨーク市立大学でどんな学位を取ろうと、最低賃金の仕事にしか就けないことの痛み、継父に昼のお愉しみにされていた秘密を抱えることの痛み。

クスリは気分をよくしてくれる。クスリ自体に問題はない。問題は金《かね》だ。週末に少しばかりのオキシコドンをやっているうちは問題はなかった。毎日一錠飲むようになっても大したことはなかった。しかし、今は一回につき二錠から三錠飲む。そうなると一回三十ドルもかかる。

クスリ代は最初、スターバックスのアルバイトの金で賄《まかな》っていた。が、そのうち母親の財布からもいくらか調達するようになる。たまにファックの相手がクスリを持っていることがあり、その場合、金はかからない。彼女にとってファックはどうでもよく、男に体を任せて、ただ横になるということにもすっかり慣れてしまっている。ファックでイカセてくれなくても、ハイにしてくれるものを持っていれば、男はそれでいい。

ジャッキーは大学一年の二学期を基本的にずっとハイの状態で過ごし、それから夏のあいだもそうやって過ごした。成績の平均点が三・八から単位未修得になると、二年のクラスにはほとんど出なくなり、試験を受けるのもあきらめ、結局、大学も辞めることになった。

その後は、スターバックスで働き、ハイになり、売人とファックするだけの生活になり、そんなときにトラヴィスと出会ったのだった。

そして、彼にヘロインを教えられたのだった。

トラヴィスを責めるのは簡単だ。実際、ジャッキーの母親はすべて彼のせいにしている。しかし、すべてがトラヴィスのせいとは言いきれない。ふたりはクラブで知り合った。そこはネオ・ケルアック派が屯して、ギターを弾いている薄汚いコーヒーハウスで、トラヴィスは建設工事の仕事を馘になった屋根職人だった。が、背中を痛めて仕事ができなくなり、そのときにはもう傷害保険金も底をついていた。

それがトラヴィスの言い分だ。背中の痛みを和らげるためにヴァイコディン――医者に処方されたやつだ――を飲みはじめたのだが、痛みがやむことはなかった。一個が効くなら十五個はもっと効くだろうという昔ながらのセオリーに従い、彼はエムアンドエムズのチョコのように錠剤を口に放り込みはじめた。

出会ったとき、ふたりともハイになってはいた。しかし、それはまるで――

ビビビビ。

恋だった。

ふたりはトラヴィスのヴァンでファックし、ジャッキーは一度も経験したことのないオーガズムを覚えた。彼の一物は彼の細長い体のように細くて長く、彼女の体の今まで触れられたことのない場所に触れた。

それ以降、お互いがお互いにとって欠かせない存在となった。

ふたりは同じアート、同じ音楽、同じ詩を好んだ。一緒に曲を書き、セントジョージでフェリーを降りてくる人々に向けて路上で演奏した。愉しかった。が、金にはならなかった。

金だ、金。

なにしろふたりには同じ趣味があるのだから。ふたりで一日三百ドルもかかる趣味が。

単純に金が足りない。

トラヴィスはこの問題への答を見つけた。

「Hだ」と彼は言った。「Hならもっと安くハイになれて、一回六、七ドルだ」

三十ドルではなく。

しかし、ジャッキーはヘロインを怖がった。

「同じ麻薬だよ」とトラヴィスは言った。「どっちも阿片だ。錠剤か粉かのちがいだけで、全部芥子の実からできてるんだから」

「ジャンキーになるのは嫌」とジャッキーは言った。

トラヴィスは笑った。「馬鹿、おまえはもうガチでジャンキーだよ」

トラヴィスの言ったことはすべて正しかった。それでもジャッキーは針を使うのは嫌だと言い張った。いいだろう、と彼は言った。それなら鼻から吸い込めばいい。

最初に彼がやって見せた。

彼は一瞬で持っていかれた。

至福の表情を浮かべていた。

それを見て、ジャッキーも鼻から吸い込んだ。気持ちよかった。とてもとても気持ちよかった。どんなものより気持ちよかった。煙で吸うともっともっとはるかに気持ちよいこともわかった。

ある日、トラヴィスが言った。「くそ、もうまわりくどいことはやめだ。注射すれば即効で効くのに。もうトリパノフォビアとはおさらばだ」

トリパノフォビア――ジャッキーも意味は知っている――針に対する恐怖。

ふたりはことばが好きなカップルだった。

が、ジャッキーは自分が病的な恐怖症だとは思わなかった。これは当然の恐怖ではないか。注射針にはＣ型肝炎やＨＩＶやその他わけのわからない病原菌に感染する危険があるのだから。

「清潔にして、用心して……細心の注意を払ってりゃ問題ない」とトラヴィスは言った。

実際、最初のうちは彼もそうしていた。病院や薬局で買った新品の注射針しか使わず、打つまえには必ず腕をアルコール消毒し、ヘロインに混じっているかもしれない細菌を殺すために煮沸もしていた。

そうした上でハイになった。

オキシコドンより、鼻から吸ったり煙で吸ったりするよりずっとハイになった。静脈注射で直接血管にはいるヤクは脳味噌を内側からハイにしてくれる。ジャッキーは嫉妬し、置いてけぼりにされた気分になった。彼は月にまで飛んでいったのに、自分は地上に縛られたままだ。そんなある夜、打ってやろうかと勧められ、ジャッキーは彼のするがままに任せた。彼の一物のかわりに針が突き刺さると、彼女は彼の一物以上の快感を覚えた。いったんこの味を覚えたらもう二度とあと戻りはできない。彼女には自分でそのことがわかった。

だから、トラヴィスを責めたいなら責めればいい。しかし、ジャッキーにはわかっている。こうなったのは自分自身のせいだ。自分の中にあるもののせいだ。ヤクに溺れる心と魂。彼女はそれを愛している。〝H〟を愛し、ハイになることを愛している。その愛は文字どおり彼女の血となって流れている。

「あんたはこんなものに手を出すほど馬鹿じゃないはずよ」と彼女の母親はよく言う。

いいえ。利口だからこそやってるの、とジャッキーは思う。誰がこんな世界にとどまりたいと思う？　ほかに選択肢があるのに。

「あんたのやってることは自殺行為だよ」と母親は嘆く。

いいえ、ママ、これは生きるための行為なの。

「あの腐ったろくでなしのせいだ」

わたしは彼を愛してる。

ふたりの生活も。

わたしは愛してる……


二時間後、ジャッキーは時計を見て、やばい、遅れると思う。

ヴァンから降りると、モードを切り替えるために今度はコンヴィニエンス・ストアに向かって歩く。トイレにはいり、ドアに鍵をかけ、バッグからシャンプーを取り出して、洗面台で髪を洗う。ペーパータオルで髪を拭き、アイラインを引き、マスカラをちょんちょんと塗って仕事着に着替える。そこそこ清潔なジーンズとプラム色の長袖のポロシャツ。胸にはネームタグがついている。

ヴァンに戻ってトラヴィスを起こす。「仕事に行ってくるね」

「わかった」

「ふたり分のヤクを手に入れておいてよ。わかった?」

「わかった」

簡単なことでしょ、トラヴィス。スタテン島ではHは大麻より簡単に手にはいるんだから。どこでも売ってるし、彼女の知り合いも半分がHユーザーだ。

「あとヴァンを移動するのよ」とジャッキーは言う。

「どこへ？」とトラヴィスが訊く。

「知らないわよ。とにかく移動して」

彼女はヴァンを降り、バスに乗ってページ・アヴェニューにあるスターバックスに行く。五分の遅刻だが、マネージャーにばれないことを祈る。この二週間で三度目の遅刻だが、この仕事を失うわけにはいかない。

携帯電話の支払い、ガス料金、食費。ただ普通に暮らすだけでも一日五十ドルは要る。もちろんハイになるための金も。

まるでスピードを上げつづける列車に乗っているみたいだ。

停まる駅もなく、降りることも叶わない。


ケラーは汗をかきながらデュポン・サークル駅で地下鉄を降りる。

概してワシントンの夏は湿度が高く、うだるように暑い。シャツも花々も萎《しお》れ、生気もやる気も衰える。炎天下の午後がねっとりとした夜になり、そこでどうにか人々は一息つける。ケラーはこの国の首都が水を抜いた沼地に建造されたことを思い出す。ジョージ・ワシントンが不動産投資に失敗し、それを取り返すためにこの土地を選んだという説があることも。

今年の夏は各地でひどい事件があった。

六月、ＩＳＩＳと呼ばれるイスラム過激派グループがシリア・イラクで台頭してきた。その残虐性はメキシコ麻薬カルテルに匹敵する。

メキシコのベラクルスでは、前市長の所有地にある共同墓地から三十一体の死体が掘り起こされた。

メキシコ軍はゲレロス・ウニドスと銃撃戦になり、麻薬商《ナルコ》二十二人を射殺した。その後、ほんとうは、射殺された者たちは納屋に連行され、処刑されたのだという噂が流れた。ポスト・バレーラ時代になり、メキシコでの暴力はとどまるところを知らない。

七月、カリフォルニア州マリエータで、旗を振り、スローガンを掲げた三百人ほどの抗議者グループが〝ＵＳＡ〟、〝ＵＳＡ〟というシュプレヒコールをあげ、〝故郷へ帰れ〟と叫びながら、中米からの移民――多くは子供たち――で満員のバス三台を取り囲み、むりやり追い返した。

「ここはアメリカなの？」テレビでこのニュースをケラーと一緒に見ていたマリソルはそのとき言った。

その二週間後、スタテン島でニューヨーク市警の警官たちがエリック・ガーナーという黒人の男にヘッドロックをかけ、それが致命傷となり、男は死亡した。彼は非合法の煙草を売っていた。

八月、ミズーリ州ファーガソンで警官が十八歳のアフリカ系アメリカ人、マイケル・ブラウンを撃ち殺し、この事件が文字どおり引き金となって、連日激しい暴動が起こった。

ケラーは長くて熱い六〇年代の夏を思い出した。

八月後半、有力な大統領候補のジョン・デニソンが――証拠はもちろん、いかなる根拠も示すことなく――オバマ政権がISISに銃を提供していたと糾弾した。

「この人、頭がおかしいの？」とマリソルは言った。

「とりあえず泥を壁に投げつけて、壁に何が残るかを見てるんだろう」とケラーは言った。

ケラーは経験から知っている――過去にデニソンはケラーにも泥を投げつけている。ケラーが進めているナロキソン推進活動がその理由だ。

「恥ずべきことだ」その活動についてデニソンはそう主張している。「麻薬取締局のボスがドラッグ根絶に弱腰だなんて。軟弱だ。ありえない。しかも彼の妻はメキシコ出身だって？」

「そこは正しいわね」とマリソルは言った。「わたしはメキシコ出身よ」

保守系メディアがデニソンの発言を取り上げ、それに同調する報道をした。

マリソルのことを持ち出され、ケラーは苛立ちを覚えたが、あえて反論はしなかった。テニスボールを打ち返さなければ、デニソンもプレーはできない。しかし〈ハフィントン・ポスト〉の質問にケラーが答え、現政権による麻薬関連罪の最高刑の見直しを基本的に支持する姿勢を示すと、デニソンは次の攻撃を仕掛けてきた。

嘆かわしい、とデニソンはツイートした。麻薬取締局のボスがドラッグの売人を街に呼び戻したがっている。軟弱なオバマはこの男にこう言うべきだ。〝おまえは馘だ!《ユー・アー・ファイアード》〟と。

この台詞はデニソンがリアリティTV番組で使うキャッチフレーズらしいが、ケラーはその番組を見たことがない。

「B級セレブが彼の使いっ走りになって右往左往する番組よ」とマリソルが説明する。「それでその週に一番出来の悪かった人が馘になるわけ」

ケラーには〝B級セレブ〟がなんなのかもわからないが、マリソルは知っている。彼女は臆面もなく〝リアル専業主婦ショー〟にはまっている。マリソルによれば、オレンジ郡やニュージャージー、ニューヨーク、ベヴァリーヒルズには〝リアル専業主婦〟がいて、彼女たちはディナーに行き、酔っぱらい、互いに罵り合ったりするのだそうだ。

シナロアのリアル専業主婦は——ケラーは実際に何人か知っているが——ディナーに行って口論になったら、すぐにマシンガンをぶっ放し合うだろうよ、と言いたい誘惑に駆られたが、賢明にもケラーは口には出さない。マリソルにはアメリカのポップカルチャーを妙にかばい立てするところがある。

もう少し深刻なレヴェルでは、麻薬取締局の舵をより進歩的な方向へと切ろうとするケラーの試みは、現在、局内の抵抗に直面している。

ケラーには想定内のことではあるが。

理想主義者で、筋金入りの強硬派。それがもともとのケラーだった。ヘロイン、コカイン、メタンフェタミン《メス》をアメリカ内に持ち込むカルテルに対しては今でも強硬派だ。が、同時に、彼はリアリストでもある。リアリストの彼は自分たちが今やっていることには効果がないと考えている。やり方を変えるときだと。しかし、生涯を賭《と》してこの戦いを戦ってきた者たちにもそれをわからせるのは容易ではない。

デントン・ハワードはケラーの発言を転がっている石のように拾い上げては、それをケラーに投げつけてくる。ケラー同様、ハワードも政治任用された人間で、麻薬取締局の内外でロビー活動をし、自分が局のボスとは意見を異にすることを支持層となりうる連邦議会やメディアの人間に一生懸命アピールしている。

だから、このふたりの関係は周囲にも充分に伝わっている。

二日後、大手メディアの〈ポリティコ〉が麻薬取締局内部のこの〝派閥争い〟を取り上げる。それによれば、局内は〝ケラー派〟と〝ハワード派〟に分裂している。

「ふたりの不仲は秘密でもなんでもない」と記者は書く。「問題は個人的な反目というよりもっと思想的なものだ。アート・ケラーはリベラル寄りで、ドラッグ禁止法の緩和、懲役期間の短縮を望み、禁止より治療に重きを置いている。ハワードのほうは筋金入りの禁止措置主義で、『全員ぶち込んで鍵をかけ、外に出すな』という保守的な立場にいる」

このふたつの立場を中心に派閥が形成されている。記事はさらに続く。

しかし、この対立には二極化した政治論争に終わらない複雑さがある。この問題を真に興味深いものにしているのは、〝経験値のちがい〟とでも言えるものだ。本来ハワードの強硬姿勢を支持してもよさそうな保守派のヴェテランの多くがハワードを軽視している。彼らによれば、ハワードは一介の官僚で、現場を知らないただの政治屋ということになる。一方、ケラーはヴェテラン捜査官で、囮捜査の経験もあり、現場からの叩き上げだ。しかし、もう一方で若い局員たち、ケラーのリベラルな立場に賛同しそうな者たちがケラーを時代遅れの恐竜のごとき存在、〝まずは発砲、質問はそのあと〟的なやり方で生きてきた町のお巡りにすぎないと見なす傾向があるのだ。そんな彼らに言わせれば、ケラーは行政的手腕に欠け、実務に時間をかけすぎ、政策に乏しい、となる。

いずれにしろ、この対立に決着がつくのは麻薬取締局局内の廊下でではなく、選挙会場のブースということになりそうだ。次の大統領選で民主党が勝てば、ケラーの続投はほぼ確実で、そうなれば高い確率でハワードはお払い箱になり、彼の一派も追放されるだろう。他方、共和党候補がホワイトハウス入りするとなると、やはりほぼ確実に逆にケラーが追い出され、ハワードがケラーの椅子に坐ることになるだろう。今後も動向が注目される。

ケラーはこの記事を書いた記者に電話する。「誰に取材をしたんだ?」

「ソースは明かせません」

「きみの立場はわかるが」とケラーは言う。メディアは敵ではない。友好的に接するように。ケラーはマリソルからそう諭《さと》されている。「しかし、私は取材を受けていない」

「アポを取ろうとしましたが、電話に出ていただけなかったので」

「そうか、だったらそれは何かの手ちがいだ」とケラーは言う。あるいは妨害工作。「いいかな、私の携帯番号を教えておくから、今後私の仕事について書くときには直に電話してくれ」

「今回の記事に訂正やコメントを希望されますか?」

「そうだな。私はまず発砲してからそのあと質問という手法は取らない」と彼は言う。「こういうつくり話の出所はたぶんハワードだろう。「あとはどんな〝追放〟もするつもりはない」

「でも、ハワードは馘にしますよね?」

「デントン・ハワードは政治任用官だ」とケラーは言う。「私が馘にしたいと思ったとしてもそれはできない」

「でも、そう望んではいる」

「いいや」

「今のお話を引用してもよろしいですか?」

「かまわない」

　ここはひとつハワードに一泡吹かせてやろう。

　ケラーは電話を切り、受付まで歩く。「エリース、〈ポリティコ〉から私に電話はあったか?」

ケラーは囮捜査官だった男だ。エリースの眼にほんの少しの躊躇《ちゅうちょ》を見ただけでケラーには知りたいことがわかる。

「気にするな」とケラーは言う。「きみは異動だ」

「なぜです?」

「なぜなら、私には信頼できる人間が必要だからだ」とケラーは言う。「今日じゅうに机を片づけておいてくれ」

自分宛ての電話をハワード一派の者に取らせつづけるわけにはいかない。

とりわけアジテイター作戦が進行しているあいだは。

ケラーはアジテイター作戦のことを関係者以外には極秘にしている。この作戦の機密情報には情報部長のブレア、彼の補佐のウーゴ・ヒダルゴ、それに彼自身しかアクセスできない。

ニューヨーク市警《NYPD》側では、マレンが上司や麻薬捜査課の誰にも報告しないまま、斬首台に自分の首をのせているような状態で、市警のデスクから作戦を遂行している。マレン以外に唯一作戦のことを知っているのはボビー・シレロという刑事で、彼はケラーのニューヨーク市内のヘロインツアーで覆面パトカーを運転していた男だ。

これはケラーとマレンが熟慮を重ねてたどり着いた〝トップダウン・ボトムアップ〟戦略の一環だ。シレロをニューヨークのヘロイン・コネクションに侵入させ、コネクションの最下層から上へ向かって人脈をたどらせる。それと同時に、ケラーたちは財界のトップに斬り込み、上から下にコネクションがつながる地点を探し出す。

アジテイター作戦は効果が出るまで時間がかかる。数年とは言わないまでも、数ヵ月はかかるだろう。機が熟すまで、逮捕や差し押さえは、たとえどんなにそうしたくともしないという約束をケラーとマレンは交わしている。

「網を引くのは」とマレンは言った。「網の中に魚が全部はいってから」

シレロはすでに街場に出ている。

財界の標的を見つけるにはもっと時間がかかるだろう。

ケラーたちにしても財界に囮捜査官を送り込むわけにはいかない。捜査官が学ばねばならないことが多すぎ、学ぶにしても時間がかかりすぎる。

そのことからタレ込み屋を探すという結論が出される。

汚いやり方だ。が、今必要なのはそうした餌食《えじき》だ。すべての捕食動物同様、ケラーたちは今、群れを見渡し、攻撃しやすそうな者、負傷している者、弱い者がいないか探している。

それは麻薬取引きの世界で密告者を探すこととなんら変わらない。つけ込まれるような弱みを持つ者、トラブルに陥っている者、そういうやつを見つけるのだ。

人間の弱みなどというものは古今東西相場が決まっている。金、怒り、恐怖、ドラッグ、あるいはセックス。

そんな中では金が一番わかりやすい。麻薬の世界では、誰かが借金をしてヤクを買い、そのあと破産するか、大金をぼられるかする。支払えないような額の借金を抱えると、金と保護を引き換えに人はたやすく密告者になる。

怒り。望んだような出世や取引きができない、自分にふさわしいと思う尊敬が得られない。あるいは妻や恋人を寝取られる。もっとひどいのは、兄弟や友人を殺される。そうした怒りに駆られた者は、自分で復讐する力を持っていないと、かわりに国家権力にやってもらおうとする。

恐怖。殺しのリストに自分が上がっているという噂を聞きつけ、自分の命が風前の灯《ともしび》であることを知る。そういうやつには警察しか逃げ込むところがない。しかし、手ぶらで行っても、警察が善意で保護してくれるなどということはまずない。情報を提供するしかない。そればかりか、さらに盗聴器をつけてまた出直しということもある。長期間刑務所に入れられるという恐怖もある。裏切り者が口を割る最大の動機のひとつがこれだ。FBIはこの恐怖を利用してマフィアを骨抜きにする。たいていの男は刑務所内で人生を終えるという恐怖に耐えられない。中には例外――ジョニー・ボーイ・コッツォやラファエル・カーロといった剛《ごう》の者――もいないではないが、そんな人間は例外中の例外だ。

ドラッグ。かつて組織犯罪の世界でもヤクをやったら身の破滅というのはわかりきったことだった。ヤクをやっている人間はわけのわからない行動に出て、おしゃべりが過ぎ、隙だらけになる。ハイだったり酔ったりしていると、人は馬鹿やヘマをやらかす。ギャンブルで愚かな賭け方をしたり、喧嘩《けんか》をしたり、車をぶつけたりする。依存症になった者は……ヤク中から情報を引き出すにはヤクを取り上げるだけでいい。ヤク中はすぐに口を割る。

そして最後にセックス。麻薬取引きの世界では性的不品行は大した問題にならない――誰かの妻、恋人、娘、姉妹に手を出したり、ゲイであったりしないかぎり。しかし、一般市民の世界では事情は異なる。セックスは人が持つ弱みの最たるものになりうる。

脱税や数百万の横領、ひどい類いになると人を殺したことを妻に告白するような男でも、秘密というのはあるものだ。自分は恋人、愛人、娼婦、高級コールガールと遊ぶプレーボーイだとわざわざ仲間に言いふらしているような男でも、自分は恋人の下着を穿いたりするとか、愛人の化粧品で化粧したりするとか、娼婦やコールガールに追加料金を払って尻を叩かれたり小便をかけたりしてもらっていることがまわりに知られるくらいなら、死んだほうがましと思う者がいる。

セックスが変態的であればあるほど、標的の弱みは増す。

金、怒り、恐怖、ドラッグ、セックス。

狙うべきはこれらの弱点を併せ持つやつだ。これら五つのどれかの組み合わせを抱えているやつが獲物の最有力候補となる。

ケラーの補佐役、ウーゴ・ヒダルゴはペンシルヴェニア駅からタクシーを拾って、フォーシーズンズ・ホテルへ向かう。

今はニューヨークにいることが多い。なぜならここが最新のヘロインの中心地であり、さらに銀行強盗ウィリー・サットンが言ったとされることばを使うと〝ここに金があるから〟だ。

マレンはホテルの最上階にあるスイートの居間でウーゴを待っている。

三十代前半――とウーゴは思う――の男がひとり、布張りの椅子に坐っている。薄茶色の髪をオールバックにしたあと、手櫛《てぐし》で多少散らしている。高価そうな白のシャツに黒いスーツのズボンを穿いているが、足は裸足だ。

肘を膝の上にのせ、顔を手で覆っている。

ウーゴには見慣れたポーズ。

逮捕された人間が取るポーズ。

ウーゴはマレンを見やる。

「チャンドラー・クレイボーン」とマレンは言う。「麻薬取締局のミスター・ヒダルゴがお出ましだ」

クレイボーンは顔を上げずにぼそりと言う。「どうも」

「調子はどうだ?」とウーゴは尋ねる。

「羽振りはなかなかよかったみたいだな」とマレンがかわりに答える。「ミスター・クレイボーンはここのスイートを借り、千ドルのコールガールを連れて一オンスのコカインを持ち込んだ。だけど、まあ、いわば〝興奮の度が過ぎて〟その女をひどくぶん殴っちまった。殴られた女はお返しに知り合いの刑事に電話した。部屋に駆けつけた刑事はコカインを見て、私に連絡するという賢明な判断をした」

クレイボーンはようやく顔を上げると、ウーゴを見て言う。「私を知ってるか？　私は〈バークリー・グループ〉のシンジケーション・ブローカーだ」

「ほう……」

クレイボーンはため息をつく。まるで親にアイフォーンアプリの使い方を説明している二十《はたち》の若者みたいに。「〈バークリー〉はヘッジファンドだ。世界でも最大規模の企業及び居住ビル事業に投資している。一等地の土地の面積にして二千万平方フィートを超える」

彼が名前を挙げる建物の中にはウーゴの知っているものもある。が、ほとんどは知らない。

「ミスター・クレイボーンがおっしゃりたいのは」とマレンが言う。「自分が重要人物で、強力なビジネスのコネをお持ちだということのようだ。そういうことでよろしいですかな、ミスター・クレイボーン？」

「私が言いたかったのは――」とクレイボーンは言う。「私がそういう人間じゃなかったら、今頃はもう留置場に入れられてるはずなんじゃないのか？　そういうことだ。ちがうか？」

このクソうぬぼれ野郎、とウーゴは思う。自分の不始末から逃れることにくそ慣れきったくそ野郎。「〝シンジケーション・ブローカー〟というのは実際には何をしてるんだね？」

クレイボーンは徐々に落ち着きを取り戻している。「わかると思うが、そういう土地の売買には、数十億とは言わないまでも数億ドル単位の金がかかる。それはたったひとつの銀行や貸付機関で背負いきれる額じゃない。で、一プロジェクトについてときには五十ぐらいの出資者を募る。その集団がシンジケートだ。私はそういうシンジケートのまとめ役だ」

「あんた自身はどうやって儲けてるんだ？」とウーゴは尋ねる。

「給料だ」とクレイボーンは答える。「七桁ちょいの給料だ。しかし、それよりボーナスが大きい。去年は二十八ミルを超えた」

「ミルというのは百万という意味か？」

ウーゴが麻薬取締局からもらっている給料は年に五万七千ドルだ。

「ああ」とクレイボーンは答える。「なあ、おれが悪かったよ。確かにちょっと破目をはずしすぎた。彼女には彼女が欲しがるだけの金を払うよ。あまり無理のない範囲で願いたいが。それと警察の基金に多少の寄付もさせてもらおう。それとも……」

「こちらのお方はどうやらわれわれに賄賂を申し出ているようだ」とマレンが言う。

「そのようですね」とウーゴは相槌《あいづち》を打つ。

マレンは言う。「いいか、チャンドラー……チャンドラーと呼んでいいか？」

「どうぞ」

「いいか、チャンドラー。今回、金は役に立たない。おれのシマじゃ通貨は通用しない」

「だったらあんたのシマの通貨はなんだ？」とクレイボーンは尋ねる。なんらかの通貨があるはずだと確信しながら。実際、それはまちがいではない。

「この阿呆はおれたちにイラついてる」とマレンは言う。「きっと生まれてこの方、アイルランド人やメキシコ人にふざけた真似をされた経験がないんだろうな。こういうのはお望みじゃないんだろう。そうだろ、チャンドラー？」

クレイボーンは言う。「誰かに電話できるなら……今すぐにでもジョン・デニソン個人の携帯に電話できる」

マレンはウーゴを見やる。「このお方はジョン・デニソン個人の携帯に電話できるそうだ」

「だったら今すぐそうしてもらいましょう」とウーゴは応じて言う。

マレンは自分の携帯電話を差し出す。「電話しろよ。ただそのまえにそのあとどういうことが起こるか、教えておいてやろう。おまえを中央仮拘置所に連行する。そして、スケジュールI類ドラッグ所持と教唆容疑、加重暴行、贈賄未遂容疑でおまえを勾留する。おまえの弁護士はおまえがライカーズ島の拘置所送りになるまえに保釈を勝ち取ってくれるかもしれない。もしかしたら、そうはならないかもしれない。どっちにしろ、今回のことは全部〈ポスト〉や〈デイリー・ニューズ〉の記事で読めるようになる。〈タイムズ〉は一日遅れるだろうが、いずれ載る。さあ、電話しろよ」

クレイボーンは携帯電話を受け取らない。「ほかの選択肢を教えてくれ」

クレイボーンの推測は基本的に正しい、とウーゴは思う。もし彼がその辺のクズ野郎だったら、とっくに署に連行されているはずだ。彼は自分に選択肢があることを知っている。金持ちにはいつも選択肢がある。それが世の常だ。

「ヒダルゴ捜査官はワシントンからお越しだ」とマレンは言う。「彼はドラッグマネーが金融機関の中でどう動いているのかということに興味を持ってる。それはおれもだ。もしおまえがそういう方面でおれたちの手伝いができるようなら、起訴だけじゃない。逮捕も見合わせてやってもいい」

ウーゴは思う、クレイボーンの顔色はそもそもこれ以上ないくらい蒼白だったが、今の話でさらに白くなった。

幽霊のように白い。

こいつはなかなかの有望株だ。

「そういうことなら、自分で自分の道を切り拓くよ」とクレイボーンは言う。

ウーゴにはクレイボーンが言わなかったことが聞こえてくる。彼はドラッグマネーのことなど何も知らないとは言わなかった。自分の関与しないことだとも言わなかった。彼が言ったのは自分に残されたチャンスに賭けるしかない、だ。つまり、彼はドラッグマネーに関わる人間を知っている。そして、そいつらを警察以上に恐れている。

「本気で言ってるのか?」とマレンは言う。「ということはこういうことになるわけか。

金まみれのおまえの世界のおまえの仲間が娼婦のところへ行って、まず女に暴行の訴えを取り下げさせる。それから七桁クラスの弁護士を雇って、おそらく――これはあくまでおそらくだが――コカイン所持による実刑も免れる。だけど、そうなったとしても、もうときすでに遅しだ。なぜならおまえのキャリアはもう終わってるからだ。結婚生活も終わり、人生も終わってるからだ」

「誣告罪《ぶこく》で訴えてやる」とクレイボーンは言う。「それであんたのキャリアも終わらせてやるよ」

「それはなんとも残念なニュースだが」とマレンは応じる。「おれはキャリアなんてのはどうでもいいんだよ。おれたちの眼のまえで子供たちが死んでいる。おれにとって重要なのはドラッグを食い止めること、それだけだ。だから訴えろ。ロングアイランドシティにあるおれの家もおまえにやるよ――ついでに言っておくと、雨洩りの全面開示みたいな家だがな。

じゃあ、これからの段取りを話しておこう。三十分ほどしたら地方検事がここにやってくる。その検事が供述調書をつくるから、おまえは自分のしたことを正直に洗いざらい話せ。捜査に協力する同意書も書いてもらう。細かいことはここにいるヒダルゴ捜査官に手伝ってもらうといい。検事はおまえの罪状すべてを起訴するかもしれない。その場合はおれたちみんなで分署に行く。そこからが戦いの始まりだ。だけど、若いの、今のうちに言っておいてやろう。おれはおまえが戦っても得する相手じゃないよ。このことはなんとしても信じてもらいたいね。なぜって、おれはおまえの船に最後のカミカゼ攻撃を仕掛けるつもりだからだ。三十分やるからよく考えるといい」

ウーゴとマレンは廊下に出る。

「さすがですね」

「ああ」とマレンは言う。「いつもの決まり文句だ。暗記してるみたいなもんだ」

「あいつがどういう獲物か。これはもう言うまでもないですね」

クレイボーンの言うこともあながちまちがいではない。数十億ドルの金を動かせる人間と一戦交えるのだ。やつらは必ずやり返してくる。ジョン・デニソンがからんでくるとなると、きっとクソやり返してくるだろう。

「あんたのボスはとことんやると言った」とマレンは言う。「あれが嘘だったなら、今言ってくれ。嘘じゃないことがわかれば、あのクソ野郎に今すぐ蹴りを入れられる」

「電話します」

マレンはクレイボーンのお守《も》りに部屋に戻る。

ウーゴはケラーに電話をかけて状況を伝える。「いいんですね?」

ああ、もちろん。

ケラーに迷いはない。

アジテイター作戦開始だ。

ケラーはベン・オブライエン上院議員の委員会で証言し、ヘロインの氾濫と戦うための戦略を報告する。まずはいわゆる大物捕獲作戦を取り止めることから始める。

「ご承知のように」とケラーは言う。「私は大物捕獲作戦を支持するひとりでした。カルテルのボスを逮捕するか、それが無理なら排除することに焦点をあてた戦略です。これは対テロの戦略とほぼ同じです。メキシコ海兵隊の協力もあり、われわれはこの作戦ですばらしい成果を上げました。湾岸カルテル、セータ隊、シナロア・カルテルのボスをはじめ、その他多くの本部《プラーサ》のボスや上位メンバーの首を取りました。しかし、残念ながら、その効果はなかった」

　次に、メキシコからのマリファナの流入は約四十パーセント減っているものの、衛星写真その他の情報が示すところでは、シナロアは数千エーカーの畑をマリファナ栽培から芥子栽培に変えている事実を報告する。

「今、きみは主要なカルテルのボスの首は取ったと言わなかったか？」と上院議員のひとりが言う。

「そのとおりです」とケラーは言う。「しかし、その結果、何が起きたか。アメリカへのドラッグ流入の増加です。対テロ戦争を手本に、実のところ、われわれはまちがったモデルを採用していたのです。テロリストは死んだトップの後釜になるのを嫌がります。しかし、麻薬取引きは利益が莫大なので、あとを継ぎたがる人間などいくらでもいる。つまり、われわれがやっていたことは、人を殺してでも就きたい人気仕事の空きをつくることだった。そういうことです」

ほかの禁制措置——ドラッグが国境を越えるのを阻止する試み——も効果を上げていないとケラーは説明する。麻薬取締局では国境を越えてきた違法ドラッグを最大で約十五パーセント押収したと見ている。しかし、カルテルはそもそも事業プランに三十パーセントのロスを織り込みずみなのだ。

「なぜもっとうまくやれないんだ?」と議員の別のひとりが尋ねる。

「なぜならあなた方の前任者が北米自由貿易協定《NAFTA》の法案を通したからです」とケラーは言う。「ドラッグの四分の三はトレーラーに乗って、法的に出入り自由な国境——サンディエゴ、ラレド、エルパソ——といった世界で最も取引量の多い国境地帯を通ってはいってきます。毎日数千台のトラックが行き交います。すべてのトラック、その他の車両を徹底的に調べだしたら、貿易が止まります」

「うまくいかないことについてはよくわかった」とオブライエンが言う。「では、どうすればいいんだ?」

「この五十年、われわれは主に南から北にはいってくるドラッグを食い止めることに尽力してきました」とケラーは続ける。「私の新たな案は、優先順位を逆にし、北から南へくだる金《かね》の流れを断つことです。もし金が南へ流れなければ、北へドラッグを送る理由がなくなる。われわれにはメキシコのカルテルをつぶすことはできません。しかし、アメリカから彼らを兵糧攻めにすることならできるはずです」

「もう降参だと言ってるだけのように聞こえるが」と議員のひとりが言う。

「誰も降参などしていません」とケラーは言う。

　これは非公開の会議だったが、ケラーは努めて議論を抽象的なことばで進めようとしている。もちろん、アジテイター作戦についても話したりはしない。ワシントンでくしゃみをしたら、ウォール街の誰かに「お大事に」と言われるような世界だ。上院議員を信用していないわけではないが、信用しているわけでもない。大統領選挙の年が近づいている。眼のまえに坐っている男たちのうちふたりは〝選挙委員会〟や〝政治活動委員会《PAC》〟をすでに起ち上げている。だからすぐにも選挙資金集めの活動を始めることだろう。結果、彼らは金のあるところに行く。私同様。ケラーは内心そう思う。

　ニューヨークだ。

　ブレア情報部長からの報告で、デントン・ハワードがジョン・デニソンと通じていることをケラーはすでに知っている。

「フロリダにあるデニソンのゴルフクラブでふたりは夕食をともにしていました」とブレアは言った。

　夕食のメニューにはおれの名もあったことだろう、とケラーは思う。

　デニソンは依然として出馬を仄めかしながら、同時にこんなツイートもしている――麻薬取締局のボスはドラッグの売人たちを刑務所の外に野放しにしたいらしい。なんと情けない！

そう、とケラーは思う。監獄から出したい売人は何人かいる。しかし、ハワードにそれを宣伝してもらう必要はない。会議のあと、ケラーは廊下でオブライエンを捕まえ、ハワードを追い出せないかと切り出す。

「きみには彼を馘にすることはできない」とオブライエンは言う。

「あなたならできます」

「いや、できない」とオブライエンは言う。「彼は保守のティーパーティ派のお気に入りだからな。そんなことをしたら私は次の選挙で右派から総すかんを食らってしまう。予備選で負けたら、本選挙で勝てるわけがない。ここはきみに我慢してもらうしかない」

「彼は背中から斬りつけるような真似ばかりしています」

「今さら何を言ってる？」とオブライエンは言う。「それこそこの市《まち》の人間みんながやってることだろうが。きみにとっての最善策は結果を出すことだ」

もっともだ、とケラーは思う。

オフィスに戻ると、彼はウーゴに電話をかける。

「クレイボーンのほうはどうなってる？」

「どうでもいいことばかりしゃべくってます」とウーゴは言う。「このブローカーはコカインをやってるとか、このヘッジファンド・マネージャーはマリファナをやってるだとか……」

「大したネタじゃないな」とケラーは言う。「もっと絞り上げるんだ」

「そうします」

アジテイター作戦のもう半分、〝ボトムアップ〟のほうは順調だ。マレンの右腕のシレロ刑事が梯子を下から上に上がっている。しかし〝トップダウン〟のほうは今のところ行きづまりだ。耳クソ野郎のクレイボーンは取るに足りない断片的な情報で司直を手玉に取れると思っている。

茶番は終わりにして、彼からは実のあるネタを搾り取らなければならない。

これ以上のただ乗りは許さない。

料金を払うか、さもなければバスを降りるか。


彼らは〈アセラ・エクスプレス〉車内で落ち合う。

「おれたちをなんだと思ってる？　なあ、チャンドラー、おれたちはヌケ作なのか？」とウーゴが言う。「おれたちを適当にあしらっていれば、またもとの暮らしに戻れると思ってるのか？」

「努力はしてる」

「だったらその努力が足りない」

「どうすりゃいいんだ？」

「使えるネタだ」とウーゴは言う。「ニューヨーク市警はあんたにもううんざりしてる。このままじゃ、まちがいなく起訴だ」

「馬鹿なことを言うな」とクレイボーンは言う。「取引きしただろうが」

「あんたはその取引きの責任を果たしていない」

「やれることはやってる」

「ばかばかしい」とウーゴは言う。「あんたはおれたちをただからかってるのさ。吊るしのスーツしか買えないアホのお巡りより自分のほうがずっと利口だと思ってな。実際、あんたは利口だよ。だけど、そのお利口がたたって豚箱まで一直線だ。アッティカ刑務所のルームサーヴィスはもしかしたら気に入るかもしれないがな、このクソ野郎」

「なあ、チャンスをくれ」

「チャンスはもう与えた。話は終わりだ」

「頼むよ」

ウーゴは少し考えるふりをしてから言う。「わかった。ちょっと電話して何かできるか確認してくる。約束はできないが」

彼は立ち上がり、次の車両へ移り、そこで数分待つ。それから席に戻って言う。「もう少しだけ時間をもらってやった。しかし、もうこのさきはないからな。使えるネタを出すんだ。でなきゃ、あとはもうニューヨーク市警に任せるしかない」

ケラーのもとへメキシコ海兵隊のオルドゥーニャ提督から電話がはいる。

「きみが捜していた少年だが」とオルドゥーニャが言う。「目撃情報らしきものがある」

「場所はどこです？」

「ゲレロだ」とオルドゥーニャは言う。「辻褄《つじつま》が合うかな？」

「いいえ」とケラーは答える。しかし、あのチュイ・バラホスに関して辻褄が合うなどということがこれまで一度でもあっただろうか？

本人だという確証はないが、とオルドゥーニャは断わってから続ける。オルドゥーニャの部下のひとりがゲレロの地方大学の過激派学生グループを監視していたところ、手配書の記述に合致する若い男がこの集団とつるんでいるのを発見したという。また、学生のひとりがその少年をヘスースと呼んでいたという情報もある。

どこの誰であってもおかしくはない、とケラーは思う。「どこの大学ですか？」

チュイは高校も出ていない。

「待ってくれ」とオルドゥーニャは言って、ノートを調べる。「アヨツィナパ教員養成大学だ」

「聞いたことがありませんね」

「私もだ」

「もしかして、あなたの部下が――」

「友《クアテ》よ、今送った」

ケラーはパソコン画面を見つめる。

くそっ、チュイだという確率は……

写真が送られてくる。

破れたジーンズとスニーカーに黒の野球帽をかぶった、背の低い痩せこけた少年。長い髪はぼさぼさだ。

写真はちょっとぼやけているが、まちがいない。

チュイだ。

2　ヘロイン島

これで少しばかり毒をわけてもらいたい。ききめの早いやつを、飲めばたちまち五体の血管をかけめぐり……

——シェイクスピア『ロミオとジュリエット』第五幕第一場（小田島雄志訳）

二〇一四年
スタテン島、ニューヨーク

ボビー・シレロは三十四歳。

刑事としてはまだ若いほうだ。

上司のマレンがうしろ盾だ。彼の下で働くようになってずいぶん経《た》つ。マレンが七六分署長だった頃、シレロはブルックリンで囮捜査官をやっていて、相当な人数をマレンのもとにしょっぴいた。マレンはニューヨーク市警本部《ワン・ポリス・プラザ》で大きな仕事をすることになると、シレロを本部に連れていった。シレロはマンハッタンへの橋を渡ると同時に、刑事の金バッジを手にした。

囮捜査官から足を洗えたのはありがたかった。浮浪者、ジャンキー、売人を四六時中相手にするのは楽な仕事ではない。

囮捜査官にはプライヴェートな時間がない。

新しい任務とブルックリンハイツにあるワンルームマンションは最高だ。部屋は小ぎれいにしておくのにちょうどいい広さで、出勤日は多いが、勤務時間は短い。

シレロは今、ニューヨーク市警本部の十一階にあるマレンのオフィスにいる。

マレンはリモコンで壁に据えられたテレビのニュースチャンネルを次々と替えている。どのチャンネルも某有名俳優の麻薬の過剰摂取事件を扱っており、どの番組も市内におけるヘロインの〝氾濫〟や〝蔓延〟に言及し、ニューヨーク市警は〝この状況をただ指をくわえて見ているだけだ〟と訴えている。

シレロはマレンが〝指をくわえて見ているだけ〟などと言われて、黙っているような男ではないことを知っている。マレンは、市警本部長や警察委員長、市長といったお偉いさんからの電話にも唯々《いい》諾々《だくだく》と従ったりしない。まったく。まだマレンにプレッシャーをかけてこない唯一の大物と言えば、アメリカ大統領くらいのものだが、それはおそらく大統領がマレンの電話番号を知らないからだろう。

「今はヘロインが爆発的に広まっている」とマレンが口を開く。「なんでおれが知ってるかわかるか？ 〈ニューヨーク・タイムズ〉、〈ポスト〉、〈デイリー・ニューズ〉、〈ヴォイス〉、ＣＮＮ、ＦＯＸニュース、ＮＢＣ、ＣＢＳ、ＡＢＣ。あいつらのお陰だ。そして忘れちゃいけないのが『エンターテインメント・トゥナイト』だ。知ってたか、おれたちは『エンターテインメント・トゥナイト』にも叩かれてる。

それは、まあ、どうでもいいが、この市《まち》で人が死につづけているのは事実だ。黒人、白人、若者、貧乏人、金持ち――麻薬はどんなやつも平等に分け隔てなく殺す殺人鬼だ。去年は殺人が三百三十五件で、過剰摂取が四百二十件だった。メディアには好きなように言わせておけばいい。あいつらの対応はどうにでもなる。問題は人が死につづけてることだ」

シレロはわかりきっていることは口にしない。ブルックリンで死んでいるのが黒人だったあいだは、『エンターテインメント・トゥナイト』も騒いではいなかった。シレロは黙っている。シレロはマレンを心から尊敬している。そんなマレンの話に口をはさもうとは思わない。それにマレンの言っていることはまちがっていない。

あまりに多くの人々が死につづけている。

われわれはたった数本の箒で押し寄せるヘロインの大波を押し戻そうとしている。

「パラダイム・シフトだ」とマレンは言う。「おれたちもそれに合わせて変わる必要がある。〝囮で買ってしょっぴくやり方《バイ・アンド・バスト》〟にもある程度の効果はあった。だが、満足と言えるレヴェルにはほど遠かった。ヘロイン工場のガサ入れにもある程度の成果はあった。大量のヘロインと現ナマを押収できた。しかし、メキシコ人どもは今、さらに大量のヘロインをつくって荒稼ぎしている。やつらにしても工場の手入れなどで損失が出るのは初めから織り込みずみだ。おれたちは絶対に勝てない数字のゲームをやってるようなものだ」

麻薬工場のガサ入れはシレロもこれまでに何度か経験している。

メキシコ人はテキサス経由でニューヨークにヘロインを持ち込み、たいていはアッパー・マンハッタンかブロンクスにあるアパートメントや自分の家にいったん保管する。そのあと〝工場〟でダイム袋に小分けして売人に売る。売人はたいてい組織のチンピラで、

買ったヤクを市内でさばくか、州北部やニューイングランドの小さな町に運ぶ。

ニューヨーク市警《NYPD》も麻薬工場の大きなガサ入れでは、末端価格で二千万から五千万ドルにもなるようなブツを何度も押収している。しかし、それもいたちごっこだ。マレンは正しい。メキシコのカルテルは押収された麻薬や金の損失など簡単に埋められる力を持っている。

人も代わりはいくらでもいる。工場で働いているのは、ほとんどがヘロインを小分けにする地元の女や、日銭めあての下っ端マネージャーだ。ヤクを卸すカルテル側の人間が工場にいることはめったになく、彼らはヤクを持ち込むときだけ現われ、すぐにその場を立ち去る。

かくしてヤクは次から次と流入する。

マレンは毎日麻薬取締局《DEA》と情報を交換しているが、同じようなことが国じゅうで起こっている。メキシコ産の新ヘロインがサンディエゴ、エルパソ、ラレドを通ってロスアンジエルス、シカゴ、シアトル、ワシントンDC、そしてニューヨークに流れ込み、一大市場

を形成している。

小さな町も例外ではない。

ストリートギャングが都市部から小さな町に流れてきて、モーテルを拠点にビジネスを始めるようになっている。ヤクに手を染めているのは都市部の住人だけではない。今や郊外の主婦や田舎の農場主にまで広まっている。

が、そこまではマレンの管轄ではない。

彼の管轄はニューヨーク市だ。

マレンは本題にはいる。「メキシコ人のゲームに勝つには、メキシコ人のやり方でやるしかない」

「どういうことです?」

「麻薬商《ナルコ》がメキシコでは手に入れられても、ここでは手に入れられないものはなんだ?」とマレンは尋ねる。

プリモ・テキーラ、とシレロは思ったが、口にはしない。黙っている——今のマレンのことばは答を求める質問ではない。

「警官だ」とマレンは言う。「もちろん、こっちにも汚職警官はいる。金のために悪事を見逃すやつら、強請《ゆす》りを働くやつら、ごくたまに売人や麻薬商《ナルコ》のボディガードをするやつもいる。しかし、それはほんの一部だ。でも、あっちじゃそれが普通だ」

「つまり……?」

「囮捜査に戻ってほしい」とマレンは言う。

シレロは首を振る。囮捜査の日々は終わった――たとえ戻りたくてももう無理だ。シレロは今では刑事として顔が知られすぎている。ばれるのに三十秒とかからないだろう。とんだお笑い種になるだろう。

シレロはそのとおりマレンに言う。「もうみんなおれが刑事だってことを知ってます」

「ああ、だからおまえには刑事として囮捜査をやってほしいんだ」とマレンは言う。「汚職刑事になるんだ」

シレロは黙っている。なんと答えればいいのかわからない。そんな仕事はしたくない。そんな任務に就けばそこでもうキャリアが終わる――汚職に手を染めたという悪評が一度でも立ったら、それはずっとついてまわる。いつまでも疑いの眼が向けられ、その名前が昇進者のリストからはずされる。

「自分は金で買えるお巡りだと触れまわってほしい」とマレンは言う。

「おれももう三十を超えてます」とシレロは言う。「それだけは勘弁してください。おれにも人生があるんです。おれの人生を滅茶滅茶にしないでください」

「何を頼んでいるのかはおれにもよくわかってる」

シレロはすがるように言う。「それに、おれは今、金バッジです。囮捜査をやるには階級が高すぎます。汚職に手を染めた金バッジがいたのは八〇年代までの話です」

「そのとおりだ」

「それにおれがあなたの部下だってことは誰もが知ってることです」

「そこが狙いだ」とマレンは言う。「上位の大物バイヤーにたどり着いたら、おれの差し金だと明かすんだ」

なんてこった。マレンはおれに麻薬捜査課全体を売らせようというのか？

「メキシコでは普通のことだ」とマレンは続ける。「あっちじゃ警官ひとりひとりを買収したりするんじゃなくて、課を丸ごと買収する。だからやつらはこっちでもトップの人間と取引きしたがるはずだ。シナロア人と交渉するにはそれしかない」

シレロは頭をフル回転させる。

恐ろしく危険なことだ。マレンが今言ったことは。悪いほうに転がる可能性が高すぎる。ほかの刑事がおれの汚職の噂を聞きつけて捜査に乗り出すかもしれない。もしくはＦＢＩが。

「記録にはどんなふうに残すんです？」とシレロは尋ねる。計画を文書に残しておけば、悪いほうに転がってもそれが保険になる。

「記録するつもりはない」とマレンは言う。「誰もこの計画を知ることはない。おれとおまえだけだ」

「それとあのケラーですか？」

「ケラーのことは忘れろ」

「それじゃ捕まったとき、われわれの潔白を証明できません」

「そのとおりだ」

「ふたりそろってブタ箱行きになるかもしれない」

「そこはこれまでのおれ自身の評判に頼るしかない」とマレンは言う。「それはおまえも同じだ」

そうとも、とシレロは思う。汚職刑事や、ヤクで儲けたり、強請《ゆす》ったりしているお巡りに出くわしたときには、そういうことも意味を持つかもしれない。しかし、そこでどうする？　おれはタレ込みネズミになるつもりはない。

マレンにはシレロの考えていることがわかる。「おれが欲しいのは麻薬商《ナルコ》だけだ。ほかのやつらについては見て見ぬふりをすればいい」

「それだけで規則違反に――」

「わかってる」マレンは机から立ち上がると、窓の外を見る。「だったらおまえはいったいおれにどうしろと言うんだ？　規則に従って、子供たちが虫けらのように死んでいくのを黙って見てろと言うのか？　おまえは若いからエイズが流行ったときのことはよく知らないだろうが、おれはあのときこの市《まち》が墓場と化すのを目《ま》のあたりにした。あのときと同じように指をくわえて見てるつもりはおれにはない」

「それはわかりますけど」

「おまえ以外にこれを頼めるやつはいないんだ、ボビー」とマレンは言う。「おまえにはこの仕事ができる頭と経験がある。それになによりおれにはおまえしか信用できるやつがいないんだ。約束する、おまえのキャリアを守るためにはおれはありとあらゆる手を尽くす」

「わかりました」

「やってくれるか？」

「やります」

「ありがとう」

階下《した》に降りるエレヴェーターの中でシレロは思う——つまるところ、おれは完全なドツボにはまっちまったということか。


リビーは彼を見て言う。「あなたって感じのいいイタリア人よね」

「実を言うと、おれは感じのいいギリシャ人だけど」とシレロは言う。

ふたりはリビーが働く劇場近くのレストラン〈ジョー・アレン〉のテーブルについて、チーズバーガーをほおばっている。

「シレロだっけ？」と彼女は尋ねる。

「この仕事に就くのにイタリアっぽい名前は邪魔にならない」とシレロは言う。「アイルランド人が一番だけど、次がイタリア人だ。でも、おれはアストリア出身のギリシャ人だ」

ほとんど月並みと言ってもいい。彼の祖父母は第二次大戦後にギリシャからアメリカに移住してきた。そして、がむしゃらに働き、二十三丁目通りにレストランを開いた。店は今でも彼の父親が経営している。往時ほどではないにしろ、近所には今でも多くのギリシャ人が住んでいて、通りではギリシャ語《エリニカ》が飛び交っている。

シレロにはレストランを継ぐ気はなかった。が、ありがたいことにかわりに弟が継いでくれ、おかげでシレロがジョン・ジェイ・カレッジに進学し、そのあと警察学校にはいっても、両親が悲嘆に暮れることはなかった。彼の両親はシレロの卒業式にも出席し、そのときには息子を誇らしく思った。それでも、彼のことは常に心配しており、シレロが囮捜査官になり、ぼさぼさの髪にひげづら、がりがりに痩せてやつれた姿で現われたときには、どうしてそんな恰好をしなければならないのか、彼の両親は最後まで完全に理解することはなかった。

彼の祖母などシレロの眼をじっと見つめて訊いてきたものだ。「ボビー、あんた、ドラッグをやってるのかい?」

「やってないよ、祖母ちゃん《ヤーヤー》」

そう言いながら内心、買うだけだよ、と思った。自分の仕事を家族に説明することはできなかった。囮捜査の辛さのひとつは、自分の仕事の実態を誰にも理解してもらえないことだ。同じ囮捜査官ならわかるだろうが、そもそもほかの囮捜査官になど会う機会がない。

「いずれにしろ、あなた、刑事なのね」とリビーが言う。

「きみの話をしようぜ」

リビーはとんでもなく美しい。いわゆる〝つややか〟という形容がぴったりの赤毛。高い鼻、大きく広がる唇、それに蠱惑《こわく》的なボディ。脚なんかは田舎道より長い。もっとも、シレロは田舎道がどんなものかあまり知らないが。彼はグリニッチヴィレッジのスターバックスで彼女を見かけ、振り向いてこう言ったのだった。「きみはローファットのマキアート派だろ？」

「どうしてわかったの？」

「おれは刑事なんだ」

「だったら、あまり有能とは言えないわね」とリビーは言った。「ローファットのラテ派よ」

「でも、きみの電話番号は」とシレロは言った。「二一二‐五五五‐六七〇八だ。あたってただろ？」

「いいえ。ちがう」

「証明して」

「バッジを見せて」

「おれをセクハラで警察に突き出そうというんじゃないだろうね？」

シレロはリビーにバッジを見せた。

リビーはシレロに電話番号を教えた。

シレロはリビーのことを刑事フェチだと思ったのだが、彼女をこのテーブルに呼び出すのには十八回も電話しなければならなかった。

「あまり話すことはないわ」と彼女は言う。「実家はオハイオの小さな町。オハイオ州立大学にはいって、そこでダンスを学んだの。で、六年まえに夢を叶えるために都会に出てきたのよ」

「夢は叶った？」

「そうね」彼女は肩をすくめて言う。「ブロードウェイに出てるわ」

リビーは『シカゴ』の舞台でコーラスの中にいる。おそらくダンス界の金バッジに相当するのだろう、とシレロは思う。リビーはその緑色の眼でシレロを見つめる。この子はおれに釣り合ってる。

悪くない。

すごくいい。

「市内に住んでるの？」とシレロは尋ねる。

「アッパーウェストサイド」とリビーは答える。「ブロードウェイとアムステルダム・アヴェニューのあいだの八十九丁目通り。あなたは？」

「ブルックリンハイツだ」

「わたしたち、地理的には合わないわね」とリビーは言う。

「おれはまえから思ってるんだけど、地理って過大評価されてないかな？」とシレロは言う。「だからもう学校でも教えてないんじゃないか？　いずれにしろ、職場はマンハッタンだ。ダウンタウンのワン・ポリスだ」

「何、それ？」

「ニューヨーク市警本部。そこの麻薬捜査課にいる」

「じゃあ、あなたのそばでハッパはやらないほうがいいわね」

「別にかまわない」とシレロは言う。「一緒にやってもいい。たまに抜き打ち検査がはいるけど。きみのことを聞かせてくれ。ルームメイトはいる？」

「いいかしら、ボビー」とリビーは言う。「わたし、今夜あなたと寝ないわよ」

「誰もそんなこと頼んでないよ。ていうか、ちょっとイラっときたよ。おれはどういうやつ？　安っぽい発情男？　バーガー一個をおごらせるのはいいよ。だけど、それでおごらせた男を意のままにできるなんて普通、思うか？」

リビーは笑う。

低くてハスキー。これもかなりシレロの好みだ。

「あなたこそルームメイトは？」とリビーは尋ねる。

「いない」とシレロは答える。「ワンルームだ。気分転換したくなると、外へ出なきゃいけないけど、気に入ってる。だいたいあまり家にいないしね」

「ずっと働きづめなのね」

「そういうこと」

「今はどういう事件を扱ってるの？」とリビーは尋ねる。「そういう話ってできるの？」

「きみのことを話してる途中だったよね」とシレロは言う。「たとえば、そう、ダンサーがチーズバーガーを食べるとは思わなかったな」

「明日は一クラス余分に出ないと。でも、このバーガーは後悔してないわ」

「クラス？」とシレロは尋ねる。「ダンスはもう学校で習ったんじゃないのかい？」

「努力は続けないと」とリビーが言う。「スタイルを保つために。特に深夜、肉の誘惑に負けてしまったときには。なんだかこんなふうに言うと猥褻《わいせつ》ね。あなたはどうなの？ 食べものに気を使ってる？」

「いいや。いかにも刑事らしい食事だな。だいたいそのときその場で間に合わせる」

「ドーナツとか？」

「プロファイリングはやめほしいね、リビー」

「あのすばらしいギリシャ料理は？」

「子供の頃からそればっかり食べてるとそうすばらしくもなくなる。祖母《ヤーヤー》ちゃんには内緒だけど、だいたいのところイタリアンだな。さもなきゃインド料理かカリブ料理。なんでもいい。ブドウの葉に包んでさえなけりゃ。ほかの質問だ。メジャーリーグのインディアンスとレッズ、どっちが好き？（ともに本拠地がオハイオ州にある）」

「レッズよ。ナショナルリーグのファンなの」

「ローズは殿堂入りする？」

「決まってるわ」とリビーは言う。「絶対すると思ってる。あなたもそう思うでしょ？」

「まあ、そうなるかな」

「メッツファン？」

「もちろん」

リビーはシレロの皿からフライドポテトを一本取って口に放り込む。「ボビー、さっきの安っぽい発情男の話だけど……」


シレロは小鍋《ブリキ》にコーヒーの粉を入れて、コンロの火を中火にする。泡立つまで掻き混ぜてからふたつのカップに注ぎ、ベッドまで運ぶ。「リビー？　七時に起こしてくれって言ってたと思うけど」

「あっ、ヤバい」とリビーは言う。「クラスに出なきゃ」

シレロはリビーにコーヒーを手渡す。

「これ、すごくおいしい」とリビーは言う。「何、これ？」

「ギリシャコーヒー」

「ギリシャ料理は嫌いって言わなかったっけ」

「おれっていい加減の塊なんだ」

リビーはバスルームにはいる。どう見ても裸でいることを気にしていない。もちろん、こっちも気にしない、とシレロは思う。あんな体ならなおのこと。バスルームから出てきた彼女は赤毛の髪をポニーテールにまとめ、スウェットシャツを着て、レギンスを穿いている。

「さて、朝帰りの時間ね」とリビーは言う。

「車で送るよ」

「地下鉄で行くわ」

「それって一晩かぎりというきみ流の言い方?」とシレロは尋ねる。

「あらあら、大物刑事さんがすっかり不安になっちゃって」とリビーは言い、シレロの唇にキスをする。

「地下鉄のほうが速いっていうわたし流の言い方よ」

シレロはコーヒーの残りをシンクに捨てる。「だったら歩いて送ろう」

「ええ?」

「言っただろ、おれは感じのいいギリシャ人だって」

地下鉄の入口でリビーは言う。「電話してね」

「するよ」とシレロは言う。

リビーは彼に軽くキスをして、階段を降りていく。

シレロはニューススタンドに立ち寄り、新聞を数紙買い、朝食をとる。テーブルにつき、ライ麦トーストを添えた大きなチーズオムレツを食べながら〈タイムズ〉に眼を通す。どの新聞もヤクの過剰摂取で死んだ俳優の記事を大々的に載せている。

これから、とシレロは思う。おれはこの俳優を殺したやつらに接触し、身売りしなければばならない。

言うは易く、行うは難し。

やつらも伊達《だて》に億万長者になったわけではない。メキシコの警察が手なずけられているのは、あっちの警察がすぐ金になびくからだけでもない――やつらが警官に対してそれだけの支配力を持っているのだ。賄賂は〝もらうか、もらわないか〟ではない。〝もらうか、もらわないなら一家皆殺し〟なのだ。やつらにはわかっている。このやり方なら買収した警官であっても信用できる――つまり裏切られることはない。

しかし、そんなやり方はここでは通用しない。

ニューヨークのギャングはニューヨーク市の警官を殺したり、ましてやその家族を脅したりはしない。そいつが正気のギャングなら。そんなことをすれば、怒れる三万八千人の警官を敵にまわすことになるとわかっているからだ。仮に生きて逮捕されても――まあ、可能性は低いが――アイルランド人やイタリア人の検事やユダヤ人の判事に州で最悪の刑務所に送られ、死ぬまでずっとそこで過ごすことになる。もっとまずいのはビジネスが立ちいかなくなることだ。だから、ボスたちは自分のところの兵隊がそんなヘマをしないように常に眼を配っている。

黒人のギャングもラテン系のギャングも警官を殺そうとはしない。それよりビジネスを大事にする。

確かに、警官も殺されてはいる。それも多すぎるくらい。しかし、殺しているのは犯罪組織ではない。メキシコ人もニューヨーク市警の警官の買収には慎重になる。裏切らないという保証がないからだ。

だから、保証はこっちからつくってやらなければならない。

シレロはガレージに行き、彼の愛車、二〇一二年製マスタングGTに乗り込むと、〈リゾーツ・ワールド・カジノ〉へ車を走らせる。

一週間後、シレロはスタテン島のスターバックスにいる。バリスタが『ギリガン君SOS』というドラマの主題歌を歌うのを聞いている。

「その番組を知ってるような歳には見えないけど」とシレロは言う。

「〈フールー〉で見たの」と彼女は答える。「ご注文は?」

シレロは彼女の名札を見る。「ラテを頼む、ジャッキー」

「ただのラテ?」と彼女は尋ねる。「面倒くさい形容詞はなしの?」

「ただのラテだ」と言いながらシレロは思う。あるいはヘロインを少々、かな。彼女は長袖を着ている。そして、ハイになっているような眼つきをしている。

スタテン島はヘロインが猛威を振るっている場所のひとつだ。ここのヘロインの消費量はたったの二年で三倍に増えた。

かつてドラッグは島の北部、島でも都会のエリアにかぎられていた。マンハッタンからフェリーで、あるいはブルックリンから橋を渡ってはいってくるドラッグが、低所得者層向けの公営住宅に出まわったのだ。

今はちがう。

今ではドラッグは島の中央と南部の核家族世帯や近隣の労働者世帯のほか、多くの警官、消防士、市役所職員にも広がっている。

ここは正直にいこう、とシレロは思う。

広がっているのは白人が住む地域だ。

それにブルーカラーの地域。

なぜおれは今ここにいるのか。

それはおれが白人だからだ。

マンハッタンやブルックリンではドラッグの密売は主にギャングの仕事で、公営住宅やその周辺での売買は黒人とラテン系のギャングが仕切っており、そこにシレロがはいり込む余地はない。

白人の警官には無理だ。

それがたとえ汚職に手を染めた白人警官であっても。

ここのヘロイン売買はちがう――個人の売人が大勢いて、たいてい売人自身も常習者だ。

彼らは小売り人のギャングからダイム袋、ときにはニッケル袋を買ってきて売る。そのギャングはアップタウンの工場から仕入れている。

二十年まえ、いや十年まえでも、スタテン島の白人の子供にヘロインを売るのは命懸けだった。当時は警官だけでなく、ギャングの壁が立ちふさがっていたからだ。三十年まえにはマフィアのポーリー・カラブレーゼがここに住んでいた。今もまだギャングはいるが、以前とは様子がちがう。かつてのように自分のシマを守ってはいない。ギャングが白人の子供をヤクから守るなどというのは今や遠い昔話だ。

マフィアのジョン・コッツォのくそ孫がここでヤクを売りさばいている。シレロは以前そう聞いたことがある。コッツォはメキシコのヘロインを島に持ち込んで商売するのに邪魔なカラブレーゼを殺《や》った。そのことを思えば、なんの不思議もない話だ。

いずれにしろ、ブロンクスやブルックリン、あるいはマンハッタンではシレロが狙う獲物を見つけるのはむずかしい。白人の住むここスタテン島――別名ヘロイン島――ジャッキーのような常習者がいるこの島にこそ彼の獲物がいる。

彼をサメまで導いてくれる獲物だ。

餌はすでに撒いてある。〈リゾーツ・ワールド〉へ行き、ブラックジャックのテーブルで無茶な賭け方をして三千ドルを摩《す》った。続けてバスケットボール賭博――大学とプロ両方――に移ってさらに五千摩った。それからコネティカット州に車を飛ばし、〈モヒガン・サン〉と〈フォックスウッズ〉でさらに数千ドル負け、飲んだくれて騒いだ。ニューヨークの刑事が破目をはずし、大いに賭け、大いに負け、大いに酔っぱらっているという噂が北東地域の警察コミュニティに広まるように。

囮の血が海中に広がるように。

シレロは今ラテを飲みながら、カウンターの向こうで働くジャッキーを観察している。笑みを浮かべて仕事をしているが、少しふらついたり、歩き方もぎくしゃくしている。シレロにはわかる。次の気つけを一発打つまで、もったとして三時間というところだろう。見たところ十九か、せいぜい二十《はたち》だろう。

まったくなんて世の中だ。

ここでは第一次大戦中みたいに若者が死んでいく。親がわが子の葬式を出すなどまともではない。

このいかれた任務を除けば、シレロの新生活はかなり順調だ。リビーとつき合いはじめて数週間になるが、今のところうまくいっている。ある意味で互いのスケジュールがうまく噛み合っていて——彼女は深夜か早朝しか空いておらず、今のところ週に三回、遅い夕食を一緒にとってそのあとセックスをする——それ以上彼女は何も求めてこない。シレロもそれで不満はない。

気楽なつき合いだ。

シレロはコーヒーを飲み干し、歩いて同じブロックの〈ジオ・トト〉に行く。

そのバーに客はいない。黒いストゥールを引いて坐り、セヴン&コークを注文する。

アンジーは遅れている。これはパワープレーだ。そのことはシレロにもわかっている。

相手は待たせるもの。

五分ほどしてアンジーが現われる。

もしかしたら、彼も〈24アワー・フィットネス〉に定期的にかよったりしているのかもしれないが、その効果はまるで現われていない。アンジェロ・ブッチはクイーンズ区アストリアのアーチビショップ・モロイ高校に一緒にかよっていた頃と同じたるんだ体をしている。髪を短くして、今日はメッツのスタジャンにジーンズ、それにローファーというなりだ。

シレロにハグをして椅子に坐ると、アンジーは言う。「なんだってアラバマくんだりまで呼び出した？」

「今はリッチモンドに住んでるんじゃないのか？」

「そこからでも遠いだろうが」とアンジーは言う。「金バッジともなると昔のダチとつるんでるところなんか見られたくないってことか？　何を頼んだ？　コークか？」

「セヴン＆コークだ」

「こいつと同じものを」とアンジーはバーテンダーに言う。「ただ、ウォッカでつくってくれ。ウォッカだけで。あと、このホモ野郎にももう一杯」

シレロは空《から》のグラスを指差し、同じものをと仕種で伝える。「ジーナはどうしてる？」

「そうだな、相変わらず人をイラつかせてくれてるよ。それがおまえの質問ならな」とアンジーは答える。「ガキどもも雑草みたいに育ってる。でも、おれの暮らしぶりを訊くためにわざわざこんなところまで呼び出したんじゃないよな、ボビー」

バーテンダーが飲みものを持ってくると、アンジーは席を替えようと顎でバーの奥を示す。

「金を貸してほしい」とシレロは言う。

「そんなことだろうと思ったよ」とアンジーは尋ねる。「いくらだ?」

「二万」

「どういうことだ、ボビー?」

「文句はセント・ジョンズ大学に言ってくれ」とボビーは言う。

「どの選手に入れ込んでるんだ?」

「別に」とボビーは言った。「給料は増えたが、文なしだ。家賃だろ、車のローンだろ、食費に……」

「ギャンブルか……」

「必要なのは金だ。説教じゃない」

「セント・ジョンズなんかに賭けてるようじゃ、やっぱり説教は必要だよ」とアンジーは言う。「なあ、ボビー、おれはおまえに金を貸したくない。貸したら利息も取り立てなきゃならないからだ」

「わかってる」

「どうせ全部摩るだけだ……」

「当てるさ」とシレロは言う。

「用事というのはそれだけか?」

「そうだ。おれたちは友達だったよな?」

「今でもそうだ」とアンジーは言う。「だからこそおまえが自分から深みにはまっていくのは見たくないんだ。それに……」

「それに、なんだ？」

「どう言えばいいかな、ボビー」とアンジーは言う。「ニューヨーク市警の刑事に金を貸して……おまえが返さなかったらどうやって回収すればいいんだ？　つまり、どうやって取り立てられる？」

「そもそも」とシレロは言った。「おれはちゃんと返す。もし返さなかったら、総務部に言えばいい。おれのキャリアはそれでおしまいになる。それは充分脅しになる」

「そうか。それは思いつかなかったな」

「だったらいいな？」

「いや、どうかな」とアンジーは言う。「わかった、いいよ。利子は三十日で二割だ。利息自体、毎週金曜に払ってもらう。そこのところは神父と侍者並みにきっちりやってくれ。払えない場合は複利になる」

「わかってるよ、アンジー」

「おれが食えてるのはギャンブラーのおかげだ」とアンジーは言う。「ギャンブラーがおれの家の食卓に食いものを用意してくれて、おれの子供の服まで買ってくれてる。だけど、ボビー、おまえからは儲けたくない。まったく。おまえの祖母ちゃん《ヤーヤー》になんて言えばいい？　そう言えば、祖母ちゃんは元気なのか？」

「ああ。相変わらず気むずかしいけどな」

「そのうち挨拶に行かないと」とアンジーは言う。「もうずいぶん会ってない」

「祖母ちゃんも会いたがってる」

アンジーは立ち上がり、飲みものを飲み干す。「リトルリーグの練習があるんだ。おれが、だぜ。おまえ、信じられるか？　車は店のまえに停めたのか？」

「一ブロック先だ」

「出よう」

ふたりはアンジーの黒いランドローヴァーのところまで歩く。シレロは助手席に乗る。アンジーはコンソールボックスを開けて、百ドル札の束を取り出すと、二万ドル数える。

「おれを裏切るなよ、ボビー」

「大丈夫だ」

「おまえの車まで送ろうか？」

「すぐそこのスターバックスだ」

「わかった」とアンジーは言う。「じゃあ、金曜にな。セント・ジョージ・ホテルの〈ピア76〉っていうバーだ。知ってるか？」

「探すよ」

「午後五時。遅れるなよ」

「このことは誰にも言うなよ」「いいな、アンジー？」

「もちろん」とアンジーは傷ついたような顔をして言う。「言うわけないだろ？」

車を降りながら、シレロはこれから起こることを考える――アンジーはすぐさまボスに電話して、ニューヨーク市警の刑事が釣れたと吹聴する。やつのボスは何課の刑事だと尋ね、アンジーは麻薬捜査課だと答える。ボスはこの情報を記録して残しておく。なぜならそれが彼らの仕事だからだ。警官と犯罪者にとっては情報が貨幣だからだ。

シレロは自分の車に戻り、運転席に坐る。

これがおれの仕事なのだ。そう自分に言い聞かせる。そして待つ。刑事の仕事の大半はことが起こるのを座して待つことだ。それで何かが起こることもある。空振りに終わることもある。

しかし、ジャッキーに対してははっきりとした予感がある。

あの娘はヤクを買うだろう。それもすぐに。

それ自体は別に大したことではない――ごまんといるヤク中がヤクを買う。そういうやつらの逮捕が制服警官にも私服刑事にも意味を持つことがある。公には存在しないことになっている逮捕のノルマがあるときには。

しかし、シレロが今必要としているのは手頃なヤマだ。

大きすぎず、小さすぎず。

ジャッキーがヤクを買う現場を押さえるというのは小さすぎる。しかし、そこからほどよいヤマにたどり着けるかもしれない。

だから彼は待つ。

待ち伏せをする。

獲物を狙う捕食動物のように。

大穴を狙うお巡りとして。


ジャッキーはトラヴィスに五十七回目のメールを送る。店のマネージャーはそんな彼女にだいぶイラつきはじめている。

いったいぜんたいどこにいるの？

なぜ返信すらしないの？　ヤクが手にはいらないなら、そう言ってくれればいいのに。

マルコか誰かにあたってみるのに。ジャッキーはトイレに行くという合図をマネージャーにする。マネージャーは、またか？　という顔で彼女を見る。トイレにはいり、マルコに電話しようとしたところで、やっとトラヴィスから返信が来る――〝もうすぐ着く。出てきてくれ〟。

トイレから出ると、マネージャーに呼び止められる。「気分が悪いのか？」

「いいえ。どうして？」

「顔色が悪い」

「大丈夫」とジャッキーは言う。

「もう切り上げたらどうだ」とマネージャーは言う。「客もそんなにいないし」

「時給を稼がないと」

「もう帰れ、ジャッキー」

ジャッキーは駐車場に出る。トラヴィスが駐車場の脇にヴァンを停めて待っている。ジャッキーは後部座席に乗り込む。トラヴィスは運転席からうしろに移ってくる。

「手にはいった？」とジャッキーは尋ねる。

「ああ」

一発キメようとしていると、ドアを叩く音がする。

「くそマネージャーよ」とジャッキーが言う。「わたしが相手するわ」

ジャッキーはドアを少し開ける。

マネージャーではない。形容詞なしのラテ男だ。

バッジを掲げている。

「やあ、きみたち」とラテ男は言う。「ここでこれから何して遊ぼうか？」

そこからシレロの口上が始まる。

「おまえらふたりとも逮捕する。単純所持だから、たぶん麻薬裁判所行きだ。どのみち数週間はライカーズ拘置所送りになるだろうが。保釈金を用意できれば話は別だが。まあ、おまえらには無理だろう。それが嫌なら……」

シレロは効果を上げるために間《ま》を置く。

少しだけ期待を持たせる。

「売人が誰か教えるんだ」

男のほうがまず首を振る。車のナンバーは調査済みだ。男の名はトラヴィス・ミーハン、逮捕歴なし。

シレロはこの若者が少し気の毒になる。

「それはできない」とトラヴィスは言う。

「そいつは残念だ」とシレロは言う。「刑務所というのはかなり悲惨なところだ。おまえ、この子が好きか？」

トラヴィスはうなずく。

「もしそうなら」とシレロは自己嫌悪を覚えながら言う。「ローズ・M・シンガー・センター（ライカーズ島にある女子矯正施設）の監房で彼女がどんな目にあうか、そんなことは考えたくもないだろ？」

「タレ込みなんてできない」とジャッキーが答える。

「わかるよ」とシレロは言う。「ほんとうに。実のところ、その売人もどうでもいいんだ。どうせおまえらのダチで、本人もヤク中だ。だろ？　ちがうか？」

ふたりはしぶしぶうなずく。

「おまえらの友達をどうこうするつもりはない」とシレロはきっぱりと言う。「おまえらもだ。おれが追ってるのはおまえらの知らないようなやつら、ヤクをおまえらのダチに売ってるやつらだ。おまえらの友達もそいつらとは友達じゃない」

「おれたちはここで生きていかなきゃならない」

「ライカーズの刑務所から帰ってこられりゃな」とシレロは言う。「はいったことはないだろうから、どういうところか知らないだろうが。まあ、どうなるかはわからない。どう転がるかは運次第だ。悪い判事にあたっちまったり、たまたま判事の機嫌が悪かったりしたら……それでも、まあ、おまえの言いたいことはわかる。おまえらがタレ込んだことはもちろん秘密にするがな。もしお望みなら、パクったあとおまえらがゲロしたって触れまわってもいい。しかし、それはどう考えたってまずいよな」

「この最低男」とジャッキーが言う。

「ああ、そのとおりだ」

ジャッキーはヤクが切れかかっている、とシレロは思う。いや、ふたりともか。

シレロはヤク中を確実に落とす決め台詞を言う。「ダチをはめろとは言ってない。名前と特徴、乗ってる車、出没する場所だけ教えればいい。そうしたら一発打たせてやるよ」

ふたりは落ちる。

シレロは賭けに勝利する。

その夜のうちにシレロはマルコを見つける。

捜すのはいとも簡単。このアホはマクドナルドの駐車場で商売している（「ご一緒にポテトもいかがですか？」「いえ、クスリだけで」）。

マルコのフォード・トーラスから客がひとり立ち去るのを待って、シレロは車に近づき、助手席に乗り込む。

「ニューヨーク市警《NYPD》だ、マルコ」そう言って、バッジを見せる。「おれに銃を使わせるなよ。ハンドルに両手を置け」

マルコは虚勢を張ってみせる。「令状はあるのか？」

「必要ない」とシレロは言う。「逮捕する相当の理由がある。おまえがダイム袋を売るのを見た。だから、おまえから許可を得なくてもおれにはこの車内を調べられる。だけど、さきに訊いておくが、武器に類するもの、銃器は持ってるか？」

「そんなもの持ってねえよ」

「よかったな、マルコ」とシレロは言う。「これで四年は刑が軽くなる。じゃあ、何が出てくるか見てみるか」

シレロがコンソールボックスを開けると、大量のダイム袋が出てくる。

「おやおや」とシレロは言う。「販売目的の所持か。こりゃ重罪だ。ロックフェラー麻薬法で十五年から三十年の実刑だ」

マルコはとたんに泣きだす。痩せこけ、すっかり怯えたみじめなジャンキーになる。シレロは胸くそが悪くなる。

「おれも泣きたい気分だ」とシレロは言う。「前科はあるか、マルコ？」

「一回」

「なんの罪だ？」

「単純所持」とマルコは答える。

「処分は？」

「保護観察」とマルコは言う。「カウンセリングと治療プログラム」

「だけど、おまえは受けなかった。だろ？　マルコ、それでおまえは二度もヘマした。次は判事も甘くないだろうな。最近はみんなヘロインの売人に特に厳しい。しかし、馬鹿だよ、おまえも。過剰摂取で死ぬ人間が続出してる白人の住宅地で商売するなんてな。いったいスタテン島には何人の刑務官が住んでるか知ってるか？　そいつら全員が刑務所で手ぐすね引いておまえを待ってるんだぞ」

今思いついたつくり話だが、効果は覿面《てきめん》だ。マルコはもう怯えきっている。ハンドルに置いた手が震えている。

「弁護士に会わせてくれ」

「弁護士がついたところで最短十五年だな」とシレロは決められた台詞のようにすらすらと続ける。「ということは出所する頃、おまえはいくつだ、四十か？　でも、これはまだましなすじがきだ。最悪の場合は六十か？　でも、まあ、いいか。弁護士に電話しよう。

ただひとつ言っておくが、電話しちまったらおれはもうおまえの手助けはできない」

「助けてくれるのか?」

「おまえ次第だ」とシレロは言う。

「めあてはわかってる」

「ほう、だったらおれのめあてはなんなんだ、マルコ?」

「ブツをおれに売ったやつらを知りたいんだろ?」

「見た目ほど馬鹿じゃないんだな、おまえ」とシレロは言う。「それはいいことだ。このあとおまえが何かしゃべって、やっぱり見た目どおりの馬鹿だったたってことがわかるまえにひとつ訊かせてくれ。そいつらが今のおまえの立場だったとして、おまえを助けるために十五年から三十年のムショ暮らしをするだろうか?　答えるまえにそのことをよく考えるんだ」

「殺されちまう」

「うまくやれば殺されない」とシレロは言う。「おれを見ろ、マルコ。マルコ、おれを見るんだ」

マルコはシレロを見る。

「なあ、坊主」父親が息子を諭すようにシレロは言う。「わたしが道であり、真理であり、いのちであるってやつだ。おまえにまだ何か希望があるとしたら、おれはおまえに残された一度かぎりのチャンスだ。だけど、おれの力だけじゃおまえを救うことはできない。おまえの手助けが要る。おれに必要な情報を寄こせ。そうすりゃ見逃してやる」

マルコは迷っている。

どっちに傾くかはまだわからない。

シレロはたたみかける。「おまえにヤクを売ってるやつらには、おまえにムショ務めなんかできやしないことがちゃんとわかってる。すぐに禁断症状が出ることがな。つまりこういうことだ。おまえがいつ寝返るかもしれないのに、やつらはただじっと待ってると思うか？」

マルコは考えはじめる。

今シレロが一番マルコにさせたくないのは考えることだ。ヤク中に何かを考えさせると、幸せなだぼらを腐るほど思いつく。そうなるとこっちの人生がややこしくなる。「いや、やっぱりこうしよう。おれとしてもつまらないことを言っちまったよ。さっさと逮捕するよ。おまえは弁護士にでも誰にでも電話すればいい」

「嫌だ」

「嫌だ？」

「嫌だ」とマルコは繰り返す。「頼むよ、助けてくれよ」

ああ、そのためにおれはここにいるんだよ、とシレロは内心思う。

おれは人助けのプロなんだから。

シレロはまえを走るマルコの車のあとを追う。スタテン島南部を横切るアーデン・アヴェニューを東に進む。

麻薬捜査官だった頃、ブルックリンのゲットーがシレロの根城だった。そんなシレロの眼には、右手にショッピングセンターや一戸建ての並ぶ一画、左手にアーデンハイツの緑が過ぎ去っていく眺めが非現実的な光景に映る。まるで郊外——大げさな物言いが好きなニューヨーカーなら〝田舎〟とでも呼びそうな——にいるような気分になってきたところで、車は朝鮮戦争退役軍人記念道路の下をくぐり、緑の多いエッジグローヴを抜ける。そのあとブルー・ヘロン公園の北東の角を北に曲がってアンボイ・ロードにはいる。住宅街を横切るアンボイ・ロードを十ブロックほど走ると、やがてエルティングヴィルの繁華街に出る。郵便局と数軒の銀行のまえを通り過ぎ、エルティングヴィル・ショッピングセンターを左手に、小規模なモールを右手に見るあたりまで来たところで、マルコは駐車場に車を乗り入れる。

シレロはマルコの車を追い越し、〈スマッシュバーガー〉に近い駐車場の奥に車を停めて電話をかける。「どこでやつらと待ち合わせしたんだ?」

「〈カーヴェル〉のまえだ」とマルコは答える。

「アイスクリーム屋の?」とシレロは尋ねる。

「そうだ」

「ケーキ屋の?」

「そうだ、その〈カーヴェル〉だ」

おいおい、とシレロは思う。アイスクリームケーキとヘロインとは。

マルコが駐車スペースのひとつに車を入れるのをシレロは見守る。数分して、赤のフォード・エクスプローラーがマルコの車の隣りに来て停まる。マルコが金を渡し、引き換えに包みを受け取る。

マルコはシレロと取り決めたとおり車を出す。

シレロはフォード・エクスプローラーのあとを追う。車は右折してアンボイ・ロードにはいり、北に向かう。さらにグレートキルズ地区にはいると、オーシャンヴュー墓地の中を通り抜ける（なぜ墓場がいい眺《ヴュー》めである必要があるのか、シレロには理解できない）。さらにフレデリック・ダグラス記念公園の横を通り（一日じゅう黒人を見かけないような場所なのに）（フレデリック・ダグラスは十九世紀の奴隷制度廃止運動家）ベイテラス地区にはいる。

通常なら車のナンバープレートを電話で照会するところだが、記録に残したくない。身元はすでにマルコから聞いている。車の持ち主はスティーヴ・デステファーノという男だ。

グヨン・アヴェニューを右折し——ビーチ方向に東へ向かい——ミル・ロードで左折、キッサム・アヴェニューを右折する。ここまで来ると、人家もまばらになり、道の両側に沼地が広がる。フォード・エクスプローラーは通りの北側にある私道に乗り入れ、一軒の平屋の脇で停まる。その平屋の両側二区画には何も建っていない。

プライヴァシー、とシレロは胸につぶやく。

すばらしい。

シレロはその家のまえを通り過ぎ、キッサム・アヴェニューのつきあたり、ロウアー湾に面したオークウッドビーチに出る。何もないところだ。右も左も見渡すかぎり、ただ砂浜が広がっている。

シレロはグロックをホルスターから取り出して助手席に置き、ジャケットの襟にバッジをつけると、Uターンしてさっきの一軒家まで戻る。そして、大きく息を吸ってからドアを開けて車を降り、玄関まで歩く。

規則に適っているところなどかけらもない。

正規の手順を踏むなら、住所を確かめてから、課に戻って報告し、逮捕状を取り、メンバーを集め——刑事数人に特殊部隊——麻薬取締局の協力も得て、たぶんSWATやアル《A》コール・煙草《T》・火器及び爆発物《F》取締局——も連れて戻ることになる。

まちがってもグロック一挺しか持たない刑事ひとりが逮捕状もなしに、証拠審問では五分と持たない状況証拠だけで乗り込むことはない。愚かきわまりない行為だ。馘か告発か、下手をすれば殺されかねないといったレヴェルの愚行だ。

が、シレロはこの方法しか知らない。

シレロは銃把《じゅうは》の底で木のドアを叩く。「ニューヨーク市警《NYPD》だ！」

どたばたした音が中から聞こえる。ヤク中どもがパニックに陥って、慌てまくっているのだ。シレロはこの音をこれまでに何度も聞いている。トイレに流すか？　逃げるか？

戦うか？

「開けろって言ってるんだ、スティーヴ！」シレロは大声をあげ、ドア脇に数歩さがる。ドアを開けるかわりにスティーヴは中からいきなり撃ってくるかもしれない。

撃ってはこない。

シレロは手を伸ばしてドアノブをまわす。

ドアには鍵がかかっていない。

ここのアホどもは安心しきっていたのだ。

もう一度深く息を吸って動悸を抑えてから、グロックを構え、ドアを蹴って中にはいる。

男がふたり、棒立ちになってシレロを見ている。

ヘッドライトに照らされたシカみたいに。

木の壁が一枚剥がされ、空いた隙間にヘロインが隠されているのが見える。このアホどもはブツを持って裏口から逃げようかどうしようか、迷っているうちに逃げる機会を逸したのだ。小袋全部で一キロぐらいありそうに見える。

「少しでも手を動かしてみろ。おまえらの脳味噌が部屋じゅうにぶっ飛ぶぞ」アドレナリンのせいでさすがに声がうわずっている。

「わかった、わかったって！」と横幅のあるほうが言う。歳は三十かそこら、ジムでくっつけたような筋肉をしており、側頭部を刈り上げた典型的なスタテン島のチンピラ・スタイル。マルコの説明からすると、こいつがデステファーノだろう。

もうひとりのほうも歳の頃は同じで、髪型もそろえたように同じだが、こっちはベンチプレスはやっていない。どっちもヤンキースの帽子をうしろまえにかぶり、スウェットスーツを着て、金《きん》のネックレスをしている。

組織はいったいどこでこういうやつらを探してくるんだろう？

ふたりともヘロインをやっているようには見えない。

筋肉増強剤ならやっていそうだが。

「坐れ」とシレロは言う。「脚を体のまえで交差させて坐れ」

ふたりは言われたとおりにする。

「そうしたら脚を伸ばしてから腹這いになれ。腹這いになったら両手を背中にまわせ」とシレロは言う。

「おいおい」とデステファーノが言う。「そこまでしなくてもいいだろうが」

「おまえの出方次第だ」

デステファーノの顔にいかにもギャングらしい薄ら笑いが浮かぶ。ギャングどもは誰もが自分と同じ――何かを企《たくら》んでいて、金次第でどうにでも動く――と思っている。今、シレロはこの男の強固な確信を裏づけてやったのだ。

薄ら笑いが広がり、微笑に変わる。デステファーノは顎で壁を示して言う。「そこに二万七千ドルはいってるキャッシュ入れがある。それを持って出ていきな。出ていったら、コーラでも飲んですかっとするんだな」

デステファーノに銃口を向けたままシレロは板のはずされた壁に近づき、中を手探りで確認し、バッグを見つける。「クスリはどこだ?」

「欲しけりゃ持っていきな」とデステファーノは言う。「だけど、どこで売るつもりだ?」

シレロは金のはいったバッグを上着に隠れるよう、腰のうしろのくぼみに差し込む。

「おれが売るんじゃない。おまえらが売るんだ。いつもどおりにな。ただしこれからはおれがパートナーだ」

「ほう、いくら取るんだ?」

「週一万」

「五千だ」

「七千」

「いいだろう」とデステファーノは言う。「だけど、パートナーの名前くらいは知っておきたいね」

「麻薬捜査課のボビー・シレロだ」

「管轄は?」とデステファーノは尋ねる。「このあたりじゃ見かけない顔だが」

「市警本部《ワン・ポリス》だ」

デステファーノは一瞬、感心したような顔をする。「じゃあ、地元の警察とトラブったら、おまえのところに行きゃいいんだな」

「なんとかしてやる」

「おまえの分けまえを使って？」

「今なんとかしてやるって言っただろ？」

「わかった、ボビー」とデステファーノは言う。「そう呼んでいいよな？　二万七千もやるんだ、ファーストネームで呼んでもいいだろ？　それじゃ、ボビー、ひとつ訊かせてくれ。どうやってここを嗅ぎつけた？」

「おれを舐《な》めてるのか？」とシレロは言う。「あそこの駐車場で何週間も商売しててよく言うぜ。ちょっとは場所を変えりゃよかったんだよ」

「だから言ったじゃないか」と痩せたほうが言う。

「てめえは黙ってろ」

「さて、スティーヴ」とシレロは言う。「会うのは毎週金曜、例の〈カーヴェル〉の駐車場だ。とんずらしても追っかけるぜ。だいたいそんな面倒をかけやがったらパクってやる。それでいいかな？」

「今の二万七千で三週間分でも釣りが来るだろ？」

「いや」とシレロは言う。「この二万七千はおまえらがアホで怠けた罰金だ。これからは場所を変えてやれ。金曜に会おう」

シレロはドアの外に出る。

もう引き返せない。

これでおれは汚職刑事だ。

トッテンヴィルまで車を走らせ、マクドナルドの駐車場でマルコに会う。トーラスに乗り込み、二千ドルの現金を渡す。「この金でまた打つんじゃないぞ。行け。ニューヨーク以外のどこかに知り合いはいるか？」

「姉貴がクリーヴランドにいる」

「行って世話になれ。何をするにしてももうここには戻ってくるな。いいな？」

シレロは車を降り、マルコは車で走り去る。

マルコはニュージャージーより先に行くかどうかも疑わしい。それでも望みを捨てることはない。ただ、シレロはジャンキーというものをよく知っている。愚かで非生産的で自滅的な行動を選ぶやつら。それがジャンキーだ。

ジャンキーはそんなふうにしか生きられないのだ。

闇金屋は驚いている。

そして、おそらく失望もしている。元金を一括で返されては儲けが出ない。

しかし、シレロは一括で返す。サーヴィスタイムでごった返すホテル内のバー〈ピア76〉でアンジーを見つけ、ずっしりとした封筒をそっと手渡す。「これで全部だ。元金と利息」

アンジーはそれをジャケットのポケットに入れる。「当てたのか？」

「まあな」とシレロは言う。「ノースカロライナ対ルイヴィル戦に一万ほど借りられないか？　ノースカロライナに賭けたいんだ」

「おいおいボビー、穴から這い出たばかりなのにまた飛び込むつもりか？」

「稼ぎたいのか、稼ぎたくないのかどっちだ？」

アンジーは肩をすくめる。「いいだろう、貸そう」

「さすがだな」

「さすがなのはおまえだよ」

一杯勧められるが、シレロは断わる。


その後の数週間、シレロは絶対に口説き落とせない若い女の尻を追う哀れな中年男のように、ひたすら金《かね》を追い求める。

バスケットボール――大学、プロを問わず――に賭ける。

カジノに行き、ブラックジャックに賭ける。

野球にも賭ける。そもそもまともな人間は野球には手を出さない。そんなことをするのはギャンブル狂ぐらいだ。

今やシレロはまさにそのギャンブル狂だ。

三週連続で現われたシレロにアンジーがそのとおりのことを言う。「おまえはとことん深みにはまったギャンブル狂だ」

「おまえはノミ屋で高利貸しだ」

ふたりは〈ピア76〉のいつものストゥールに腰かけている。

「おれはノミ屋で高利貸しだ。だから払うべきものはきっちり払ってる」とアンジーは言う。「おまえは三万二千借りて、利息すら返せていない」

「まだジョージア工科大対ウェイクフォレスト大戦が――」

「ジョージア工科大対ウェイクフォレスト大戦なんかくそ食らえだ。心配してたところまで来ちまったな。おれはおまえを痛めつけなきゃならない。だけど、友達を、ニューヨーク市警のクソ刑事を痛めつけるなんて、どうすりゃおれにできる?」

「金は返すよ」

「金バッジだろうとなんだろうと」とアンジーは言う。「おれたちのあいだじゃお咎《とが》めなしとはいかないんだよ、ボビー」

「おれたちちって?」

「三万二千も立て替えてやる余裕はおれにはなかったってことだ」とアンジーは言う。「おまえのつけはよそにまわさせてもらった。悪いが、ほかにやりようがなかったんでな」

シレロの借金は組織のもっと上の人間に売られた。そういうことだ。

「そういうことか」とシレロは言う。

アンジーはウォッカをグラスの中でまわしながら言う。「〈プレースポーツバー〉だ。スネデン・アヴェニューの。そこに行け」

「なんのことだ?」

「いいからそこに行け、ボビー」アンジーはウォッカを飲み干すと立ち上がり、店を出ていく。

シレロはスネデン・アヴェニューに車を停め、〈プレースポーツバー〉にはいる。ボックス席で男がひとり、食事をしている。四十代半ば、細身、黒髪に白髪のすじがちらほら見える。顔を上げて、男が言う。「おまえがシレロか？」

「あんたは？」

「マイク・アンドレアだ」自分の向かいの席を指すが、シレロは坐らない。「パニーニを食うか？　ここのはうまいぜ。ハムのトリオ——プロシュート、ソプレッサータ、カポコッロもうまい。何か食ったらどうだ？　おまえ痩せすぎだよ」

「誰だ、あんたは？　おれのおふくろか？」

「今はおまえの親友だ、ボビーさんよ」とアンドレアは言うと、パニーニをもう一口食べ、手の甲で口を拭う。「おまえがはまり込んだ肥溜めにロープを投げて、引き揚げてやってもいいって言ってるんだから」

「おれはどんなクソつぼにはまってるんだ？」

「アンジー・ブッチがおまえの借金をおれに売ったんだ」とアンドレアは言う。「アンジーはいいやつだ。おれもあいつが好きだ。だけど、おれはあいつほどいいやつじゃない。高校の同級生でもないしな。おまえの祖母《ばあ》さんとも知り合いじゃない。おまえを痛い目にあわせたところでなんの問題もない」

「あんたが思ってるほど簡単にはいかないかもしれないぜ」

「ああ、聞いたよ――金バッジのタフガイなんだってな」とアンドレアは言う。「だけど、今はそういうことまで話す必要はない。坐って何か食えよ。人間らしくな。まずおれの話を聞け」

シレロは腰をおろす。

アンドレアが合図をすると、ウェイトレスがやってくる。「リサ、こちらの若くてハンサムなおれの友達にトリオとビールを頼む」

「うちのビールメニューはもう見ました？」とリサは尋ねる。

「ビールメニューだとよ」とアンドレアは言う。「まったく大した世の中になったもんだな」

「シックスポイント」とシレロは言う。

「エールとピルスナーがありますけど」

「ピルスナーだ」

ウェイトレスはシレロに笑みを向けて立ち去る。

「おまえ、あの女ならやれそうだな。カードの切り方をまちがえなきゃ」とアンドレアが言う。「いや、忘れてた。おまえは下手なんだったな。博才《ばくさい》のかけらもないんだったな。なんでそうなのか知りたいか？」

「いや」

「おまえは負けたいんだよ」とアンドレアは言う。「ギャンブル狂というのは心の底じゃ負けることを望んでるのさ。そうやって自分を罰したがる何かを抱えてるんだよ。おれにはとても理解できないが」

「用件はなんだ？」

アンドレアは言う。「おまえが便宜を図れば、喜ぶ人たちがいる」

「それはどんな便宜で、そいつらはどんなやつだ？」

「おまえの借金を帳消しにしてやってもいいと思ってる人たちだ」とアンドレアは言う。「どこの誰かまで知る必要はない。便宜というのはちょっとばかりの情報を手に入れてもらうことだ。その人たちはある人間と近々ビジネスをしようと思ってる。が、その相手が信用できるかどうか、囮捜査の罠にはまったりしないかどうか、知りたがってる」

「その手の情報はリスクを冒さないと手にはいらない」

「返せもしない三万二千ドルなんて金を借りることに比べりゃどうってことないリスクだよ」とアンドレアは言い、テーブルの向こうから一枚の紙きれをすべらせて寄こす。

無意味な脅しだ、とシレロは思う。闇金から金を借りてヤバいのは、金額が大きすぎるときではない。大した額ではないときだ。ギャングから借りたのが五千ドル程度だと逆に厄介なことになる。一万以上になれば、まず殺されはしない。逆にボディガードを雇ってもらえるかもしれない。ギャングとしても生きて金を返してもらわないと困るからだ。長生きしたければ、試しにギャングに十万ドル借りてみるといい。必要とあらば、腎臓も提供してくれるかもしれない。

シレロは紙きれに書かれた三人の名前を見る。「おれは覆面捜査官《CI》を売ったりしない」

「そういきり立つなよ」とアンドレアは言う。「誰かを殺《や》れとは誰も言ってないんだから。こいつらはこれからビジネスをする相手だ。その書類選考と思ってくれりゃいい。適正に評価する。それだけのことだ」

「今、あんたが隠しマイクを持ってないことがどうすりゃおれにわかる?」

アンドレアは答える。「いいところに気がついたな、シレロ。ウェイトレスのリサが囮捜査官だ。あのおっぱいがマイクになってる。やるのかやらないのか、どっちだ?」

「利息はなしだ」

「今までの利息は変わらない」とアンドレアは言う。「だけど、もう増えることはない。取り立てもない。返済プランも立てよう」

「これが返済プランだろ?」と言って、シレロは紙きれを取り上げる。「あと、ここの勘定はあんた持ちってことで」

「ちっとは家計の足しになるか?」とアンドレアは言う。「お巡りも大変だよな。なにせ安月給なんだから」

リサが料理を運んでくる。

アンドレアは正しい、とシレロは思う。プロシュート、ソプレッサータ、カポコッロ

――料理はどれもうまい。

シレロはロングアイランドシティにあるマレンの家で朝食をとる。マレンの妻のジュディがフレンチトーストをつくってくれ、彼らはキッチンテーブルについている。マレンのふたりの子供はビデオゲームの『ヘイロー』で遊んでいる。車をドリフトさせるそのビデオゲームの音が子供部屋から聞こえてくる。

「マイク・アンドレアはベンソンハーストのチミーノ一家の支部長《カポ》だ」とマレンが言う。

「アンジーからおまえの借金を引き受けたのがそいつなら、一気に深みにはまったな。これまでに少なくとも十人は殺《や》ってるということで担当部署に気に入られてるやつだ」

「チミーノ一家は麻薬ビジネスから手を引いてます」とシレロは言う。「もう何年にもなるんじゃないですか?」

「たぶんアンドレア個人でやってるんだろう」

「となると、やつの背後にいる〝やつら〟というのは誰です?」

「それを突き止めたい」とマレンは言い、アンドレアから渡されたリストにまた眼をやる。「その連中はおそらくここに書かれた人間の情報をもうつかんでる。これはおまえが信用できるかどうか試すテストだ」

「おれもそう思います」

マレンはまた紙に眼をやる。「マーケシアンとディネストリはクリーンだ。アンドレアには警察はグティエレスに眼をつけてると言えばいい」

「そうなんですか?」とシレロは訊き返す。

マレンは笑みを浮かべる。「これからそうするんだ」

シレロは尋ねる。「この三人に会うようアンドレアをプッシュしますか?」

「いや、まだ時期尚早だ」とマレンは答える。「警戒される。とりあえず向こうに言われるまま進めよう」

シレロにかなり無理をさせていることはマレンも承知している。シレロの悪評はすでに彼の耳にもはいってきている。ほんの二日まえにも警部補がマレンに話があるとやってきて、ドアを閉めると言った。「組織犯罪対策課からうちの者が馬鹿をやってるという情報がはいってきています。ボビー・シレロがアンジェロ・ブッチとかいうヤミ金とつき合ってるみたいなんです」

そう言って、警部補はシレロとアンジーがバーで並んで坐っている調査写真を見せた。

「おそらく何かの捜査中なんだろう」とマレンはそのとき答えた。

「それならいいですが」と警部補は言った。「それだけなら。ですが、シレロにはギャンブルにはまってるという噂もありましてね。しかも負けが込んでるらしい。さらに、酔っぱらって、ひどい恰好で出勤してくるとなると……」

「わかった、眼を離さないでおく」

「あなたが彼を可愛がってることは知ってますけど——」

「今言ったとおりだ。眼を離さないでおく。ただ、引き続き情報は上げてくれ」

望んでいたとおりのシレロの悪評だが、同時にマレンは胸に痛みを覚える。これはシレロのキャリアには確実にダメージとなる。この手の悪評は一度ついてしまうと、それを完全に雪《そそ》ぐのはむずかしい。それに内部監査部《IAB》がシレロのことを嗅ぎつけたら、作戦自体続行不能になりかねない。

その点はシレロのほうもよくわかっている。「担当部署がアンドレアをパクったりしないように手を打ってもらえませんか？　盗聴を仕掛けられて、家に帰ったらIABのやつが玄関先で待っているなんていうのはおれとしても——」

「担当部署に話を持っていくには」とマレンは言う。「それ相応の理由を用意しなきゃならない。まだその準備まではできてない」

「そうですね。わかりました」

「すまない」とマレンは言う。「もしほかの部署かIABとぶつかったら、ボスに相談すると言って、すぐにおれのところへ来い。そのときはおれがなんとかする」

「わかりました」

「ボビー、きみはよくやってくれてる」とマレンは言う。「明らかにおれたちは目標に一歩近づいた。なんとか最後までやり遂げよう」

おれたちか、とシレロは内心思う。おれたちじゃないよ、ボス。ケツに火がついているのはおれなんだから。人間のクズを演じなきゃならないのはおれなんだから。

もちろん、マレンもリスクを背負っている。

しかし、カジノに入りびたり、飲んだくれているのは……マレンではない。

それにリビーが今のシレロを快く思っていないということもある。今のところ、いい関係が保てている。お互い本気になってきている。なのにここへ来て、彼女はこんなことを言いはじめた。〝以前とちがう〟〝あなたはどこか変わった〟と。

「どう変わった？」最後にリビーがこの話題を持ち出したとき、シレロはそう尋ねた。

ふたりはヒックス・ストリートを見下ろす〈ハイツ・カフェ〉でブランチをとっていた（シレロはリビーとつき合うようになってから〝ブランチ〟するようになった。ダンサーとつき合うと、たぶんみんなそうなるのだろう）。「よくわからない。でも、なんだか距離を感じるのよ」とリビーは言った。

「おれはすぐそばにいるよ、リビー」

「たとえば、そう、わたしが仕事してるときには、あなた、どこに行ってるの？　何をしてるの？」

「さあ」とシレロは言った。「テレビを見たり、仕事をしたり……浮気はしてない。そういうことを訊いてるなら言っておくけど」

「そうじゃないわ」とリビーは言った。「なんていうか、よくわからないけど、なんかストレスが溜まってるみたいな、それにお酒の量も……」

「なんだ？」

「出会った頃より増えてる」

「そういう仕事なんだ」

「話して」

「話せない」とシレロは言った。「いいかい、リビー。おれもきみも九時五時で終わる行儀のいい仕事をしてるわけじゃない。今日一日どうだった、ハニー？　いつもどおりよなんて言える仕事じゃない。そんなことはきみもよくわかってるはずだ」

「わたしの仕事はかなりまともよ」

「ああ、おれのはまともじゃない」とシレロは言った。言うなり、思った以上に棘《とげ》にある言い方になっているのに気づいた。「飲み方には気をつける。きみの言うとおりだ。このところちょっと飲みすぎだ」

「わたし、口うるさい彼女にはなりたくないけど……」

「なってないよ」シレロは言った。「ただ……」

「何？」

「おれの場合、何をするにしてもその必要があるからしてるんだよ」とシレロは言った。

「そういう仕事なんだ」

「わかった」

　そうは答えたものの、もちろんリビーは納得していない。それがふたりの関係に影を落としはじめている。シレロは彼女を失いたくない。それでも、今、シレロはマレンに言う。

「ええ。われわれはやっと一歩を踏み出したところですからね。もちろん最後までやり遂げます」

「わかった。ありがとう。ほんとうに感謝してるよ、ボビー」

「ええ」シレロは立ち上がる。「奥さんによろしく。朝食、とてもおいしかったって伝えてください」

「ああ」とマレンは言う。「近いうち今度は夕食に来いよ。彼女も連れて。なんていったっけ……」

「リビーです」

「是非会いたい。それから、ボビー。気をつけてくれ。頼んだぞ」

「はい」

シレロはまたアンドレアに会い、報告書を渡し、封筒を受け取る。その翌週、アンドレアは言う。「おまえの報告を確認した」

「ああ、わかってる」

「役に立ったぜ」とアンドレアは言って、新しい紙きれを渡して寄こす。

新しい名前がふたつ書かれている。

「新人でも募集中なのか？」とシレロは尋ねる。紙は手にしない。

「どうした？」とアンドレアは尋ねる。「そういう態度じゃ借金はチャラにはならないぜ。

そう思ってるのなら言っておくが」

「利息分はもうチャラだ」

「赦しが要るなら神父のところにでも行くんだな」とアンドレアが言う。「でもって、マリアさまの祈りを十回祈りなさいとかな、言ってもらうんだな。おまえがそれをやらなきゃ、さらに十回だ。つまるところ、カトリックだって利息は取るってことだ」

「おれはギリシャ正教会でね」

「おまえは交渉できるような立場じゃないんだよ」とアンドレアは言う。

そうでもない、とシレロは思う。おまえのうしろにいるやつは金《かね》より金バッジを欲しがってる。シレロは紙を突き返して言う。「グーグルで調べるんだな」

結局、利息の返済は免除される。

シレロはリストの名前を調べる。

そのあとまた次のリストが来る。次はある場所が安全かどうか、その次はある車のナンバーが警察車両かどうかだ。

その間もシレロはギャンブルを続け、借金はヨーヨーのようにアップダウンを繰り返し、利息の有無に関係なくふくらみつづけている。酒も飲みつづけ、ひたすら堕《お》ちていく制御不能の刑事という役がますます板についてくる。

マレンのもとに次々とシレロに関する苦情がはいる――また二日酔いで出勤してきた、

そもそも出勤してこない、態度が反抗的だ、またノミ屋と一緒にいた、もはや度が過ぎている。

シレロに尿検査か嘘発見器を受けさせるか、少なくとも署の精神科医に診させたいと、警部補がマレンに訴え出てくる。

マレンはそれを却下する。

素行不良の一警察官を麻薬捜査課のボスがどうしてこうも庇《かば》い立てするのか、警部補は理解に苦しむ。

リビーには自分が出会ったこの素敵な男性にいったい何が起こっているのかわからない。マレンの家にふたりで夕食に呼ばれたのは悪いことではなかったけれども。マレン夫妻はいい人たちで、子供たちもいい子だ。が、ボビーは緊張しており、食事中もずっと何かに気を取られているように見える。失礼な態度になりかねないほど。

帰り道でふたりは口論をする。

「あなたのボス、いい人ね」とリビーは言う。

「そうか？」

「そうじゃない？」

「ああ、そうだとも」とボビーは言う。「つまり、ボスなんだよ、彼は」

「どういう意味？」

「なんだ、彼の味方をするのか？」

「敵味方があるなんて知らなかった」とリビーは言う。「ただ、いい人ねって言っただけじゃないの」

「そりゃよかったな」

「あなたって最低ね、ボビー」

「ああ、おれは最低だ」

「自虐ってセクシーね」とリビーは言う。「今すぐ帰ってあなたとやりたい」

シレロは自分が何をしていて、どういう状態なのかちゃんと自覚している。ちゃんとわかっている。囮捜査という仕事が持つ残酷な真実――何かのふりを長く続けていると、いつかそれはふりでなくなり、ほんとうにその何かになってしまうことがある。

そういうことも手伝って、シレロはアンドレアの次のことばに心底嬉しくなる。「うちの人間がおまえに会いたがってる」

「待ち合わせ場所は？」とマレンは尋ねる。

「ブルックリンのプロスペクト・パーク」とシレロは答える。「フラットブッシュ・アヴェニューとビークマン・プレースの角の〈アーヴズ〉という店です」

「ミレニアル世代のお洒落スポットだ」とマレンは言う。「創作カクテルとかいう代物で有名な店だ」

マレンがこの種の知識をどこから仕入れているのか、シレロには見当もつかない。いずれにしろ、マレンはなんでも知っている。

「会合の場所はそこじゃないな」とマレンは言う。「アンドレアはそこでおまえと落ち合って、別のところに連れていくはずだ。援護を送る」

「勘づかれますよ」

「いいか、今回は何が起こるかわからない」

「やつらもニューヨークの刑事を殺したりはしませんよ」

「おまえには盗聴器をつける」とマレンは言う。「われわれは少し離れた場所で待機して、何かトラブったらすぐに駆けつける」

「ここまで来てヘマなんかしません」

「おまえを孤島に置き去りにするようなことだけはしない。いいな、ボビー」とマレンは言う。

おれが今どんなところに置かれていると思ってるんだ。シレロは内心そう思う。


シレロは〈アーヴズ〉でアンドレアと会う。

マレンが言ったとおり——流行の先端をいっている都会人が洒落たカクテルや特注コーヒーを〝やる〟店だ。

「あんたらしくない店だな」とシレロは言う。

「すぐに出る」

これもマレンの言ったとおりだ。シレロはアンドレアのあとからアンドレアのリンカーン・ナヴィゲーターに乗る。

「ボディチェックをさせてもらう」

「必要ない」とシレロは言う。「拳銃を携帯している。グロックの九ミリだ。渡すつもりはない」

「盗聴器のことを言ってるんだ」

「ばかばかしい。盗聴器？」

「いいから、シレロ」

「ちょっとでもおれに触ってみろ。おまえの面《つら》をフロントガラスに叩き込むぞ」とシレロは言う。

「拒む理由でもあるのか？」

それはクソ盗聴器をつけているからだ、とシレロは思う。しかし、それはマレンが約束した最小マイクの最新式のやつで、リビーのプレゼントのチェルシーブーツの底と中敷きの間に糊《のり》づけしてある。だからシレロはいったん引き下がる。「いいだろう。調べろよ。だけど、おれの股を一秒以上触ったらただじゃおかないぞ」

アンドレアはシレロを上から下まで軽く叩く。

「満足か？」とシレロは尋ねる。

「ああ。ちょっと勃《た》っちまった」とアンドレアは言い、フラットブッシュ・アヴェニューに乗り出す。

「どこへ向かってる？」とシレロは尋ねる。

「それを言ったら、この巧妙な撹乱工作が台無しになる。まあ、見てろ」

車はイースタン・パークウェーからバンウィック高速道路にはいり、南に折れる。

「ケネディ空港か？」とシレロは尋ねる。自分が知りたいというよりマレンに聞かせるために。

「おいおい、うちのガキよりひどいな」とアンドレアは言う。「まだ着かないの？　まだ着かないの？　しょんべんでもしたいのか？」

「してもいいぜ」

「我慢しろ」とアンドレアはしきりとバックミラーを見ながら言う。

「誰も尾《つ》けちゃいないよ」とシレロは言う。「あんたのほうが誰かに尾《つ》けさせてないかぎり。そんなことしてやがったら、マイク、頭を即、吹っ飛ばすからな」

「落ち着けよ」

ケネディ空港に着き、アンドレアは〈ダラー・レンタカー〉の返却レーンに車を入れる。

「〈ダラー〉かよ？」とシレロは言う。マレンに居場所を知らせるために。「〈ハーツ〉でもなきゃ〈エイヴィス〉でもなくて。あんたら、あんまり景気がよくないのか？」

「こっちだ」

シレロは車を降り、アンドレアについて別の駐車場に行く。そこには別のリンカーンが停まっている。

「助手席に乗れ」とアンドレアは言って、自分は運転席に乗り込む。

シレロは助手席に乗る。

ケネディ空港を会合場所にするのはなかなか賢い選択だとシレロは思う。9・11以降、空港周辺の音声監視は国土安全保障省にしかできない。マフィアの監視にはあまり興味のない国土安全保障省にしか。それに、飛行機が始終離着陸するので、ブーツに仕込んだマイクでは役に立たない。今はもう何も聞こえず、マレンはさぞ気を揉《も》んでいることだろう。

そう、ここでヤバい展開になったら、頼れるのはもう自分だけだ。

マレンが先走って突入してこないかぎり。シレロとしてもそれは願い下げだ。

そんな真似をされたら、これまでの苦労がすべて水の泡になる。

とはいえ、車の助手席、いわゆる〝イタリア式電気椅子〟に坐らされているのはどうにも落ち着かないが。シレロの後頭部に二発ぶち込んだら、車を降りてほかのレンタカーに乗り替える。それでこの事件は迷宮入りとなる。取調室でアンドレアがこんなことを言っているのが実際に聞こえてきそうだ。「やつは汚れ刑事だよ。こっちは空港に連れていけというから連れていっただけのことだ。そのあとのことなんかわかるわけがないだろうが」

シレロは尋ねる。「振り向いてもいいか？」

後部座席の男が言う。「ああ。顔を見て話をしよう」

シレロはうしろを向く。

まだガキだ——酒屋にビールのパックを買いにいったら、身分証明書を見せろと言われそうなほど若い男だ。

茶色い髪に茶色い顎ひげ。横幅のある顔に高い頬骨。厚い胸板とがっしりした肩にぴったりとした革のジャケット。

この男の祖父、ジョニー・ボーイによく似ている。

ジョニー・ボーイ・コッツォは昔気質のギャングの最後の生き残りだった。司法取引きをせず、裁判になっても（陪審員のうち二名が無罪に手を挙げた）最後まで口を割らず、最終的に仮釈放なしの終身刑が言い渡された。

そして、服役中に喉頭癌で死んだ。

ジョニー・ボーイをモデルにした映画さえある。

その一代記はシレロも知っている。チミーノ・ファミリーで長く守られていた〝ヤクを扱うやつには死あるのみ〟という掟を破り、メキシコからコカインを輸入したのがジョニー・ボーイだ。そのことが引き金となってボスを殺し、自らがその座に就いた。その後、チミーノ一家はコカインで一財産築く。

しかし、ジュリアーニ市長がチミーノだけでなく五大ファミリーすべてを叩きつぶすと、マフィアはいわば〝抜け殻〟になり、ジョニー・ボーイの息子、ジュニアの命令でまた〝ヤクはご法度〟になる。理由は簡単、ヤクで長期刑を宣告された者が次々と口を割りはじめたからだ。

しかし、その掟ももう今はないのだろう。後部座席の売人のスティーヴ・デステファーノの隣りに坐っているのが、もうひとりのジョニー・コッツォであることを見ると。

「おれが誰かわかるか？」とコッツォがシレロに尋ねる。

「おまえは自分が誰なのかもわからないのか？」とシレロは訊き返す。「記憶喪失にでもなったか？」

「おいおい、素人コメディアンの飛び入りナイトショーでも始めたいのか？」とコッツォは言う。「それはおまえの勝手だが、昼間の本職は辞めるなよな。おれはジョン・コッツォだ——そうだ。コッツォの孫だ。まわりからはジェイと呼ばれてる」

「おれたちはここで何をしてるんだ、ジェイ？」

「おまえ、ここにいるおれの友達のスティーヴを強請ってるんだってな」

シレロはまだ銃を持っている。が、助手席に坐った窮屈な体勢では誰かに撃たれるまえに銃を取り出すこと自体、無理な相談だ。アンドレアがズボンのベルトに手をやったのが視野の隅にとらえられる。

おれを殺《や》るつもりなら、とシレロは思う。もうとっくに殺《や》っているだろう。「おまえの叔父貴はおまえがここにいるのを知ってるのか？」

「おれの叔父貴になんの関係がある？」

「麻薬ビジネスはジュニアがご法度にしたんじゃなかったのか？」

「今の掟はひとつだけだ」とコッツォは言う。「儲けること。しこたま儲けりゃ自分の掟がつくれる。これはおれの祖父《じい》さんの教えだ。おれは叔父貴より祖父さんに似てる。もちろん、叔父貴を悪く言うつもりはないがな」

「そうだろうとも」ああ、そうだろうとも。ただ、ほとんど誰もがジュニアを軽く見ているだけのことだ。彼の手下ですら〝ピエロの王子さま〟とか〝オタク《アーケル》〟とか呼んでいる。実際、ジュニアはファミリーの生き残りをこき使っているだけの役立たずだ。支部長《カポ》のひとりが彼の掟を破って、ジュニアの甥っ子の麻薬ビジネスに手を貸しているのはそのためだ。

「見上げたやつだよ、おまえも」とコッツォが言う。「おれの部下から週七千ドルも巻き上げておきながら、借りた金を返さねえとはな」

「礼は要らない」

「おまえと直接会ってみたくなったのはそういうわけだ」とコッツォは続ける。「おまえの眼を見て、おれはどんな買いものをしたのか見たくなったというわけだ」

「おれのことはむしろレンタルと思ってくれ」

「どう思おうと、それはおまえの勝手だが、刑事さんよ、スティーヴのビジネスはおれが仕切ってるんだよ。こうして新しい取り決めができたからには、スティーヴはもうおまえに守ってもらわなくてもよくなったわけだから、金はもう払わない。そこで質問だ。おれたちは今おまえを殺《や》るべきなんだろうか？　それともおまえと手を組むべきなんだろうか?」

「手はもう組んでるだろうが」とシレロはわざとぼそっと言う。声に怯えがにじまないよう。

「いいか、おれはおまえを買ったんだ。文字どおり」とコッツォは言う。「アンジーがおまえの借金をマイクに売って、マイクがおれに売った。返品は不可だ」

この男は何かを求めている。シレロはそう思う。それもかなりせっぱつまって求めている。でなければ、とっくに話は終わって、アンドレアが引き金を引いているだろう。

「おれが借用書を破ったら?」とコッツォが言う。「おれには何が手にはいる?」

「元金と利息じゃないのか?」

「元金と利息か」

「何が欲しいんだ?」とシレロは尋ねる。ここからが本題だ。今までの駆け引きはここに話を持ってくるための茶番でしかない。

「ある人間とでかい取引きの予定がある」とコッツォは言う。「安全な取引きかどうか知りたい。いいか、シレロ——おれはファミリーをかつての地位に引き戻すつもりでいる。この取引きはそのための大勝負だ。しくじるわけにはいかない」

「ブツはヘロインか?」

「おまえが知る必要はない」

「いや、それがあるんだな、ジェイ」とアンドレアが言う。「それがわかれば、どこを調べればいいかわかる」

「ほう?」

「そうとも。麻薬捜査課にはいくつか部署がある。ヘロイン対策本部とかな。ほかにも管轄区分があって……」

「そうだ、ヘロインだ」とコッツォは答える。「はっきりさせておこう。地元と州と連邦の警察の情報が要る」

「おれがつかめるのはニューヨーク市警の情報だけだ」とシレロは言う。「州警察と麻薬《D》取締《EA》局にはコネがない」

「だったらコネをつくれ」

「つくれたとしても」とシレロが言う。「高くつくぜ」

「このごうつく野郎」

「こっちも手ぶらじゃ何もできない」とシレロは言う。「州警察だけでも大変だが、麻薬取締局となると桁が……」

「いくらだ?」

「五万ってところかな。キャッシュで」

「おまえ、おれを舐めてるのか?」

「必要経費だ、ジェイ」とアンドレアが横から言う。

「そこからおまえはいくら抜く?」とコッツォは尋ねる。「一万五千か?」

「おれは二万ぐらい考えてるがな」とシレロは言う。「おれにも生活があるんでね」

「おまえの場合は博打だろうが」

「同じことだ」

コッツォは少し考える。そして言う。「五万やろう。そのかわりちゃんとした情報を持ってこい。担保はクソにもならないおまえの命だ、シレロ。しくじったら、おれはおまえを殺す。刑事だろうとなんだろうと関係ない」

「取引きの相手は?」

「マイクが教える」ドアを開けながらコッツォは言う。「気をつけて帰れ。シレロ、おれが言ったことを忘れるなよ」

コッツォとデステファーノは車を降りる。

シレロは彼らが別の車まで行き、乗り込んで走り去るのを見送る。

帰りの車中でシレロはアンドレアに尋ねる。「この件でジュニアと面倒なことにはならないのか?」

「ジュニアの収入源は先細りだ。爺《じじい》のしょんべんみたいにな」とアンドレアは答える。

「おれには大学行ってるガキどもがいる。最近の大学は金がかかる。それぐらいおまえも知ってるよな?　だけど、途中で辞めさせるわけにはいかない。もうだいぶいかれちまってるんだよ。だから大学だけは出させないとな」

「おまえはコッツォ坊やを信用してるのか?」

「おまえ、ほんとにコメディアンなんだな」

「信用？」とアンドレアはおうむ返しに言う。

「それでおれはまず誰を調べりゃいいんだ？」

イーストニューヨーク出身の黒人だ、とアンドレアは言う。

名前はダリウス・ダーネル。

3　ヴィクティムヴィル(生贄《いけにえ》の村)

監獄の扉が開くとき、真のドラゴンが飛び立つ。

——ホー・チ・ミン

その刃を見て、〝狂気のエディ〟もさすがにもう終わったと思う。

クルスが廊下を歩いてやってくる。武器《ベダソ》——歯ブラシに仕込んだ剃刀——を腰の低いところに構え、顔には笑みを浮かべて。まえからクルスはエディを殺《や》りたがっていた。どうやらやっとメキシカン・マフィア——ラ・エメ——のゴーサインが出たのだろう。

エディは自分を罵る。こうなったら素手で応戦するしかない。なんの警戒もしていなかったことが悔やまれる。

カーロが裏切ったということか。

今、クルスはすぐそばまでやってきている。もう為す術《すべ》はない。

エディがヴィクターヴィル刑務所に来たばかりの頃は様子がちがった。

彼が入所したのは七ヵ月まえだ。が、そのときにはラファエル・カーロの口利きもあり、すぐに所内のボス《エメ・ジャベロ》のベニー・スニガにお目どおりが叶った。スニガは三十年仮出所なしの終身刑を食らって二十五年ものあいだ、連邦刑務所《USP》のヴィクターヴィルでラ・エメの長《メサ》として君臨している男だ。

スニガは塀の中にも外にも命令をくだすことができる。

そんなスニガ——本人はバーベルで筋肉トレーニング中だったが——への謁見が叶ったおかげで、エディはすぐさま所内での一定の地位が確保できた。

「噂は聞いてるぜ」とそのときスニガは言った。

「あんたのことも聞いてます」安堵《あんど》のため息が洩れそうになるのを抑えながらエディは言った。ケラーが判決前調査報告書《PSI》をうまく改竄《かいざん》してくれたのだ。そうは思ったものの、エディにしてもほんとうのところは知る由《よし》もない。スニガがその気になれば、息のかかった役人にエディの書類を詳しく調べさせることもできただろう。

ここはフローレンス刑務所の独房より多少は広い。十三フィート×六フィートある。ただ、二人部屋だ。エディは気にならなかったが。刑務所は定員の五十パーセントオーヴァーの状態で、仲間《バト》の多くは一部屋に三人入れられており、その中の一番弱いやつは床に寝ている。

房内には二段ベッド、便器とシンクが一体になったステンレス製のトイレのほか、小さなテーブルと椅子一脚がボルトで床に固定されている。

空調も効いている。

フローレンスに比べたらここはフォーシーズンズ・ホテル並みだ。

新しくはいる監房に行くと、若い仲間《バト》――坊主頭で長身痩躯《そうく》――が緊張した様子で下のベッドに坐り、エディを見上げて言った。

「やあ。フリオだ」

「いったいおまえは何してるんだ、フリオ？」

「どういう意味だい？」

「だからさあ」とエディは言った。「おれのベッドで何してるって訊いてるんだよ」

「上のほうがいいんじゃないかと思って」とフリオは言った。

「誰がそんなこと言った？」

フリオは慌てて上のベッドに移った。

「スニガからおれのことは聞いてるか？」とエディは尋ねた。

「なんでも言うことを聞けって」とフリオは言った。「房内を掃除したり、洗濯したり、売店に買いものに行ったり、あんたの言うことはなんでも……」

フリオは奇妙な眼つきでエディを見ていた。

「落ち着いてくれ」とエディは言った。「おれにはそういう趣味はないから。おれはおまえのダディじゃないし、おまえはおれの女じゃない。プッシーが欲しいときには本物にするから。それでも、おまえはおれのルームメイトだ。だから誰にもおまえに手は出させない。そういうことを許したら、おれにも返ってくるからな。ちょっかいを出すやつがいたらおれに言え。ほかのやつじゃなくておれに。わかったか？」

フリオはほっとした様子でうなずいた。

エディは尋ねた。「おまえはどのグループにはいってるんだ？」

「今はエメの連中の相手をしてる」

「うまくいったら」とエディは言った。「その役からも解放してやる」

「ありがとう」

「おれの寝床をつくってくれ」

その夜にはもうエディは食堂でスニガたち幹部と一緒に上席に着くことが許された。

「ここはメキシコの刑務所みたいなもんだ」とスニガは言った。「白人《グエロ》が百人ほどいるが、ほとんどが〝アーリアン・ブラザーフッド〟のギャングだ。黒人《マジャーテ》は五百人、あとは国境地帯のメキシコ系ギャングが千人だ。そのうち三百人くらいが一大勢力のノルテーニョ・ギャングで、残りはその他大勢だ。刑務所長はメキシコ人で、看守もほどんどがメキシコ人だ。つまりここはおれたちが仕切ってるってことだ」

「それは知ってていいことですね」

「アメリカにいる気がしない」とスニガは言った。「おれたちは白人《グエロ》とは手を組む。ノルテーニョとは戦う。だけど、おれたちの全員が黒人《マジャーテ》を嫌ってる。看守も黒人を嫌ってる。全世界《トド・エル・ムンド》対マジャーテ。そういうことだ」

「わかりました」

メキシカン・マフィア——ラ・エメ——の結成は五〇年代にまでさかのぼる。もとは南カリフォルニアの〝スレーニョ〟と呼ばれるギャングで、多くはカリフォルニア南部——ロスアンジェルスやサンディエゴ——の犯罪常習者で構成されていた。基本的に都会人で、地方からやってきたメキシコ人の同胞、カリフォルニア州北部からのメキシコ人を食いものにしていた。

そこで、州北部出身者たちも自分たちの身を守るために、〝ヌエストラ・ファミリア〟を結成したのだが、その三十年後にはもう、スレーニョとノルテーニョの敵対関係は人種間の憎悪より激しいものになっていた。実際、いくつものスレーニョのギャング集団を束ねるラ・エメはアーリアン・ブラザーフッドと緊密な同盟を結んでいた。

メキシコ人は白人より同じメキシコ人のほうを憎悪していたということだ。

いずれにしろ、ラ・エメもアーリアン・ブラザーフッドもブラック・ゲリラも、刑務所が人種差別をやめ、異なる人種を同じ監房や塀の中に詰め込むようになってから結成された組織だが、囚人たちが人種間の憎悪そのままにすぐに殺し合うようになり、身を守るために人種ごとに集団化するのに、さして時間はかからなかった。そんな彼らが出所すると、所内で形成されたグループがそのままギャングとなって街場に出ることになり、かくしてノンストップの回転ドアがまわりはじめたというわけだ。

中央アメリカの巨大ギャンググループと変わらない。

八〇年代後半、エルサルバドル、ホンジュラス、グアテマラの国民たちは、肥溜めのようになってしまった祖国から逃げ出し、こぞってカリフォルニアにやってきた。が、職もなく、学校にも行かず、なんのコネもない若い彼らの多くが最後には刑務所行きになった。そんな彼らは黒人でもなければ白人でもなく、ノルテーニョでもスレーニョでもなかった。結果、ひたすら食いものにされた。

メキシコ人、黒人、アーリア人が彼らを犯し、身ぐるみ剥いでクスリ漬けにし、金を強請り取った。最初のうち、彼らはいいカモだった。が、誰にも予想できることが起こる。彼らの中にはきわめてタフな男——祖国の内戦で戦った兵士やゲリラたち——もいて、組織を結成し、反撃を始めたのだ。

フラコ・ストーナーという名のエルサルバドル人が、まず〝ワンダー13〟を起ち上げ、すぐに〝マラ・サルバトルチャ〟として知られるようになる。さらに、〝十八丁目〟と呼ばれた五〇年代の古いギャング団が〝カジェ18〟という名で再結成され、団結することで彼らは刑務所内で最も凶暴なギャング団となる。こうしたギャング団《マレロス》の中には完全に頭のいかれたやつもいて——故郷の内戦でよほどひどいことをやってきたのだろう。首を切断したり、腸を引きずり出したりといった狂気じみた所業を刑務所内でも繰り広げた。ラ・エメですら彼らには一歩譲った。

所内で形成されたギャング集団のご多分に洩れず、出所後も彼らは解散せず、〝マラ・サルバトルチャ〟や〝カジェ18〟の支部《クリカス》をつくり、ロスアンジェルスやほかのアメリカ内の都市だけでなく、彼らの故郷であるサン・サルバドール、テグシガルパ、グアテマラシティにも勢力を広げていったのだった。

ジョン・デニソンのようなアホで無知蒙昧《むちもうまい》な政治家が、ギャングどもを〝もといた場所に送り返す〟などと言っているのを聞くたび、エディは腹を抱えて笑いたくなる。

ギャングどもはみんなエチョ・エン・ロス・エスタドス・ユニドスなのに。

メイド・イン・USAなのに。

刑務所は刑務所で、所内の暴力にまともな対策を取ってこなかった。むしろその逆だった――彼らとしては、囚人が看守に襲いかかってくるより囚人同士が争っているほうが都合がいいからだ。

そう、刑務所を運営するにはギャングが必要だったのだ。

所内の規律と秩序を維持するためにはギャングが必要だったのだ。

そもそもクズ白人やサボテン野郎やニガーが殺し合ったところで、誰が困る？

「どんな仕事がしたい？」とスニガはエディに尋ねた。

エディはなんとも答えられなかった。なにしろこれまで一度も〝仕事〟に就いたことがなかったので。ヤクを売ったり人を撃ったりする以外のことは何もわからず、フローレンス刑務所での彼の仕事は主にマスをかくことだけだった。「さあ。厨房係《ちゆうぼう》とか？」

「厨房係はやめとけ」とスニガは言った。「だけど、仕事はしたほうがいい。管理人みたいな仕事がいいかもな」

「要するに下働きですか？」

「落ち着け《トランキーロ》。実務はおまえの相棒がやる」

そういうわけでエディは管理人の仕事を得た。田舎者どもがモップがけをしたり、トイレ掃除したりするのを監視する仕事だ。それでも、刑務所暮らしの単調さに心底うんざりするのにさほど時間はかからなかった。フローレンスとはまた異なる単調さだが、単調であることに変わりはなかった。

エディは〝契り《ちぎ》〟を交わしてはいなかったが——つまり、正式にラ・エメに加わったわけではなかったが——カルテルの人間というステータスのおかげで仲間《カマラーダ》、友人として認められるという特権が得られていた。彼としてはそれで充分だった。黒い手を描いたタトゥーは入れていないが、このギャング団《ラ・グリカ》——内輪集団——に受け容れられてはいた。

だから、ラス・レグラス——ラ・エメのメンバーが刑務所暮らしをする中で守らなければならない厳しい掟——もちゃんと守って日々暮らしていた。

メンバー同士では争わない。

密告はしない。

卑怯者にはならない。

ハードなドラッグはやらない。

酒は飲んでもよかった。大麻《イエルバ》も多少吸ってもよかった。が、ヘロイン《チバ》はご法度だった。なぜならジャンキーは信用できず、戦いのときに役に立たないからだ。

〝野球〟はしない――ホモ野郎の遊びだからだ。

同じ房の囚人を差し出すことは許されていた――たとえば、ちんぽをしゃぶらせるのにアーリアンに売るとかだ。本人が〝ベイビー〟だった場合――喧嘩する意気地もないタマなし野郎だった場合――そいつはスニガか誰かにレンタルに出されることはあるにしろ、エメの兄弟《カルナル》や仲間《カマラーダ》がそういったベイビーの奉仕を受けることは許されない。そういう奉仕を受けるのは田舎者の白人や黒人《マジャーテ》のやることで、誇り高く男らしいメキシコ人のやることではない。

自分たちはやらなくてもほかのやつらがやることには干渉しない。ほかのやつらの愛人《ルカ》やガールフレンドに失礼な振る舞いはしない。面会室で会ったときに下卑《げび》た眼で眺めてはならない。出所後に仲間の女に手を出してはならない。

そうした掟《レグラス》のどれかひとつでも破れば、載りたくないリストに名前が載ることになる。そのリスト《ラ・リスタ》に載るには三名のメンバーの合意が必要だが、いったん載ってしまうと、もう命はないと思ったほうがいい。

厳しい掟だが、エディにはその理由がわかっていた。彼らには掟が必要なのだ。人間からプライドと自尊心を剥ぎ取ることを目的につくられた刑務所という場所において、掟はプライドと自尊心を保つために必要な規律なのだ。

音を上げそうになっても、掟《レグラス》があれば、気持ちを強く持っていられる。

ある日、エディが運動場から監房に戻ると、フリオが〝クリア〟をつくっていた。一本の電線から絶縁体を剥がし、床に置かれたプラスティックのバケツに入れた〝スティンガー〟と呼ばれる年代ものの度の強いワインの中に、その電線を突っ込む。そして、電線の反対側を壁のソケットに差す。

それでワインが温まりはじめる。

しばらくすると、蒸留されたアルコールが長いゴムホースを伝って別のバケツに注がれ、刑務所内でよくつくられる密造酒より倍強い酒ができあがる。

フリオはエディに一口勧めた。

「うまい」とエディは言った。

フリオは肩をすくめた。「だろ？ 密造酒をつくらせたら、おれがヴィクティムヴィル（ヴィクターヴィル刑務所の俗称）で一番なんだよ。少なくともメキシコ人の中ではね」


エディは運動場でベンチプレスが空くのを待っていた。すると、スニガがやってきて彼に言った。「ちょっと頼みたい仕事《カンバ》があるんだがな」

「なんでもやりますよ」とエディは言った。それが重罪になるようなことでないことを内心祈りながら。ここで殺しでもやってばれたら、連邦警察との取引きもなくなり、永遠にここから出られなくなる。と言って、ラ・エメの刑務所内の長にノーとは言えない。だからエディとしてはただ祈るしかなかった。

「ヌケ作がひとりはいってきた」とスニガは言った。「メキシコ人だ。本人は強盗で入所したと言いふらしてるが、白人の所員が書類を見たら――ただのロリコン野郎だった」

　子供相手の性的虐待者だ。白人の所員がそいつの逮捕記録を見つけ、メキシコ人どもに好きにしろとまわしてきたのだ。これもルールのひとつだ。白人は白人、黒人は黒人、メキシコ人はメキシコ人が裁く。

　これが刑務所というカオスの中の正義だ。異人種には手出しできない。白人の誰かがこのロリコン野郎を襲ったら、メキシコ人はまずその白人を叩きのめさなければならない。そうなると、復讐が復讐を呼び、終わりのない連鎖が始まり、その挙句、ロリコン野郎の始末をすることになる。だから、白人がメキシコ人をメキシコ人に引き渡すというのは、奇妙なようで実は理に適ったことなのだ。

　当然、それにはなんらかの懲罰がともなわなければならない。自分の庭にロリコン野郎がまぎれ込んだのを知りながら、なんの手も打たなかったら、スニガの面目が丸つぶれになる。いや、そんな仲間《バト》を黙認してしまっては、メキシコ人《ラサ》全体の面目がつぶれる。

「ちょっと可愛がってやってくれないか」とスニガは言った。

「問題ありません」とエディは応じた。ただ痛めつければいいだけのようで内心ほっとしながら言い添えた。「まったく。もし殺《や》ってもいいってことなら……」

「いや、痛めつけるだけでいい」とスニガは言った。「やつをおれの庭から蹴り出したいだけだ」

これはおれが使えるやつかどうかのテストでもある、とエディは思った。頼めるやつはほかにごまんといるだろう。スニガはおれの度胸を試したいんだ。いいだろう。

派手にやらせたいんだろう。

ショータイムをつくらせたいんだろう。

「それでおまえは懲罰房に入れられるだろうが」とスニガは言った。「刑の上乗せはないよ」

「おれはフローレンスにいたんです」とエディは言った。「あそこは刑務所全体が懲罰房みたいなもんです。それに、おれにもガキがいますから」

「よく言った、兄弟《マーノ》」

スニガはターゲットの名前を伝えると立ち去った。

さっさと片づけよう。エディはそう思った。翌朝、ロリコン野郎はほかのテーブルでほかのクズを相手にべらべらしゃべっていた。銃を抜いたが、弾丸《たま》詰まりして、お巡りに取り押さえられたという話だった。エディは思った。なんなんだ、こいつは?

男が席を立つとエディも立ち上がり、男が近くまで歩いてくると、持っていたトレーを斧《おの》を振るうように男の咽喉に叩き込んだ。男が切り倒された木のように倒れる直前、エディはトレーを投げ捨て、男のシャツのまえをつかみ、顔に右の拳を浴びせた——がん、がん、がん、がん——ストレートを四発食らわせた。それから床に倒して馬乗りになると、さらに力任せに殴りつづけた。腕が疲れてくると今度は男の脇腹と股間に膝蹴りを入れ、さらに肘と前腕を使って顔を連打した。

　さすがにエディも息が切れてきた。が、看守もことさら急いで止めにやってこなかった――彼らにも子供がいるのだ――ほかの囚人は囃《はや》し立て、けしかけていた。「やっちまえ、そいつ《エッセ》をぶっ飛ばせ!」男はうめき声を洩らし、すすり泣き、血を流し、やめてくれと懇願していたが、エディはこういうときのルールを心得ていた――看守に引き剥がされるまでやめてはいけない――だから、男の顔を殴りつづけた。ようやく誰かがうしろから彼のシャツのつかんできた。ほかの連中が囃し立てる中、エディは引っぱり上げられるままに任せた。

　ロリコン男は丸くなったままうずくまっていた。エディはもう一発股間に蹴りを入れ、男の膝を踏みつけた。去りぎわにスニガを見やると、満足げにうなずいていた。アーリアンの幹部のひとりも目礼をして、敬意を示してきた。

　懲戒委員会の聴取では、刑務官に喧嘩が始まった理由を尋ねられ、エディは答えた。

「ことばを返すようだけど、あんたらもほんとはわかってるんだろ? あんたら全員でやつの報告書を隠して、アホみたいなつくり話をでっち上げたんだから。だけど、そんなのはここじゃ通用しない。それもわかってるだろ?」

　懲罰房《SHU》に三十日の拘禁が決まっても、エディは特に上訴はしなかった。もっとも、上訴などできるわけもなかったが。映像も残っていれば、そもそもエディ自身否定していないのだから。否定するどころか、むしろ宣伝していたのだから。実際、これで彼の噂は一気に広まった――エディ・ルイスは麻薬商《ナルコ》の大物で、一匹狼のタフガイだが、ラ・エメにも仲間として遇されている。

刑務所としても暴行罪での立件を考えることなく、ロリコン男も告訴を拒んだ。男は保護拘置下に置かれることになり、スニガの庭から消えた。エディは男らしく三十日の隔離房生活を送った。

隔離房にいるあいだはラ・エメが何かと面倒をみてくれ、エメの息のかかった看守がサンドウィッチや〈リトル・デビー〉のケーキなどを差し入れてくれた。一度などフリオ手製のクリア一瓶が運ばれてきたこともあり、エディは房内の椅子に坐って上機嫌でただ飲んだくれていればよかった。

エディはこの差し入れを同じ懲罰房《SHU》にいたキト・フエンテスにも振る舞ってやった。キトは古い世代のメキシコ人マフィアで、八五年のヒダルゴ事件で彼の果たした役割により仮釈放なしの終身刑《LWOP》を食らっていた。本人の話を聞くかぎり、アート・ケラーのクソ野郎に文字どおり引っぱられて国境のフェンスを越えさせられ、アメリカ側で逮捕されたらしい。

キトが塀の外に出られる見込みは一ミリもなく、看守はあらゆる口実をつくっては彼を隔離房に入れていた。なんといっても、キトは警官を殺した男なのだから。警官にしろ看守にしろ、彼らが警官殺しを忘れることは決してない。そんなキトの精神状態は、なにやらぶつぶつとひとりごとをつぶやいては、〝ハニー・ドリッパー〟と彼が呼ぶ誰か――あるいは何か――と延々としゃべりつづけるのがいつものことで、相当おかしくなっていた。ただ、酒に酔っているあいだはキトもハニー・ドリッパーもおとなしくなってくれたので、エディはほっとしたが。

それにしても、あのケラーが？

くそフェンスのくそ反対側に引っぱり上げた？

三十日もさほど長くは感じられなかった。看守がドアを開けて言った。「ルイス、大通りに戻る時間だ」

「おい、キト」とエディは言った。「ハニー・ドリッパーによろしくな」

「ハニー・ドリッパーがあんたにグッドラックって言ってる」

「ハニー・ドリッパーって誰のことだ？」いつもの監房に戻る途中、看守がエディに尋ねた。

「さあ」

もとの監房に戻ると、房内は塵《ちり》ひとつ見あたらないほどきれいに片づけられていて、フリオが執事よろしく彼の帰りを待っていた。「お帰り」

「クリアをありがとよ」

フリオは少し顔を赤らめた。

「そのことで相談がある」とエディは言った。「金の成る木を放っておく手はない。クリアはいくらで売れる？」

「二十オンスボトルで五十ドルかな」

「スニガの許可を取ってくる」とエディは言った。「おれたちでビジネスを始めるんだ。おまえには稼ぎの二割をやる」

エディは一階廊下のつきあたりにあるスニガの監房——通称〝小鳥の水遊び場〟——に行った。スニガと一緒にエメのメンバーが三人いたが、スニガはその中のひとりに立つよう身振りで示し、空いたストゥールにエディを坐らせた。

「差し入れ、ありがとうございました」とエディは言った。

スニガはうなずいた。「キトと一緒だったらしいな。元気だったか？」

「狂っちまってました。完全に」

「そりゃ残念だ」

「密造酒を売りたいと思うんですが」とエディは単刀直入に言った。

スニガは笑って言った。「フリオのお手製か？　昼飯代くらいにしかならないだろうが、まあ、せいぜいがんばってみるんだな」

そうしてエディはクリアを売るビジネスを始めた。

材料となるワインは良質のパン種《スティンガー》のようなものだ。だからそれには手をつけず、あまり使われていない貯蔵室の壁の裏側に大切に保管し、クリアをつくるときだけ出してきて使った。

エディはほかのビジネスも始めた。

彼の房と同じ並びの房にベイビーがふたりいた。ひとりはマスカラと口紅をつけ、カールのかかったロングヘアをした本物の雌猫だった。

エディはこのふたりのダディを見つけると言った。「これからこいつらはおれの下で働いてもらう」

その男としても気分のいいわけがなかった。が、卑語ひとつ吐かなかった。その男に何ができた？　エディのうしろ盾を考えると。

エディは雌猫を脇に呼んで尋ねた。「名前は？」

「マルティナ」

「いいか、マルティナ。これからはおれがおまえのダディだ」とエディは言った。「長期のレンタル先が見つかったらそいつに貸し出す。見つからなかったら単発で貸し出す。おまえには稼ぎの三分の一をやる。残りはおれのものだ。文句があるならニガーにまわすぞ。だけど、それはおまえをぶん殴って、ふた目と見られないような顔にしてからだ。だから、ニガーとしてもおまえとやるときには、おまえの顔に枕をかぶせるだろうな」

マルティナに文句はなかった。

もうひとりのベイビー、マニュエルという名の痩せこけた小男のほうも。

「おまえは今からマヌエラだ」とエディは言った。「見た目をもう少しぱっととさせろ。頼むからひげは剃れ。用意させるから多少の化粧もしろ」

エディは年配の温厚な無期刑囚を見つけてきて、支給品の三分の一と引き換えにマルティナを半年貸し出した。マヌエラのほうは単発で貸し出し、煙草や切手と引き換えた。煙草や切手はさらに別のものを手に入れるのに使えた。

そういうことはフリオがうまくやってくれ、エディは細かい雑用はフリオに任せた。

密造酒の蒸留も。

エディは看守に金を握らせて貯蔵室の壁の裏に小さなスペースを確保し、そこにスティンガーを隠し、機会を見つけてはフリオにクリアをつくらせた。フリオはクリアをつくっていないときにはそれを売ってまわった。

支払いに現金が使われることはない。

すべて切手かテレホンカード、それに支給品だ。

エディはできたてのクリアをちびちびやりながら、悪くない暮らしだと思った。

しかし、彼がなにより求めていたのは本物の女と寝ることだった。

彼女の名前はクリスタル。オクラホマ出身の田舎者で、純粋な白人。バーストウからかよっていた。

歳は三十代前半、見た目は悪くない。赤い髪にそばかすに細い鼻に細い唇にボウリングのピンのような体つき。おっぱいは小さいが、ケツがでかい。

彼女にとって刑務官というのは今までで一番いい仕事だった。

〈コストコ〉より給料がいい。

健康保険もついている。

ただ、ヴィクターヴィル刑務所ではメキシコ人の看守に辛くあたられ、ひどい仕打ちも受けていた。メキシコ人看守はこの仕事にありつくべきは白人の女ではなく、メキシコ人だと考えていたからだ。囚人は囚人で彼女を卑猥《ひわい》な眼で見てきた。

しかし、エディはちがった。

エディはクリスタルに敬意をもって接し、彼女をちゃんとひとりの人間として見た話し方をし、彼女の眼をまっすぐに見た。眼の奥にある何かを見据えるように。もちろん心の中では彼女をファックすることしか考えていなかったのだが、そんな思いはおくびにも出さなかった。女はそんなふうに思われることを嫌う。それぐらい彼にもよくわかっていたから。

あとで。あくまでそれは今じゃない。

「女が一番感じる場所はどこだと思う?」とエディはフリオに尋ねた。「耳だ」

「聞いたことがある」フリオは舌を突き出して舐める仕種をした。

「そうじゃない、馬鹿」とエディは言った。「女とは話をしろってことだ。それから自分の耳も使え――聞くんだ。女を濡れさせたいなら、話を聞くことだ」

クリスタルとの関係はそんなふうに始まった。最初は些細《ささい》なことだった。文字どおり挨拶から始まった。「やあ」「元気?」その一週間後には「今日もきれいだね、ブレナー刑務官」になり、彼女が重い荷物を動かさなければならないときには、必ずそのそばにエディがいた。彼女が急いでどこかを掃除しなければならないときにも必ずエディがいた。だいたいエディがモップを持つのはそんなときぐらいのものだった。

そんなある日、廊下ですれちがうと、クリスタルの様子がおかしかった。眼が少し赤くなっていた。

「大丈夫、ブレナー刑務官？」とエディは尋ねた。

「ええ？」

「大丈夫？」

「なんでもないわ。行って、ルイス」と言いながらも、彼女は立ち去らなかった。さらにこんなことを言った。「時々……なんていうの……ここが辛くなる」

「話してくれ」

「いいのよ、わかるでしょ？」

「いや、わからない。話してくれよ」とエディは言った。「何か問題があるなら……」

クリスタルは笑った。「問題があるなら、何？　あなたが解決してくれるの？」

「ああ。もしかしたら」

彼女はいっときエディを見つめた。「いいのよ。ただの……看守同士のことだから……まずわたしは女でしょ？　それに白人でしょ……気分を悪くしないでほしいんだけど、ルイス」

「わかるよ」とエディは言った。「おれはテキサスにいれば〝メキシカン〟で、メキシコにいれば〝ヤンキー〟って呼ばれた。看守のことはおれにもどうにもできないけどさ。囚人であんたに手を焼かせるのがいたら、おれに言ってくれ」

「わかった」

「本気で言ってるんだぜ」

「わかってるって」とクリスタルは言った。「もう行ったほうがいいわね」

エディは笑みを向けて言った。「不適切な関係になるからな」

「誰も賛成してくれない関係よ」

次の日、エディは同じ階の囚人のところに行った。「オルテガ、頼みがある」

「なんだ？」

エディは頼みごとを伝えた。

「報酬は？」

「クリア一瓶でどうだ？」

次の日、エディが掃除を担当している廊下にクリスタルがやってきた。不安げな顔をしていた。

「どうした？」とエディは訊いた。

クリスタルは口ごもった。

「言いなよ。遠慮しないで」

「C棟のオルテガっていう囚人」とクリスタルは言った。「嫌がらせをしてくるのよ。起立点呼のときにもさも馬鹿にしたような態度を取ってくるし、施錠のときもドアのところに立って邪魔するし、わたしを睨んで変なことをつぶやいてるの。上に報告まではしたくないんだけど……」

「話しておく」

「ほんとに？」

「ああ」

二日後、クリスタルは食堂から出てきたエディを引き止めて言った。「いったい何をしたの？」

「話をしただけだ」とエディは言った。「問題は解決した？」

「ええ。ありがとう」

「どういたしまして」エディは言ってつけ加えた。「べっぴんさん《ママシータ》」

次の日、彼女と廊下ですれちがいざま、エディは何も言わず、クリスタルの制服のポケットに小さな紙きれを忍ばせた――〝きみのことを思ってる〟。それはかなり大きな賭けだった。彼女がそのことを上に報告したら、また隔離房行きだ。

同じ日のそのあと、クリスタルはエディを見かけると、彼女のほうも何も言わず、エディの手に小さな紙きれをすべり込ませた。エディは監房に戻ってからそれを開いて見た――〝わたしもあなたのことを思ってる〟。

突破した。これで〝もし〟ではなく、〝いつ、どこで〟という問題になった。

翌朝、また廊下ですれちがったときにエディはその答を得た。

「チャペル」とクリスタルが囁いたのだ。「その奥で」

エディは速攻でクリスタチャンになった。

エディはチャペルにはいった。早朝で中には誰もいなかった。祭壇のうしろまで歩いていくと、細い通路があった。クリスタルはそこで待っており、エディが予想したとおりの台詞を言った。「こんなことしちゃいけないわ」

エディは予定していたとおりの台詞を言った。「しちゃいけなくもないよ」

エディはクリスタルを抱き寄せ、キスをした。それから彼女をうしろ向きにして、壁に押しつけると、彼女のズボンをずりおろした。それから自分のズボンのジッパーを開け、一物を取り出し、挿入した。クリスタルのほうがさきにイったのにはエディも驚いた。エディも果て、ジッパーを上げ、彼女を自分のほうに振り向かせた。

「これからどうするの？」とクリスタルは尋ねた。

答は決まっていた――こういうことをもっとするのさ。

チャペルや貯蔵室で、ふたりは汗まみれで息切れのする短い逢瀬《おうせ》を重ねた。廊下ではこっそり眼を合わせたり、ひそかに微笑み合ったりして、メモのやりとりを続けた。愉しくて危険な行為だった。クリスタルがほんとうは何に興奮しているのか、エディにはよくわかっていた――危険な男との危険なセックス。実際、セックスはどんどんよくなった。エディはバーストウみたいな田舎ではあまり知られていないような行為も彼女に教えた。

スニガは遠くを見ていた。運動場を歩いたり、バスケットボールやウェイトリフティングをしたり、ただぼさっと突っ立ったりしている囚人服の男たちの向こうを見ていた。金網のフェンス越しに——有刺鉄線のコイルや監視塔の向こうに広がる人っ子ひとりいない外の景色を——砂漠を見ていた。

「おれたちはいったいなんのためにこんなことしてるんだ、エディ?」金属のドア枠に鉄の扉が閉まる音を背に聞きながら、スニガは言った。「おれは人生の大半をこんな場所で過ごしてきた。もっとひどいムショに行かされるなんてことがないかぎり、一生ここから出られない。金ならいくらでも持ってるが、今手にできるのは毎月支給口座にはいる二百九十ドルまでだ。それでヌードルやクッキーを買う。あんなものはガキの食いものだ。大の男が食うものじゃない。女房もガキも孫もいるのに、月に数時間しか会えない。たまに看守のあばずれをファックして、しばらく女の髪のにおいが鼻に残っても、いつも男の臭いにおいが鼻についている。おれの指図で人が死んだり生きたりしてるのに、自分でマスをかかなきゃならないとはな。なのに、ビジネスは今でも続けてる。なんでだ?」

「さあ、わかりません」

エディにわかっているのは、彼にはひとりの黒人を見つける必要があるということだ。麻薬王、ラファエル・カーロに頼まれ、見つけることを約束した以上、その約束はなんとしても守らなければならない。ラファエル・カーロのような男との約束を破れば、アメリカだろうとメキシコだろうと、どこの刑務所にいてもナイフが眼に突き刺さってくることを覚悟しなければならない。

いずれにしろ、カーロの話では、見つければそれで数百万ドルになるということだった。刑務所で黒人を捜すなどわけがないことのように見えても、まずメキシコ人は黒人と口を利かない。利くときにはそれ相応の理由が要る。

で、エディはクリスタルに頼むことにしたのだった。「ちょっと書類を調べてもらいたいんだ、ベイビー」

「エディ、もし見つかったら……」

「だったら、見つからないようにやれよ」とエディは言った。「なあ、刑務官が逮捕記録を調べたって何も問題はないだろ？」

そう言って、エディはクリスタルに捜してほしい男について詳しく伝えた——黒人、ニューヨーク出身、ドラッグで有罪、出所が近い。一週間かかった。それでもクリスタルは見つけてきた。ダリウス・ダーネル、通称ＤＤ。三十六歳、麻薬売買でパクられ、二〇一四年半ばに出所予定ということだった。

エディはいつもより愛情を込めた手早いセックスで感謝の気持ちを伝えた。が、まだ問題があった——どうやってその黒人に近づき、込み入ったやりとりをするか。

そんなとき、乱闘が起こったのはエディにとってなんともラッキーなことだった。

乱闘は人種が入り交じるまたとないチャンスだ。

乱闘は自然に起こるものではない。

いかにも自然に起こったように見えても、具体的な意図のもとに入念に計画されたものであることが多い。平和な運動場に突然降って湧いたような暴力に見えても、実はそうではないことが多いのだ。

今回の乱闘は、スニガが黒人《マジャーテ》に身のほどを思い知らせるために起こしたものだった。

「乱闘もたまにはやらないといけない」とスニガはエディに言った。「ただ、今回のにはちゃんとした理由がある」

始まったとき、いつもの馬鹿げたやつだ、とエディは思った。くそ男性ホルモンの為せる業だと。エレラというメキシコ人が運動場を歩いていて、黒人と肩がぶつかった。言い合いになり、当然のことながら、人種にまつわる罵詈雑言の応酬になった。

高校時代、エディもアメフトでよく黒人チームと対戦した——くそ忌々しいことに、ヒューストンやダラスのチームには選手全員が黒人などというところもあった。テキサス流儀に染まったメキシコ系の中には、〝ニガー〟や〝マジャーテ〟と言ってからかうやつらもいたが、エディは決してそういう仲間には加わらなかった。概して自分より体が大きく、動きも敏捷《びんしょう》な相手を怒らせてもなんのメリットもない。

いずれにしろ、その黒人——デュポンというルイジアナから来た新入り——とエレラが喧嘩を始め、看守が止めにはいった。が、制止されるまえにデュポンのほうがエレラに「一対一」でけりをつけようと言ったのだ。

最初、スニガは平和的に解決するつもりでエディに言った。「マジャーテと商売したことがあると言ってたな？」

「昔のことだけど、やつらに大麻《イエルバ》を売ってました」

「ハリソンのところに行って、ここはデュポンに引きさがるように言ってきてくれ」

エディは運動場の端、黒人用のバスケットボールコート付近までぶらぶらと歩いていくと、腕を組んで佇《たたず》んだ。それが黒人のボスの眼にとまった。ハリソンという無期刑囚だ。まずハリソンはふたりの手下をエディに近づけた。

「何してる？」

「話がしたい」とエディは言った。

ふたりはエディをダンベルラックのところへ連れていった。ハリソンとその他大勢が坐っていて、デュポンもそこにいた。まだ興奮しているようだった。どでかい野郎だった。テキサス東部によくいる南部のどでかくて黒いクソ野郎だ。

「エディ・ルイスだ」

「なんの用だ？」とハリソンは言った。恐ろしいほど年輪を重ねたような眼をした男だった。この砂漠の肥溜めから一生出られないことを悟った眼だ。エディはそう思った。

「六時の決闘の件だ」とエディは言った。「ベニー・Zはあんまりいい考えじゃないって言ってる。水に流して暑さのせいだったってことで手を打とうって言ってる」

「水に流すつもりはないね」とデュポンが言った。

ハリソンはデュポンを見やった。誰がおまえの意見を訊いた？　とでもいった顔で。そのあとエディのほうに向き直って、ハリソンは言った。

「おまえのところのクソがこいつをニガーって言ったって聞いたがな」

「そっちはスペ公《ビーナー》って言ったらしい」とエディは言った。「わざわざ血をこぼす《スピル》ほどのことじゃないよ」

〝血をこぼす〟というのは、実のところ、エディには理解できない言いまわしだ。エディはココアやミルクのように血がこぼれるところなど見たことがない。血はしたたり、流れ、噴き出すものだ。誰かの後頭部から噴き出す血なら見たことがある。だけど、こぼれる血？

見たことがない。

「こいつはそうは思ってないようだ」とハリソンはデュポンを顎で示しながら言った。

「こんなやつの意見を聞くのか？」デュポンは新入りだ。こいつはつい昨日まで頭にバンダナを巻いて綿花摘みをやっていたようなやつだ。妊娠しないよう自分の妹のケツの穴を欲望の捌《は》け口にしていたようなやつだ。

「誰にでも権利というものがある」とハリソンは言った。

そうとも、とエディは思った。馬鹿になる権利は誰にでもある。こんなことで一対一の決闘をやろうというのは、そういう権利の立派な行使というわけだ。エディは肩をすくめて、スニガのところに戻ると、報告した。

「マジャーテのクソが。やつらは自分らの立場をわかってない」とスニガは言った。

スニガが腹を立てているのは、ラ・エメの長が面目を失うことは許されないからだ。ここでベニー・Zがマジャーテ相手に引きさがったとなると、誰もがラ・エメは腑抜《ふぬ》けになったと思いはじめる。

そんなことはあってはならない。

だからスニガはデュポンよりハリソンに腹を立てた。デュポンは何もわかっていない。ハリソンがスニガからの和平の申し出を退けたのは、ボス同士《ヘフエ》の話だとわかった上でハリソンがスニガの顔をつぶしたということだ。ここで何もしなければ、スニガは過去の人間となる。

スニガが乱闘の計画を練りはじめたのはそのためだった。

ラ・エメのメンバー全員に、運動場のあちこちに武器《ベダツ》を隠しておけという通達が出た。そのあとスニガは幹部と作戦会議を開き、エディもそれに参加した。

デュポンが現われた。エレラと一対一の対決をするつもりでいるのだろう。肩で風を切って歩く様子からして、痩せっぽちのメキシコ人ひとりの相手など手もないと思っているのだろう。

それでも、彼のうしろには十人ほどの黒人がいつでも加勢できるよう臨戦態勢でひかえていた。

心強いことではある。エレラのバックには六十人ついていることを考えなければ。

それもそれぞれが手製のナイフを忍ばせて。

そんな彼らは自分たちの出番を待ってなどいなかった——最初から襲いかかった。

シャツの前ポケットから、上着から、ズボンの裾から、手製ナイフが次々と飛び出した。

中にはケツの穴から取り出すやつもいた。エディの武器《ペダソ》はキッチンからくすねた缶詰の蓋でつくった切れ味のいいナイフで、足にテープでとめてあった。

逆上した六十人のスペ公《ビーナー》が突進した。頭上に掲げられた刃に陽があたり、ぎらぎらと光った。まるでアラモ砦《とりで》の戦いみたいに。ただし戦う相手はテキサスの田舎白人ではなく黒人だ。そして今回、黒人たちに隠れる砦はなかった。

　彼らは逃げ出した。

　エディは何人もの黒人が全速力で走るさまを見て思った。まるで全米プロフットボール《NFL》のドラフトの体力測定だ。しかし、ゴールはない。フェンスはあるが、それはやつらを守るためではなく、捕らえるためにある。大勢の黒人が運動場内を走りまわり、それよりもっと多くのメキシコ人があらかじめ計画してあったとおり、三方向から追いかけ、黒人たちはあっというまに壁ぎわに追いつめられた。正確にはフェンスぎわに。明らかに刑務官は知らぬ顔を決め込んでいた。ヴィクティムヴィルで唯一の結束があるとすれば、それは黒人への憎悪だ。

愛が人々を結びつけるという。エディもそんなことばを聞いたことはあるが、彼はそれより強い結びつきがあることも知っている。憎悪だ。

憎悪は人間同士の感情を一瞬でくっつける瞬間接着剤だ。

看守が見ざる聞かざるを決め込んでいる隙に、メキシコ人の大群は黒人たちをフェンスに叩きつけた。若い連中《ムチャチョ》は黒人を殴り、切り、刺した。

血が——一般的な言いまわしを使えば——こぼれた。

クソ大男のデュポンは初めから注目の的で、最初に狙われた。刑務所の乱闘では、クソ大男でなおかつ注目の的というのは、本人があまり得することではない。

メキシコ人のひとりがソックスの中に南京錠を入れて結わえたものを振りまわした。それがデュポンの側頭部にあたった。デュポンはくずおれるように膝をついた。乱闘の場ではこの姿勢もあまり本人の得にならない。メキシコ人は、まるで固い土の中にデュポンを植え込もうとでもしているかのように、彼を一斉に踏みつけはじめた。彼を助けようとする黒人もいたが、エディには無駄な努力にしか見えなかった。

乱闘の前線にいる黒人は殴り返していた。彼らのほうもナイフで切りつけ、刺し返しもしていた。が、金網フェンスに近い連中はフェンスをよじ登りはじめた。死にもの狂いで、フェンスの上に設けられたコイル状の有刺鉄線の上に身を投げ、向こう側の運動場へ逃げ込もうとして、コイルの棘の中でもがいていた。

ほとんどの者がそこで身動きが取れなくなり、宙ぶらりんになった状態で叫んでいた。

が、フェンスの乗り越えに成功した者の中に、ダリウス・ダーネルがおり、ジャクソンという名の同房の年長者がフェンスから降りるのに手を貸してやっていた。

エディはためらわなかった。

金網フェンスに足をかけ、よじ登った。

フェンスの上の有刺鉄線まで登ると、大きく息を吸ってその棘の中に身を投げ出し、腕や脚に切り傷をつくりながらまえに進み、傷だらけになりながらもどうにか棘から脱出すると、叫びながら地面に飛び降り、逃げる黒人のあとを追って走った。まるでこの騒ぎで彼自身、気が触れてしまったかのように。

ダーネルは足は速そうだった。が、それを生かそうとはせず、足の遅い年長のジャクソンのそばを離れなかった。よほどの誠意がなければできないことだ。エディに続いて、メキシコ人が何人もフェンスを登り、フェンスのそばにいる黒人たちに迫ってきているのだ。

いずれにしろ、これでエディは確信した――ダーネルは信用できる。

ダーネルはフェンスで囲まれた隔離運動場をめざして走っていた。二十フィート平方ほどの長方形のスペースで、刑務官がひとり、開いたゲート脇に立っており、ダーネルに手招きをしていた。とりあえずダーネルとジャクソンをその中に入れて、安全を確保しようというのだろう。少なくとも、エディにはそう見えた。

ほかの黒人はそこまで行けなかった。

その中のひとりが時間を稼ぐためにあえて立ち止まった。すぐに男五人に取り囲まれた。勇敢なその黒人に手を貸そうと、ジャクソンが戻りかけた。が、ダーネルにシャツをつかまれた。ダーネルはジャクソンを隔離運動場のほうに突き飛ばすと叫んだ。「逃げるんだ。あんたが行ってもなんにもならない！」

刑務官が手を伸ばしてジャクソンをつかみ、ゲートの中に引き入れた。ダーネルもそのあとに続いた。

エディはそのすぐうしろまで迫っていた。エディがゲートにたどり着いたのと若いメキシコ人の刑務官がゲートを閉めようとしたのが同時だった。

メキシコ人の刑務官はにやりとして言った。「アデランテ、マーノ」

ようこそ、兄弟。

エディはゲートの中に足を踏み入れた。

彼のうしろでゲートに鍵がかけられ、若い刑務官は立ち去った。

六人のメキシコ人が建物の中から隔離運動場に出てきた。にやつき、手には武器を持っていた。

これでダーネルとジャクソンはもう死んだも同然のマジャーテになった。

男たちのひとりが言った。「どうした？　助かったとでも思ったか？　これからとことん切り刻んでやるよ」

エディが横から言った。「充分だ《スフィシエンテ》」

「どこのどいつが充分だなんて言ってやがるんだ？」とリーダー格の男がエディに言った。

その男がフェルナンド・クルスであることはエディも知っていた。がっしりした体型の根性のくそ汚いくそ野郎。スニガとは仲間だが、それほど親しいわけでもない。「おまえはマジャーテになったのか、ルイス？」とクルスは言い募った。それでも、このあとどうするか、クルス自身にも迷いのあることをエディは見て取った。

「もう終わった。目的は果たせたよ」

「おれの目的は終わっちゃいない」とクルスは言った。「おれの刃はまだ血で濡れてないんだよ。どきな、こいつをおまえの血で濡らしたくなきゃ」

「あんただってメキシコ人の血は見たくないだろ？」とルイスは言った。

「おまえはラ・エメじゃない。ただの客人《カマラーダ》だ」

「今はおれもおんなじ車に乗ってる」とエディは言った。「しかもフロントシートに」

おれはラ・エメのボスとビジネスをしている男だ――エディとしてはクルスにそのことを思い出させたかった。

「おまえはおれに指図できるほど大物のヘロイン《チバ》ディーラーなのかよ？　そう思ってるのかよ？　いいから失せろ。マジャーテになりたいのならそれなりの扱いをしてやってもいいが」

エディは脚にテープで貼りつけてあったナイフを引き剥がした。剥がすのはやたら痛いはずなのに怖さが勝って、痛みを感じる余裕はなかった。

エディはナイフを腰の位置で構えた。

「こっちは六人」とクルスは言った。「そっちはひとりだ」

「それでもおまえの咽喉を掻っ切ってやるよ」とエディは言った。

「マジャーテ二匹助けるためにか？」クルスは首を振った。「そんなことをしてベニー・Zに気に入られると思ってるのか？」

「スニガにはおれが話す」

「スニガにはおれも話す」そう言いながらも、クルスはうしろにさがった。それからエディ、ダーネル、ジャクソンの順に見まわして言った。「おまえら、ついてたな。ルイスが黒ちんぽ好きで。今夜はたっぷりファックしてやれ」

エディはクルスの顔を引き裂こうかと思った。が、やめておいた。クルスはルイスをただ睨みつけただけで手下をさがらせた。

「なんでだ？」とダーネルが尋ねた。

そこでエディはようやくまともにダーネルを見た。

ダリウス・ダーネルは身長六フィート一インチばかりで、痩せているというより引きしまった体型だった。所内のマシンで鍛えているのだろう。髪は短く、口ひげと少しばかりの顎ひげを生やした黒い肌の黒人だった。

ダーネルはもう一度訊いた。「なんでこんな真似をする？」

「おれとおまえは」とエディは言った。「これから手を組んで数百万の大金を稼ぐからだ」

クルスが言ったことは正しかった——スニガはエディの行動が気に入らなかった。

人種がらみの乱闘のせいで所内全体に拘禁措置が取られ、エディはメモを受け取った。釣り糸につけた紙きれが届き、それには拘禁措置が解かれ次第、スニガに会うようにと書かれていた。

同時に、自分の名前がリストに載ったという噂もそれとなく聞こえてきた。

「彼らは何もしない」とエディはフリオに言った。

「どうしてわかる？」とフリオは尋ねた。彼はエディが襲われ、そのとばっちりを食うのを恐れていた。ラ・エメとエディの関係がこじれて、自分の今の立場が悪くならないか、今の立場でいられるのか、今よりひどくなるのかどうなのか、そのことをなにより心配していた。

「わかるからだ」とエディは言った。

カーロとの関係がおれを守ってくれる。

そう願った。

それよりエディには拘禁措置のほうがこたえていた。うんざりだ。一日二十四時間房内に閉じ込められ、シャワーは週一回のみ。食いものもひどい——ピーナツバターとジャムのサンドウィッチに粉末ジュースにポテトチップスの小袋。

拘禁の続くひと月のあいだ、毎日、昼食も夕食もそれなのだ。

くそっ。

それでも一番の苦痛はクリスタルに会えないことだ。

プッシーも外部からの情報もなし。加えて、クリスタルはエディとダリウス・ダーネルの話を聞きつけ、二と二を足して四という答を出しかけている。それはまずい。――もしあの女が二と二を足しているのだとすれば、うまいこと言って、三か五が答だと思い込ませなければならない。

が、今の状況ではそれもできない。


くそイラつく。

ダーネルと話の続きができないのもエディのイラつきの原因だった。〝大金を稼ぐ〟という話をしたとき、ダーネルは〝怪訝《けげん》な顔〟というのがぴったりの顔をした。

「何寝惚《ねぼ》けたことを言ってるんだ、おまえ？」とダーネルは言った。

「ビジネスの提案だ」とエディは言った。「あんたが出所したらの話だが」

「興味ないね」

「まだ話してないんだがな」

「必要ない」とダーネルは言った。

「おれはあんたのクソみたいな命を救ったんだぜ」とエディは言った。「自分の立場を危険にさらしてまでして。なのに端《はな》から聞かないのかよ、ええ？」

「おれが頼んだわけじゃない」とダーネルは言った。「おまえに借りはない」

いいや、あるとも、とエディは思った。ほんとはあんたもわかってる。顔には出さなくても。おれがいなけりゃ、あんたは今ごろ血の海に転がってた。それはあんた自身よくわかってる。少なくとも、心のどこかであんたはおれに借りを感じてる。エディは言った。

「いいだろう。それじゃ、ほかのニガーを金持ちにすることにするよ」

ダーネルはいっときエディを見つめた。話を聞くかどうか、決めかねていた。が、最後にはこう言った。

「どんな話だ?」

「ヘロインだ」とエディは言った。「メキシコとのルートがある――深くて、長くて、強力なパイプラインだ。ニューヨーク中心部での独占販売権だ。メッツにヤンキース、ジャイアンツにジェッツ、ニックスにネッツ。今のところ、メキシコ人はドミニカ人にしかヤクを卸してなくて、黒人とは取引きしてない。つまり、あんたはニューヨークで唯一の黒人売人になるってことだ。あんたはすでに販売のネットワークは持ってて、人も知ってる。あんたに必要なのは商品だけだ」

「仲間に毒を売るつもりはおれにはないよ」とダーネルは言った。

「だったら売るなよ」とエディは言った。「白人に売るんだ。飛ぶように売れるぜ。メタンフェタミン《メス》のときのことを覚えてるか? 白ブタの田舎者に売りつけてしこたま儲けたんじゃないのか? 今度は街中とその周辺で売る。こりゃ天井知らずだ」

「どうしておれにこの話を持ってきた？」

「メキシコ人にはおれと取引きする気がないからだ」とエディは言った。「昔の恨みとかな、そういうのがあるんだよ。だけど、商品と輸送の両面でおれにはは大物のうしろ盾がいる。あと必要なのは小売りのためのパートナーだ。だけど、メキシコ人は無理なんで、黒人にしたってわけだ。そう、今流行りの〝多様性重視《ダイヴァーシティ》〟とでも思ってくれればいい。多文化的麻薬ビジネス革命だな、こりゃ」

「指揮はムショの中からするつもりか？」

「おれの釈放は早くて二年さきだ」とエディは言った。「でも、まあ、しばらくはここからやってもいいと思ってる」

ダーネルはいっとき考えてから言った。「シャバに出たら堅気でいたい」

「そんなこと、できるのかよ？」とエディは言った。「おまえの履歴書で、〝ポテトもご一緒にいかがですか？〟なんて仕事に就けるか？　一年、いや長くて二年でいい。おれと組んでみろって。そのあとは消えていいから。ウェストチェスター郡とか、そういうところに家でも買って、カントリークラブの会員になってゴルフでもして、女房にはボランティアでもさせりゃいい。いいかい、おれは押し売りをするつもりはないよ。あんたがやりたいって言うなら、こりゃなによりだ。嫌なら、それはそれでいい。今日のことは忘れりゃいい。今日のおまえへの貸しはおれのおごりってことにしてやるよ」

「あんたはあんたで今度のことで面倒を背負い込んだ。何かあったら――」

「それはおれの問題だ。あんたが気にすることはない」本音を言えば、エディとしても少しは気にしてほしかったが。

「面倒を抱えてまでおれに儲けさせようってか？」とダーネルは言った。

「そのとおりだ、ブラザー」

「ちょっと考えさせてくれ」

　そこへ看守たちがやってきて、ふたりを隔離運動場から引きずり出したのだった。エディはそのとき初めてレーザーワイヤでできた傷で出血しているのに気づいた。そのため監房に戻されるまえに医務室に連れていかれ、包帯を巻かれ、そのあと所内のすべての房に拘禁措置が取られた。

　最後には刑務所長がボスたちをオフィスに集めて、〝懺悔《ざんげ》〟をさせた。ピーナツバターとジャムにうんざりしていたボスたちは品行方正にすることを約束し、〝懺悔〟に見合った〝霊歌〟も唱和し、それで拘禁措置が解かれた。

　エディとしては行くしかなかった。

「行くの？」とフリオは尋ねた。

「ほかに選択肢があるか？」

「たぶんない」

「じゃあ、クソみたいなことを訊くんじゃないよ。おまえはクリアをつくってまた儲けさせてくれりゃいいんだ。カマ野郎《ラ・マリポーサ》のことはおれに任せろ。わかったな？」

エディはスニガの監房へ向かった。

スニガはワルの中のワルを四人従えており、その中にはクルスもいた。まずい、とエディは思った。

スニガは単刀直入に言った。「自分が誰だか忘れたか、エディ？　もうメキシコ人はやめてニガーになったのか？」

エディとしてもここは一歩退くところではなかった。「いや、色は白でもおれは百パーセント、メキシコ人だと思ってます」

「思ってる？」

「それはことばのあやです」

「おまえは掟を破った」とスニガは言った。「おまえは仲間に逆らった。まずいことをしたな。ここにいるクルスはおまえを裁きにかけたいそうだ」

「おれを裁くことはできないんじゃないですか？」とエディは言った。「だっておれはラ・エメの人間じゃないんだから。それにクルスがおれを殺したがってるなら、なんで自分でやらないんです？」

エディはそう言ってクルスに笑みを向けた。

スニガは言った。「おまえの思うようにはいかないよ」

エディとしてもここはもう肚を括《くく》るしかなかった。なんとか切り抜けられれば、きれいさっぱり解放される。しかし、しくじればスニガはゴーサインを出すだろう。そして、手下の誰かに――おそらくクルスに――その仕事を振るだろう。クルスはシャワー室か運動場かほかのどことかでおれを狙うだろう。それでおれを仕留められればいいが、しくじれば今度はクルスがリストに載ることになるだろう。

エディは言った。「だったら、おれの思うようにいかせてください――ラファエル・カーロに話を聞いてください。おれがしたことは全部彼の指示だったんです。だけど、それ以上のことは彼からも聞き出せないと思います。〝なぜ〟ってことになると、もっと上の話になるんで。それでもカーロはあんたに、おれの好きなようにやらせて、できるかぎり援助をするようにって言うはずです。それでおれの思うようにいくはずです」

「カーロと連絡を取るのは時間がかかる」

「時間なら」とエディは言った。「ここには腐るほどあるじゃないですか?」

エディはタフガイっぽくその場をあとにした。が、実際のところ、もう少しでズボンを濡らしそうになっていた。カーロがちゃんとした咎をスニガにしてくれることはまちがいなかった。ただ、カーロ爺さんもフローレンス刑務所にあまりに長くいる。で、自分が言ったことも命じたことも忘れていないともかぎらない。

いずれにしろ、これで一週間は稼げた。カーロの返事を待つあいだは誰も手出しはしないだろう。

次はクリスタルだ。

彼女が夜勤の日に貯蔵室で待ち合わせた。

ひと月もセックスレスだったので、エディはクリスタルに会うなりさっそく彼女のズボンをおろすことしか考えていなかった。が、彼女はそうではなかった。

「わたしを利用したのね」とクリスタルは言った。

まったく、とエディは思った。「ベイビー、淋しかったよ」

クリスタルはエディの手を払った。「あなたとダーネルの話を聞いたわ。あなた、わたしに何をさせたの？」

「おいおい、ベイビー。おまえも淋しかったのはわかってるんだよ」

エディはクリスタルの手を自分の股間に押しあてさせた。

クリスタルは手を離した。「終わりよ、エディ。もうこんなことはできない」

「いいや、できるさ」とエディは言った。まだ言いたくはなかったことだが、こうなってしまってはしかたがない。「おまえはおれの言ったとおりにしてりゃいいんだよ」

「そうはいかないわ」

「いいから聞け、このアホ売女《ばいた》」とエディは言った。「おれが刑務所長のところに行って……いいから黙って聞け……おまえがおれとファックしたって言ったらどうなる？　おれは懲罰房《SHU》送りくらいのものだろう。だけど、おまえは刑務所行きだ。おまえが情報を流したってこともばらせば、刑期は八年から十五年ってところだろう。連邦刑務所で目一杯の刑を務めなきゃならなくなる」

彼女は泣きだした。「愛してくれてると思ってたのに……」

「おれが愛してるのは女房だ」とエディは言った。「あと子供と、それとアカプルコにいる愛くるしいチョコレート色のラブラドールだけだ。おまえのことなんか、愛しちゃいない。それでも、おまえとのファックは大好きだ。これで気が治まったかな？　いいか、おまえの仕事を教えてやろう、クリスタル。おれに情報を流しつづけるんだ。あとは今ここにひざまずいておれのモノをしゃぶるんだ。上手にできたらファックしてやってもいい。だけど、今おれが言ったことができないようなら、べっぴんさん《マシータ》よ、刑務所のレズ《トルティレーラ》どもは元看守をどういう目にあわせるか、思い知ることになるぜ」

エディはそう言って彼女の肩をゆっくりと押し下げた。クリスタルは尋ねた。「一緒にパリに行くって話は？」

「おいおい、クリスタル」とエディは言った。「寝言なんか言ってないで、黙ってしゃぶれ」

「その話に乗るつもりはないんだろ？」とアーサー・ジャクソンはダーネルに尋ねた。ジャクソンは監房のベッドに坐り、ダリウス・ダーネルを見ていた。

「わからない」房の反対側にいる初老の男を見てダーネルは言った。「乗るかもしれない」

「ドラッグに関わって得るものがあるか？」とアーサーは言った。「みじめさ以外に？」

終身刑三回分の刑を食らったアーサー・ジャクソンは、みじめさとはどういうものか、少しは知っていた。アーカンソーで二十《はたち》の大学生だったときのことだ。彼は麻薬の売人に友人を紹介し、仲介料として千五百ドルを受け取った。

そして逮捕された。

ジャクソンは口を割らなかった。

しかし、彼の友人のほうはジャクソンのような良心を持ち合わせていなかった。

その友人は保護観察処分、売人は七年、アーサー・ジャクソンは終身刑を食らった。彼は保釈金を払うこともなく、検事と会いもしなかった。それまで問題を起こしたことがなかったので、裁判の仕組みがよくわかっていなかったのだ。

友人と売人は証人台で嘘をついた。すべてをジャクソンのせいにした。

陪審員は彼をコカイン売買の共謀罪で有罪とした。その結果、彼にどんな判決がくだったのかは知ろうともしなかった。

終身刑三回分の服役。たった一本の電話をかけただけで。

彼は大物の売人が刑期を終えて出ていくのを何度も見てきた。レイプ犯、ギャング、子供の性的虐待者、殺人犯も出ていった。が、彼は今もここにとどまったままだ。

減刑の嘆願はブッシュ大統領に退けられた。

オバマが最後の望みとなったが、オバマもすでに何千件もの申請を却下しており、いずれにしろ、彼の政権ももうすぐ終わる。それとともにアーサー・ジャクソンの望みも先細りになる。

それでも、ジャクソンは同胞《ブラザー》たるオバマがこの不正を正し、彼を釈放してくれるという望みをまだ捨てていなかった。

ダーネルはアーサーが好きだった。

彼がこれまでに出会った人間の中で、アーサーこそ一番善良で一番親切な人間かもしれないと思っていた。アーサーはこの肥溜めで二十年過ごしてきて、誰ひとり傷つけたことがない。ただ、オバマについてはアーサーは勘ちがいをしている。ダーネルはそう思っていた。

確かに大統領はブラザーだ。とはいえ、ハーヴァード卒で、プライヴェートスクールにかよっていたブラザーだ。むしろ黒人の大統領であるからこそ、よけいにそう簡単に黒人の麻薬の売人を釈放させることはできないのだ。逆説を言えば、黒人の犯罪に手ぬるいと言われる心配のない白人大統領のほうが、アーサーにとってはまだチャンスがあったかもしれない。

過酷な真実──ダーネルはアーサーが好きなので、本人には言えなかったが──アーサーは今四十一歳で、人生の一番いい時期を刑務所内で過ごし、おそらくこのまま刑務所内で死んでいくのだろう。

それでも、アーサーは来る日も来る日もペンシルヴェニア・アヴェニュー（ホワイトハウスの所在地）からの手紙を待っていた。

壁にはオバマ政権に残された日々を数えるために〝恩赦カレンダー〟をかけ、その日が過ぎると斜線を引いていた。もはや何も書かれていない日より斜線のはいった日のほうがはるかに多くなっていた。

アーサーはどうやってそんな状況に耐えていられるのか。ダーネルにはどうしてもわからなかった。なぜ頭がおかしくなって大声で叫んだり、自分で自分の動脈を噛み切ったり、誰かを殺したりせずにいられるのか？　たった一回の電話で自分の一生が滅茶苦茶になってしまったというのに。

しかし、アーサーは常に平静を保ち、親切な人間でありつづけている。聖書を読み、チェスを指し、ほかの囚人が手紙や控訴文を書くのを手伝ったりしている。喧嘩が起こりそうになるとその場を収めたりもする。

そんなジャクソンはダーネルがやると決めた仕事などやらないようダーネルを説得した。

「ドラッグでみじめさ以外に得られるものが何かあるか？」

金だ、とダーネルは思った。

単純にして明快。

金だ。

ダーネルももう子供ではない。三十六歳で、子供はもう中学生だ。が、実際のところ、おれに将来の展望などあるのだろうか？　その点、エディ・ルイスは正しい。たぶん最低賃金の職しか得られないだろう。それに対して――

数百万ドル？

ルイスはもうひとつ正しいことを言った。実際、ダーネルには販売のネットワークと人脈があった。彼がシャバに戻ったら、彼の仲間は何かしら期待をするだろう。しかし、それは彼がファストフード店で紙の帽子をかぶることではない。みんなまた昔のビジネスに戻ると思うはずだ。

ダーネル自身、今ではそういう気になっていた。

それでも、彼はアーサーに言った。「みじめさしかないよな、ブラザー」

「そうだ」とアーサーは言った。「今度捕まったら、次は終身刑だ。おれみたいになりたいか？」

「もっとひどいことになるかもな」

「だったら、もっといいことをやるんだ」とアーサーは言った。

ああ、でも、どうやって？　とダーネルは思った。どうすればもっといいことができる？

アーサーは尋ねた。「ルイスになんて答えるつもりだ？」

「断わるよ」とダーネルは言った。

ダーネルとしてもアーサーに嘘はつきたくなかった。が、彼を傷つけたくもなかった。アーサーは自分の人生にもう充分失望している。これからも失望しかない。そんな彼にさらに失望を押しつけたくはなかった。

時々、ダーネルは夜中にアーサーが泣いているのを聞くことがあった。

今、エディはクルスがナイフを手に向かってくるのを見る。

彼は拳を握りしめる——残された唯一の戦法は先手を取ってクルスの顔をぶん殴り、一撃目の刃をかわすことだ。いい案でもなんでもない。が、それぐらいしか方法がない。

クルスが立ち止まり、エディにナイフを渡して言う。

「おれを切れ」

「なんだと？」

「スニガがおまえに切らせろと言ったんだ」クルスはことばどおり、片方の頬をエディに向けて言う。「おまえを侮辱したからだとよ」

カーロからの返事が届いたのだ。

エディに手を出してはならないということばとともに。

「いや、もう忘れろ」とエディは言う。

「やる必要があるんだよ」

「言ったことが聞こえないのか？」エディは刃物をクルスに返す。「やる必要なんかない」

エディはクルスをよけて、そのまま立ち去る。

自分がまだ生きていることに驚きながら。

ダリウス・ダーネルが出所する日が来る。

めでたいことだ。が、アーサー・ジャクソンとはこれでお別れだ。

「悪さをするんじゃないぞ、わかったか?」とアーサーは言う。

「あんたも」

アーサーは笑う。「おれにはほかに選択肢がなくてね」

「あんたも出所できるさ」とダーネルは言う。口先だけのことであることがわかりながらも。「そのうちきっと」

「おれのためだと思ってたまには手紙を書いてくれ」とアーサーは言う。「永遠にここで暮らしてるから」

「何か送るよ」

「愉しみにしてる」

ふたりはハグをする。六フィート×十三フィートの空間で七年間ともに過ごして、言い争ったことは一度もなかった。

看守に連れられ、ダーネルは監房まえの通路を歩く。ブラザーである囚人連中から喝采と歓声があがる。

一時間ほどの書類手続きのあと、ダーネルは出所する。

そこから九百マイルほど離れたところでも、ひとりの囚人が刑務所の門から出てくる。

その囚人――ラファエル・カーロ――はそこでちょっと立ち止まり、太陽の光を顔に浴びる。

自由の身だ。

刑期の八十パーセントを終えたところで、服役態度が認められて刑期が短縮され、模範囚として釈放されたのだ。

もちろん、ただちに国外退去となる。

それが釈放の条件だ。

カーロとしても異存はなかった。アメリカ《エル・ノルテ》などすぐにでも離れ、もう二度と戻ってくるつもりはない。

一台のリムジンが彼を待っている。男が降りてきて彼に近づき、抱擁し、両頬にキスをする。「エル・セニョール」

男が後部座席のドアを開け、カーロは乗り込む。

栓を開けたモデロ・ビールのボトルが氷でいっぱいの容器で冷やされ、汗をかいている。

カーロはよく冷えたビールを咽喉に流し込む。最高だ。

これが人生だ。

車は町《プエブロ》のはずれにある私設の滑走路に到着する。ジェット機が一機待機している。若くてきれいなフライトアテンダントが彼に新しい服を手渡し、着替え場所まで案内する。

そこから出てくると女はカーロの首にタオルを巻き、髪を切り、ひげを剃り、手鏡を掲げて彼の顔を映す。「いかがですか?」

カーロはうなずき、彼女に礼を言う。

「ほかに何かご用はございませんか？」と彼女は尋ねる。

「いや、もう結構だ」

「ほんとうに？」

彼はまたうなずく。

ジェット機が離陸する。

数分後、フライトアテンダントが薄切りのステーキにライスとアスパラガスを添えた皿をトレーにのせて運んでくる。

モデロ・ビールも。

カーロは料理と飲みものを平らげる。

飛行機がクリアカンに到着すると、フライトアテンダントがカーロを起こす。


ケラーはカーロが記者たちのあいだを歩いていくのをテレビの画面で眺める。

老いた麻薬商《ナルコ》は長年の刑務所暮らしで衰弱して見え、顔は青白く、足取りもまだ囚人の足枷をはめられているかのようにおぼつかない。

ウーゴ・ヒダルゴが癇癪《かんしゃく》を爆発させる。「親父を拷問して殺したやつがもう出所ですか？　二十五年の刑期なのに二十年で？」

「わかってる」

ケラーはラファエル・カーロの早期釈放に反対するため連邦刑務局《BOP》に請願し、司法省に電話し、要請書を書き、カーロがこれまでにしてきたことをみんなに思い出させようとしたが、無駄だった。彼としても、エルニー・ヒダルゴを拷問して殺した人間のひとりが自由の身となるのを今はただ見ているしかない。

すべてがもとの木阿弥《もくあみ》だ。

カーロが立ち止まり、向けられたマイクのひとつに向かって話す。「おれはもう老いぼれだ。過去には確かに過ちを犯したが、もう償った。これからは残りの人生を静かに送りたい」

「クソ野郎」とウーゴが言う。

「馬鹿なことはするなよ」とケラーは言う。「気がついたときにはもうきみはメキシコに飛んでた、なんて知らせは聞きたくないからな」

「それはないです」

ケラーはウーゴを見る。「それはおれがそういう知らせを聞くことはないという意味か？　それともきみが行くことはないということか？」

「どっちもです」

ケラーはテレビに眼を戻し、カーロの手下が彼をタクシーの後部座席まで案内するのを見る。

カーロは出所した、とケラーはしみじみ思う。だけど、おれはいつ出られるんだ？　死ぬまでこのまま、模範囚でも刑期の短縮はなしか？　ケラーはふと別の戦争のことを思い出す。彼が初めて経験した戦争だ。ヴェトナム。ホー・チ・ミンはこう書いている。

「監獄の扉が開くとき、真のドラゴンが飛び立つ」

4　バス

イエスは涙を流された。

――『ヨハネによる福音書』十一章三十五節

二〇一四年九月
クリアカン、メキシコ

〝若き狼〟ダミアン・タピアはまずショックを受ける。そして、ラファエル・カーロが住む小さな家と彼が着ている地味な服を見て、がっかりする。一九八〇年代に建てられたその家は、寝室がひとつに浴室がひとつ、小さな居間とさらに小さなキッチンという、つつましい平屋建てで、家具もガレージセールで売られているような使い古しばかりだ。

ラファエル・カーロは盟約団《フエデラシオン》創設時のメンバーだ。古いデニムシャツとしわの寄ったカーキのズボンではなく、アルマーニを着て広い邸宅に住んでいて当然なのではないか。鍋に残った豆《フリホレス》を掻き集めるのではなく、最高級のレストランで食事をしていて当然なのではないのか。

ダミアンはなんだか騙されたみたいな気分になる。が、カーロと膝を交えるうちに、この老人は落ちぶれたわけではなく、努めて質素な生活をしているのであって、凋落《ちょうらく》ではなく超越していることがわかる。長年にわたる独房での生活はカーロを狂人ではなく修道士に変えたのだ。

そして賢者に。

ダミアンはカーロのことばに耳を傾ける。「アダン・バレーラはおまえの親父さんの敵だった。おれにとってもだ。親父さんを死へ、そしておれを生き地獄へ追いやった男だ。あの男は悪魔の化身だった」

「ええ」

「おれはおまえの親父さんを直接には知らない」とカーロは言う。「すでに獄中生活をしていたからな。ただ、立派な男だったとは聞いている」

「ええ、立派な人でした」

「親父さんの仇を取りたいんだな」

「家族をいるべき場所に戻したいんです」

「大量のヘロインを手に入れたそうだな」

そのとおりだ。ダミアンはゲレロにあるヌニェスの麻薬工場を襲い、十五キロのヘロインを奪った。しかし、どうしてそのことをカーロが知っているのか？

「とはいえ、ブツを移動する手段もなければアメリカ国内に市場も持ってない」とカーロは言う。

「アカプルコに桟橋を持ってます」

そう答えながらも、カーロの言いたいことはダミアンにもよくわかっている。桟橋を押さえていれば、ブツの搬入には役立つ。しかし、搬出となると、簡単にはいかない。太平洋岸の港からはアメリカの西海岸にしか行けず、その運搬には時間と手間がかかり、リスクも大きい。マリファナなら、海路で運んで小分けにしてカリフォルニア沖の海中に落とし、そのあとボートで回収することもできなくはないが、もはやマリファナでは利益が出ない。

シナロアを手中に収めるにはヘロインが必要だ。そして、カーロの言うとおり、ダミアンは搬送と市場の基盤から締め出されている。

「親父さんの古い友人たちは、シナロアのヘロインをトリステーサからバスで運び出している」とカーロは言う。

エディ・ルイスが起ち上げたゲレロス・ウニドスがシナロア・カルテルの顧客になったことは、ダミアンも知っている。が、それを責めることはできない。彼らだって生きていかなければならない。

「やつらにおまえの荷物も運ばせたらどうだ？」

「運んでくれませんよ。レンテリア兄弟はヌニェスの支配下にいるんですから」

「そこから抜け出したがってるかもしれない」

ダミアンは首を振る。「もう接触してみました」

レンテリア兄弟というのは、ダミアンの父ディエゴの古い友人で、長いことディエゴのためにアダンと戦った。そして、ディエゴの死後、エディ・ルイスについた。ダミアンは子供の頃から兄弟を知っているが、力を借りられないか探りを入れたところ、一笑に付されたのだ。

カーロは言う。「接触するのがおまえではなくておれなら、また話が変わってくるだろう」

トリステーサの市《まち》は、ゲレロ州の北端、ミチョアカン州とモレロス州との州境近くを走る国道九五号線沿いにある。一三四七年に築かれた古い市《まち》で、歴史がある。メキシコの独立戦争が正式に終わったのがここであり、メキシコの最初の旗が揚げられたのもここだ。美しい市《まち》で、タマリンドの木や新古典派建築の教会、それに市《まち》のはずれにある湖が有名だ。

ダミアンはまえの車について国旗《バンデラ・ナシオナル》通りを走り、左折してアルバレス通りにはいる。

「どこに向かってるんだ?」とダミアンの父親の時代からの残党ファウストが尋ねる。

「さあ。エル・ティルデはついてこいとしか言わなかった」

「気に入らんな」

「とにかくいつでも撃てるようにしておけ」

ティルデはバスターミナルの向かいで車を停める。

「バス停？」とファウストが言う。

「そうらしいな」ダミアンはそう言って車を降りる。黒い野球帽をかぶり、照りつける太陽から頭を守る。ジーンズの上は黒いシャツ、靴はナイキ。九ミリ口径のシグ・ザウエルを身につけているので、シャツがかすかにふくらんでいる。ファウストは普段は小型銃を持ち歩かない。が、今日は後部座席に置いたマック‐10を手に取る。これから始まるのは友好的な会合のはずだが。

　エル・ティルデは車から降りると、満面に笑みを浮かべ、両手を広げてダミアンを迎える。「ようこそ！《ビエンベニードス・トドス》　久しぶりだな」

　クレオティルデ・〝エル・ティルデ〟・レンテリアは、ダミアンの父親のボディガードを務め、父親の死後、エディ・ルイスについた。アカプルコではライヴァルのギャングとまちがえて二十人の観光客を殺したと言われている男だ。実際、相手はギャングではなかったのだが、そのことについてティルデは言ったものだ。「後悔するより安全を期したほうがいいに決まってるだろ？」

　エディが刑務所にはいったあと、ティルデほか、旧タピア派とエディの組織のメンバー数人が集まって独立した組織をつくった。それが今のゲレロス・ウニドスだ。ティルデがふたりの弟――モイセスとセフェリーノ――とともに組織を率いている。

　青と黄色のストライプのポロシャツにカーキのズボンというティルデの恰好は、かつてエディが決めた、きちんとした服を着るべきというルールに反している。ティルデは近づいてくると、まずダミアン、次にファウストと軽く抱き合う。

「悪くないだろ?」ティルデは言う。「ここを起点にあらゆる市《まち》に向けてバスが走る。グアダラハラ、クリアカン、メキシコシティ。ブツの量は?」

「今は十五キロだ。次はたぶんもっと増やせる。製品はすでにあって、あとはゲレロから運び出すだけだ。敬意を表して、真っ先にあんたのところに持ってきた」

ティルデは、ダミアンがどこで十五キロのヘロインペーストを手に入れたか知りたいとは思わない。が、見当はついている。一週間まえ、覆面をした十人の男がAK‐47を手に、ゲレロにあるリカルド・ヌニェス傘下の荷造り業者を襲撃し、十五キロのヘロインを強奪した。ヌニェスは腹を立て、ゲレロ州一帯に部下を送り込んで、奪われたヘロインと奪った連中を捜させている。

ヌニェスが知ったら怒り狂うだろう。

そして即、ダミアンを殺すだろう。

ヌニェスは知らずにいるほうがいい。

おれも知らずにいるほうがいい。ティルデはダミアンを見ながらそう思い、何も訊かない。ここは何も知らないほうがいい。もっとも、彼自身、ロス・ロホスが関与しているのではないか、などとヌニェスに強く仄めかしたりはしていたが。

ヌニェスなんぞはくそくらえだ。

シナロアなんぞも。

もっとも、シナロアは勝手にくたばりつつあるが。エスパルサ一家とエレナ・サンチェスがバハで激しい争いを繰り広げている。死体を橋から吊るしたり、ばらばらにして通りにばら撒いたりしている。

ヌニェスとしてもそういつまでも中立を保つわけにはいかないだろう。

「おれたちが運ぶよ」とティルデは言う。

「シナロアが怖くないのか？」

「シナロアの耳にはいらなきゃいいだけのことだ。連中のことは放っておこう。これはここだけの話だ。それでいいかな？」

「もちろん」

「さすがだな」

あの父にしてこの息子あり、だ。

「友達を見なよ、リック」と〝燐寸《ラ・フォスフォラ》〟ことベリンダ・バトスがリックに言う。「ルイスは組織のリーダーで、イバンもそう。ダミアンだって今ではグループを持ってる」

「何が言いたい？」

リックはゲレロ州から戻って、ラパスのベリンダのアパートメントにいる。

「その誰ひとりとしてアダン・バレーラの名づけ子《ゴッドサン》じゃない。あんただけだよ、名づけ子なのは。なのに、あんたときたらぶらぶらしてるだけでなんにもしようとしない」

「どうしろっていうんだ？」

「兵士になるの。親父さんの司令官になるの。それで、親父さんが引退したらあとを継ぐの。親父さんだってそれを望んでるんだから」

「わかってる」

「わかってるのに何もしてないじゃん。親父さんにはあんたが必要なんだってば」

「おれはなんだ？　マイケル・コルレオーネ（映画『ゴッドファーザー』シリーズに登場する二代目ドン）か？」

「あんた、男にならなきゃ。死のマリアとファックしなきゃ」

「ああ、確かにおれはまだ……」

「ぐだぐだ言わないの。あんたの童貞卒業はあたしが手伝ってあげるからさあ」

　バハ全体が大混乱に陥っている。と言っても、国境をはさんだ麻薬取引きではなく、国内での麻薬取引きと商品の強奪のせいで。国境を支配するには兵隊が必要で、兵隊には見返りが要る。近隣で麻薬を売ったり、バーやレストランや食料品店からみかじめ料を取ったりする権利を与えてやらなければならない。

　シナロア・カルテルの独占支配下ではそれがうまくまわっていた。が、今はラパスでもカボでもティファナでもどこでも、あらゆる組織が暗躍している。それがどの組織かは市《まち》のブロックごとでちがう。日によってもちがう。だから、支配しているのはサンチェスなのかエスパルサなのかヌニェスなのか、あるいは海賊《ピラテリアス》——どこにも属していないが、混乱に乗じてシナロア・カルテルに払うべき税金を逃れようとする者たち——なのか、誰にもわからない。街角の売人たちも自分が誰のために働いているのかもわからず、店主たちは誰にみかじめ料を払えばいいのかもわからない。

ベリンダが彼らにそれを教えている。

リックはそんなベリンダとベリンダの〝ガールフレンド〟のガビ、ベリンダの部下のカルデロンとペドロと一緒に車に乗り、アントニオ・ナバロ通りのマリーナにほど近い〈ワンダー・バー〉に向かう。ベリンダが店のオフィスにはいっていき、リックはそのあとについていく。オフィスでベリンダはマルティンという店の若いオーナーと向き合う。

「支払い期限だよ」とベリンダは言う。

「もう払った」

「誰に？　誰に払ったの？」

「モンテ・ベラスケスだ。自分が集金することになったと言ってた」

「モンテはあたしたちの仲間じゃないよ」

「だけど、彼は——」

「アダン・バレーラが死んだから誰もが自分の好きにできるって言ったの？」ベリンダはリックを指して言う。「この人、知ってる？」

「いや、悪いが、知らない」

「リック・ヌニェスよ」

マルティンは怯えた顔になる。

「リック」とベリンダは言う。「モンテ・ベラスケスはあたしたちと一緒に働いてる?」

「いいや」

「だけど、彼は――」とマルティンが言う。

「自分の父親のために誰が働いてるかも知らないのかなんて、あんた、リックに言うつもり?」

「いや、そんなことは――」

「モンテはシナロアのために働いてるって言った。そんなことを言うつもり? ほんとにそう言ってたの?」

「すみません、おれはただ――」

「謝らなくていいから、あたしたちの金をちょうだい」

「もう払った!」

「ちがう相手にね。ねえ、マルティン。あんたがミスしたなら、それはあんたのミスであって、あたしたちのミスじゃないのよ。あんたにはまだあたしたちに金を払う義務があるの」

「持ってない」

「持ってない? その金庫には何がはいってるの、マルティン?」

「二度も払う金なんかない」

「じゃあ、ベラスケスに払わないで、あたしたちに払いなさい」

「払わないと店を燃やすと脅されたんだ。おれと家族と従業員を殺すって——」

そこでリックはマルティンが思ったより肝の据わった男であることを知る。

「あんたらにみかじめ料を払ってるのは守ってもらうためだ」とマルティンは言う。「ベラスケスが仲間を引き連れてきたとき、あんたらはいったいどこにいたんだ？」

ベリンダはいきなりマルティンを撃つのではないか。リックはそう思う。が、彼女もまたリックを驚かせる。「あんたの言うとおりだよね。あたしたちはここにいるべきだったのにいなかった。だから今夜はやめておくよ。ここにいるアダン・バレーラの名づけ子《ゴッドサン》、リック・ヌニェスが保証する。するよね、リック？」

「ああ」

「マルティン、あんたはその金庫から金を出してあたしたちに払う。そのかわり、ほかの誰も——クソ野郎《ランビオーソ》のベラスケスも——もうあんたを悩ませたりしないことをリック・ヌニェス本人が保証する」

マルティンはリックを見上げる。

リックはうなずく。

マルティンは立ち上がると、金庫を開けて金を数えてリックに渡そうとする。

「あたしに渡すんだよ」とベリンダが言う。「セニョール・ヌニェスは金には触らない」

「もちろん、もちろんだ。すまん」

「このペドロが毎週集金に来る。ほかの誰かに金を渡したら、その両手を切り落として店の入口に釘で打ちつけるからね。セニョール・ヌニェスとあたしに、またここに来させてそんなことはさせないでちょうだい。わかった？」

一行は店を出て車に乗り、角を曲がってベラスケスの一味が乗っ取った空き地に着く。チンピラ《マランドロ》がふたりいる。クラックやヘロインを売っているのはまちがいない。ほんの子供だ、とリックは思う。まだ二十《はたち》にもなっていないだろう。なりはパーカにスキニージーンズにバスケットシューズ。

「あれは海賊《ピラテリアス》」ベリンダがそう言うと、後部席に手を伸ばしてリックにマック - 10を渡す。「簡単よ。銃床を肩にあてて、これをうしろにスライドさせてから引き金を引くの」

リックに渡したあと、自分も同じ小型マシンガンを手に取る。ガビ、ペドロ、カルデロンも同じことをする。運転しているペドロがボタンを押して車のすべての窓を開ける。

「パーティよ」とベリンダが言う。

「さきに警告したほうがいいんじゃないのか？」とリックは言う。「クラブのオーナーにしたみたいに」

「あいつらは金を払わない」とベリンダは答える。「あいつらのおかげでこっちの金がかかるのよ。あんたの金が。思い知らせてやらなきゃ。銃を窓から突き出して撃ちゃいいのよ。きっと気に入るよ。セックスみたいだから。セックスとちがうのは、毎回必ずイケること」

ガビが笑う。

「やるよ」とベリンダは言う。

ペドロが車の向きを変えて空き地に向かう。ウィンドウからヤマアラシの棘のように銃身がいっせいに突き出される。

ベリンダが叫ぶ。「今よ！」

リックは少年のひとりに照準を合わせてから、銃を上に向けて引き金を引く。銃は早口でしゃべるヤク中みたいにやかましい音をたてる。少年の体がびくりとしてからよろめき、倒れる。ベリンダと残りの三人の笑い声が聞こえる。

通りにいた人々が逃げる。

ペドロはまた車の向きを変える。

「何をしてる？」とリックは尋ねる。

「あんたの縄張りにしるしをつけるんだよ」

車はガラクタみたいにぼろぼろになった死体のまえで停まる。ガビがトランクから大きなボール紙を取り出して、ベリンダが赤のスプレーペンキを手に取る。

「来て」と彼女はリックに言う。

リックは車から降りると、彼女たちのうしろからふたつの死体に近づく。

少年のひとりを見下ろして、リックは血が赤というより黒に近いことに驚く。ふと見ると、ガビが鉈《マチエーテ》を手にもうひとりのところに行き、両腕を切り落としている。それから、死体の上にボール紙をかぶせる。ベリンダが腰を屈めてスプレーでメッセージを書く。

〝おまえは薬を売るその手を失う。ここはシナロアの縄張りだ――エル・アイハド、ミニ・リック〟

エル・アイハド。名づけ子。

「メッセージを残すまでは仕事は完了してないってこと」

「いくらなんでもやりすぎだ！」

「証拠にはならないから。落ち着いて《トランキーロ》よ」

車に戻り、その場を離れる。

マリーナ近くの別のクラブに行き、ベリンダがドンペリニョンを注文して全員に注いでからグラスを掲げる。「リックの童貞卒業に乾杯」

リックはシャンパンを飲む。

ベリンダが顔を近づけてきて囁く。「明日にはもうあんたは有名人になってる。ひとかどの人間に。新聞やブログやツイッターにいっぱい名前が載るだろうね」

「ねえ、正直に言いなよ。気分よかったでしょ？　あたしなんかイっちゃった。ほんとに」

「ああ」

「これからどうなる？」

「モンテ・ベラスケスを捕まえるのよ」

思い上がったクソ野郎のモンテはマリーナに係留されているモーターヨットで暮らしている。

「釣りが好きなんだよ」とベリンダが言う。「ついでに言うと、女も」

「誰だってそうでしょ？」とガビが言う。

「釣りとセックスの両方に必要なのは」ベリンダはそう言って、ガビを指差す。「餌よ」

ガビが魅力的なのはリックも認めないわけにはいかない。ホルターネックのトップスにミニスカート、ハイヒールという恰好に加えて、艶のある黒髪と豊かな唇。麻薬商《ナルコ》の夢だ。彼女は酔っぱらったパーティ好きの娘よろしく、栈橋をふらふら歩くと、立ち止まって靴を脱ぎ、そのままモンテのヨットに向かう。

そして、ヨットのまえまで行くと、声をかける。「ハンドロ！　ベイビー！　ねえ、ハンドロったら！」

しばらくして、モンテがその肥った腹をブリーフの上にはみ出させながら、デッキに出てくる。「何時だと思ってるんだ、嬢《チカ》ちゃん。みんな起きちまうぞ」

「アレハンドロを捜してるんだけど」

「運のいいやつだな、そのアレハンドロってのは。だけど、これはそいつの船じゃない」

「だったら誰の船？」

「おれのだ。気に入ったか？」

「気に入ったわ」

「アレハンドロってのはおまえのボーイフレンドか？」

「ただの友達よ。お愉しみつきの。なんかうずうずしてきちゃって」

「おれが愉しませてやってもいいけど」

「ウォッカある？」

「もちろん」

「上等のウォッカ？」

「最高級だ」

「コカインは？」

「おれのちんぽをすっぽり覆い尽くすぐらいある」

「あんたのちんぽ、大きいの？」

「おまえには充分なほどな、可愛い子ちゃん《ママシータ》。こっちに来て見てみろよ」

「わかった」

簡単なものだとリックは思う。

モンテはガビとのファックに夢中で、リックたちが部屋に足を踏み入れても気づかない。ベリンダが歩み寄り、彼の首に針を突き立てる。

意識が戻ったときには、モンテは椅子に縛りつけられている。両足は洗い桶の中だ。眼のまえにベリンダが坐っている。「あんた、シナロアと組んでるって言ってまわってるんだってね」

「おれはシナロアと組んでる」

「具体的に誰とよ？　名前を言ってみなよ」

「リック・ヌニェスだ」

ベリンダは笑う。「あんたに残念なお知らせだよ、このクソ。この人、誰だと思う？

リック、この男はあんたと組んでるの？」

「会ったこともない」

「あたしたちと組んでないのに組んでるなんてあちこちで言いふらすのはとってもいけないことだよ。それってあたしたちの金と名前を盗んでるってことだから。代償を払ってもらわないとね」

「金は返すよ。必ず返す」

「そりゃそうよ。でも、それだけじゃ足りないんだよ、モンテ。まずは痛い思いをしないと」

ガビが壜を手に調理室《ギャレー》からはいってくる。

あれはなんだ？　とリックは思う。

「酸よ」とベリンダが言う。「塩酸だったかな？　よくわかんないけど、とんでもなく痛いのだけはまちがいないよ」

「やめてくれ」

リックは吐きそうになる。

「足が焼けてちぎれる。痛いだろうね。だけど、あんたは生きつづける。杖をついて飛び跳ねるあんたを見たらみんな、シナロアと組んでないのに組んでるなんて言ったりする馬鹿な真似は絶対やめようって思うだろうね。まちがいないね」

「頼む。頼むからやめてくれ」

「心配しなくていいから。救急外来のまえで降ろしてあげるから」

ベリンダはガビに合図する。

ガビが酸を洗い桶に注ぎ入れる。

リックは顔をそむける。

見なくても叫び声は聞こえてくる。人間のものとはとうてい思えない、ありえないほど大きな悲鳴。椅子が木の床の上で跳ねる音が聞こえ、リックは吐き気を覚え、まえ屈みになる。そして胃の中のものを吐く。

顔を上げると、モンテの首が今にも折れるのではないかと思うほどうしろに反り返っている。その顔は真っ赤で眼が今にも飛び出しそうだ。

叫び声がやみ、モンテの頭ががくりとまえに傾く。

「くそ、死んじまった」とベリンダが言う。

「炭水化物の摂りすぎだよ」とガビが言う。「お酒もたくさん飲んだし」

「どうしようか？」

「サメの餌にしたら？」

ベリンダにはもっといい考えがある。

朝になり、マリーナに係留しているほかの船の持ち主たちはとんでもない光景を目にする。

全裸のモンテ・ベラスケスの体がマストからロープで吊り下げられており、その首に掛けられた札には大きな字でこう書かれている。

〝失せろ、海賊《ピラテリアス》ども――エル・アイハド〟

またたくまに動画が拡散する。

リックは注目を集め、その名は広く知れ渡る。

エル・アイハド。

名づけ子。


トリステーサ市のバスターミナルから一ブロック離れた整備場にバスが一台停まっている。

ダミアンは、布できっちり包まれたヘロインペーストを整備士が荷物入れの見せかけの床の下に用心深く運び入れるのを見守る。十五キロあるヘロインの最後の一塊だ。整備士はその上にカヴァーの板を掛け、電動ドライヴァーでしっかりと固定する。

何がちがいかわからなければ、誰にもちがいはわからない。

ダミアンは満足して通りを渡る。

ティルデが車で待っている。「問題ないか?」

「ああ」

ダミアンの父と友人同士だったため、エディ・ルイスは二重にダミアンに便宜を図ってくれている。ヘロインペーストを高値で買い取るだけでなく、完成品のニューヨークでの売り上げの二パーセントをまわしてくれてもいるのだ。

ありがたいことだ。そんなことをする義理はないのに。

エディはいい友人だ。

親父にとってそうであったように。

エディ・ルイスは生きているディエゴ・タピアを最後に見たひとりだ。ディエゴが潜伏していたマンションに海兵隊が奇襲をかけたのは、エディがそこを出た直後だった。エディはディエゴとともに死ぬのを覚悟で戻ろうとしたが、海兵隊の包囲網を突破することはできなかった。

ディエゴの死後も彼は裏切らなかった。アカプルコで自身の組織を起ち上げてバレーラと戦った。最後には連邦捜査局に捕まり、メキシコ政府によってアメリカに送還されたが。

彼は今、アメリカから戦いを続けようとしている。

それも獄中から。

ダミアンは思う——十五キロのヘロインがニューヨークに届けば、ついにほんとうの戦いを始めることができる。

ヘスース・〝チュイ〟・バラホスは派手な喧嘩を求めている。

十九歳の今までそれ以外のことをほとんど知らずに過ごしてきた。セータ隊のために働いたあと、ラ・ファミリアに加わり、その後またセータ隊に戻った。今はひとりになり、自分が唯一知っていることを求めている。

チュイがもっとましな世界に生きていたなら、チュイの瞼《まぶた》の裏に浮かぶ映像はどれも映画の名場面になっていただろう。脚本家の想像力と監督の表現スタイルが生み出す類いのど派手なシーンになっていただろう。しかし、チュイの世界では、彼の抱える映像はすべてドキュメンタリー映画だ。記憶と呼んでいいのだろうが、チュイの場合、思い出のように次から次とは訪れない。超現実的な現実のさまざまな光景がとぎれとぎれに頭の中で再現される。

生皮を剝がされた体や切断された首。

子供の死体。

ばらばらにされた死体。五十五ガロン入りドラム缶で焼かれた死体。記憶は眼だけでなく鼻にも焼きついている。耳にも。今でも悲鳴や慈悲を乞う声、ときにはチュイ自身が発する甲高い嘲笑が聞こえる――それもたえまなく。

地獄の加害者になったこともただの目撃者になったこともある。が、もはやチュイにはその区別がつかない。何ヵ月もまえに薬を飲むのをやめてしまったため、症状が今は赤潮のようにチュイを襲っている。そして、それは次第に深まっている。とどまることなく。そこから抜け出すことがチュイにはもはやできなくなっている。

自分を痛めつけた相手の顔の皮を慎重に剥ぎ取り、サッカーボールに縫いつけて壁に蹴った少年の今の姿がこれだ。

彼の自己認識力は自分が怪物であることを自覚するには充分だが、自分を捕らえている檻から逃げ出すほどの力はない。なんともむごいことに。

そんな彼の苦悩は体にはっきりと現われている。びくついているようなぎこちない動き。脚と体のほかの部分がつながっていないかのような動作。きちんと食べることを忘れ、ジャンクフードを貪り食うだけなので、もともと痩せていた体がどんどん痩せ衰えている。

そんな体で彼は国じゅうをさまよっている。風車を槍で突こうにもその風車すらないドン・キホーテさながら。理由も目的もなく、ほかのさすらい人と出会い、旅の一団と行動をともにすることもあるが、じきに彼らはチュイの狂気やたかり、けちな盗み、ちょっとした暴力に耐えられなくなる。チュイはそれを正しく察知して、またひとり旅を続ける。

そして今、彼はゲレロにいる。

ティクストラのアヨツィナパ教員養成大学のキャンパスにいる。ここの学生たちも戦いたくてうずうずしている。

チュイには彼らがなんのために戦っているのかわからない。わかるのは、何かに抗議して州都に向かうために集結していること、大麻を持っていること、ビールを持っていること、可愛い女の子がいること、そしてチュイが求めてやまず、決して手に入れることのできないもの——ごく普通の若者らしさ——を持っていることだ。

チュイは争いに惹かれる。空を飛べないのと同様に争いから逃げることもできず、本能的にそこに戻る。だから、今も大勢の〝学生仲間〟とともにスローガンを唱え、胸を躍らせ、今夜の計画に耳を傾ける。学生たちはメキシコシティまでの交通手段を持たないので、一晩だけ民間のバスを〝ハイジャック〟する。これは警察も大目に見ている伝統だ。

そのバスが発車するターミナルは近くのトリステーサ市にある。

トリステーサ市の女市長、アリエラ・パロマスもまた好戦的な気分になっている。彼女はこの週末、各市の市長を集めた会議を主催しており、自身にとっても市にとっても恥になるようなことは避けたいと思っている。

学生たち——共産主義者、無政府主義者と呼んでもいいレヴェルの左寄りの学生たち——がトリステーサに殴り込んできたら、彼らを甘やかす左がかった教授連中には教えられないことを教えてやろうと思っている。

法と秩序を守るためには誰かが立ち上がらなければならない。彼女は地元の連邦捜査局の長にそう伝える。財産を守るためには誰かが立ち上がらなければならない。近くの駐屯地の指揮官にそう訓示する。バス会社のふにゃちんオーナーにはそういうことができないというなら、自分がかわりにやってやろうとする。

彼女は市警察にもはっきりと言い渡す――学生たちがバスをハイジャックしたら、犯罪者として扱うようにと。

市の治安のてこ入れだ。

不法行為を見過ごすつもりなどアリエラ・パロマスにはこれっぽっちもない。

ケラーはダイニングルームのテーブルにつき、電話を見つめて鳴るのを待っている。

チュイの新たな目撃情報がはいったため、部下を動員しているというオルドゥーニャ提督からの連絡を受けたのだ。

「きっと見つけてくれるわよ」とマリソルが言う。

「そう願いたい」

希望を持っているのにはそれなりの理由がある。オルドゥーニャの部下はメキシコ一で、とにかく優秀だ。提督はチュイを捜すために私服の部隊をアヨツィナパ教員養成大学のキャンパスに赴かせた。彼らはチュイを見つけて確保したら、即刻ボスに報告することになっている。そのあとはすぐにボスからケラーに連絡が来る。

さらにそのあとは？　とケラーは思う。

チュイが見つかったら、どうすればいい？

そのままメキシコに置いておくことはできない。また姿を消してしまうだろう。ここに連れてくるのか？　チュイはアメリカ人だから、その点は問題ない。ほんとうの問題——ひとつではなくいくつかある——はひどく厄介だ。おそらく解決するのは無理だろう。

十九歳の統合失調症患者をどう扱えというのだ？　殺し、拷問、遺体切断の経験がある十九歳の若者を。修復不可能なまでに心にダメージを受けた人間を。ケラーの友人だったファン神父ならこう言うだろう。〝あの子は車じゃない、人間だ。修復は不可能かもしれないが、贖罪なら可能だ〟と。

しかし、その贖罪はこの人生のため？　それとも来世のため？

今なんとかしなければならないのはこの人生であり、この人生におけるチュイ・バラホスをどうすればいいかということだ。

「たぶんこっちで必要な治療を受けさせられる」とマリソルは言う。

「たぶん」

しかし、それよりなによりまず彼を見つけなければならない。

さっさと鳴りやがれ、このクソ電話。

チュイは愉しんでいる。

大麻とビールでハイになり、トリステーサ市のバスターミナルでバスを襲撃する百人ほどの学生グループに加わっている。長髪の上に野球帽を目深《まぶか》にかぶり、赤いバンダナで顔を覆い、シュプレヒコールを唱えながらバスに向かっている。

運転手がドアを開け、学生たちを乗せる。

運転手は腹を立ててはいるものの、怯えてはいない。そう珍しいことではないのだ。学生たちがバスを乗っ取って目的地まで運転させ、数時間抗議デモをしてからそのバスでまた帰ってくるというのは。迷惑きわまりないが、バスの車両も運転手も直接被害をこうむったことはこれまで一度もなく、バス会社も我慢して協力するよう運転手たちに言い渡している。抵抗するよりコストがかからず、より安全だ。それに運転手にはたいてい学生たちから夕食とビールがおごられる。

チュイはバスに乗ると、美しい少女の隣りに坐る。

少女もチュイ同様、野球帽をかぶり、バンダナを巻いている。その眼は美しく、長い髪はつややかで、歯は真っ白だ。そんな彼女がスローガンを唱えると、意味などわからないままチュイも一緒に唱える。

学生たちは五台のバスをハイジャックする。うち二台は南向きに市を出るルートを走り、チュイが乗ったバスは北向きに出る三台の先頭を走っている。

悪くない。

まるで遠足みたいだ。

みんなでジョークを飛ばし合い、笑い、歌い、スローガンを唱え、一本か二本のマリファナ煙草をみんなでまわして、ビールをちょっと、ワインをちょっと飲む。

チュイは愉しんでいる。

高校にもかよえなかった。

十一歳のときにはもう人を殺していた。

絶好のチャンスとばかり、チュイは学生の年頃には味わえなかった愉しさを満喫する。

ティルデのもとに弟の片方から電話がはいる。

「ダウンタウンにいるんだが」とセフェリーノは言う。「問題が起きた」

「いつものことだ。今度はなんだ？」

「学生たちがバスを乗っ取った」

学生がバスを乗っ取るのがなぜ問題なのか。ティルデはそう思い、そのとおり弟に言う。

「それが例のバスなんだ」

「なんだと？　なぜ止めなかった？」

「百人はいたんだぜ。どうすりゃよかったんだよ？　腕を振りまわしてバスに駆け込んで、〝このバスは駄目だ。ヘロインがたんまり積み込まれてるからな！〟とでも叫びゃよかったのか？」

「それでもなんとかするべきだろうが」とティルデは言う。

これは問題なんだから。

大問題なんだから。

学生の一団がヘロインを積んだバスを乗っ取った。それもただのヘロインではない。シナロア・カルテルのヘロインだ。もとはヌニェスのヘロイン。それがなぜゲレロス・ウニドスのバスに積まれているのか、このことが発覚したら、ヌニェスは首をひねるだろう。

アリエラ・パロマス市長も激怒するにちがいない。

「どうすりゃいい?」とセフェリーノは尋ねる。

わからない。ティルデは考える。普通、ものを盗まれたらどうする?

警察に通報する。

ついに電話が鳴る。

マリソルがはっと驚いたような顔をする。

「もしもし」ケラーは電話に出る。

「見失った」オルドゥーニャ提督はケラーに、学生グループがトリステーサでバスをハイジャックし、チュイもその中にいると思われると伝える。

ケラーには理解できない。「バスをハイジャック?」

「伝統みたいなものだ。抗議デモに参加するときの学生のいつものやり方だ。今回のデモはメキシコシティでおこなわれる」

「これはまた……」

「学生の悪戯《いたずら》みたいなもんだ。行ってデモを愉しみ、また帰ってくる。向こうのバス停には部下を待機させてある。だから、たぶんそっちで捕まえられるだろう」

「わかりました」

ケラーの声にオルドゥーニャは不安を感じ取る。「心配するな。これは――きみたちのことばだとなんと言えばいい――そう、〝いつもの仕事〟だ」


最初、学生たちは爆竹の音だと思う。

何かのお祝いか、パーティを盛り上げるためのものだと思う。

しかし、チュイは学生ほどおめでたくはない。

爆竹の音と銃声のちがいぐらいチュイには即座にわかる。

三台のバスのささやかな行列は北側から市外に向かう環状道路に乗ったところだ。うしろの窓から見ると、パトカーが追いかけてきている。

またしても破裂音がする。

隣りの少女――クララと名乗った――が悲鳴をあげる。

「怖がらなくても大丈夫だ」とチュイは彼女に言う。「空に向けて撃ってるだけだから」

運転手はバスを停めようとするが、学生のリーダーのひとりで、事実上の扇動者であるエリックがそのまま走らせろと言う。あのまま空に向かって発砲させておけばいい。見せかけだけだ。警察はただ面子《メンツ》のためにやっているだけだ、と。

若者たちは銃声を掻き消そうと、声を張りあげて歌いはじめる。

そのとき、チュイは金属が金属にあたる鈍い音を聞く。銃弾がバスにあたっているのだ。

パトカーが前方の道路を封鎖しているのが、フロントガラス越しに見える。バスの車列が停止する。

ダミアンは吐き気すら覚える。

「なんだってそんなことになったんだ?」と電話越しに問い質す。「いったいどうして!」

「取り返すよ」とティルデは言う。

「どうやって?」

「心配ない。もう動いてるから」

「あいつらに邪魔はさせない!」とエリックが叫ぶ。

チュイはエリックのあとからバスを降りる。彼とほかに十人がパトカーに駆け寄り、後部を持ち上げて道路からどかそうとする。

警官がひとり車から降りてくる。

チュイはうしろから忍び寄り、手を伸ばしてピストルを奪おうとする。警官は振り向いて発砲する。

弾丸《たま》はチュイの腕を貫通する。

チュイは痛みを感じるが、その痛みは自分とは切り離されている。これもまた映画の中の出来事みたいに。チュイはパトカーの下に転がり込んで身を隠す。道路脇にいた警官たちがライフルを撃ってきたのだ。

エリックも地面に伏せている。茂みに向かって這っている。

チュイは立ち上がってバスに駆け戻る。眼のまえを走る少年が頭を撃たれて倒れる。バスからひとりが降りてきて、その少年を助けようとする。が、その学生も手を撃たれて地面に膝をつき、三本の指が吹き飛ばされた手を呆然と見つめる。

チュイはふたりの横を走り抜けてバスに乗る。

学生たちは悲鳴をあげている。

銃撃を受けたことなど一度もない連中だ。

チュイにはある。

「伏せろ！」とチュイが叫ぶ。「床に伏せるんだ！」

クララのところまで這っていき、床に押し倒してその上に覆いかぶさる。ひとりの学生が、しゃがみ込んで携帯電話で救急車を呼んでいる。

「ここから逃げなきゃ」とチュイは言う。

クララにはその声が聞こえない。ひたすら悲鳴をあげている。可愛い口の端に唾が泡となって溜まっている。チュイは彼女の上から降りると、手をつかんで引っぱり、血でぬるぬるする床を後部ドアに向かって這う。そして、ドアを開けると、クララと一緒に外に出る。ふたりは地面に転がり落ち、チュイはバスを盾にしながらクララの手を引っぱって道路脇に走り、また彼女の上に重なるようにして身を伏せる。

彼女の口を手でふさぎ、声をあげるのをやめさせる。

彼女のすすり泣きが聞こえる。

救急車のサイレンが聞こえてくる。


バッグの中で携帯電話が鳴りつづけている。が、アリエラ・パロマス市長は無視する。ディナーは大成功だった。招待客は豪勢な食事と高級ワインを堪能し、今、コーヒーとブランデーのまえにデザートを食べはじめたところだ。

今夜の集まりはわたしを政界のスターに押し上げる。彼女はそう思っている。

電話がいったん静かになる。が、すぐまた鳴りはじめる。

何度かそれが繰り返されたのち、アリエラは席をはずして廊下に出る。

電話はティルデからだ。アリエラは苛立ちもあらわに応じる。「なんなの？」


警察は南のルートを走っていた二台のバスも停止させる。

フロントガラスを割り、催涙ガスを投げ込んで、学生たちをバスから引きずり降ろす。

何人かは逃げるが、警官たちは残った学生を片っ端から警察車両に放り込む。

足音が聞こえる。チュイは黒い野球帽のおかげで見つからずにすむのではないかと期待して、じっと顔を上げずにいる。

が、そのとき懐中電灯の明かりがまともに眼に向けられる。

「立て」ひとりの警官がチュイの肘をつかんで立ち上がらせる。

もうひとりの警官がクララも立たせる。

チュイはまわりを見まわす。警官が道路脇をしらみつぶしに捜して、学生たちを捕まえては殴ったり蹴ったりして車に押し込んでいる。それでも銃撃は終わっていて、先頭のバスの横には救急車が停まっている。その赤色灯がチュイの顔を照らす。救命救急士が怪我《けが》をした学生をバスから運び出している。

警官はチュイを平手打ちする。

「おれは何もしてないぞ」

「おれに血をつけただろうが、このクソガキ」警官はチュイを車に連れていき、後部座席に押し込む。

クララも隣りに押し込まれる。

六台の警察車両がトリステーサの警察署に学生たちを運ぶ。

「大丈夫だ」とチュイはクララに言う。

警察は署内でおれたちを殺したりはしない。

アリエラは危機に対応するためにオフィスに向かう。

今、わかっているのは学生のバスのハイジャックに関連して〝問題〟が起き、発砲があったこと。複数の人間が救急病院に搬送されたこと、だ。

市警本部長はアリエラに、警察官が発砲したのは学生が挑発してきたためだと断言する。学生の多くは逃げたが、四十人ほど――本部長もまだ正確な数字は把握していない――が勾留されている。

アリエラはティルデに電話をかける。

「バスに近づけないんだ」ティルデは言う。「まだ道路に停まったままなんだが。逃げた学生が何人かまた戻ってきて、教員養成大学の教師やら記者やらも集まってきてるんだ」

「なんとか近づくのよ」

「わかってる」

「ちょっと待って、記者？　今記者って言った？　それは絶対に駄目」

そんなことは許せない。許せるわけがない、とアリエラは思う。わたしの市が理想に燃える学生たちを手ひどく扱ったなんていうお涙ちょうだい記事だけはやめてもらいたい。記者たちがこそこそ嗅ぎまわって、バスに積まれたヘロインを見つけたりしたら、それはそれで大事《おおごと》にはなるけれど、それはあくまで世間一般の人々相手の話だ。シナロア・カルテルがその記事とヘロインの輸送との関連に気づいたら、あっというまに戦争になってしまう。

ふたつのストーリーをひねり出す必要がある。世間向けと麻薬商《ナルコ》向けの二通りの話だ。前者は、過激な学生たちがバスを乗っ取り、任務を全うしようとする警察官を襲撃したというもの。警察官による自己防衛の結果、残念なことに数人の学生が怪我をした。しかし、悪いのは学生であって、警察に責任はない。

もうひとつはヌニェスに聞かせるものだ。ロス・ロホスと結託した――あるいはロス・ロホスに利用された――一部の学生がシナロアの荷物が今夜のバスに積み込まれていると思い込んで、バスを乗っ取った。

ヌニェスにはそういう話をしよう。アリエラはそう決める。

わたしの側の人間にも。

マリソルを起こさないよう、携帯電話はマナーモードにしてあった。もっとも、彼女がほんとうに寝ているとも思えないが。ケラーは、振動したらすぐにわかるよう電話をそばに置き、肘掛け椅子に坐って、減刑を求める要請書を読もうとする。

改めて思うまでもないことだが、アルシーアと離婚したのは子供たちがティーンエイジャーになるまえのことだ。彼女と子供たちは主にアメリカで、ケラーはメキシコで暮らしてきた。だから、玄関先に車が停まる音にしろ、ドアが開く音にしろ、家にはいってくる足音にしろ、そういう音が聞こえるのを寝ずに待ったことが彼にはこれまで一度もなかった。

あるいは、わが子からの電話が鳴るのを待ったことも。息子にしろ、娘にしろ、自分は無事だと告げたのち、怒られたり罰を受けたりしなくてすむよう、遅くなった言いわけを必死になってする電話だ。親が感じているのは怒りではなく安堵であることも、警察からの電話でないことをひたすら祈っていたことも知る由《よし》もない子供からの電話だ。

そういったことはすべてアルシーアがひとりで引き受けてくれていた。

彼女に電話をかけて謝らなければ。ケラーは改めて今強くそう思う。謝るべきことは山ほどある。

いや、彼は自分に言い聞かせる。謝らなければならない相手は子供たちだ。ふたりともすでに成人している。われながら受け容れがたいのは、自分が彼らよりチュイ・バラホスのことを心配してきたという事実だ。事実上、ふたりの子供は他人と変わらない。それも当然だ。彼らが元気でいると安心する資格すらおれにはないのだ。彼らが元気なのはおれのおかげではない。むしろおれがこんな父親であるにもかかわらず、だ。

サイドテーブルの上の電話が震動する。

電話を取り、オルドゥーニャのことばを聞く。「何かあったようだ」

警察車両がトリステーサ警察署の駐車場に停まる。

警官がひとり署内から出てきて言っているのが聞こえる。「学生たちを中に入れるわけにはいかない」

「どうして？」

「ボスの指示だ。ロマ・チカに連れていけってことだ」

「どうしてロマ・チカなんだ？」

「さあ。いいから連れていってくれ」

車はまた走りだし、市の北東のはずれにあるロマ・チカの分署に向かう。

ティルデの運転する白のランドローヴァーがゆっくりとバスの横を走り過ぎる。今や学生、教師、記者、合わせて百人近くが集まっており、写真を撮ったりバスについた弾痕を調べたりしている。

「近づけない」

「百万ドル分のヘロインが持ち去られるのをおれが指をくわえて見てると思ったら大まちがいだ」とファウストが言う。「Uターンしろ」

「どうするんだ？」

「やつらをバスから追っ払う。停めろ」

ティルデが車を停めると、ファウストは車から降りる。「来い」

後部座席からさらにふたりの男が降りる。

三人は車の外に立ち、ＡＫを構えて撃つ。ふたりの学生が倒れてそのまま息絶え、残りは傷を負う。

バスを囲んでいた群衆が一斉に逃げ出す。

「行くぞ」とファウストが言い、バスに向かって駆け寄る。

あとのふたりは空に向かって発砲する。そのあいだにファウストは荷物入れのカヴァーのねじをはずして、ヘロインペーストの塊を取り出す。

数分後、ティルデはダミアンに電話をかける。「回収した。朝こっちを出発する別のバスに載せる」

次にアリエラに電話をかけて状況を伝える。

「学生たちは?」とアリエラは尋ねる。

「学生がなんだ?」

「彼らがバスの中で何を見たかわからない。何を話すかわからないじゃないの!」

「ほんの子供じゃないか。ただの学生だ」

「ただの子供じゃないわ。ロス・ロホスよ」

「なんだって?」

「ほんとうよ。ロス・ロホスがわれわれに対抗するために学生を利用したのよ。そんなことはさせないわ」

「何が言いたいんだ?」

「言いたいのはこれはあなたのミスだってことよ、ティルデ。なんとか始末をつけなさい」

そう言って、市長は電話を切る。

　ケラーは電話を置いてマリソルに説明する。

「オルドゥーニャの話だと、警察が学生の一部を捕まえて署まで連行したそうだ。で、オルドゥーニャの部下がトリステーサ署に向かったそうだが、学生たちはいなかった。そこで聞いた話だと、学生たちの何人かはロマ・チカに連れていかれたらしい」

「ロマ・チカ？」

「近くの町の名だ。オルドゥーニャの部下は今そっちに向かってる」

「チュイはそこに——？」

「わからない。彼らにもよくわかってないようだ。確かなのは、トリステーサ警察がバスを停止させ、発砲し、若者たちはバスを降ろされ——」

「学生は何人？」

「わからない。四十人か五十人といったところかな」

「なんてこと。誰か撃たれたの？」

「マリ、オルドゥーニャにもわからないんだ。だけど、彼の部下は優秀だ。ロマ・チカに着いたらあとは彼らが引き受けてくれるだろう。地元警察じゃ彼らには太刀打ちできない。学生たちを集めて、安全を確保してくれるだろう」

　車が停まる。

　警官がひとり近づいてきて腕を振る。「ここじゃない！　プエブロ・ビエホに行け」

「なんにもない田舎じゃないか！」と運転していた警察官が言い返す。

「命令だ」

車列はまた動きだし、町の北端に沿う五一号線を走ったあと、デル・ハルディンを北東に向かい、山の麓《ふもと》にひっそりとうずくまる小さな村、プエブロ・ビエホをめざす。

チュイはウィンドウに顔を押しつける。

雨が降りはじめる。

雨粒が窓ガラスにあたってからすべり落ちる。

チュイは自分の頬にかかったかのようにガラスを拭おうとする。

二度目の襲撃で負傷した学生たちを教師たちが救急病院に連れていく。が、病院には医師がひとりもいない。

助けを求めて電話をかけても誰も現われない。

ひとりの教師が外に出て、通りの反対側に立っている兵士に叫んでも、兵士は誰ひとり動こうとしない。

雨の中、ふたりの学生の遺体が通りに横たわったままになっている。

車のドアが開き、警官がチュイを引きずり出す。

続いてクララも。

チュイはあたりを見まわす。ほかの警官たちもそれぞれの車から学生を降ろし、雨の中に立たせている。

トラックの車列が現われる。

警察の車ではなく、配達用トラックやら小型トラックやら妙な取り合わせだ。

白いランドローヴァーから降りてきた男がほかのふたりの男に近づく。しばらく話し合ってから、男は大きな声で指示を出し、警官たちは学生たちをトラックの後部に押し込みはじめる。

チュイは配達トラックに乗せられる。坐るのはおろか、立っているのもやっとという狭さだ。チュイはクララの手をつかむ。畜牛よりぎゅう詰めになるまで次から次と押し込まれる。叫ぶ者がいる。泣く者もいる。呆然として声も出ない者もいる。

ドアが閉められる。

真っ暗になる。

蒸し暑い。

ひとりが叫ぶ。「息ができない！」

誰かがドアを叩く。

チュイはめまいを覚える。普通なら倒れるところだが、それだけの空間もない。まわりの学生に寄りかかる恰好になる。

誰かが吐く。

チュイは小便がしたくてたまらない。

トラックが動きだし、チュイはよろめく。

「連中をどこに運ぶんだ？」セフェリーノが尋ねる。

「ゴミはどこに運ぶ？」とティルデは訊き返す。

救急救命士が病院に着くのに一時間がかかる。

そのあいだにさらにふたりの学生が出血多量で命を落とす。

「いなかった」とケラーは言う。

「どういうこと？」

「学生たちはロマ・チカにはいなかったんだ」

「どこにいるの？」

「誰にもわからない。オルドゥーニャの部下が捜しているらしいが……」

学生たちはどこにもいない。

チュイは小便をする。クララのまえで恥ずかしいことだ。が、彼女は気づくどころか、意識を失っていて、チュイにもたれかかってくる。

そもそも気にすることもない。

トラック内には尿と糞便《ふんべん》、汗と恐怖のにおいが充満している。

それに加えて真っ暗なので、今は眼を閉じなくても頭の中の映画が見える。その映像で脳を満たされながら、チュイはなんとか息をしようとする。痩せた胸が締めつけられ、そこにない酸素を取り入れようと肺が躍起になっている。

闇の地獄が永遠に続くかと思われたところで、ついにドアが開き、空気が流れ込んでくる。そのトラックに乗せられた二十二人の学生のうち、十一人がすでに窒息死している。

クララもそのひとりだ。

命を失った彼女の体は小麦粉の袋みたいに放り出される。

ヘロインペーストの塊が三つのダッフルバッグに慎重に詰め替えられる。ファウストとふたりの手下がバスに乗り、バッグを足元に置く。

今度は絶対に手ちがいがあってはならない。

学生のリーダー、エリックの遺体が襲撃地点の近くの茂みで見つかる。顔の肉が削ぎ落とされ、眼をくり抜かれ、頭蓋骨が砕かれ、内臓が切り裂かれている。

拷問を受けて殺されたのだ。

動物のように四つん這いになって、チュイは喘《あえ》ぐ。

ティルデがまた彼の腹を蹴る。「おまえ、ロス・ロホスだな！」

チュイにはなんのことかわからない。

「正直に言え！　ロス・ロホスのメンバーなんだろ？」

チュイは答えない。どうして答えなきゃならない？　生まれてこの方、彼は常に〝何か〟ではあった。が、それは常にまちがった〝何か〟だった。

今もそうだ。

顔を上げる。ここはゴミ廃棄場だ。横には巨大なゴミの山があり、ゴミの一部は雨に打たれてもくすぶっている。

トラックで窒息死した学生たちがその山の上にがらくたのように投げ捨てられる。

生きている者たちは膝をつくか、体を丸めて横たわっている。

すすり泣いている者もいれば、祈っている者もいる。

大半は黙っている。

何人かが逃げようとして撃ち殺される。学生の大半は抵抗することも、信じることをもうやめている。そんな彼らの背後に男たちが立ち、頭を次々と撃っていく。

学生たちはまえのめりに地面に倒れる。

チュイはじっと自分の番を待つ。男がうしろに立つと、チュイは振り返って相手を見上げ、笑みを向ける。

やっと映画が終わることを願って。

それでも、銃身を見て、次に引き金にかけられた指に力がはいるのを見ると、チュイは叫ぶ。「母さん《マミ》！」

自分を殺す銃が発する音は彼の耳には届かない。

沈黙は凶兆であることをケラーは知っている。

オルドゥーニャは何も知らないか、あるいは知っていることを伝えたくないかのどちらかだ。

電話は死んだみたいに静かで、微動だにしない。

マリソルは二階でメキシコの自身の伝手《つて》をたどって情報を集めている。ここまででわかっているのは六人が亡くなり、二十五人以上が負傷していること。そして、チュイを含む四十三人の若者が行方不明になっていることだ。

四十三人もが消えてしまうなんて、そんなことありうる？　マリソルはケラーに尋ねる。

ケラーにはわかりすぎるくらいわかっている。メキシコで、セータ隊、バレーラその他によって大量の遺体が打ち捨てられているのを彼はその眼で見てきた。メキシコではこの十年で二万人を超える人が行方不明になっている。今回の事件の学生はそこに新しく加わる四十三人にすぎない。

こんなことがいつまで続くのか？

すでに、情報部長のブレアだけでなく、麻薬取締局の各部門のトップに電話をかけ、行方不明の若者たちの捜索にすべての人員を注ぎ込むよう命じてはいるが、見つかるのはおそらく遺体だろう。

「警察が学生を撃ったのよ!」とマリソルは新たな怒りに燃えて言う。「いきなりバスを停車させて発砲するなんて! どうしてそんなことができるの? どうして?」

ケラーには答えられない。

「消えた子たちはどこにいるの?」

それにも答えられない。

わかっているのは、苦しみつづけてきたチュイ・バラホスの魂がほんとうに修復できなくなったことだ。今はせめて彼が悔い改めたことを望むしかない。

ティルデ、セフェリーノ、モイセスのレンテリア兄弟は、四十三体の死体をゴミの山に投げ込む。そして、ガソリンと軽油を撒いて、さらに死体を覆うように木材やプラスティックやゴムタイヤをのせてから火をつける。

人間の体は燃えにくい。

その夜一夜と翌日ほぼ終日かかって燃え尽きる。

死体がまだくすぶっているあいだにも、トリステーサ市の検事長のオフィスには大勢が詰めかける。襲撃から生き残った学生、教師、記者、関心を持つ市民たちだ。

それに学生の親たち。安堵して泣きながらわが子を抱きしめる親がいる。

一方、彼らほど幸運でない親もいる。死んだ学生の親たちと行方のわからない学生の親たちだ。後者は必死になって答を求め、懇願している。

四十三人もの学生が姿を消したのだ。

いったいどこにいるのか？

アリエラ・パロマス市長が記者会見を開く。

「この学生たちは過激派であり、その一部はこの州を恐怖に陥れている犯罪組織とつながっています。だから失礼ながら、そんな彼らはギャングと呼ばれてもおかしくありません。若い命が失われること自体はもちろん悲劇です。ですが、彼らは法を犯し、逮捕に抵抗し、警察を攻撃したのです」

「自業自得ということですか？」と記者のひとりが尋ねる。

「そこまではっきり言うつもりはありませんが」失踪した四十三人の居場所について尋ねられると、アリエラは心あたりがないと答える。「いいですか、彼らは警察に逮捕されまいとして逃げたのです。きっとどこかに姿を隠しているのでしょう」

レンテリア兄弟は遺体の残骸を八つのゴミ袋に分けて入れると、川に捨てる。

数時間後、十五個のヘロインペーストが無事グアダラハラに届けられる。そこで純度の高いシナモン・ヘロインに加工され、梱包し直されてファレスに運ばれる。ファレスではトレーラーに載せられ、ようやく国境を越える。

数週間後、組織犯罪捜査担当次長検事局の捜査官がゴミ廃棄場に残る黒焦げの死体の一部と、川に捨てられたゴミ袋を見つける。が、それが学生たちの遺体だとは特定できない。同じ週、当局に抗議する人々が覆面をして、ゲレロ州の州都、チルパンシンゴの州政府の建物に火をつける。さらに二日後、メキシコシティで五万人がデモ行進をおこなう。パリ、ロンドン、ブエノスアイレス、ウィーンでも同じようなデモが起きる。テキサス大学エルパソ校では、学生たちが徹夜で集会をおこない、行方不明の学生の名を読み上げる。トリステーサ市では市庁舎に火が放たれる。

観光会議を妨害されるのを嫌って、アリエラ・パロマス市長が学生への襲撃を指示したという憶測が流れたためだ。指示したものの収拾がつかなくなり、つながりのあるゲレロス・ウニドスに始末を任せたというのだ。

バスに積まれたヘロインについては何も語られない。

世論の圧力に耐えきれなくなったゲレロ州知事は休職を願い出て、受理される。次の週には、アリエラ・パロマス市長が警察に学生への襲撃を命じた容疑でメキシコシティで逮捕され、アルティプラーノの重警備刑務所に収監される。しかし、彼女は失踪した学生たちについては何も知らないと言う。知るわけがないでしょ？　ディナーパーティに出てたんだから。

メキシコ大統領は、治安維持のために九百人の連邦捜査局の捜査官と三千五百人の兵士をゲレロに送り込む。

抗議デモは収まらない。

バスで運ばれたヘロインはニューヨークの工場に運ばれ、そこでダリウス・ダーネルが十ドル分ずつ小分けにする。そして、そのほんの一部がジャッキー・デイヴィスの手に渡る。

わが子の身に何が起きたのか、国境の両側で親たちが訝《いぶか》しみ、悲嘆に暮れている。

第三部 戻りし者たち《ロス・レトルナドス》

LOS RETORNADOS

守ってくれた者たちを破滅させた私が
故郷に戻るというのか?

――アレキサンダー大王

1 休暇

クリスマスは終わった。仕事は仕事だ。

――フランクリン・ピアース・アダムス

二〇一四年十二月
ワシントンDC

アダン・バレーラがまだ生きていたら〝トリステーサの虐殺〟は起きなかった――ケラーはそんな思いから逃れられない。

と言って、バレーラだったら良心の呵責《かしゃく》を感じて学生たちを殺さなかっただろう、などと思うわけではない。ただ、彼なら世間から集中砲火を浴びるような愚かな行動に出るようなことはなかっただろう。当時、シナロア・カルテルは圧倒的な支配的立場にいた。バレーラのことばは法に等しかった。

しかし、今、法は存在しない。

狼を殺したら、コヨーテが自由に動きまわるようになった。そういうことだ。

十一月、ドイツの大学の科学捜査チームがゴミ廃棄場に出向き、焼け焦げた遺体の骨が行方不明の学生のひとりのものであることを確認した。こうして〝トリステーサの虐殺〟と呼ばれるようになった事件の真相が明らかになっていく。四十三人の若者がゴミ廃棄場に連れていかれて射殺され、その遺体はゴミの上で燃やされた。そのうちの何人かは、ガソリンを撒かれてマッチを投げられた時点ではまだまちがいなく生きていた。

ケラーは雪解け道をPストリートの古書店〈セカンド・ストーリー・ブックス〉に向かう。マリソルが特に気に入っているレオノーラ・キャリントンの画集を探すためだ。簡単には見つからない画集で、アマゾンで買ってしまえば楽なのだが、ケラーは店で買いたかった。〈セカンド・ストーリー〉ではほかでは扱っていない本が見つかることがある。

過激派の学生を止めようとしたものの、手に負えなかった、などというアリエラ・パロマスの話はどう考えてもたわごとだ。あの教員養成大学の学生は以前から抗議活動をおこなっているが、パロマスはこれまで気にしたこともなかった。また、自身が主催する大きな会議で恥をかきたくなかったという話も疑わしい。会議場はバスターミナルから遠く離れており、会議の参加者は誰ひとり、八十マイル離れたメキシコシティでおこなわれているデモのことなど知りもしなかった。

パロマスは何かを隠している。誰かの盾になっている。逆らうぐらいなら残りの人生を刑務所で過ごすほうがましだと思えるほどの力を持つ誰かの。

これまでのところ、メキシコ政府はパロマスの話を信じようとしている。

しかし、メキシコ国民はそうではない。一般市民、メディア、それに遺族たちは隠蔽だと叫んでいる。ケラーも彼らがまちがっているとは思っていない。

マリソルももちろん、パロマスの話など端から受け容れるつもりのないひとりだ。

十一月、そんな彼女はデモに参加するためメキシコシティに行くと言い張った。

ケラーとマリソルは言い争った。

「危険だ、マリ」

「前回のメキシコシティのデモではあなたも一緒に行進したわ。覚えてないかもしれないけど」

覚えていた。

ふたりが出会ってまもない頃、メキシコ国民の多くが出来レースだと見なす大統領選挙に抗議して、大規模なデモがおこなわれた。ケラーはマリソルとともに行進に参加し、ソカロで一緒に寝袋にくるまって寝た。ファレスでも一緒に行進した。そっちは彼女は覚えていないかもしれないが……「覚えているさ。でも、あれは——」

「わたしが身体障害者になるまえのことだった」

「きみが身体障害者だなんて言ってない」

「じゃあ、障害者扱いしないで」

「現実を見るんだ。きみの動きには限界がある。今回のデモは荒れる可能性が——」

「そうなったらその場から逃げるわ。でも、心配なら一緒に来ればいいじゃないの」

「行けないのはわかってるはずだ」

ケラーが行けば、新聞には遠慮のない見出しが躍り、メキシコとの外交関係が悪化する。好むと好まざるとにかかわらず、ケラーとしてはメキシコシティの行政当局とは協力関係を保っていなければならない。

「昔のあなたなら行ったでしょうね」

「そんな言い方はひどくないか?」

「ひどいのは、四十三人の学生が姿を消して、おそらくは殺されていることよ。ほかにも六人が殺されている。それなのに政府は気にもかけてない」

「おれは敵じゃないよ、マリ」

彼女はいくらか態度を和らげて言った。「もちろんそうよ。あなたの言うとおり、ひどい言い方だった。ごめんなさい。わたしが行くと問題になる?」

「たぶん」マリソルはメキシコで有名人だ。メディアのカメラはまちがいなく彼女を見つけるだろう。アメリカ側の特にオルタナ右翼のメディアも飛びつくだろう。「だけど、おれが心配しているのはそのことよりきみの身だ」

「行かなきゃならないのよ」

ケラーの反対を押し切って彼女は行った。

失踪した学生の家族や社会活動家、政治に関心の高い市民など、数千人が議事堂に向かって行進し、そこまではほぼ平和裏に終わった。そのあと数百人がそこから分かれて国立宮殿に向かった。マリソルはその中にいた。

ヴェテラン記者のアナ・ビジャヌエバも。

マリソルがメキシコから電話をかけてきて、エスコートがいるから——アナもバルベルデから来て、デモに参加するから——心配しないで、と言ってきたとき、ケラーは少しも驚かなかった。当然アナも参加するだろう。そう思った。宮殿のまえでは、デモ参加者の中でも特に過激な者たちが覆面をして、墁や爆竹を門に向かって投げた。警察が放水銃で彼らを押し戻し、マリソルもアナも足を狙われた。その光景をテレビで見たケラーは、怒りと同時に恐怖を覚え、電話でマリソルに言った。「大丈夫か？」

「ちょっと濡れたけど、それ以外は大丈夫」

「笑いごとじゃない」

「ただの水よ、アルトゥーロ」

「大怪我をしたかもしれないんだぞ」

「でも、しなかったわ」

ケラーはため息をついた。「帰ってきてほしい」

「トリステーサに行くつもり」

「なんだって!?」

「聞こえなかったの？　それとも理解できない？」

「理解なんかできるか。トリステーサで何をするつもりだ？」

「遺体を捜すのよ」

　ケラーはまくし立てた。政府にも警察にも、外国の科学捜査チームにもケラーの部下にもできなかったことが、訓練も受けていない抗議者グループにできるわけがない。学生のひとりがゴミ廃棄場に連れていかれて撃たれたのがはっきりしているのに、ほかの学生がどこにいるというんだ？　秘密の牢獄か？　宮殿の地下か？　それとも火星か？　学生たちの遺体はみんなゴミ廃棄場や川に捨てられた。もう灰になってる。見つかるわけがないだろうが。

「言いたいことはそれで終わり？」

　マリソルにそう訊き返され、ケラーは息をついた。

「今のところは」

「わたしたちがトリステーサに行くのは、失踪した学生たちを世間に忘れさせないためよ。そして、政府に真剣に捜査させるためよ。それに……」

「それに？」

「軍が学生たちを市の外の基地に監禁しているという情報もあるのよ」

「そんなもの、信じるな」

「だったら、嘘だってあなたには断言できる？」

「論理的に考えればわかる。きみは引っ掻きまわしてるだけだ」

「それは引っ掻きまわす必要があるからよ。そういうことはプロに任せておけっていうの？」

「ああ、そうだ」

「でも、プロは何もしていない」

「われわれにできることはすべてやっている」

「わたしが言ってるのはここメキシコでのことよ。なぜわたしたちは喧嘩してるの？　あなたとは同じ側に立っていると思っていた」

「そのとおりだ。でも、トリステーサには行ってほしくない。メキシコシティならまだしもゲレロ州は戦場だ」

「アナも一緒よ」

　マリソルがバルベルデ郊外で撃たれたときもアナは一緒だった。あのとき同様、マリソルを助けるのにはなんの役にも立たないだろう。「オルドゥーニャに、きみたちふたりを捕まえて飛行機に乗せるよう頼む」

「麻薬取締局《DEA》の局長といえども誘拐は許されないと思うけど？」とマリソルは言った。

「急に保護者ぶったりしないで――」

「やめろ」

「過保護にならないで――」

「ふざけてるのか？」

「ああしろこうしろって言わないで！」

マリソルはトリステーサに行った。「わたしたちは政府がやってくれないことをやるんです」テレビカメラのまえでそう言うと、大量の遺体が遺棄されたとされる場所を捜しはじめた。

今や〝トリステーサの虐殺〟だけにとどまらなかった。ファレスの新聞〈エル・ペリオディコ〉紙に復帰し、また国内欄に記事を書きはじめたアナは、この一年半で五百もの遺体がトリステーサ一帯に埋められた可能性があると書いた。

ケラーは、ニュースサイト〈ブライトバート〉でマリソルが発言しているのを見た。動画のトップにはこう書かれていた。〝麻薬取締局局長の妻、左派による抗議活動を先導〟。マリソルがトリステーサで話している動画だけでなく、〝もうたくさん《ジャ・メ・カンセ》〟と書かれたプラカードを持った画像や、国立宮殿のまえで足に放水されている動画も載っていた。こちらの動画には、〝赤のマリ、ずぶ濡れに〟というテロップがつけられていた。

さらに、そんな妻を見て微笑んでいるかのように配置されたケラーの画像も載せられた。〈ニューヨーク・タイムズ〉、〈ワシントン・ポスト〉、ＣＮＮはもっとひかえめだったが、それでも麻薬取締局局長の妻が抗議デモに参加したことは記事にした。〈ガーディアン〉は彼女を聖人のように扱った。ＦＯＸニュースは覆面をした抗議者が壜や爆竹を投げる映像をトークショーで流し、司会者のショーン・ハニティが、アート・ケラーは妻の過激な行動を支持しているのだろうか、と視聴者に問いかけた。

ケラーとしても声明を出さざるをえなくなった。「メキシコ国内の問題ではありますが、麻薬取締局としては、トリステーサで起きたことの真実を解明するためにメキシコ政府に全面的に協力する考えです。われわれの思いは行方不明になっている学生とそのご家族、関係者の方々とともにあります」

気が進まなかったが、CNNのニュースにも出て、抗議デモの映像をキャスターのブルック・ボールドウィンと一緒に見た。彼女が眉を吊り上げると、ケラーは言った。「妻はわが道を行く人でね」

「でも、局長は奥さまがなさってることを支持されてるんですか?」

「支持しています。マリソルはメキシコ国民です。妻には抗議する権利があります」

「暴力を働いてでも?」

「映像を最初から最後までよく見れば、暴力には加わっていないのがわかるはずです」

「でも、その場にいらした」

「確かにいました」

ジョン・デニソンが飛びついて、ツイートした。〝赤のマリが夫を困らせている。なんと嘆かわしい〟。

オブライエン上院議員からも電話がかかってきた。「奥さんを少しはおとなしくさせられないのか?」

「あなたが私にそんなことを言ったことは、あなたのためにマリソルには黙っておきます。実のところ、私には妻を〝おとなしくさせる〟つもりはありません。彼女はひとりの人間であって、猟犬じゃないんで」

「なあ、私はきみの味方だ。そのことを忘れてくれるなよな」とオブライエンは言った。

大統領選に出馬することになったら、おれのことなど気に入らない見合い相手みたいにさっさと切り捨てるくせに。ケラーは内心そう思った。「何か声明を出すんですか、ベン？」

「今はわが州の人々に仕えることしか頭にないよ」とオブライエンは言った。「ただ、美人の女医さんが、そうだな、ＩＳＩＳに加わらずにいてくれるようなら――」

「いい一日を、ベン」

メキシコから帰ってくると、マリソルは言った。「ＣＮＮ、見たわ。ありがとう」

「ケーブルテレビのニュースでコミュニケーションを取り合うワシントンの高キャリアカップルになるのはやめよう」とケラーは言った。

「そうね」

「トリステーサじゃ何か見つかったのか？」

「何か見つかると思った？　なんにも。笑わないで」

「笑うようなことじゃない」

笑うなどとんでもないことだ。四十九人の若者が命を奪われ――四十三人が〝失踪〟し、六人がその場で殺されたのだ――その中にはおそらくチュイ・バラホスも含まれているのだろう。これのどこが笑える？

マリソルが持ち帰った悪い知らせはほかにもあった。「アナは捜査のことを記事にしようとしてる。政府が何か隠していると確信していて、それを暴くつもりよ。オスカルも記事にするのを認めている」

「オスカルはもっと分別を持たないと」

「彼はアナにはノーと言えないのよ。でも、心配だわ。あなた、彼女を助けられる？」

「オルドゥーニャに電話して、眼を光らせておくよう頼んでおこう」

そんなことをしても大してあてにはできない。海兵隊の特殊部隊には、新聞記者のお守《も》りよりもっと大事な仕事がある。その記者が自立心旺盛で頑固なアナとなればなおさらだ。それでも、とケラーは思った。オルドゥーニャに連絡だけはしておこう。

すると、計ったようにそこへアナのほうから電話がかかってきた。「パロマスのことで何か情報はない？」

「アナ……」

「もったいぶらないで。反吐が出そうな裏事情があることは知ってるんでしょ？　わたしの情報源によると、パロマス家はシナロア・カルテルと結びついてるらしいんだけど」

彼女の情報源は正しい。パロマス家は何代にもわたり、タピア一派を通じてシナロア・

カルテルと結びついている。タピアとバレーラが戦ったときにもタピア側についた。そこでタピアが負けると、アダン・バレーラの軍門にくだったのだった。アダンはパロマスを赦し、ゲレロでの活動を許可した。

「きみはゲレロにいるのか？」とケラーは尋ねた。

「ほかにどこにいるっていうの？」

「さあ。安全な自宅とか？」

「安全な自宅にこもっているのに飽き飽きしちゃったの。力を貸して、アルトゥーロ。こっちじゃゲレロス・ウニドスが関与しているという噂が流れてる。その噂を確かめてもらえない？　非公式によ、もちろん。背景を掘り下げてほしいの」

「こっちの情報源も同じことを言っている」

「だったら、どうしてメキシコ政府はゲレロス・ウニドスを庇ってるの？　大して大きな組織じゃないのに」

答はわかっているはずだ。

虐殺の翌朝、ケラーは麻薬取締局の情報部にゲレロ州の現状を詳しく説明させた。それでわかったことがふたつあった。ひとつは、シナロア・カルテルが阿片の新たな供給元としてゲレロ州に多額の投資をしていること、もうひとつは、ゲレロス・ウニドスと狼たち《ロス・ロホス》――ともに、タピアという水瓶《みずがめ》が割れたあとの破片――がカルテルへの阿片の供給をめぐって鎬《しのぎ》を削っていること。このふたつだ。シナロア・カルテルが関わっているとなると、政府内に真相を隠そうとする力が存在していても少しも不思議ではない。

「こっちじゃトリステーサの警察が学生たちを麻薬商《ナルコ》に引き渡したって、もっぱらの噂なんだけど」とアナは言った。「それを確かめてくれない？」

「そういう噂が流れているのは確かだ」ケラーはさらに噂が真実であることも知っていた。トリステーサ警察への尋問調書をブレアが入手しており、それを見るかぎり、数名の警察官がゲレロス・ウニドスの関係者に学生を引き渡したことを認めていた。

パロマスの命令で。

では、パロマスに命令したのは誰なのか？　それが今、ケラーの頭を悩ませている問題だった。小さな市の市長が四十九人の若者の殺害を独断で命じるわけがない。

それができるのはカルテルのボスだ。

しかし、どのカルテルなのか。

誰なのか。

今ゲレロス・ウニドスを率いているのが誰なのかもわかっていないのだ。

レンテリア兄弟かもしれないし、そうではないかもしれない。

あるいは、もっと上とつながったのか？

シナロア・カルテルと。

少なくとも、現在のシナロア・カルテルの名目上の頭目はリカルド・ヌニェスで、ヌニェスはアダンの名づけ子である自分の息子を後継者にしようと目下、帝王学を学ばせているという情報がある。が、その息子――ミニ・リック――は役立たずのプレーボーイだと言われている。典型的な二代目《イホ》というわけだ。ただ、近頃は真面目にビジネスをしようとしているという情報もある。

父のヌニェス・シニアは暴力的でもなければ短絡的でもない。アダンより保守的と言っていいだろう。だから、このような虐殺を命じるなどありえない。誰かに申し出られても認めはしないだろう。息子のほうは父よりは残忍かもしれないが、これほどのことを命じられる力は持っていない。

シナロア・カルテルから派生したあとのふたつの派閥がゲレロからヘロインを運び出している。

エレナ・サンチェスは息子の死を深く悼みながらも、それでも、街場の売人を駒にして、イバン・エスパルサとのあいだで代理戦争を繰り広げている。生き残ったもうひとりの息子のルイスは、サンチェス一派の名目上のトップだが、エンジニアであって、殺し屋ではない。

一方のイバン・エスパルサは殺し屋だ。

愚かで短気で凶暴なあの男なら、命じるにしろ許可するにしろ、なんらかの形でトリステーサの虐殺に関わっていてもおかしくない。

しかし、今のところ、彼と虐殺を結びつけるものは何も出てきていない。

その意味では、ほかの誰もがそうだ。

そもそもシナロア・カルテルの仕業ではないのかもしれない。

情報部からは、〝ニュー〟・ハリスコ・カルテルがゲレロ州にはいり込んだらしいという報告も届いている。

ハリスコ・カルテルの頭目、ティト・アセンシオンはアボカド畑の広がるミチョアカン州の貧しい環境で育ち、暴力のはびこるサン・クエンティン刑務所で過酷な日々を過ごした。過去に無実の人々を殺したこともある。セータ隊と勘ちがいして。ベラクルスで三十五人の一般市民をいっぺんに殺したのだ。ティトなら、自分の邪魔になると思ったら、相手がなんの罪もない学生であっても、まばたきひとつすることなく殺すだろう。

しかし、どうして？

お遊び気分の数十人の学生がどうして邪魔になったのか？

メキシコ政府はどうしてそれを隠そうとしているのか？

それを解明しようとしているのはケラーもアナも同じだった。

アナが興味深いことを言った。「ゲレロス・ウニドスはかつてタピアの配下にいた連中よ。彼らがダミアン・タピアにまだ忠誠心を持っているなんてことはないかしら？」

唐突な質問だった。

アナはどこで何を聞いたのだろう？　そこで何を知ったのだろう？

「どうしてそんなことを訊く？」

「ただいろんな可能性を考えてるだけよ」

今のは嘘だ、とケラーは思う。アナはかつて麻薬商《ナルコ》から政府高官、大統領にまで恐れられたヴェテラン記者だ。質問というものがいかに大切か、知りすぎるほどよく知っている人間だ。だから無駄な質問などしない。「どうしてダミアン・タピアが関係してると思うんだ？」

「そう思ってるわけでもないけど。ただ、ダミアンはトリステーサで目撃されているのよ」

「誰に？」

「あなたが自分の情報源を教えてくれるようになったら、わたしも教えてあげる」

「いや、おれがそうしてもきみは教えないね」

「確かに」アナは笑った。「ダミアンのことで何か知ってることはない？」

おれの知っていることはたぶんきみもすでに知っていることだ、とケラーは言った。ディエゴの息子、ダミアンは父親を殺して家族を崩壊させたシナロア・カルテルを恨んでいる。復讐を誓っている。が、目下のところ、ユーチューブにいくつか動画をアップしたり、下手くそな歌をつくったりしている程度だ。

エスパルサ兄弟とリック・ヌニェスの幼なじみでなければ、とっくにシナロア・カルテルに消されているだろう。彼はティト・アセンシオンの息子ルーベンとも親しかった。〝息子たち〟――ロス・イホス――の中では最年少で、マスコット的存在だった。そのためどこかしら大目に見られていた。それには、シナロアの幹部も正直なところ、タピア一族に対する仕打ちをうしろめたく思っているということも手伝っているだろう。

「アナ、くれぐれも気をつけてくれ」そう言って、ケラーは電話を切った。

それから、エディ・ルイスを監房から出して電話口に連れてこさせた。

「トリステーサのことでは何を知ってる?」とケラーは尋ねた。

「何も」

「ゲレロス・ウニドスが関わっているとの噂が流れてる」

「だから?」

「やつらはおまえのかつての手下だろうが。それにダミアン・タピアはおまえの友達だろ?」

「〝友達〟とは言えないよ」とエディは言った。「あいつの親父さんがコカインでラリるのに忙しくてあいつにかまってる暇がなかったから、おれが子守をしてやってただけのことだ」

「最近連絡を取ったか?」

「ああ。あいつは毎週木曜にここに来て、おれとポケモンゲームをするんだ。これでどうだ?」

「トリステーサのことじゃ、おまえには何が話せる?」

「ほんとに知らないんだよ。だけど、たとえ知ってたところで、自分に火の粉がかかりかねないような情報をあんたに流すと思うか? おれはもうすぐ出所できるんだぜ。それを台無しにする気はないね」

「刑務所をちょくちょく替われば、おまえの記憶も呼び起こされるかもしれない。ちがうか？」とケラーは言った。エディはヴィクターヴィル刑務所での安全な生活に満足していた。家族が近くにいて、面会に来てくれていた。別の刑務所への移動は面倒なだけでなく、危険をともなう可能性もある。また新しいラ・エメのボスと近づきになり、新しい関係を築かなければならない。それもケラーによってさらに次の刑務所に移動させられるまでのことで、それが何度も繰り返されると……

「くそっ。ケラー、あんたは鞭だけ持ってきたのか？　ニンジンはぶら下がってないのか？　まったく」

「何が欲しい？」

「いいか、ケラー。おれがあんたに身を差し出してから三年。あんたと一緒に南に遠足に行ってから二年――」

「そういつまでもその切り札を切りつづけられると思うな」

「おれの持ってる情報にはそれなりの価値があるんじゃないのか？　何ヵ月か短くしてもらえるような」

「それは連邦検事と判事次第ということになる」

「あんたには連中に貸しがあるだろうが」

それはそのとおりだ。ケラーが一本、多くても二本電話をかければ、エディ・ルイスの釈放日は早まるだろう。「それでおれが得られるものは？」

「レンテリア兄弟を捜せ」とエディは言った。

「レンテリアは組織の中じゃ中間層だ。命令したのは誰だ？」

「知ってることは話したぜ」

つまり、その誰かはエディでさえ口をつぐむほどの大物だということだ。同時に、レンテリア兄弟なら差し出してもさして問題のないことがエディにはわかっているのだろう。

「裏が取れたら新しいEPRDを申請してやるよ」

最速の釈放日《EPRD》。

「裏は取れるよ」とエディは言った。

「取れなかったら、ラリッたピンボールみたいにあちこちに飛ばしてやる」

「あんた、自分がクソ野郎でいるのに飽き飽きすることはないのか？」

「ないね」

「だろうな」

ケラーはオルドゥーニャ提督に電話をかけ、メキシコ海兵隊FESは大々的にレンテリア兄弟の捜索をおこなった。家や倉庫を家宅捜索し、阿片農場を捜して田舎を荒らしまわった。その結果、ゲレロ州内のヘロイン取引きは大きな打撃をこうむった。

しかし、肝心の兄弟は見つからなかった。

ケラーはゲレロス・ウニドスとダミアン・タピアがつながっている可能性を考えた。つながっているとすれば、どんなつながりなのか？　トリステーサの虐殺を命じられるほどの力を持つのは誰なのか？　ケラーは麻薬取締局の捜査官に、あらゆる情報源、被告人、受刑者にあらゆる圧力をかけてトリステーサに関する情報収集をするよう命じた。それを受けて、取引きの申し出、脅し、逮捕、捜索、法すれすれのところでの押収がおこなわれた。情報提供者は全員トリステーサ事件のことを訊かれ、進んで情報を手に入れるよう強要された。

ボスの意気込みは全支局の捜査官に伝わった。ボスは燃えている。ボスの幟《のぼり》を担いでともに行進するか、あるいは自分のキャリアを四百ドルの中古車よろしくエンストさせるか。

ケラーはアメリカ移民税関捜査局《ICE》と国境警備隊に、マリファナ一オンスでも載せている車を停車させたら、トリステーサについて尋問するよう要請した。市警察と州警察にも同じ要請書を出した。トリステーサについて訊きまくり、わずかでも有用な情報があれば、麻薬取締局にまわしてもらえるように。

が、これまでのところどんな成果も得られていなかった。

ケラーは探していた本を見つける。『レオノーラ・キャリントン　絵画・素描・彫刻作品集　一九四〇～一九四九』。マリソルは喜ぶだろう。本をカウンターに持っていき、代金を払い、店を出る。

誰かが学生たちを殺した。

その誰かをなんとしても見つけ、痛い目にあわせてやる。

それがおれの仕事だ。

おれはひとりの怪物を殺した。

今度は次の怪物を殺さなければならない。

ぬかるんだ道を歩きながらケラーは考える。〝神が存在しなかったら？〟。この問いには昔から哲学的考察が加えられてきた。なのに、〝悪魔が存在しなかったら？〟という問いかけはこれまで誰もしてこなかった。だから当然のことながら、これに答えた者もいない。前者の答は天国と地上に混乱が生じる、だ。これに対して後者の答は、地獄に混乱が生じる、か。小物の悪魔たちが解き放たれ、新たな闇のプリンスとなるべく、非道の争いを繰り広げるだろう。

天国を求めて戦うのは、まあ、いいとしよう。

地獄を求めて戦うのは……

神が死んで、悪魔も死んだら……

メリークリスマス。

ウーゴ・ヒダルゴがクリスマス・プレゼントを持ってくる。

ミルクを舐める猫みたいな笑みを浮かべながら、ケラーのオフィスにはいってくる。

「クレイボーンがついにゲロしそうです。〈パークタワー〉って聞いたことはありませんか？」

「公共放送サーヴィスの番組名みたいだな」

〈パークタワー〉というのは、オフィス、店舗、コンドミニアムがはいるロウアー・マンハッタンの高層ビルのことです、とヒダルゴは説明する。〈テラ・カンパニー〉という会社が不動産投資ブーム真っ只中の二〇〇七年に、買取り総額約二十億ドルのうち五千万ドルを支払った。

「たった二・五パーセントじゃないか」とケラーは言う。

「残りの分は高金利ローンを組んでいて、バルーン返済方式（借入期間中の毎回の返済額を軽減し、返済期間の最終段階で残額をまとめて一括返済する方式）で十八ヵ月で完済する予定でした」

問題はその後の雲行きが怪しくなったことだ。元金どころか、利息分に充当するだけのテナントすら集められず、競争力をつけるためには、大々的な改装や改築が必要となった。

そこで登場するのが、クレイボーンが働くヘッジファンド、〈バークリー・グループ〉だ。

〈バークリー〉は〈パークタワー〉に再融資してローンを完済するためにシンジケートをつくった。それと引き換えに、新しいビルの二十パーセントの株式を得た。クレイボーンはアメリカはじめ、ドイツ、中国、アラブ首長国連邦の十七の銀行を集めた。

「で、何が問題なんだ？」とケラーは尋ねる。

「ドイツ銀行が手を引いたんです。今、クレイボーンは大慌てで、残りの銀行を引き止めようとしていますが、二億八千五百万ドルの不足が出ています。これだけの資金を集めるのはなかなか厳しい。〈テラ・カンパニー〉自体の信用度など屁みたいなものなんですから。で、クレイボーンは今〝最後の頼みの綱となる貸し手〟を探してるわけです」

「なんとも深遠な婉曲《えんきょく》表現だ」

「クレイボーンがこの件をゲロしたのはおれが最後通牒《つうちょう》を突きつけたからです。実は、過去に似たような問題が起きたときに、〈バークリー〉が頼ったのが〈ＨＢＭＸ〉なんです」

〈ＨＢＭＸ〉の名はケラーも知っている。民間の投資銀行で、シナロア・カルテルのための資金洗浄をしている。

大きな麻薬密売組織はみな共通の問題を抱えている。が、それは多くの企業が直面するのと真逆の問題だ。

金が不足するのではなく、あり余ってしまうのだ。

そのほとんどが現金だ。

カルテルは現金での信用取引きで成り立っている。ドラッグを仲買人に前渡しして、仲買人は品物を売人に渡して金に換えてから、カルテルに代金を支払う。カルテルが善意で数百万ドルの信用取引きをするのは珍しいことではない。それで借り手やその家族の生活が保障される。

どちらにとってもリスクはさほど高くない。というのも、ドラッグはほぼ確実に売れるからだ。問題が起きるとしたら、売るまえに法執行機関によって差し押さえられてしまうことぐらいだ。その場合、仲買人はカルテルに対し、品物が政府機関に押収されたという証拠——通常は警察の調書——を提供する。そして、支払いを延期してもらえるよう、あるいは常連の場合は免除してもらえるよう、方策を練る。

それだけの大金が動く。

そこが問題なのだ。このビジネスでは洗浄する必要のある現金が大量に生まれる。合法的なビジネスを通してそれを普通に使える金にしなければならない。

十年ほどまえまでカルテルは電子的に資金洗浄をおこなっていた。複数のデジタル送金で世界じゅうに移動させた金は、そのあときれいになって戻ってきた。が、国際警察などの機関の監視技術がその後格段に向上したため、カルテルは昔ながらの方法に戻らざるをえなくなった。現金をメキシコに運び、子飼いの銀行に預けるのだ。

しばらくはそれでうまくいっていた。が、メキシコの銀行だけではすべての現金を処理することができなくなり、カルテルはメキシコから、最も有望なアメリカの銀行に金を移しはじめた。が、そこにはまた別の問題があった。それはアメリカの銀行の報告義務規則はメキシコよりはるかに厳しいということだ。一万ドルを超える預金は、〝疑わしい《S》取引き《A》に関する届け出《R》〟をしないと、受けつけてもらえないのだ。また、高額の預金にはその出所の疑わしさの程度を問わず、報告の義務がある。

その結果、米英の銀行二行に二十億ドルの罰金が科された。ＳＡＲなしに麻薬カルテルの金を動かしたのだ。二十億ドルと言えば、一見、大変な額に見えるが、この両行が請け負ったのが六千七百億ドルの電信送金と聞けば、そうでもなくなる。実際、この両行のその年の利益は二百二十億ドルを超えた。

要するに、銀行としても冒す価値はあるリスクということだ。

しかし、金をただ銀行に預けているだけではなんにもならない。利益を生まない。そこで考えられるのが不動産投資だ。

なぜなら、不動産は高価だからだ。

建設事業は高価だからだ。

労働力もまた高価だからだ。

さらに、ローン、資材の一部の横領、架空の労働賃金の支払い、その他さまざまな方法を通して、より〝クリーン〟な金にすることができる。

〈パークタワー〉のようなプロジェクトなら、その可能性は無限だ。

〈パークタワー〉のプロジェクトのような流れの速い大河を渡る途中で資金が不足してしまい、これ以上信用貸付も望めないとなったら、〈テラ・カンパニー〉のような会社は向こう岸につくためにどんな援助でも受け容れるだろう。

ドラッグマネーが唯一の藁《わら》であれば、それをもつかむだろう。

「連中は〈ＨＢＭＸ〉に助けを求めたのか？」

「それはしないでしょう。ほかの選択肢を使い果たさないかぎり」

〝最後の頼みの綱となる貸し手〟とはまさにそういうことだ、とケラーは思う。

そこでウーゴがどこか妙な顔をしているのに気づく。

「どうした？」

「〈テラ・カンパニー〉の主要な共同経営者に誰がいるかご存知ですか？」

「いや」

「ジェイソン・ラーナーです」

「誰だ、そいつは？」

「ジョン・デニソンの娘婿です」とウーゴは答える。「ほんとうにこのまま続けていいんですね？」

危険をともなう、とウーゴは言っているのだ。

おれはデニソンに攻撃されているから——とケラーは思う——世間からは報復、あるいは政治的活動、あるいはその両方と思われるかもしれない。もしデニソンがほんとうに大統領選に出るなら、厄介なことになるかもしれない。

ここは用心が肝心だ。

失敗は許されない。

「クレイボーンには、〈ＨＢＭＸ〉にしろほかの銀行にしろ、絶対に接触を強制するな。仄めかすのも駄目だ。やつにはただ、なんらかの会合がおこなわれることになったらこっちにも情報を寄こせとだけ言っておけ」

薄紙一枚程度のちがいだ。だからすぐに破られるだろう。それでも当座はこれで凌《しの》ぐしかない。

「〈HBMX〉、〈テラ〉、〈バークリー〉に関わる情報を情報部にすべて出させろ。ただし向こうからの質問は封じ込めろ。ほかの組織に関する要請の中にまぎれ込ませるといい。それで得られた情報は他言無用だ。私に、私だけに、報告してくれ」

ハワードが嗅ぎつけたらまっすぐデニソンのもとに向かうだろう。そんなことになったら、何も始まらないうちにすべてが終わってしまう。

「マレンはどうします？」

「彼とは今後も情報を共有する。それだけの借りがあるからな。ほかには一切知られるな」

「南管区は？」

「時期尚早だ」〈テラ〉と〈バークリー〉がからむ資金洗浄事件はニューヨークの南管区担当の連邦検事の管轄下だ。だから原理原則に従えば彼らにも知らせるべき案件だ。が、今はまだ具体的な証拠がない。犯罪の存在自体はっきりしない状況だ。

それに、話が外に洩れると、作戦のみならずクレイボーン自身の身、さらには彼を密告者に仕立て上げるのに中心的な役割を果たしたコールガールの身にまで、危険が及ぶ可能性がある。

「そのコールガールは今どこにいる？」

ウーゴは肩をすくめる。

「彼女を捜して市《まち》から逃がす手配をマレンにしてもらおう」とケラーは言う。

クレイボーンに彼女を殺すことができるとは思えない。が、カルテルとなると話は別だ。


マリソルは、〈ポリティックス・アンド・プロウズ〉書店でラテンアメリカ文学の棚を眺めていて、不意に声をかけられる。「失礼ですけど、ドクター・シスネロス？」

振り向くと、アッシュブロンドの美しい中年女性が立っている。「ええ、そうですけど」

「アルシーア・リチャードソンです」と女性は言う。「そのまえはアルシーア・ケラーでした」

「まあ、はじめまして！」

元妻と現在の妻の遭遇《エンカンタータ》という気まずい状況をふたりは笑い合う。

「雑誌でお写真を見ていたからわかったの。でも、実物のほうがずっときれいだわ」

「やさしいことをおっしゃるのね」とマリソルは言う。「あなたのほうこそアルトゥーロが話してくれたよりずっときれいよ」

「アートがそんなことを話すわけがないわ」アルシーアはそう言って微笑む。「彼は馬鹿になれる人だけど、そんなことを自分の妻に言うほど馬鹿じゃないわ」

「聞いたのは結婚するまえだったかも」

「ねえ、変かもしれないんだけれど、コーヒーでもどうかしら?」とアルシーアは言う。「喜んで」

マリソルは自分がアルトゥーロの前妻のことをとても気に入っているのに気づく。それは意外ではないが。彼はいつもアルシーアのことを賞《ほ》めていたし、離婚の責任はすべて自分にあるとも言っていたのだから。意外なのは彼女が愉快な人物だということだ。愉快で鋭くて、茶目っ気があってひかえめ。それがマリソルの見たアルシーアだ。

ふたりはすぐにアート・ケラーを話題にして、笑い合うようになり、互いに多くの共通点を見つける。

アートのことだけではない。

政治観がよく似ている。女性の役割についての考えも一致する。数分話しただけで、マリソルはこの市《まち》で真の友人を見つけたかもしれないとさえ思う。

「あなたへの攻撃はひどかったわね」とアルシーアが言う。

マリソルは肩をすくめる。「どこの国でも右派は同じね。女性が〝生意気〟になるのが許せないのよ」

「でも、どうするの、もし……」アルシーアはそこまで言って言いよどむ。

「アルトゥーロが更迭されたら?」

「ごめんなさい。すごく失礼だったわね」

「いいのよ。事実だもの」

「それでもワシントンに残るの？」

「たぶん。それよりあなたのことを聞かせて」

「話すことなんて大してないわ。アメリカン大学で政治学を教えていて、あとは最近夫を亡くしたことかな――」

「お気の毒に」

「ボブとは学者夫婦そのものみたいな生活を送っていた。幸せだったわ。居間のソファにふたりで坐って公共ラジオ《NPR》を聞いたり、〈L・L・ビーン〉のアウトドア用品を持ってハイキングに出かけたり。週末にはワインの試飲、夏休みにはマーサズ・ヴィニヤードやメリーランドの海沿いまで行ったわね。でも、彼が病気になった去年はあまり愉しい年じゃなかった」

「ほんとうにお気の毒」

「わたしは大丈夫よ。確かに不思議な感覚よ。朝起きて寝返りを打つと、ベッドの反対側に誰もいないっていうのは。それと、ひとり分の料理をするのになかなか慣れないのよね。だから、初めから料理はあきらめて、テイクアウトですますことが多くなったわ。もともと料理は得意じゃないの。アートから聞いてると思うけど」

「聞いてないわ」

「可哀そうにアートは自己防衛のために自分で料理してた」

「まさか」

「みじめなものよ。今やチェーン店の〈ミスター・チェン〉でファーストネームで呼ばれてる。あとはたまに書店めぐりをして、元夫の奥さんに声をかけることぐらいかしら」

「そうしてくれてよかった」

「わたしも声をかけてよかったと思ってる」


その夜、帰宅したケラーにマリソルが言う。「今日誰に会ったと思う？　アルシーアよ」

ケラーの面食らった顔を見て、マリソルは心の底から面白がる。「近づいてきて声をかけてくれたの。一緒にコーヒーを飲んだわ」

「おれのことを話したのか？」

「あなたってすごくうぬぼれ屋なのね。もちろん最初は話したわ。でも、そのあとは――信じられないかもしれないけれど、ほかにもいろいろと話すことがあったのよ」

「そうだろうとも」

「あなたが彼女を愛している理由がよくわかるわ」

「愛していた、だ」

「馬鹿なこと言わないで。彼女みたいな人と長年夫婦でいて、子供もつくっていながら、愛してないなんてありえない。でも、いい、わたしはやきもちを焼いてるんじゃないのよ。なんなの？　あなたのかつての奥さんだからというだけで、わたしはアルシーアを嫌わなければならないの？　そんなのは陳腐《クリシェ》よ」

「ステレオタイプ」

「ええ？」

「クリシェは〝古くさい表現〟という意味だ。今の場合はステレオタイプと言ったほうが――」

マリソルは凍るような眼でケラーを見る。「本気？　よりにもよって今、わたしの英語を直そうっていうの？」

「いや、そんなつもりは――」

「ならいいわ」

「もしまた彼女に会ったら――」

「会うわ」とマリソルは言う。「あなたも。クリスマスイヴ《ノーチェブエナ》に招待したから。そうそう、アルトゥーロ、今年はメキシコ流のクリスマスにしましょう。お客さまを呼ぶの。たくさんの死に向き合ってきたから、生と向き合うのも悪くないわ」

「それはもちろんいいけど、でも……」

「でも、何？」マリソルはわざと無邪気を装った顔をする。

「アルシーアのことはさきにおれに訊いてくれてもよかったんじゃないか？」

「訊いたら駄目だって言ったでしょ？」

「ああ」

「なのにわたしが訊くと思う？　彼女はひとりで過ごすつもりだったのよ。そんなの、よくないわ。それにわたし、ほんとうに彼女のことが好きでたまらないの。そう言えば、アナも来るわ。あなたは今年のイヴは女性ホルモンの海に浮かぶ小島になるわけ」

「そりゃ愉しみだ」

「ウーゴはどうする予定かしら？」

「さあ」

「訊いてみて」

たとえマリソル本人にはわかっていなくても、ケラーには彼女のしていることがわかる。ひとりでいるのが好きな一匹狼のケラーとちがって、マリソルは社交家だ。彼女にとっての一番の幸せは、新しい詩ができたというだけでも集まる親しい友人たちに囲まれて過ごすことだった。ケラーも何回かそういった集まり——酒と熱い議論と歌と笑いの集い——に出たことがある。そんな仲間の多くが今はいない。麻薬戦争で命を落としたのだ。マリソルはたぶん無意識のうちに、ハグの温もりを再現しようとしているのだろう。仲間の腕に抱かれ、仲間を腕に抱く温もりを。この冷たい国で彼女は孤独を感じている。ケラーにはそのことがよくわかっている。だから、彼女のクリスマス計画に異を唱えるろくでなしにはなるなよ、と自分に言い聞かせる。

ウーゴ・ヒダルゴはケラーの眼のまえで笑う。「おれの誤解じゃないことを確かめさせてもらいますけど、あなたの家に行って、あなたと奥さんと元奥さんと食事をしろっていうんですか？　嫌ですよ。もう一回言います。絶対にごめんです」

「じゃあ、クリスマスには何をするつもりだ？」

「それ以外のことを」

「きみは思ったより賢いやつみたいだ」

「見りゃわかるでしょう」

ケラーは切り札を使う。「きみが来たらマリが喜ぶんだがな」

「まったく。だったらしょうがないか」

「さきに予定を入れておけばよかったんだよ。準備に失敗するのは、失敗するための準備をしてるみたいなもんだぞ」


アナはクリスマスイヴにやってくる。

小さな鷲鼻、もろい骨だけに支えられているかのような華奢《きやしや》な体。年々鳥に似てきているとケラーはむしろ感心する。ページボーイスタイルの髪も今では白くなっている。コートをまとい、スーツケースをさげて玄関の石段に立つアナは中年のホームレスみたいだ。ケラーがドアを開けると、そんな彼女がケラーの頬にキスをする。

酒のにおいがする。

「きみの部屋の準備はできてる」

「あら。わたしは飼い葉桶を考えてたんだけど」

「お望みなら、藁を敷いてあげてもいいわよ」とマリソルが言う。

敷いてあってもおかしくない。マリソルはその日までそれほどクリスマスの準備に夢中になっていた。家を伝統的な赤いポインセチアで飾り、降誕の置物《ナシミエント》を置き、塩ダラ《バカラオ》などの特別な食料品も買った。今はキッチンとダイニングルームを行ったり来たりして、皿やグラスを並べながら、料理を掻き混ぜながら、ワインを飲みながら、アナとしゃべっている。

　マリソルとアナは真夜中のミサに出かける。

「アルシーアとはミサで会うことになっているの」とマリソルはケラーに言う。「あなた、ほんとうに来ない？」

「やめておくよ」

「わたしたちが帰るまえに、ずるしてポンチェ（メキシコでクリスマスに飲むホットドリンク）を飲んだりしないでよ」

「しないよ」とは言ったものの、コンロからは果物とシナモンとラムを煮るいいにおいがしている。オーヴンにはターキーとハムがはいっている。マリソルは盛大にご馳走をつくった。これから二月二日の聖燭《せいしょく》祭までは残りものを食べて過ごすことになる。

「ターキーにソースをかけるのを忘れないでね。幼子イエスにあなたからよろしくって伝えておくわ」

　ふたりが玄関を出た二秒後にはもうケラーはポンチェを飲んでいる。

うまい。においに負けず劣らずうまい。

ソファに坐って『素晴らしき哉《かな》、人生！』を見ていると、呼び鈴が鳴る。ウーゴがやってくる。

「しまった」とウーゴが言う。

「どうした？」

「防弾ヴェストを忘れました」

「あっても無意味だ。女は頭を狙って撃つからな。ポンチェを少しどうだ？」

「少しと言わず、たっぷりと。いいにおいがしますね」

「タマーレ（肉まんじゅうに似たメキシコ料理）だ。マリは今週ずっとそれにかかりきりだった」

「もうとっくに寝てる時間なんじゃないんですか、ボス？」ケラーは早起きなことで有名だ。毎朝一番に出勤することでも。

「ほんとうは」

「少し寝たかったら、おれが見張ってますけど」

賢い男だ。

「何を見てるんです？」そう言って、ウーゴはポンチェのグラスを手にしてテレビのまえに坐る。「ああ、これ、好きなんですよね。でも、あなたの〝姉妹妻《シスター・ワイヴズ》〟（一夫多妻の家族を取材した同名のドキュメンタリーTV番組がある）は？」

「ミサに行っている。ジョークが言いたければ、今日は好きなだけ言うといい」

「そんな時間がありますか？」

「もうひとつ言っておこう。今日は仕事の話はなしだ」

「わかりました。でも、仕事の話禁止令の発効まえにひとつだけ。ダミアン・タピアについて調べました」

「で？」

「ヴェテラン女性記者の言うとおりです。ダミアン・タピアはトリステーサで目撃されています。あの夜、レンテリア兄弟と一緒にいるところも見られています。噂だと、ゲレロス・ウニドスがシナロア・カルテルとダミアン両方のためにヘロインを運んでいるということです」

「彼らにシナロアの裏をかく度胸があると思うか？」

「恨みじゃないですか？　ダミアンの父親が殺されたとき、あなたもその場にいたんですよね？」

「おれのファイルを引っぱり出したのか？」

「これはもう局内の伝説ですよ、ボス。レンテリアがタピアとの古い結びつきを甦らせて、息子に協力しているのかもしれません」

「かもしれない。しかし、ダミアンが学生を殺させたという説はどうかな。ダミアン・タピアにはそんなことをさせる力はないよ。命令をくだしたのは誰か別の人物だ」

「誰です？　わかってるかぎり、若き狼は誰ともつるんでないはずです」

「誰かまではわからないが。いずれにしろ、その線で捜査を続けてくれ。ただ、今日だけ

でいる。

は別だ。記者には何も言うな」

「あの記者はお友達だと思ってましたけど」

「ああ、友達だ」だから、彼女がこの件から手を引いてくれることをケラーは心から望んでいる。

友人はもうすでに失いすぎている。

女性たちは歌いながら帰ってくる。

そして、聖歌隊のように玄関の石段に立ち、クリスマスキャロル《ビジャンシーコ》を歌う。というより、笑いをこらえながら歌おうとする。

アルシーアは美しい。

月並みな言い方だが、いい歳の取り方をしている。短くカットされたアッシュブロンドの髪。長い鷲鼻の低い位置にかけた眼鏡の奥で青い眼が輝いている。ケラーは彼女の美しさを忘れていた。メキシコで暮らしていた頃、彼女はスペイン語をうまく話せるようになろうとがんばっていた。今、スペイン語で歌う彼女を見て、ケラーはその頃を思い出す。

彼女はケラーを見上げて微笑む。

歌が終わり、三人の女性は『きよしこの夜』のスペイン語ヴァージョンを歌いはじめる。

平和の夜《ノーチエ・デ・パス》　愛の夜《ノーチエ・デ・アモール》

まわりはみな眠っている《トド・ドウエルメ・エン・デレドール》……

やさしく美しいその歌がケラーをクリスマスに連れ戻す。三十年もまえの家族と過ごした最後のクリスマスイヴ。あの頃まではよかった。しかし、まさにそのクリスマスイヴ、アルシーアは子供たちと自らの身を案じ、ケラーひとりを残してグアダラハラをあとにしたのだ。ウーゴの父親、エルニーが殺されたのはそれからほどなくしてのことだ。

光を放つ星々に囲まれて《エントレ・スス・アストロス・ケ・エスパルセン・ス・ルース》
幼子イエスの誕生を告げる《ベージャ・アヌンシアンド・アル・ニニエート・ヘスウス》

あの夜、家の外の通りでは近くの子供たちがビジャンシーコを歌っていた。ケラーはアルシーアにキスをし、彼女と子供たちを空港に向かうタクシーに乗せた。メキシコかアメリカでまたすぐに一緒に暮らせると思いながら。クリスマス当日はヒダルゴの一家と過ごし、幼いウーゴがプレゼントを開けるのを見守った。その数日後のことだ。エルニーが誘拐され、拷問を受けて殺されたのは。世界は一寸先も見えない闇と化し、その後ケラーは二度とアルシーアのもとに、家族のもとに、戻らなかった。

平和の星が輝く《ブリージャ・ラ・エストレジャ・デ・パス》

平和の星が輝く《ブリージャ・ラ・エストレジャ・デ・パス》

歌が終わり、いっとき完全な沈黙が訪れる。

完全な静寂。

永遠。

ケラーは三人に言う。「中にはいろう」

ほかの客もやってくる。

マリソルは知り合いや、ここ数週間で会った人を片っ端から招待したようで、慈善活動や委員会の関係者、メキシコ大使館関係者、お気に入りのレストランのウェイター、書店の店員、クリーニング屋、隣人など多くが訪れる。

ほとんどはケラーも知っている顔だ。それでも全部ではない。

ケラーは元来ひとりでいることを好む。なのに、驚いたことに不快ではなく、今夜は愉しんでさえいる。

料理も申し分ない。

メキシコ料理というと、多くのアメリカ人が鶏や牛や豚を詰め、チーズと豆のディップをぎっしりのせたブリトーやタコスを思い浮かべる。しかし、実際にはもっとヴァラエティーに富んだ、洗練された繊細な料理だ。

ターキーのモレソースがけもうまいが、ケラーが夢中で食べるのはロメリトス・エン・リボルティホだ。海老とジャガイモとサボテンをローズマリーと一緒に各種の唐辛子《チレ》、アーモンド、シナモン、タマネギ、ニンニクのソースで煮込んだ料理。

バカラオは伝統的なクリスマス料理だ。マリソルは塩ダラを丸一日水に漬けてから、皮を剥いで骨を取った。さらに、チレ・アンチョの種を取って皮を剥き、トマトと混ぜた。次に、そのソースにベイリーフ、シナモン、レッドペッパー、オリーヴ、ケイパーを加え、家じゅうに魅惑的なにおいを漂わせながら煮込んだ。それにジャガイモを加え、最後にチレ・グエロを入れた。

しかし、なによりクリスマスになくてならないのはタマーレだ。

マリソルはトウモロコシの皮で豚と牛と鶏(「鶏は腿だけよ、アルトゥーロ。胸はぱさぱさするから」)を包んだ。鶏とタマネギ、チレ・ポブラーノ、チョコレートをバナナの葉で包むオアハカ風タマーレもつくった。

まだある。コンロには野菜スープ《ポソレ》のはいった大鍋がのっていて、大きなボウルにはクリスマス・サラダ《エンサラーダ・デ・ノーチエ・ブエナ》――レタス、ビーツ、リンゴ、ニンジン、オレンジ、パイナップル、クズイモ、ペカンナッツ、ピーナッツ、ザクロの実――が用意されている。

デザートに、マリソルは砂糖をまぶしたドーナツ《ブニュエロス》も大量につくったが、客の大半がメキシコ人であり、メキシコ人が手ぶらでよその家を訪れることなどありえず、王さまのケーキ《ロスカ・デ・レジェス》、ライス・プディング、三種のミルクのケーキ《トレス・レチエ》、シナモンクッキー《ボルボロネス・デ・カネラ》、プリンもある。

空腹になる者などいるわけもなく、咽喉が渇く者もいるわけがない。

　酒を飲まない客向けには湯気の立つアップルサイダーとホットチョコレート、酒好き向けにはラム入りエッグノッグのロンポペ、クリスマス・パンチ《ポンチェ・ナビデーニョ》が用意されている。マリソルは苦労して、カカオとトウモロコシのホットドリンク《アトーレ・チャンプラード》を見つけた（「これがタマーレに最高に合うのよ」）。クリスマス・ビールも見つけたが、それは〈クアウテモック・モクテスマ〉の製品で、ケラーはその会社がハイネケンに買収されたことを知っていた。もちろん、そんな情報を彼女に伝える勇気はさすがのケラーも持ち合わせなかったが。

　愛想よく振る舞いながらも、少しさがってマリソルを見ると、まさに光り輝いている。家全体が人と食べものと飲みものとおしゃべりと笑いに満ちている。客のひとりがバホ・セクスト（ギターに似た十二弦の楽器）を持ってきており、部屋の片隅でひかえめにメキシコの民族音楽《ノルテーニョ》を奏でる。ケラーは、妻が無意識のうちに音楽に合わせて体を揺らしているのに気づく。そうしながら、彼女はウーゴに若くてとても美しい娘を紹介している。確か〈バスボーイズ・アンド・ポエッツ〉の書店コーナーの店員だ。

「お見合いか？」一仕事終えたマリソルにケラーは尋ねる。

「あのふたりはお似合いよ。ウーゴにとってもデートの相手がいるのはいいことでしょ？アルシーアとはもう話した？」

「いきなり来るね。まだ話してない」

「でも、話すでしょ？」

「ああ、マリ。話すよ」

数分後、ケラーは廊下で、ちょうどバスルームから出てきたアルシーアに出くわす。

「変わらないわね、アート。会えて嬉しいわ」

「おれもだ。ボブのことは残念だった」

「ありがとう。いい人だったわ」

予想どおりの気まずい沈黙が流れ、ケラーは言う。「子供たちから連絡はあるのか?」

子供たちはもう子供ではない。ケラーは自分に言い聞かせる。キャシーは三十五歳、マイケルは三十三歳だ。彼はふたりの成長する姿をほとんど見ることができなかった。

「アダン・バレーラを追うのに忙しくて。

「ええ。キャシーには恋人ができたわ。やっとね。今回は本気みたい。休みを取ってるくらいだから」

キャシーはベイエリアの特別支援小学校の教師の仕事に情熱を注いでいる。社会問題への関心が高いところも狂信的なところも、両親から受け継いだようだ。

アルシーアは言う。「先走りはしたくないけれど、近々あなたのところに、結婚式の日程のお知らせが来るんじゃないかしら」

「おれに出てほしいと言うだろうか?」

できるかぎりいい父親でありつづけた。子供たちを支援した。大学に行かせ、子供たちが会いたがったときには、都合がつくかぎり会った。それでも、いつしか距離ができ、今では他人同然だ。たまの電話とメール。それだけだ。父親と会うことに関心があったとしても、彼らはそれを表に出したりはしない。

「もちろん言うわよ。父親と一緒にヴァージン・ロードを歩きたいに決まってるわ。それにたぶん費用も少し助けてあげないとならないでしょうし」

「それぐらい喜んでするよ。マイケルは？」

「相変わらずよ。今はニューヨークにいる。知っているかもしれないけど」

「知らなかった」

「今度は映画ですって。ニューヨーク大学でのプログラムに参加しようとしながら、同時にフリーの〝ＰＡ〟とやらの仕事をしてる。それがなんであれ」

「どこに住んでるんだ？」

「友達何人かと一緒にブルックリンに住んでる。フェイスブックに全部載ってるわよ」

「ソーシャルメディアを通して子供たちとやりとりする気はないよ」

「まったくやりとりしないよりはましよ。でも、そんなことを言うならマイケルに電話をかけてあげて」

「番号がわからない」

「あなたの電話を貸して」

ケラーが携帯電話を渡すと、アルシーアは番号を入力する。「これで番号は教えたからね。電話してやって。喜ぶわ」

「いや、喜ばないよ、アルシー」

「マイケルは傷ついたのよ。あなたは不意に自分の場所に消えていった。あの子に残されたのは、遠くにいて立派なことをしている英雄としての父親。だから、捨てられたことに腹を立てて、自分を慰めることすらできなかったのよ」

「きみたちの生活に関わらないほうがいいと思ったんだ」

「それはそのとおりだったかもしれない。でも、子供たちには電話をかけて。大した話じゃなくていいから、軽いおしゃべりでもしてちょうだい」

「わかった」

「マリソルのことはよかったわね。すばらしい人だわ」

「自分にはもったいない相手と結婚した」

「そういう結婚はこれで二度目ね」

「確かに」

「嘘よ。ほんとうによかった。嬉しいわ、アート」

「ありがとう」

「幸せになる努力をしてね、いい？　この世の厄介事のすべてがあなたのせいというわけじゃないんだから」

「きみはどうなんだ？　幸せなのか？」

「今なら三種のミルク《トレス・レチェ》のケーキで幸せになれる」アルシーアはそう言って、すれちがいながら念を押す。「子供たちに電話してね」

　午前三時頃になると、マリソルは残っている客に線香花火を渡し、通りに出て酔っぱらいのパレードを先導する。

「近所の人に通報されるぞ」とケラーは言う。

「ご近所のほとんどがここにいるのよ。それにお巡りさんも。少なくとも三人は招待したから」

「賢いね」

「クリスマスイヴ《ノーチェブエナ》を祝うのはこれが初めてじゃないんだから。それに、ほら見て」マリソルはそう言って、書店員の肩に腕をまわしているウーゴを顎で示す。「わたしは自分のしていることがわかっているでしょうか、わかっていないでしょうか」

「あのふたりはまだ教会の赤い絨毯《じゅうたん》を歩いてはいない」

「まあ、見てなさい」

　アルシーアが近づいてきてマリソルをハグする。「帰るわ。こんな愉しい夜はほんとうに久しぶり。ありがとう」

「あなたがいなかったら、この半分も愉しくなかったわ」

「この人を手放しちゃ駄目よ、アート。いいわね？」

　ケラーは線香花火をくるくるまわしながら通りを歩いていく彼女を見送る。

最後まで残った客がふらふらと帰っていく頃には、すでに日が昇りかけている。居間に立ってマリソルが言う。「家ごと燃やしちゃう?」

「朝になったら燃やそう」

「もう朝よ」とアナが言う。

「とにかく寝るわ」とマリソルは言う。「おやすみ」

ケラーも寝ようとするが、眠れない。完全に寝入っているマリソルを脇に見て起き上がると、書斎にはいり、電話を手に取る。

まずキャシーに電話をかける。

昔からキャシーのほうがおだやかで寛容だった。「キャシー・ケラーです」

「キャシー、パパだ」

「ママがどうかした?」

「誰もどうもしてないよ。ただ電話しただけだ。メリー・クリスマス」

一瞬の沈黙。「わたしからもメリー・クリスマス」

「久しぶりだな」

しばらく待ってからキャシーは言う。「元気?」

「ああ、元気だ。ママから真剣につき合ってる相手がいるって聞いた」

「いきなり父親らしいことなんか言いださないでよ」

「でも、ほんとうなんだろ?」

「ええ、かなり」

「いいね。名前はなんていうんだ？」

「デイヴィッド」

「仕事は？」

「教師よ」

「同じ学校の？」

「そう」

「いいね」

「そればかり言うつもり？〝いいね〟って」

「ほかになんて言えばいいかわからないんだ。すまん」

「いいのよ。いつか会ってね」

「愉しみだ」

「わたしも」

さらに数分、大した話ではない軽いおしゃべりをしてから、来週またケラーから電話をかけることになる。ケラーはコーヒーを少し飲んでからマイケルの番号にかける。

留守番電話につながる。〝マイケルです。どうすればいいかはわかるよね〟。

「マイケル、パパだ。心配しないでくれ、何かあったわけじゃないから。ただ、メリー・クリスマスと言いたくてかけたんだ。よかったらかけ直してくれ」

十分後、電話が鳴る。

マイケルからだ。

ケラーには、坐ってどうしようかと考えていた息子の姿が想像できる。それでも、かけ直すことにしてくれたことが嬉しく、そのとおり本人に伝える。

「うん、ちょっと迷った」とマイケルは言う。

「わかるよ」

「最初、ぼくの誕生日かなんかだったかなと思った。で、気づいたんだ。ぼくじゃなくてキリストだったって」

そう言われるのもしかたがないとケラーは思う。

しかし、何も言わない。

「で、なんの用？」

「今言ったとおりだ。ただ話したかったんだ。元気かどうか知りたかったんだ」

「元気だよ。パパは？」

「ああ、元気だ」

沈黙が流れる。

マイケルはケラーが次に何か言うのを待っている。いつまででも待っていられる。その頑固さもまたDNAに組み込まれたものだ。ケラーは言う。「明日あたり、〈アセラ・エクスプレス〉でそっちに行って三時間ぐらいいられるんだが」

沈黙。そして……

「ねえ、悪く思わないでほしいんだけど、今すごく忙しいんだ。映画を撮ってるんだ。産業映画だけど、仕事は仕事だ。このコネを台無しにしたくないんだ」

「そりゃそうだ」

マイケルがやさしさを見せる。「大丈夫だよね?」

「もちろん。大丈夫だ」

「よかった。じゃあ……」

「次はもっと余裕をもって電話するよ」

「うん」

これは始まりだ。電話を切りながらケラーは思う。息子はプライドが高すぎて、最初から和解に応じることはできない。それでも、これは始まりだ。

数時間後、マリソルが疲れきった様子で二階から降りてくる。「あなた、ほんとうにわたしのことを愛してるなら、わたしを撃ってくれてたはずよ。ごめん、性質《たち》の悪い冗談だったわね。取り消すわ。メリー・クリスマス、アルトゥーロ」

「メリー・クリスマス。キャシーとマイケルに電話した」

「どうだった?」

「キャシーとはうまくいった。マイケルとは今ひとつだった」ニューヨークまで行くと言ったが、断わられたことをマリソルに話す。「自業自得だな。マイケルはプライドが高いからね。きっぱり断わられたよ。見事なものだ」

「どうしても時間はかかるわよ。でも、いずれあなたたちの仲は復活するわ。きっと」

それならクリスマスではなくて復活祭《イースター》がふさわしい。

すべてが復活するわけではないにしろ。


ケラーが見た年末の統計データによると、二〇一四年のヘロインおよびオピオイド（阿片に似た作用を持つ物質）の過剰摂取による死者は二万八千六百四十七人にのぼる。

メキシコではバスに乗った四十九人の学生が亡くなった。

アメリカでは二万八千六百四十七人がクスリで亡くなった。

誰ひとり復活しない。

おれにはやるべき仕事がやれていない。

「あなたを愛してるけど、ベッドに戻るわ」とマリソルが言う。

「ああ。おれはオフィスに行くよ」

「今日はクリスマスよ」

「静かでちょうどいい。きみが起き出すまでに帰ってくる」

車でアーリントンのオフィスに向かい、トリステーサに関して集めた資料をじっくり読み込む。

何かを見落としている。そう思えてならない。

過去をひもとく。前回、無実の人々がバスから降ろされて殺されたのは二〇一〇年。セータ隊が国道一号線を走っていたバスを停め、乗客をひとり残らず殺した。乗客を湾岸カルテルの新兵だと誤解した結果だった。

それと同じことがトリステーサでも起きたのだろうか？

ゲレロス・ウニドスの所業だとしたら、学生たちをロス・ロホスと勘ちがいしたのだろうか？　ありえないことではないが、だったらどうしてそんな勘ちがいをしたのだろう？　ゲレロス・ウニドスのような筋金入りの麻薬密売人が、お祭り騒ぎをしている形ばかり左寄りの若者たちを麻薬商《ナルコ》の卵と思い込むなどとうてい考えられない。

あるいは、勘ちがいではなく、事実だという可能性はないだろうか？　あの中の何人かが実際にロス・ロホスに関わっており、ゲレロス・ウニドスは〝罪人〟を確実に始末するために全員を殺したのだろうか？

調べなければならない。

ゲレロス・ウニドスとロス・ロホスは、シナロアへのヘロインの供給をめぐって争っている。ダミアン・タピアはゲレロス・ウニドスとつながっている可能性が高い。トリステーサのバスターミナル近くでレンテリア兄弟と一緒にいるところを見られている。ということは……

くそっ。眼のつけどころがまちがっていた。

学生にばかり注目していたが、実際は……

ケラーはウーゴに電話をかける。

「いったいどうしたんですか、ボス？　今日はクリスマスですよ」

「学生じゃない。肝心なのはバスだったんだ」

バスにヘロインが積まれていたのだ。


クリスマスの三日後、聖イノセンテスの日。出所したラファエル・カーロはバディラグアートの自宅で朝食をつくっている。

プロパンガスを使うコンロにはバーナーが四つある。ひとつには野菜スープ《ポソレ》の鍋、ひとつには朝食の卵を調理したフライパン、三つ目には古びたコーヒーポットがのっている。折りたたみ式のテーブルについているカーロは、デニムシャツに古いカーキのズボンという恰好で、家の中だというのに青い野球帽をかぶって、卵を食べながらアルトゥーロ・ケラーのことを考えている。

二十年も彼を地獄に閉じ込めたケラーが、今度はトリステーサの件であちこちに圧力をかけて、またしても彼を煩《わずら》わせている。ビジネスが混乱に陥ろうとしている今、立て直しのためにそっとしておいてほしい今、ケラーがまたしてもカーロたちに攻撃を仕掛けている。

カーロは思う。あの男、死んでくれないだろうか？

ケラーは大がかりな捜査を始めた。どんな結果になるか、それは誰にもわからない。すでにカーロは厳しい決断を迫られている。エディ・ルイスにヘロインを供給するゲレロス・ウニドスのパイプラインを閉じなければならない。十五キロは無事ニューヨークの関係先に届けることができた。それはよかった。しかし、このルートを続けるのは危険すぎる。

別の方法を考えなければならない。アリエラ・パロマス市長にまぬけな口を開かせてはならない。レンテリア兄弟は……ヘロイン《チバ》満載のバスを学生に——ガキどもに——ハイジャックされるとはどれだけまぬけなのか。

「ティルデ・レンテリアを連れてこい」カーロはキッチンのテーブルについて坐っている若い男に命じる。ただひとりの使用人で、インディアン社製の古いオートバイで豆やトルティーヤ、肉、卵、ビールを買ってきたりしている。若い男は出ていくと、しばらくしてティルデ・レンテリアと一緒に帰ってくる。

カーロは木の椅子を顎で示す。

ティルデは腰をおろす。

「不注意だったな」

「後悔してます」

「後悔?」とカーロは訊き返す。「おれは四十九人の若者——子供たち——の死を命じなきゃならなかったんだぞ。なのに、おまえが後悔してる?」

「命じたのはあなたですが、殺したのはおれです」

「リカルド・ヌニェスに、自分のところから盗まれたヘロインがおまえの手で運ばれたと知られたらどうなる？　おまえがダミアンと手を組んでることが知られたら？　アメリカ《エル・ノルテ》でエディ・ルイスと手を組んでることが知られたら？　何が起きる？」

「戦争になります」

「おまえにはまだシナロアと戦う力はない。シナロアとの戦いには勝てない。だけど、問題はそこじゃない。そんな戦争はビジネスにとってとんでもないマイナスになる。そこが問題なんだ」

それはカーロの計画には含まれていない。戦わずしてシナロア・カルテルをつぶすという計画には。戦わず、シナロアが自滅するよう仕向けるのがカーロの計画だ。

「これからどういうことが起きるか教えてやろう。おまえの居場所を知らせる匿名の通報がはいって、警察が踏み込む。おまえとおまえの弟たちは降参する。取り調べを受けて、学生たちを殺したことをゲロする」

「それは冗談ですか？」とティルデは尋ねる。

今日は、ヘロデ王がベツレヘムじゅうの赤ん坊を皆殺しにしたことに因む聖イノセンテスの日だ。メキシコ版のエイプリールフールで、あちこちで悪ふざけがおこなわれる。

「おれは笑ってるか？」

「終身刑になっちまう！」

「死刑よりはましだろ？」とカーロは言う。レンテリア兄弟を始末することもカーロは考えた――手入れの際、連邦捜査局の捜査官の誰かに兄弟を三人とも射殺させるのはいとも たやすいことだ――しかし、それだとディエゴ・タピアの組織との関係を壊すことになる。

「ロス・ロホスだと思ったとゲロして、捜査を終わらせるんだ。終身刑を受けることになるだろうが、二十年務めて出てきてもおまえはまだ大した歳にはなってない」

「二十年も我慢できません」

「おれは我慢した」

出所したときには二十年後のおまえよりはるかに歳を取っていた。

「あえて言わせてもらいますけど、あなたはおれのボスじゃない。あなたは、なんというか……おれたちに忠告してくれる、尊敬すべき叔父貴みたいなもんです」

「だったら尊敬されるべき叔父貴として、おれの忠告を受け容れることを強く勧める。いいか、おれはおまえの命を貸そうとしてるんだよ。今日受け取れば、おまえはそれを返す必要はない」

これも聖イノセンテスの日の伝統だ。この日に借りたものは返さなくていいことになっている。

「おまえが望むなら、クリスマスシーズンが終わるまで待ってもいいが」

カーロはそう言って、ティルデを見つめる。

ティルデはメッセージを受け取り、出ていく。

馬鹿めが、とカーロは思う。

あいつはもう用なしだ。

それにアート・ケラー。

凍《い》てつく地獄におれを二十年閉じ込めた。

あいつへの贈りものを探さなければならない。

あいつには返すことのできない贈りものを。


鐘が鳴り、マリソルは最後のブドウの粒を口に放り込む。

これは大晦日の伝統で、十二粒のブドウを鐘の音とともにひとつずつ口に入れると、次の年に幸運が訪れるという。

今、アナが鐘を鳴らし、マリソルはブドウを呑み込む。続いて、スプーン一杯のレンズ豆をケラーのほうに差し出す。「食べて」

「レンズ豆は嫌いなんだ」

「幸運のためよ。食べなきゃ駄目！」

ケラーはレンズ豆を呑み込む。

マリソルはクリスマスとほぼ同様に大晦日にも情熱を傾けた。メキシコの伝統に則って、家じゅうの照明がついている。中から外まで完璧に箒で掃いて大掃除をした。シナモンを入れた湯を沸かし、その湯でモップがけをしたので、家の中には今もシナモンの香りが漂っている。それからみんなで二階に行き、バスルームの窓を開けてバケツの水を通りに撒いた。

アナもマリソルに負けず劣らず熱心で、それぞれが〝ネガティヴな思い〟——この一年に起きた悪いこと——を紙に書いて燃やし、新しい年に持ち越さないようにするべきだと言い張った。

そんなに簡単にいけばどんなにいいか。そう思いはしたが、ケラーも〝四十九〟、〝二万八千六百四十七〟、〝デントン・ハワード〟、〝ジョン・デニソン〟、〝グアテマラ〟、〝トリステーサ〟と書いた。そして今、マッチの火をつけて、それらの紙を燃やす。

「きみはなんて書いた？」とケラーはマリソルに尋ねる。

「秘密！」彼女はそう言って自分の紙を燃やす。


大晦日に〝息子たち《ロス・イホス》〟はいつも度を越えた馬鹿騒ぎをする。

それにしても、今年のイバン・エスパルサは度を越しすぎている。リックはそう思う。カボの市《まち》で一番新しく一番高級なストリップクラブ〈スプラッシュ〉の屋上の〈スカイバー〉を借り切った。エレナ・サンチェスが今年の貸し借りを年度内に精算するかもしれないということで、イヴァンの護衛班もリックの護衛班も全員が集まっている。

〈スプラッシュ〉の〝執事〟たち——身に着けているのはTバックひとつという脚の長いゴージャスな女たち——がドンペリニヨンとクリスタルのボトル、それにクラブのオリジナルカクテルを持ってくる。カクテルにはそれぞれ、ダーティ、スモーキー、スウィート、ソルティ、スパイシーという名前がついている。

リックはスコッチをベースにしたスモーキーを選び、イバンが配った一箱三万ドルの〈アルトゥーロ・フエンテ〉の葉巻、オーパスXを吸う。テーブルごとに、ボウルにはいったコカイン——線状にしてあるのではない、ボウルにはいっているのだ——とマリファナ煙草——一オンス八百ドルの交配種〈ラウド・ドリーム〉——が置いてある。

ステージ上では、六人の美女がどくんどくんと脈打つテクノに合わせて体をくねらせている。彼女たちはイバンがこの日のために指定したランジェリーに身を包んでおり、イバンはこのささやかなショーの説明をする。「ひとりひとり色が決まってるんだ。情熱の赤、繁栄の黄色、健康の緑、友情のピンク、幸運のオレンジ、それに平和の白だ」

誰も黒は着ていない。

黒は新年の不運を表わす。

ベリンダが体にぴったりの黒いドレスを着ているのは、もちろんそのためだ。伝統も恐怖もくそくらえと言いたいのだ。ベリンダはこのパーティに呼ばれた唯一の女性だ。〝燐寸《ラ・フオスフオラ》〟以外の妻や愛人は締め出されており、リックの妻カリンは、夫が自分とではなくロス・イホスと大晦日を過ごすほうを選んだのをよく思っていない。

いったいどうしてほしいっていうんだ？　この日、イバンがグラミー賞を複数回受賞したアーティストとそのバンドに金を払い、〈カシアーノ〉で仲間の家族を集めたプライヴエートなディナーショーを開いた。カリンはそのアーティストやらなにやらと一緒に写真に収まった。リックはさらに、デザートのときに彼女のシャンパングラスに金のネックレスを入れた。年が切り替わる深夜も一緒にいて、十二粒のブドウまで食べた。今、彼女は海に臨むバルコニーつきのスイートで待っている。これ以上何を望むんだ？

「仕事なんだよ」リックは彼女にそう言った。

「仕事？　冗談でしょ？」

冗談ではなかった。

大晦日のパーティはイバン・エスパルサがリックに近づくためのものだ。リックの父親がアダンのあとを継いでバハをエレナ・サンチェスに譲って以来、リックとイバンとの仲はぎくしゃくしていた。だからこのパーティに招かれたというのは、イバンがその件は脇に置いて、また友情を温め合おうと言ってきたも同然のことなのだ。だから、確かに個人的なことではあるものの、仕事でもあるのだ。父の特使としてカルテルの重要な一派との関係を修復するのだから。

「今じゃおまえもラパスの長《ヘフエ》ってわけだ」パーティへの招待の電話をかけてきたとき、イバンはそう言った。

「やめてくれ」

「いや、いいと思うぜ。おまえは自分の縄張りを主張して、それを証明した。のんびり屋のリトル・リックが本気を出しはじめたってわけだ。人はもうおまえをミニ・リックなんて呼ばない。だろ？　今やおまえは押しも押されもせぬ名づけ子《エル・アイハド》だ」

「ああ、確かにそれがおれの呼び名だよ」とリックはわざと軽い調子で答えた。

「親父さんはおまえをさらに大きく育てようとしてる」

「親父はおれを役立たずだと思ってる」

「もうそんなふうに思っちゃいないよ。ラパスであれだけ暴れたんだから」

「あれはおれというよりベリンダがやったことだ」

「まだあのイカレ女とやってるのか？　気をつけろよ、兄弟《マーノ》。狂気はセックスでうつるって言うぜ。おまえは今や大物だ、リック。ロックスターだ」

「おれは親父を手伝おうとしてるだけだ。それだけだよ」

「名づけ子《ゴッドサン》が親玉《ゴッドファーザー》になりたくないっていうのか？　そんな映画はくだらないな」

「実際、そういう映画だった」

「結末はちがうだろうが」

「あれは映画だ、イバン」最初はベリンダ、今度はイバン。リックは思う──どうしてどいつもこいつも坐りたくもない椅子におれを坐らせようとするんだ？

いずれにしろ、そんなわけでカリンが大晦日にわたしを捨てていくのかとしつこくからんできたとき、リックは言ったのだった。「イバンと和解しなきゃならないんだよ。招待を断わったら怒らせちまう」

「わたしを怒らせることはどうでもいいってわけ？」

「仕事なんだよ、ベイビー」

「どうせ薬でハイになって、売春婦と寝る口実でしょ？」

まあ、そんなところだ。女たちのダンスを見ながらリックは思う。コカイン、マリファナ、酒、それに葉巻のおかげで、とてつもなくハイな気分になっている。売春婦と寝ることになるのもまずまちがいない。新しい年に向けておれの欲しいものはなんだろう？　情熱か、繁栄か、健康か、友情か、幸運か、それとも平和か？

イバンのほうはそれを運命に託そうとしている。フェドラ帽を高く掲げて彼は言う。

「ここに六枚の紙がはいってる。それぞれが女の色だ。ここから一枚ずつ引いて相手を決めるんだ」

女たちの動きの激しさが増す。ランジェリーのトップを脱いで互いに体をこすりつけ合い、キスをしたり手でまさぐったりしはじめる。

「天国」とベリンダが言う。

リックは笑う。ベリンダは葉巻をくわえて、エロ爺《じじい》みたいに女たちを食い入るように見ている。ここにいるのは彼女とイバン、オビエド、アルフレード、ルーベン、それにリックの六人。ひとりにつき女がひとり。

ドンペリニョンと葉巻が置かれた空席がひとつあるのはサルバドールのためだ。

リックはベリンダを振り返る。「おれが別の女と寝たら嫉妬するか？」

「あたしが別の女と寝たら、あんたは嫉妬する？」

リックは首を振る。「ガビが怒るぞ」

「彼女がここにいるのが見える？」

「いいや」

「あたしも」ベリンダはそう言って両手を組み合わせる。

「何してる？」

「〝平和〟を祈ってる」

リックには彼女を責めることはできない。〝平和〟を表わす白のランジェリーの女はセクシーだ。輝く長い黒髪が丸い尻までかかっている。リック自身は緑を引くのを願っている。健康はいつだって大事だ。それに、緑のブロンド女の豊かな唇はまさにフェラチオをするために誂《あつら》えたみたいな唇だ。それにあの胸ときたら。あの上なら寝転んで死んでもいい。

「レディ・ファーストだ」とイバンが言い、ベリンダのまえに立つ。ベリンダは帽子の中に手を伸ばす。出てきたその手には白い紙が握られている。「やった！」

オビエドはピンクを引く。

アルフレードは黄色。

緑は悔しいことにルーベンに引かれてしまう。

「あらら。お気の毒」とベリンダが言う。

リックは手を伸ばして赤を引く。

「情熱ね」

赤の女も充分セクシーだ。ベリンダの相手と同じく豊かな黒髪で、長い脚と形のいい胸をしている。

「おれは幸運だ！」イバンがオレンジを引いて言う。

女たちが一列になってステージから降り、各々の客のまえにひざまずく。

〝情熱〟がリックのまえにひざまずき、ズボンのジッパーをおろす。リックのものを愛撫する彼女の口の感触はなんとも言えず心地よい。ふと眼を向けると、ベリンダが頭をのけぞらせているのが見える。両手を相手の女の後頭部にまわして、女の顔を自分の股間に押しつけている。その手が椅子の両脇に移る。拳が白くなるほどきつく肘掛けをつかむ。

イバンは……イバンは幸運を手に入れた。

絶頂を迎えながらイバンが叫ぶ。「ああ、神さま！　最高だ！　おれの車をやるよ、可愛い子《マシータ》ちゃん！」

パーティは続く。

コカイン、マリファナ、酒、女。

どこかの時点でリックは意識をなくす。

そして、銃声で眼を覚ます。

隣りでベリンダが女のひとりを舐めている。子猫がミルクを舐めるように。ルーベンは左腕を椅子からだらりと垂らしてビール瓶の上にのせ、正体をなくしている。エスパルサ兄弟は屋上の端に立って、空に向けてＡＫを撃っている。

こんなときにやめろと言うルドルフォはもういない。

リックは気にせず、眠りに戻ろうとするが、銃声がそれを許さない。眼を開けると、ジーンズとハイヒールに黒いＴシャツ姿の〝幸運〟がイバンのほうに歩いていくのが見える。

「車、もらえる？」

イバンはライフルをおろす。「なんだって？」

「車をくれるって言ったでしょ？」

イバンは笑う。「一回のフェラチオで七万五千ドルのポルシェがもらえるとでも本気で思ってるのか？」

「あんたはそう言った」

まずい。リックはソファから転がりおりると、立ち上がってイバンと〝幸運〟がいるところに向かう。

「とっとと失せろ《コンチユーダ》、この馬鹿女《エストウピーダ》」イバンはＡＫをまた肩の高さに上げ、空に向かって一クリップ分をぶっ放す。

しかし、〝幸運〟はあきらめない。彼を見つめたまま動かない。

「まだいるのか？」イバンはライフルをさげて言う。「失せろと言ったんだ。聞こえないのか？」

「車をくれるって言った」

「信じられるか、この女？」イバンはリックに言って、また女に眼を向ける。「ひとつ聞かせてくれ。吸うのが得意なのはわかった。だけど、おれが引き金を引くまえに銃から弾《た》丸《ま》を吸い出せるか？　やってみろ」

彼は彼女の口に銃口を押しつける。「口を開けろ」

「おいおい、やめろよ」とリックは言う。

イバンはコカインで頭がイカレている。「口を出すな」

「ハイになってるんだよ、イバン。こんなこと、ほんとはしたくないだろ？」

「自分のしたいことぐらいわかってるよ」

女は怯え、震えながら銃口をくわえる。イバンは銃口を押しさげ、彼女をひざまずかせる。「弾丸《たま》を吸え、この売女《プータ》。おれが引き金を引くまえに」

小便が女の脚を伝い落ちる。

オビエドが笑う。「漏らしてやがんの！」

今や全員が唖然《あぜん》として見ている。しかし、誰も動かない。

「まだおれの車が欲しいか？」

彼女は首を横に振って、ノーと言う。

「口にものを入れてちゃ、何を言ってるのかわからない」

「もういいだろ、イバン」とリックは言う。

「黙れ」リックにそう言ってから、イバンはまた女を見下ろす。「何を言ってたのかわからないが、たぶんこう言ったんだろうな、おまえは。〝わたしは馬鹿で、価値のない売春婦です。ですからお願いです。どうか、わたしをこの苦境から救い出してください〟。ちがうか？」

イバンは銃身を上下に動かす。それにつられて女の頭もうなずいているみたいに上下する。

「ほらな。こいつは死にたいんだよ」

リックは自分でも気づかないうちに拳銃を取り出してイバンの頭を狙っている。「もうたくさんだ」

オビエドとアルフレードがリックに銃口を向ける。銃を持ったイバンの部下たちも近づいてくる。

リックの部下も同様だ。

イバンはリックを見て、笑みを浮かべる。「こうすりゃいいんだよ、名づけ子《エル・アイハド》。くそいまいましい娼婦にはこうすりゃいいんだ」

「彼女を放せ」

「偉くなったもんだな」

リックはすべての銃が自分に向けられているのを感じる。今にもこの中の誰かがボスを助けようと引き金を引くかもしれない。血の海になるかもしれない。「おまえも道づれにするぞ、イバン」

イバンは突き刺すような眼でリックを見つめる。

そして、ゆっくりと女の口から銃口を抜いておろすと、リックを引き寄せて抱きしめる。

「それならおれたちは永遠に一緒だ、そうだろ？　いつだって〝息子たち《ロス・イホス》〟同士だ！　みんな、ハッピー・ニュー・イヤー《フェリス・アニョ・ヌエボ》！」

イバンはさらにリックを引き寄せ、耳元で囁く。「おまえにこんな度胸があるとは思わなかったぜ。だけど、いいか、今度おれに銃を向けてみろ、マーノ。ぶっ殺すからな」

そう言って、リックを放す。

リックは〝幸運〟がよろよろと立ち上がり、震える脚でエレヴェーターに向かうのを見送る。誰も女に近づかない。ほかの女たちも誰ひとりその女のほうに行かない。

要するに、彼女は排除されたのだ。

リックはあとを追う。「おい」

彼女は振り向く。眼には恐怖と怒りが浮かび、髪はぼさぼさだ。口のまわりににじんだ口紅が彼女を道化に見せている。

リックはジーンズのポケットを探って、鍵の束を取り出すと、彼女に放る。「ポルシェじゃなくてアウディだがな。いい車だ。まだ三万マイルしか走ってない」

彼女はただリックを見つめる。どうしたらいいのかわからない。

「持ってけよ」とリックは言う。「車をやるよ」

エレヴェーターの扉が開いて、彼女はそのエレヴェーターに乗る。

リックはパーティに戻る。

イバンは彼がしたことを見ていた。

頭を振り、にやにやしながらリックに言う。「おまえ、ヤワだな」

そうかもしれない。

それでもだ。今日のところはハッピー・ニュー・イヤーだ。


若き狼、ダミアン・タピアは、シナロアの険しい山道を行く車列の先導車に乗っている。

武器を持った重装備の男たち五十人が十台に分乗している。武器は、エディ・ルイスに送った十五キロのヘロインの代金を元手にして仕入れた。ダミアン同様、全員が黒を着ている。黒いシャツあるいはスウェットシャツに黒いジーンズに黒いブーツかスニーカー。すでに黒い覆面をつけている者もいる。まだの者は膝に覆面を置いている。

夜明けまえの寒さにダミアンは首のスカーフをきつく巻き直す。空は漆黒から濃灰色に変わりつつある。山の斜面に彫り込まれたように走る道路は狭く、タイヤがスリップすれば百フィート下まで真っ逆さまに落ちてしまう。が、ダミアンはヘッドライトをつけることは許さなかった。

絶対に見つからないこと。完全に相手の不意を突くこと。それが必須条件だ。

だからこそ大晦日なのだ。

ダミアンは自らの存在を大々的に知らしめようとしている。若き狼はすでに狩りを始めており、今、誰にでも聞こえるような遠吠えをあげようとしている。

人は心を強く持たなければならない。ダミアンはすでにそのことを学んでいる。自分がヘロインを運んだことを隠すために、パロマス市長が学生たちの殺害を命じたことを知った当初、ダミアンは慌てまくった。食べることも寝ることもできず、胃痛がいつまでも治まらなかった。死んだ学生たちのことが――ゴミの山の上でくすぶる死体のイメージが――鮮明に頭に浮かび、心がほんとうに痛んだ。だから、出頭して自首することも考えた。銃口を頭にあてて引き金を引くことさえ。

「親父さんはそれを望むだろうか？」ラファエル・カーロはそう言った。

ダミアンがアドヴァイスを求めてカーロの家に行ったときのことだ。ほかにどこに行けばいいのかわからなかった。父はもう死んでおり、友人はもはや友人ではない。こればかりはイバンにもリックにもルーベンにすら話せなかった。

「おまえは安全だ」とカーロはそのとき言った。「誰にもトリステーサの出来事とおまえを結びつけることはできない」

「でも、苦しいんです」

「罪の意識か」

「ええ、叔父貴《ティオ》」

「ひとつ聞かせてくれ。おまえが学生を殺したのか？」

「ちがいます」

「そうだ。甥っ子《ソブリーノ》、おまえは品物をバスに積んだだけだ。おまえはレンテリア兄弟を信用した。なのにやつらはおまえを失望させた。そういうことだ。だから、おまえは若者たちの死になんの責任もない」

恥も外聞もなく、そのときダミアンは泣きだした。

ラファエル・カーロのまえで泣いた。

カーロは黙って坐ったまま、ダミアンが落ち着くのを待った。

「われわれの商売は得るものも多ければ失うものも多い。大きな利益と損失がつきものというのがこの商売だ。われわれにすばらしいことをさせてくれる一方、ときには恐ろしいこともさせる。一方を受け容れれば、もう一方も受け容れなきゃならない。おまえは生活するのに充分な金を持ってるか？」

「はい」

「おふくろさんや姉妹たちも？」

「はい」

「だったらこの件はもう放っておけ。死者は死者に葬らせて、おまえはおまえの人生を生きるんだ」

「できません」

「だったら、今回のことの両面を受け容れなければならないことを学べ。得たものを享受して、失ったものはあきらめるんだ。この商売じゃときには残酷なこともしなきゃならない。それをするんだ。流さなくてもいい血を流すことはない。が、どうしても避けられないときには心を強く持って流すんだ」

今、ダミアンは眼下の峡谷と、正面の尾根に隠れるようにして広がる大農園を見ている。家は思ったより質素で、子供の頃、訪れたときの印象より小さい。その平屋の壁はピンクに塗り替えたばかりで、屋根もテラコッタのタイルでつくり直したばかりだ。下方の谷底にいくつか別棟――おそらくは使用人の家、それにガレージ、警備の者がひかえるブリキ屋根の兵舎《バラック》――が建っている。

さらに下方には細い滑走路と小型機の格納庫があるはずだ。

暗視スコープをのぞくと、見張りはひとりしかおらず、木炭の火の横で足踏みをしながら寒さに耐えているのが見える。軍服を着た肩からライフルをさげ、ニット帽を深くかぶっている。

ダミアンは、その男に妻や家族――子供たち――がいるかどうか考えないようにする。男に命があることも考えないようにする。今、自分が奪おうとしている命など。

若き狼はまだ人を殺したことがない。

エレナ・サンチェスは年季の入ったキルトを肩まで引っぱり上げ、眠りに戻ろうとする。雄鶏《おんどり》がそれをさせてくれない。

都会生活が長かったため、エレナはもはや田舎の音になじみがなくなっている。ロバやカラスの耳ざわりな鳴き声、休みなくわめきたてる雄鶏の声。この喧噪《けんそう》の中で寝られる人がいるということがエレナには信じられない。実際、エレナの母親も音をたてながら廊下を歩いている。本人は努めて静かにしようとしているようだが。

市《まち》に引っ越すよう、何度母親を説得したことか。クリアカン、バディラグアート、ティファナ、それにカボにだって一族が所有するマンションや一戸建てがあるのに。そちらのほうが住みやすいのに。しかし、頑固な老母は生まれてこの方ずっと住んでいるこの家を出ることには絶対に首を縦に振らない。たまに町にも行ったり（ただし頻度は落ちている。今回もクリスマス休暇にティファナに出てくるつもりだったのをやめにしていた。おかげでエレナはうんざりしながら、ここまで出向かなければならなかったのだ）年に一度息子たちの墓参りをしたりもするが、それでも「わたしは農婦よ《ヨ・ソイ・ウナ・カンペシーナ》」と言って、ここに住むことにいまだに固執している。

エレナは、しかし、母がほんとうに〝ただの農婦〟のつもりでいるなどと信じたことは一度もない。一家が何十億ドルという資産を持っていること、亡くなった息子たちが巨大な麻薬帝国の君主だったことは母もまちがいなく知っているはずだ。自分がなぜ武装した警備の軍団に守られ、私設滑走路を持つ〝農婦《カンペシーナ》〟であるかについても何も考えないわけがない。

ただ、そのことについて彼女の母親は決して語ろうとしないが。黒いワンピースにショール、ヴェールを頑なに守り、家を拡張したり改築したりしてもっと住みやすくしようという提案にも決して同意しない。どうしても必要なペンキの塗り直し（ただ、なんとも忌まわしいピンクにすると言って譲らなかった）と屋根の張り替えを承知させるだけでも一苦労だった。雨季には居間が雨洩りをしたのだが、そのときでさえなかなかうんと言わないので、エレナは肺、とりわけ老人の肺にとって、黴《かび》がどれほど危険か厳しく言って聞かせなければならなかった。

今、母は起きている。農夫である夫に朝食をつくるかのように毎朝夜明けまえに起きだすのだ。エレナは時々叫びだしたくなる。〝そうよ、母さんの家族は農家だった。芥子を育てる農家だったのよ！〟と。

今はそんな母親とエレナには忌まわしい共通点がある。

ふたりとも息子の死を悼んでいる。

エレナはベッドから出て（目覚めているのに寝ていてもしかたがない）思う。あの意気地なしのごますり弁護士ヌニェスはわたしが報復していると言って、文句を言う。報復を自分の眼で見たわけでもないのに。エレナはガウンを羽織る。やつらだけじゃない。やつらの家族も破滅させてやる。家を焼き、畑を焼き、牧場を焼き、骨を焼き、その灰を冷たい北風の中にばら撒いてやる。

そう思うと、元気が出る。

そのとき、銃声が聞こえる。

ダミアンは引き金を引く。

見張りが火の中にばったりと倒れ、その拍子に煙と灰が小さな雲のように巻き上がる。

ダミアンは覆面をかぶり、手で合図する。車が一斉に谷をくだり、農場の屋敷に向かって疾走する。バラックから転がるように警備の者たちが出てきて発砲する。しかし、ダミアンの部下たち——充分な訓練を受け、充分な報酬をもらっている元軍人たち——が車の中から応酬すると、すぐまたバラックに逃げ戻る。

ダミアンはアドレナリンに衝き動かされ、車から飛び降りて屋敷の玄関に向かう。鍵がかかっていないことに驚くが、考えてみれば、アダン・バレーラの母親の家ともなればドアに鍵をかける必要などないのだろう。

料理人らしい女が驚いた顔で突っ立っている。が、そこで急に思いついたかのようにエプロンを探って携帯電話を取り出す。ダミアンはそれを奪い、彼女を壁に押しつける。女は悲鳴をあげる。

「奥さま《セニョーラ》！　逃げてください！」

セニョーラだって？　ダミアンは女の口を手でふさいでキッチンに引きずり込みながら思う。バレーラの母親はここにはいないはずだ。ティファナの家族のもとに行ったはずだ。ダミアンの計画はアダン・バレーラが幼い頃を過ごした家を燃やすことだ。アダンの母親に怪我をさせることではない。部下たちはすでにダミアンに続いて邸内にはいり、カーテンに火をつけている。

「待て！」ダミアンは料理人を放して叫ぶ。「やめろ！　婆さんがいる！」

しかし、もう遅い。

炎はカーテンを伝ってもう天井に届いている。窓の外で、使用人の住居、それにバラックが燃え上がったのが見える。屋根が炎に包まれたガレージから、ダミアンの部下が車とオートバイを出している。

ダミアンは振り返る。黒ずくめの老婆がダミアンを見つめている。

「出ていけ！　わたしの家から出ていけ！」

その老婆より若い女が老婆のうしろに立ち、その肩をつかんで横にどかせる。「母が怪我をしたら、ほんのかすり傷でも……あんた、わたしが誰だか知ってるの？　誰の家だか知ってるの？」

彼女のことなら子供の頃から知っている。

エレナ叔母《ティア》。

「あんたはここにいるはずじゃなかった」ダミアンは自分が馬鹿になった気がする。

「エレナ、追い出して！」と老婆が叫ぶ。

煙が部屋に立ち込めはじめる。

「ここから出てくれ」とダミアンは言う。「今すぐ」

「なんて勇敢なの」とエレナが吐き捨てるように言う。「年寄りの家に火をつけて追い出すなんて」

部下のひとりが叫んでいる。「クソ女《あま》なんぞ殺しゃいいんだ」

「行け！」とダミアンは叫ぶ。エレナの肩をつかみ、ドアのほうに引っぱる。エレナは母親を放そうとしない。母娘はもつれ合う。ダミアンはふたりのうしろにまわってふたりまとめてドアから押し出す。

エレナは母親に腕をまわして、風と冷たい朝の外気から守ろうとする。

しかし、母親は抵抗し、家に戻ろうとする。「わたしの家が！　わたしの家が！」

「逃げなきゃ、母さん《マミ》！」

風の音、男たちの叫び声、使用人の悲鳴がうるさく、自分の声が母親に聞こえているかどうかもわからない。それでも、銃弾が飛び交い、あちこちで火の手が上がる中を走る。おかしなことに、鶏の鳴き声が聞こえる。雄鶏ではない。雄鶏はやっと鳴くのをやめている。今聞こえるのは雌鶏《めんどり》が狂ったように走りまわりながらクワックワッと鳴く声だ。いかにも……いかにも鶏らしく。「母さん、歩ける？」

「歩けるよ！」

エレナは片腕を母の痩せた肩にかけたまま、もう一方の手で、飛んでくる銃弾から少しでも守れるようにと母の頭をそっと押し下げる。男が叫ぶのが聞こえる。「撃つのをやめろ！　やめるんだ！　ご婦人《セニョーラス》たちだ！」

警護のひとりがバラックから走り出て向かってくる。そして、銃弾の嵐を浴びてエレナの数ヤード先で地面に倒れる。それでも頭をもたげて叫ぶ。「セニョーラ、逃げてください！」

炎で赤く染まった周囲の光景は異様だ。生ける松明《たいまつ》さながらに火だるまになった男たちが、よろめき、叫び、倒れている。

滑走路は遠すぎる。母はそこまでたどり着けないだろう。それに、滑走路も自家用機ももう敵の手中に落ちているかもしれない。パイロットも宿舎にいるかどうか、生きているかどうかさえわからない。それでも、ここにとどまるわけにはいかない。この男たちが何者なのかわからない。とんでもなく愚かな強盗なのか、それともイバンの部下なのか。

ここにとどまって確かめることはできない。

身代金目的に誘拐されるのか。

凌辱《りょうじょく》されるのか？

殺されるのか？

混乱の中、弾丸《たま》にあたってしまうのか？

助かるチャンスがあるとしたら、やはり滑走路しかない。

エレナは頭を下げて進みつづける。

ファウストが彼女を見つける。

ダミアンの腹心の部下は、ガウン一枚のエレナ・サンチェスがアダン・バレーラの母親としか思えない老女を助けながら、燃えている屋敷から出てくるのを見ると、オートバイの群れのあいだをジープで突っ走り、ふたりの隣りにジープを停める。「乗れ！」「かまわないで！」とエレナが言う。

ファウストはその胸にピストルを向けて怒鳴る。「乗れと言ってんだよ！」

エレナは母親を乗せ、自分も乗る。そして、当然ながら、〝わたしが誰だか知っているの？〟という切り札を切る。

「ああ。知ってるよ！」ファウストはそう言うと、アクセルを踏み込み、滑走路に向かって車を疾走させる。

飛行機は逃げ出すために、すでにプロペラを回転させて滑走路を進みはじめている。ファウストはそのまえに車を停めて行く手を阻み、ＡＫを構え、フロントガラスに向けて叫ぶ。「そう慌てるな、このクズ《カブロン》！　乗客がいるぞ！」

飛行機は停まる。

ファウストはジープから降りると、エレナとその母親の側にまわって、降りるのに手を貸す。それから飛行機まで行き、ドアを開けてパイロットに言う。「このご婦人方を置いて逃げるつもりだったのか、ええ？　この腰抜け！」

ファウストはふたりを飛行機に乗せる。

「どうしてこんなことをするの？」とエレナが尋ねる。

おれは馬鹿じゃないからさ、とファウストは思う。バレーラの家を燃やすだけならダミアンは生き残ることが——それどころか力を増すことも——できるだろう。しかし、アダン・バレーラの妹と母親に怪我をさせたとなったら？　国じゅうがダミアンの敵となり、すさまじい抗争が始まる。そして、その結末は初めから見えている。ダミアンの死だ。

そして、おれの。

「行け！」ファウストはパイロットに向かって怒鳴る。

それから二日間、ダミアンの部下たちは谷で暴れまくる。屋敷や離れ家を燃やし、車を盗み、かつてはおそらく世界一安全だった地域に住む人々を恐怖に陥れる。

連邦政府が軍を送り込んできたことで狼藉《ろうぜき》は終わるものの、その頃には、マスコミによって〝狼たち《ロス・ロホス》〟と名づけられたダミアンの兵隊は山の中に姿を消している。

この襲撃は国じゅうを震撼《しんかん》させる。

無名に近い新参者があのアダン・バレーラの母親が住む家を襲い、アダンの母親とアダンの妹は闇の中を逃げ出さなければならなかった。

シナロア・カルテルはもはや誰もが思っているほど強力ではないのかもしれない。

このことの意味するところを多くが読み解く。

ダミアン・タピアの宣戦布告だ。

新年とともに戦争が始まる。

「無事でよかった」とヌニェスが電話に向かって言う。「お母さんも。大丈夫か?」

彼はリックを見て、おどけたように眼をぐるっとまわしてみせる。電話をスピーカーフォンにしているので、そばにいるリックとベリンダにもエレナの声が聞こえる。「今は鎮静剤で眠ってる。わたしたち、エンセナーダにいるのよ」

「腹立たしいことだ、エレナ。実に腹立たしいことだ」

「あなた、ほんとうに腹を立ててるの、リカルド? わたし、あなたを責めてるのよ」

「私のせい?」とヌニェスはいかにも傷ついた無実の男の声音で言う。「私は今回のことには関係ない。ほんとうだ! すべては青二才のタピアがしたことだ。エレナ、あいつはそれをネットで自慢までしてるんだぞ」

「わたしはそれもすべてあなたのせいだって言ってるのよ。何者かがわたしの息子を殺したのに、あなたは何もしなかった。そんなんじゃ、誰かがわたしたちを攻撃してもかまわないと思ってもしかたがない。あなたの弱さがシナロアに攻撃を仕掛けてもいいという合図になってるのよ」

「誰がルドルフォ殺しを指図したかはまだわかっていない」

「ついゆうべもあなたの息子はわたしの息子を殺した男たちと一緒にパーティを愉しんでた。わたしが知らないとでも思ってるの? わたしの家族を放ったらかしにしておいて、わざわざ電話をかけてきて、実に腹立たしいですって? どこまで図々しいの。そんなことば、悪いけど、全然信じられないから。そんなことを言われてもわたしの怒りは少しも治まらないから」

「シナロアの全勢力を挙げてダミアン・タピアに罰を与えるよ」

「その〝シナロアの全勢力〟とやらが問題になってるのがわからないの？　世間はきっとこんなふうに思いはじめる。〝シナロア・カルテルがアダン・バレーラの母親を守れないなら、いったい誰が守れる？　シナロアはわれわれを守ってくれるだろうか？〟って。アダンが生きていたら、あの向こう見ずな若者は今頃さらし首になってるわね。もっとも、アダンが生きていたら、そもそもあの男だってこんなことをしようだなんて考えもしなかったでしょうけど」

「われわれは今、やつを捜してる」

「あなたの兵隊が？　水槽の中の魚だって捕まえられないでしょうよ。いいえ、けっこうよ、リカルド。わたしも確かにもう歳よ。だけど、牙をなくしたわけじゃないから。タピアの息子はうちでなんとかするから」

「やつらの挑発に乗るんじゃない。それこそ向こうの思うつぼだ。あいつはわれわれを分断したいんだ」

「あなたがすでに分断しちゃったじゃないの。本物の擁護者《パトロン》らしく振る舞う気になったら電話をちょうだい。それまでは……」

　エレナは電話を切る。

「おまえ、ゆうベイバンとパーティをしたのか？」とヌニェスはリックに尋ねる。

「エスパルサ兄弟全員とだよ」とリックはひるまずに言う。「それにルーベン・アセンシオンもいた」

「それでそれは賢いことだったと思うのか？」

「関係を維持しておくためだ」

「それは娼婦に車をくれてやってまでやらなきゃならないことだったのか？　それとも、おまえはその女との関係を維持したかったのか？」

親父の耳にはなんでもはいる、とリックは思う。おれのボディガードはみんなスパイでもあるらしい。「だったら、親父は今日の新聞で〝シナロア・カルテルの幹部、売春婦を殺害〟なんて見出しを見たかったのかい？」

ヌニェスはいっとき息子を見つめてから言う。「いいや、おまえは正しいことをした」

これはこれは。珍しい。

「おまえはこのダミアンを知ってるな」とヌニェスは続ける。

親父も、とリックは思う。親父は〝このダミアン〟をダミアンが子供の頃から知っている。

「何がやつを動かしてる？　どうしてあんな真似をしたんだ？　疎外感からか？　理由なき反抗か？」

ちがう、とリックは思う。何か理由があるのはまちがいない。

「おまえの友達なのは知ってるが、おれとしてはただ手をこまねいているわけにはいかない。わかるな?」

　父親がむずかしい立場にいるのはリックにもわかる。アダンの思い出が軽んじられ、ロイヤルファミリーの女たちが侮辱されたと、シナロア・カルテル全体が怒り狂っている。カルテルの長が何も行動を起こさなければ、誰もが彼をタマなしと見なし、ボスに必要な強さに欠けると考えるだろう。

　それでも……

「もちろんわかるよ」とリックは言う。「今はみんな熱くなってるからね。でも、忘れないでほしいんだけど、ダミアンはふたりを殺しはしなかった。ちゃんと逃がした」

「逃がすまえに家を燃やして、五人の使用人を殺した。おまけにわれわれの保護に頼ってる地域を隅から隅まで荒らしまわった。友人に忠実でいたいというおまえの気持ちはわかるが――」

「ダミアンはたぶんこれ以上は何もしないよ。ダミアンはどんな男か、おれにはわかる。たぶん今頃はどこかに隠れて、今になって自分がしたことに怯えまくってるはずだ。おれに接触させてくれ。やつを連れてきて、なんとか収めることができないかやってみる」

　ヌニェスは尋ねる。「どうしようと言うんだ?　一時休戦させるということか?」

　何が言いたいのか、リックは自分でもわかっていない。「補償させるっていうのはどうかな?　謝らせて、燃やしたものを建て直させれば――」

「そんなことがどうしてできる?　そんな金がどうやったらやつに調達できる?」

少なくとも、何人かの兵隊を集めるだけの金は持っていた。「おれが言いたいのは、もっとひどいことをしてお咎《とが》めのなかった連中もいないわけじゃないってことだ」

「あいつの過去についちゃ、おれだって何も感じないわけじゃない。それでも、だ。あいつの親父はクスリに溺れて頭がいかれてしまった短気な男だった。死ななきゃならない男だった。今はその息子が同じような常軌を逸した危険な行動に出ている。やつに甘くするということは取りも直さず自分たちにも甘くするということだ。自分たちの責任を放棄することになるんだからな」

「つまり親父は親父なりの言いまわしでこう言ってるわけだ。やつには死んでもらうって」

ヌニェスはベリンダに顔を向ける。リックはそこで彼女が同席しているわけを悟る。そう、死んでもらうだけでは足りないのだ。

エンジンをかけて、リックが言う。「おれはやらない」

「何を？」とベリンダは尋ねる。

「友達を拷問するなんて、それはおれのすることじゃない」彼は私道から車を出す。「おまえもするな」

「あたしに指図しないで。あたしはあんたの親父さんから命令を受けてるんだよ」

その命令とは、ダミアンを捜し出したら、痛めつけ、じわじわと殺してそれをビデオに収めることだ。見せしめにしなければならない。弁護士《エル・アボガド》が決してタマなしではないことを世間に示さなければならない。

「おまえはそういうことが好きなんだろ、だろ？」

「これがあたしの仕事なの。なんなの？　あんた、彼を救えるとでも思ってるの？　あたしたちが殺さなかったら誰かが殺すだけだよ。さきにエレナたちに見つけられたらどうなると思うの？」

「さきに見つけるのがおれだったら、頭のうしろから二発撃って終わりにする」

「よく言うよ。急にプロの殺し屋ぶっちゃって。そういう冗談、面白くないから。あたしたちはボスに言われたとおりにやるの」

リックは車を停め、ベリンダに顔を向ける。「おれたちがこれからすることを教えてやろう。ダミアンがいないところを捜しまわる。やつがいないところを隈《くま》なく捜す。結果はどうなると思う？　おれたちには彼を見つけられない」

「あんたはあんたが思うとおりにすればいい。あたしはあたしの思うとおりにするから」

実際、リックは自分の思うとおりにする。

新しい自分の思うとおりに。新しい自分――積極的で熱心で責任感があり、父の部下を自分の部下のように動かしはじめるボスの息子である自分――の思うとおりに。二百人の兵隊を飛行機でシナロアに送り込む息子、命令をくだす息子の思うとおりに。ダミアン・タピアを捜せ。見つけたら、おれのところに連れてこい。

「無傷のまま連れてこい。

彼と一対一で対面したい」


リックの思惑どおり、兵隊の多くが誤解する。リックは名づけ親を侮辱した仇を自分の手で討ちたいのだろうと考える。そんな忖度《そんたく》をして、むしろリックを尊敬する。

かくして名づけ子《エル・アイハド》の株が上がる。


三人の王の日（一月六日）、ヌニェスがやってくる。

誰かが現われるのは時間の問題だった、とラファエル・カーロは思う。いずれ全員がやってくるだろう。ただ単に誰が最初かというだけのことだ。

カーロは居間でヌニェスを迎える。張りぐるみのソファは年季がはいっており、布張りの肘掛け椅子は、老人がテレビを見ながら居眠りをするのにもってこいのバーカラウンジャー社製のリクライニングチェアだ。

ヌニェスは、坐るまえにソファの表面を手で払いたい衝動を抑える。

テレビではニュースが流れている。カーロはすべての部屋に小さなテレビを置いている。野球を見るのが好きなのだ。

ヌニェスは王さまのケーキ《ロスカ・デ・レジェス》を持参しており、高価な贈りもの――乳香、没薬《もつやく》――ででもあるかのようにキッチンのテーブルに置く。これはメッセージか、とカーロは思う。ケーキの中には幼子イエスの小さな人形がひとつはいっている。それがあたった者は聖燭祭の飲食代を持たなければならない。

「ダミアン・タピアがしでかしたことを知ってますか？」

「知らない者などいないだろう」

「言語道断です。彼を痛めつけたくはありませんが――」

「痛めつけないわけにはいかないだろう」

「その場合、承認してもらえますか？」

「おれの承認など必要ないだろう。おれはもう引退したんだから」

「それでも、われわれは今もあなたを尊敬しています、ドン・ラファエル。尊敬しているからここまで来たんです。アダンが後継者に私を指名したことはご存知のとおりです。なのに私は目下、イバン・エスパルサとエレナ・サンチェスに挑発されています。それにダミアンにも」

「おれにどうしてほしいんだ？　見てのとおり、おれはもう金もない老人だ。なんの力も持ってない」

「でも、影響力があります。あなたは偉大なる世代のひとりだ。われわれの組織を築いたひとりです。あなたの名前は今でも大きな意味を持っています。あなたの承認も忠告も助言も。力を貸してほしいんです」

「それはどんな力だ？　この家の外に兵隊がいたか？　車は停まってたか？　飛行機は？　芥子畑は？　工場は？　そういったものを持ってるのはおまえだ、ヌニェス。おれは持ってない」

「私がリーダーシップを執ることをラファエル・カーロに承認してもらえば、それだけで大きな力になります」

「おまえが欲しいのはおれの名前だけだ。おれに残された唯一のものだ」

「もちろん、私だって手ぶらで来たわけじゃありません」

「ロスカ以外にも？　食べものを持ってきたのか？　鍋に残った豆か？　米か？」

「からかってるんですね。確かに私の物言いはからかわれてもしかたがないかもしれない。だけど、私は本気で言ってるんです。アダンはあなたからすべてを奪った。私にはそれを返せるかもしれない」

「二十年の月日を返してくれるのか？」とカーロは言う。

「もちろんそれは無理です。いい加減なことを言うつもりはなかったんですがね。そう、それでも私はこう言うべきだった。アダンが奪った分の一部なら返せると。あなたの今後の年月が……快適になるように」

「新しい椅子でも買ってくれるのか？」

「どうしても私をからかうんですね？」

「からかわれたくなけりゃ、その話はやめろ。おれに価値があると思うなら、見返りをはっきり提示しろ」

「百万ドル」

思った以上に切羽つまっているようだ、とカーロは思う。提示されたのがその半分だったら引き受けたかもしれない。しかし、百万と聞くと、旗色が悪いことが推察できる。旗色の悪いやつの正統性などどうすれば承認できる？

「おれの助言も意味を持つと言ったな。だったら助言しよう。おまえはイバンとエレナのあいだの塀にまたがってる。それじゃどっちもおまえに忠節は尽くさない、おまえ自身がただ弱く見えるだけだ。どちらの側もおまえに敬意を払わない。恐れもしない。ダミアンとティト・アセンシオンはそれを見て、おまえの縄張りにはいり込んでくる。それでも、おまえは何もしない」

「アセンシオンは私の縄張りにはいり込んだりしませんよ」

「するさ。独立を宣言して、新たに組織をつくった以上は。なんといったか？　ニュー・ハリスコ・カルテルだったか？」

「そんな名前です」正しくは、カルテル《C》・ハリスコ《J》・ヌエボ《N》だ。

「アセンシオンはおまえのライヴァルになる。彼にそれができるなら、ほかの連中も同じことをする。それをどうやって止める？　ヌニェス、おまえの金は受け取らない。おれの名前も貸さない。だけど、おまえのためにほかの誰も承認しないことにしよう。おまえとちがって、おれは中立的立場にとどまることができる。必要なら仲裁人を遣わすこともできる。だけど、リカルド、そんなことよりおまえは強くなって、彼らに恐れられるようにならなきゃ駄目だ。そうなったら、お互いもっと話し合えることも出てくるだろう」

カーロは椅子から立ち上がる。「小便をしてくる」

今日は三人の王の日《ディア・デ・ロス・トレス・レジエス》だ。カーロは立って小便が出るのを待ちながら考える。まさに。シナロア・カルテルには今、三人の王がいる。ヌニェスは自分ひとりが王だと思っているが、ほかにイバン・エスパルサがいる。それに、エレナはまだ生き残っている息子を王にしようとするだろう。

忠実な召使いのティト・アセンシオンも、自分で認めるかどうかはわからないが、もしかしたら王になれるのではないかと思っているかもしれない。

それに〝若き狼〟ダミアン。

ダミアンはすでに王を嘲った。

ヌニェスはきわめて厳しい立場にある。誰かを非難しなければならないが、エレナ・サンチェスやイバン・エスパルサを攻撃することはできない。ダミアンを見つけることもできないだろう。

そうなると、選択肢はひとつしかない。

好ましくない選択肢だが。やっと小便が出る。カーロはキッチンのカウンターに置いてあるロスカを思ってひそかに笑う。

そのケーキにも王さまがひとり隠れている。

幼子イエスが眼を大きく見開いて、ティト・アセンシオンを見つめている。

新たに彩色し直され、上質のシルクのガウンに身を包んだイエスは、人形店のカウンターからティトを見上げている。

たいていの者はこのマスティフ犬《エル・マスティン》と眼を合わせたがらないものだが、イエスはそんなことは気にしない。

ティトは、修理に出していた幼子イエスのその人形を店から受け取り、聖燭祭《ディア・デ・ラ・カンデラリア》のために教会に持っていくよう、妻に頼まれたのだった。そのあとはクリスマスの最終日を祝って、家族でタマーレとアトーレの食卓を囲む。

おかしなものだ、とティトは店主が勘定を計算するのを待ちながら思う。おれは組織のボスで、何百という兵隊に指示を出す身だ。なのに、妻から渡される〝やってほしいことリスト〟の項目は自分でこなす。キリストを迎えにいくといった大事な仕事を人に任せるわけにはいかない。

店主のまだ小さな息子もティトとは眼を合わさない。カウンターの奥の棚の埃を払うのに忙しいふりをしながら、市《まち》を支配している有名な麻薬王を腕の下からちらちらと盗み見ている。マスティフ犬《エル・マスティン》のことは十歳の子供でも知っている。

ティトは舌を突き出し、耳の横で手をひらひらさせてみせる。

少年は微笑む。

店主がやってきて、勘定書を渡す。そこには〇《ゼロ》と書かれていて、店主は言う。「聖燭祭おめでとうございます、セニョール」

「オルティス、そいつは困る」とティトは言う。

そして二百ドルを渡す。

ふたりはそれぞれの務めをよく心得ている。

「ありがとうございます、セニョール」

ティトは人形を持って店を出る。店の正面にメルセデスのSUVの新車を待たせている。助手席に坐るボディガードがマック‐10を窓から突き出している。

「うしろに移れ」とティトは言う。「まえの席にはキリストが坐るからな」

ボディガードは助手席から降り、ティトはキリストのシートベルトを締める。

ティトの地位にいる者はほとんどが運転手を抱えているが、ティトは自分でハンドルを握るのが好きだ。運転が好きなのだ。今、彼の車はグアダラハラの市中を走り、〝アダン《アダン》は生きている《ビーベ》〟と書かれた落書きのまえを通り過ぎる。

そうだろうか。

死者は死者だ。

そのことをおれが知らなくてどうする？　と彼は思う。これまで何百人も――何人だかもうわからない――殺してきた。その中で甦った者などひとりもいない。

ティトの車は三台が連なる真ん中を走っている。

まえを走るフォード・エクスプローラーにも、うしろを走るフォードF150のピックアップトラックにも、ティトの配下のガンマンが何人も乗っている。ハリスコ州の大部分がそうであるように、グアダラハラのこのあたりも安全なのに。ハリスコ・カルテルはどこも戦っておらず、シナロア・カルテルと手を組んでいる。州警察官と連邦捜査局の地元支局の捜査官の大半がティトから給料をもらっている。

　それでも、万全を期して悪いことはない。

アダン・バレーラの家を自由に燃やしていいなどと考えるやつが出てくるご時世だ。

まったく、あのガキは何を考えてるんだ？

しかし、考えてみれば、シナロア・カルテルはもうシナロア・カルテルではないのかもしれない。

　人形店に行くまえ、ティトはラファエル・カーロと電話で話した。

「イバン・エスパルサのやつ、おまえにああしろこうしろと指図するとは何さまのつもりだ」とカーロは言った。

　ティトが自分の組織でヘロインを扱うことをイバンが拒否したことを言っているのだ。

「エスパルサには恩があるんで」

「おれもエスパルサを軽んじてるわけじゃないよ。だがな、ナチョは死んだんだ。あいつが生きてたら、おれもこんなことは言わないよ。しかし、あの息子は父親とはちがう」

「今でも義理があるんです」ナチョの葬式の日を思い出しながら、ティトはそう言った。

あのとき、未亡人のところに行って、何かできることはないかと尋ねると、ナチョの未亡人はティトの両手を取ってこう言ったのだ。「息子たちをお願い」

そのときティトは誓ったのだ、言われたとおりにすると。

「義理というものは一方通行じゃない」とカーロは言った。「あっちはおまえに義理立てしてるか？　年に何十億と稼げるヘロインビジネスにおまえを招き入れてるか？　おまえの故郷、ミチョアカンを差し出したか？　おまえはシナロアのためにありとあらゆることをして尽くした。大勢を殺し、自分たちも血を流した。連中はそんなおまえに何をしてくれた？　頭を撫でていい犬だと誉めてくれたか？　忠実で信頼できる〝エル・マスティン〟に骨を投げてくれたか？　おまえはもっともらっていいはずだ」

「おれは今のままで満足です」

「ヘロインなら何十億ドルだぞ。アメリカの市場ならすぐ売れる。それを利用しないのは職務怠慢というものだ。おまえはすでにコカインとメタンフェタミン《メス》の合成工場を持ってる。それをヘロイン仕様に模様替えするのはすこぶる簡単なことだ」

「シナロアは絶対におれに本部《プラーサ》を使わせてくれませんよ。使わせてくれても法外な使用料を要求してくるでしょう」

「なあ」とカーロは言った。「おれたちはただ話してるだけだ、だろ？　これはただの与太話だ」

いや、真面目な話だ。ティトは今、車を走らせながら思う。シナロア・カルテルと争うというのはクソ真面目な話だ。ヌニェス、サンチェス、エスパルサ兄弟は、合わせて数千とは言わないまでも数百人の兵隊を抱えている。さらに、連邦捜査局、軍、政治家も多く抱き込んでいる。

その状況でバハを手に入れるだと？　ティファナを手に入れるだと？

おれには家族がいる。

息子がいる。

ルーベンに対するおれの責任はどれほどのものか。

もしシナロアと戦争になったら、おれは殺されるだろう。ルーベンも殺されるだろう。あいつがおれから受け継ぐのは若死にか刑務所の監房か。シナロアと戦っていると思っていたら、いつのまにか警察や軍や政府とも戦うことになっていた者の多くがそういう運命をたどった。墓地と刑務所はシナロアの敵でいっぱいだ。

刑務所にはいったらルーベンは生き残れない。

ルーベンは背が低くて華奢だ。

勇敢な若きトラだが、勇敢であれトラであれ、筋骨隆々の囚人たちのまえではそんなことはなんの役にも立たない。刑務所によってはおれの力でルーベンを守ることもできなくはないが、どこの刑務所でもというわけにはいかない。シナロアと戦ったりしていればなおさらだ。

シナロアが支配していない刑務所はセータ隊が支配している。ティト・アセンシオンの息子がそんなところに収監されていることをセータ隊が知ったらと思うと、それだけで体が震える。やつらは夜ごとルーベンを輪姦《りんかん》し、飽きたら殺すだろう。

それも、時間をかけてゆっくりと。

だったら、いい面はなんだ？

億の富。

おれが勝ったら、ルーベンは数百万ではなく数十億の価値を持つ帝国を受け継ぐことになる。家族をすっかり変え、農夫を紳士にする富だ。畑や土地、牧場、大農園が買える。その富があれば、ルーベンの息子たちは手を汚さずにすむ。

アボカド畑の所有者になるとか。

それともうひとつ。そもそもおれはルーベンにどう見られたいのか？

イバン・エスパルサの犬か？

それとも、エル・パトロン、エル・セニョール、〝天空の主《ぬし》〟か？

ティトが投獄されたとき、ルーベンは三歳だった。

父さん《パピ》に会うたびに泣き、父さんと別れるたびに泣く子供だった。ティトはオレンジのつなぎを着て、息子《イホ》──ティトの命《ビダ》──が泣き叫び、父のほうに体を乗り出しながら連れ出されていくのを立ったままじっと見つめるしかなかった。そのたび心が張り裂けそうになった。

しかし、そんな気持ちを表に出すことはできなかった。

サン・クエンティンでそれを──ほんのわずかの弱さでも──表に出せば、狼たちに嗅ぎつけられて八つ裂きにされる。尻にも口にも一物を突っ込まれ、どっちも使いものにならなくなったら、新たに穴をあけられる。

だから、石のように固く冷たい心と顔を保たなければならなかった。

一九九三年、アダン・バレーラがエル・パトロンの称号をめぐって〝黄色毛《グウエーロ》〟・メンデスと死闘を繰り広げていた頃――ティトの刑務所暮らしが一年ほどになった頃――のことだ。ティトはラファエル・カーロが逮捕され、二十五年の刑を言い渡されてアメリカに送還されたことを知った。メンデスの側につくという過ちを犯したために。

ティトは四年だった。

四年でも充分すぎる。刑務所《ラ・ピンタ》の塀の中で過ごす千四百六十日はとてつもなく長かった。なぜなら、刑務所というのは世界で最悪の場所だからだ。

自分の右手を女のあそこだとわが身に言い聞かせた四年間。ほかのやつらにナメられないように、中庭でウェイトリフティングを繰り返した四年間。ゴミを食べ、看守からクソのような扱いを受けた四年間。月に一度程度、面会室で妻と息子に会った四年間。

刑務所《ラ・ピンタ》では正気を失う男たちを大勢見た。強くタフな男たちがひっくり返って赤ん坊のように泣く。あるいは簡単に手にはいるヘロインに溺れ、生ける屍《しかばね》になる。男が女になるのも見た。かつらをかぶって化粧をしはじめ、ペニスを脚のあいだにテープで止め、アナルセックスを始める。あるいは穴倉《ホヨ》で刑期を務めて頭がいかれ、わけのわからないことをしゃべるようになって出てくるやつもいる。

刑務所《ラ・ピンタ》は人を破壊するようつくられている。が、ティトは破壊されなかった。メキシカン・マフィア——ラ・エメ——のおかげだった。

ティトはラ・エメの規則を守り、毎日ジムにかよった。常に戦えるよう毎日体を鍛えるのがラ・エメの決まりだからだ。

自重トレーニング、腕立て伏せ、腹筋運動、懸垂。バーベルも上げた。おかげでアボカド畑の野良仕事でもともと鍛えられていた彼の筋肉は雄牛のように逞《たくま》しくなった。

今、ティトは右頬に走る傷痕に指を触れながら振り返る。その傷痕は、忌まわしいことに黒人《マジャーテ》でも白人《グエロ》でもなく、同胞にやられたものだ。ことが起きたのは〝血の小径《ブラッド・アリー》〟でだった。

ジャベロ——ラ・エメのリーダー——からは中庭のその場所には行くなと、少なくともひとりでは行くなと、言われていたのだが、ティトは自分がタマなしではないところを見せなければならないと思ったのだ。ラ・エメと対抗するノルテーニョにびくついて四年間を過ごすつもりはなかった。

ティトとしてはさっさとけりをつけたかった。だから忠告を受けた翌日にはもうわざと血の小径を歩いた。一方、ノルテーニョも時間を無駄にしなかった。ひとりがまえから近づいてくるのが見え、もうひとりがうしろにいるのがわかった。

ティトはいきなり振り返り、二百五十ポンドの体重のすべてを込めたパンチをお見舞いして、田舎者の顎を砕いた。そのあと向きを変えたのだが、少し遅かった。いきなりナイフで頬を切り裂かれた。痛みは感じなかった。ティトはナイフを持った手をつかみ、袋入りのポテトチップスみたいにその手を握りつぶした。

男は悲鳴をあげてナイフを落とした。

ティトはつぶれた手をつかんだまま、左手で相手を殴り倒した。そのまま殴りつづけかけた。が、殺人罪で人生の残りをすべてサン・クエンティンで過ごすのはごめんだった。そのあと看守に催涙ガスをかけられ、警棒で殴り倒され、診察室に運び込まれた。そこで郵便袋を縫うみたいに頬の傷を縫われたのだ。

あとは穴倉《ホヨ》が待っていた。

ティトはホヨで九十日過ごしたが、田舎者は手を失ったと聞いた。さらにありがたいことに、ティトの行為は正当防衛だったと判断され、それ以上の懲罰は科されなかった。

ティトは刑期を務め上げた。

強さと威厳と敬意を持って務めた。

反抗的ではなく、品行方正な囚人として。

心は傷ついていた。言うまでもない。

妻と息子が恋しかった。

釈放されてメキシコへ送還されたとき、二度と戻るまいと心に誓った。アメリカにも、刑務所にも。

二度と息子と離れるつもりはない。

おれという人間をつくったナチョを裏切ることができるだろうか？　自分と息子の命を危険にさらしてまで賽《さい》を投げることなどできるだろうか？

できない。

おれにはできない。

人生はおれに想像もしなかったほど多くのものをくれた。それをすべて失うような真似などするべきではない。

ヘリコプターの音がする。

先頭のエクスプローラーが急停車し、兵隊が降りてくる。

ティトはハンドルを切る。「どうした？」

「次のブロックで軍が検問をやってます」とエクスプローラーを運転していた兵隊が言う。バックミラーを見やると、軍用車が何台か猛スピードで近づいてくるのが見える。その中のフォードのピックアップトラックが尻を振って道路をふさぐ。兵士が降り立ち、ピックアップを盾にして立つ。銃声が聞こえるなり、ティトは脇道に車を突っ込む。窓の外を見上げると、ヘリコプターが向きを変えて追いかけてきている。

くそっ。

おれは戻らない。

おれを殺すことはできてもおれを刑務所に戻すことはできない。

「親分《ヘフェ》！」

前方の道路も装甲車にふさがれている。ティトはギヤをバックに入れ、アクセルをいっぱいに踏み込む。

ボディガードが窓の外に向かって叫ぶ。「ヘフェはこの車だ！　軍の狙いはヘフェだ！」酒場や雑貨店から男たちが走り出てくる。何人かはティトの兵隊、それ以外は自分たちにとって何が最善策かちゃんと心得ている一般市民だ。彼らは、ティトと装甲車とのあいだに手あたり次第に物――椅子やらテーブルやら駐車標識やら――を投げはじめる。屋根に上がって煉瓦やパイプ、屋根板を投げ落とす者もいる。

五人の男が車を通りに出して引っくり返す。それを次々に繰り返してバリケードを築く。

ティトはメインストリートに戻ると、車を走らせ、ピックアップトラックから遠ざかる。ピックアップトラックが停まっているあたりでは、前進を始めた軍の兵士たちにティトの手下たちが銃弾を浴びせはじめている。ティトは左に路地を見つけ、そこに車を入れていったん車を停める。

背後では彼の兵隊が通りに停まっている車のガソリンタンクを開けてまわり、ぼろ切れを突っ込んで火をつけている。

車が次々と炎に包まれる。

分厚い黒煙が空に向かって渦を巻く。

ティトはまた車を走らせて路地を抜け、交差点でも停まらない。バスをよけて次の路地にはいり、新車の助手席側のドアを壁にこすりながら走りつづける。

ヘリコプターはまだついてきている。

前方から軍用車両のクラクションが聞こえる。

ヘリコプターがティトの居場所を伝えているのだ。

ティトは車をバックさせる。

しかし、すでに罠にかかっていることはティトにもわかっている。彼の兵隊も即席のバリケードもそういつまでも装甲車を阻止できない。

そのとき建物のひとつのドアが開く。男が出てきて手招きをする。「ヘフェ!」

ティトは車を停めると、ドアを開けて飛び降りる。イエスのシートベルトをはずして人形をつかむ。人形を無事教会に運ばなければ、妻から耐えがたいほどの叱責《しっせき》を受ける。

男はティトを中に引き入れる。「ヘフェ、こっちです」

映画館の奥。

スクリーンの裏側。

映画の音声が聞こえる。爆発音、銃声。外で響いている本物はもっとくぐもっており、映画のほうがよほどリアルだ。男についてスクリーンの裏を横切り、金属製の階段を地下に降りる。

そこにはキャンディ、ゾーダ、ナプキン、紙コップなどの箱が積まれている。

男は鋼鉄製のドアを開けて、そのドアを抜けるようティトに合図する。

この男を信じるしかない。それ以外の選択肢はない。

ティトはドアを通って中にはいる。男はそのあとからはいってドアを閉める。男が照明のスウィッチを入れると、ティトにも自分のいる場所がわかる。

「名前は？」男に尋ねる。

「フェルナンド・モントーヤです」

「フェルナンド・モントーヤ。今日からあんたは金持ちだ」

ふたりは廊下を進んで酒場のような部屋にはいる。丸テーブルに籐《とう》の椅子、樽の上にベニヤ板を渡してつくられたバーカウンター、壁の高い位置に取りつけられた薄型テレビ。男が六人ほど坐ってビールを飲みながら、〝フトボル〟の試合を見ているが、ティトを見ると、全員が立ち上がる。

グアダラハラの警察官だ。みなティトが誰だか知っている。

ティトもかつてはあの中にいた。自分のシフトが少しでも楽に過ぎるようにこうした狭い店で時間をつぶしたものだ。

今、警官たちはそわそわしている。

「何を待ってる？」とティトは言う。「おれにビールをくれるのか、くれないのか？」

クールでマッチョに振る舞わなければならない。ティトはこんな男だったとあとでお巡りが得意になって話せるようなネタを提供しなければならない。が、腸《はらわた》は煮えくり返っている。同時に、正直なところ、怯えてもいる。ティトには十年まえからメキシコとアメリカの両国で逮捕令状が出ている。が、それを執行しようとする者はこれまでのところひとりもいなかった。

ハリスコ州では。

しかし、今回は軍だ。

フェルナンド・モントーヤが映画館の通用口を開けてくれなかったら、おれは捕まっていただろう。

ティトは坐ってビールを飲む。上で何が起きているのか見てきましょう、とふたりの警官が申し出る。事態が収まるまでじっとここで坐っていてください。収まり次第、どこでもお好きなところへお連れします。

彼らにはちゃんとわかっている。封筒が——それも分厚い封筒が——もらえることが。

しかし、どうして今なのか？　ティトは思う。なぜ今、なぜ軍なのか？

そう思いながらも彼にはその答がわかっている。そう、わかっていると思う。

シナロア・カルテルは軍を抱えている。ティトがヘロイン市場に割り込もうとしているという噂をどこからか聞きつけ、先制攻撃を仕掛けることにしたのだ。

やられるまえにやる——ムショの大原則。

ティトはポケットから携帯電話を取り出す。

しかし、地下なので電波がはいらない。モントーヤに電話番号を伝えて言う。「息子に電話して、おれは無事だと伝えてくれ。今すぐ家を出てどこかに行き、おれからの連絡を待てと言ってくれ」

モントーヤは出ていく。

十五分後に戻り、留守番電話につながったと言う。

ティトは不安になる。

それから一時間半が経ち、警官が戻ってきて外は安全になったと告げる。通りでは暴動が起き、ゴミ箱や車、それにバスにも火が放たれ、ようやく軍も引き上げていった——あと少ししたら外にお連れします。

テレビでニュースが流れる。ティトはそれを見る。

ルーベンが手錠をかけられて自宅から連れ出されている。

クソ兵士どもが息子に手をかけている。頭を押し下げ、装甲車の後部席に押し込んでいる。

「今すぐ出たい」とティトは言う。「電話をかけなきゃならない」

パトカーの後部座席でティトが最初に電話をかける相手はカーロだ。「ルーベンが捕まりました」

「見たよ。ライフル三十挺と現金五十万ドルを所持していたと報道されてる。それじゃ、どんな判事でも彼を自由にすることはできない。時間がかかるだろう」

「どれくらい？」

「おれにもわからない。ティト、落ち着け」

ティトは怒り狂っている。

同時に、息子のことを思うと、怖くてたまらなくなる。セータ隊はハリスコに刑務所を持っていない。が、シナロア・カルテルは持っている。

「シナロアの仕業です」とティトは言う。

「どのシナロアだ？　エレナか？　ヌニェスか？　イバンか？」

ティトにはその答まではわからない。「どれでも同じです。全部叩きつぶしてやる」

「それはつまり、おまえはヘロインに手を出すということか？　シナロアと戦争になってでも」

「あっちがさきに仕掛けてきたんです。くそっ。ええ、やります」

ティトは電話を切る。

息子に何かあったら、と彼は思う。死ぬやつが出る。

そいつらは死んだままになる。

幼子イエスをつかみ、彼は教会のまえで車を降りる。


信者たちが聖燭祭のためにキラの聖母教会に聖母像《ビルヘン・デ・ラ・カンデラリア》を運び込もうとしている。信者たちが通れるよう人の群れが道を空ける。リックはその群れの中に立っている。

この儀式は三百年まえから聖燭祭におこなわれてきたもので、クリアカン郊外の小さな町に何万という人々が集まる。通りはそうした人々で——屋台やゲームや流しのバンドが奏でる音楽を愉しむ人々で——大混雑している。その多くが今、アクアブルーのシルクに金の縁取りが施されたローブを着て、アクリルケースに収まっている聖母に触ろうと、それが無理ならせめて一目見ようと、まえへまえへと詰め寄せている。

　ここに来たのは父親に命じられたからだが――カルテルを代表してファミリーの一員がここで目撃されることが重要で、実際、名づけ子《エル・アイハド》を見たという囁き声があちこちから聞かれる――リックは自分でも理由がわからないままキラの趣きあるこの祭を愉しんでいる。ここの人々は大半が先住民の農民で、リックはその素朴と言ってもいい聖母への信仰心に心を動かされる。彼らは聖母に祝福を求め、願いごとをする。愛する人の健康を保ってください、持病を治してください、わがままな子供を罪からお救いください、といった具合に。像の行く手に立って、すでに起きた奇跡を称え、感謝のことばを述べている者もいる。リックの耳にそんな人々のことばが届く。股関節の関節炎が急によくなった男。不妊が続いた末に第一子に恵まれたばかりの女。白内障の手術を受けて驚異的に視力が回復した老婆。

　おかしなもんだ、とリックは思う。

　医師の功績は称えられず、ケースの中の人形ばかりが称えられる。リックはおもちゃのコレクターを思い浮かべる。彼らはアクションフィギュアを買うだけで、箱から出そうとはしない。出してしまったら価値がなくなるからだ。

　とはいえ、実際、リックは心を動かされている。

　今日はカリンと娘が一緒だ。二歳になるバレリアは騒がしい音と鮮やかな色、そしてもちろん、あちこちの屋台で摂取する砂糖のせいで大興奮している。よそいきの白いドレスはチョコレートと粉砂糖、それになんだかわからないもので汚れており、今、彼女はリックの手にぶらさがりながら、地面から何かを拾おうとしている。おれたちはひどい親だ。そう思いながらも、リックはバレリアがそのうち糖分を摂りすぎたあとの反動でベビーカーで眠りこけるのを待っている。

「教会にはいってみる?」聖母像が通り過ぎると、カリンが言う。

「やめとこう」教会にはいったら、バレリアが大騒ぎして、そうなったらどっちみち外に連れ出さなければならないことが眼に見えている。それに……

厄介の種が視野にはいる。

ベリンダが群れを掻き分け、彼のほうに向かってくる。駄目だ。こういう祝日は妻と過ごすもので、愛人と過ごすものではない。それぐらいベリンダもわかっているはずなのに。カリンも彼女に気づく。「彼女、なんの用かしら?」

「さあ」リックはそう言いながらも、ベリンダの真剣な顔に不安を覚える。こんなときには、冷ややかに鼻で笑い、あたしもアクリルケースに入れてもらえてたら、今でもヴァージンかも、などと軽口を叩くのがいつものベリンダだ。が、今日の彼女の顔つきの厳しさは半端ではない。

「親父さん」リックが尋ねるまえに、ベリンダが言う。「親父さんが撃たれた」

「命は――」

「まだわからない」

リックは娘をカリンに渡し、待っている車にすでに向かっているベリンダのあとを追う。

不思議だ。病院に急ぐ車の中で、感情を昂《たかぶ》らせながらリックはそう思う。愛していない、おそらくは好きでもない父親だ。それなのに、体を駆け抜ける電気ショックのような恐怖と祈りのことばが止まらない。どうか親父を死なせないでくれ。どうか。頼むから親父を死なせないでくれ、おれが……

おれが……なんだ？

別れのことばを言うまでは？

赦しを乞うまでは？

親父を赦すまでは？

ベリンダはあちこちに電話をかけて、ことのあらましをつかもうとしている。今わかっているのは、ヌニェスは聖燭祭のミサのためにエルドラドの教会に行こうと家を出たところだったということだけだ。ヌニェスは車列の三台目に乗っており、車列がカーヴした私道を出たのと同時に反対側からやってきたトラックがまえの二台とすれちがい、そのあとヌニェスのメルセデスに銃弾を浴びせた。

「おふくろは？」とリックは尋ねる。

「無事よ。撃たれなかった」

ああ、神さま。

「誰の仕業かわかってるのか？」リックはイバンでないことを祈る。そしてダミアンでないことも。

「いえ。逃げられた」ベリンダはそう言ってからメールを読む。「くそっ」

「なんだ？」

ベリンダは答えない。

「どうした？」

「噂が広がってる。親父さんが死んだって」

嘘であってくれ。

「ということは、リック、そうなるとあんたが――」

「黙れ！」

永遠とも思える長い時間が過ぎて、彼らはやっとエルドラドの小さな病院に着く。リックは車が停まるか停まらないかのうちに飛び降りて、待合室に駆け込む。リックを見たとたん、母親が椅子から立ち上がって泣きだす。

リックは母のワンピースからガラスの破片を払い落とす。

「お医者さんはわからないって。わからないって言ってる」

車の分厚いドアが命を救ってくれたのかもしれない――医師がリックにそう言う。普通だったら肝臓を貫通していたであろう銃弾の勢いがそのため殺《そ》がれたのだろうと。弾丸《たま》を摘出して内出血は止めたが、まだ敗血症が起きる可能性が残っている。そのあと医者は〝静かに眠っておられます〟という決まり文句を使う。

リックは母親のために院内のカフェテリアから紅茶を持ってくると、車にいるベリンダのところに行く。

「なんでこんなことになったのか知りたい。裏に誰がいるのか知りたい。日が昇るまえに報復したい」

「あたしの兵隊はもう動いてる。お父さんのボディガード全員に事情を訊いて——」

「なんとしてでもだ、ベリンダ」

「わかってる。裏に誰がいるのか。まだ誰も名乗り出てない。向こうも親父さんの生死がはっきりするのを待ってるんだろうね。でも、言っておくけど、一番の候補はあんたのお友達のダミアンよ」

からかうような彼女の口調を無視してリックは言う。「親父が死にかけていることをツイッターで拡散しろ。教区司祭を呼んで、とにかくおおっぴらにするんだ。そして、誰が自分に任せろと名乗り出るかを待とう。ダミアンのおふくろのところに人を遣《や》れ。やったのがダミアンなら、家族を逃がそうとするだろう。家族を痛めつけるつもりはないが、家から出るなと言っておけ」

「逃げようとしたら？」

「殺せ」

もちろん、ダミアン・タピアは可能性のひとつでしかない。

エレナ・サンチェスの可能性もある。

リックは思う——エレナは息子のルドルフォがイバンに殺されたのに、親父がどんな行動も起こさなかったことを当然快く思っていない。親父のリーダーシップに疑問を持ち、親父がカルテルを弱体化させてしまっていると非難している。もしかしたらその思いを行動に移したのかもしれない。

しかし、そこまで馬鹿だろうか？　親父を殺せば、おれとイバンが手を組んでエレナを攻撃するぐらい馬鹿でもわかる。それに抗してバハを維持するなど無理なのはエレナもわかってるはずだ。今でさえ人手が足りてないのだ。自ら進んで孤立するような真似をするとは思えない。

イバンという可能性も考えなければならない。

イバンはバハを譲らなければならなかったことを今も根に持っている。自分こそカルテルを率いるべきだと思っている。親父やエレナと戦うだけの力がエスパルサにはあると信じているのだろう、たぶん。腹立たしいが、カルテルを率いるのが親父ではなくて、ミニ・リックなら勝てると思っているのだ。

たぶんそれは正しい。

親父はおれよりすぐれたリーダーだ。そのことに疑いの余地はない。

ベリンダが電話を差し出して、声に出さずにエレナからと言う。

「今聞いたわ」とエレナは言う。「ほんとうに残念よ。どんな具合？」

「まだわからない」

沈黙ののち、彼女は言う。「あなたが何を考えてるかはわかる」

「ほんとうに？　何を考えてると思う？」

「あなたのお父さんとわたしは意見が合わなかった。でも、わたしはこんなことは絶対にしないから」

「それを聞けてよかった」

「お母さんによろしく伝えて。彼女のために、あなたたちみんなのために祈ってるって伝えて」

リックは礼を言って電話を切る。ほんとうに心配してかけてきたのだろうか？　それとも指示したのは自分ではないことを示すためか？　あるいは自分が指示したことを隠すためか？　リックはベリンダに尋ねる。「今朝親父の車を運転してたのは誰だ？」

「ロペスよ」

ガブリエル・ロペス。元シナロア州警察官だったロペスはリックが物心ついた頃からヌニェスの運転手を務めている。いつもきちんとした恰好でネクタイもして、時間に正確でいかにも運転手のプロといったひかえめな男だ。結婚はしておらず、アルツハイマーを患っている老母の面倒を献身的にみている。

「生きてるのか？」

「怪我ひとつしてない」

「今どこにいる?」

「彼のことは捕まえてないわ。だって、まさか——」

「捕まえろ」

ロペスは電話に出ない。

留守番電話につながる。

リックはメッセージを残さない。

「やつだ」リックは言う。

「誰に買収されたっていうのよ?」

「ロペス本人に訊くしかない」

「あんたが思ってるとおりなら、もう逃げてるよ。もう捕まえられないよ」

捕まえなければならない。親父を殺そうとしたのが誰であろうと、また殺そうとするだろう。誰なのか。なんとしても突き止めなければならない。

リックはロペスの家でロペスの母親をビデオに撮り、ロペスにメールで送りつける。すぐにリックの電話が鳴る。

ロペスからだ。

「こっちに来て話してくれ」とリックは言う。

「行ったら殺されるんだろ?」

おれはもうこれまでのリックじゃない。リックはそう思う。守るべき家族がいる。「来なかったら、おまえのおふくろを殺す」

ロペスはおれを以前のおれだと思っている。他人の家族——それも何が起きているのかもわかっていないような認知症の老婆——を痛めつけたりするわけがない、気楽なお人好しだと思っている。

老婆は家にやってきたリックを見て、自分の愛するガブリエルだと思い込む。まったく。

案の定、ロペスは言う。「あんたはそんなことをする男じゃない」

リックはピストルを取り出して老婆の頭に銃口を押しつけ、空いている手で携帯電話を掲げる。「見てろ」

そう言って、撃鉄を起こす。

「やめてくれ!」とロペスは叫ぶ。「そっちに行くから!」

「三十分やる。ひとりで来い」

ロペスは二十八分でやってくる。

ベリンダが彼の体を服の上から叩き、グロックを取り出す。

ロペスは母親の頬にキスをする。「マミ、大丈夫か? 痛いことされてないか?」

「ガブリエルなの?」

「そうだよ、マミ」

「わたしのおやつ、持ってきてくれた?」

「今日は持ってきてないよ、マミ」

母親は悲しげな顔をして床を見つめる。

「どこで話せる?」とリックは尋ねる。

「書斎で」

ふたりは狭い部屋にはいる。ロペスらしい。きれいに整頓された部屋だ。リックは坐れと合図する。ベリンダが銃を手にドアのまえに立って逃げ道をふさぐ。

「おれじゃない」とロペスは言う。

「嘘をつくな、ガブリエル。おれを怒らせるだけだ。おまえから真実を引き出してる時間はないんだ。今すぐ話さないなら、婆さんをおまえの眼のまえで撃ち殺す。ほんとうのことを言えば、婆さんにクリアカン一の治療を受けさせてやる。誰に買収された?」

頼む。イバンと言わないでくれ。

「ティトだ。ティト・アセンシオンだ」

「なぜだ?」

「親父さんはティトを消そうとしてた。だけど、失敗した。あんた、サイレンサーは持ってるか? おふくろを怯えさせたくない」

リックはベリンダを見やる。彼女はうなずいて言う。「あたしがやるよ」

「いや」とリックは言う。「おれがやる」

自分でやらなければ、みんなにタマなしだと思われてしまう。

それは正しい。

誰かがやらなければならない。それはおれでなければならない。

「大丈夫？　だって……ババじゃ撃つふりしてただけでしょ？」

「大丈夫だ」

ベリンダは自分の拳銃にサイレンサーをつけてリックに渡す。心臓が早鐘を打ち、リックは吐きそうになる。ロペスに言う。「あっちを向け。窓の外を見てろ」

ロペスはリックに背中を向けて言う。「おれの書類は左の一番上の引き出しにはいってる。全部整理してある。毎週木曜はおふくろにおやつを買って帰る」

「それは続けさせよう」リックは声が震えないよう努めて答える。

拳銃を構える。

ベリンダは簡単だと言った。狙いを定めて撃つだけだと。

簡単ではない。

ロペスの頭のつけ根に照準を合わせる。

これで終わる。引き金を引いたらもうあと戻りはできない。人殺しになるのだ。しかし、引き金を引かず、まわりの人間にタマなしだと思われたら、おれの家族はばらばらになる。

親父も病院のベッドで殺されるだろう。

まだ死んでいなかったら。

手が震える。

もう一方の手を銃に添えて安定させる。

ロペスが泣く声が聞こえる。

リックは引き金を引く。

彼の父親の顔は土気色になっている。

かすれた声でヌニェスは言う。「おまえと話がしたい。突き止めなきゃならない。誰が――」

「ティトだ。ティトがロペスを買収して親父をはめた。心配ない。おれが片をつけたから」

ヌニェスはうなずく。

「なぜだ?」とリックは尋ねる。「なぜ父さんはティトを消そうとしたんだ?」

ヌニェスはその質問を退けるように首を横に振る。その動作だけでも大変な労力を要したように見える。「先制……攻撃だ……今度は……おまえも……狙われるだろう……どこか……安全なところに……」

ヌニェスはそこで意識を失う。

ブザーが鳴る。

飛んできた看護師がリックを押しのけてモニターをチェックする。

その看護師がなにやら大声をあげ、さらに何人かの看護師、続いて医師が来て、ヌニェスを廊下に運び出す。手術室に向かう。リックには彼らのやりとりがすべて理解できるわけではない。が、血圧が低下していること、出血を止めるためにまた〝開かなければならない〟ことだけはわかる。

リックは母と一緒に待合室の椅子に坐る。

父が死ぬのではないかと思うと、怖くてたまらない。が、今は感情など二の次三の次だと自分に言い聞かせる。冷徹に考えること。それが今のおれのすべきことだと。

シナロア・カルテルは今、ティト・アセンシオン率いるニュー《C》・ハリスコ《J》・カルテル《N》と戦闘状態にある。

ＣＪＮはハリスコ州だけでなく、ミチョアカン州の大部分とゲレロ州の一部も支配している。メキシコシティに拠点、プエルトバリャルタに自分たちの港を持っている。このあとティトはババ、ファレス、ラレドに進出し、マンサニージョやマサトランの港も手に入れようとするだろう。

ティトは戦士だ。経験と実績のある将軍であり、無慈悲な殺し屋だ。リックは改めてそう思う。これまで何度も戦争に勝っている。人は当然のごとく彼を恐れ、彼に逆らうことを恐れる。その恐怖に駆られて、あるいは彼が勝つと信じて、シナロア・カルテルから彼に寝返る者も出てくるだろう。

さらに、これはあまり考えたくないことだが、ティトは昔からイバンと強いつながりを持っている。ナチョ・エスパルサの忠実なボディガードで、その警護部隊と武装組織を率いて、エスパルサのために、湾岸カルテル、ファレス・カルテル、そしてセータ隊と戦い、どの戦いでも勝利を収めた男だ。

そんなティトの次の動きとして真っ先に考えられるのは、イバンのもとに行き、手を組んでおれたちとエレナを相手に戦おうと持ちかけることだ。ティトがそのとおりにしてイバンが受け容れたら、おれたちは終わる。

勝てない。

どう考えても無理だ。

CJNとエスパルサ一派が組んだら、人員面、資金面、物資面、どれを取ってもおれたちは太刀打ちできない。やつらは新たなカルテルを結成しておれたちをつぶしにかかるだろう。

採るべき道はひとつしかない。

親父の助言と承認を得るべき――実のところ、父が決断をくだすべき――なのはわかっている。が、今の親父はそういう決断ができる状況にはない。そもそも今は時間の余裕がない。それが現実だ。

リックは外に出て、電話をかける。

会合の場に向かいながら、リックは思う。もし計算をまちがっていたら――イバンとテイトがすでに手を組んでいたら――、おれは死んだも同然だ。姿を見せたとたん、殺されるだろう。

ボディガードを連れてこなかったのはまちがいだったかもしれない。そんなことをすると、回避したいイバンとの戦争を誘発してしまうかもしれない。それが怖かったのだ。イバンはすでに被害妄想に陥っていることだろう。ヌニェスの殺害未遂を自分のせいにされるのを恐れていることだろう。リックが武装した兵隊を連れて現われたら、不意打ちを食らわされたと思うことだろう。

リックとしてもここは賭けに出るしかない。

持っているのは九ミリ口径のグロック。それをベルトに差して、〈トマテロス（クリアカンのプロ野球チーム）〉のスタジャンでそれを隠している。

「安全装置がついてないから、自分のお尻をぶっ飛ばさないように気をつけて」ベリンダは弾倉に弾丸《たま》を込めながらそう言った。「狙いを定めて撃つだけのことよ」

「そんなことにならなきゃいいんだが」

「あんたがやることはないのに」車に乗り込むリックに彼女は言った。「あたしはあんたにこんなことをさせるべきじゃないんだけど」

「これはおまえの仕事じゃない」

ベリンダは笑みを浮かべた。「ねえ、リック？　今のあんたはマイケル・コルレオーネそのものだよ」

イバンが決めた会合場所は、エルドラドの東を走る国道一五号線近くの国営石油会社《ペメックス》のガソリンスタンドだ。リックはそこに車を停めながら、ここでいいと言ったことを後悔する。そこはだだっ広い駐車場の真ん中で、夜もふけたこの時間、その駐車場には隅のほうにトレーラーが数台停まっているだけで、ほぼ空《から》と言ってもいい状態だ。

そのトレーラーの一台にエスパルサの殺し屋が大勢乗っていても不思議はない。

あるいはCJNの殺し屋が。

あるいはその両方が。

リックは車から降りると、ガソリンスタンドに向かって歩く。長い道のりだ。背後から銃で狙われているような気がする。

コーヒーマシンと電子レンジ、それにスナック類がぎっしり並んだ棚の横のボックス席にイバンが坐っている。

リックはその向かいに坐る。

「あれはおれじゃない」とイバンからさきに言う。

「そう思ったよ」

「だけど、疑ってたんだろ？」

「まあ、そうだ。疑ってた」

「無理もない。確かに賢いやり方だよ。おまえの親父さんじゃなかったら――」

「ティトの仕業だ」リックは言いながら、イバンの顔に驚きが走るかどうか見守る。驚いたように見える。ただの見せかけかもしれない、もちろん。

「ダミアンじゃないかと思ってた」とイバンは言う。

「ティトだ。親父のほうもやつを追ってた」

「とんでもないミスだな。ティト・アセンシオンを狙って失敗するとはな。それでも息子のルーベンは監獄送りになった。いずれにしろ、次のターゲットはおまえだ」

「おれもそう思う」

「じゃあ、なんで来た？」

「味方についてほしいからだ」

「まあ、そうだろうな。だけど、おまえはひと月まえにはおれに銃を突きつけた。なんでそんなおまえの味方につかなきゃならない？」

「バハだ。バハをおまえに返す」

イバンはしばらく考えてから言う。「ティトもそうするだろうよ」

「バハはやつのものじゃない」

「おまえのものでもない。エレナのものだ」

「エレナと話しておれのものにする」

イバンはうすら笑いを浮かべる。「おまえが？」

「ああ」

「そしたら、彼女はティトに助けを求めるだろうな」

「だろ？　それでうまくいく」

「エレナと戦わなきゃならなくなる」

「おれたちと手を組めばおまえは勝てる」

「ティトと手を組んでも勝てる」

「かもな」

「なあ、リック。おれと組むやつは誰だって勝てるんだよ」

「おれがここに来たのもそれが理由だ」

イバンは建物の中を見まわしてから窓の外を見る。それからリックに顔を向けて言う。

「おれは今この場でおまえをティトに売ってもいいわけだ。やつは金に糸目をつけないだろう。おまえを差し出しゃルーベンを取り戻せるんだから」

「だけど、おまえはそうはしない」とリックは言う。確信があるわけではないが。

イバンはいっとき間を置いて答える。「ああ、しない。じゃあ、バハをくれるんだな？」

「国内市場のほとんどと国境検問所がおまえのものになる。おれが欲しいのはすでに持ってるラパスとカボ近辺だけだ」

「マサトランは？」

「おまえのものだ」

「こう言っちゃなんだが、この話は親父さんも知ってるのか？」

「いや、まだだ」

「ほう。おまえも大人になったもんだ」

「これで話は決まりでいいな？」

「今までのところはな。だけど、悪いが、親父さんが持ちこたえなかったらどうなる？　おまえが親方《パトロン》になる。おまえがエル・アイハドなのはわかってる。だけど、おれはどうすりゃいいのかわからない」

「何が望みだ？」

「後継者候補の一番だ。もちろん、おまえの親父さんの次ってことだが」

「まえから言ってるとおり、おれはあとを継ぐことに興味はない。ただ……」

「ただ？」

「それを聞き入れると、親父を殺す動機をおまえに与えることになる」

イバンはしばらくリックを見つめてから言う。「おまえ、ほんとうに大人になったな。それならこの話はなしだ、エル・アイハド。ティトならその地位をおれにくれるだろう」

これでは全部台無しだ――とリックは思う――話をまとめずにこのテーブルから離れるわけにはいかない。こんな話をイバンと勝手にしたというだけで親父はおれを赦さないだろう。それでも――

「だったらこうしよう」とリックは言う。「親父がベッドの上で安らかに死んだら、あるいは親父が引退したら、後継の座はおまえに譲る。だけど、親父が殺されたりしたら――殺したのが誰であれ――おれがあとを継ぐ」

「それだとおれと争うことになるぞ」

「そうならないことを祈ろう」リックは片手を差し出す。「これでいいな？」

イバンは握手に応じる。

「それからもうひとつ」とリックは言う。「親父には絶対にこの取り決めを知られたくない」

「親父さんによろしく。早くよくなるのを祈ってると伝えてくれ」

リックは車に戻る。なんとしてもまとめたかった取り決めをまとめることができた。が、同時にイバンに動機も与えた。リックはそう思う——親父とおれを殺す動機だ。

電話をかけ、彼は父親がまだ生きていることを確かめる。


聖燭祭も夜になる頃には、休暇のあいだのマリソルの興奮もさすがに冷めていた。教会にも行かず、アトーレも飲まず、もちろん幼子イエスの人形を手に入れることもしない。

「お祝いばかりで疲れちゃったわ」と彼女はケラーに言う。ただひとつ、グラウンドホッグ・デー（二月二日に北米で催される、春の到来を予想する行事）についてのケラーの説明だけは理解しようと努める。

「ウッドチャック《グラウンドホッグ》が穴から出てくるのね」

「そうだ」

「そして自分の影を見たら……なんだったかしら？」

「冬の終わりまでまだ六週間あるということだ」

「影を見なかったら、もう春だってこと？」

「ああ」

「なんの関係があるの？　グラウンドホッグが自分の影を見ないと、なんでそれが春の訪れを意味することになるの？」

「ただの伝統だ」

「馬鹿げた伝統ね」

「確かに。ブドウを食べるとか、窓から汚れた水を捨てるとか、そういう行事に比べると本質的にロジカルとは言えないな」

ケラーはグラウンドホッグ・デーが持つポップカルチャー的な意義――同じことの果てしない繰り返し――についてわざわざ説明しようとは思わないが、このところ彼にとってそういう日が続いている。

まず、メキシコ政府が麻薬王――今回はニュー・ハリスコ・カルテルのティト・アセンシオン――を捕まえようとして失敗した。そして、今度はシナロア・カルテルのトップ、リカルド・ヌニェスの殺人未遂。

一方、その間、ロベルト・オルドゥーニャ提督は成功を収めていた。彼のメキシコ海兵隊FESはタレ込み屋の情報をもとに、シワタネホのとある家を急襲し、レンテリア兄弟を三人まとめて逮捕していた。

オルドゥーニャはケラーに電話をかけてきて、兄弟が学生たちを殺したことを自供したと伝えた。

「動機はなんだと言ってました？」

「ロス・ロホスの新兵だと思ったらしい」とオルドゥーニャは言った。「痛ましいな」

ケラーはレンテリア兄弟のその話を信じていない。オルドゥーニャが運よく兄弟全員を一個所で一度に見つけたという話も。兄弟の名を明かしたのはエディ・ルイスだ。エディが兄弟の居場所まで教えた？

しかし、エディには誰が指示を与えたのか。

エディが何かを動かしているということは誰かがエディを動かしているということだ。

「あのバスにはヘロインが積み込まれていたとわれわれは考えています」とケラーは言った。

「それを裏づける情報があるのか？」

「探しているところです」

「どこのヘロインだ？」

「シナロア・カルテルじゃないでしょうか。リカルド・ヌニェスじゃないかと思います」

「やつは大怪我を負った」

「持ちこたえるでしょうか？」

「おそらく。今メキシコでは最大のカルテルふたつが戦争を始めようとしている」

グラウンドホッグ・デー。
さらなる戦争。
さらなる死。
これでまた休暇が終わる。どんな休暇もそうであるように。

2　コヨーテ

コヨーテは常に待ち伏せしている……そして、コヨーテはいつも飢えている。

——ナヴァホ族のことわざ

二〇一五年三月
バイア・デ・ロス・ピラタス、コスタリカ

ショーン・カランは、小型モーターボート《パンガ》の船外機の点火プラグを取りはずし、新しいものと交換する。

長さ二十二フィート、幅五フィート六インチのそのヤマハのボートは七年まえのものだが、カランが敬虔《けいけん》と言っていいほどの熱心さで手入れをしてきたため、今もいい状態を保っている。このボートで客を釣りやスピアフィッシング（銛や水中銃で魚を捕まえるスポーツ）やシュノーケリングやサンセットクルーズに連れていく。だからカランは常に点検を怠らない。

プラヤ・カリージョの漁師から買った、この2ストローク四十五馬力のイーアロー社製モーターとは愛憎半ばする関係を続けている。このモーターは、文明の恩恵を犠牲にすることなく原始的な雰囲気を味わいたがって、ロスアンジェルスあたりからやってくる金持ちのご婦人方より手がかかる。カランとノーラは、そんなご婦人方の矛盾するふたつの欲望を叶えるために日夜奮闘している。

ノーラのほうがおれよりは優雅に奮闘しているが、とカランは思う。

ふたりは十年ちょっとまえから、ビーチを見下ろす木立の中でバンガロー四棟と母屋から成る小さな〝ゲストハウス〟を営んでいる。ノーラのおかげで経営は順調だ。生活はつつましく、ほとんどふたりだけで過ごすオフシーズンはことさら静かなものだ。

カランはここが気に入っている。

ここコスタリカのバイア・デ・ロス・ピラタスは今やカランの故郷となっており、カランにはこの地を離れるつもりはない。もっと大規模なリゾート地であるタマリンドからも、小さな町マタパロからも充分離れた辺鄙な場所だ。それでもカランの生活は多忙をきわめている。常に何かすることがある。

モーターの修理やボートのメンテナンスをしていないときには、客を海に連れていく。そうでなければ、古いランドローヴァー（こちらも修理とメンテナンスが必要）に客を乗せて、乗馬やハイキングができるリンコン・デ・ラ・ビエハ国立公園に連れていったり、ワニやペッカリー（イノシシに似た動物）やジャガランディ（中南米に生息するネコ科の動物）が見られるパロ・ベルデ国立公園に連れていったりしている。ノーラの主張に従って予約を受けたバードウォッチングのグループの相手をすることもある。

あるいは、タマリンドのバーやクラブまで客（行きは素面《しらふ》で帰りは酔っぱらい）の送り迎えをしたり、サーフィンのレッスンや、大型チャーター船でのマカジキ釣りへの送り迎えをしたりしている。

客の世話をしていないときには、ゲストハウス自体の世話をしている。常にどこかしら修理やメンテナンスが必要な個所がある。屋根の葺《ふ》き直し、漆喰の塗り直し、水道管の水洩れ修理……シーズンオフには本格的なメンテナンスにはいる。壁紙を貼り替えたり、床を研磨したり、天井にペンキを塗ったり。

母屋の手入れをすることもある。一九二〇年代に建てられたこの母屋は、カランたちが二束三文で手に入れたときには荒れ果てていた。今、カランは愛情をもって木造部分を修理する。階段の手すりも床も太平洋を望む広い木のデッキも。

母屋から離れた裏手につくった作業場では、再利用のスペイン杉でダイニングテーブルを作成中だ。ノーラへの誕生日プレゼントにして驚かせるつもりで、わずかな空き時間を利用して進めている。

カランはもともとニューヨークで大工をしていた。腕のいい職人だった。だからこの作業も愉しくてたまらない。実のところ、今の仕事のすべてが好きだ。公園で過ごすことも熱帯雨林で過ごすことも、テンピスケ川の岸で過ごすことも、海に出ることも。いい生活だ。

日々の細かな仕事はカランも手伝うが、主にノーラがやっている。ふたりの生活は同じことの繰り返しで、それが心地よい。母屋の二階に住み、夜明けまえに起きて、一階のキッチンで朝食の支度を始める。

ふたりがキッチンに降りると、たいていは手伝いのマリアがさきにいて、彼女とノーラは一緒に豆ごはんに卵、サワークリームにチーズといった朝食をつくる。合わせて出すのは、パパイヤとマンゴーとタマリンドの盛り合わせに、濃いコーヒーと紅茶、それにオルチャータ。コーンミールとシナモンを混ぜた飲みもので、ここグアナカステ州ではよく飲まれている。

普段、カランは客が食事をしているあいだにさっさとコーヒーを飲み干し、その朝の客のアクティヴィティがなんであれ、ランドローヴァーとボートを点検する。午後までかかるアクティヴィティの場合には、ノーラとマリアが弁当をつくる。そうでなければ、ふたりは食器をさげて朝食の片づけをしてから昼食の準備を始める。昼食はたいてい米と豆にチキンか豚か魚の料理といった定食《カサード》だ。

昼食のあと、ノーラはシエスタ――〝きれいでいるための休憩〟と彼女は呼ぶが、そんなものがなくても充分きれいだとカランは思っている――のために二階に戻る。そのあいだ、マリアがシーツやタオルの交換、新たに到着する客のための部屋の準備といった家事の延長のような細かな仕事をする。

カランはシエスタの時間を取れないことが多いが、たまに取れることもあり、それが彼のお気に入りの時間となる。冷たい水を霧吹きしたシーツにノーラと並んで横になる。

夕食は客が二、三人という程度で、こぢんまりすることが多い。多くの客はプラヤ・グランデやタマリンドのレストランに行きたがるからだ。それでも、ノーラとマリアはつまみ《ボキータ》に揚げバナナ《パタコネ》とアラカチャ（南米の根菜）、それに続いて魚介のマリネ《セビチェ》、チチャロン（豚の皮を揚げたもの）を用意する。メインディッシュは魚のグリル――魚の種類はプラヤ・カリージョでその日何が売られていたかによる――か、牛肉とキャッサバ（イモの一種）を煮込んだ地元料理のオジャ・デ・カルネだ。ときにはノーラが創造性を発揮して、ステーキとフライドポテトや、鶏の赤ワイン煮込み《コック・オ・ヴァン》といったフランス料理を振る舞うこともある。

デザートはフルーツサラダのことが多いが、ノーラがもっと腕を振るいたいときには三種のミルクのケーキ《トレス・レチェ》を出す。最後はコーヒーとブランデーをデッキで飲みながら、客は眼のまえのビーチや背後の熱帯林の音に耳を傾ける。

カランが町まで客を迎えにいかなければならないときを除けば、夜は早い時間に寝て、翌朝早起きをする。

以上が、だいたい十二月から四月のオンシーズン、つまり乾季の過ごし方だ。それが終わると、雨が降りはじめ、緑の季節にはいる。といっても、グアナカステでは午後遅くと夕方に毎日降るぐらいのものだ。それでも客足は遠のき、カランとノーラは、遅れていたメンテナンス作業を進め、シーズン中より時間をかけてビーチの散歩をしたり、ふたりだけでボートに乗ったり、長く心地よいシエスタをしたり、静かに夕食をとったり、金属の屋根を叩く雨音を聞きながら愛し合ったりする。

そして七月になると、また客が来はじめる。

今は三月、シーズンも終わりに近づき、カランはパンガをビーチに引き上げて点火プラグを交換している。たまに岩礁の近くで錨《いかり》をおろすこともあり、ビーチから千ヤードも離れたところでモーターがいかれるなどということは絶対に避けたい。

正午で気温は摂氏三十度を超えているが、カランはシャツを着たままだ。女性客からは、ハンサムで逞しい宿の主人がシャツを脱いだところを見たいというジョークが投げかけられることもあるが、気さくなわりには内気なところもある彼は、それは〝適切ではない〟と答える。今も大きめの色褪《いろあ》せたデニムシャツに古いカーキのショートパンツ、革のサンダル、くたびれた野球帽という恰好だ。レンチをまわすときに手の甲をすり剥き、短く悪態をつく。

うしろから笑い声が聞こえる。

カルロス。

カランはマリアの息子のカルロスを子供の頃から知っているので、彼がもう子供ではなく、妻とふたりの子供がいる立派な大人だということをつい忘れそうになる。家族を支えるため、カルロスはラバのように一生懸命働いている。観光客向けのスポーツボートの甲板を張ったり、漁船に乗組員として乗り込んだりして、一九八九年製〈トパーズ・コンヴァーティブル〉の頭金を払えるだけの金を貯めた。全長三十二フィートのこの船は、七百三十五馬力のツイン・ディーゼル・エンジンが搭載され、タワーリリース・アウトリガー、椅子、それに前部の船室には調理室もついていて、これを使って商売ができそうな代物だ。

カランはこの船の手入れを手伝い、カルロスのほうも人手が足りないときには客をその船に乗せたり、公園に連れていったり、屋根を直す手伝いをしたりしている。

カルロスは笑ってカランに尋ねる。「モーターに反撃された?」

「その反撃にやられかけてる」とカランは言う。

「もう歳なんだからね」

カランは五十四歳。カルロスの言うとおりだ。肩までの髪にも白いものがまじっている。

「そっちはそっちでひどい恰好だな」

「一晩じゅう海に出てた」

「ブスタメンテと?」

「そう」

「収獲は?」

「キハダマグロが少し。そのプラグ、はずしてあげようか?」

「いいや、自分でできる」もう一度彼がレンチをまわすと、プラグははずれる。「昼は食べたか? 今、家で用意してる。軽くだが」

客はバードウォッチングをしにきた中年のふたりとヒッピーのカップルの四人だけだ。

「いや、けっこう」カルロスはそう言って、自分の腹を叩いてみせる。

もっとも、彼の腹はほとんど出ていないが。「カルロスに脂肪があるとしたら、全部頭のほうに行っちゃったみたい」とマリアはよく言う。痩せて引きしまった体に、人を惹きつけずにはおかない笑顔。これほど妻のエリーサひとすじでなかったら、観光で訪れた女たちと夜ごとよろしくやっていてもおかしくない。

カルロスはカランのプラグ交換を手伝い、それからふたりで〈トパーズ〉の作業手順を決める。カルロスは前部船室に木のデッキをつけたいのだ。さらに数分、天気、釣り、野球といった世間話をしてから、カルロスはカジキ釣りに出かけるチャーター船の仕事に向かう。

カランはシュノーケリングに行く希望があるかどうか客に尋ねるために家に戻る。

ノーラがキッチンで野菜を刻んでいる。

途中、中断したことはあるものの、彼女とはもう十六年も一緒にいる。が、カランはいまだに彼女を見ると心臓が止まりそうになる。

実際、ノーラ・ヘイデンは誰もが息を呑むほど美しい。

金色としか形容できない髪は熱帯での生活のためにここ数年は短めに切っている。

青い眼は太平洋のように温かく澄んでいる。

もう五十二歳になるが、これまで以上に美しい。水泳とヨガのおかげで体は引きしまり、眼元と口元のしわが彼女をよけい魅力的に見せている。

しかし、それは外見だけのこと。

彼女の中身は本物の金《きん》だ。

ノーラはカランよりはるかに頭がよく、実務家であると同時に雌ライオンのような強《きょう》靭《じん》な心の持ち主だ。

カランには自分の命より彼女が愛しい。

うしろから彼女に近づき、腰に手をまわして言う。「今日の調子は？」

彼女は首をうしろにそらせてカランの頬にキスをする。「いいわよ。あなたは？」

「いいよ。今夜の夕食はなんだ？」

「まだわからない。何が見つかるかによるわね」

「カルロスがキハダマグロが釣れたって言ってた」

「カルロス？」

「ブスタメンテと行ったらしい」

ノーラは首を振る。「そんなはずはないわ。今朝マリアがカルロスの家に寄ったそうだけど、何も釣れてなかったみたいだもの」

「おかしいな。カルロスはゆうべから海に出てたと言ってたが」

ノーラは肩をすくめる。「変ね。船は用意できてる？」

「ああ」

カランは客をシュノーケリングに連れていき、同じ人数——ここが肝心だ——の客を連れ帰る。シャワーを浴びてから、ディナーに出かける客を町まで送る。

帰ってきて、ノーラと夕食をとる。

客が出払っているので、米と豆の簡単な夕食で、カランはそれを馬のような勢いで食べる。

「静かになるシーズンが待ち遠しい？」とノーラが尋ねる。

「少しね」

ほんとうはとても待ち遠しいのだ、とノーラは思う。夫のことはよくわかる。カランはプライヴァシーを大切にする物静かな人間だ。仕事の上でのつきあいは悪くない。愛想も悪くはない。が、それは自然に出てくるものではない。ほんとうの彼は孤独が好きなのだ。

自分の仕事があり、ノーラがいればそれだけで満足なのだ。

ノーラのほうもシーズンオフが待ち遠しい。

仕事は好きだ。客をもてなすことも好きだし、大半の客——リピーターが多い——も好きだ。それでも、一息入れてショーンとふたりだけで過ごす日々が待ち遠しい。夕暮れどきにビーチまで散歩するのが。客でいっぱいの時期にはそんなことはめったにできない。

ノーラも今の生活に満足している。

朝晩と季節ごとのリズムがある生活に。

自分が幸せになれるとは思っていなかった。が、今は幸せだ。

夕食とコーヒーを終えると、カランは客を迎えにまたタマリンドに行く。待ち合わせの店は〈クレイジー・モンキー〉。バードウォッチャーたちはそこでまだデザートを食べており、ヒッピーたちはディスコフロアで踊っている。カランはストゥールに坐り、ビールを飲んで時間をつぶす。

バーカウンターからディスコフロアで踊っているメキシコ人たちが見える。ノルテーニョ・カウボーイ風の服を着ているのでよくめだつ。

グアナカステでメキシコ人グループが見られるようになったのはここ最近のことだ。たいていは十人程度の男だけのグループだが、たまにガールフレンド連れのこともある。そういったグループが〈クレイジー・モンキー〉や〈パシフィコ〉に屯したり、〈シャーキーズ〉で〝フトボル〟やボクシングの試合を見たりしている。

カランはそれが気に入らない。

メキシコ人に対して含むところがあるわけではない。もちろんそうではない。ただ、この手のメキシコ人はどうにも気に入らない。

「もうすぐ雨季だな」バーテンダーがランチョ・ウモ・ビールを差し出して言う。カランが財布を出そうとすると、バーテンダーは首を振る。

カランはビールの値段より多くのチップを置いて尋ねる。「こっちでのんびりするのか？」

「いいや。サンホセに帰るよ。家族に会いに」

「そりゃいい」

うしろを向くと、カルロスが眼にはいる。

ディスコフロアでメキシコ人グループのひとりと話している。相手は三十代の大男で、男臭く、リーダー然としていて、身なりもほかの男たちより少しだけ洒落ている。あれは親分《ヘフェ》だ。これまでも、ふたりの男を従えているのをタマリンドで見かけたことがある。今、カルロスがうなずき、ヘフェと握手するのが見える。

カランはビールを飲み干すと、客を乗せて帰る。

夜、なかなか寝つけない。

カランは、普段は決して他人のことに首を突っ込まないようにしている。今もそうすべきだと思っている。

それでもカルロスはマリアの息子だ。

それにカラン自身、カルロスが好きだ。

だから翌朝、自分の信条を曲げて、彼は〈トパーズ〉の手入れをしているカルロスのところへ行く。

「作業は土曜にすることにしたんじゃなかったっけ?」とカルロスが言う。

「ああ、そうだ。話があって来た」

「なんの話?」

「おまえ、何をしてる?」

カルロスはたちまち落ち着きを失う。「おれが何をしてるかって?」

「いいから話せ」

「なんのことだかわからない」

「おまえがブスタメンテとやってるコカインの輸送のことだ」

どうしてメキシコ人がやってくるのか。彼らはコカインを南米から空輸し、ここバイア・デ・ロス・ピラタスで小型船に積み込む。小型船はそれを大型船まで運び、大型船はメキシコやカリフォルニアまで運ぶ。

金で買った地元の漁師を使って。

カランにもわからなくはない。漁業は不振だ。たとえそうではなくても、漁でひと月稼いでも、その額はコカインを運ぶだけで一晩で得られる額に遠く及ばない。

「おれはそんなこと――」

「おれを馬鹿にするな」

カルロスは怒りだす。「あんたには関係ない」

「おれにもわかるよ。ほんの数回運ぶだけで、〈トパーズ〉のローンが返せて、自分で商売ができるようになる。夢みたいな話だ、だろ？　だけど、おれはあの手のやつらがどんなやつらかよく知ってる。おれを信じろ。あいつらと関わっちゃいけない。おまえはローンを全部返したら、そこで手を引けると思ってる。ちがうか？　あいつらがそんなことを許すと思うか？　カルロス、いずれ連中はおまえの〈トパーズ〉で輸送しろと言ってくる」

「ノーと言うさ」

「あいつらにノーは通用しない」

「なんでそんなに詳しい？」

「おれがなんで詳しいのか、それはどうでもいいことだ。とにもかくにもおまえがやることじゃない。そういうことだ」

「おれのやることじゃない？　だったら何がおれのやることなんだ？　死ぬまでずっとコスタリカのボートボーイでいればいいのか？」

「自分のボートを買って、チャーターのビジネスを始めればいい」

「何年もさきになる」

カランは肩をすくめる。

「あんたにすりゃ簡単だろうよ。あんたはもう自分でビジネスをやってるんだから」

そのとおりだ。それでもカランは言う。「友達として言ってるんだ」

「じゃあ、友達らしく母さんには黙っててくれ」

「黙ってるよ。だけど、おまえが刑務所に放り込まれたらマリアはどう思う？」

カルロスは笑みを浮かべる。「捕まりゃしないよ」

「カルロス、新聞を読んでるか？　テレビのニュースを見てるか？　コスタリカ政府はアメリカとの取り決めを更新した。コスタリカの沿岸をアメリカの沿岸警備隊が巡回してるんだ。麻薬取締局《DEA》と一緒になって」

悪い予感がする。カランはその予感を拭い去れない。

翌日の午後、カランが船から海水を掻き出していると、親分《ヘフェ》が近づいてくる。

「いい船だ」媚《こ》びるような笑みを浮かべながらヘフェは言う。

「どうも」

「あんた、ドノヴァンだろ？」

「ああ」カランがここで使っている名前だ。

「カルロスの友達だよな」

「ああ」先延ばししても意味がない。「なんの用だ？」

男の笑みが消える。「人のことに首を突っ込むんじゃないよ。おまえには関係ないことだ」

「何がおれに関係して何が関係してないか、なんでわかる？」

「おれに関係してることはおまえには関係ない。そういうことだ」とヘフェは言う。

「なあ、船と漁師が欲しけりゃ、いくらでも自分のものにすればいい。だけど、あの男だけは放っておいてくれ。言いたいのはそれだけだ」

「いいか、ひとりを例外にしたら、全員を例外にしなきゃならなくなる。そうなったらもう例外じゃなくなる」

「ひとりだけだ」

「ここじゃくそヤンキーなんか要らねえんだよ。わざわざこんなところまで来て、ああしろこうしろ言うんじゃねえよ」

「ここじゃくそメキシコ人も要らない」

「おまえ、メキシコ人嫌いか？」

「おまえが嫌いなだけだ」

「おれが誰だか知ってるのか？」

「ああ、よく知ってる」

「おれはシナロアの者だ」とヘフェは言う。「おれたちの邪魔をするな。カルロスにはやるべきことをやらせてやれ」

「彼は大人だ。自分のやりたいことができる」

「そのとおりだ」

「そうだ」とカランは言う。

「おれたちの邪魔をするな」

「ああ、もう聞いた」

ヘフェは凄《すご》みを利かせてカランを睨みつけて去っていく。カランはその姿を見送りながら思う。

あの男の言うとおりだ。他人のことに首を突っ込むべきではなかった。

それから数週間は何事もなく過ぎる。雨が降りだし、観光客も冒険と割引きめあての少数派以外は帰っていく。カランはさらに何度かヘフェを見かける。〈クレイジー・モンキー〉でも〈パシフィコ〉でも。カルロスと一緒のところも見かける。そのときにはヘフェに薄ら笑いを浮かべられ、カランは眼をそらす。

カルロスにはもうその話題は持ち出さない。ボートの手入れやコテージの屋根の修理を一緒にやりながら、いろいろな話をしてもその話だけはしない。おれは一度試みた、とカランは思う。カルロスはもう大人だ。またあの話を持ち出すのは彼を侮辱することになる。

いつもの日々に戻る。

カランは修理にほとんどの時間を費やし、午後になるとこっそり作業場に行ってダイニングテーブルの続きをやる。日が暮れるちょっとまえにノーラと待ち合わせて、ビーチまで散歩する。雨が降っていてもこれは変わらない。雨は温かく、ふたりとも濡れることを気にしない。

静かに夕食をとり、トタン屋根の下で愛を交わす。

五月のある朝、まだ暗いうちからカランは眼が覚める。階下《した》からなにやら音がしている。誰かの泣き声。

キッチンに降りていくと、泣いているマリアの肩をノーラが抱いている。

「カルロスが！　カルロスが連れていかれたの！」とマリアは泣きながら言う。

カランとノーラは彼女を落ち着かせて詳しく話を聞く。とりあえず彼女の知っていることを聞く。海上で思いがけない〝手入れ〟がおこなわれ、大勢が逮捕された。コカインだという。十一人のコスタリカ人が逮捕された。

その中にカルロスがいる。

カランはさらに詳しい話を聞きに町まで車を走らせる。

地元警察の署長が話をしてくれる。

状況はよくない。コカインがらみの手入れとしてはコスタリカ史上最大規模だという。コカイン四トン。ブスタメンテの船ともう一艘《そう》から見つかった。逮捕された十一人は拘置されている。全員が若く、前科のある者はひとりもいない。

そして、全員が漁師だ。

金に眼がくらんだ――

――結果がこうだ。

コカインが二艘の船にそれぞれ二トン。裁判にかけられるのがコスタリカにしろアメリカにしろ、数十年を塀の中で過ごすことになる。

カランは家に戻り、ノーラと一緒にマリアを落ち着かせようとする。カルロスに弁護士をつけよう。なんらかの取引きをしてもいいかもしれない……

そんなことをしてもうまくいかないことはカランにはわかっている。

カルロスが取引きに応じていくつかの名前を挙げたり証言したりすることに同意したら、彼はもう死んだも同然だ。やつらは刑務所の中で彼を殺すだろう。

しゃべろうとしゃべるまいと、殺すかもしれない。念のために。

その夜、ヘフェがまたやってくる。

ふたりの手下を連れている。

手下はヘフェから少し離れてうしろと横に立つ。

カランは近づきつつある台風に備えてパンガに覆いを掛けていたのだが、ヘフェがやってくるのを見ると、船から飛び降りる。

「何があったか聞いたか？」とヘフェが尋ねる。

「ああ」

「おまえが何か関係してるのか？」

「いや」

「あやしいもんだが、いずれにしろ、やつと話して口は閉じておくよう言ったほうがいいぜ」

「それぐらいあいつもわかってるだろう」

「わかってない場合のためにだ。もししゃべったら、あいつを殺す。母親も、おまえも、あいつのあのきれいな女房も――」

カランのシャツからなめらかな一連の動きで銃が現われる。

ヘフェが眼を見開くまえにカランはヘフェの眉間に二発撃ち込む。

ヘフェの手下のひとりが銃を抜こうとするが、間に合わない。カランはその男の顔にも二発お見舞いし、向きを変えてもうひとりにも同じことをする。

三秒で三人が死ぬ。

ジョン・ドノヴァンことショーン・カラン。別の人生では〝ビリー・ザ・キッド〟・カランとして知られていた男だ。

アイリッシュ・マフィアの殺し屋。

イタリアン・マフィアの殺し屋。

アダン・バレーラの殺し屋。

もちろん、別の人生の話だ。しかし、腕は今も衰えていない。


カランは三人の死体をパンガに積み、海に出る。ダイヴィング用の重りをいくつか服に押し込み、船べりから死体を捨てる。自分の拳銃も投げ捨てる。九ミリ口径のシグ・ザウエル。長いこと持っていたもので、愛着のある銃だ。

雨は強まっており、カランがびしょ濡れになって家に帰り着くと、ノーラがどうしたのか訊きたがる。カランは起きたことをすべて彼女に話す。お互い嘘をつかないことにしているのだ。それに、苛酷な体験をしてきているノーラは何があっても動揺しない。

動揺しなくても、さすがに不安にはなる。シナロア・カルテルはここから目と鼻の先のタマリンドにいる。昔のことだ。当時の知り合いはほとんど死んだか刑務所にいるかのどちらかだ。それでも、ノーラはアダン・バレーラの伝説に残る愛人だった。〝天空の主《ぬし》〟

アダン・バレーラの愛人だったノーラのことは、今でも覚えている者がいるかもしれない。ノーラは誰も覚えていないことを祈る。やっと平和で幸せな暮らしを手に入れたのに、また逃げるなど考えたくもない。でも、そうせざるをえないのなら……

金はある。ケイマン諸島、スイス、クック諸島の匿名口座に安全に預けてある。普段はゲストハウスの収入だけで生活するようにしているが、姿を消すのに金が必要になったら、預けてある金を使えばいい。

「マリアに電話しろ」とカランは言う。「カルロスが名前を挙げても心配ない。マリアにそう伝えるんだ」

「ほんとうに大丈夫なの？」

「カルロスが名前を挙げることのできる男たちはみんな死んだ。司法取引きができるのなら、カルロスはそれに応じたほうがいい。逮捕された十一人全員がそうするべきだ。死人を売ってもカルテルはそんなに気にしやしない」

「でも、カルテルがもっと人を送り込んできたら？」

「やつらにはそんなことをする必要はない」とカランは言う。

カランは自分のほうから出向く。

カランはもう二十一年メキシコに足を踏み入れていない。

グアダラハラ空港での銃撃戦のあと、メキシコを出て、それ以来戻っていない。あの銃撃戦ではカランの知るかぎり世界一の善人が命を奪われた。ファン・パラーダ司教。カランの一番の友人だった。

ノーラにとっても同じだった。

アダン・バレーラはその司教を罠にかけて殺したのだ。

カランはそのあとすべてを捨てた。ノーラと出会ったのは神の計らいだった。時々、カランは司教がふたりを見守ってくれたのだと思うことがある。

なのに今、カランはティファナにいる。

ノーラも一緒だ。

彼女はカランひとりではどうしても行かせようとしなかった。そして、最後にはカランの説得に成功した。彼女がひとりでコスタリカにいるよりカランと一緒のほうが安全であることは、カランも認めないわけにはいかなかった。

おれに自分たちの命が救えるならその場所はここだ。カランはそう思う。

空港で車を借りる。

「思い出す？」ティファナの街を走りながらノーラが尋ねる。

「別の人生だ」

「もちろん同じ人生よ」

チャプルテペックのマリオット・ホテルに着き、マーク・アダムソン夫妻の名でチェックインする。その昔、アート・ケラーがふたりのために用意したパスポートの名義だ。部屋は照明も雰囲気も明るい。白いリネンと枕、白いカーテンは殺菌したみたいに真っ白だ。

カランは早くもバイア・デ・ロス・ピラタスを恋しく思う。

シャワーを浴びて丁寧にひげを剃り、髪を撫でつけ、清潔な白い半袖シャツ《グアヤベーラ》を着てジーンズを穿く。

「ホテルから出るな」とカランはノーラに言う。

「イエス、サー」

カランは微笑んで言い直す。「ホテルから出ないでくれ」

「そうするわ」

「きみがサンディエゴにいてくれれば、まだ安心なんだが」

ここから国境まではわずか二マイルほどだ。

「でも、サンディエゴにはいない。わたしは大丈夫よ。どうやって彼女を見つけるつもり?」

「向こうにおれを見つけさせる。二、三時間で戻る。もしおれが戻らなかったら、きみは自分のパスポートを持って橋を渡り、ケラーに連絡するんだ。彼ならどうすればいいかわかってるはずだ」

「ケラーとは十六年話してないわ」

「ケラーはきみを覚えてる」カランはノーラにキスをする。「愛してる」

「わたしも愛してる」

駐車場係に車を持ってきてもらい、ロサリトに向かう。〈クラブ・ボンベイ〉はビーチ沿いに建っている。バハにいるときによく屯していた店だ。

カウンターバーについて坐り、テカテ・ビールを注文する。

そして、バーテンダーに尋ねる。「ここは今もバレーラの店か？」

バーテンダーはその質問が気に入らず、肩をすくめて言う。「あんた、記者か？」

「いや。昔アダンの配下にいた者だ」

「あんたのことをおれは知らないけど」バーテンダーはそう言ってカランをじっと見つめる。

「長いこと来てないからな」

バーテンダーはうなずき、厨房にはいっていく。電話をかけにいったのだ。

二十分が経ち、警官がやってくる。

地元警察ではなく、州警察の私服刑事だ。

カランのところまで来ると、いきなりこう言う。「少し歩こう」

「おれはビールを飲んでるんだよ」

「太陽の下で飲むほうがうまいぜ。誰も違反切符は切らないから」

カランと警官はエウカリプト通りに出る。

「アメリカ人か？」と刑事が訊く。

「昔はな」

「ニューヨークか」

「なぜわかる?」

「ここには観光客が集まるからな。アクセントで聞き分けられる。どうしてここに来て、バレーラのことを訊きまわってる?」

「昔が懐かしくて」

「エル・セニョールのために何をやってた?」

カランはまっすぐ相手を見つめる。「殺しだ」

警官はまばたきをしない。「今も同じことをするために来たのか?」

「今はそれを避けるために来た」

警官はビーチの端に停めてある車までカランを連れていく。「乗れ」

「メキシコで生き延びたいヤンキーがなにより守らなきゃならない鉄則がこれだ。〝警察の車には乗るな〟」

「おれは頼んでるんじゃない、ミスター……」

「カラン。ショーン・カランだ」

警官は即座に拳銃を取り出し、カランの頭を狙う。「さっさと乗りゃいいんだよ、セニョール・カラン」

カランは車に乗る。

十八年経っても〝ビリー・ザ・キッド〟・カランの伝説は健在だ。アダン・バレーラと〝黄色毛《グウエーロ》〟・メンデスが戦った際に、アダンの中心的な殺し屋として活躍したアメリカ人。プエルトバリャルタでの暗殺未遂の際にアダンの命を救った男。ティファナのレボルシオン通りで起きた、有名な〝シナロアの蚤《のみ》の市《いち》での命の物々交換〟銃撃戦でラウルとともに戦った男。パラーダ枢機卿が殺された空港での銃撃戦の現場にもいた男だ。

歌にまでなった〝ビリー・ザ・キッド〟・カランは今、覆面パトカーの後部席に坐っている。刑事は彼をどうするべきか指示を仰ぐために電話をかけている。

カランのスペイン語は今ではかなり上達していて、何を言っているのか聞き取れる。その中のひとつが〝殺せばいいんですか？〟という問いだ。あちこちに電話をかけているところを見ると、あれこれ議論が沸き起こっているのだろう。やがて刑事は電話を終えると、車を走らせる。

「どこに向かってる？」とカランは尋ねる。

「そのうちわかる」

お巡りはみな同じだ。どこの国のお巡りも、人を質問攻めにするのが好きなくせにこっちの質問には答えたがらない。カランは会話を続けるのをあきらめて、シートの背もたれに背中を預ける。車は一号線を延々と走り、プエルト・ヌエボ、ラ・ミシオンを抜けて、一号線が三号線に変わるクローバー型ジャンクションで停まる。

道端にヴァンが停まっている。

マック - 10を持った男三人が降りてきてカランに銃を向け、刑事はカランを降ろし、その三人に引き渡す。その中のひとりがカランを服の上から叩いて身体検査をする。

「そいつが銃を持ってるのにおれが気づかなかったとでも思ってるのか?」と刑事が苛立った口調で言う。

「確認してるだけだ」

刑事はあきれたように首を振ると、車に戻って走り去る。男たちはカランを促して、ヴァンの後部座席に乗せる。

ヴァンは南のエルサウサルに向かって走りはじめ、別のひとり——四十代だろうとカランは見当をつける——が質問を始める。「何がしたいんだ? ここで何をしてる?」

メキシコ人ではない。アクセントからして、イスラエル人だと思われる。しかし、意外ではない。バレーラは警護に元イスラエル兵を何人も使っていた。

「セニョーラ・サンチェスと話をしたい」

「どうして? なんのために?」とイスラエル人は尋ねる。

「ちょいと問題があってね」

「どんな問題だ? イバンがおまえをここに送り込んだのか?」

「誰だ、イバンというのは?」

「誰に送り込まれた?」

「誰でもない。自分の意志で来たんだ」

「どうして？」

「ずっとこんな調子を続けるのか？」とカランは言う。

「別にそうしなくてもいい。おまえを撃ち殺して道に捨てるのが一番簡単だ」

「そうだな。しかし、そんなことをしたらおまえらのボスがいい顔をしないぜ」

「どうして？」

「なぜならおれは彼女の兄の命を救ったことがあるからだ」

「おまえの歌を聞いたことがある。だけど、歌なんて嘘八百のことも多い。〝永遠にあなたを愛する〟とかな、〝きみはぼくのすべてだ〟とかな――」

「〝サンタクロースが町にやってくる〟とか」

「そういうことだ」イスラエル人は車を停めるように運転手に怒鳴る。ヴァンが停車する。彼らはカランを降ろし、もとは野球場で、今は砂利と土だけの空き地に引っぱっていく。そして、カランを殴りはじめる。パンチとキックが雨あられと降ってくるが、狙いはすべて体で、顔や頭には来ない。カランはなんとか体をかばい、足を踏んばる。イスラエル人が説教する。「ここに来てバレーラのことを訊くな。頼まれないかぎり、ここに来るな。名の知れた殺し屋がおれたちの縄張りをうろつきまわるのをおれたちが黙って見てると思うか？　何しにきた？　何がしたい？　そいつを言えばやめてやる」

「言っただろ」

「もういい」

男たちはカランをひざまずかせる。イスラエル人がピストルをカランの頭に突きつける。

「イバンに言われて来たんだろ！」

「ちがう！」

「じゃあ、誰だ？」

「誰でもない！」

「嘘だ！」

「ほんとうだ！」

イスラエル人は引き金を引く。

耳をつんざく恐ろしい音がする。銃口からの閃光が耳を焦がす。カランは地面に顔から倒れる。男たちに仰向けにされ、イスラエル人の顔を見上げる。大きな耳鳴り以外は何も聞こえないが、男の唇の動きでこう言っているのがわかる。「最後のチャンスだ。ほんとうのことを言え」

「言った。ほんとうだ」

男たちはカランを引き起こす。

「車に乗せろ」

カランを乗せると、彼らは水を渡す。カランはイスラエル人が電話で話すのを見ながら水を飲む。

ヴァンは道路に戻って南に向かう。

「おまえの話はほんとうらしいな」

「そう言ってるだろ？」

「セニョーラ・サンチェスと何を話したいんだ？」

「おまえには関係ない」

イスラエル人は笑みを浮かべる。

嘘八百ではない歌もたまにはある。


ノーラはプールサイドに寝そべっている。こうしていると、若かった頃が思い出される。カリフォルニア娘、ゴールデンガール、ラグーナ・ビーチの可愛い子ちゃん。そんなノーラに友達の父親たちが言い寄った。ヘイリーと出会ったのは、カボのプールサイドで寝そべっているときだった。そのヘイリーがノーラを売春の道に誘い、そこからノーラの人生が始まった。

アダン・バレーラと出会い……

世界最強の麻薬ディーラーの愛人となった。

そのあとケラーの貴重な情報源となった。

そして、カランに命《ライフ》を救われた。

カランはさまざまな意味でノーラの人生《ライフ》を救い、生きる価値のあるものにした。

ノーラのほうも彼の人生を生きる価値のあるものにした。

彼らはともに人生を築いてきた。生きる価値のある人生を。それが今、過去がじわじわと忍び寄っている。まるで償うことのできない罪のように。判決が延期され、処罰が延期されただけで、決して償うことのできない罪のように。今、ノーラとカランはメキシコにいる。

アダンが墓の中から手を伸ばしてふたりを引き込もうとしているかのようだ。

ノーラは改めて思う――アダンはわたしを愛していた。それはわかっている。わたしも一度は彼を愛したと言っていい。でも、それはアダンの真の姿を知るまでだった。アート・ケラーが教えてくれた。彼はアダンの真実の姿を教え、そのあとわたしを利用した。わたしはそうやって、男たちに利用されてきた。

ショーン・カランに出会うまでは。

でも、わたしも男たちを利用した。自分に正直に言うなら――嘘をついてもしかたがない――わたしだって男たちを利用したのだ。

だから被害者ぶるのはやめよう。

わたしはそこまで愚かではない。

それにもっと強い人間だ。

カランは自分が戻ってこなかったら橋を渡れと言った。それに従うつもりはノーラにはない、もちろん。彼が戻ってこなかったら、捜しにいく。彼を連れ帰るか、彼の遺体を連れ帰るか、あるいは、せめて彼の身に何が起きたか突き止める。今、ノーラは彼をひとりで行かせた自分に腹を立てている。

一緒に行くべきだった。無理にでもわたしを連れていくよう説得するべきだった。エレナとは彼よりうまくとは言わないまでも、彼と同程度にはうまく話せるはずだ。

わたしは彼女を知っていたのだから。

一緒に食事をしたことも、一緒に買いものに出かけたこともある。家族の集まりでも一緒になった。彼女は自分の兄がわたしを愛していたことも、わたしが彼によくしていたことも知っていた。

そう、ある程度は。

わたしが彼を裏切っていたことは知らなかった。

もし知っていたら……

それでも、わたしも行くべきだった。

その家はエンセナーダの北に建っている。

ヴァンは警備ゲートのまえで停まり、警備員が手を振って通すと、そのまま砂利敷きの私道を走る。

カランは家の中にはいらない。イスラエル人は、海と眼下の岩を望む、きれいに手入れされた芝生にカランを連れていく。北側では背の高いヤシの木がそよ風に揺れ、南側には広大なビーチが広がっている。ヨットが係留されたマリーナもある。家は何百万ドルもするにちがいない。白漆喰、はめ殺しの大きな窓——色ガラスだ——そこここにつくられたデッキやパティオ、数棟ある離れ家。

イスラエル人はテーブルの横に置かれた白い錬鉄製の椅子にカランを坐らせてからうしろにさがる。話は聞こえなくても様子は見える位置まで。黒ずくめの若い女が出てきて、食べものか飲みものは要らないか訊いてくる。ビールか、紅茶、それとも果物は？

カランは断わる。

しばらくして、エレナ・サンチェスその人が屋敷の中から出てくる。

長くゆったりとした白いワンピースを着て、黒髪をうしろでひとつにまとめている。カランの向かいに坐ってしばらく見つめてから、口を開く。「手荒な真似をしたことを謝るわ。わたしの部下たちはまちがいがあっては大変だと思ったのね。あなたも昔なら兄のために同じようなことをしていたはずよ。伝説と歌を信じれば、あなたは兄の命を一度救ってくれた人よ」

「一度だけじゃない」

「あなたに会うのを承知したのはそのためよ」エレナは言う。「レブの話だと、何か問題があったそうだけど？」

カランはだしぬけに言う。「あんたの部下を三人殺した」

「まあ」

バイアでの出来事を説明してから、最後に言う。「おれはその問題を収束させるために来た」

「ちょっと待っててちょうだい」とエレナは言う。「すぐ戻るから」

カランは立ち上がり、屋敷に戻るエレナのうしろ姿を眺める。それからまた坐って海を眺める。アドレナリンがもう涸《か》れてきて、体に痛みを覚える。レブたちはプロだ。骨は一本も折れていないが、打ち身はひどい。

おまえも歳を取ったな。カランはつくづくそう思う。

十五分後、エレナが戻ってくる。

若い男が一緒だ。

「息子のルイスよ」とエレナは言う。「今はルイスにビジネスを任せてるの。だから同席させたほうがいいと思って」

もしほんとうに息子にすべて任せているなら、あんたがここにいるはずがない。カランはそう思いながらもルイスにうなずいて言う。「よろしく」

「ムチョ・グスト」

ルイスが家族のビジネスを任されたがっていないのは一目でわかる。彼にとって今、世界のどこよりいたくないのがこの話し合いの場だろう。カランは多くの麻薬商《ナルコ》を知っているが、ルイスはまるで彼らとはちがう。

「あなたに殺された三人はカルテルには属さない請負人だったけれど、わたしたちの庇護のもとで仕事をしていたのはまちがいないみたいね」とエレナが言う。

そして、あがりの何パーセントかを払っていた。「喜んで賠償する。あるいは、必要ならやつらの分のみかじめ料を払ってもいい」

「彼らを失った損失はお金で返せるようなものじゃないわ。今、わたしたちは戦争をしているの、ミスター・カラン。あなたもよく知っていると思うけれど、戦争にはお金がかかるの。得られるかぎり目一杯必要なの。コスタリカからあがるお金も必要なの」

「おれはただ女房が安全でいられればそれでいいんだ」とカランは言う。「その気持ちはきっとアダンも同じだと思う」

エレナは驚いたような顔をする。「どういうこと？」

「アダンは彼女を愛していた」

めったにないことだが、エレナが驚きを顔に表わして言う。「あなた、ノーラ・ヘイデンと結婚したの？」

「ああ」

「驚いたわ。わたし、彼女の美しさがいつも羨ましかった。彼女のことは大好きだったのよ。よろしく言っておいて。でも、これで伝説の人物がみんな戻ってきたわね。まずはラファエル・カーロ。ついであなたとノーラ――」

不意に騒がしくなり、三人の子供が芝生の南の端で、笑ったり叫んだりしながら走りまわりはじめる。子守がそれを追いかけ、もうひとりの女性がそれを見守る。

「孫よ。子供は立ち直りが早いわね」なんのことだかわからないというカランの表情を見て、彼女はつけ加える。「あの子たちは最近父親を亡くしたのよ。あの子たちの父親は殺されたのよ。あの子たちの眼のまえで。イバン・エスパルサが命じたの」

それで戦争が始まったのか。イバンに送り込まれたと勘ちがいされて、手荒な歓迎を受けたのはそのせいだったのだ。

エレナは椅子の背にもたれ、海を見やる。「きれいね」

バイアの海を知らなければ、この海を見てもそう思うだろう。カランは内心そう思う。

「こんな美しいところに住んで、お金も腐るほどあるのに、わたしたちは動物のように殺し合いをする。いったいわたしたちはどうしちゃったの、ミスター・カラン？」

口先だけの疑問だろう。

「取引きができるかもしれない。死んだ三人の件についてはあなたに恩赦を与えるわ。あなたの小さな村にも手を出さない。もちろん見目麗《みめうるわ》しいノーラにも」

「交換条件はなんだ？」

「イバン・エスパルサよ。彼を殺して」

レブの車でロサリトに戻る道中、カランはエレナの申し出について考える。

わたしのために戦って。ルイスのために戦って。ルイスがカルテルを引き継ぐのに手を貸して。もし勝ったら、欲しいものはなんでもあげる。

赦免も。

安全も。

妻も家も。

命も。

選択の余地はない。

カランはふたたび戦争に身を投じる。


ケラーはマリソルと並んで坐り、夜のニュースを見る。

具体的に言えば、大統領選に立候補することを発表しているジョン・デニソンを。〝私はメキシコとの国境に大きな壁をつくる。私よりうまく壁をつくれる者はいない。巨大な、実に巨大な壁をつくるつもりだ。その費用は誰が払うかおわかりか？　メキシコだ。覚えておいてほしい〟。

「〝覚えておいてほしい〟ですって」とマリソルが言う。「どうやってその壁とやらの費用をメキシコに払わせるの？」

〝わが国は――〟と演説は続く。〝ゴミ捨て場になっている。メキシコは人を送り込んでくるが、それは最善の人々ではない。メキシコから来る者たちはドラッグを持ち込む。銃を持ち込む。犯罪を持ち込む。彼らは泥棒、人殺し、レイプ犯だ〟。

「このテレビは高かったんだ」とケラーは言う。「頼むからグラスを投げつけないでくれ」

「レイプ犯ですって？　わたしたちを人殺しでレイプ犯だって言ってるの、この男？」

「きみ個人を指しているわけじゃないと思う」

「よく冗談なんか言えるわね」

「だって冗談じゃないか。この男自体がまさしく冗談だ」

次の選挙では共和党が勝つだろう。ケラーはそう思う。そうなったらおれは仕事を失う。しかし、いくら人の馘を切ることで有名だとしても、こんな男に馘にされてたまるか。

デニソンはさらに言う。〝ここに多くの人がいる。多くの友人が。そしてみんなが言うんだ。今一番大きな問題はヘロインだと。このような美しい湖と木々のある場所で、なぜそんなことになっているのか？　ドラッグは南の国境から流入している。私が壁をつくろうというのは、本物の壁をつくるという意味だ。われわれは壁をつくり、毒がわが国にはいり込んで、若者はじめ多くの人々を破滅させるのを防ぐ。そして、麻薬依存の患者を救うのだ〟。

翌朝、〈ワシントン・ポスト〉が壁をつくるというデニソンの公約についてケラーに訊きにくる。

「ドラッグの流入を阻止するという意味では、壁はなんの役にも立たないでしょう」とケラーは言う。

「なぜですか？」

「簡単なことです。壁ができても出入口は残るからです。一番大きな三つの出入口はサンディエゴ、エルパソ、ラレドです。世界一通行量の多い国境検問所です。エルパソでは十五秒に一台トレーラーが通過します。メキシコから運ばれる違法ドラッグの七十五パーセントがこういった正規の検問所を多くはトレーラーで、あるいは乗用車で、通過していきます。そういったトレーラーのほんの一部でも停めて隅から隅まで調べ上げるとなったら、経済活動が完全に麻痺してしまう。出入口が常に開いているのに壁をつくっても意味はありません」

デニソンの発言など放っておけばいい。それはわかっている。しかし、ケラーはそうはしない。

「壁に関しちゃ黙っていられなかったようだな」とオブライエン上院議員が言う。

「あまりに馬鹿げています。馬鹿げている以上にひどい。皮肉きわまりない政治ショーとしかほかに言いようがありません。ニューハンプシャーで嘆き悲しんでいる親たちに向かって、国境に壁をつくってヘロインの流入を阻止するなんて。よく真面目な顔をして言えるものです」

「それは私も同意見だ」とオブライエンは言う。「ただし、私なら〈ポスト〉まで行ってそんなことをいちいちしゃべったりはしない」

「あなたもそうするべきです」

「見映えの問題だよ、見映えの。麻薬取締局局長がメキシコからのドラッグ流入を止められるかもしれない案に反対意見を述べているとなると――」

「何度でも言います。壁など無意味です」

「——しかも局長の奥さんはメキシコ人だ」

「愛と敬意を込めて言いますが、ベン」とケラーは言う。「あんたはくそったれだ」

「デニソンが勝つことはないよ。だから壁が建つこともない。放っておいて、ただこの馬鹿げた選挙シーズンが過ぎるのを待てばいいんだ。どうしてわざわざあのくそ野郎に喧嘩を売らなきゃならない？」

それはなによりデニソンの娘婿がドラッグマネーに首までどっぷり浸かっているからだ、とケラーは思う。

デニソンの娘婿の〈テラ・カンパニー〉はこれまでに少なくとも三回、ハンブルク、ロンドン、キエフでの建設プロジェクトのために〈ＨＢＭＸ〉から巨額の融資を受けている。ハンブルクとロンドンのプロジェクトでは、クレイボーンがシンジケーション・ブローカーなる役を務めた。キエフのプロジェクトでは、現在アメリカから制裁を受けているロシア貯蓄銀行、通称〝スベルバンク〟の名も挙がっている。

〈ＨＢＭＸ〉自体、問題を抱えている。二〇一二年、〝自社のシステムを利用した資金洗浄を阻止できなかった〟ということで、アメリカ支社に二十億ドルの罰金が科せられた。地道な捜査の結果、五年のあいだに、メキシコの〈ＨＢＭＸ〉が百五十億ドルを超える額を現金あるいは不自然なほど大量のトラヴェラーズチェックで、アメリカ内の支社に送っていたことが発覚したのだ。さらに〝疑わしい取引きに関連する口座閉鎖に抵抗した〟件でも制裁を受けている。実際、精査されなかった〝疑わしい取引きに関する届け出《SAR》〟は一万七千件以上もあったという。

驚くことでもない、とケラーは思う。〈HBMX〉は〝最後の頼みの綱となる貸し手〟なのだから。

しかし今、ラーナーが必死になっているとの報告がクレイボーンから届いている。ドイツ銀行が抜けた穴を埋める融資元が見つかっていないのだ。〈パークタワー〉プロジェクトへのバルーン返済方式の期日はいよいよ迫っている。おまけにビル自体、赤字を出しつづけている。

「ジェイソンは私をロシアに行かせたがっている」とクレイボーンはウーゴに言ったという。「あるいはメキシコに」

どちらにしても汚い金だ、とケラーは思う。クレイボーンが行くのがロシアならどうでもいい。しかし、それがメキシコとなると、話がちがってくる。

メキシコでは今、さまざまなことが起きている。

一番は、ティト・アセンシオンと彼が率いるニュー《C》・ハリスコ《J》・カルテル《N》の急激な台頭だ。CJNはヘロインとフェンタニル市場に積極的に進出し、これまで市場を支配してきたシナロア・カルテルの玉座を脅かしている。また、アセンシオンのカルテルはバハ経由で製品を輸送しており、ハリスコ州だけでなく、ミチョアカン州とゲレロ州でも強い存在感を放っている。さらにベラクルス州ではセータ隊を刺激している。

抗争の火種は密輸だけではない。今では国内のドラッグ市場も成長しており、街角市場をめぐる争いがティファナ、ラパス、その他の市《まち》を戦場に変えている。その結果、抗争に関する死者数が、〝古き悪《あ》しき時代〟と称される二〇一〇年、二〇一一年以来という水準にまで上がっている。

国外と国内の販売は切っても切れない関係にある。カルテルは国内の縄張りを下部組織に与え、下部組織はそこから利益を得る。その国内市場の利益が国境検問所を支配するための人的資源確保の費用となるからだ。

ドラッグだけではない。地域のギャングがカルテルのどこかと手を結び、バーやレストラン、ホテルなど、縄張り内の事実上すべてのビジネスを脅して金を巻き上げている。

これは比較的新しい動きで、かつて支配していたシナロア・カルテルは、恐喝を決して許さなかった。そういうことをすれば、中立的な一般市民を遠ざけるだけでなく、政府の介入を許す危険があることを心得ていたからだ。

CJNにはそんな分別はない。連邦政府の鼻先、メキシコシティで恐喝を働き、与党の制度的革命党《PRI》を挑発している。

メキシコ政府ももちろんこれまで手をこまねいていたわけではない。

一月にはアセンシオンを捕まえようとした。それにはしくじったものの、息子のルーベンを逮捕することはできた。

アセンシオンはその報復として、オコトランで連邦捜査局の部隊に不意打ちを食らわせた。マシンガンとロケットランチャーを使ったこの奇襲で、五人の捜査官が殺された。

政府も反撃に出ることは出た。ハリスコ郊外のアセンシオンの牧場を未明に襲撃したのだ。

メキシコ空軍の大型ヘリコプター——フランス製のEC725カラカル、通称〝シュペル・クーガー〟——二機が木々のすぐ上でホヴァリングを始めたかと思うと、ヘリの前方の左右の窓から七・六二ミリ口径の機関銃が突き出された。両機にはそれぞれティト・アセンシオンの殺害あるいは身柄確保を命じられた二十人の連邦捜査官と空挺部隊の精鋭が乗っていた。

数多く所有する牧場のうちのひとつで眠っているアセンシオンを捕らえ、永遠の眠りに就かせる。それが作戦だった。

しかし、ティトは起きていた。

防災対策を施した寝室で、プリペイド携帯電話の画面を通じて見ていた。ヘリコプターが近づいてきたかと思うと、先頭の一機が上空でホヴァリングした。そして、そのヘリから空挺部隊の隊員がロープを使って降りてきた。棒つきキャンディのように。

空中にぶら下がった無防備なキャンディのように。

それまでカムフラージュネットで姿を隠していた五台の装甲車が、木々のあいだからうなりをあげて走りだした。ティトの子飼いのボディガード——イスラエルの特殊部隊で訓練を受けたこちらも精鋭——は制服まで着ており、車の横には〝CJN特殊部隊最高司令部〟と書かれていた。

彼らはすぐにＡＫを撃ちはじめた。

キャンディは空から落ちた。

二機目のヘリコプターにはロケットランチャーが使われ、ロケット弾がテールローターに命中した。ヘリコプターは回転して地面に落下し、炎に包まれた。

奇襲攻撃はそれで終わった。

九人の兵士が命を落とし、生き残った者も大火傷《おおやけど》を負った。

それからの二日間、ＣＪＮはハリスコじゅうで暴れまくり、車やバスを乗っ取っては燃やした。ガソリンスタンドや銀行にまで火をつけた。そうした狼藉はリゾート地であるプエルトバリャルタにまで及んだ。政府は秩序を取り戻すために莫大な費用をかけて一万人の大軍を送らなければならなかった。

三週間後、数人の連邦捜査官がミチョアカン州とハリスコ州との州境近くにある牧場から武装した男たちの乗った車列が出てくるのを見つけた。連邦捜査局は、ティト・アセンシオンがランチョ・デル・ソルにひそんでいる可能性があるとの情報を得ており、その車列を止めようとした。

車の男たちはいきなり発砲して牧場に逃げ帰った。

連邦捜査官は応援を要請した。

初めに四十人、つぎに六十人が加わり、最後には軍用ヘリ《ブラックホーク》から二千を超える銃弾が牧場の建物に浴びせられ、ＣＪＮの殺し屋六人が殺され、三人が拘束された。

死んだ殺し屋六人のうちふたりはハリスコ州警察官だった。

連邦捜査官もひとり死んだ。

しかし、死人の中にも捕まった中にもティト・アセンシオンはいなかった。

メキシコシティ当局もさすがにこのままにはしておけないと判断する。

なにより勝利が要る。

もっといい新聞の見出しが。

連邦捜査局は周辺地域を警邏して、さらに三十三人の容疑者を捕まえた。ＣＪＮから手当てをもらっていることがはっきりしている、あるいはもらっているとされている男たちだ。連邦捜査局は彼ら全員を牧場に連れていき、うしろから頭を撃った。そして、死体を牧場周辺にばら撒いて、その手にアサルトライフルやロケットランチャーを持たせ、三時間にわたる激しい銃撃戦の末、四十二人のＣＪＮの殺し屋を殺したと発表した。

その事件は確かにメディアに取り上げられ、新聞の見出しを飾った。

メキシコのメディアの多くが――アナも含まれる――その件に飛びついた。ただ、こう伝えた。〝銃撃戦〟は偽装で、連邦捜査局はおそらくＣＪＮとはなんの関係もない四十二人を処刑したのではないかと。

〝トリステーサで四十九人、今回はハリスコで四十二人。連邦政府は政府に敵対する者なら誰彼の区別なく、ただ単純に殺しているのだろうか？〟とアナは書いた。

あるいは、ただ単純にシナロアの敵を殺しているのか？　ケラーは考える。こうした例は過去にもあった。それにはケラーも関わった。アメリカの情報をオルドゥーニャ提督とメキシコ海兵隊FESに流して、アダン・バレーラの敵だったセータ隊を倒した件だ。

シナロアとCJNが戦争状態にあるのはもはや疑いの余地がない。

ティト・アセンシオンは自分を襲い、息子を投獄したのはシナロアだと考えている――実際、麻薬取締局のどの情報源も報告してきている。リカルド・ヌニェス暗殺未遂については、その裏にアセンシオンがいるというのが大方の見方だが、アセンシオンではなく、イバン・エルパルサだと信じている者も中にはいる。

それはないだろう、とケラーは思う。ヌニェスが自身の決定を覆《くつがえ》して、バハ本部をイバンに返したという報告があったからだ。それがほんとうなら賢明な判断だ。その結果、エレナ・サンチェスとの仲が壊れ、彼女をティト・アセンシオン側につかせることになったとしても。アセンシオンと戦うにはヌニェスとしてもエスパルサの兵力が要るだろう。

しかし、その結果、バハは完全な混乱状態に陥っている。再度手を結んだヌニェスとイバン・エスパルサの合同勢力、それに対抗するサンチェスの組織、サンチェスと手を組んだニュー・ハリスコ・カルテル。まさに多面戦争の様相を呈している。ヌニェスの暗殺未遂以降、これまでのところ、どのトップも直接ぶつかり合ってはいないが、街角では〝戦闘〟が繰り広げられ、売人や下っ端が殺されている。

街場が悶え苦しんでいる。

売人も、組織の兵隊も、バーの店主も、誰が支配しているのか、誰にみかじめ料を払えばいいのか、誰に忠誠を誓うべきなのか、判断できないでいる。相手がその日その日で変わるからだ。まちがいを犯せば命に関わる。まるで目隠しをされて3Dのチェスの駒《ポーン》にされたようなものだ。しかもチェス盤から弾き飛ばされるポーンの数が日に日に増している。

その残虐さも。

死体が橋や陸橋から吊るされたり、焼かれたり、首を切られたり、細かく刻まれて歩道にばら撒かれたり。あるシナロアのメンバー――ヌニェスの武装警護部隊の長で、〝燐寸《ラ・フオスフオラ》〟と呼ばれる頭のいかれた女――は死体をスプレーペンキで緑に塗るのに凝っている。緑はシナロアの色。〝バハは緑〟というわけだ。

バハが何かと言えば文字どおり戦場だ。

戦場がそこだけならまだいい。

シナロアとCJNは港湾都市も手に入れようとしている。目的はドラッグの売買と恐喝だけではなく、フェンタニルとメタンフェタミンそれぞれの材料となる化学物質の供給源である中国からの荷揚げを支配するためだ。

しかし、港湾都市はリゾートであることが多く、有名なアカプルコ、プエルトバリャルタ、カボ・サン・ルーカスなどが今や前代未聞の暴力都市と化し、観光マネーが激減している。

もっと地味なラサロ・カルデナス、マンサニージョ、ベラクルス、アルタミラといった港はまさに激戦地だ。ベラクルスではシナロア、ＣＪＮ、セータ隊が三つ巴《ともえ》で戦っている。アカプルコでは、シナロアとＣＪＮの戦いがダミアン・タピアと、エディ・ルイスの組織の残党の存在によってさらに複雑化している。

今ある巨大カルテルはシナロアとＣＪＮのふたつだけだ。が、下位の組織はいくらもある。エレナ・サンチェス一家が率いる〝ニュー・ティファナ・カルテル〟、タマウリパスとチワワの一部でよみがえったセータ隊、ダミアン・タピア率いるかつてのタピアの組織と手を結んだと思われるゲレロス・ウニドス。さらに、テンプラー騎士団やミチョアカンのラ・ファミリアの残党もいる。それらが主だったところだが、現在メキシコ国内には、確認できるだけで八十を超える麻薬密売組織が存在している。

どこが勝者になるか選べと言われたら、ケラーはＣＪＮを選ぶだろう。とは言っても、差はわずかだ。ＣＪＮはヘロインで膨大な利益を上げており、また、ティトは戦闘の指揮に慣れている。ヌニェスはまだ全快しておらず、心身が弱っていることを考えると、今は息子のリックがヌニェス一派を率いているはずで、ミニ・リックもリーダーとして成長を見せている。戦争の指揮に強いイバン・エスパルサと手を結んでいるのがその証左だ。それに、息子が連邦政府に捕らえられているため、アセンシオンはどうしても行動を制約される。それでも、だ。あえてどちらか選ぶとすれば、今のメキシコで最も力を持っているカルテルはＣＪＮだろう。

これは権力構造の大きな転換だ。

ただ、メキシコ政府に執拗《しつよう》に追われているところを見ると、ティトはその新しい力をまだ政治への影響力としては利用できていないようだ。

メキシコシティは今もリカルド・ヌニェスとシナロア・カルテルにしがみついている。

ジョン・デニソンが大統領選に出る。

その娘婿はドラッグマネーを追い求めている。

そう、彼もまた〝息子たち《ロス・イホス》〟のひとりということだ。


パーティは盛り上がり、最高潮に達する。

イバンは弟のオビエドの誕生日にプエルトバリャルタのレストランを借り切って、〝息子たち《ロス・イホス》〟全員とその妻を招いた。

妻以外の女たちはいない。

ガールフレンドや愛人の出番は酒とクスリでどんちゃん騒ぎになる二次会だ。高級レストランでのディナーパーティは落ち着いた集まりで、男たちはスーツをぱりっと着こなし、妻たちもめかし込んでいる。誰もが招待状に従って黒を着ている。というのも、店内が壁から家具類からテーブルクロスから、すべて真っ白だからだ。

エレガントな大人の雰囲気。

料理も大人っぽい。前菜として牛のタルタルステーキと海老《アグアチレ》のマリネ。続いて豚の肩肉、シーフードのラヴィオリ、アヒルのラグー。仕上げはチョコレート・クリーム・ブリュレとバナナブレッド・プディングだ。

リックは、キュウリのマティーニ《キューカンバー・マティーニ》を飲み、妻と話す。キューカンバー・マティーニが初体験なら、妻とこうして語り合うのも比較的最近始めたことだ。が、その時間は次第に増え、夜はほとんど家でカリンと子供と過ごしている。

不思議なのは――彼自身認めざるをえない――父が重傷を負ったことと、回復に時間がかかっていることで、リックは父の望みどおりの彼、まわりの人々に思われているとおりの彼になった。そして、そんな自分を好ましく思うようにもなってきている。パーティをやめ、酒とクスリをやめると、仕事――戦略を立てたり、資金や人材を割り当てたり、エレナやティトと戦ったりといったことまで――が好きになったという。これは思いがけない発見だ。

リックとイバンはどのように協力して、エレナとルイス・サンチェスの新たな組織――カルテル《C》・バハ《B》・ヌエボ《N》・ヘネラシオン《G》――に対抗していくか、定期的に話し合っている。これがなかなか複雑な仕事で、ややこしい。街場の売人は縄張りによってヌニェスからイバンの配下へ、あるいはその逆にもなるからだ。同様に、殺し屋、スパイ、警官についても、互いの足につまずいたりしないよう、縄張りと、誰の配下になるか、はっきり仕分けをしなければならない。

実に細かくてややこしい作業で、数ヵ月まえのリックならとっくに逃げ出していただろう。が、今は真剣に取り組んでいる。グーグルマップとにらめっこをしながら、隼《アルコン》と呼ばれる監視要員からの報告を検討している。警官同士が対立しないよう、警察に払う金額も統一することが決まる。

「〈CBNG〉なんてものは――」そんな話し合いの席でリックがイバンに言った。「ルイスが頭目になったことをただ世に知らしめるためだけのものだ」

「ただ旗揚げしただけじゃ、それさえできてない」とイバンは言った。「今でも母親が采配を振るってることは誰でも知ってるんだから。ルイスはエンジニアだ。あいつに組織の運営や戦争の何がわかる？」

じゃあ、おれたちはどうなんだ？　とリックは内心思ったが、口には出さなかった。おれたちは――イバンでさえ――こんなことをするのは初めてなのだ。これは誰ひとりつい最近まで真剣には考えてこなかったことだ。これは仕事をしながらの実地訓練《OJT》みたいなものだ。ルイスは確かに戦争にかけてはずぶの素人だ。だけど、ティト・アセンシオンは大ヴェテランだ。おれたちが知っていることよりティトが忘れてしまったことのほうが多いくらいだろう。

イバンはダミアンのことを尋ねた。「若き狼狩りはどんな具合だ？」

「何も進んでない。そっちは？」

「やつは姿を消した。賢明なことだ。とんでもないことをしでかしたんだからな」

「それはまちがいない。でも……」

「でも、なんだ？」

「実のところ、よくわからない」とリックは言った。「ほんとうにそこまでひどいことだったんだろうか？　結果的には、重要人物は誰も怪我しちゃいない」

「問題はそこじゃない。問題はやつがおれたちをコケにしたことだ」

「やつが攻撃したのはエレナだ。おれたちが今戦っている相手だ」

ダミアンと手を組めばいいんじゃないのか？　リックは内心そう思っている。

「そんなことは関係ない。やつはアダン・バレーラの母親を攻撃したんだぜ。おまえの名づけ親の母親を。やつを見逃すぐらいなら、世間にケツを差し出して犯してくれと言うほうがまだましだ。ありえない。ダミアンはなんとしても排除しなきゃならない」

「わかった。だけど、排除するといってもいろいろある。段階がある。だろ？」

「殺す」

「わかった」

「リック……」

「わかったって」一応言うだけは言った。リックはそう思い、話題を変える。「コケにするといや、あのむかつくヤンキーがおれたちのケツを蹴飛ばすと言ってるのを見たか？」

「誰だ？　デニソンか？　あの、大統領選に出るってやつか？　壁をつくるとか言ってやがるやつか？」

「自分が当選したら〝シナロア・カルテルのやつらの尻をまとめて蹴飛ばしてやる〟」とリックは言った。「ツイッターでそうつぶやいてた」

イバンはいかにもイバンらしい顔つきになった。たいていの場合、その顔つきはトラブルを意味する。「だったらからかってやろう」

「どういうことだ？」

「やつはつぶやくのが好きなんだろ？」イバンは携帯電話を取り出した。「だからこっちもつぶやくのさ」

「あんまり賢いことじゃないよ、それは」

「いいじゃないか。最近のおれたちは真面目すぎだ。仕事ばっかりでまるっきり遊んでない。少しは愉しまないとな」

イバンは携帯電話に文章を打ち込み、リックに見せた。

〝おれたちを怒らせつづけたいのか。いいから、前言を取り消せ、このマクドナルド野郎。大馬鹿野郎のこのデブ――シナロア・カルテル〟

「おいおい、やめろって」

「もう遅い。今送った。あの野郎、きっとちびるぜ」

「おれがちびったかも」

リックは笑いながらそう言った。

イバンも笑って言った。「おれたちはシナロア・カルテルなんだぞ、兄弟《マーノ》。あいつより金を持ってて、あいつより多くの兵隊を抱えてる。武器だってあいつより持ってる。あいつより頭がいいし、肝だって据わってる！　誰が誰のケツを蹴飛ばすか、そのうちわからせてやろう、あのクソ。ロス・イホス、シエンプレ！」

息子たちよ、永遠なれ。

リックはイバンとの会合を終えると、ダミアンのいないところを捜すダミアン捜しに戻った。といっても、居場所を知りながらやっていることではなかったが。

〝燐寸《ラ・フオスフオラ》〟ことベリンダは自分の仕事を真面目に続けていた。

そんな彼女の部下が、エレナとルイスの〈CBNG〉の実動部隊のトップがエンセナーダの闘鶏場《パレンケ》に入りびたっていることを突き止めた。

その男は闘鶏が好きだった。

ベリンダはそこに殴り込みをかけて四人を殺した。が、トップの男には逃げられた。

もっとも、逃げていられたのはそう長いことではなかったが。

二週間後の午前四時、その男は会合を終えて家に帰ろうと、リンカーン・ナヴィゲーターで国道一号線を走っていた。ベリンダは部下とともにオートバイでその車に横づけした。そして、車と男と運転手とボディガードの体に風穴《かざあな》をあけた。

ベリンダとガビはバイクから降りると、死体に緑のペンキをスプレーした。

「これをあたしたちの色にすることにしたんだ」とベリンダは説明した。「バハのシナロア・カルテルは緑。バハを緑の空って呼ぶことにするわ。見映えだよ、見映え」

「見映え？」

「見映えは大事だよ」とベリンダは言う。「だからあたしはCNNをよく見てる」

見栄えが大事なら、ことばも大事だ。だから彼女は死体の上にプラカードを置く。〝〈CBNG〉のクソどもに告ぐ。空は緑だ。われわれはここにいる。今もこれからも永遠に──バハのシナロア〟。

ひと月後、彼女はまた別の〈CBNG〉のメンバーをティファナ市のソナリオ地区にあるストリップクラブで見つけると、緑色に塗ったばらばら死体を黒いゴミ袋に入れてメッセージをつけた。〝再度告ぐ。われわれはここにいる。今もこれからも永遠に。おまえらは存在すらしない。空は常に緑だ。ストリッパーにとっても、〈CBNG〉とハリスコの女どもにとっても〟。

「ストリッパーになんの恨みがあるんだ？」とリックは尋ねた。

「なんにも」とベリンダは言った。「ストリッパーは好きだよ。ものすごくね。でも、脱ぐならあたしたちのために脱いでほしいわけ。〈CBNG〉の裏切り者やその仲間のハリスコの連中じゃなくて」

「なるほど。でも、〝女ども〟っていうのは？」

ベリンダは心配そうな顔をした。「性差別かな？　あたしはフェミニストだから女の権利拡大には大賛成なんだけど。だいたいあたしは大きなカルテルの警備担当のトップになった女第一号なんだからね。だから、性差別主義者だなんて思われるのは──」

「いや、おまえはすばらしいよ」

「あんたはまだ〝見つけないように捜す〟任務を続けてるの？」

「実のところ、ほんとうにダミアンを見つけられてない。ゲレロのどこかに潜伏してるという話は耳にはいってくるが」

「あたしのところの兵隊を送ろうか？」

「おまえはバハに集中してろ」

「あたしが何をしてると思ってるの？」

緑の空か、ああ、悪くない。リックはそのときそう思った。

「これ、おいしいわよ」カリンはスプーンですくったプディングを見せながらリックに言う。「食べてみた？」

「最高だな」

「オビエドはいくつになったの？」

「精神年齢十三歳の二十五歳だ」

名目上はイバンの弟のオビエドがバハ本部《プラーサ》のボスだが、リックとしてはオビエドを迂回して、イバンと直接会うほうが楽だ。実際、イバンにしてもバハ本部《プラーサ》の仕事をオビエドに任せきれないでいる。オビエドはいいやつだが、まだ子供だ。本気になりきれていない。オビエド相手では何ひとつ話が決まらない。

イバンがテーブルにやってくる。「これから行かなきゃならない。わかるな？」

リックは黙ってうなずく。

「イバンはどこに行くの？」とカリンが尋ねる。

「次から次とパーティがあるんだよ。そこに行って、やらなきゃならないことがあるんだろう」

コカイン、売春婦、そしてコカイン。

「あなたも行くの？」

「いや、おまえと一緒にホテルに帰る」

「ほんとは行きたいの？」

「いいや。行きたくない」

それから五分ほどしてレストランのドアが開く。リックはイバンだろうと思って見やる。が、そこいるのは黒い服を着て覆面をかぶった男で、ＡＫ‐47を体のまえに構えている。

リックはとっさにカリンの両肩を押さえつけ、テーブルの下にもぐり込ませる。「そこから動くな」

さらに男たちがはいってくる。

オビエドが銃を抜こうと反射的に腰に手をやるが、銃はそこにはない。誰ひとり銃を携帯していない。なにしろここはティト・アセンシオン自らがエスパルサ兄弟の安全を保証した、ハリスコ州の洒落たディナーの席だ。全部で十五人ほどのガンマンが男のグループと女のグループに分けはじめても為す術《すべ》がない。

男のひとりがテーブルの下に手を伸ばしてカリンの手首をつかむ。カリンは悲鳴をあげる。

「大丈夫だ、ベイビー」とリックはカリンに言って、男に言う。「彼女の体にかすり傷ひとつできただけでもおまえを殺すからな」

最初にはいってきた男が大声で指示を出す。「女はこっちの壁ぎわ、男はあっちの壁ぎわだ。移動しろ！」

聞き覚えのある声。

ダミアンだ。

リックは壁ぎわに行き、オビエド、アルフレード、そのほか六人の男と並び、向かいの壁ぎわで恐怖に打ち震えながら泣いているカリンを見る。

そして、彼女に微笑みかける。

床にはバッグやハイヒールが散乱している。

「行け！」ダミアンが怒鳴る。

彼の部下は男たちをひとりひとり壁のほうに向かせると、手をうしろにまわさせてビニール製のバンドで縛る。そして、店の外へ歩かせる。

リックは最後だ。

「そいつは別だ。残しておけ！」とダミアンが叫ぶ。

彼はリックのまえに来る。「イバンはどこだ？」

「さあ、知らないね」リックは肩をすくめる。

ダミアンは体をうしろにそらしてAKの銃口をリックの顔に向ける。「やつはどこにいる？」

リックはめまいがして失神しそうになる。小便も洩らしそうだが、努めて平静な声で言う。「言っただろ？　知らないんだよ」

覆面の穴からダミアンの眼が見える。

興奮して燃えている。

「やつが戻るのを待つ」とダミアンは言う。

「そんな時間はないぜ、D」自分でも意外なことに、リックは段々落ち着いてくる。「外に部下がいる。今すぐにでも中に駆けつけてくる。おれだったら、銃をぶっ放しながら逃げなくてすむうちにここを出ていくがな」

「おまえはおれの肩を持ってくれてるって聞いてたが」

「今じゃ後悔してる」

「後悔しなくていい。おまえをほかの連中と一緒に連れていかないのはそのためだ」

ダミアンはリックから離れて怒鳴る。「よし！　行くぞ！　目的のものは手に入れた！」

とりあえず三兄弟のうちふたりは手に入れたわけか。リックはそう思う。

殺し屋たちは出ていく。最後にダミアン。

リックはカリンのもとに行き、腕をまわす。「大丈夫。大丈夫だ。もうなんの心配もない」

そんなわけがないことはリックが一番わかっている。

蒸し暑い八月の夜。ケラーは少しでも快適に過ごせるよう二階の小さなテラスの椅子に坐っている。マリソルと。ワシントンDCの夏は、ケラーに言わせると〝シャツが三枚必要な気候〟だ。外出が二回以上になると、シャツを二度着替えなければならないから。

マリソルがサングリアをつくり、ふたりは未開のヤンキーみたいに氷を入れてそれを飲む。暑さに耐える最善の方法は静かに坐って過ごすことだ、とマリソルがケラーに講義しているると、ケラーの電話が鳴る。

ウーゴ・ヒダルゴからだ。「エスパルサ兄弟が誰かに拉致されました。正確に言えば、兄弟のうちのふたりですが」

「どのふたりだ?」

「まだはっきりしていません。〈ユニビジョン〉は、今のところどの可能性もあると言っています。聞いてください。〝プエルトバリャルタで、パーティがおこなわれていたレストランに殺し屋集団が雪崩《なだれ》れ込み、そこにいた男性全員を店外に連れ出してヴァンに押し込んだ。その後、エスパルサ兄弟以外を解放した〟」

「そんな度胸があるとはどこのどいつだ?」

「わかりません。でも、このことからもシナロアの現状が垣間見えますね」

そのとおりだ。今や誰もシナロアを恐れていない。

もっとも、〝大統領候補者〟――ケラーも今ではあの男をそう呼ぶようになった――を脅して一時メディアを賑《にぎ》わせはしたが。

「オフィスで会おう」とケラーは言う。

「静かに過ごすのはこれでおしまいなのね」とマリソルが言う。

「死んだらいくらでも静かに過ごせる」

それまでにはまだたっぷり時間があるはずだ。


イバンは激怒している。「あの野郎、おれの弟たちを捕まえやがった！」

「落ち着け」とリックは言う。

「落ち着けだと！　弟が捕まってるんだぞ！　もう殺されてるかもしれないんだぞ！」

あれから四十五分が経っている。

ダミアンがふたりの死体をどこかに放り捨てていたら、今頃はもう情報がはいっているはずだ。それに、イバンとリックの兵隊たちがプエルトバリャルタの通りや裏通り、ビーチを隈なく捜している。タクシーの運転手、市《まち》の人々、観光客にまで声をかけ、何か見ていないか尋ねている。

これまでのところ何もわかっていない。

電話もかかってきていない。

身代金の要求もない。

ダミアンのやつ、いったいどういうつもりなんだ？　エスパルサ兄弟を殺したければ、レストランで殺せばよかった。しかし、人質にしているというのは？　なんのためだ？　身代金か？　それともほかの何かか？

「なんでおまえだけ残したんだ？」とイバンが尋ねる。

「交渉する相手が要ったんだろう。信用できる人間が」

「それが理由だといいがな」

「どういう意味だ？」

「さあ。おれは今、頭に血がのぼってるんでな。神に誓って言ってやる。ダミアンの姉妹とおふくろを捕まえて――」

「早まるな」とリックは言う。「事態を悪くするようなことはやめろ。なんとかうまく収めるんだ。クリアカンに帰ろう。ここじゃ何もできない」

「おれに指図するな。おまえはあいつに慈悲をかけようとしてたんだぞ。あいつのやったことなんかそれほど悪いことじゃないなんて言いやがって。あいつを見つけたら――絶対に見つけるが――鶏みたいにさばいて、皮を全部剥いでやる。本番はそのあとだ」

「おまえの弟たちを殺す気なら、もう殺してるはずだ」

「どうして殺してないってわかる？」

「そんなことはできないからだ。あいつは自分でもわかってるはずだからだ。エスパルサ兄弟を排除しようとしたのに、一番大事なひとりを捕まえそこねた――おまえだ。ホームランを狙って空振りしたようなもんだ。その結果、おまえと取引きしなきゃならなくなった」

「だったらなんでそう言ってこない？」

ダミアンとしては三振したのにヒットに見せかけなければならないからだ。リックはそう思う。マスコミを使えばそれができる。シナロア・カルテルがかつての姿ではないこと、自分にはシナロアを震え上がらせる力があること、自分はシナロアを恐れておらず、世間も恐れる必要はないこと――マスコミを使えば、それを世間に知らしめるためにやったことだったと見せかけられる。マスコミは大騒ぎするだろう。バレーラの大農園が襲われたときと同じように。もしかしたら、ダミアンはイバンに屈辱を与えるだけで満足するのかもしれない。リックとしてはそう思いたい。

「世間の関心が高いうちはダミアンもふたりを解放しないだろう」とリックは言う。「関心が薄れたらきっと解放する。おまえが今馬鹿な真似をしなければ」

イバンがいつもの彼らしく怒りに任せてタピア家の女たちを捕まえたりすれば、オビエドとアルフレードはどこかの溝《どぶ》で、うつ伏せになって死んでいるところを発見されるだろう。

そして、それは終わりのない戦争の火蓋を切ることになるだろう。

リックの父親はオフィスではなく、居間でリックを迎える。大きな安楽椅子に坐っており、その肘掛けにはこのところ使う機会がだいぶ減ってきた杖が立て掛けてある。

それでも、まだ弱っているように見える。

危険な状態を脱して回復してきたが、それでもまだ弱っている。体重もまだ戻っておらず、顔は強《こわ》ばり、肌は青白い。

話すのも一苦労なのか、声は静かだ。「うまくいったとしても、おれは責められるだろう。受け身だとか、思いきりがよくないとか。おれが弱いせいで、若き狼が調子に乗って、堂々と乗り込んで、シナロア王家の人間をふたりさらっていったんだと。エスパルサのふたりが死んだら、イバンはカルテルから独立して、ダミアンの組織を相手に血で血を洗う報復に出るだろう。それが国じゅうに飛び火する。政府も対応を迫られることになって、なぜおれの手で収められないのかと不審に思い、ちゃんと収められる人間を探すだろう。おそらくティトを」

「ティトも関わってる」とリックは言う。「少なくとも、ハリスコで騒ぎを起こすことを彼は暗黙のうちに認めた」

「おまえの言うとおりだ。ティトが鍵を握ってる。しかし、彼に接触するのはまず無理だ」

だから、とリックは思う。おれたちはティトに接触できる人物に接触しなければならない。

ラファエル・カーロは椅子の背もたれをうしろに傾ける。

カーロの靴底がリックの眼にはいる。

左の底に穴があいている。

「ドン・ラファエル」とリカルド・ヌニェスが言う。「会合の場を設けてくださり、ありがとうございます。崇拝され、尊敬される長老であり、黒幕であり――」

「彼は何を言っているんだ？」とカーロは尋ねる。

「あなたの髪がグレーだって言いたいんでしょう」とティトが言う。

「白だ」とカーロは言う。「おれは年寄りだ。引退して、もうビジネスには関わってない。この件ではなんの利害関係もない。だけど、だ。それで客観的な仲裁人の役目を果たせるというなら、事態を収拾させるためにできることを喜んでやろうじゃないか」

それができるのはカーロだけだとリックは思う。中立的な立場にあり、かつ、全員をこの部屋に馳せ参じさせ、会合の結果がどうなろうと、受け容れさせるだけの威厳を持つのはカーロだけだ。

リックはここに着いたとき、かの有名なラファエル・カーロがあまりに質素な暮らしをしていることにショックを受けた。今は全員が空気のよどむ狭い居間の椅子に坐っている。

古いテレビの音が小さな音量で流れている。テーブルはなく、会合につきもののもてなしらしきものもない。カーロの使用人が配ったのは氷のはいっていない水だけで、リックはジャムの瓶に注がれたその水を手に足のせ台に坐っている。

もっとも、家の外の様子は中とはまったくちがっているが。

警備の数が半端ではない。

リックの父の部下、イバンの部下、ティトの部下。完全武装し、何かあれば瞬時に発砲できるよう構えて、それぞれの車の横に立っている。その向こうでは、州警察が非常線を張って、野次馬やメディアが近づけないようにしている。

もちろん、軍と連邦捜査局も。

しかし、実際のところ、軍も連邦捜査局も近づく心配はない。政府自体、ここにいる全員に負けず劣らずこの会合のなりゆきに関心を持っているからだ。政府としてもこの会合はぶち壊したくないのだ。

「なんでダミアンはいないんだ?」とイバンが尋ねる。

「おれがダミアンのかわりに話す」ティトが答える。

「なんで?」

「ここに来れば、殺されることがわかってるからだ。それに、今も言ったように——もうこれ以上は言わない——おれが彼のかわりに話す。ここでどんな結論が出ようとやつは受け容れる。それはおれが保証する」

「ということは、やつとあんたは組んでたのか?」イバンはそう言って弾かれたように立ち上がる。「ふたりでつるんでたのか?」

「坐れ」とカーロが言う。「坐れ、若いの」

イバンは黙って坐る。これにはリックもびっくりする。

ただ、ティトを睨んでいる。ティトはイバンを見返しもせず、カーロに言う。「この部屋にいる何人かがおれを殺そうとしました。その同じやつらがおれの息子を刑務所に送り込みました。おまけに釈放しないよう判事を言いくるめました。だから息子は今もまだ刑務所の中です。それでも……故イグナシオ・エスパルサへの敬意から、その息子たちを自由の身にするために、おれは仲介者としてここに来ました」

「エスパルサ兄弟が無事でいることは保証できるのか?」とカーロは尋ねる。

「無事で快適に過ごしてます」

「解放しろ!」とイバンが怒鳴る。

「誰もが彼らの解放を願っている」とカーロは言う。「そのためにここに集まってるんだ、ちがうか? ティト、どうすればいいのか話したらどうだ? 若き狼は何を求めてる?」

「まず、父親を殺したことへの謝罪を求めています」

イバンが口をはさむ。「おれたちはそんなこと——」

「おまえの父親もその決断に加わってるんだ」とティトは言う。「この部屋にいるほかの者たちもな」

「あんたもだ」とヌニェスがティトに言う。「私が覚えてるかぎり、タピアとの戦いで特にいい働きをしたのがあんただった」

ティトはカーロを見やる。「おれに話しかけないようあの男に言ってください」

「ヌニェス、ティトに話しかけるな。何が言いたい?」

「思うに――」とヌニェスは言う。「遺憾の意を表明する場ぐらいはわれわれにも設けられます。つまり、その……タピア一族に起きたことについては」

カーロはティトを見る。「ほかはなんだ?」

「バレーラの家を攻撃したことについて赦しを求めています」

「見過ごせって言ってるのか?　まちがったことをそのままにしろって言ってるのか⁉」

「これは正しいとかまちがってるとかいう話じゃない」とカーロは言う。「力の話だ。タピアはおまえのふたりの弟を人質にしてる。それがわれわれに要求する力を彼に与えている」

「それでも、規範ってものがあるでしょうが」とイバンは言う。「ルールってものが。家族に手を出すのは絶対駄目だ」

「その昔、アダン・バレーラはおれの友人の妻の首を切り落として、ふたりの子供を橋から投げ落とした。だから〝ルール〟なんて話はするな」

「私には自分の組織のことしか言えない」とヌニェスが言う。声に疲れがにじんでいる。

「エレナの代弁はできない。あんたならできると思うが、ティト。それでも、うちに関して言えば、バレーラへの攻撃のことは喜んで忘れよう。ほかにはなんだ?」

「ダミアンが人質を解放したら、報復しないことを保証してほしい」

「あんた、頭がいかれたか?」とイバンが言う。「絶対に殺してやる。あいつの家族も殺してやる」

「黙れ、イバン」とリックが言う。

イバンはリックを睨みつける。

それでも黙る。

ヌニェスが言う。「カルテルの重要人物を誘拐した挙句、メディアを利用して、うちのカルテルを愚弄して、それで逃げられると思ったら、それは大まちがいだ。そんなことを見過ごしたら、世間はどう思う? われわれは誰からも尊敬されなくなる。狙いやすいカモになる」

「命を危険にさらすような取引きをダミアンがするわけがないだろうが」とティトが言う。

「どうせ殺されるとわかったら、さきにイバンの弟たちを殺すに決まってるだろうが。失うものは何もないんだから」

「それじゃ平行線だ」とヌニェスは言う。

「おれは疲れたよ」カーロはそう言うと、ズボンのポケットから携帯電話を取り出して番号を打ち込む。電話がつながるのを待ちながら彼は言う。「シナロアはティトに謝罪して、バレーラの家への攻撃は不問に付す。だけど、この誘拐に対しての恩赦はなしだ」

ティトがイバンを見て言う。「それならおまえの弟たちは死ぬことになる」

「あんた、守るって誓ったじゃないか」

カーロが電話を掲げる。

リックは身をまえに乗り出す。電話の画面にはティトの息子で、リックの友人のルーベンが看守に囲まれて立っているところが映っている。ルーベンは怯えているように見える。

それもそのはずだ。

看守のひとりが彼の首にナイフを押しつけている。

「エスパルサ兄弟を解放しろ」とカーロはティトに言う。「解放しなければ、おまえの見ているまえで息子が咽喉を切られる。だけど、兄弟が解放されたら、判事もおまえの息子に容疑をかける理由がなくなり、息子の家への急襲が違法だったことに気づいて、釈放を命じるだろう」

そう、正しいとかまちがっているとかの話ではない。リックはそのとおりだと思う。力の話だ。

「これで話はついたかな、ティト？」とカーロが尋ねる。

「ええ」ティトはそう言ってヌニェスとイバンを見る。「一時休戦だ。和平じゃないからな」

「異議なしだ」とイバンが言う。

ヌニェスはただ黙ってうなずく。

「ダミアンに電話をかけたほうがいい」とカーロはティトに言う。「エスパルサ兄弟が解放されたことを聞いてから、おまえの息子を釈放する準備を始める」

「もっと詳しく聞かせてください」

「おれのことばじゃ不足か？」ティトを見下ろしながら、カーロは言う。

ティトは答えない。

「よし」カーロは苦労して椅子から立ち上がる。「おれはこれから昼寝をする。起きたときにはここにいる誰の顔も見たくない。おまえたちが殺し合いをしたという話も聞きたくない。ミゲル・アンヘル・バレーラがみんなをひとつにまとめたとき、おれはその場にいた。おまえたちみんなが分裂したとき、おれは刑務所にいた」

カーロは寝室にはいり、ドアを閉める。


帰りの車の中で、リックは父親に尋ねる。「ルーベンと刑務所のことはあの部屋にはいるまえから知ってたんだろ？　カーロが政府にああいう影響力を持ってることは最初から知ってたんだろ？」

「そうでなきゃ、あの部屋にはそもそもはいらない」

「ひとつ訊いてもいいかな？　もしティトが折れなかったら、ルーベンが殺されるのを黙って見ているつもりだったのか？」

「それはおれが決められることじゃなかった。だけど、カーロは殺していただろう。それはまちがいない。ティトが屈するのはほぼ確実だった。自ら進んでアブラハムになりたがる男はいない」

「どういう意味だ？」

「わが子をいけにえにするような男はいないってことだ」

リックは微笑む。「親父は話をはぐらかしてる」

「いや、はぐらかしてはいない。おまえにそういう質問をされて、むしろショックを受けてる。おまえはおれの息子で、おれはおまえを愛している。おまえはおれの誇りだ。おまえの最近の働きは――」

「で、おれたちは勝った」

「いいや。ダミアンがあんなことをしでかしたのは、あんなことをしても自分は安全だと思ったからだ。そんなことは世間の誰もが知ってる。これはわれわれの威信への大きな打撃だ。われわれがルーベンに何をしたか、ソーシャルメディアで拡散してくれ。それでシナロアが非情であることが示せるはずだ。今も力を持ってることも。お抱えのブロガーの誰かに書かせて、出所《でどころ》がわれわれだということはわからないようにしろ。その上で、ほんとうのことかと誰かに訊かれたら否定する。それでなおさら信憑性が増す」

「ダミアンとティトは手を結んだ。エレナはそのことをどう思ってるんだろう？」

「エレナに選択肢があるか？　そりゃ彼女としても気に入らないだろう。だけど、受け容れないわけにはいかない。でもって、ティトとダミアンが味方につけば、われわれを倒せると思うだろう。それはあながちまちがいでもないかもしれない。カーロも彼女の側につくかもしれないからだ」

「カーロはたった今、おれたちの側についたじゃないか！」

「そうか？　考えてみろ。ティトの望みは叶えられた。息子は釈放される。一方、ティトの払ったその代償と言えば、ダミアンにエスパルサ兄弟を解放させることだけだ。カーロが初めから誘拐を了承していたとしてもおれは驚かない。すべての裏にカーロがいたとしても」

「カーロはなんでそんなことを？」

「われわれを呼び寄せるためだ。これでわれわれはカーロに借りができた。ティトもカーロに借りができた。ダミアンもだ。カーロは取引きができるのは自分だけだということをおれたちみんなに示した。このあと彼は誰が勝つか高みの見物を決め込むだろう。で、決着がついたところで、動きだすつもりなんだろう」

ヌニエスは車のシートに頭を預けて眼を閉じる。

「カーロは親方の中の親方《エル・パトロン》になりたいのさ」

3　野獣《ラ・ベスティア》

幼子らを来させなさい、
彼らを妨げてはいけない

——『マタイによる福音書』十九章十四節

二〇一五年九月
グアテマラシティ、グアテマラ

生まれてから十年この方、ニコ・ラミレスはエル・バスレロ（グアテマラシティの一地区）以外どこも知らない。

ゴミ廃棄場《エル・バスレロ》が彼の世界のすべてだ。

市《まち》のゴミ廃棄場を漁って、なんとか食い扶持《ぶち》を稼ぐ何千というゴミ漁り人《グアヘーロ》のひとり。

でもって、ニコはゴミ漁りがうまい。

破れたジーンズと穴のあいたスニーカー、それにたったひとつの宝物であるFCバルセロナのシャツ——背中には彼のヒーロー、リオネル・メッシの名前と背番号10が書かれている――という恰好の痩せて小柄なニコはまず、ゴミ廃棄場の大きな緑のゲートのまえに立つ警備員の眼をかいくぐるのがうまい。子供は立ち入ってはいけないことになっており――実際にはニコを含め何千人もの子供が立ち入っているのだが――〝従業員〟として中にはいることができる貴重なＩＤカードも持っていないので、うまくタイミングを計らなければならない。

体が小さいことがありがたいのはこういうときだ。今、ニコは黒いゴミ袋を右手に持ち、大人の女性の陰に隠れて、警備員が別の方向を見るのを待つ。そして、警備員が眼をそらした瞬間、中に駆け込む。

ゴミ廃棄場は深い峡谷につくられていて、四十エーカーの広さがある。顔を上げると、市の黄色いゴミ収集車がジグザグを描きながら連なって降りてくるのが見える。こうして毎日五百トンを超えるゴミが運び込まれる。トラックの側面には数字と文字が書かれている。読み書きがほとんどできなくても、ニコはその数字と文字の意味を知っている。自分が住むゴミ廃棄場のすぐそばのスラム街の路地や入り組んだ小径を知っているのと同様に。数字と文字が表わしているのは、トラックがゴミを集めてきた地区だ。ニコは裕福な地区からやってくるトラックに注目する。そこから運び込まれるゴミが一番いいからだ。

金持ちは食べものをたくさん捨てる。

ニコは腹を空かしている。

いつも空かしている。

ニコは何も捨てない。

グアヘーロの暮らしのいたるところに――服にも皮膚にも眼にも口にも肺にも――充満する煙と埃のせいで、彼の髪と肌は常に白い。眼は充血し、慢性的に咳《せき》が出る。ゴミのくすぶる、酸のような強烈なにおいが鼻の中にしみついているが、ニコはそのにおいしか知らない。

エル・バスレロの者はみなそうだ。

ニコは常に垂れている鼻水を袖で拭い、列をなして谷に降りてくるトラックを煙越しに見る。

そして見つける――NC3510A。

プラヤ・カヤラ。ここから遠く離れたソナ10の高級住宅地だ。

そこに住む人々は宝物を捨てる。

ゴミ廃棄場の奥に進みながら、ニコはカヤラのトラックがどこに停まるか見きわめようとする。ほかのグアヘーロもそのトラックに眼をつけており、このあと激しいゴミの争奪戦が繰り広げられることになる。グアヘーロの数は五千とも七千とも言われているが、谷はとにかくいつも混み合っていて、いい〝品〟をめぐって諍《いさか》いが絶えない。

ニコの母もどこかにいるが、ニコはカヤラのトラックにずっと注意を向けているので母を捜す余裕はない。あとで家で会える。うまくすれば、袋いっぱいにゴミを集めて、お金を持って帰れるかもしれない。

が、そのとき〝ラ・ブイトラ〟が眼にはいる。

ハゲワシという渾名の女。

上空では本物のハゲワシが円を描いている。地上に舞い降り、グアヘーロと獲物を取り合う機をうかがっている。が、ラ・ブイトラ――本名は知らない――は本物のブイトラより鋭い眼を持っている。中年女性で、眼だけでなく爪も鋭く、それを使うことをためらわない。爪を立てたり、引っ掻いたり、蹴ったり、噛みついたり。いい品物を拾うためならどんなことも厭わない。

おまけにいつも棒を持ち歩いている。短い木の棒に金属の矢尻のようなものをつけていて、それでゴミを突き刺して自分の袋に入れる。ときには邪魔になる人間をつつくこともある。

もっとひどいこともする。

ニコは一度、彼女が矢尻をフロルの手に突き刺すのを見た。フロルはニコと同じ年恰好のニコの友達で、黄色い紙に包まれたサンドウィッチを拾おうとラ・ブイトラの下に身を屈めて手の甲を刺されたのだ。

そこから感染症が起き、フロルの手は今も不自由なままだ。

ラ・ブイトラの矢尻と同じ大きさの穴があいていて、その周囲が赤くなっている。時々、穴から黄色いものがにじみ出てくる。フロルはその手ではしっかりと物を握れなくなっている。

ラ・ブイトラはそんなこともするのだ。

しかし、ニコは彼女など怖くない。少なくとも、自分にはそう言い聞かせている。ぼくのほうがすばしこいし頭もいい。ラ・ブイトラの爪の下にもぐり込むこともできるし、蹴ってきてもよけられる。あいつはぼくを捕まえられない。エル・バスレロにいる誰ひとり、ぼくを捕まえられない。

ニコはどの競争にも勝つ。年上が相手でも。ニコ・ラピド――俊足ニッキー。みんなニコをそう呼ぶ。ごくまれにサッカーボールのようなものが見つかると、ニコはスターになる。足が速く、すばしこくて賢くて、足の使い方がうまいからだ。

ニコはラ・ブイトラもカヤラからのトラックに気づいたのを見て取る。

先を越されるわけにはいかない。

あのトラックがもたらしてくれる金が要る。どうしても。ニコと母はギャング《マラス》への支払いがすでに一週間滞っている。さらに一週間遅れたら、恐ろしい報復が待っている。

腕のいいグアヘーロは一日で五ドル稼ぐ。しかし、そのうちの二ドル五十セント、つまりいくら稼ぐにしろその半分はマラスに払わなければならない。どこの地区に住んでいようと、エル・バスレロの誰もがマラス――〈マラ・サルバトルチャ《MS》〉か〈カジェ18〉のどちらか――に稼ぎの半分を納めなければならない。

支払いをしない者はどうなるか、ニコはこの眼で見てきた。棒や電気コードで殴られるところも、子供に熱湯が浴びせられるところも、母親が引き倒されて犯されるところも。

ニコと母は一ケツァル（グアテマラの通貨の単位。一ケツァルは約十四円）ずつこつこつ貯めていた。貯めなくてもよければ今朝の朝食代になっていたその金は土の床に埋めた缶にはいっている。しかし、貯めた分だけでは足りない。〈カジェ18〉は今夜集金にやってくる。

昨夜、マラスのメンバー《マレロ》が来てそう告げていったのだ。


そのマレロの通り名は蚤《プルガ》。そう呼ばれているのは、相手かまわず、ところ嫌わず、噛んで噛んで噛みついて、みんなの血を吸い尽くすからだ。ニコは顔じゅうにタトゥーを入れているプルガを恐れている。ローマ数字の〝XVIII〟が額を横に走り、鼻の右側面には〝UNO《1》〟、左側面には〝OCHO《8》〟の文字が彫られている。顔の残りの部分もマヤの図柄で埋め尽くされていて、地肌はもうまったく見えなくなっている。

プルガは昨夜、土の床に正座しているニコの母を見下ろして言った。「おれの金はどこだ、売女《プタ》？」

「ありません」

「ない？ 手に入れたほうがいいぜ」

「そうします」ニコの母親の声は震えていた。

痩せて筋肉の引き締まった彼は母親のまえにしゃがみ込むと、母親の顎をつまんで持ち上げ、自分の顔を見させた。「プタ、明日おれの金を払え。払えなかったらおまえのまんことケツと口から金を引き出してやる」

ニコの眼に一瞬怒りが浮かんだのをプルガは見た。

「どうした、ホモのチビクソ？　どうする？　おれとやろうってか？　なんならおれのちんぽをしゃぶるか？　それでおれのちんぽをギンギンにしてくれたら、おまえのマミも喜ぶんだがな」

ニコは恥ずかしかった。が、ゴミの中から見つけた古い映画の広告板でつくった壁に背中を押しつけることぐらいしかできなかった。

プルガはさらに言った。「マミには愉しんでほしいだろ？」

ニコは眼を伏せた。

「答えるんだ、小僧《イホ》。マミにはおれとファックして愉しい時間を過ごしてもらいたいだろ？」

「ちがう」

「ちがうだと？　おまえみたいなホモが生まれるとはな。おまえのパピはどれだけふにゃちんだったんだ、ええ？　おまえのマミも絶対愉しめなかっただろうな。だろ？」

プルガのことばはニコを傷つけた。パピが死んだのはニコが四歳のときで、遺体はムロ・デ・ラグリマスに埋められた。涙の壁に。ゴミ廃棄場の上の崖につくられた、小さなアパートのような建物が縦に連なる墓所だ。そこに遺体を安置しておくために、ニコと母は毎年二十ドルを工面しなければならない。それを払わなければ、あるいは最初からそこに入れることができなければ、遺体は壁の下の谷に投げ捨てられる。

ニコにはパピが死の谷に投げ捨てられることだけは我慢できない。

世界最悪の場所だ。

ニコはパピを覚えており、愛していた。そのパピをマレロがひどく侮辱している。

「訊いてるんだがな」とプルガが言った。

「知らない」

プルガは笑った。「おまえ、ニコ・ラピドって呼ばれてるんだろ？　足が速いから」

「ああ」

「オーケー、俊足ニッキー。明日また来るからな。おれの金をちゃんと用意しとくんだ」

そう言ってプルガは帰っていった。

ニコは壁から離れて母親を抱きしめた。ニコの母親は若くてきれいな女性だ。だからプルガは母をものにしたがっている。マレロたちはみんな物欲しげな眼でニコの母親を見る。

彼らが何を求めているのか、ニコは知っている。

母親の生い立ちも知っている。

母が四歳のとき、住んでいた奥地のマヤ族の村に、共産主義者の反乱分子を捜して自警団《PAC》がやってきた。が、見つからず、苛立ちまぎれに彼らは村人を捕まえ、熱して赤くなった針金を村人の咽喉に押しあてた。女たちには朝食をつくらせ、男たちには、女たちの眼のまえで父子で殺し合うよう命じた。断わった者にはガソリンを浴びせ、火を放った。それから女たちをレイプした。ひととおり終わると、今度は小さな女の子たちにも同じことをした。

ニコの母親はそんな小さな女の子のひとりだった。

六人の兵士に犯され、ニコの母親は精神を病んだ。が、それはまだ幸運なほうだった。レイプされたほかの女たちは、木から吊り下げられたり、鉈《マチェーテ》で切られたり、あるいは頭を岩に叩きつけられたりした。ニコの母親は、妊婦が腹を引き裂かれ、子宮から胎児が引っぱり出されるところも見た。

〈PAC〉の構成員はまだ子供同然の民兵で、彼ら自身も同じようなマヤの村で生まれ育ち、残忍な扱いを受けた者たちだった。その後、世界的な対共産主義戦争の一環としてアメリカ軍に訓練された特殊部隊〈カイビレス〉に引き入れられ、そこで獣と化したのだ。グアテマラ内戦のあと、彼らの一部はアメリカに渡り、グアテマラで罹患した精神疾患を治療する術もなく、人種差別、失業、孤立に直面した。あるいは刑務所にはいり、〈MS〉や〈カジェ18〉といったギャング団をつくった者もいる。

つまるところ、危険きわまりない獣マラスはアメリカの支援する戦争で着床し、アメリカの刑務所で産声をあげたということだ。

〈PAC〉が村を去ったとき、生き残っていた村人はニコの母親を含め、たったの十二人だった。

六百人いたうちの十二人だ。

何千というほかのマヤ族同様、彼女もその後グアテマラシティに移り住んだ。

ニコはラ・ブイトラよりさきにカヤラのトラックにたどり着かなければならない。いや、そうではない。あいつのまえに出て、姿を見られてはいけない。あいつが見ているものをうしろから見て、最後の瞬間、横からかっさらうのだ。

ラ・ブイトラがハゲワシならぼくはハヤブサだ。

ラ・ブイトラ、見てろよ。ぼくはニコ・ラピド、エル・アルコンだ。

小さな体をさらに小さく屈めて人混みを掻き分け、人々の脚や腕の隙間に見えるラ・ブイトラを見失わないよう、注意しながらトラックに向かう。

トラックが停まり、荷台が機械仕掛けのラバみたいなうなり声をあげながら傾いて、ゴミを吐き出す。ラ・ブイトラが思いきり腰を振り、肘で人を押しのけながらそのゴミに近づく。

ほかのトラックもそれぞれ荷台のゴミをおろしており、グアヘーロたちは丘の上に群がる蟻みたいに、ゴミの中身をじっと見ている。ニコはそちらには見向きもしない。ラ・ブイトラの短い脚だけを見ている。ニコの興奮は最高潮に達する。カヤラのトラックからは何が出てくるのか？　服？　紙？　食料？　ニコはあいだにふたりを置いて、ラ・ブイトラのうしろで身を屈める。

彼女は誰よりさきにカヤラのトラックにたどり着く。そのときニコは見る。

宝物を。

アルミニウム片。

一ポンドのアルミニウムが四十セントで売れる。三ポンドあれば一ドル二十セントになり、それでマレロに支払いができる。

もちろん、ラ・ブイトラも見つけている。突き刺すことができないので、彼女は棒を脇に抱えて、アルミニウムに手を伸ばす。

ニコも行動を起こす。

人の壁から飛び出すと、ラ・ブイトラの伸ばした腕の下にもぐり込んでアルミニウムをつかむ。

ラ・ブイトラは鳥みたいな甲高い声をあげる。

棒をつかんで殴りかかろうとする。が、なんといってもニコはラピド、エル・アルコンだ。楽々とよける。ラ・ブイトラは、今度は下から棒を振り上げ、その棒はすんでのところでニコの頭にあたりそうになる。彼女は棒を構え直してニコに突き刺そうとする。ニコは大事なアルミニウムをしっかり抱えて逃げる。

途中でもっと拾うために立ち止まったりはしない。まずはアルミニウムを売りにいく。そのあと戻ってきてほかのものを拾えばいい。まずはここを出て金を手に入れるのだ。

ぼくの金を。

そのことばが頭の中で響く。ぼくの金。

想像すると頬がゆるむ。掘っ立て小屋に帰り、ポケットから紙幣を出して母親に言うのだ。「ほら、マミ。もう心配は要らないよ。ぼくがなんとかしたから」

ぼくは一家の大黒柱だ。

こっちからプルガを探してもいいかもしれない。あいつの眼のまえに立って、言ってやるのだ。「金を持ってきたぜ、このふにゃちんの大馬鹿野郎」

ほんとうはそんなことはできない。それでも、想像すると嬉しくなって笑いが込み上げてくる。ニコは顔を伏せて廃棄場のゲートまで走り……そこで眼にする。

マクドナルドの包み紙。

白。

ハンバーガー。

手つかずの。

あのバーガーが欲しい。

欲しくてたまらない。

ニコはひどく空腹で、ハンバーガーはたまらなくいいにおいがする。赤いケチャップと黄色いマスタードがパンからにじみ出ている様子がたまらない。マクドナルド。聞いたことはあっても食べたことは一度もない。あれを口に押し込んで呑み込みたい。でも……

わかってる。あれは売らなきゃならない。肉の買い取り人に売ると、シチューの材料になるのだ。十セントで売れるだろう。そのうち五セントはプルガと〈カジェ18〉のものになるにしても。

残りの五セントを母親とふたりで分けられる。

ニコはハンバーガーをポケットに入れる。

視界から消えれば頭からも消えるはずだ。

しかし、消えない。

頭から消えてくれない。

ニコを誘う夢のように頭に残る。ゴミの悪臭や煙の刺激臭、生きるためにゴミを漁《あさ》る七千人が発するにおいの中でも、ハンバーガーのにおいが嗅げる気がする。

マミにはばれないだろう。ゲートに向かいながらニコは思う。

〈カジェ18〉にもプルガにもばれないだろう。

でも、ぼくは忘れられないだろう。

それに神さまにはばれてしまう。

神さまはぼくがハンバーガーを食べるのを見て泣くだろう。

駄目だ。ハンバーガーを売って、マミが泣いて喜ぶ金を持って帰ろう。

そんな幸せな思いに浸っていると、突然、棒で顔を殴られる。

ニコは不意を突かれて驚く。涙でぼやけた眼に、屈んでアルミニムを奪うラ・ブイトラの姿が映る。

「この泥棒《ラドロン》！」彼女はニコに向かって怒鳴る。そして、さらに棒で殴りかかる。ニコは肩を打たれて仰向けに転がる。

転がったまま空を見上げる。

というよりそこにあるものを見上げる。

漂う煙。

ハゲワシ。

顔に触れると血が出ているのがわかる。鼻が猛烈に痛み、もう腫れはじめている。

ニコは泣きはじめる。

金を失ってしまった。

今夜プルガが来る。

ニコはしばらく横たわる。ゴミの山の上にひとり横たわる少年になる。いつまでもここにこうしていたい。すべてをあきらめて死んでしまいたい。ニコはひどく疲れている。死ぬのは眠るようなものだそうだ。眠るのは気持ちのいいことだ。

きっと死ぬのも気持ちのいいことだろう。

でも、そうしたらマミをひとりでプルガと向き合わせることになる。

ニコは自分を奮い立たせて体を起こす。

そして、片手をついて立ち上がる。まだハンバーガーはある。ほんの少しだけれど、金になる。それを売ってから廃棄場に戻って、もっと何か拾えばいい。

マラスに借金を払えるだけの物が拾えるかもしれない。

ニコは重い足取りで、肉の買い取り人を探しにいく。

買取人はハンバーガーを受け取ると、包み紙のにおいをかぐ。「こりゃあんまりよくないな」

「腐ってないよ」

買取人はぼくを騙そうとしている。そう思ってニコは言う。

「ああ、腐っちゃいない。だけど、マクドナルドじゃゴミに油をスプレーして食べられないようにするんだ。だからこれは売れない。こいつを食べたら病気になるんだよ。売りものになるものを持ってこい」

ニコはその場を立ち去る。なんでそんなことをするんだろう？　自分たちで食べないものをなんでほかの人に食べさせない？　金を払えないから？　ニコには意味がわからない。

空腹と疲労と落胆を抱えて、ニコはゴミ廃棄場に戻る。顔が燃えているみたいに痛む。血がべとついて、煤《すす》と混ざり合っている。裕福な地区から来たトラックはもう漁り尽くされているだろう。しかたなくゴミの山からソックスや紙くずなど、とにかく売れるものを探す。

ジャムの壜を見つけ、まずにおいをかいでから指ですくって舐めてみる。甘くておいしいが、それで空腹感が増す。壜を袋に入れる。二、三セントにはなるだろう。

胃が痛い。空腹のせいもある。が、それより不安のせいだ。

残された時間がどんどん減っている。マレロに払えるだけの品はまだ見つかっていない。

たぶんこのあとも見つからないだろう。

「どうするの?」とフロルは訊いて、トルティーヤをちぎると半分をニコに渡す。

ニコはそれをほおばる。「わからない」

「あたしがお金を持ってたら、あんたにあげるのに」フロルは九歳だが、もっと小さく見える。といっても、幼く見えるわけではない。慢性的な低感染症による栄養失調のせいだ。顔は青白く、眼の下には隈ができている。「プルガはやると言ったことはやるよ」

「わかってるよ」プルガはやるだろう。毎週決まった額を集めて、マラスのボスだけでなく、警察にも払わなければならないのだから。そのどちらかに払えなかったら、プルガはもう終わりだ。死ぬか、刑務所に行かなければならなくなる。

それに自分の力を見せつける必要もある。プルガは一人前の〈カジェ18〉のメンバーではない。パロ、つまり準メンバーだ。金を稼いで上の階級のシカーリヨに渡さなければならない。シカーリヨはその上のジャベロに、ジャベロはそのまた上のランフレロに渡す。ランフレロは〈カジェ18〉のこの支部のトップだ。そのランフレロもたぶんさらに上のボスに渡すのだろう。さらにそのボスもビジネスを続けるためには警察に金を払わなければならない。

世界はこういうものなのだとニコは思う。誰もが誰かに金を渡す。その一番上にいる人たちはただひたすら受け取るだけなのだろう。でも、それがどういう人たちなのか、ニコには想像もつかない。

「プルガはあんたのことも痛めつける」とフロルはさらに言う。この歳で、男が女に――ときには小さな男の子にも――何をするか知っている。

「わかってる」

「ナイフを借りられるから、ラ・ブイトラを殺してあげる」

「あのアルミニウムはもう売っちゃってるよ」

「じゃあ、プルガを殺す」

「駄目だ」とニコは言う。「ナイフを借りてきてくれたらぼくが殺すよ。そういうのは男の仕事だ」

もちろん、ふたりとも知っている。どちらもギャングを殺したりしない。たとえ殺せるとしても。大勢のマレロが報復に来て、もっとひどい目にあうだけだ。

「あんたにできることがもうひとつだけあるよ」とフロルが言う。

それがなんだかニコにもわかる。

しかし、それをするのは怖い。

「大丈夫よ」フロルはニコの手を取る。「あたしも一緒に行くから」

かすむ空に太陽が沈むのを待って、ふたりの子供は死の谷に降りていく。

死の谷に降りること自体が危険な行為だ。

底まで百フィートほどある切り立った崖の側面に沿って、狭くて傾斜のきつい、ぬかるんだ小径を降りなければならない。ニコは下を見たくない。頭がくらくらして吐きそうになる。この道から落ちることはジョークにもなっている――〝落ちたとしても自分の居場所に落ちるだけだ〟。今のニコにはとても面白いとは思えない。足が靴の中ですべる。一年まえにカヤラのトラックから拾った古いナイキのスニーカーだが、ニコには大きすぎる上に底がすっかりすり減っている。傾斜をくだるあいだ、爪先が痛いほど靴の先に押しつけられる。

谷に降り立つ。とたん吐き気に襲われる。

ひどい悪臭のせいで、すでに涙ぐんでいる眼からさらに涙が出る。ニコは胃に残っているなけなしの食べものを吐き出さないようこらえる。

古い死体は白骨化している。肋骨がつくる空洞、眼のところがぽっかりとあいた頭蓋骨。比較的新しいものは服を着ている。あの人たちは寝ているだけだ――ニコはそう自分に言い聞かせる。最悪なのはほんの数日しか経っていない死体だ。ガスで膨張し、腐りはじめている。

腹をすかせた数匹の犬がニコとフロルの横を用心深く歩き、食べられそうなものに飛びついて奪うチャンスをうかがっている。ハゲワシが一羽、死んだ男の上に舞い降りて腹の穴をつつき、嘴《くちばし》に腸《はらわた》をくわえて飛び去っていく。

ニコは体をふたつに折って吐く。

逃げ出したい。が、我慢する。やらなければならない。ここにとどまり、マレロへの支払いに充《あ》てられる品を見つけなければならない。腐った死体や白骨死体をまたいで歩きながら、ほかの者が見落とした高価な物品がないか探す。足元がおぼつかず、つまずいたり、死体や硬い地面の上に転んだりもする。

それでも立ち上がり、探しつづける。思いきって死体に触れてシャツやポケットの中を探り、小銭にしろハンカチにしろ何にしろ、ほかの死体漁りがまだ見つけていないものを探す。

またつまずいて地面にしたたか体を打ちつけ、眼のまえに火花が散るような痛みを覚える。死んだ男と鼻を突き合わせる。その眼は咎めるようにニコを見つめている。そのときフロルが呼ぶ。「ニコ！」見ると、彼女は膨張した男の死体の脇にひざまずいている。

「見て！」笑みを浮かべながらチェーンを掲げる。

細くて繊細で、金《きん》のようだ。先にメダルがついている。

「聖テレサよ」

ふたりは崖を登って谷を出る。

ゴミ廃棄場の周囲の峡谷に三万人ほどの人がひしめき合って暮らしている。彼らの住む掘っ立て小屋は古い木箱や看板、ビニールシート、木片でできている。運のいい者は屋根になる波形のブリキ板を持っているが、運の悪い者は屋根なしで寝る。

曲がりくねった迷路のような道——汚水がちょろちょろと流れている泥の道——をニコとフロルはやすやすと走り、チェーンを買ってくれる廃品回収業者を探しにいく。すでに暗くなっていて、ゴミ箱の中で焚《た》かれる火や木炭コンロの火でエル・バスレロが照らされている。電気の明かりもあちこちに見られる。頭上を走る電線から不法に電気を引いてきているのだ。

ゴンサルベスはまだ自分の〝店〟にいる。〝店〟は横倒しになったコンテナの半分で、即席の電線で明かりがついている。子供たちがはいってくるのを見て、彼は言う。「閉店だ」

「頼むよ」とニコは言う。「ひとつだけ」

「なんだ？」

フロルがチェーンを見せる。「金《きん》だよ」

「どうだか」そう言いながらも、ゴンサルベスはチェーンを受け取って裸電球にかざす。

「いや、偽物だ」

ニコには老人が嘘をついているのがわかる。ゴンサルベスはみんなを騙して、安く買って高く売ることで食い扶持を稼いでいる。

「だけど、おれは親切だからな。八ケツァル払ってやろう」

ニコは打ちのめされる。プルガに払うのには十二ケツァル必要なのだ。

「返して」とフロルが言う。「エレーラなら二十くれる」

「それならエレーラのところに持っていけ」

「そうする」フロルは手を差し出す。

しかし、ゴンサルベスはチェーンを返さない。仔細《しさい》に調べて言う。「十にしてやっても
いいかもしれない」

「十五にしてもいいかも」フロルが言う。

駄目だ、フロル。やめろ。ニコは内心そう思う。無理に吊り上げなくていい。必要なの
は十二だけだ。

「エレーラなら二十くれるって言ったのは誰だ?」とゴンサルベスは言う。

「エレーラのところは遠いから」

「よし、じゃあ、あと一ケツァルやれば、おまえが遠くまで歩かなくてすむというなら
――」

「あと三。十三ケツァルでそれはあんたのものだ」

「食えないチビだな、まったく」

「あたし、エレーラに気に入られてるけど」

「そうだろうとも」

「どうする?」

「十二やろう」

受け取れ、とニコは思う。フロル、受け取るんだ。

「十二だね」フロルはゴンサルベスの背後の木挽き台の上に板を渡したカウンターに眼をやる。「それと、あのチョコレートバー」

「一ケツァルするやつだ」

「一晩じゅう言い合いを続ける？　それとも、黙ってあのチョコレートをくれる？」

「そうしてやったら、二度とここには来ないでエレーラのところに売りにいくと約束するか？」

「喜んで」とフロルは答える。ゴンサルベスは十二ケツァルを数えてフロルに渡す。「チョコレートは？」

ゴンサルベスは棚からチョコレートを取ってフロルに渡す。「おまえ、一生結婚できないぞ」

「ほんとに？」

「走らなきゃ」外に出ると、ニコは言う。

走りながら、フロルはチョコレートの包み紙を破り、半分ニコに渡す。ニコは足を止めずに呑み込む。とてつもなくおいしい。

家に着くと、すでにプルガがいる。

母は床に坐って泣いている。

「お金だ」ニコはそう言って、プルガに払うべき金を渡す。「これで借りはなしだ」

「来週まではな」プルガは金をポケットに入れる。「来週また来る」

「待ってるよ」ニコはありったけの勇気を掻き集めて言う。

　一家の大黒柱。

　プルガはしげしげとニコを見つめる。「おまえ、いくつだ？」

「十歳。もうすぐ十一だ」

「マラスにはいれる歳だな。おれの地区《バリオ》をやらないか？　ブツの配達にすばしこいガキが要るんだ」

　ドラッグ。

　クラック。ヘロイン。

　プルガは続ける。「そろそろマラスの務めを果たしてもいい頃だ、ニコ・ラピド。〈カジェ18〉にはいってもな」

　ニコにはなんと言えばいいのかわからない。

　マレロになんかなりたくない。

「坐れ」プルガは言い、ナイフを取り出す。「坐れって言ってるんだ」

　ニコは坐る。

「脚を出せ」

　ニコは両脚をまえに伸ばす。

　プルガはナイフの刃を赤くなるまで木炭コンロにかざす。そしてニコのまえにしゃがみ、左足をつかんで足首の上に刃を押しつける。

ニコは悲鳴をあげる。

「静かにしろ。男になるんだ。女みたいに騒いでると、女として扱うぞ。わかったか？」

ニコはうなずく。涙が頬を伝う。それでも歯を食いしばり、プルガが足首にXとVとⅢの焼き印を入れるのに耐える。

肉の焼けるにおいが小屋に漂う。

「また来る」とプルガは立ち上がって言う。「そのときは仲間入りの儀式をするからな。そんな顔をするな。十八秒で終わるから。おまえみたいなタフなチビなら耐えられるだろ？　これに耐えられたんだから」

ニコは答えない。叫びたいのを我慢する。

「また来る」プルガはニコの母親に笑みを向け、キスするような音をたててから出ていく。

ニコは倒れ込み、足首をつかんで泣く。

「あいつはまた来る」とニコの母親が言う。「おまえを仲間に引き入れる。〝数字〟がやらなかったら〝文字〟がやる」

〝数字〟は〈カジェ18〉、〝文字〟は〈MS〉のことだ。

母親の言うとおりなのはわかっている。ここを離れたくなくてニコは泣く。「ママを置いていきたくない」

ぼくがいなくなったらママはどうなる？

一緒にいて、夢を見て悲鳴をあげたときには起こしてあげたり、生活のためにゴミ廃棄場に行って、お金になるものを探したりするぼくがいなくなったら？

「逃げなさい」

「行くところなんてないよ」十歳のニコはエル・バスレロを出たことがない。

「ニューヨークにおまえの叔父さん夫婦がいる」

ニコはびっくりする。

ニューヨーク？

アメリカ《エル・ノルテ》？

ここから何千マイルも離れている。グアテマラを出て、メキシコを抜け、アメリカにはいってからもまだ数百マイルもある。

「嫌だよ、マミ、そんなの」

「ニコ……」

「ぼくを追い出さないで。いい子になるって約束する。今よりいい子になるから。もっとがんばっていろんなものを探して――」

「ニコ、行かなきゃ駄目」

母親は事実を知っている。

マレロの多くは二十《はたち》になるまえに非業の死を遂げる。ニコの母は母であれば誰もが願うことを願っている。わが子に生きてほしいと。そのためなら、永遠にニコを手放すことも厭わない。

「朝一番に出ていくのよ」

方法はひとつしかない。

ラ・ベスティアと呼ばれる列車に乗って逃げるのだ。

ラ・ベスティア――〝野獣〟と呼ばれる列車に乗って。


ニコは線路脇の雑草の中に身を伏せている。

ひとりではない。ほかにも十人あまりが、闇の中で身をひそめて列車が来るのを待っている。寒さと恐怖のせいだろう、ニコは体が震えている。母のこと、フロルのことを考え、泣くまいと努めている。

フロルには昨夜、会いにいった。

さよならを言うために。

「どこに行くの？」とフロルは尋ねた。

「エル・ノルテだ」

恐怖にフロルの顔が青くなった。「ラ・ベスティアで？」

ニコは肩をすくめた――ほかに何か方法がある？

「ニコ……あたし、いろんな話を聞いてる」

みんな聞いている。メキシコを抜けてアメリカに向かう列車に乗ろうとした者たちの話は誰もが聞いている。そのため、列車にはいろいろな名前がついている。〝破滅の列車《エル・トレン・デボラドール》〟、〝名もなき者たちの列車《エル・トレン・デ・デスコノシドス》〟、〝死の列車《エル・トレン・デ・ラ・ムエルテ》〟。

ほとんどの人が目的地までたどり着けない。

メキシコの移民局《ミグラ》に捕まって、〝涙のバス《エル・ブス・デ・ラグリマス》〟で送り返される。しかし、それはまだ幸運な者たちだ。ニコもフロルも、列車の下に落ちて両脚を切断された人たちを知っている。そんな彼らは今、小さな手押し車に乗って、手で手押し車を漕いでいる。

死ぬ者たちもいる。

少なくとも死んだと思われている者たちだ。消息がわからないからだ。それでも、五回、六回、十回と乗るのを試みた人たちのこともニコとフロルは知っている。そんな中にはエル・ノルテまでたどり着いた者もわずかながらいる。

が、大半はたどり着けない。

フロルはニコに腕をまわしてきつく抱きしめて言った。「お願いだから行かないで」

「行かなきゃならないんだ」

「淋しいよ」

「ぼくもだ」

「あんたはあたしの一番の友達だもん。たったひとりの友達だもん」

フロルの住む小屋の土の床に坐り、ふたりは長いこと抱き合っていた。そうしてだいぶ経ち、フロルの涙で首すじが濡れているのを感じながらニコは体を離して言った。行かなきゃ、と。

「お願い、ニコ」とフロルは言った。「あたしを置いていかないで！」

通りに出ても彼女の泣く声が聞こえた。

今、草の中に身を伏せたまま、ニコは隣りにいる少年を見る。ニコより年上で十四か十五歳ぐらいだろう。背が高くて痩せていて、白いプルオーバーのシャツにジーンズという恰好で、ニューヨーク・ヤンキースの帽子を目深にかぶっている。

「おまえ、これが初めてだろ？」とその少年が言う。

「うん」

少年は笑う。「速く走れよ。あいつら、おれたちが乗れないようスピードを上げるんだ。車両のまえの梯子を狙うんだ。そうすれば、失敗してもうしろのを狙える」

「わかった」

「もし落ちたら、できるだけ離れるんだ。脚が列車の下敷きにならないように。そうでないと……」

少年は手で脚を切る真似をした。

「わかった」

「おれはパオロだ」

「ぼくはニコ」

列車ががたごとと音をたてて近づいてくるのが聞こえる。そわそわとまわりの者たちが濡れた草から立ち上がる。鞄を持っている者、ビニール袋を持っている者、手ぶらの者とさまざまだ。ニコはビニールの買物袋を持っていて、中には水のボトル、バナナ一本、歯ブラシ、Tシャツ、それに石鹸《せっけん》がはいっている。身に着けているのは古い上着にいつものメッシのシャツ、それに穴のあいたスニーカーだ。

「その袋はベルトに結びつけておけ」とパオロが言う。「両手を使うから。それから上着は腰に巻きつけるんだ」

ニコは言われたとおりにする。

「よし」パオロはそう言っていったん立ち上がってから、また低くしゃがむ。「ついてこい」

列車はもうそこまで来ている。有蓋車とホッパー車が二十両ほど連なった長い貨物列車。エンジンが黒い煙を吐き、列車のスピードを上げる。

「行くぞ！」とパオロが叫ぶ。

そして、全速力で走りだす。

脚が長くて運動神経のいいパオロについていくのにニコは苦労する。それでも精一杯速く走る。〝おまえは速いんだ、ニコ・ラピド。絶対にできる。絶対にあの列車に乗れる〟。そう自分に言い聞かせながら。周囲の誰もが列車をめざして走っている。ほとんどが十代の少年だが、大人の男も女もいる。小さな子供を連れた家族連れもいる。

ニコは線路に向かって土手を駆けのぼる。すぐ横を猛スピードで走る硬い金属の車両に恐怖を覚える。パオロが有蓋車の前方の梯子に飛びついて体を引き上げる。ニコも遅れまいと走るが、間に合いそうにない。が、パオロが手を差し伸べてくれる。ニコはその手をつかみ、パオロに梯子まで引き上げられる。

「つかまってろ」とパオロが叫ぶ。

振り返ると、老いた男がつまずいて転ぶのが見える。

何人かは乗るのに成功している。が、残りの人々はついて来られず、あきらめて足を止めている。

ぼくは成功した、とニコは思う。ニコ・ラピドを止められるものはない。

パオロが車両の屋根に向かって梯子を登りはじめる。「来い！」

彼について登りはじめたとき、ニコは気づく。

フロルだ。

走っている。

何か叫びながら手を伸ばしている。

一瞬のうちにパオロは状況を把握する。「放っておけ！」

「駄目だ！　友達なんだ」

ニコは梯子を降りはじめる。

フロルは懸命に走っている。しかし、息を切らしていてスピードが落ちかける。

「おいで！」ニコは手を差し出す。

フロルはその手をつかもうとする。

つかめない。

ニコは、梯子の最下段まで降りて身を乗り出す。ニコの体と次第に速さを増して飛ぶように過ぎていく線路とのあいだはわずか一フィートしかない。片手を彼女のほうに伸ばしながら、梯子をつかむもう一方の手の力が抜けてくる。「ぼくがつかむから！」

フロルはスピードを上げる。

ニコは彼女の指先に触れ、さらに手を伸ばして彼女の手首をつかむ。同時に彼女が飛び上がる。

一瞬、フロルは車輪すれすれのところで宙に浮く。

ニコの手はもう耐えられない。

フロルをつかんでいる手も、梯子をつかんでいる手も。

列車から落ちかける。それでもフロルの手は放さない。そのとき……

体が引き上げられるのを感じる。

自分も、そしてフロルも。

パオロは針金のような堅い筋肉の持ち主で、驚くほど力が強い。ふたりを梯子まで引き上げると彼は叫ぶ。「早く来い！」

ニコとフロルは彼について、地上から十四フィートの屋根にのぼる。

屋根は混み合っている。

みんな坐ったりうずくまったりして、つかまれるところにつかまっている。パオロは三人が坐れるスペースを無理やりつくり、ニコに言う。「放っておけって言っただろ？　女の子なんて価値がない。面倒なだけだ。その子、食べるもの、持ってるのか？　金はあるのか？」

「マンゴーをふたつ持ってる」とフロルが言う。「あと、トルティーヤ三つと二十ケツァルも」

「それは悪くない。トルティーヤをひとつくれ。命を救ってやったんだから」

フロルはバッグからトルティーヤを出してパオロに渡す。

パオロは貪るように食べて言う。「これまで四回北をめざした。まえはアメリカまで行けたんだけどな」

「それでどうしたの？」とニコは尋ねる。

「捕まって送り返された。母さんがカリフォルニアにいるんだ。金持ちのレディのところで働いてる。今度こそたどり着くぞ」

「ぼくたちも」

パオロはふたりをとくと見る。「どうかな」

アメリカにたどり着くにはメキシコを縦断しなければならない。

線路はグアテマラの山間を西に進んでから北に向きを変え、国境に向かう。

ニコにはよく理解できない。ニコの地理の知識はエル・バスレロのはずれまでにかぎられている。ここまで田舎に来たことがない。緑が広がる景色も小さな村も畑も見たことがない。フロルとパオロと一緒に列車の屋根に坐ってそんな景色を見ている今の状況だけでも、ニコにとっては大冒険だ。

腹がへっている。が、それには慣れている。

慣れていないのは咽喉の渇きだ。が、みなが自分の持っている水――たいていはソーダのペットボトルに入れている――を分け合い、列車が小さな村のそばで数分停まると、パオロが降りて農夫から水を分けてもらいに行く。

「メキシコにはいったらこうはいかない」戻ってきたパオロが言う。「メキシコじゃおれたちは嫌われてるから」

「なんで?」とフロルが尋ねる。

「ただ嫌われてるんだ」

列車の屋根ではすることはあまりなくて、景色を眺めたりしゃべったり、線路が傾いているところでは何かにつかまったり、枝が近づいてきたら身を屈めたりするぐらいだ。ニコは枝が見えると「枝《ラマ》だ!」と叫ぶ儀式が気に入る。まるでゲームみたいだ。

パオロが主にしゃべって、経験豊富なヴェテランの役割を果たす。

「最初に覚えておかなきゃいけないのは、誰も信用するなってことだ」

「あたしはあんたのこと、信用してるけど」とフロルが言う。

「おれは別だ」少し怒ってパオロは言う。「男を信用しちゃ駄目だ。小さな女の子にだってひどいことをする。わかるか？　車両の中にはいるな。特に男と一緒じゃ駄目だ。移民局《ミグラ》が来て、みんなを中に閉じ込めることがあるから」

パオロは次から次へと情報を繰り出す。

国境に近づいたら列車から降りなければならない。検問所でメキシコの警察が待ちかまえているからだ。それから、グアテマラとメキシコのあいだには川があり、それを渡るには金を払って誰かにいかだに乗せてもらわなければならない。

「金なんか持ってないよ」とニコは言う。

「だったら、手に入れたほうがいい」

「どうやって？」

「物乞いするとか」パオロは肩をすくめる。「盗むとか。スリのしかたは知ってるだろ？」

「知らないよ」

パオロはフロルを見る。「いかだの船賃がわりに女の子にちんぽをしごかせるやつらもいるけど、おれが女の子だったらやらないな」

「心配しないで。あたしだってやらないから」

ただ、川を渡るのに時間をかけてはいけないとパオロは言う。こちら岸の町には、泥棒やギャングや麻薬の売人、変質者などがうようよしているからだ。その中には、ラ・ベスティアに乗ろうとしてあきらめた者もいる。初めは被害者だったのに、町に残って今度はほかの者たちを餌食にしている者たちだ。

「あんた、あたしたちを怖がらせようとしてるだけでしょ?」とフロルが言う。

パオロはまたしても肩をすくめる。「ほんとのことを言ってるだけだ。好きに思えばいい」

ニコは怯える。それでも夕陽は美しい。

街のスモッグやゴミから立ち昇る煙に邪魔されずに夕焼けをニコが見るのはこれが初めてだ。今、見事な赤とオレンジに染まる空を見て、彼は思う。世界というのはこんなところなのだろうか。こんなに美しいところなんだろうか。

暗くなると、星が見えはじめる。

ニコは生まれて初めて星を見る。

トルティーヤとマンゴーをフロルと分け合って食べたあと、ニコは眠くなってくる。しかし、眠るのが怖い。有蓋車の屋根は左右の端に向かって傾斜している。眠ったりしたら簡単にすべり落ちてしまいそうだ。ハミングが聞こえてくる。数車両うしろで始まった『キチェの王《エル・レイ・キチェ》』が次第に前方に広がってくる。互いに眠りに落ちないようハミングし合っているのだ。

ニコも加わる。

フロルも加わる。

ふたりはハミングし、手を叩き、笑い、今日という日の中で、いや、おそらくはこれまでの人生の中で一番幸せなひとときを過ごす。曲が終わると、誰かが『叫び《エル・グリト》』を歌いはじめ、それも終わると、今度は『セラフの月《ルナ・デ・セラフ》』になる。ニコは自分の体が大きく揺れて落ちそうになるのを感じる。

「おれに寄りかかれ」とパオロが言う。「おれは寝ないから」

ニコはうとうとする。どれぐらい寝たのだろう、不意にパオロにつつかれる。「国境だ。降りるぞ」

眼が覚めきらないまま、フロルと手をつないでパオロのあとから梯子を降りる。大半が列車から降りるとすぐに線路脇の茂みに身を隠す。まるで金属の屋根から氷が溶けて茂みに流れ込んでいくみたいに。

この一帯は不法移民のたまり場になっていて、ビニールシートや段ボール、破れたソックス、下着、破裂したペットボトルなどが散乱している。排泄物《はいせつぶつ》のにおいも漂っている。

ニコとフロルは段ボールの切れ端を見つけてその上に横になり、互いに寄り添って暖を取る。疲れきったふたりはあっというまに眠りにつくが、あくまで束の間の休息だ。川を渡るのに必要な金を手に入れなければならない。

ふたりが起きると、パオロが消えている。

「どこに行ったんだろう?」とニコが言う。

「わかんない。あたしたちを置いていったのよ」

小さな町にはいると、家の戸口に立つ売春婦や、壁に寄りかかって坐り、膝にボウルを抱えて物乞いをする子供、飢えたコヨーテみたいにニコたちを見つめる男たちがいる。ドアの開いた酒場から音楽が流れてくる。ふたりは酒場に足を踏み入れる。

バーテンダーは髪を赤く染めた老婆で、彼らを見るなり叫ぶ。「出ていきな、薄汚いこのチビ！　物乞いはお断わりだよ！」

ふたりは走って逃げる。

そして、さらに通りを歩く。

老人が小径に出した籐椅子に坐っている。片手に煙草、片手にビールを持って、あからさまな視線をフロルに向けてくる。そして、ズボンのまえのチャックを開けると、一物を引っぱり出してフロルに見せる。

「あいつのケツを蹴飛ばしてやる」とニコは言う。

「駄目。あたしにいい考えがある」フロルは老人を見て、にっこり微笑む。

「何してるんだ？」とニコは尋ねる。

「いいから、準備してて」

フロルはそう言うと、ニコをそこに残して老人のまえまで行く。「あたしに触ってほしい？」

「いくらだ？」

「五ケツァル」

「よし」

「お金ちょうだい」

「触ってからだ」

頬には白い無精ひげが伸び、眼は潤んでしょぼついている。

そして酔っている。

「わかった」とフロルは言う。「ズボンをおろして」

老人はよろよろと立ち上がり、ベルトをゆるめると、あたりを見まわしてから汚れたカーキのズボンを膝までおろす。

その瞬間、電光石火のごとくニコ・ラピドが飛び出す。そして老人のポケットに手を伸ばし、金を抜き取る。紙幣だ。

「逃げろ！」とニコは叫ぶ。

そう言って、フロルの手をつかみ、ふたりは通りを駆け抜ける。老人は怒鳴り声をあげて追いかけようとするが、つまずいて転ぶ。

まわりの人々が見ている。

誰もふたりを捕まえようとしない。

ふたりは笑いながら町を出て森にはいる。

「いくら盗《と》れた？」とフロルが尋ねる。

「十二ケツァルだ！」

「すごい！」

渡し守《もり》を探すのは簡単だ。移民の流れについて行けばいい。歩いている者もいれば、子供が漕ぐ三輪車に牽《ひ》かれて台車に乗っている者もいる。ニコとフロルは金を無駄に使いたくない。だから歩いていく。

岸に着くと、パオロがいる。

「金は手にはいったか？」

「うん」とフロルが答える。

「どうやった？」

ニコとフロルはげらげら笑いだす。パオロは妙な眼でふたりを見る。「まあ、いいや。行こう、渡らなきゃ。金を寄こせ」

「なんであんたに渡すのよ？」

「おまえたちだと騙されるからだ。おれなら騙されない」

ふたりはパオロに金を渡し、パオロは古いタイヤチューブに板をくくりつけたいかだの横に立っている男たちのところに行く。ふたりが見守る中、パオロは男たちと交渉し、腕を振り、首を振り、金を見せて引っ込める。そして、最後に金を渡して戻ってくる。

「話はついた。三人とも乗せてくれる」

「なんであんたの分もあたしたちが払うの？」

ニコは顔をしかめて彼女を見る。「助けてくれてるんだぞ」

「あたしは信用してない」

しかし、パオロはすでに歩きはじめている。ふたりも彼のあとから水ぎわに向かう。膝まで水に浸かって歩き、いかだに乗り込む。乗るときにいかだがゆらゆらと大きく揺れるが、やがて揺れは収まる。男たちのひとりが最後に乗って川を渡る。

三人はいかだを降りて、メキシコの大地を踏む。

「これからは歩きだ」とパオロが言う。「タパチュラを出たらまた列車に乗れる」

「タパチュラって？」とニコが尋ねる。

「町だよ。行けばわかる」

畑や果樹園に囲まれた一車線の舗装路を六マイル歩く。地元の人々は黙って見つめるか、侮辱のことばを叫んで罵る。

ニコは重い足取りで道路を歩く。

腹がへり、咽喉が渇き、疲れがピークに達する。

パオロは駅のまえを通り過ぎる。ほかの移民たちが駅舎にはいっていくのを見て、ニコは尋ねる。

「なんであそこにはいらないの？」

「ギャングがうようよしてるからだ。このあたりは〈MS〉が仕切ってる」

彼はふたりを墓地に連れていく。

線路に近く、隠れるのにはもってこいだ。

列車は早朝にやってくる。

ニコはもう脚が棒みたいになっている。頭は綿が詰まったようでぼんやりして、口の中はからからに渇いている。

昨夜、ニコとフロルは墓石の陰で眠った。ニコは死者の谷の夢を見た。ニコたちが寝ているそばの墓から死体が手を伸ばし、金のチェーンを盗んだニコを捕まえようとする夢だ。

実際の墓地は生きている者たちでいっぱいだ。銀色の朝靄《あさもや》の中、人々は立ち上がり、わずかな所持品をバッグやポケットに詰めると、線路に向かって歩きだす。まるで死者の行軍のように。

眠たげな行進は踏み石を伝って下水路を渡り、土手を登る。人々はそこでしゃがんで列車が来るのを待つ。まだ行ったことのない〝わが家〟に彼らを連れていってくれる列車を待つ。

列車がスピードを上げながら近づいてくる。

人々が突進しはじめる。

ニコはフロルを自分とパオロのあいだに押し込む。パオロが先に梯子に飛びつき、フロルに手を貸して引き上げる。ニコもそのうしろからよじ登る。有蓋車の屋根にたどり着くと、自分たちのスペースをつくって、そこに落ち着く。

しかし、それは長くは続かない。

数分後、列車が停車寸前までスピードを落とす。と思うまもなく、マラスのメンバー――マレロ――が乗り込んでくる。

彼らはニコたちの三つうしろの車両に登る。振り返ると、騒ぎが起きている。叫び声や悲鳴が聞こえてくる。

「おまえ、どこから来た?」とパオロがニコに尋ねる。

「グアテマラシティ」

「馬鹿、それはわかってる。グアテマラシティのどこだ?」

「エル・バスレロだ」

「〈カジェ18〉の縄張りだな。タトゥーははいってるのか?」

ニコはズボンの裾を巻き上げて、足首の〝XⅧ〟を見せる。

「〈カジェ18〉とつながっているのが〈MS〉にばれたら殺される。逃げたほうがいい」

「どこに?」

パオロは列車の前方を指差す。

列車はすでにまた走りはじめている。機関士がスピードを落としたのはマレロを乗せるためで、それが終わった今は不法移民たちを屋根に釘づけにするためにスピードを上げている。振り返ると、マレロたちはすでにすぐうしろの車両にいて、ニコのほうに向かってきている。

「行け!」パオロが叫ぶ。

ニコは立ち上がる。

フロルも立ち上がる。

「おまえは駄目だ。足手まといになる。ニコ、行け！」

ニコは走りだす。

地面から十四フィート、時速四十マイルで走る列車の屋根を十歳の少年が車両の端まで走り、四フィート離れた次の車両に飛び移る。両手足をしたたか屋根に打ちつけながらもどうにかへばりつく。そしてすぐに立ち上がる。が、そこにいた男の脚につまずく。男に悪態をつかれる。振り返ると、マレロが追ってくるのが見える。

逃げるものはなんでも追いかける犬さながら。

ニコは人々の脚をまたぎながら逃げる。ふたりのマレロがニコのいる車両に飛び移り、さらに追ってくる。ニコは次の車両、さらに次の車両に移り、また次の車両に……

次の車両は有蓋車ではなくタンク車だ。

上面は両脇に向かって丸くカーヴしている。

しかも今いる車両との間隔は四フィートではない。九フィートはある。

ニコは振り返り、追ってくるふたりのマレロを見る。ニコが行き場を失ったのを知って笑っている。今やその顔や首のタトゥーが見えるほど迫ってきている。

このままだとひどい目にあう。殺されるかもしれない。

一方、九フィート先のタンク車に飛び移ろうとして失敗すれば、車両と車両のあいだに落ちて車輪に轢《ひ》き殺されてしまう。飛び移れたとしても、湾曲しているタンクから線路にすべり落ちてしまうかもしれない。

考える時間はない。

ニコは二、三歩下がってから全速力で走り、空中に飛び出す。


「あのガキはなぜ逃げた?」マレロがパオロに尋ねる。

「さあ。知り合いじゃないから」

マレロはフロルを見下ろす。「おまえはどうだ? あいつを知ってるか?」

「知らない」

「嘘をつくな」

「嘘じゃない」

「あいつは〈カジェ18〉か?」

「ちがう!」

「知らないって言ったよな」とマレロはフロルを睨みつけて言う。

フロルも睨み返す。「あたしは〈MS〉も〈カジェ18〉も知ってるけど、あの子はどっちでもなかった」

周囲ではほかのマレロたちが移民たちのあいだを手ぎわよくまわり、金と服を奪い、さらに金を送ってくれる親戚の電話番号を訊き出している。少年や若い男たちには質問を重ねる。「どこから来た？　仲間にはいってるのか？　誰の？　おれたちか？〈カジェ18〉か？」服を脱がせてタトゥーを確認する。不運にも〈カジェ18〉のタトゥーがはいっている者は、殴ったり切りつけたりされた挙句、列車から投げ落とされる。

「金を持ってるか？」マレロがフロルに訊く。「出せ」

「お願い。必要なお金なの」

「気持ちのいいファックのほうが必要なんじゃないか、お嬢ちゃん《ニーニャ》」

フロルは持っている金を全部渡す。マレロはそれでもファックしてやろうと一瞬考えるが、相手が幼すぎると思い直し、パオロの顔を数回叩いてからヤンキースの帽子を奪い、先に進む。

ニコは体をしたたかタンクに叩きつける。

つるつるした金属につかまろうとするが、フライパンから目玉焼きがすべり出るみたいに、タンクの側面をすべり落ちる。

どすんという音とともにタンクの下の台枠に落ちる。

衝撃で一瞬息ができなくなる。それでもつかまりつづける。うつぶせになっているので、すぐ下を線路が飛び去っていくのが見える。歌うような鉄の音が聞こえる。間一髪で体をつぶされるか、切断されるのを免れたことを実感する。危険を承知で台枠と車輪の連結部をつかみ、体を引き寄せて中央の梯子に近づく。

そして、梯子をつかんで一息つく。疲れと恐怖、痛みと興奮で息が上がっている。足を動かすと落ちそうで怖い。それでも自分を奮い立たせて足を体の下まで動かすと、右脚を横木にかける。

列車がスピードを落としてマレロを降ろす。ニコはタンク車の側面に張りついて、彼らに見つからないか、見つかったとしても見逃してもらえることを期待する。また列車のスピードが上がると、慎重に梯子を登る。上部に燃料の注入口を囲む手すりがあり、それにつかまる。

列車は単線の線路をチアパス州の太平洋岸に沿って北上する。

ニコは初めて見る海の美しさにこれまでの苦労を忘れて興奮する。〝子供〟のように。右に緑の山々、左に青い海を見ながら、別世界に来たような気分になる。

空腹と暑さ——気温が摂氏四〇度ぐらいある上に、照りつける太陽で金属製のタンクの上面はストーヴのように熱くなっている——で頭がくらくらする。半ば幻覚を見ているような状態になる。バナナやコーヒーの木が夢の中の奇妙な画像のように過ぎていく。

体が痛い。

タンクから落ちたときに怪我をしたようだ。たぶん肋骨にひびがはいったのだろう。おまけに台枠にぶつけた顔の右側も腫れている。それでも、ラ・アロセラの検問所が近くなって人々が列車を降りはじめると、ニコも冷静にタンク車から降りる。

フロルとパオロが線路脇の茂みに横たわっているニコを見つける。ふたりはニコに手を貸して検問所を避け、次の貨物列車が来るのを待つ。そして、またニコに手を貸し、次の列車に乗る。

今、ニコは列車の屋根に坐り、青い紙に白い鉛筆で引かれた線のような波を見つめている。

フロルがトルティーヤを半分にしてひとつを渡す。「噛める?」

ニコは口に入れて噛んでみる。腫れたところが痛むが、空腹なのでおいしくてたまらない。「ぼく、変?」

「ちょっとね。話し方が変」

ニコは微笑む。するとまたちょっと痛む。「どんなふうに?」

「いつも口の中がいっぱいになってるみたいな感じ」

ニコはあたりを見まわす。「きれいだね」

「すごくきれい」

「ぼくたち、いつかこの国に住めるかも」

「そうなったらいいね」

しばらくのあいだ、ふたりは畑をつくり、鶏と山羊を飼い、つくった畑に何を植えるか話し合う。もっとも、何を植えたらいいのかふたりともわからないのだが。

「花がいいわ」

「花は食べられないぞ」とパオロが言う。

「でも、見られるじゃないの。それににおいも嗅げる」

パオロはうんざりしたように鼻を鳴らす。

ヤンキースの帽子をかぶっていないパオロはなんだか妙だとニコは思う。短い髪はナイフか何かで切ったみたいに不ぞろいだ。頭の上に段ボールをかざして日よけにしている。

「トウモロコシを育てよう」とニコは言う。「あと、トマティージョ（食用ほおずき）とオレンジも」

パオロは首を振る。「おれはレストランを経営するんだ。そうすれば、好きなときに好きなものが食べられる。鶏でもポテトでもステーキでも……」

「今、ぼくはステーキを食べてる」ニコはそう言い、ステーキを切って口に運ぶ真似をする。「ああ、うまい」

ステーキを食べたことはないが、味を想像して唇を突き出し、うっとりと眼をつぶる。

さすがのパオロもこれには笑う。

列車はいくつかの潟《かた》を通り過ぎたあと、海岸を離れて北上し、畑のあいだを抜け、村のそばを通り過ぎる。

ニコは海から離れるのを残念に思う。

ニューヨークは海沿いにある。そう思ってはいるが、確信はない。

その夜、彼らは何か食べようと、列車を降りて小さな町に出かける。もっとも、食べものを買う金はないのだが。それに危険な行動でもあるのだが。不法移民を探すマドリーナ――移民局《ミグラ》に協力する市民――が線路の周辺地域をパトロールしているからだ。見つけて警察に差し出すこともある。その場合、警察は移民を解放するかわりに法外な賄賂を要求する。もちろん、そんな扱いを受ける移民は幸運な部類で、マドリーナに暴行を受けたりレイプされたり殺されたりすることのほうが多い。

パオロはそういったことを全部説明してから言う。「教会の近くに避難所がある。そこまでたどり着ければ、食べものと寝る場所を提供してもらえる」

半月に照らされ、三人はパオロを先頭に浅い小川を歩いて線路から離れる。

獲物を探すマドリーナの懐中電灯が動くのが遠くに見える。ニコは顔を伏せて、フロルのうしろを歩く。彼女の背中に触れながら。つまずいて音をたてたりしないよう注意を払いながら。三人は小川を離れ、町に近づく。小さな教会がニコの眼にはいる。その隣りに平屋のコンクリートの建物がある。

「あれだ」それを見て、パオロはほっとしたように言う。「グレゴリオ司祭っていう人がやってる。マドリーナは司祭を恐れてるから中にははいってこない。司祭は地獄に落ちるぞと言ってマドリーナを脅すんだ」

三人は建物にはいる。

壁ぎわに二段ベッドがいくつか並び、空いている床の上にはマットレスが敷きつめられている。小さなキッチンのコンロでは、シチューの鍋と豆の鍋が火にかかっている。サイドテーブルにはトルティーヤが積み上げられている。すでに十数人の不法移民が寝るか食べるかしている。

グレゴリオ司祭は銀髪で背が高く、鉤鼻《かぎばな》で顎が長い。レードルを手にコンロのまえに立っている。「来なさい。おなかがすいてるんだろ?」

ニコはうなずく。

「痛そうだね」と司祭はニコに言う。

「大丈夫です」

グレゴリオ司祭はニコに近づき、腫れた顔を見る。「医者に診てもらったほうがいい。診療所まで送っていこう。誰にも手出しさせないから大丈夫だ、私が保証する」

「食べるものをもらえればそれで充分です」とニコは言う。

「だったらまず食べなさい。話はそれからだ」司祭はボウルにスープをよそって上に豆をかけ、トルティーヤと一緒に三人に手渡す。

ニコは床にしゃがんで食べはじめる。

「さきに十字を切るのよ」とフロルが囁く。「司祭が怒るよ」

ニコは十字を切る。

料理は熱くておいしい。食べると怪我をしたところが痛むが、ニコは貪るように食べる。

グレゴリオ司祭がやってきて尋ねる。「医者はどうする?」

パオロがそっと首を振るのを見て、ニコは答える。「大丈夫です」

「そうとも思えないが。まあいい。ベッドもマットレスも満員だから、きみたちは床に直接寝ることになる。さっぱりしたかったら、外にシャワーがあるから使いなさい」

ニコは食事を終えると外に出て、シャワーを見つける。木の薄板でできたドアの中の壁に蛇口が取りつけてある。ちょろちょろとしか出てこない水は、もちろん温水ではないけれど、夏の暑さでぬるま湯になっている。シャワーの下に立ち、プラスティックのトレーに置かれた石鹸で体を洗う。洗いおえると、ほかの人たちが使って湿った共用のタオルで拭けるだけ体を拭く。

右の脇腹に指をあて、顔をしかめる。大きな痣《あざ》になっている。なんとか右腕を上げてシャツを着る。ついでジーンズを穿き、外に出る。

シャワーが空くのをパオロが待っている。

「診療所には行かないほうがいい」とパオロは言う。「ミグラはタカみたいに診療所を見張ってる。グレゴリオ司祭が出ていったとたんに飛び込んでくるに決まってる」

「教えてくれてありがとう」

「おれがいなかったら、おまえは絶対にたどり着けない」

「わかってるよ」ニコは横にどいて、パオロにシャワー室を譲る。建物の中にはすぐに戻らず、小さな草地に坐って空気と星を愉しむ。そのときだ。羽目板の隙間から驚くべきものを見てしまう。パオロが胸に巻いていたテープをはずしている。

パオロの胸が見える。

パオロは女の子だったのだ。

シャワーの水が止まると、パオロ――ほんとうはパオラなのだろうが――は慎重にテープを巻いて胸を隠し、シャツを着る。出てきたパオラはニコがそこに坐っているのを見て驚いた顔をする。

「何してるんだ?」

「坐ってるだけ」

「おれをスパイしてるのか?」

「誰にも言わない。約束するよ」とニコは言う。

「何を言わないんだ?」パオラはニコに詰め寄る。「何を言わないっていうんだ?」

「なんでもない!」ニコは立ち上がり、建物の中に駆け戻る。

が、あとになってフロルの隣りに横になると、彼女の耳に向かってささやく。「パオロは女だ」

「何を言ってるの? ばかばかしい」

「でも、見たんだ」

「何を?」

「わかるだろ?」ニコは両手を椀の形にして胸にあてる。「なんであんなことを――」

「あんたってほんとに馬鹿ね」

「きみはなんでかわかるのか?」

「男の人が女の子にすることのせいに決まってるでしょ」

「そうか。ぼくが言ったって言うなよ」

「寝なさい」

「言うなよ」

「言わないよ。おやすみ」

あっというまにニコは眠りに落ちる。同じようにあっというまに朝が来る。

起きるのが辛い。肋骨に焼けるような痛みを覚えながらまず膝立ちになり、それから立ち上がる。グレゴリオ司祭はひとりひとりにトルティーヤ一枚とマンゴー二切れ、水をグラス一杯ずつ手渡す。トルティーヤを食べながらパオラを見ると、パオラはニコを睨んでから眼をそらす。

しばらくしてパオラが言う。「もう行かなきゃ。おいで」

ここを離れると思うと、ニコは悲しくなる。理由は自分でもわからない。

これまでに自分が親切を受けた数少ない場所のひとつであることが彼にはまだわからない。

トウモロコシ畑のあいだを抜ける未舗装路に突如自転車に乗った子供たちが現われ、線路に沿って走りはじめる。

彼らは笑いながら手を振り、挨拶する。

ニコも手を振り、挨拶を返す。自転車はどんどん先に進み、やがて見えなくなる。一分後、列車の前方に眼をやると、線路の両側の雑木林のあいだに、なんだかわからない何かおかしなものが見える。

風船が木に引っかかっているのだろうか？　白い風船が。

それともあれはくす玉人形《ピニャータ》？

ちがう。それにしては大きすぎる。

列車が速度を落としはじめる。

どうしたんだろう？　ニコはもう一度林を見て、なんだかわからなかったものがマットレスだと気づく。

木の枝にバランスよくマットレスが置かれている。

ニコにはわけがわからない。

気づくと、さきほどの自転車の少年たちが木の下にいる。なにやら叫びながら列車を指差している。男たちがマットレスを持ち上げて、重い果物のように下に落としはじめる。

列車は鉈《マチエーテ》と棍棒を持った男たちに囲まれ、木の下で停まる。マレロではなく――タトゥーも入れていなければ、ギャングのテーマカラーも身につけておらず、見た目は普通の農民と変わらない――追い剥ぎだ。列車が近づいてくることを地元の子供たちが知らせるまで、木の上で寝て待っていたのだ。

パオラが叫ぶ。「逃げろ！」

言うが早いか、彼女はほかの人々を押し分けて梯子を降り、下から五段目の横木から飛び降りる。ニコはシャツのまえを追い剥ぎにつかまれる。それでも身をよじって逃げ、フロルの手をつかんで梯子のほうに引っぱる。

そして、ふたりで梯子を降りると、トウモロコシ畑に逃げ込む。

トウモロコシの茎はふたりの背より高く、周囲の様子はよく見えない。ただ、トウモロコシのあいだを走るパオラの姿が一瞬見えたような気がする。

たぶんパオラだろう。ニコはそう思うものの、確信はない。

列車からは苦痛と恐怖の叫び声が聞こえてくる。

ふたりは息を切らして足を止め、うずくまってトウモロコシのあいだに身を隠す。

心臓が音をたてているような気がして、ニコは追い剥ぎに気づかれてしまうのではないかと怖くなる。トウモロコシの茎を踏み分けながら近づいてくる足音が聞こえ、両手で耳をふさぐ。足音は次第に近づき、逃げたほうがいいのか、じっとして見つからないことを祈ったほうがいいのか、ニコには判断がつかない。

恐怖に文字どおり凍りつく。

そのとき叫び声が聞こえる。「ひとり捕まえた！　来い！　捕まえたぞ！」

「ほっといてくれ！　手を放せ！」

パオラだ。

助けなきゃ。そう思いはしても、ニコは動くことができない。ただ坐って、争う音と声を聞くことしかできない。敵は四人か五人。叫び声。笑い声。そしてひとりが言う。「見ろよ！　こいつ、女だぜ！　おれたちを騙せるとでも思ったのか、このあばずれ！」

助けにいくんだ。ニコは自分に言い聞かせる。

ぼくはニコ・ラピドだ。

俊足のニコだ。

勇敢なニコだ。

やつらと戦うんだ。

しかし、動けない。胸のテープを引き剥がされたパオラがあげる悲鳴が聞こえても、ニコは足が動かない。「こいつを押さえつけろ！」と言う追い剥ぎの声が聞こえても。パオラの叫び声と暴れる音、男の手で口をふさがれて彼女の声がくぐもるのが聞こえても。

ニコはエル・バスレロで生まれ育った。

セックスの音はよく知っている。男が女をファックする音。うめく声、喘ぐ声、汚い罵声。今、そのすべてが聞こえてくる。さらに、笑い声と叫び声、くぐもった悲鳴と泣き声。彼らは順にパオラをファックし、ゴミ廃棄場でニコが見聞きしてきたあらゆる方法で彼女を利用している。

ヒーローになりたい。友達を助けたい。彼女にまたがる男たちを殴り倒して殺し、彼女を助けたい。そう思うのに、足が言うことを聞かない。

できるのはしゃがみ込んでただ耳をすますことだけだ。

自分が恥ずかしい。

やがて静かになる。

それはほんの一瞬のことで、すぐに男たちが去っていく音が聞こえる。見つからずにすんだことに安堵する反面、そんな自分が恥ずかしい。ニコは坐って、パオラがすすり泣きながら地面を蹴る音に耳をすます。

数分後、列車のエンジン音が聞こえてくる。

フロルがさきに動く。

トウモロコシの茎を掻き分けながら、パオラのほうに這っていく。

ニコはもう数秒経ってからフロルのあとを追う。

パオラが押し倒されたときに周囲のトウモロコシの茎も倒れ、今、パオラはそこに立っている。ちょうどジーンズを穿いているところで、血が脚を伝っている。パオラはシャツを拾い上げて着ると、ボタンをかけはじめる。そこでニコとフロルに気づいて言う。「あっちに行け。来るな」

そう言って、線路に向かって歩きはじめる。

ふたりがあとを追うと、パオラは肩越しに怒鳴る。「来るなって言っただろ！　おれは大丈夫だ！　これが初めてだとでも思ってるのか？」

列車はすでに消えており、線路の脇にはふたつの死体が残されている。ひとつは頭をつぶされており、もうひとつはマチェーテで切り刻まれている。ゴミ――ビニール袋や空《から》の水のペットボトル――があたりに投げ散らかしてあるが、少しでも価値のありそうなものは何ひとつ残っていない。

三人は線路脇に坐って待っている。

数時間後、次の列車が来て、三人はまた野獣《ラ・ベスティア》に乗る。


列車は北のベラクルス州に向けてオアハカ州を抜ける。

パオラは黙りこくってひとりで坐っている。

ニコたちを見もしない。声もかけてこない。

列車はベラクルス州にはいり、パイナップル畑とサトウキビ畑のあいだを走る。住民の態度が温かくなる。中には線路脇で待ち構えていて、食べものを投げてくれる人もいる。

パオラはフロルが食べものを分けようとしても食べない。

列車はさらにオリサバ山がそびえる山岳地帯を走る。

それまで太陽が照りつけて暑かったのが急に寒くなり、ニコとフロルは抱き合って震える。夜には凍死の危険にさらされるほど気温が低下する。それでも夜明けが訪れると、弱々しい太陽の光がなんとか体を暖めてくれる。

メキシコシティに向かう列車がプエブラ郊外に差しかかる頃、やっとパオラが話しかけてくる。立ち上がり、列車の前方を見てからニコを振り返って言う。「おまえが悪いんじゃない」

そのとき、前方に高圧線が通っているのを見てニコは叫ぶ。「伏せろ！　パオラ、伏せろ！」

彼女は伏せない。

またまえに向き直り、両腕を上げる。高圧線が胸にあたり、彼女は太陽のもとで稲妻になる。

ニコは眼を腕で覆う。

腕をどかすと、パオラの姿はもうそこにない。肉の焦げるにおいがかすかに残っているが、それもすぐに冷たい北風に吹き飛ばされる。


列車はメキシコシティ郊外の駅で停まる。

またしてもギャングが待ち構えている。

ハゲワシの辛抱強さと狙いの確かさで、列車から降りる移民に襲いかかり、十二マイル離れたウエウエトカの避難所まで道案内すると言って、金品を要求する。

「金なんて持ってない」とニコは言う。

「それはおまえの問題だ。おれのじゃない」とギャングは言って、フロルをじろじろと見る。

「このシャツは？」

「メッシか。いいだろう、背番号10か。そいつをくれ。このチビよりは価値がありそうだ」

ニコはシャツを脱ぎ、相手に渡す。

そして、フロルとともに避難所に向かう。

そこにいたボランティアの人がTシャツをくれる。大きすぎて裾が膝近くまで来る。が、ありがたいことに変わりはない。

朝になると、ニコとフロルは線路に戻る。避難所で年配の不法移民から、ターミナル駅からさらに北に向かう路線がいくつもあることを聞いたのだ。西線《ルタ・オクシデンテ》はティファナに向かい、中央線《ルタ・セントロ》はファレス、湾岸線《ルタ・ゴルフォ》はレイノサに向かう。ニコとしてはルタ・ゴルフォに乗りたい。それが一番東寄りを走っているというだけの理由で。一番ニューヨークに近い。

ターミナル駅の外の線路は入り組んだパズルさながらだ。それでも、なんとかルタ・ゴルフォと思われるものを見つける。ニコとフロルは線路沿いを歩き、列車に安全に飛び乗れそうなところを見つけ、そこで列車を待つ。

雨が降ったりやんだりを繰り返していたが、今はやんでいて、空は真珠色だ。

「国境に着いたらどうするの?」とフロルが尋ねる。

ニコは肩をすくめる。「川を渡る」

どうやって渡るのかはわからない。ただ、これまでに話はいろいろ聞いてきた。溺れる人がいること。金を要求して渡らせる〝コヨーテ〟のこと。向こう岸で待ち構えるアメリカの移民局《ミグラ》のこと。

方法はともかく、渡るということだけは彼の中で決まっている。今方法について心配してもしかたがない。まずはそこまでたどり着かなければ。

あと五百マイル、ラ・ベスティアの旅を続けるのだ。

「そのあとは？」とフロルは尋ねる。

「叔父さんと叔母さんに電話をかける」電話番号はパンツのウェスト部分に書いてある。「どうすればいいか教えてくれるよ。もしかしたら切符を送ってくれるかもしれない。そしたら、ちゃんと列車に乗れる」

しばらく黙ってからフロルが尋ねる。「叔父さんたちがあたしのことは要らないって言ったら？」

「言わないよ」

「でも、言ったら？」

「別のところに行く」フロルが要らないなら、ぼくのことも要らないということだ。ニコはそう思う。何も叔父さん夫婦がニューヨークを支配しているわけではない。ほかにも行くところはあるはずだ。

アメリカなんだから。

誰もが受け容れられる国、アメリカなんだから。

列車が近づいてくるのが見える。

このあたりまで来ると、不法移民の数も少なくなる。列車もこれまでとちがい、積んでいる貨物から農産物が減り、冷蔵庫や車といった工業製品が増える。

「用意はいい?」とニコは尋ねる。

フロルは立ち上がって言う。「パオラに会いたい」

「ぼくもだ」

ふたりは列車と並んで走りはじめる。

木の枕木に防腐剤として塗られたクレオソートが雨のためにすべりやすくなっており、走るだけでも苦労する。それでも次第に慣れてくる。まだ肋骨の痛みが残るニコは少し遅れを取る。フロルがそんなニコを助けようとまえに走り出る。

そして、車両の前方の梯子をつかんでニコに手を差し出す。

ニコは手を伸ばす。が、クレオソートに足をすべらせる。

つんのめるようにして、彼は顔から転ぶ。

また立ち上がって追いつこうとするが、フロルの手は数ヤード先にあり、列車はそこからスピードを増す。

「ニコ、早く!」フロルが叫ぶ。

ニコは走りつづけるが、列車のほうが速い。

「ニコ!」

フロルは梯子から足を離して飛び降りかけるが、列車がスピードを上げている今、飛び降りるのは危険だ。ニコは手を振って、そのまま行けと合図する。

「次のに乗るから！」そう叫ぶ。「あとで会おう」

フロルはどんどん先に進んでいき、その姿が小さくなる。それに合わせて、彼女の叫び声も小さくなる。「ニコオオオオー！」


生まれて初めてニコはひとりぼっちになる。

ひとりで列車に乗り、殻に閉じこもり、誰も信用せず、誰ともほとんど口を利かない。口を利くのはフロルのことを尋ねるときだけだ。食べものを探すために列車を降りるたびに、フロルのことを訊いてまわる。彼女は次の駅にもその次の駅にもいない。避難所でも診療所でも彼女のことを訊く。写真を持っていないのでことばで説明するしかない。誰も彼女を見ていない。少なくとも、見たとは言わない。

ニコは列車に戻って北に向かう。

淋しく悲しくて怖くてたまらない。

友達をつくらず、つくろうともしない。誰も信用できないからだけでなく、友達が消えてしまったばかりだからだ。ひとりは閃光とともに。ひとりは遠ざかる列車とともに消えた。

やがて野獣《ラ・ベスティア》は停まる。

ニコには自分がレイノサに着いたということ以外、ほとんど何もわからない。パオラから川を渡るまえに一晩過ごせる避難所があると聞いていた。ニコは司祭が運営する移民の家《カーサ・デル・ミグランテ》にたどり着く。

そこで簡単な食事とフロルに関する情報を得る。

フロルは逮捕されていた。女性がそう話してくれる。ええ、その説明にぴったりの女の子よ、列車のすぐ横でレイノサ警察に連れていかれたわ。

「見たんですか？」

「ええ、見たわ」

「警察は何をするんですか？　逮捕した人たちをどうするんですか？」

賄賂をつかませる金を持たない人たちはどうなるのか。

「送り返されるのよ」

フロルは〝涙のバス《エル・ブス・デ・ラグリマス》〟に乗って、グアテマラシティに、エル・バスレロに向かっているのだ。

それでも少なくとも生きている。少なくとも無事なのだ。

ニコはコンクリートの床の上で眠りに落ちる。

アメリカ人はリオ・グランデと呼ぶリオ・ブラボーは幅が広く、茶色い。あちこちで渦を巻いている。

ニコは川岸に立つ。

ニコは泳げない。

ここまで千マイル旅をしてきて、最後の百ヤードをどうやって渡ればいいのかわからない。コヨーテは川を渡らせるかわりに百ドルかそれ以上の金を要求する。ニコは一ドルすら持っていない。

ニコはコヨーテが何人かの人々をゴムボートに乗せて川を渡り、向こう岸の茂みに降ろすのを見ている。ボートを降りた人々はアメリカのミグラに見つからないうちに走って逃げる。

ニコはメスキートの林の中に場所を見つけ、日が暮れるのを待つ。

やっと太陽が沈み、川の色が黒くなる。ニコは川を渡るのを待つほかの移民から離れ、上流に向かって四分の一マイルほど歩いて川岸にしゃがむ。一日じゅうずっと眼をつけていた場所だ。そこは水深が浅そうで、棒をついてバランスを取りながら歩いて渡る人たちを見たのだ。

ニコは木の枝を持っている。

闇が深まり、上流を渡る人々がぼんやりとした影にしか見えなくなると、ニコは水辺まで降りて向こう岸を眺める。ミグラの車のヘッドライトは見えない。エンジンの音も聞こえない。このあたりは比較的静かで、川が蛇行し、幅が狭くなっている。ここなら向こう岸に渡り、急勾配を登ってメスキートの林に身を隠せるかもしれない。

しゃがみ込んで完全に暗くなるのを待ってから、黒い水の中に足を踏み入れる。

思ったよりずっと冷たいけれど、石や沈んだ枝につまずかないよう注意して、岩だらけの川底をそろそろと進む。二度転びそうになるが、木の枝に体重をかけて持ちこたえる。

川が深くなる。

初めは膝まで、ついで腰まで水に浸かる。そのときになって初めて、ニコは自分が見たのはみんな大人で、十歳の子供ではなかったことに気づく。

水は胸まで来ており、川の流れはニコを下流に運ぼうとする。

足を踏んばって進むものの、水はニコの顎から口、ついに鼻まで届き、爪先立ちして歩かないと息ができなくなる。が、一番深いのは川の中央部で、そのあとはそれより浅くなるはずだ。

そのとき穴に足を突っ込んでしまう。

水面が一気に頭の上になり、杖がわりの木の枝を渦巻く川の流れに持っていかれる。足がつかなくなり、ニコは完全に水に包まれ、息を止める。苦しくてたまらない。しかし、今息を吸ったら水を飲んで溺れてしまう。

川底に足がつくと、思いきり蹴って水面に顔を出し、息を吸う。が、すぐに顔まで水に埋もれる。下流に向かって流されながら両腕を振りまわす。渦に呑まれてくるくるまわるうち、どちらが岸だかわからなくなる。見えるのは闇だけで、その中を水に運ばれながら、ニコはまた沈んでは水を飲み、また顔を出しては咳《せ》き込んで喘ぐ。疲れきり、もはや腕を振りまわすこともできなくなる。脚も石のように重くて蹴ることもできなくなる。冷たかった水が今では温かく感じられ、ニコはこのまま眠りたくなる。が、そこで気づくと、水流に一気に運ばれている。岸に流れ着いている。

先がぎざぎざに折れた木の枝にTシャツが引っかかっている。ニコは手を伸ばしてその枝をつかみ、砂の上に体を引き上げる。

ぐったりと横になって喘ぎ、咳き込んでいると、顔に光があてられたのを感じる。

懐中電灯だ。

声が聞こえる。「なんてこった、子供じゃないか」

両腕をつかまれて立たされる。

まばたきを繰り返すうち、バッジが眼にはいる。

アメリカのミグラだ。

翻訳協力
黒木章人、藤井美佐子、不二淑子、
大谷瑠璃子、寺下朋子、高木均

訳者紹介　田口俊樹

英米文学翻訳家。早稲田大学文学部卒業。おもな訳書にウィンズロウ『ダ・フォース』(ハーパーBOOKS)、ブロック『八百万の死にざま』、ベニオフ『卵をめぐる祖父の戦争』(以上、早川書房)、ハメット『血の収穫』(東京創元社)、コーベン『偽りの銃弾』(小学館)、テラン『その犬の歩むところ』(文藝春秋)など多数。

ハーパーBOOKS

ザ・ボーダー 上

2019年7月20日発行　第1刷

著　者　ドン・ウィンズロウ

訳　者　田《た》口《ぐち》俊《とし》樹《き》

発行人　フランク・フォーリー

発行所　株式会社ハーパーコリンズ・ジャパン
東京都千代田区外神田3-16-8
03-5295-8091(営業)
0570-008091(読者サービス係)

印刷・製本　株式会社 廣済堂

ISBN978-4-596-54118-5